Corina Bomann
Die Farben der Schönheit – Sophias Hoffnung

CORINA BOMANN

SOPHIAS HOFFNUNG

Die Farben der Schönheit

Ullstein

ISBN: 978-3-86493-116-1

© 2020 Ullstein Buchverlage GmbH, Berlin
Alle Rechte vorbehalten
Gesetzt aus Quadraat Pro
Satz: LVD GmbH, Berlin
Druck und Bindearbeiten: CPI books GmbH, Leck

1. Kapitel

1926

Das Scheinwerferlicht vorbeifahrender Autos streifte mich, als ich das Haus verließ. Sofort drang die klamme Märzkühle unter meine Kleider. Schon den ganzen Tag über war die graue Wolkendecke nicht aufgebrochen. Nun begann es auch noch zu nieseln.

Obwohl es noch nicht mal fünf war, flackerten nach und nach die Straßenlampen auf. Geschäftsleute in Wollmänteln drängten an Frauen mit Regenpelerinen vorbei, Arbeiter mit Schiebermützen stapften mit hochgeschlagenen Jackenkragen nach Hause. Hin und wieder hockte eine Gestalt in abgerissenem Soldatenmantel an einer Hauswand und bettelte um Geld oder Arbeit.

Mit meinem blaugrünen Mantel und dem passenden Topfhut auf dem Kopf war ich nur eine Gestalt von vielen, die zur U-Bahn-Station Kaiserplatz eilten.

Fröstelnd schob ich die Hände in die Manteltaschen. Mein Herz pochte laut, und trotz der Kälte klebte mir der Schweiß das Unterhemd an Rücken und Bauch. Noch immer meinte ich die fremden Hände an meinem Körper zu spüren. Niemand wusste, dass sich meine größte Befürchtung soeben bestätigt hatte.

Meine Gedanken wanderten zu Georg. Würde er kommen? Es war riskant, außerhalb des Labors mit ihm in Kontakt zu treten. Da er mein Dozent an der Chemiefakultät war, mussten wir vorsichtig sein. Zu lange und zu häufige Konsultationen in der Universität konnten Argwohn erwecken. Unsere Korrespondenz beschränkte sich auf kleine Zettel, die von Hand zu Hand weitergereicht wurden oder über bestimmte Bücher in der Bibliothek, von denen er sicher war, dass sie niemand ausleihen würde.

Fast immer war er derjenige gewesen, der Kontakt zu mir aufnahm, wenn wir uns außerplanmäßig treffen wollten. Doch an diesem Morgen drückte ich ihm nach der Vorlesung einen Zettel in die Hand. Er blickte mich erschrocken an, aber ich musste ihn unbedingt sprechen.

Ich tauchte in das schummrige Halbdunkel der U-Bahn-Station ein. Die Treppenstufen waren von Schmutz und Nässe glitschig. Der typische Geruch nach Öl und Zement strömte in meine Nase. Ich mochte es sehr, mit der U-Bahn zu fahren, den morgendlichen Weg zur Friedrich-Wilhelms-Universität legte ich meist damit zurück.

Am Bahnsteig drängten sich die Leute, dazwischen patrouillierte ein Schaffner auf und ab. Ein lautes Rattern kündigte die Ankunft des Zuges an. Einige Passagiere machten einen Schritt nach hinten, während andere unbeirrt stehen blieben, die Hälse reckten oder sich eine Zigarette anzündeten.

Der Zug hielt, die Waggontüren wurden geöffnet, und Aussteigende mischten sich mit Hinzuströmenden. Ich suchte mir einen Platz neben der Tür, während andere den hinteren Sitzbänken zustrebten. Als die U-Bahn anfuhr, versuchte ich, den Blicken der Mitreisenden auszuweichen, und starrte in die Schwärze vor den Fenstern.

Zwei Stationen weiter verließ ich den Zug wieder, erklomm

die Treppe und folgte dem Gehsteig eine Weile, bis schließlich das Café Helene vor mir auftauchte. Nach dem Krieg hatte es die Frau eines Hauptmanns eröffnet, der von der Front nicht heimgekehrt war. Seine Pensionskasse zahlte gut, und sie schien nicht allzu traurig über dieses Schicksal zu sein. Wenn sie im Haus war, begrüßte sie fröhlich die Gäste.

Warme, nach Kaffee duftende Luft umfing mich. Augenblicklich beschlug meine Brille. Ich nahm sie ab und wischte den feinen Wasserfilm von den Gläsern. Als ich sie wieder aufsetzte, ließ ich meinen Blick über die Gäste schweifen. Die meisten Tische waren leer. Ein älteres Paar saß ganz hinten neben den Fenstern. Ein etwas derangiert aussehender junger Mann kramte mit nervösen Bewegungen in seiner Jackentasche. Erleichtert stellte ich fest, dass ich niemanden kannte.

Georg und ich würden ungestört reden können.

Ich wählte eine Sitzecke an der Wand. Hier wurde man nur gesehen, wenn man etwas tiefer in das Café hineinging. Ich zog mir den Hut vom Kopf, richtete nervös den Knoten in meinem Nacken und schälte mich aus dem Mantel. Dann blickte ich auf meine Armbanduhr. Vater hatte sie mir zu meinem zwanzigsten Geburtstag im vergangenen August geschenkt. Er war so unheimlich stolz auf mich, besonders jetzt, wo mein Chemiestudium so gut voranschritt. Er träumte davon, dass ich in naher Zukunft sein Drogeriegeschäft übernehmen würde. Ich hatte das Studium eher mit dem Gedanken begonnen, eines Tages selbst Kosmetik herzustellen.

Die Zeiger rückten auf fünf Uhr.

Für gewöhnlich war Georg sehr pünktlich, doch mir war klar, dass es viele Gründe gab, die ihn aufhalten konnten: eine Nachricht seiner Frau, von der er getrennt lebte, seit sie die Scheidung eingereicht hatte, eine Erkrankung seines Sohnes, ein unverhofftes Treffen mit Kollegen oder ein abendliches Gespräch mit dem Dekan.

»Na, was kann ich denn für Sie tun, Frollein?«, riss mich eine Frauenstimme aus meinen Gedanken.

Hilde, die Schwester der Inhaberin, betätigte sich heute als Kellnerin. Sie trug stets einen kleinen Notizblock und einen Bleistift bei sich, doch ich hatte noch nie erlebt, dass sie etwas aufgeschrieben hätte.

»Einen Kaffee bitte. Und ein Glas Wasser«, antwortete ich. Hunger hatte ich nicht, und eigentlich war ich so aufgeregt, dass ich auch keinen Kaffee nötig gehabt hätte. Doch ich wusste, dass Hilde es nicht gern sah, wenn man hier nur die Zeit vertrödelte.

»Keinen Streuselkuchen?«, hakte sie nach, aber allein der Gedanke an etwas Essbares schnürte mir die Kehle zu.

»Heute nicht, danke«, entgegnete ich.

Hilde musterte mich kurz, dann sagte sie: »Sie sind doch schon so ein dürres Ding, das könnten Sie sich doch leisten!«

Ich zwang mich zu einem Lächeln. »Ein anderes Mal.«

Hilde nickte und wandte sich um.

Ich lehnte mich zurück und schloss kurz die Augen. Mir kam wieder in den Sinn, wie groß meine Angst war, als ich Vater von meinem Ansinnen, ein Studium zu beginnen, erzählen wollte. Er war gemeinhin sehr streng und pflichtbewusst, und ich befürchtete, dass er ablehnen würde. Doch wider Erwarten freute er sich.

»Eines Tages wirst du die Chefin des Krohn-Drogerie-Imperiums sein!«, rief er und zog mich, was nur sehr selten geschah, in seine Arme.

Vielleicht machte ich mich auch hierbei nur verrückt ...

Die Türglocke des Cafés erklang. Ich zuckte zusammen und öffnete die Augen wieder. Mein Puls beschleunigte sich, als ein Mann in braunem Tweedmantel eintrat. Als er den Hut vom Kopf zog, erblickte ich jedoch das Gesicht eines Fremden. Er setzte sich an einen Tisch neben einem der Fenster. Ich atmete auf. Unser Gespräch war nicht zu vermeiden, aber ich war froh, noch ein paar Augenblicke für mich zu haben.

Zu Beginn des vergangenen Semesters hatte sich Dr. Georg Wallner uns in der Vorlesung vorgestellt, als Ersatz für einen alten Professor, der in den Ruhestand gegangen war. Er war für einen Dozenten noch recht jung, wenngleich er achtzehn Jahre älter war als ich. Er unterrichtete und arbeitete gleichzeitig an seiner Habilitation. Das hatte mich sehr beeindruckt.

Als wäre es gestern gewesen, erinnerte ich mich, dass sein Blick über die Bankreihen des Hörsaals gewandert war und bei mir einen Moment länger als bei den anderen verweilt hatte. In meinem Jahrgang hatten sich nur sehr wenige Mädchen eingeschrieben, obwohl die Zahl der Studentinnen an der Universität von Jahr zu Jahr zunahm. Der Grund dafür war, dass es hier so viele weibliche Lehrkräfte gab wie sonst nirgends.

Mein Anblick schien Georg Wallner zu überraschen. Ich wurde rot und senkte beschämt meinen Blick. Eine Erklärung dafür, warum mein Herz auf einmal wie wild pochte, hatte ich nicht.

Ich beeilte mich, mir Notizen zu machen, doch immer wieder wanderte mein Blick zu ihm. Er war ganz anders als die anderen Professoren, die meist alt genug waren, um meine Großväter zu sein. Gefühle übermannten mich, die ich bis dahin noch nicht gekannt hatte. Ich gehörte nicht zu den Mädchen, die von jungen Männern umschwärmt wurden. Meine Nickelbrille schien mich unsichtbar zu machen. Mein Vater behauptete immer, dass sie mich klug aussehen ließ, aber wer wollte schon eine kluge Frau, wenn er eine schöne haben konnte?

Über die Wochen trafen sich Georgs und meine Blicke immer wieder. Ich wagte kaum, mich zu Wort zu melden, denn ich fürchtete, dass alles, was ich sagte, in seinen Ohren dumm und einfältig klingen würde.

Dann kam der Tag, an dem er mich zu einer Konsultation bat. Es war kurz vor den Semesterprüfungen, und ich hatte im Seminar einen meiner männlichen Kommilitonen ausgestochen, indem ich die Versuchsreihe schneller beenden konnte.

»Sie haben ein sehr großes Talent für die Chemie«, sagte er, während er sich lässig an seinen Schreibtisch lehnte. »Haben Sie vor, nach Ihrem Studium wissenschaftlich zu arbeiten?«

»Nein«, platzte es aus mir heraus.

Dr. Wallner zog die Augenbrauen hoch. »So? Das ist erstaunlich, wo man hier doch den Eindruck gewinnt, dass jeder Studierende gern dem Lehrkörper beitreten würde.«

»Ich ... ich möchte ...« Meine Stimme hörte sich auf einmal ganz rau an, so als würde ich Halsschmerzen bekommen. »Ich möchte eher herstellen. Drogeriebedarf.« Es klang alles so ungelenk, doch er lächelte.

»Sie wollen in einer Chemiefabrik arbeiten? Glauben Sie wirklich, dass sich eine Frau wie Sie bei Hoechst und Konsorten betätigen sollte?«

»Kosmetik«, korrigierte ich ihn. »Ich würde gern Kosmetik herstellen. Mein Vater hat einen Drogerieladen. Wenn ich die Dinge dort kennen und herstellen möchte, muss ich doch wissen, wie sie beschaffen sind, nicht wahr?«

Das schien er nicht von mir zu erwarten.

»Nun, Sie denken praktisch. Das ist nicht unbedingt verkehrt. Aber Sie sollten eine Karriere an der Universität nicht von vornherein ausschließen.« Er machte eine kurze Pause und musterte mich auf eine Weise, die meinen ganzen Körper prickeln ließ. »Wie wäre es, wenn Sie mir assistierten? Sie wissen ja, ich arbeite gerade an meiner Habilitation, da könnte ich einen hellen Kopf an meiner Seite gebrauchen. Hätten Sie dazu nicht Lust?«

Ich zögerte, obwohl mein Verstand laut »Ja!« rief. Aber ich wusste auch, was mein Vater dazu sagen würde. Dass er mich warnen würde, mich nicht ausnutzen zu lassen. Heinrich Krohn sah in allem erst einmal eine Bedrohung.

Doch Dr. Wallner entfachte Gefühle in mir, die ich so noch nie gespürt hatte. Wenn ich nachts in meinem Bett lag, dachte ich an ihn. Manchmal fantasierte ich mir zufällige Treffen zusammen, heimliche Berührungen, und manchmal waren es auch Dinge, die mir die Schamröte ins Gesicht trieben. Meine Freundin Henny, die in einer Revue als Nackttänzerin arbeitete, würde darüber lachen.

Dann wiederum sagte ich mir, dass es verboten war. Es war allgemein bekannt, dass er eine Ehefrau hatte. Gewiss war sein Interesse lediglich beruflicher Natur. Meine Gefühle musste ich zurückhalten.

»Was müsste ich denn da tun?«, fragte ich schließlich. »Und wann?«

»Wir treffen uns einmal die Woche, sagen wir am Donnerstag, da ist mein Tag an der Universität kurz. Sie arbeiten mir zu, recherchieren für mich und unterstützen mich bei meinen Versuchsreihen. Natürlich nur, wenn es Sie nicht von Ihren eigenen Studien ablenkt.«

Mein Herz flatterte wie ein Schmetterling. Wie gern hätte ich ihm gesagt, dass er mich jederzeit ablenken dürfte. Aber diese Worte blieben in meinem Kopf und ließen meine Wangen glühen.

»Das kriege ich schon hin«, hörte ich mich sagen.

Ein Lächeln flammte auf Dr. Wallners Gesicht auf. »Also werden Sie meine Assistentin?«

»Ja ... sehr gern.« Ich lächelte zurück und senkte dann verlegen den Blick.

Als ich zum ersten Mal sein Labor betrat, war ich fasziniert von der schlichten Einrichtung und der Ausrüstung, die wesentlich moderner war als das, was uns in der Universität zur Verfügung stand. Georg forschte auf dem Gebiet der Thermochemie und erzählte mir von den legendären Chemikern van 't Hoff und Walther Nernst, außerdem war er befreundet mit Otto Hahn, der als zweiter Direktor des Kaiser-Wilhelm-Instituts in Dahlem arbeitete.

Ich hatte das Gefühl, erst in seinem Labor richtig atmen zu können, und obwohl ich später etwas ganz anderes tun wollte, beflügelte mich die Arbeit mit ihm und für ihn.

Eines Tages, ich kann nicht mehr sagen, wann genau, änderte sich die Stimmung im Labor. Gingen wir zunächst sehr professionell miteinander um, wurden unsere Gespräche immer vertrauter.

So erzählte er mir von den Schwierigkeiten, die es mit seiner Ehefrau gab. Ich errötete angesichts dieser Offenbarung, denn mir wäre nie in den Sinn gekommen, dass er unglücklich sein könnte. Als er eines Tages davon berichtete, dass seine Frau die Scheidung eingereicht habe, weinte ich mit ihm.

Kurz darauf begann er, mir Komplimente für den Karamellton meiner Haare zu machen, der mir bis dahin selbst noch nie aufgefallen war. Er lobte meine goldbraunen Augen, die ich von meiner Großmutter, die ich nie kennengelernt hatte, geerbt hatte. Er gab mir das Gefühl, etwas Besonderes zu sein, obwohl ich mich selbst nicht als das sah.

Und es verwirrte mich, dass er meine Schwärmerei für ihn erkannte und darauf reagierte. Eines Abends, beim Abschied, zog er mich an sich und küsste mich. Ich wusste, dass ich hätte empört sein sollen, aber ich war es nicht. Wie von selbst schmiegte sich mein Körper an ihn.

Doch wir waren nicht unvernünftig. Die Zärtlichkeiten, die wir austauschten, waren harmlos. Es gefiel ihm, dass ich ihn tröstete, nachdem es wieder Ärger mit seiner Frau gegeben hatte.

Dann, als er wieder einmal traurig und mitgenommen im

Labor erschienen war, fragte er: »Was denkst du? Könntest du dir vorstellen, meine Frau zu werden? Wenn das alles vorbei ist?«

Ich konnte, denn inzwischen brannte mein Herz vollkommen für ihn.

Nur wenige Minuten später fanden wir uns auf dem Sofa wieder, auf dem er manchmal schlief, wenn er im Labor übernachtete.

Er versprach, vorsichtig zu sein und nichts zu tun, was ich nicht wollte. Doch ich wollte ihn. Und wenn es nur das eine Mal war, ehe er die Scheidung hinter sich gebracht hatte und endlich zu mir stehen konnte.

Ich genoss seine Berührungen und Küsse, seine Worte, mit denen er mir erklärte, welche Leidenschaft er für mich empfand. Der Reiz des Verbotenen kitzelte mich, und so ließ ich zu, dass er mich aus meinen Kleidern schälte. Als er in mich eindrang, war ich trotz des kurzen Schmerzes im Himmel. Er liebte mich so rücksichtsvoll, dass ich es gar nicht abwarten konnte, mehr zu bekommen. Als ich nach Hause ging, peinlich darauf bedacht, dass er keine Spuren hinterließ, träumte ich zum ersten Mal in meinem Leben von Hochzeit.

Das war Mitte Dezember des vergangenen Jahres. Seitdem hatten wir nicht mehr miteinander geschlafen, denn es gab andere Wege, uns Befriedigung zu verschaffen. Er sprach immer seltener von seiner Frau, was ich als gutes Zeichen deutete, dass die Scheidung bald vollzogen sein würde. Doch dann wurde alles anders.

»Ihr Kaffee!« Hilda stellte das Gedeck und das Wasserglas vor mir ab. »Sagen Sie mir Bescheid, wenn Sie es sich mit dem Streuselkuchen überlegen. Der bleibt nicht immer frisch.«

Wahrscheinlich war er auch jetzt schon nicht mehr frisch, denn der Bäcker zog die Bleche bereits in aller Frühe aus dem

Ofen. Mittlerweile war es Viertel nach fünf, der Kuchen hatte also bereits mehr als einen halben Tag hinter sich.

»Danke«, sagte ich nur und beobachtete, wie sie sich dem neuen Gast zuwandte, der die Nase sogleich in die Zeitung gesteckt hatte.

Die Türglocke ertönte erneut, und jemand trat sich geräuschvoll den Schmutz auf der Fußmatte ab. Dabei gab er ein leichtes Schnaufen von sich. Als ich den Kopf zur Seite wandte, erkannte ich Georg. Er trug einen beigefarbenen Trenchcoat, und ich fragte mich, wie ich ihn nur mit dem anderen Mann hatte verwechseln können. Georg besaß eine gewisse Aura, die sofort jeden Raum erfüllte, den er betrat. Ich spürte ihn schon, wenn er am Ende eines Ganges auftauchte, den ich gerade beschritten hatte. Mein Herz klopfte so laut, dass ich kaum noch etwas anderes hören konnte.

Nachdem er seinen Schirm ausgeschüttelt und in den dafür vorgesehenen Ständer gestellt hatte, blickte er sich suchend um. Meine Hand wollte schon hochzucken, um ihm zu winken, aber natürlich entdeckte er mich sofort und kam auf mich zu.

»Entschuldige, dass ich mich verspätet habe«, sagte er und umarmte mich kurz. Obwohl uns hier niemand kannte, hielt er unseren Kontakt in der Öffentlichkeit immer sehr unverbindlich. Die Leidenschaft hob er sich für später auf.

»Was ist mit dir?«, fragte er, denn er spürte, dass ich zitterte. »Du bist so blass, ist irgendwas passiert?«

Wie gern hätte ich ihm jetzt geantwortet, dass ich einfach nur Sehnsucht nach ihm hatte ...

»Setz dich bitte«, sagte ich und legte meine Hände um die Kaffeetasse.

»Du klingst so ernst.« Zwischen seinen Augenbrauen erschien eine Sorgenfalte. »Ist deinen Eltern etwas zugestoßen?«

»Nein, es ist etwas anderes ...« Ich hielt inne und sah ihm ins Gesicht, als wollte ich mir jede noch so vertraute Einzelheit erneut einprägen: seine dunkelblaue Augen, der immer etwas wirre dichte braune Haarschopf, die leicht gebogene Nase, der sinnliche Mund, den stets ein feiner Bartschatten umgab.

»Ich war bei Dr. Sahler.« Ich erkannte sofort, dass der Name ihm nichts sagte. Bevor ich ihre Nummer im Telefonbuch gefunden hatte, wäre es mir genauso ergangen.

»Und wer ist das? Ein Kollege?«, fragte er ein wenig begriffsstutzig.

Ich schüttelte den Kopf. »Eine Gynäkologin.« Obwohl sie mich sehr vorsichtig untersucht hatte, dachte ich mit Schaudern an ihre tastenden Finger.

Ich versuchte mich zu sammeln, blickte zu dem Fremden hinüber, der immer noch hinter seiner Zeitung steckte, und fragte mich, wie gut seine Ohren waren.

Dann beugte ich mich vor und flüsterte: »Ich bin schwanger.«

Georg starrte mich ungläubig an. »Das ist nicht möglich. Wir haben doch nur einmal ...«

»Offenbar war dieses eine Mal ausreichend«, antwortete ich und senkte dann meine Stimme wieder. »Sie hat mich gründlich untersucht. Und meine ... Periode ... ist schon seit zwei Monaten überfällig ...«

Georg hob die Hand und wischte sich übers Gesicht. »Und warum bist du nicht eher zu ihr gegangen?«

Ich blickte ihn verdutzt an. Was hätte das geändert? Außerdem bezweifelte ich, dass sie zu dem Zeitpunkt schon eine Schwangerschaft hätte feststellen können.

»Ich dachte ... Wir waren doch vorsichtig. Und manchmal kommt es bei mir ... unregelmäßig.«

Mein Gesicht glühte. Normalerweise redete ich über solche Dinge nicht, nicht einmal mit meiner Mutter. Aber Georg wusste mehr über meinen Körper als sie. Sie mochte mich geboren haben, doch er hatte mich die Leidenschaft gelehrt.

Ich versuchte erneut, seine Gedanken von seinem Gesicht abzulesen. Sein Blick war glasig, in sich gekehrt. Wahrscheinlich bemühte er sich, seine Optionen wissenschaftlich abzuwägen.

»Ich könnte dir die Adresse eines Arztes geben, der sich dieses ... Problems annimmt«, sagte er.

Ich legte den Kopf schief, dann dämmerte mir, worauf er hinauswollte.

»Du willst, dass ich zu einem Engelmacher gehe?« Alarmiert blickte ich zur Seite. Der Fremde hatte die Zeitung heruntergenommen. Konnte er doch hören, worüber wir sprachen? »Aber du ... ich meine, du lebst doch in Scheidung, wir könnten ...«

Georg schnaufte. »Es ist kompliziert.«

»Wie bitte?« Ich konnte nicht glauben, was ich soeben gehört hatte.

»Brunhilde hat die Scheidung zurückgezogen. Sie hat Angst vor einem Skandal ...« Er blickte mich an. »Deshalb habe ich danach nicht mehr mit dir ...« Sein Kopf rötete sich. Ich versuchte zu begreifen, was er mir sagen wollte.

Eine ganze Weile war ich nicht imstande, etwas zu sagen. Ich fühlte mich, als würde ich auf einem Drahtseil stehen und jeden Augenblick fallen.

»Warst du denn mit ihrem Ansinnen, sich scheiden zu lassen, einverstanden?«, brachte ich schließlich hervor.

»Ja, ich ... das heißt ... ich hätte keine andere Wahl gehabt, nicht wahr? Wir haben uns auseinandergelebt, aber ... ich habe einen Sohn. Ich muss an ihn denken. Und jetzt, wo die Dinge zwischen mir und Brunhilde wieder besser werden ...«

Auf einmal wurde mir kalt. Mein Herz fühlte sich an, als würde es langsam von einer Eisschicht überzogen. Noch immer suchte mein Verstand nach einer Möglichkeit zu verstehen, was er da sagte. Nach einer Möglichkeit zu begreifen, was die jetzige Situation für mich bedeutete.

Er musste an seinen Sohn denken. »Und was ist mit meinem Kind?«, sprach ich den nächsten Gedanken laut aus. »Willst du daran nicht denken?«

Allmählich wurde mir klar, dass das Café der schlechteste Ort war, um mit ihm zu reden.

»Wenn du es deiner Frau sagen würdest ... Sie würde auf der Scheidung beharren.«

»Und wie stünde ich dann da?«, gab er unwirsch zurück. »Wie ein Ehebrecher. Meine Karriere wäre vorbei. Ich wäre ruiniert!«

Und was war mit mir?

Ich blickte in seine Augen und erkannte ihn nicht wieder. Das konnte unmöglich der Mann sein, der mir vor Monaten noch sein Leid über seine lieblose Ehe geklagt hatte.

Die nächste Erkenntnis traf mich wie ein Schlag.

Wie hatte ich nur so dumm sein können? Warum hatte ich nicht darauf bestanden, meine Jungfräulichkeit erst an ihn zu verlieren, wenn der Ring an meinem Finger steckte? So wirkte es, als hätte ich mich in eine Ehe gedrängt. Eine Ehe, von der Georg behauptet hatte, sie wäre am Ende, obwohl das anscheinend nicht der Fall war. Er hatte mich benutzt. Er hatte mich ausgenutzt.

Zorn wallte in mir auf, aber er war nicht stark genug, um die anderen Empfindungen zu überdecken. Angst tobte in mir. Verzweiflung. Übelkeit. Was würden meine Eltern sagen?

Ich wurde im August einundzwanzig, aber bis dahin war es noch ein halbes Jahr. Ein halbes Jahr, in dem mein Vater das Sagen hatte.

Heinrich Krohn hatte viel für mich getan, doch es gab kaum etwas, das ich mehr fürchtete als seinen Zorn und seine Reaktion auf meine Schwangerschaft und die Tatsache, dass der Kindsvater mich nicht heiraten würde.

Georg fuhr sich nervös mit der Hand durchs Haar. »Es tut

mir leid, aber ich denke, uns bleibt unter diesen Umständen nur eine Lösung ...«

»Das Kind verschwinden zu lassen?« Ich schüttelte ungläubig den Kopf. Tränen stiegen in meine Augen. Ich hatte gewusst, dass es schwierig werden würde, aber dieses Kind zu töten hatte ich noch nicht eine Sekunde lang in Betracht gezogen.

»Siehst du einen anderen Weg?«

Ich schüttelte den Kopf. »Mein Vater wird mich rauswerfen, wenn er es erfährt«, sagte ich leise. »Ich ... ich brauche jemanden, der mich unterstützt, bis ich meine Geschäfte selbst regeln kann. Und ...« Ich pausierte. Nie hatte ich etwas von ihm verlangt. Er war derjenige, der mir versprochen hatte, dass wir zusammenleben und -arbeiten könnten, wenn alles vorbei war. Doch mit dem Kind, das ich in mir trug, änderte sich alles. »Ich will weiterstudieren können.«

Ich wusste, dass es vermessen klang.

»Deine Lösung heißt also Geld? Als Lohn dafür, dass du mir keinen Skandal machst?«

»Habe ich dir etwa gedroht?«, fragte ich und schüttelte den Kopf. Nein, das war wirklich nicht mehr der Mann, dem ich mich hingegeben hatte. »Alles, worum ich dich bitte, ist Hilfe! Sonst werde ich auf der Straße sitzen!« Es fiel mir schwer, meine Stimme zu zügeln. Am liebsten hätte ich ihn angeschrien. »Schlimmstenfalls sorgt mein Vater dafür, dass mir das Kind weggenommen wird!«

»Das wäre doch nicht das Schlechteste.« Sein Blick wurde kalt. Ich sah ihn wie versteinert an.

In dem Augenblick tauchte Hilde auf. »Was kann ich für den Herrn tun?«, fragte sie, Zettelblock und Bleistift in der Hand.

»Nichts, danke«, sagte Georg unwirsch. »Ich wollte ohnehin gleich wieder gehen.«

Hilde betrachtete ihn zweifelnd, und fast schon rechnete

ich mit einer Bemerkung, doch dann drehte sie sich schnaufend um und zog von dannen.

Ich ließ die Arme sinken. Die Angst in meinem Magen hatte sich in einen dicken Klumpen verwandelt, der sich wie ein Stein anfühlte, der mich unter Wasser zog.

»Du wirst mir also nicht helfen?«, fragte ich verzweifelt. »Und das, obwohl du mich vor einigen Wochen noch gefragt hast, ob ich dich heiraten würde, wenn die Scheidung vorbei ist?«

Natürlich konnte ich ihn zwingen. Ich konnte die ganze Sache zu einem Skandal anwachsen lassen, doch was würde das Ergebnis sein? Ich würde mein Gesicht verlieren, und wahrscheinlich würde er leugnen, der Vater zu sein. Und meine Familie würde ebenfalls in Misskredit geraten. Möglicherweise brachte es meinen Vater an den Rand des Ruins.

Ich wusste, dass ich nicht die Kraft für so einen Kampf hatte.

»Ich werde darüber nachdenken«, sagte Georg einsilbig und erhob sich dann. »Sag niemandem etwas davon. Und erwähne die Schwangerschaft auch vor deinen Eltern nicht. Verstehst du? Sonst kannst du alles vergessen. Ich melde mich.«

Damit erhob er sich und ging.

Mit leerem Blick starrte ich ihm hinterher. Der Klumpen in meiner Brust wurde größer, er schien sich vollzusaugen wie ein Schwamm. Was hatte ich nur getan? Ich wünschte, ich könnte die Zeit zurückdrehen und mit »Nein« antworten auf Georgs Frage, ob ich ihm assistieren wollte. Doch die Chance hatte ich vertan. Ich hatte alles verspielt.

Während mir Tränen der Scham und der Reue in die Augen schossen, sprang ich auf, warf ein paar Münzen auf den Tisch und floh aus dem Café. Doch vor mir selbst konnte ich nicht weglaufen.

2. Kapitel

Das Wohnhaus, in dem meine Eltern die erste Etage gemietet hatten, war hell erleuchtet, als ich das Treppenhaus betrat. Ich blieb stehen und lauschte nach Schritten. Unsere Nachbarn waren nicht besonders neugierig, aber sie erwarteten, dass man sich mit ihnen unterhielt, wenn man ihnen begegnete.

Auf ein »Guten Abend, Herr Kommerzienrat, wie geht es Ihrer Frau?« hatte ich in diesem Augenblick keine Lust. Lieber würde ich mich in den Keller zurückziehen, als jemanden sehen zu lassen, dass meine Augen gerötet waren von den Tränen, die ich auf dem Weg hierher vergossen hatte.

Doch es blieb still. Wer auch immer vor mir nach oben gegangen war, hatte offenbar nur vergessen, das Licht auszuschalten.

Tief durchatmend zog ich die Tür hinter mir ins Schloss.

Meine Eltern waren es durch mein Studium gewohnt, dass ich manchmal erst abends nach Hause kam. An Donnerstagen, wenn ich mit Georg arbeitete, erschien ich noch später.

Nur in der ersten Zeit waren sie deswegen ein wenig argwöhnisch gewesen. Eigentlich schickte es sich nicht, dass eine junge Dame mit ihrem Dozenten allein war. Ich hatte weitere Assistenten hinzugedichtet, ein harmloses Umfeld voller Erlenmeyerkolben, Reagenzgläser und Bunsenbrenner auf langweiligen Labortischen kreiert. Anfänglich war es das auch gewesen.

Später, nachdem wir uns auf dem Sofa geliebt hatten, hatte ich penibel darauf geachtet, dass meine Kleidung und auch mein Haar genauso saßen wie am Morgen, als ich das Haus verlassen hatte.

Ich war sicher, dass meine Eltern nichts ahnten. Doch würde ich nach allem, was heute geschehen war, den Blicken meiner Mutter standhalten können? Ihre grauen Augen gaben mir oft das Gefühl, dass sie mitten in meine Seele schauen konnten.

Und dann war da noch Vater. Heinrich Krohn war durch und durch Preuße: Pflichterfüllung, Sitte und Anstand sowie Ordnung gingen ihm über alles. Schon als Kind hatte ich gelernt, dass er ein liebenswerter Mensch sein konnte – wenn man tat, was er verlangte. Wenn man abwich, reagierte er jedoch mit Furcht einflößender Härte.

Bisher war es mir leichtgefallen, seine Erwartungen zu erfüllen. Doch nun? Ich hatte gegen alles verstoßen, was ihm heilig war. War unmoralisch gewesen, leichtfertig. Seine Reaktion darauf war vorhersehbar. Mir das Kind wegzunehmen war eine Möglichkeit. Mich zu enterben eine andere.

Mit dem Gefühl, dass mein Körper heute mehr wog als sonst, schleppte ich mich die Treppe hinauf. Von der Etage über uns hörte ich Beethovens »Neunte«. Der Herr Kommerzienrat war zu Hause, und offenbar hatte ihn etwas aufgewühlt, denn Beethoven kam nur dann auf sein Grammophon, wenn sein Gemüt erhitzt war. Hatte er etwas Ungeheuerliches in der Zeitung gelesen? Sich mit seiner Frau gestritten? Ich hatte noch nie gehört, dass sie sich gegenseitig anschrien, aber Beethoven dröhnte des Öfteren durch den Flur.

Die dramatischen Klänge verstärkten meine Angst nur noch. Ich schob den Schlüssel ins Schloss. Der Geruch von gebratenem Fleisch strömte mir in die Nase. Montags gab es immer die Reste vom Sonntagsbraten, aufgewärmt und mit Mostrich auf Brot serviert. Mein Vater liebte das.

Mir lief das Wasser im Mund zusammen – nicht vor Genuss, sondern vor Abscheu. Seit mich meine Blutung das erste Mal im Stich gelassen hatte, veränderte sich mein Geschmackssinn stetig. Mutters rote Grütze schmeckte mir plötzlich nach Chlor, der Sonntagsbraten bekam eine faulige Note, Brot, das vollkommen in Ordnung war, erregte mir Übelkeit durch seinen schimmligen Beigeschmack.

»Bin zurück!«, rief ich so fest und unbeteiligt wie immer, hängte den Mantel in die Garderobe und brachte meine Tasche in mein Zimmer. Dabei fiel mein Blick auf mein Spiegelbild.

Unter der weiten dunkelblauen Schluppenbluse und dem knielangen Tweedrock war noch nichts von meinem Zustand zu sehen, doch Dr. Sahler hatte mir gesagt, dass sich das bald ändern würde.

Mein Gesicht wirkte müde, aber das war nach einem langen Tag an der Universität nichts Besonderes. Dennoch waren die Ringe unter meinen Augen bedenklich.

Ich nahm meine Brille ab, und während die Welt verschwamm, rieb ich mir mit den eiskalten Händen übers Gesicht.

Wenn doch nur das Treffen mit Georg anders verlaufen wäre! Natürlich würde ich meinen Eltern nicht einfach so sagen können, was los war. Mutter würde in Ohnmacht fallen und Vater vor Zorn explodieren.

Aber zu wissen, dass ich Rückhalt bei Georg hatte, wäre jetzt hilfreich gewesen. Ich setzte meine Brille wieder auf, prüfte den Haarknoten in meinem Nacken und straffte mich. Bis zur Nacht waren es nur ein paar Stunden, und ich konnte mich nach dem Essen sicher unter dem Vorwand, lernen zu müssen, zurückziehen. Ich würde diesen Tag überstehen, und morgen würde ein neuer anbrechen. Vielleicht hatte Georg es sich dann überlegt und würde mir helfen. Und wenn er mir nur eine Unterkunft und etwas Geld anbot.

Ich verließ mein Zimmer und ging ins Wohnzimmer, wo Vater vor seinem Radio saß. Dieses hatten wir vor zwei Jahren angeschafft, und seitdem genoss er den Abend mit Zeitung und Musik.

»Guten Abend, Papa«, sagte ich und gab ihm einen Kuss auf die Wange. Es war Pflicht, dass ich zuerst ihn begrüßte, wenn ich nach Hause kam. »Wie war dein Tag?«

»Nun, ganz gut«, sagte er und blickte mich über den Rand seiner Brille an. Die Kurzsichtigkeit hatte ich nicht, wie die Leute glaubten, vom langen Lesen in Büchern, sie war ein Erbteil von Papas Familie. »Wie läuft es bei dir an der Universität? Das Semester ist bald vorüber, müsst ihr Prüfungen ablegen?«

»Nein, aber Hausarbeiten in den Ferien schreiben.«

»Das schaffst du doch mit links! Immerhin bist du eine Krohn!« Er legte die Zeitung auf seinem Schoß ab und tippte mit der Hand auf einen der Artikel. »Hier, nimm zum Beispiel diesen Budnikowsky mit seinem Seifenhandel in Hamburg! Hat schon die zweite Filiale eröffnet! Wenn du erst mal von der Uni bist, werden wir uns daranmachen!«

»Sicher, Papa«, sagte ich und versuchte, das Unwohlsein zu verdrängen.

»Ah, da ist ja meine Kleine!«, flötete Mutter, als sie hereinkam. »Fühlst du dich auch nicht zu erschöpft, um mir in der Küche zu helfen?«

»Du solltest ein Mädchen anstellen, Lisbeth«, brummte Vater. »Und eine Köchin. Ich verstehe nicht, warum du noch alles selbst erledigst. Wir können es uns doch leisten!«

»Weil ich fürchte, dass dir sonst das Essen nicht schmeckt«, antwortete Mutter.

»Ich helfe dir gern«, unterbrach ich die Diskussion. »Ich bin nur gerade angekommen, und Papa hat mir von diesem Budnikowsky erzählt.«

»Budni... wer? Haben wir schon wieder neue Nachbarn?«

»Nein, das ist ein Seifenhändler in Hamburg. Was der kann, können wir auch. Passt auf, innerhalb von zwei Jahren eröffnen wir eine Filiale in Potsdam!«

»Nicht lieber in einem anderen Stadtteil von Berlin?«, fragte ich. »In Friedrichshain zum Beispiel.«

»Ach was, das ist Kleinkram. Wir brauchen eine andere Stadt! Der Name Krohn muss in aller Munde sein! Und wo gerade in Babelsberg diese ganzen Filmdiven unterwegs sind und ständig irgendwelche Duftwässerchen und Schminke benötigen...«

»Das können wir nachher bereden«, sagte Mutter und legte die Hand auf meinen Arm. »Erst mal brauche ich unsere Tochter in der Küche.«

Sie zog mich mit sich in das Zentrum der Wohnung.

Als Kind hatte ich stundenlang in der Küche gesessen. Damals, als Vater mit seinem ersten Laden angefangen hatte, hatten wir noch in einer weniger noblen Wohnung im dritten Stock gewohnt. Vom Küchenfenster aus hatte ich einen guten Überblick über den gesamten Hinterhof. Ich sah, wann die anderen Kinder draußen waren, besonders Henny, die ich schon von Kindesbeinen an kannte. Im Winter war es am Herd am wärmsten. Von den Gerüchen, die hier herumschwirrten, hatte ich nicht genug kriegen können.

Das hatte sich durch meine Schwangerschaft drastisch geändert.

»Hier, schneide das Fleisch in Scheiben«, sagte Mutter und reichte mir das Messer. »Du hast immer so ein gutes Augenmaß.«

Wieder sammelte sich Speichel in meinem Mund. Ein Kommilitone aus meinem Jahrgang, der Vegetarier war und dafür meist von den anderen ausgelacht wurde, behauptete, dass es sich bei geschlachteten Tieren um Leichen handelte, die man verspeiste. Genauso gut könnte man auch einen Menschen essen. Außerdem wären in den Schlachthöfen Menschen angestellt, die Maden aus dem Fleisch pulten, damit es noch verkauft werden konnte.

Warum kam mir dieses Gerede gerade jetzt in den Sinn? Mir wurde nicht nur schlecht, sondern auch schwindelig. All meine Willensstärke nützte nichts. Mutters Worte verschwammen in dem Rauschen. Die Welt begann vor meinen Augen zu schwanken wie ein Ausflugsdampfer, der in einen Sturm geriet. Ich versuchte, mich an der Tischkante festzuhalten, dann wurde ich zur Seite gerissen, und die Welt verdunkelte sich.

Als ich die Augen aufschlug, glaubte ich, dass es Morgen war und ich noch im Bett lag. Ich musste verschlafen haben, denn über mir erkannte ich das verschwommene Gesicht meines Vaters. Wenig später fühlte ich etwas an meiner Wange. Versuchte er, mich wach zu rütteln?

Da spürte ich, dass es kein Rütteln war, sondern leichte Schläge.

»Lisbeth, sie ist wieder wach!«, hörte ich Vater sagen. »Hast du Dr. Meyerhoff erreicht?«

»Ja, er müsste gleich da sein!«, rief meine Mutter aus dem Hintergrund.

Dr. Meyerhoff? Was wollte er hier?

Seltsamerweise kam mir als Nächstes das Telefon in den Sinn, das wir vor einem Jahr angeschafft hatten. Mutter hatte Dr. Meyerhoff anscheinend angerufen.

Ich langte zur Seite, wollte nach meiner Brille greifen, doch sie lag nicht an ihrem Platz.

»Hier«, sagte mein Vater fürsorglich, holte die Brille aus seiner Westentasche und setzte sie mir wieder auf. »Zum Glück ist sie nicht kaputtgegangen.«

Meine Welt wurde nun wieder klar, und ich bemerkte, dass ich nicht im Bett lag, sondern auf dem Boden. Dem Küchenboden, dem Wachstuch auf dem Tisch neben mir nach zu urteilen.

»Was ist passiert?«, fragte ich. Meine Zunge bewegte sich träge in meinem Mund.

»Warte, ich bringe dich in dein Zimmer«, sagte Vater, ohne meine Frage zu beachten, und hob mich auf seine Arme, wie damals, als ich noch ein kleines Kind war. In meinem Zimmer legte er mich vorsichtig auf dem Bett ab. So kannte ich ihn nur dann, wenn ich krank war.

»Du arbeitest zu viel«, sagte er und strich mir übers Haar. »Achtest du wenigstens auf die Pausen zwischendurch?«

»Ja, Papa«, antwortete ich schwach. Gleichzeitig krampfte sich mein Magen zusammen, denn mir wurde klar, dass mein Zustand schuld daran war und keine Überarbeitung.

»Sie isst auch viel zu wenig«, tönte meine Mutter, die uns ins Zimmer gefolgt war. »Hast du gehört, Sophia, du musst mehr essen!«

»Am Essen liegt es nicht, Mama!« Das Blut pulsierte in meinen Schläfen. Ja, ich hatte in den vergangenen Tagen wenig gegessen, was meinem aus der Bahn geratenen Geschmackssinn geschuldet war.

Am liebsten hätte ich meinen Eltern gesagt, dass sie mich einfach nur ruhig liegen lassen sollten, aber das wäre vergebens gewesen. Bis zum Erscheinen von Dr. Meyerhoff blieb entweder der eine oder die andere bei mir, redete auf mich ein und streichelte mein Haar, als wäre ich noch ein kleines Mädchen. Mutter holte eine Decke, damit ich mich nicht verkühlte, obwohl es doch warm in meinem Zimmer war.

Als es an der Tür klingelte, ging mein Vater, um zu öffnen. Wenig später kehrte er mit dem Arzt in mein Zimmer zurück.

Dr. Meyerhoff kümmerte sich bereits seit vielen Jahren um unsere Familie. Er hatte mich schon als Kind untersucht, wenn ich wieder einmal Bauchschmerzen oder eine Mandelentzündung hatte. Der Mann mit dem buschigen schwarzen Bart flößte mir damals oft Angst ein.

Mittlerweile war er ergraut und erschien mir wie ein milder Großvater. »Guten Abend, Fräulein Sophia, was fehlt uns denn?«

Dass er »uns« sagte, erheiterte mich. Ihm fehlte sicher nichts und mir auch nicht.

»Sie ist plötzlich in der Küche umgefallen«, erklärte meine Mutter, während sich mein Vater diskret zurückzog, denn es stand zu erwarten, dass ich mich frei machen musste. »Sie sind gerade von der Universität gekommen, nicht wahr, Sophia?«

Ich nickte ergeben, obwohl die Aussage nur bedingt stimmte.

»Dann wollen wir doch mal schauen.«

Der Arzt öffnete seine Tasche, holte Stethoskop und Blutdruckmesser heraus. Er beugte sich über mich, leuchtete mir mit einem kleinen Lämpchen in die Augen, prüfte meinen Puls.

»Wenn Sie bitte hinausgehen würden, Frau Krohn?«, wandte er sich an meine Mutter. »Ihre Tochter ist kein kleines Kind mehr und könnte es als peinlich empfinden, sich in Ihrem Beisein zu entblößen.«

Mutter nickte und wandte sich um. Wenig später war ich mit dem Arzt allein.

»Sie ahnen schon, um was ich Sie jetzt bitten muss«, sagte er und wandte sich erneut seinem Koffer zu. »Unterhemd und Unterhose können Sie anbehalten.«

Ich erhob mich, schälte mich aus meiner Bluse und stieg aus meinem Rock. Vorsichtshalber stützte ich mich am Bettpfosten ab. Noch immer hatte ich ein wackliges Gefühl in den Knien.

Dr. Meyerhoff schob sich das Stethoskop in die Ohren und legte mir die Blutdruckmanschette an.

»Heben Sie das Hemd bitte hinten an«, verlangte er schließlich.

Ich beugte mich vornüber und zuckte zusammen, als das kalte Metall meine Haut berührte.

»Haben Sie sich in den letzten Tagen unwohl gefühlt oder irgendwelche Veränderungen verspürt?«, fragte er leise, während er meinen Rücken abhorchte.

Ich atmete zitternd durch. Sicher würde er herausfinden, was los war. Wenn er es nicht bereits vermutete ...

»Legen Sie sich bitte auf den Rücken, ich möchte Ihren Bauch abhören.«

Ich tat, was er verlangte, und versuchte die Erinnerung zu verdrängen, wie Georg sich über mich gebeugt hatte.

»Ich habe meine Periode nicht bekommen«, platzte es aus mir heraus.

Dr. Meyerhoff hielt inne. »Sie ...«

Ich richtete mich wieder auf. Mittlerweile war ich sicher, dass die Ohnmacht von meinem Zustand herrührte. Dr. Meyerhoff würde zu demselben Ergebnis kommen, wenn er seine Untersuchung fortsetzte.

»Ich bin schwanger«, sagte ich leise und senkte den Blick.

»Aber warum hat Ihre Mutter nicht ...« Er stockte, schüttelte verständnislos den Kopf.

»Meine Eltern wissen noch nichts davon. Ich war heute Nachmittag bei Dr. Sahler, sie meinte, dass ich vielleicht schon im zweiten oder dritten Monat bin.«

Der Arzt starrte mich überrascht an. Hinter seiner Stirn ratterten die Gedanken. »Und der Vater?«, fragte er schließlich. »Wer ist er?«

»Das möchte ich für mich behalten«, gab ich zurück. »Aber er weiß es.«

»Hat denn Konsens zwischen Ihnen beiden bestanden?«
Als ob es meine Lage ändern würde, wenn es anders gewesen wäre!
»Ja, das hat es. Er hat mir keine Gewalt angetan. Es war ... unglücklich ...« War es das wirklich? Wir hatten einen wunderbaren Abend verbracht, von dem ich glaubte, dass er uns glücklich machen würde. Aber offenbar zahlte man für alles einen Preis.

Dr. Meyerhoff überlegte. »Wenn Sie wünschen, sage ich Ihren Eltern nichts«, erklärte er dann. »Sie sind zwar noch nicht volljährig, aber in diesem Fall würde ich eine Ausnahme machen. Allerdings wird Ihr Zustand nicht auf ewig zu verheimlichen sein.«

Ich war hin- und hergerissen. Wenn er es für sich behielt, würde ich wie lange sicher sein? Noch einen Monat? Zwei? Der Zorn meines Vaters würde über mich hereinbrechen, so oder so. Den Unterschied konnte allein Georg machen.

»Ich weiß«, sagte ich schließlich, dann sah ich ihn an. In seinen Augen lag Bedauern, so als hätte er eine schlimme Krankheit bei mir festgestellt. Und so fühlte ich mich auch. Mein Magen brannte, und mein Herz raste. Die Angst wuchs und wuchs. Würde ich sie noch einen weiteren Monat aushalten können? Konnte ich warten, bis Georg auf mich zukam? Würde er es tun? Ich konnte nicht beweisen, dass es sein Kind war. Wie leicht würde man mir unterstellen können, dass ich nur einen Vorteil herausschlagen wollte ...

Ich blickte auf meine Hände, die ich so fest zu Fäusten geballt hatte, dass die Knöchel schneeweiß hervortraten. »Sagen Sie es ihnen.«

»Sind Sie sicher?«

»Es wird nicht besser, wenn ich warte«, gab ich mit grimmiger Entschlossenheit zurück.

Der Arzt legte die Hand mitfühlend auf meinen Arm und

nickte. »Sie müssen ab sofort gut auf sich achtgeben und genügend essen«, sagte er sanft. »Haben Sie sehr unter Übelkeit zu leiden?«

»Mein Geschmackssinn ist nicht mehr derselbe, und meine Nase ist viel zu empfindlich. Aber die Übelkeit ist noch erträglich.«

Damit schien Dr. Meyerhoff alles zu wissen, was er wissen wollte. Er packte sein Stethoskop in die Tasche zurück. »Gut. Ich verschreibe Ihnen etwas für den Fall, dass es schlimmer wird.«

Ich nickte, griff nach meinem Rock, zog ihn an meinen Hüften hoch. Dann warf ich mir die Bluse über.

Dr. Meyerhoff verließ das Zimmer.

Ich schloss die Augen. Die Zeit schien stehen zu bleiben.

Erst Mutters kummervolles Aufheulen brachte mich in die Wirklichkeit zurück.

»Bitte beruhigen Sie sich!«, redete Dr. Meyerhoff beschwichtigend auf sie ein. »Das ist nicht das Ende der Welt. Eigentlich ist es ein freudiger Anlass.«

»Freudig?«, peitschte die Stimme meines Vaters.

Im nächsten Augenblick stürzte er zur Tür herein. Dieselben Hände, die mich aus der Küche getragen und vorsichtig auf mein Bett gelegt hatten, packten nun grob meine Schultern und schüttelten mich.

»Was hast du dir dabei gedacht!«, schrie er mich an. »Was hast du dir gedacht? Wer ist dieser Kerl? Sag es mir!«

»Herr Krohn, bitte!«, kam mir der Arzt zu Hilfe und fasste Vater bei den Armen. »Sie dürfen Ihre Tochter nicht so anpacken.«

Er ließ mich los und trat einen Schritt zurück. Ich wich in Richtung Fenster aus. Die Abdrücke seiner Finger pochten schmerzvoll.

»Wer hat dich geschwängert?«, fuhr Vater mich an. »Ich bringe den Kerl um! War es einer aus deinem Jahrgang? Nenn mir den Namen des Hallodris!«

Vaters Augen waren dunkel wie Kohlen und schienen gleichzeitig zu brennen. Im Hintergrund hörte ich Mutter noch immer weinen.

Ich brachte keinen Ton hervor.

»Herr Krohn«, meldete sich Dr. Meyerhoff zu Wort. »Bitte versuchen Sie, die Sache rational zu betrachten. Es sind natürliche Vorgänge.«

»Natürliche Vorgänge?«, echote mein Vater wütend und wirbelte herum. »Sie gehen jetzt besser! Das ist eine Sache zwischen mir und meiner Tochter!«

Dr. Meyerhoff rang mit sich, nickte aber schließlich.

»Ich lasse Ihnen wie besprochen ein Medikament gegen die Übelkeit schicken«, sagte er an mich gewandt. Dann verließ er die Wohnung.

Vater blieb wutschnaubend vor meiner Zimmertür stehen, wie ein Wächter, der sicherstellen wollte, dass ich nicht entwich. Eine ganze Weile schwiegen wir uns an.

»Wer ist der Kerl?«, fragte er noch einmal drohend. »Du wirst ihn heiraten müssen, damit die ganze Schande nicht öffentlich wird.«

»Ich ... ich kann ...« Meine Stimme versagte.

»Was kannst du?« Vater trat wieder einige Schritte auf mich zu. Mutter hatte inzwischen mit dem Weinen aufgehört. Ich wünschte mir, dass sie kommen und mich in Schutz nehmen würde. Dass sie sagen würde, dass wir eine Lösung finden konnten. Aber sie blieb meinem Zimmer fern.

»Ich ... ich kann ihn nicht heiraten!«, sagte ich schnell, als Vater dicht vor mir stand. Ich hätte mich schon aus dem Fenster werfen müssen, um ihm zu entgehen. Doch er rührte mich nicht noch einmal an.

»Warum nicht? Mit was für einem Taugenichts hast du dich eingelassen?«

»Er ... er ist ... verheiratet«, stammelte ich und erwartete jeden Augenblick eine Ohrfeige als Strafe. Mein Vater hob zwar die Hand, aber er hielt in der Bewegung inne. In seinen Augen sah ich, dass ihm dämmerte, wer der Schuldige sein könnte.

»Ist es dieser Dozent, bei dem du arbeitest? Hat er dich verführt?«

Ich presste ertappt die Lippen zusammen. Ich hätte mich verteidigen und behaupten können, dass er damals in Scheidung gelebt hatte. Dass ich mir Hoffnungen auf ihn gemacht hatte. Doch das würde genau diese Art Kampf verursachen, vor dem ich mich fürchtete und für den ich zu schwach war.

»Ich wusste es ... Dieser Mistkerl!«, raunte er und richtete seinen Blick auf den Teppich. Was würde jetzt geschehen?

Der Blick meines Vaters wurde hart.

»Du verlässt meine Wohnung. Sofort!«, peitschte mir seine Stimme entgegen, und sein Finger deutete auf die Tür. »Ich will nicht mit einer gedankenlosen Hure unter einem Dach wohnen! Sieh zu, wie du aus diesem Schlamassel herauskommst! Allein!«

Ich spürte, wie in meinem Innern etwas zerbrach, wie eine Scheibe, die zuvor schon einen Riss gehabt hatte und nun dem äußeren Druck nicht mehr standhalten konnte.

Vater verließ mein Zimmer, doch seine Worte hallten weiterhin im Raum nach. Eine gedankenlose Hure. Ja, das war ich. Aber auch immer noch seine Tochter.

Das Schlimmste daran war jedoch, dass ich genau diese Reaktion vorhergesehen hatte.

Plötzlich fühlte ich mich wie im freien Fall. Ein Topf mit Geranien, der vom Fensterbrett in die Tiefe stürzte. Doch ich zerschellte nicht beim Aufprall auf dem Boden. Ich blieb einfach stehen und begriff, dass dies meine letzten Augenblicke in diesem Zimmer sein würden.

Aus der Küche hörte ich meine Mutter. »Heinrich, das kannst du nicht tun! Sie ist deine Tochter!«

»Und ob ich das tun kann!«, brüllte er. »Sie hat eine Entscheidung getroffen, als sie zu diesem Kerl ins Bett gestiegen ist. Jetzt soll sie auch mit den Konsequenzen zurechtkommen!«

»Aber wo soll sie denn hingehen?«

»Das ist ihre Sorge! Soll sie zu diesem Kerl gehen! Ich will sie nicht mehr hier sehen!«

Jedes Wort war wie ein Dolchstich. Es erleichterte mich, dass meine Mutter noch ein wenig zu mir hielt, aber gleichzeitig war mir klar, dass sie zu schwach war, um sich gegen ihn durchzusetzen. Sie würde sich fügen müssen. Genauso wie ich.

Ich atmete tief durch. Mein Verstand suchte fieberhaft nach einer Lösung. Ich konnte zu Georgs Labor gehen. Er war nicht dort, aber ich besaß für alle Fälle einen Schlüssel. Allerdings sträubte sich etwas in mir vehement dagegen.

Nein, ich brauchte etwas anderes. Ich brauchte jemand anderen.

Während ich nachdachte, wetterte mein Vater weiter. Seine Worte jagten dahin wie Wolken bei einem Sturm.

»Sie ist deine Tochter!«, rief Mutter schließlich, und Vater entgegnete: »Ich habe keine Tochter mehr!«

Schritte donnerten durch den Flur, dann schlug eine Tür zu.

Ich zitterte am ganzen Leib. Aus Angst, aus Wut und Enttäuschung.

Ich hörte Mutter erneut weinen, doch sie erschien nicht in meinem Zimmer. Mama, dachte ich. Mama, warum kommst du nicht her? Warum kommst du nicht her und redest mit mir? Minutenlang wartete ich. Vergebens. Irgendwann verschwand sie im Schlafzimmer.

Tränen liefen über meine Wangen, aber ich war zu geschockt, um Schmerz zu fühlen. Ich hätte zu ihnen gehen, sie um Vergebung anflehen sollen. Doch ich wusste, dass es nichts bringen würde. Ich kannte meinen Vater zu gut. Wer ihn einmal verärgerte, dem verzieh er nicht.

Mechanisch wandte ich mich um und öffnete den Kleiderschrank. Meine Entscheidung war getroffen.

3. Kapitel

Ich lehnte den Kopf gegen die Scheibe der U-Bahn. Meine Schläfen pochten. Die Gespräche ringsherum verschwammen. Das Ruckeln der Bahn schüttelte meinen Körper durch, der sich schlaff wie eine Flickenpuppe anfühlte. In Gedanken war ich weit weg bei dem Tag, an dem ich Henny kennengelernt hatte.

Es war Sommer gewesen, als die Wegsteins in dem Haus einzogen, das auch wir als eine von acht Parteien bewohnten. Der Vater war sehr still, die Mutter sehr lebhaft. Sie wirkten wie das Paar in einem Wetterhaus, wobei die Frau allerdings am meisten draußen war. Den Mann bekam man kaum zu Gesicht. Es hieß, dass er krank sei, allerdings nicht körperlich, sondern seelisch.

Henny war ein lebhaftes Mädchen mit blonden Zöpfen, das sogleich auf mich zukam, als es mich sah.

»Darf ich mitspielen?«, fragte sie. Wie so oft hockte ich still und allein in meiner Ecke des Hofes. Zu den anderen Kindern, die hier wohnten, hatte ich keinen Zugang gefunden, zu wunderlich musste ich auf sie gewirkt haben mit meinen Glasmurmeln, mit denen ich stundenlang spielen konnte, ohne dass es mir langweilig wurde.

Ich blickte sie an. Die Sonne stand über ihr und ließ die Haarsträhnen, die sich aus ihrer Frisur gelöst hatten, erstrahlen. Sie war zwei Jahre älter als ich und entblößte mit ihrem Lächeln eine große Zahnlücke. Das war es, was mich für sie einnahm. Ebenso wie ich, die ich wegen meiner Brille nur »Brillenschlange« genannt wurde, war sie nicht perfekt. Ich nickte, sie hockte sich neben mich und ließ sich von mir die Bedeutung der einzelnen Murmeln erklären. Es störte sie nicht, dass ich eine Brille trug.

Unsere Freundschaft setzte sich über die Jahre fort, und das, obwohl Henny immer hübscher wurde, während die Brille weiterhin auf meiner Nase sitzen blieb.

Auch wenn wir in unterschiedliche Klassen der Volksschule gingen, waren wir unzertrennlich. Henny und ich waren in den Pausen immer zusammen. Bis mein Vater seinen Laden eröffnete und zu Geld kam. Ich wurde an die höhere Töchterschule gebracht, Henny blieb auf der Volksschule zurück.

Doch das machte uns nichts aus. Nicht einmal der Umzug unserer Familie in einen anderen Teil der Stadt schadete unserer Freundschaft. Auch wenn wir nun viele Straßen entfernt voneinander wohnten, besuchten wir uns, sooft wir konnten.

Meinem Vater war diese Freundschaft ein Dorn im Auge. Er hätte es lieber gesehen, wenn ich mich mit den besser situierten Mädchen angefreundet hätte. Doch diese schnitten mich wegen meiner unreinen Haut und der Brille. Henny jedoch mochte mich, wie ich war. Schließlich gab mein Vater nach, und ich durfte sie besuchen und sie mich.

Mindestens zweimal in der Woche sahen wir uns und teilten all unsere Geschichten und Geheimnisse. Sie tröstete mich, wenn ich wieder gehänselt worden war, und sie probierte zusammen mit mir meine erste selbst gemachte Creme aus. Als ich an der Universität angenommen wurde, feierten wir eine ganze Nacht. Inzwischen hatte sie die Putzmacherei aufgegeben und zu tanzen begonnen. Dass sie dabei nackt sein würde, schockierte mich zunächst, aber ich beneidete Henny auch um die Freiheit, die sie leben konnte. Ihre Eltern hielten sich aus ihrem Leben raus, seit sie einundzwanzig geworden war. Ihre Mutter hatte zu viel zu tun mit ihrem Ehemann, dessen Geist sich mehr und mehr verdunkelte, um sich um die Tochter zu kümmern. Nur hin und wieder lag sie ihr in den Ohren, dass sie heiraten sollte. Henny dachte nicht daran. Sie war frei wie ein Sturm, sie wollte sich an keinen Mann binden.

Meinen Eltern etwas von Henny zu erzählen war mit der Zeit immer schwieriger geworden. Mein Vater hätte Hennys Lebenswandel nie toleriert und auch nicht meinen Umgang mit ihr. Da ich auf seine Unterstützung angewiesen war und keinen Ärger wollte, verschwieg ich wohlweislich, was sie tat. Auch wenn Henny es nicht verstand, bat ich sie bei ihren Besuchen darum, nicht allzu freimütig gegenüber meinen Eltern zu sein. Nicht weil ich mich schämte, sondern weil ich fürchtete, dass sie nicht mehr willkommen sein würde.

Ich schreckte hoch, als wir in den Bahnhof Kurfürstenstraße einfuhren. Rasch ergriff ich mein Gepäck und eilte aus der Tür. Auf dem Bahnsteig fühlte ich mich so unendlich verloren. Der Mann, der mit dem Schild »Habe Hunger!« an einem der Pfosten saß und mich mit leicht wahnsinnigem Blick musterte, machte mir Angst, also erklomm ich rasch die Treppe.

Der Regen wurde schlimmer. Durchgeweicht und mit klappernden Zähnen erreichte ich das Haus, in dem Henny seit drei Jahren lebte. Es war ein etwas besser instand gehaltenes Arbeiterhaus an der Grenze zum Tiergarten, vier Stockwerke hoch und mit einem kleinen Hinterhof, der jedes noch so leise Wort verstärkte wie der Lautsprecher eines Grammophons.

Ich blickte an der verwinkelten Fassade hinauf. Hinter einem der Fenster ganz oben wohnte meine Freundin.

Noch immer sträubte ich mich innerlich dagegen, sie um

Hilfe zu bitten. Aber wenn ich nicht unter einer Brücke oder in einer U-Bahn-Station nächtigen wollte, hatte ich keine andere Wahl. Meine Großeltern mütterlicherseits hatte ich noch kennengelernt, doch sie waren vor drei Jahren verstorben. Vater hatte beide Eltern früh verloren und war bei einer inzwischen ebenfalls verstorbenen Tante aufgewachsen. Außer meinen Eltern hatte ich keine Verwandten. Und außer Henny keine Freundin.

Ich klingelte.

Im nächsten Moment fiel mir ein, dass Henny vielleicht noch im Varieté war. Die Aussicht, bis zum Morgengrauen im Regen zu stehen, ließ meine Verzweiflung noch wachsen.

Da öffnete sich oben ein Fenster, und Hennys Stimme ertönte. »Wer ist da?«

»Ich bin's, Sophia.« Ich wusste, dass ringsherum alle Nachbarn hellhörig wurden. Es war nur eine Frage der Zeit, bis auch andere Leute die Köpfe aus den Fenstern steckten.

»Sophielein!«, rief sie ungläubig aus. »Warte, ich komme runter.«

Kurz darauf flammte Licht im Flurfenster auf. Ein Schatten erschien, und wenig später öffnete sich die Tür.

Henny hatte ihr blondes Haar mit einem Tuch zusammengebunden, ihr Körper steckte in einem Morgenmantel. Auf ihrem Gesicht trug sie eine dicke Schicht Fettcreme, obwohl sie es überhaupt nicht nötig hatte. Ihre Haut war schon immer zart und rosig wie ein Pfirsich gewesen.

»Du lieber Himmel!«, rief sie. »Was ist passiert?«

Ich wusste, dass die Wände hier Ohren hatten, also antwortete ich: »Darf ich eine Weile bei dir bleiben? Bitte! Ich erkläre dir alles oben.«

Sie blickte mich verwundert an, fasste mich dann beim Arm und zog mich mit sich.

Ein durchdringender Geruch nach Zigarren, feuchten Mauern und Katzenpisse schlug mir entgegen. Übelkeit schnürte mir die Kehle zu. Die Tapeten an den Wänden starrten vor Wasserflecken und blätterten an einigen Stellen ab. Das Muster darauf war kaum noch wahrzunehmen. Schlammige Fußabdrücke verunzierten die abgelaufenen Treppenmatten.

Auf einmal kam mir mein Körper schwer wie Blei vor. So viele Treppen lagen vor mir. Wie sollte ich das schaffen? Aber dann bewegten sich meine Beine wie von selbst, auch wenn sie schmerzten. Dumpf hallten meine Schritte über die verdreckten Binsenmatten.

Hennys Wohnung lag ganz oben im vierten Stock und war nicht viel mehr als ein großes Zimmer mit einem Fenster. Kaum war ich über die Türschwelle getreten, verließ mich die Kraft, und ich sank auf die Knie. Das Schluchzen, das sich die ganze Zeit über angestaut hatte, brach nun aus mir hervor. Ich krümmte mich zusammen und überließ mich dem Schmerz, der durch meinen Leib raste.

Durch das Donnern meines Pulses hörte ich, dass Henny die Tür hinter mir schloss. Wenig später spürte ich ihre Hände auf meinem Rücken. Sanft strich sie über meine Wirbelsäule.

»Was ist denn passiert, Liebes?«

Abgehackte Klagelaute brachen aus mir heraus. Hennys Hand blieb weiterhin auf mir, bis ich imstande war, mich ein wenig aufzurichten. Da zog sie mich in ihre Arme und wiegte mich sanft. »Alles wird gut«, flüsterte sie in mein Haar. »Hier kann dir niemand etwas tun.«

Ich gab mich noch eine Weile meiner Verzweiflung hin, dann beruhigte ich mich wieder.

»Was meinst du, kannst du aufstehen?«, fragte Henny schließlich, als meine Tränen versiegt waren.

Ich blickte sie aus verquollenen Augen an und nickte. Sie half mir auf die Füße und brachte mich zu dem Metallbett, das den Großteil des Raumes einnahm. Die Federn quietschten leise, als ich mich darauf niederließ.

»Soll ich dir einen Tee machen?«, fragte sie. »Ich habe zwar nur Kamille, aber meine Mutter schwört darauf, dass sie gegen alles hilft.«

Ich schüttelte den Kopf. »Nein, das ist nicht nötig«, näselte ich. »Ich ...«

»Dann vielleicht etwas Wasser? Oder etwas anderes? Ich hab auch Muckefuck.«

»Ich brauche deine Hilfe«, sagte ich und senkte den Kopf. Plötzlich spürte ich die ganze Last meiner Tat auf meinen Schultern. »Meine Eltern haben mich rausgeworfen.«

»Rausgeworfen?«, echote sie fassungslos. »Warum? Was hast du angestellt?«

Ich hob den Kopf. Ich hatte es meinen Eltern nicht sagen können, doch Henny gegenüber verspürte ich nicht die geringste Scheu. »Ich bin schwanger.«

»Du lieber Himmel!« Henny schlug die Hand vors Gesicht. »Von diesem Dozenten?«

»Ja.«

Sie schüttelte verständnislos den Kopf. »Dieser Mistkerl. Nicht, dass ich dich nicht vor ihm gewarnt hätte, aber ...«

Das hatte sie tatsächlich. Doch in dem Rausch, den ich verspürte, wenn ich mit ihm zusammen war, hatte ich nicht daran gedacht, was das alles bedeuten konnte. Was es nach sich ziehen konnte.

»Tut mir leid«, sagte Henny und setzte sich neben mich auf das Bett. »Ich wollte nicht so harsch zu dir sein.«

»Du hattest recht!«, schluchzte ich. »Aber ... aber ich ... ich dachte wirklich, er würde sich scheiden lassen! Doch jetzt ...«

»Und das tut er jetzt nicht?«

»Nein. Seine Frau hat die Scheidung zurückgezogen, und er fürchtet den Skandal.«

»Den fürchtet er zu Recht!«

»Aber ich fürchte ihn auch!« Wieder begann ich zu schluchzen.

Henny lehnte ihren Kopf an meinen, während sie meine Schultern umfasste. »Liebst du ihn?«, fragte sie in mein Haar.

»Ich weiß nicht«, antwortete ich. »Es ... es hat mir gefallen, begehrt zu werden. Und ein wenig habe ich auch gedacht ... Wäre es nicht schön, wenn du einen Mann hättest, der versteht, was du möchtest? Du weißt, dass ich vorher nie etwas mit Männern zu tun hatte ...«

Henny seufzte. »Die Anständigen fängt der Teufel am schnellsten«, murmelte sie und gab mir einen Kuss auf die Wange. »Ich hole dir ein Glas Wasser.«

Während sie hinter dem Vorhang verschwand, der ihr »Badezimmer« vom Rest des Raumes trennte, starrte ich auf meine Schuhe. Sie hatten eine kleine Pfütze auf den Dielen hinterlassen. Mein Mantelsaum war mit Dreckspritzern übersät, denn unterwegs waren einige Autofahrer ohne Rücksicht in jede Wasserlache gefahren, die ihnen unter die Räder kam.

»Du kannst hier ruhig für eine Weile bleiben«, sagte Henny, als sie mir einen Emaillebecher in die Hand drückte.

»Danke«, sagte ich. »Ich verspreche dir, sobald ich eine andere Lösung gefunden habe, lasse ich dich wieder in Ruhe.«

Henny nickte, doch ihr Blick machte mir klar, dass ich so schnell keinen Ausweg finden würde, wenn meine Eltern sich nicht wieder besannen.

4. Kapitel

Obwohl ich mich am nächsten Morgen wie gerädert fühlte, machte ich mich auf den Weg zur Universität. Ein paar Bücher lagen noch zu Hause, die würde ich später holen. Ich wollte Mutter wenigstens Bescheid geben, wo ich untergekommen war. Doch erst einmal wollte ich nach einer Gelegenheit suchen, mit Georg zu sprechen. Möglicherweise hatte er seine Meinung geändert und konnte mir helfen.

Mit meinen Büchern auf dem Arm strebte ich dem großen Saal zu und begab mich zu einer der mittleren Bankreihen. Mein Magen rebellierte. Heute Morgen hatte ich mich übergeben, aber da ich seit gestern früh nichts gegessen hatte, war nur Galle gekommen.

Die Vorlesung war langweilig, auch weil der Professor so einen monotonen Tonfall hatte. Nach einer Weile fielen mir die Augen zu. Als die Vorlesung schließlich von donnerndem Klopfen auf die Tische beendet wurde, erwachte ich wieder.

Draußen auf dem Flur herrschte dichtes Gedränge. Ein scharfer Geruch nach Kölnisch Wasser, gemischt mit dem herben Duft irgendeiner Rasierseife, drang mir in die Nase. Übelkeit überfiel mich, und ich floh an eines der Fenster.

»Entschuldigung«, sagte ich zu den beiden mir unbekannten

Studenten und öffnete einen Fensterflügel. Feuchtkalte Luft umfing mich nur wenig später. Speichel sammelte sich in meinem Mund, und ich betete, mich nur nicht übergeben zu müssen. Um mich abzulenken, blickte ich über den Innenhof. Einige Kommilitonen hasteten über das Pflaster, während andere zusammenstanden und sich unterhielten. Hatten sie eine Ahnung, um wie vieles leichter ihr Leben war, nur weil sie Männer waren?

Die Übelkeit legte sich allmählich wieder. Das Stimmengewirr um mich herum war ein wenig abgeebbt.

Ich hätte jetzt zur Biochemie-Vorlesung gehen sollen, doch auf der Treppe sah ich Georg. Er wirkte ein wenig zerstreut, blickte auf seine Armbanduhr, dann zur Seite. Plötzlich hob er den Kopf und sah mir direkt ins Gesicht. Unsere Vereinbarung besagte, dass ich ihn nicht ansprechen durfte. Doch wie viel galt das jetzt noch?

Als ein paar Studenten, die es offensichtlich eilig hatten, an uns vorüber waren, trat er zu mir. »Fräulein Krohn, dürfte ich Sie kurz sprechen? In meinem Büro?«

Ein Funke Hoffnung flammte in mir auf. Er hatte eine Lösung. Warum sonst sollte er mit mir sprechen wollen?

»Aber natürlich, Herr Doktor«, antwortete ich und schloss mich ihm an.

»Wie geht es dir?«, fragte er mit gesenkter Stimme, nachdem er die Tür zugezogen hatte.

Ich atmete zitternd durch. Mein Herz pochte unruhig. Seine Stimme klang anders als gestern, gefasster und vernünftiger.

»Ich bin gestern Abend umgekippt.« Ich war überrascht von meiner eigenen Offenheit. »Unser Hausarzt ... hat es meinen Eltern gesagt.«

Georg nahm meine Antwort mit einem kurzen Nicken hin. »Dann wissen sie es also«, sagte er nur.

»Ja«, gab ich zurück, denn ich spürte, dass das seine größte Sorge war. »Mein Vater hat mich rausgeworfen.« Ich atmete tief durch und blickte ihm ins Gesicht.

»Hast du ihm gesagt, dass ich ...?«

»Er hat es erraten.«

»Um Himmels willen!«, brach es aus ihm heraus. »Und nun?«

»Er sagte, dass ich sehen soll, wie ich allein aus der Sache herauskomme. Ich glaube nicht, dass du etwas von ihm befürchten musst.«

Erleichtert atmete er auf. »Hast du eine Unterkunft gefunden?«, fragte er, doch Besorgnis hörte ich aus seinen Worten nicht heraus. Es war eine ganz nüchterne Frage.

Ich starrte ihn fassungslos an. War er immer so gewesen? Oder hatte ich ihn durch einen Schleier betrachtet?

Natürlich war hier nicht der rechte Ort für emotionale Ausbrüche. Doch ich war seinetwegen in großen Schwierigkeiten! Und er fragte nur, wo ich untergekommen war?

»Ich wohne bei einer Freundin«, antwortete ich und kämpfte gegen das Zittern in meiner Stimme an. »Und ich werde wohl im nächsten Semester nicht mehr hier sein können. Mein Vater hat erklärt, dass er keine Tochter mehr hat. Es ist alles so gekommen, wie ich befürchtet habe.« Ich sah ihn an. »Du musst mir helfen, Georg! Irgendwie. Ich weiß nicht, was ich tun soll! Ich brauche Unterstützung.« Ich musste eine Pause machen, denn mein Atem wurde knapp. »Wenn du mich für die Arbeit im Labor bezahlen würdest ...«

Georg schüttelte den Kopf. »Das geht nicht. Es ...« Er stockte. Was wollte er sagen? Dass es zu gefährlich für mich war, weiterhin mit Chemikalien zu hantieren?

»Was?«, fragte ich zornig.

»Wenn man dich sieht ... deinen Zustand ...«

»Was hat das mit meiner Arbeit zu tun?« Der Boden unter

mir schien zu schwanken. »Deine Frau kommt nicht in dein Labor. Und die anderen ... sie wissen doch nicht, von wem ich schwanger bin!«

Ich fühlte mich, als würde ich über einem Abgrund hängen und seine Hand, die mich hielt, ließe langsam los.

»Was soll ich tun?«, fragte ich und spürte, wie mir die Verzweiflung die Brust zusammenschnürte. »Du kannst mich doch nicht so einfach meinem Schicksal überlassen!«

Georg schnaufte, dann griff er in die Tasche seines Jacketts. »Ich ... ich werde dich im Labor behalten, jedoch unter einer Bedingung.« Er reichte mir eine Visitenkarte. »Du lässt dir von diesem Arzt helfen.«

Fassungslos blickte ich auf den Namen und die Adresse, die irgendwo in Friedrichshain lag. Er sagte nicht, was ich dort sollte, doch ich wusste es auch so.

Nicht, dass ich das Kind in mir gewollt hätte. Ich hatte bisher nie daran gedacht, Mutter zu werden. Das Studium und meine angedachte Zukunft als Drogistin hatten für mich immer im Vordergrund gestanden.

Doch der Gedanke, es von einem Arzt aus mir herausschneiden zu lassen, erfüllte mich mit Unbehagen, ja sogar mit Angst. Und noch mehr Angst bekam ich nun vor dem Mann, der mich vor einigen Tagen noch zärtlich in seinen Armen gehalten hatte.

»Du machst also den Gang zum Engelmacher zur Bedingung für deine Hilfe?«, fuhr ich ihn an.

»Bitte rede nicht so laut!«, fiel er mir ins Wort und blickte zur Tür. Als ob sich davor die Lauscher drängeln würden.

Ich brauchte eine Weile, bis ich wieder etwas über die Lippen brachte. »Dann geht es also nur um dich? Dass du keinen Ärger bekommst?«

Er hob beschwichtigend die Hände, doch sein Gesichtsausdruck war der eines ertappten Jungen. »Nein, es geht auch um dich! Was meinst du, was dich erwartet mit einem Kind? Niemand wird dich anstellen!«

Er hatte recht. Aus diesem Grund hatte ich ihn um Hilfe gebeten.

»Wenn das Kind weg ist, werde ich dich als meine Assistentin annehmen. Mit Bezahlung.«

»Und deine Bezahlung wird reichen, um mein Studium zu finanzieren?« Die Karte in meiner Hand fühlte sich an, als hätte ich sie aus dem Unrat gezogen. Am liebsten hätte ich sie ihm vor die Füße geworfen.

»Du hättest dein Auskommen«, gab er zurück. »Und kannst etwas anfangen mit dem, was du gelernt hast.«

Damit war meine Frage wohl beantwortet. Die Bezahlung würde nicht reichen, um weiterzustudieren. Ich würde eine kleine Wohnung unterhalten können, mir zwei oder drei Mahlzeiten leisten und, wenn ich sparsam war, auch hin und wieder ein neues Kleid. Dafür sollte ich das Kind opfern?

Und das Schlimmste war, für Georg lösten sich gleich zwei Probleme: Das Kind würde fort sein, und ich wäre von ihm abhängig. Auf diese Weise würde er sichergehen, dass ich nichts verriet. Er konnte mich an der kurzen Leine halten. Mein Schweigen erkaufen, nein, erpressen. Ich würde seiner Gunst ausgeliefert sein.

»Es ist das Beste, glaub mir«, sagte er. Seine Worte waren wie ein Streichholz, das angerissen worden war. »Für uns beide. Wenn das Kind weg ist, dann wird alles wieder normal.«

»Für mich nicht«, erwiderte ich.

»Nun, es ist bedauerlich, dass deine Eltern davon erfahren haben. Es hätte alles leichter gemacht, wenn du gleich zu dem Arzt hättest gehen können.«

»Leichter?«, fragte ich entgeistert. »Meinst du wirklich, es wäre leichter gewesen?«

»Ich verstehe nicht.«

»Nichts wird leichter!«, brauste ich auf. »So oder so, ich habe alles verloren! Glaubst du denn, meine Eltern hätten nichts mitbekommen? Es wäre leichter gewesen, wenn du mich niemals angesprochen hättest! Wenn du mir nicht erzählt hättest, dass deine Ehe furchtbar ist und deine Frau sich scheiden lassen will!« Meine Stimme schwoll an. Es war mir egal, wer es hörte, dies würde ohnehin mein letzter Tag hier sein. »Es wäre leichter gewesen, wenn ich nicht mit dir geschlafen hätte, du verdammter Mistkerl!«

»Sophia!« Seine Miene wurde zornig. Ich konnte nicht sagen, ob mein Ton ihm missfiel oder die Tatsache, dass ich laut wurde, wo er doch so viel zu befürchten hatte.

»Ich werde meine Gesundheit nicht aufs Spiel setzen, indem ich zu deinem Engelmacher gehe!«, fuhr ich fort. Das Blut pulsierte heftig in meinen Ohren. Die Flamme in mir loderte hell. Aller Zorn, den ich meinem Vater nicht entgegenbringen konnte, brach nun aus mir heraus. »Ich werde das Kind nicht umbringen lassen! Ich werde dein Almosen nicht annehmen! Und du kannst zur Hölle fahren, Georg! Zur Hölle!«

Damit wirbelte ich herum. Seine Hand griff nur einen Moment später nach mir. Grob schlossen sich seine Finger um meinen Arm.

»Sei doch nicht dumm«, sagte er wütend. »Das ist der einzige Weg! Ich werde nichts für dich tun können, wenn du nicht ...«

»Du willst doch gar nichts für mich tun!«, fiel ich ihm ins Wort. »Vielleicht hoffst du ja, dass ich bei dem Eingriff sterbe!«

»Das ist nicht wahr!«

Ich riss mich los. Am liebsten hätte ich ihm das Gesicht zerkratzt, aber dazu fehlte mir die Kraft. Ich brauchte die letzten Reste davon noch, um von hier wegzukommen.

»Guten Tag, Herr Doktor«, sagte ich, alle Beherrschung aufbietend, zu der ich imstande war. Dann verließ ich das Büro.

Draußen widerstand ich dem Impuls, die Karte vor seinem Büro auf den Boden zu schleudern. Während Tränen in meine Augen schossen, schob ich sie in meine Manteltasche.

Wie hatte ich mich von ihm verführen lassen können! Wie hatte ich nur mein Ziel aus den Augen verlieren können für ein paar Momente der Aufmerksamkeit und des Begehrens! Für den Traum, einen Ehemann zu finden, der mich verstand, mit dem ich zusammenarbeiten konnte.

Ich rannte los, und es war mir egal, wer mich sah. Ich würde das Semesterende nicht mehr abwarten. Ich wollte nicht Gefahr laufen, Georg wieder und wieder zu begegnen.

Henny saß vor ihrem halb blinden Spiegel, als ich die Wohnung eine Stunde später wieder betrat. Im hellen Tageslicht wurden die Mängel ihrer Behausung deutlicher. Der Riss an der Decke wirkte bedrohlich, die gelb gemusterten Tapeten waren fleckig. An der Fensterlaibung bröckelte Putz ab. Die Vorhänge machten dagegen einen ordentlichen Eindruck, doch auch sie hatten schon bessere Zeiten gesehen. Die Möbel waren ein wildes Sammelsurium. In den Ecken standen Kisten und Schachteln, einen Schrank gab es nicht. Die Decke auf dem Bett war verblichen.

Meine Freundin mochte hier allein ihr Auskommen haben, doch es reichte nicht für eine bessere Wohnung. Und erst recht nicht für mich.

Das schlechte Gewissen nagte an mir. Nachdem ich mich wieder beruhigt hatte, hatte ich mir den Kopf darüber zerbrochen, was ich tun könnte.

Ich konnte mich bei den Frauen auf dem Alexanderplatz einreihen, die mit Schildern in der Hand nach Arbeit suchten. Ich konnte versuchen, bei irgendwelchen Ämtern vorzusprechen.

Aber ich wusste, wie die Chancen standen. Nicht umsonst traf man bei den Arbeitssuchenden immer dieselben Gesichter.

Und mir wollte einfach nichts Besseres einfallen.

»Nun, wie ist es gelaufen?«, fragte Henny, ohne sich umzusehen, während sie ihre Wangen mit einem zartrosa Puder bedeckte. Meine Nase war noch immer so sensibel, dass ich den talgigen Geruch sofort wahrnahm.

»Nicht gut«, sagte ich und stellte meine Tasche auf den Boden. Ich war froh, den Mantel auszuziehen, denn er war ein wenig klamm vom Vortag und roch wie ein nasser Hund.

»Hast du mit ihm gesprochen?«

Bevor ich mich auf den Weg gemacht hatte, hatte ich sie in meinen Plan eingeweiht.

»Ja.«

»Und? Wird er dir helfen?«

Ich zog die Karte aus der Tasche, die mittlerweile ebenfalls etwas feucht geworden war, und reichte sie ihr. Henny stockte in der Bewegung.

»Er hat dir die Adresse eines Arztes gegeben? Traut er deiner Ärztin nicht?«

»Es ist ein Engelmacher«, antwortete ich. »Er sagte, wenn ich das Kind wegmachen ließe, würde er mich weiter als seine Assistentin arbeiten lassen. Aber das will ich nicht.«

Henny schüttelte fassungslos den Kopf. »Dafür solltest du ihn anzeigen!«

»Das kann ich nicht«, antwortete ich. »Er würde leugnen, der Vater zu sein. Du weißt, wie es ist.« Ich schnaufte. »Außerdem würde ich mir nicht einmal einen Anwalt leisten können.«

»Und deine Eltern?«

»Sie würden den Anwalt auch nicht bezahlen. Mein Vater hat klargemacht, wie er zu der Sache steht.«

Hennys Schultern sanken herab. Ihr Blick wurde traurig.

Ich zog mir einen Stuhl heran und ließ mich daraufsinken. »Ach Henny, warum war ich nur so dumm?«

Henny schüttelte den Kopf. »Es ist keine Dummheit. Wir

Frauen glauben, wir sind stark und können die Welt allein in die Hand nehmen. Dann kommt so ein Kerl daher, macht uns schöne Augen, und wir werden blind, bis sich der Wind dreht und wir erkennen, wie er wirklich ist.«

Damit hatte sie wohl recht. Auch wenn nicht Georgs schöne Augen schuld waren. Ich hatte sein Begehren gewollt. Ich hatte schön sein wollen, wenigstens für ihn.

»Ruh dich ein wenig aus.« Henny streichelte über mein Haar. »Ich muss gleich zum Theater, dann hast du Ruhe.«

Ich wusste nicht, ob mir Ruhe willkommen war, wo sich meine Gedanken wie ein Kreisel um meinen großen Fehler drehten.

»Henny, ich weiß nicht, was ich machen soll«, sagte ich und griff nach ihren Händen. »Ich habe mir den Kopf zerbrochen, aber es will mir nichts einfallen. Bislang schien der Weg für mich klar zu sein. Jetzt weiß ich nicht, wo ich hinsoll. Ich weiß es einfach nicht!«

Henny küsste meine Schläfe. »Es wird sich ein neuer Weg finden. Aber du musst dich ausruhen, und egal, wie dunkel die Gedanken sind, die dich überfallen, bleib stark. Meine Großmutter sagte immer, auf Regen folgt Sonnenschein. Du magst jetzt im Regen stehen, aber ich bin sicher, die Sonne wird wieder scheinen.«

Ich zog sie in meine Arme, und wir hielten uns eine Weile.

»Danke, dass es dich gibt«, flüsterte ich in ihr Haar.

»Wir werden das schaffen, ja?« Sie sah mich an. »Ich werde mich umhören. Möglicherweise kann ich etwas tun. Solange kannst du bei mir bleiben.«

5. Kapitel

Am Nachmittag begab ich mich mit einem flauen Gefühl im Magen zur Wohnung meiner Eltern. Glücklicherweise hatte ich meine Schlüssel mitgenommen.

An der Haustür zögerte ich jedoch und blickte nach oben. Die Stuckverzierungen unterhalb der Fenstersimse waren ebenso vergilbt wie die weißen Fensterrahmen. Früher musste das Haus mal in einem kräftigen Braun gestrichen worden sein, doch dieses war mittlerweile zu einem schwachen Rosenholzton verblichen. In den Fensterscheiben spiegelten sich die Wolken, die vor der Sonne dahineilten.

Waren meine Eltern da? Vater gewiss nicht, er würde um diese Zeit in seinem Laden sein. Aber Mutter ... Nachdem ich ihr gestern nicht einmal Lebewohl gesagt hatte, wusste ich nicht, wie ich ihr gegenübertreten sollte.

Hundegebell ertönte. Ich zuckte zusammen und wandte mich zur Seite. Das Kläffen kannte ich gut.

»Ah, Fräulein Krohn, schon von der Universität zurück?«, fragte Frau Passgang, deren Mann drei Straßen weiter eine Fleischerei betrieb und damit zu Wohlstand gelangt war. Seine Frau führte ihren kleinen Spaniel immer zu dieser Zeit aus.

»Ja«, schwindelte ich. »Das Semesterende steht bevor, da

müssen wir hauptsächlich lernen.« Frau Passgang hatte keine Ahnung, wie es an einer Universität zuging. Doch allein die Tatsache, dass ich studierte, versetzte sie in Erregung.

»Ach, das ist wunderbar! Was Frauen heutzutage alles möglich ist! Zu meinen Zeiten hieß es noch, dass nichts über die Ehe geht. Und jetzt ...« Sie stieß einen tiefen Seufzer aus. Ich fragte mich, ob sie, wenn sie zwanzig Jahre jünger gewesen wäre, sich gegen die Ehe mit Herrn Passgang entschieden hätte.

Ich schob den Schlüssel ins Schloss und öffnete die Tür, um Frau Passgang einzulassen. Ein wenig war ich für ihr Auftauchen dankbar, denn sonst hätte ich womöglich noch am Abend unschlüssig herumgestanden.

»Grüße an die Frau Mutter!«, flötete die Metzgersfrau und verschwand in ihrer Erdgeschosswohnung. Ich stand noch eine Weile wie gelähmt an der Treppe. Ob die Leute hier überhaupt erfahren würden, was in meiner Familie los war? Mein Fehlen würde früher oder später auffallen. Welche Geschichte würden meine Eltern ihnen dann erzählen? Dass ich auf einer langen Reise war?

Nachdem sich mein Pulsschlag wieder ein wenig beruhigt hatte, erklomm ich die Stufen. Alles war still, selbst hinter unserer Wohnungstür. Mutter war stets beschäftigt, entweder in der Küche oder in der Stube. Und selbst wenn sie ruhig über einer Handarbeit saß, war ihre Präsenz spürbar.

Doch jetzt spürte ich nichts. Sie war nicht hier. Erleichtert, aber auch ein wenig enttäuscht, trat ich ein. Der vertraute Geruch nach Kaffee, grüner Seife und einer leichten Sellerienote wehte mich an. Trotz allem, was geschehen war, stellte sich ein wohliges Gefühl des Heimkommens ein, das mir noch deutlicher vor Augen führte, was für einen großen Fehler ich begangen hatte.

Mein Zimmer wirkte, als hätte es den Vorfall gestern nicht

gegeben. Mutter hatte wie immer das Bett gemacht und die Schranktüren geschlossen. Alles schien, als würde man meine Rückkehr erwarten.

Ich widerstand dem Drang, mich auf die Decken zu legen und aus dem Fenster zu starren, von dem aus ich so oft die Wolken über der Häuserschlucht beobachtet hatte. Ich musste mich beeilen, also öffnete ich gleich den Schrank.

Ein paar Dinge hatte ich gestern schon mitgenommen, jetzt sollte der Rest folgen. Die meisten Kleider würden mir bald zu eng sein, ebenso die Röcke. Die weiter geschnittenen Blusen würde ich noch eine Weile tragen können. Einer der Röcke hatte einen Gummizug. Wenn ich ihn ein wenig änderte, konnte ich auch ihn noch so lange verwenden, bis mein Bauchumfang es mir nicht mehr erlaubte.

Gegen meine Tränen ankämpfend, verstaute ich die wenigen Kleidungsstücke. Das Kleid, das ich zur Feier meines achtzehnten Geburtstages erhalten hatte, nahm ich ebenfalls mit. Vielleicht würden bessere Zeiten kommen, in denen ich es tragen konnte. Notfalls würde ich es beim Pfandleiher versetzen.

Leider hatte ich nie einen besonderen Hang zu Schmuck entwickelt. Eine kleine Goldkette mit einem ziselierten Herzanhänger und passenden Ohrringen war alles, was ich besaß und täglich trug. Mutter hatte mir das Ensemble zu meiner Konfirmation geschenkt. Ich würde es nie weggeben, auch wenn Gold einen besseren Preis brachte als irgendwelche getragenen Kleider.

Schließlich wandte ich mich einem kleinen Köfferchen zu, das auf den ersten Blick wie ein Nähkästchen aussah. Es beinhaltete keine Nadeln, sondern Kolben, Schälchen, Pipetten, Thermometer, Mörser und Stößel. Es war meine erste Ausrüstung gewesen, um eine Creme für mich herzustellen. Mein Vater hatte sie mir vor vielen Jahren zu Weihnachten geschenkt.

Ich öffnete den Kasten und strich vorsichtig über die zerbrechlichen Glasgefäße, die mir so viel mehr gaben als Schmuck oder Seidentüchlein.

Dabei überhörte ich die Schritte, die sich der Wohnungstür näherten. Als das Schloss aufschnappte, zuckte ich zusammen. Sofort klappte ich den Kasten zu und schoss in die Höhe. Mit rasendem Herzen schaute ich zur Tür.

Die Schritte verstummten kurz im Flur, dann kamen sie näher. Der Reflex zu fliehen ergriff mich, doch wohin hätte ich gehen sollen? Der einzige Weg nach draußen führte durch das Fenster.

Mutter erstarrte vor der offenen Zimmertür.

»Sophia.« Sie wirkte überrascht.

»Mama.«

Stille folgte. Eine von uns sollte etwas sagen, aber irgendwie schienen wir beide einen Kloß im Hals zu haben.

Ich machte schließlich den Anfang.

»Ich ... ich wollte nur noch ein paar Sachen holen.«

Mutter nickte und presste die Lippen zusammen. Sag doch etwas, flehte ich im Stillen. Schrei mich an, mach mir Vorwürfe, aber schweig doch nicht immer!

»Hat Dr. Meyerhoff ...« Meine Stimme wurde beinahe von meinem Herzschlag verschluckt. »Die Medikamente ...«

Das Wort schien Mutter aufzuschrecken. »Ja ... sie sind gekommen. Ich ... ich habe sie in den Küchenschrank gestellt.«

»Hast du etwas dagegen, wenn ich sie mitnehme?« Es war mir, als würde ich einer Fremden gegenüberstehen.

Mutter schüttelte den Kopf. Sie wirkte verlegen. In mir brannten tausend Fragen, wie der gestrige Abend noch verlaufen war. Hatte Vater geschwiegen, wie er es immer tat, wenn er sehr zornig war? Hatte er seiner Wut freien Lauf gelassen? Das war eigentlich nicht seine Art. Zu sehr war er darauf bedacht, was die Leute von uns hielten. Geschrei hätte nur darauf hingedeutet, dass etwas nicht stimmte. Auch wenn das der Fall war, würde Vater nicht wollen, dass der Skandal öffentlich wurde.

»Ich bin bei Henny Wegstein untergekommen«, sagte ich, auch wenn sie es vielleicht nicht wissen wollte. »Du kennst sie sicher noch, stimmt's?«

Mutter griff unvermittelt nach meiner Hand und drückte sie. »Besteht wirklich keine Möglichkeit, dass er dich heiratet?«, fragte sie. An ihrem Blick erkannte ich, dass sie mit Vater darüber gesprochen hatte. Würde er mir wirklich verzeihen, wenn ich Georg heiratete?

Ich entzog ihr meine Hand. »Ich habe mit ihm gesprochen. Seine Frau hat die Scheidung zurückgezogen. Er hat mir ans Herz gelegt, das Kind wegmachen zu lassen. Bei einem Engelmacher.«

Das Gesicht meiner Mutter begann zu glühen. Über solche Dinge sprachen wir eigentlich nie.

»Das wäre eine Sünde!«, platzte es aus ihr heraus.

»Und was wäre, wenn ich es täte?«, fragte ich. Mein Entschluss stand fest, aber irgendwie wollte ich sie reizen. Eine Reaktion provozieren. Alles war besser als ihr ständiges Schweigen. »Wäre dann alles wieder wie früher? Könnten wir so tun, als wäre es nie geschehen?«

Lisbeth Krohn hob den Blick. »Das kannst du nicht machen! Es ist dein Kind. Es verstößt gegen das Gesetz. Es wäre Mord.«

»Tja, dann bleibt mir wohl kaum eine Möglichkeit«, sagte ich. »Mit Kind wollt ihr mich nicht, und ohne Kind ...« Ich seufzte. »Ich werde dieses Kind nicht dem Engelmacher überlassen. Aber ich kann meinen Fehler auch nicht ungeschehen machen, Mutter! Bin ich deshalb nicht mehr eure Tochter?«

»Du hättest diesen Fehler niemals begehen sollen!«, entgegnete sie aufgewühlt. »All das Geld, das wir in deine Erziehung gesteckt haben ...«

»Das heißt also, dass ihr mich aus eurem Leben streicht?

Einfach so?« Mein Magen krampfte sich zusammen. Als ich Georg heute Vormittag verlassen hatte, hatte ich Schmerz und Zorn in mir gehabt. In Hennys Abwesenheit hatte ich das Kissen nass geheult, ohne zu wissen, was mir mehr wehtat: von dem Mann, den ich begehrte, enttäuscht worden zu sein oder die Ungewissheit der Zukunft, die vor mir lag. Doch die Enttäuschung über meine Eltern, ihre Ablehnung wog jetzt noch schwerer.

Wieder blickte Mutter auf ihre Schuhspitzen. »Es ist gut, dass Henny dich aufgenommen hat. Ich kann nichts tun. Du weißt, wie Vater ist.«

»Gibt es denn nichts, um ihn zu versöhnen?«, fragte ich. »Nichts, was ich versuchen kann?« Ich atmete tief durch.

Sie presste die Lippen zusammen und schüttelte den Kopf.

»Und was ist mit dir, Mutter?«, fragte ich, während Tränen meine Augen füllten. »Dieses Kind ist dein Enkelkind! Willst du es denn nicht kennenlernen?«

»Dieses Kind existiert für mich nicht«, antwortete sie mit fester Stimme, die gar nicht zu ihr zu passen schien, dann trat sie einen Schritt zurück. Es war, als wäre Vater hinter mir aufgetaucht, der sie an ihre Pflichten als seine Ehefrau erinnerte. »Nimm deine Sachen und die Medikamente mit. Wenn du krank bist, kannst du dich bei mir melden, aber sonst ist es ratsam, du bleibst der Wohnung fern. Ich weiß nicht, wie Vater reagiert, wenn er dich sieht oder erfährt, dass du hier warst.« Damit wandte sie sich um und ging in die Küche.

Ich starrte einen Moment auf die leere Türöffnung, dann schluchzte ich lautlos auf.

An Hennys Wohnhaus angekommen, fühlte ich mich so unendlich müde. Der Taschengurt schnitt schmerzhaft in meine Schulter, und auch mein Laborkasten erschien mir furchtbar schwer. Ich schleppte mich die Treppe hinauf und begegnete dabei der Katze, die zu einer der unteren Wohnungen gehören musste. Als sie mich sah, legte sie die Ohren an und fauchte.

Ich schloss die Tür zu Hennys Wohnung auf und trat ein. Als ich den Schlüssel an das dafür vorgesehene Brett hängte, dachte ich wieder daran, dass ich den Wohnungsschlüssel meiner Eltern bei ihnen gelassen hatte.

Nach dem Gespräch hatte ich zunächst geweint, schließlich war meine Verzweiflung in Wut umgeschlagen. Ich hatte rasch meine Sachen gepackt, dann die Medikamente geholt. Mutter war im Wohnzimmer gewesen, die Tür hatte sie verschlossen. Das hatte mich so zornig gemacht, dass ich den Schlüssel auf die Kommode neben der Tür geknallt hatte. Grußlos hatte ich die Wohnung verlassen.

Doch die Reue kam noch auf dem Gehsteig. Der Schlüssel war so etwas wie ein Rettungsanker gewesen. Diesen hatte ich nun für immer fortgegeben. Tränenüberströmt war ich zur U-Bahn gelaufen.

Jetzt ließ ich mich auf das Bett fallen, das ein protestierendes Knarzen von sich gab. Nachmittags musste Henny manchmal zum Proben ins Theater. Ich hatte den klammfeuchten Raum für mich allein. Ich sollte lüften, aber dann würde die Wärme rausziehen, und der Ofen brauchte ewig, um die Kälte zu vertreiben. Bei der Feuchtigkeit, die hier im Haus herrschte, war es kein Wunder, dass man das Husten einiger Bewohner hörte, als wären die Wände aus Stoff.

Ich schloss die Augen und massierte meine Schläfen. Ein dumpfer Kopfschmerz breitete sich aus. Mein Magen knurrte, aber ich wollte nichts essen.

Noch nie in meinem Leben hatte ich mich so verlassen gefühlt. Bei Henny würde ich nicht ewig bleiben können, auch wenn sie das Gegenteil beteuerte. Wie sollte es weitergehen?

Als die Tür aufgeschlossen wurde, schreckte ich hoch. Ich musste über meinen Gedanken eingeschlafen sein, denn mittlerweile war es stockdunkel um mich herum.

Henny knipste das Licht an und gab einen Schreckenslaut von sich.

»Du meine Güte! Warum liegst du denn hier im Dunkeln?« Ich rappelte mich auf. Der Kopfschmerz war nur noch ein leichtes Pulsieren in meinen Schläfen. »Ich bin eingeschlafen.«

»Das sehe ich. Aber du hättest doch das Licht anschalten können. So schlecht geht es mir nun auch wieder nicht!« Sie eilte zum Tisch und entleerte den Inhalt des Korbes, den sie bei sich trug. »Hier schau mal, frische Milch! Kartoffeln und Quark! Das machen wir uns morgen. Für heute habe ich etwas aus der Kantine mitgenommen.«

Während sie begeistert ihren Einkauf kommentierte, wischte ich mir übers Gesicht. Das schlechte Gewissen meldete sich wieder, doch mein knurrender Magen drängte es in sein dunkles Loch zurück. Der Geruch nach Salami und Brot ließ mir das Wasser im Mund zusammenlaufen. Zum ersten Mal seit Langem hatte ich wirklich Hunger.

»Ich habe mit Herrn Nelson gesprochen«, flötete Henny aufgeregt, während sie Teller aus ihrem Schrank holte und auf dem Tisch platzierte. »Schon vor ein paar Wochen hat er sich darüber beklagt, dass die alte Garderobiere ständig krank ist. Ich habe dich ins Gespräch gebracht, und er würde dich morgen Vormittag gern sehen.«

»Weiß er, dass ich schwanger bin?«, fragte ich niedergeschlagen, während ich mich auf den Stuhl sinken ließ. »Was nütze ich ihm, wenn ich ein Kind kriege und dann ausfalle? Von dem Skandal mal ganz abgesehen.«

»Meinst du, dass irgendetwas bei uns noch ein Skandal ist?« Henny lachte. »Frauen verkleiden sich als Männer, Männer als

Frauen. Wir Mädels tanzen nackt. Und ich bin sicher, einige verdienen sich horizontal was dazu.«

»Keine von euch ist schwanger«, beharrte ich.

»Das kann man nie wissen!«, gab Henny zurück. »Aber ich glaube, solange du nicht nackt auftreten willst, wird Herrn Nelson dein Bauch nicht stören.«

»Bist du sicher?«

»Ganz sicher. Du nimmst die Mäntel an, hängst sie weg. Das ist nicht schwer. Und zum Sommer hin tragen die Leute eh weniger auf dem Leib.«

»Und wenn das Kind da ist?« Henny auch dann noch zu belagern kam für mich nicht infrage.

»Ein Schritt nach dem anderen«, antwortete sie. »Herr Nelson ist ein freundlicher Mann. Solange das Kind schläft, kannst du es bestimmt in einem Korb in der Garderobe stehen lassen. Und wenn auch die Nachzügler durch sind, kannst du dem Kleinen die Brust geben.«

Der Gedanke, mein Kind inmitten feuchter Mäntel stillen zu müssen, erfüllte mich mit Angst.

»Was, wenn er mich nicht will?«, fragte ich.

»Er wird dich wollen«, erwiderte Henny siegesgewiss. »Oder hast du eine andere Idee, wo du arbeiten kannst?«

Ich schüttelte den Kopf und kam mir auf einmal undankbar vor. Henny hatte den Theaterdirektor gefragt, ohne dass ich sie darum gebeten hatte. Tränen stiegen in meine Augen. »Danke. Ich werde dir das nie vergessen.« Ich schloss sie in meine Arme.

Henny schnaufte ungeduldig. »Ist das normal, dass man so weinerlich wird, wenn man ein Kind kriegt?«

»Keine Ahnung«, gab ich zurück, ließ sie los und wischte mir übers Gesicht. »Aber es ist nicht das Kind, wegen dem ich weine ...«

Henny streichelte mir über die Wange. »Ich versteh das schon, keine Sorge. Weißt ja, wie ich manchmal bin. Meine

Mutter war auch außer sich, als sie gehört hat, womit ich mein Geld verdiene. Vater weiß es bis heute nicht. Er denkt, ich bin Schauspielerin. Glücklicherweise geht er nicht ins Theater. Ich lasse mich einmal im Monat bei ihnen blicken, höre mir an, dass ich mir bald einen Mann suchen soll, und gut ist es.«

Ich schnäuzte mir die Nase, dann berichtete ich: »Ich war heute zu Hause und habe meine Sachen abgeholt. Meine Mutter war da.«

»Und? Hat sie eingesehen, dass es ein Fehler ist, die einzige Tochter rauszuwerfen, nur weil sie sich einen Ausrutscher geleistet hat?«

Ich schüttelte den Kopf.

Henny seufzte schwer. »Da kann man wohl erst mal nichts machen. Aber ich bin sicher, dass die Reue sie überkommen wird. Hast du ihr gesagt, wo du wohnst?«

Ich nickte.

»Wenn sich der Staub gelegt hat, erhältst du sicher bald Post von ihr. Oder dein Vater kreuzt hier auf und sagt, dass es ihm leidtut. Nichts bleibt so finster, wie es ist.« Sie legte mir eines der Brote auf den Teller. »Und nun iss etwas, ich will nicht, dass die Salami noch welliger wird.«

6. Kapitel

Das Herz klopfte mir bis zum Hals, als ich aus dem Omnibus stieg. Auf dem Weg zum Nelson-Theater kam ich an einigen Geschäften auf dem Kurfürstendamm vorbei, deren Auslagen wunderschöne Kleider, edle Pelze und Schmuck zeigten. Ich hatte nie viel Interesse für Mode gehabt, doch wenn ich meine Reflexion in den Schaufenstern sah, fühlte ich mich, als wäre ich aus einer anderen Zeit gefallen. In meinem Mantel und dem halblangen Rock wirkte ich gegenüber den Kreationen an den Schaufensterpuppen bieder und altmodisch.

Aber eine Garderobiere musste nicht schön sein. Bei den wenigen Theatervorführungen, zu denen ich mit meinen Eltern gegangen war, hatte ich Garderobieren immer als sauertöpfische, schwarz gekleidete und strenge Frauen erlebt, die mit den Mänteln der Besucher in dunklen Räumen verschwanden. Wahrscheinlich würde ich eine Uniform bekommen, schwarz mit weißem Bubikragen. Mein Aussehen interessierte niemanden mehr.

Vor dem Theater blieb ich stehen. Zweifel überkamen mich. Würde Nelson mich haben wollen? Ich hatte keine Ahnung, wer er war, kannte ihn nur von den Geschichten, die Henny manchmal zum Besten gab. Er war beleibt und meist freundlich. Wenn ihn der Ärger packte, schrie er, dass die Wände wackelten. Obendrein war er ein guter Revueschreiber. Alle Stücke, die in seinem Theater aufgeführt wurden, stammten aus seiner Feder. Wenn man Henny glauben konnte, rissen sich die Zuschauer um die Eintrittskarten.

Schließlich gab ich mir einen Ruck und trat ein. Im Foyer hingen zahlreiche Plakate, die auf Stücke wie *Der Harem auf Reisen* hinwiesen. In Revuen und ins Kabarett gingen meine Eltern nie, sie meinten immer, das sei zu frivol. Ich kam mir vor wie in einer anderen Welt.

Beklommen schlich ich durch den Flur, ohne auf eine Menschenseele zu treffen. Die Schalter, an denen die Eintrittskarten verkauft wurden, waren geschlossen.

Nachdem ich eine Weile ratlos die Kronleuchter über mir betrachtet hatte, vernahm ich in einem der Gänge Stimmen. Schließlich kam mir ein Mann in Malerhose entgegen, der eine Leiter über der Schulter trug.

»Entschuldigen Sie«, sprach ich ihn an. »Ich würde gern Herrn Nelson sprechen.«

Der Mann sah mich für einen Moment an, als hätte er nicht richtig verstanden. »Den Gang runter, letzte Tür links, Frollein«, sagte er schließlich und wies mir mit dem Arm den Weg.

Ich bedankte mich und setzte mich in Bewegung.

Das Geräusch meiner Schritte wurde von einem roten Teppich gedämpft. An der hohen Tür angekommen, neben der ein Schild verkündete, dass sich hier das Büro des Direktors befinde, machte ich halt und atmete tief durch. Mein ganzer Körper pulsierte, als ich die Hand hob und klopfte.

Die Stimme, die antwortete, klang dunkel und ein wenig nasal.

Ich trat ein. Das Erste, was mir ins Auge fiel, war ein Flügel, der einen Großteil des Raumes einnahm. Erst weiter hinten stand ein Schreibtisch. Dahinter saß ein sehr beleibter Mann in Hemd und Hosenträgern, sein Sakko hing hinter ihm über der Stuhllehne.

Auf der Tischplatte vor ihm waren einige eng beschriebene Zettel verteilt. Ohne von ihnen aufzublicken, fragte er: »Was gibt's?«

»Ich ... Mein Name ist Sophia Krohn, ich ... Henny meinte, ich dürfte mich bei Ihnen vorstellen.«

»Dann leg mal dein Mäntelchen ab, Mädel«, verlangte er von mir und schaute weiterhin nicht auf. Was fesselte ihn an dem Gekritzel so? »Wenn du hier tanzen willst, muss ich deine Figur sehen.«

Tanzen? Offenbar hatte er mich falsch verstanden.

»Ich bin nicht wegen des Tanzens hier«, antwortete ich. »Es geht um die Stelle als Garderobiere.«

Jetzt hob er den Kopf. Seine Augen verengten sich ein wenig, und ich konnte sehen, dass seine Wangen gerötet waren. Das Lesen der Seiten schien ihn anzustrengen.

»Garderobiere«, echote er und wirkte, als brauchte er einen Moment, um sich wieder an die Absprache zu erinnern. »Ach ja!«, sagte er dann und erhob sich. Sein Blick schweifte über meinen Körper, als zöge er in Erwägung, mich doch als Tänzerin einzustellen. »Sie sagte so etwas. Ihr seid befreundet, nicht wahr?«

Ich nickte.

»Henny ist ein gutes Mädchen. Sehr zuverlässig und sehr hübsch. Die Männer mögen sie.«

Damit sagte er mir nichts Neues.

»Dann erzähl mal, Sophia Krohn: Wer bist du, und warum willst du ausgerechnet hier arbeiten?«

Damit hatte ich nicht gerechnet. Mir wurde klar, dass ich vor lauter Angst und in der Annahme, dass er mich sowieso nicht anstellen würde, ganz vergessen hatte, mich vorzubereiten.

»Ich ... Meinen Namen haben Sie ja gehört. Ich bin hier in Berlin geboren, mein Vater hat einen Drogeriemarkt.« Ein Zittern ging durch meine Brust, als ich ihn erwähnte. Mein Vater, der erklärt hatte, keine Tochter mehr zu haben.

»Und was machst du sonst so?«, fragte Nelson.

»Ich studiere Chemie ... oder besser gesagt, ich habe studiert, bis zu diesem Semester.«

Der Mann zog die Augenbrauen hoch. »Chemie?« Er gluckste. »Wie kommt ein Mädchen dazu, Chemie zu studieren?«

»Ich habe mich schon früh für die Naturwissenschaften interessiert«, gab ich zurück.

»Aha, und warum hast du damit aufgehört? Für eine ausgebildete Chemikerin sollte sich doch etwas anderes finden lassen als eine Anstellung als Garderobiere!«

»Ich bin schwanger«, antwortete ich, denn früher oder später würde er es ja doch sehen. »Ich brauche eine Anstellung, denn ich habe sonst niemanden. Meine Eltern wollen mich nicht mehr sehen. Und sie finanzieren auch mein Studium nicht mehr.«

Überrascht kräuselte er die Stirn. Ich registrierte verwundert, dass sich in seinem Blick mehr Mitgefühl fand als in den Augen von Georg.

»Das ist bedauerlich«, sagte er. »Ich habe keine Tochter, aber ich weiß, wie das Leben manchmal so spielt.«

»Danke.« Ich versuchte die Tränen, die in mir aufstiegen, zu unterdrücken.

»Und der Mann, dem du das zu verdanken hast?«, fragte er und deutete auf meinen Bauch.

»Ist verheiratet«, sagte ich ein wenig beklommen. »Und will nicht dafür aufkommen.«

»Ah«, machte er dazu nur und raffte die Blätter auf seinem Schreibtisch zusammen.

Das war es wohl. Er würde mich nach Hause schicken.

Er ließ sich noch ein wenig Zeit und sortierte die Papiere, dann erhob er sich.

»Nun gut. Deine Ehrlichkeit wird dich nicht immer weit bringen, fürchte ich, aber ich mag Leute, die ehrlich sind. Ehrlichkeit ist eine Grundvoraussetzung, wenn man täglich mit teuren Mänteln, Hüten und manchmal auch Pelzen zu tun hat.« Er machte eine kurze Pause und fuhr fort: »Wie schätzt du deinen Zustand ein? Wirst du arbeiten können? Besonders abends?«

»Ja«, antwortete ich. Ich hatte doch auch keine andere Wahl.

»Ist dir noch häufig übel?«

»Nur morgens manchmal. Meine Ärztin sagt, dass es sich geben wird mit der Zeit.«

Nelson nickte. »Gut. Du kannst heute Abend anfangen. Ich behalte dich erst einmal so lange, bis dein Bauch dicker geworden ist. Du kriegst in der Woche fünfzehn Mark.«

»Und danach?«, platzte es aus mir heraus. »Wenn mein Bauch ... dicker ist?«

Nelson lachte kurz auf. »Du bist gut! Danach sehen wir mal, wie es dir geht und ob du dich noch gut bewegen kannst. Wenn ich mit dir zufrieden bin, reden wir weiter.«

Mit diesen Worten kam er hinter dem Schreibtisch hervor und reichte mir die Hand. »Abgemacht?«

»Abgemacht«, echote ich und fand mich nur wenig später auf dem Flur wieder. Nelson schritt neben mir, würdevoll wie ein dicker König in einem Märchenstück.

»So, da ist die Garderobe«, sagte er und deutete auf den langen Holztresen, den ich bereits gesehen hatte, als ich das Theater betrat. »Du nimmst jedem Gast zehn Pfennige für einen Hut ab, für einen Mantel zwanzig und für einen Pelz fünfzig. Du gibst ihnen eine der Marken, bringst den Mantel nach hinten.«

»In Ordnung«, sagte ich, doch Nelson blickte mich abwartend an. Was erwartete er von mir? Die Anweisungen waren doch klar!

»Die Henny ist ein großes Talent«, sagte er schließlich. »Sie wird eines Tages von hier fortgehen, an eine größere Bühne, so viel ist klar.« Er schob die Hände in die Hosentaschen. »Aber noch ist es nicht so weit, nicht? Was dich angeht, kann ich keine Prognose wagen, aber ich sage dir, dass du das Beste aus deiner Lage machen solltest.«

Ich nickte und fragte dann: »Bekomme ich eine Uniform?«

Nelson lachte auf. »Natürlich kriegst du eine, was denkst du denn? Ich lasse meine Garderobieren doch nicht in Straßenklamotten im Theater herumlaufen!«

Im Gegensatz zum Morgen wirkte das Theater am Abend vollkommen verändert. Alles war hell erleuchtet, und die Luft schien vor Energie zu flirren. Vor der Eingangstür standen rauchende Männer in teuer wirkenden Mänteln und Frauen mit riesigen Pelzstolas um den Hals. Hin und wieder fing sich der Schein der Straßenbeleuchtung in einem Juwel und ließ es aufflackern wie eine Sternschnuppe.

Fasziniert blieb ich stehen und starrte die Leute von Weitem an. Es war eine gänzlich andere Welt als die, die ich bisher gekannt hatte. Und ich fühlte mich ebenfalls verändert. Die Uniform, die Herr Nelson mir mitgegeben hatte, kratzte, aber sie gab mir Hoffnung. Ich würde Geld verdienen! Da störte es mich auch nicht, dass sie tatsächlich schwarz mit einem kleinen weißen Bubikragen war und mich ein wenig an das Witwenkleid erinnerte, das eine frühere Nachbarin nach dem Krieg stets getragen hatte.

Henny zog mich am Arm. »Nun komm schon! Du wirst von denen noch genug zu sehen kriegen. Wenn die Türen aufgehen, bricht die Hölle los. Dann wirst du vor lauter Gerenne nicht mehr zum Staunen kommen.«

Wir traten durch den Hintereingang. Auch im Innern des Hauses flirrte die Luft. Zahlreiche Mädchen liefen herum, dazwischen Frauen mit Kleidersäcken. Musiker schleppten Koffer mit ihren Instrumenten durchs Foyer. Ein Kontrabass, hinter dem sein Besitzer fast verschwand, versperrte uns kurz den Weg.

»Warum sind die Leute eigentlich so früh da?«, wunderte ich mich, während ich mich aus meinem Mantel schälte. »Die Vorstellung beginnt doch erst um acht.«

»Sie wollen die besten Plätze!«, erklärte Henny, dann umarmte sie mich und spuckte mir symbolisch über die Schulter. »Hals- und Beinbruch.« Als sie meine Verwirrung erkannte, fügte sie hinzu: »Das sagt man in Theaterkreisen. Du solltest mir das auch wünschen.«

Es war das Letzte, was ich meiner Freundin wünschte, doch brav erwiderte ich den Wunsch.

»Wenn es ein wenig ruhiger ist, kannst du durch die Tür lugen. Vielleicht siehst du dann etwas von der Revue. Aber lass dich nicht erwischen.«

Damit verschwand sie zu den anderen Mädchen und mit ihnen irgendwo im Gebäude. Ich blickte auf den braunen Tresen vor mir. Mein Herz wummerte vor Aufregung. Ich strich meine Haare zurück und straffte mich, doch das half nicht gegen die Nervosität. Der Ablauf meiner Aufgabe war simpel, dennoch hatte ich Angst, dass ich es vermasseln würde.

Dann wurden die Türen geöffnet, und ich kam nicht mehr dazu, mich zu fürchten. Ich staunte über die Männer, die mir ihre teuren Mäntel und Zylinder in die Hand drückten. Mir gingen die Augen über angesichts der Frauen in glitzernden Kleidern, die auf dem Kopf Perlenhauben trugen und große Juwelen um den Hals.

Zunächst konnte ich das Rasierwasser und das Parfüm, das mir entgegenströmte, noch auseinanderhalten, doch schließlich wurde alles zu einem unangenehm süßlichen Gemisch, das meinen Magen drücken ließ.

»Schau mal einer an, Nelson hat sich eine Neue gegönnt!«, tönte ein unverschämter junger Mann mit pomadisierter blonder Haartolle und schmalem Oberlippenbärtchen. Seine Begleiter johlten zustimmend.

»Na, meine Hübsche, hast du nach der Vorstellung für mich Zeit?«, fragte er und lehnte sich provokant über den Tresen. Ich wich zurück.

Sprüche wie diese hatte ich besonders im ersten Semester öfter gehört, bis sich die Jungen an die Tatsache gewöhnt hatten, dass Frauen nicht an der Universität waren, um sich einen Bräutigam zu suchen.

»Die ist doch nichts für dich!«, tönte ein anderer. »Viel zu verklemmt! Schau dir doch mal das Kleid an!« Die restlichen beiden, die sich noch nicht geäußert hatten, lachten auf.

Ich schaute an mir hinunter. Die Uniform saß schlecht, aber ich war hier kein Gast, sondern nur eine Angestellte.

»Tut mir leid«, sagte ich, so kühl es mir in meinem aufkeimenden Ärger möglich war. »Ich bin schon vergeben.«

Das schien den aufdringlichen Kerl nicht abzuschrecken. »Ach komm schon, was hat er, was ich nicht habe?«

Mir ein Kind gemacht, dachte ich, doch ich war klug genug, es nicht auszusprechen.

»Meine Herren, würden Sie es bitte unterlassen, die Garderobiere zu belästigen?«, mischte sich ein älterer Mann hinter ihnen glücklicherweise ein. »Wir wollen unsere Mäntel auch noch abgeben, bevor die Vorstellung beginnt.«

Der Fremde wandte sich um, und ich rechnete damit, dass er dem Älteren etwas Freches erwidern würde. Doch das wagte er nicht.

»Bis nachher, meine Süße!«, sagte er mit einem Augenzwinkern zu mir, dann zog das Quartett von dannen.

»Entschuldigen Sie bitte«, sagte ich zu dem älteren Mann, der sichtlich aufgebracht wirkte.

»Sie sollten wirklich nicht mit solchen Rabauken herumpoussieren«, gab er mir mit Schal, Mantel und Hut mit auf den Weg. Als ob ich angefangen hätte.

Ich schluckte eine Erwiderung runter, reichte dem Fremden im Tausch für die Münzen die Marke für die Mäntel und wandte mich dem nächsten Paar zu.

Eine Dreiviertelstunde später war der Einlass beendet. Meine Füße brannten, mein Rücken schmerzte, und hinter mir drängten sich die Kleidungsstücke wie ein dichter Wald.

Ich ließ mich auf einen kleinen Schemel sinken. Vereinzelt ging noch jemand durchs Foyer, doch derjenige würdigte mich keines Blickes, worüber ich sehr froh war.

Irgendwann wurde die große Saaltür geschlossen, und die Musik hob an. Sie war mit nichts zu vergleichen, was ich von zu Hause kannte. Beethovens »Neunte« aus dem Geschoss über uns, Bach und Brahms aus dem Arbeitszimmer meines Vaters oder leichte Melodien, wenn Mutter das Regiment über das Grammophon hatte.

Diese Musik hier war laut und schillernd, sie explodierte förmlich, um dann getragen durch das gesamte Theater zu schweben. Zunächst dachte ich: Was für ein Krach! Doch nach und nach erkannte ich die Harmonien und ließ mich von ihnen einhüllen.

Meinen Platz zu verlassen und durch die Saaltür zu spähen wäre mir nicht eingefallen, doch ich schloss die Augen und stellte mir vor, wie die Leute in dem Saal saßen, die Tänzerinnen in ihren bunten Kostümen betrachteten, dabei Champagner schlürften und ihr Leben genossen.

Diese Welt erschien mir so unendlich fremd. Für mich hatte es nur das Studium gegeben.

Lautes Gelächter riss mich aus meinen Fantasien. Die Musik

hatte sich verändert, die Instrumente waren weniger geworden, dafür krakeelte eine Frauenstimme.

Solche Lieder kannte ich, einige Frauen sangen sie bei offenem Fenster über den Hinterhof. In unserem alten Haus hatte es eine Nachbarin gegeben, die eine Schwäche für diese Gassenhauer hatte.

Ich lauschte dem lang gezogenen »Heeeeeermann heeeeßt er!«. Das Lied hatte die Nachbarin ebenfalls gesungen. Damals, als ich noch ein Kind war und den Sinn der Worte nicht erfassen konnte. Jetzt kannte ich den Text, und was mich anging, hätte das Lied auch Georg besingen können.

Nach der Vorstellung begann die Hektik im Foyer erneut. Die Leute, die zuvor nicht schnell genug in den Saal kommen konnten, drängten jetzt mit gleicher Eile wieder nach draußen. Der Pulk der Gäste umringte mich wie eine feindliche Armee. Ich trug die Mäntel wie Schutzschilde vor mir her und war froh, wenn sie mir aus der Hand genommen wurden.

Als alle fort waren, erschien Henny. Ihre Haare waren ein wenig verwuschelt, und im Gesicht hatte sie immer noch eine dicke Schicht Schminke. Ich erkannte sie kaum wieder.

Sie plapperte munter und aufgekratzt davon, wie viel Applaus sie erhalten hätten, ich dagegen hätte auf der Stelle einschlafen können.

Auf dem Heimweg erzählte ich Henny von den jungen Männern, die auch beim Abholen ihrer Sachen unverschämt gewesen waren, und das, wo sie doch wohl genug nackte Haut gesehen hatten.

»Mach dir nichts draus, einige sind eben so«, winkte meine Freundin ab. »Die sind juckig, weil sie nackte Mädels zu sehen bekommen. Danach sind sie noch schlimmer. Die Nutten in der Stadt werden sich freuen.«

»Du meinst, sie ...« Ich schluckte beschämt.

»Na klar doch!«, antwortete Henny. »Die lassen es noch ordentlich krachen heute Nacht. Aber die kriegen sich ein, wenn sie dich öfter sehen.«

Ich nickte und fragte mich, wann es so weit sein würde. Und worauf ich mich noch gefasst machen musste.

7. Kapitel

Als der Mai in Berlin einzog, passten mir die Kleider, die ich von zu Hause mitgenommen hatte, nicht mehr. Ich versetzte sie beim Pfandleiher und behielt nur das, was ich nach der Geburt tragen wollte. Das Geld reichte, um auf dem Flohmarkt gebrauchte Stücke zu erstehen, die besser saßen. Besonders schön waren sie nicht, aber sie erfüllten ihren Zweck.

Ich war jetzt wohl im vierten oder fünften Monat, und es wurde mir zunehmend peinlich, mich ohne Mantel zu zeigen, denn ich hatte das Gefühl, dass jeder mich anstarrte. Besonders schlimm war es bei den weiblichen Theatergästen, deren Blicke mich wie Nadelspitzen trafen.

»Keine Sorge«, versuchte Henny mich zu beschwichtigen. »Die kümmern sich nicht um deinen Bauch. Denen geht es nur darum, wie sie selbst aussehen. Oder warum sonst sollten sie sich wie Weihnachtsbäume behängen?«

»Einige gucken schon, und wahrscheinlich fragen sie sich, wer der glückliche Vater ist«, sagte ich, denn es kam mir so vor, als wüssten alle, was geschehen war.

»Dir steht nicht auf die Stirn geschrieben, dass du allein bist«, gab Henny zurück. »Du hast keinen Grund, unsicher zu sein.«

Doch ich war es, besonders angesichts der jüngeren Männer, die immer noch irgendwelche Bemerkungen auf den Lippen hatten.

Die Arbeit in der Garderobe wurde anstrengender, weil ich mir mehr und mehr wie ein unförmiges Fass vorkam, aber ich verrichtete sie gern. Während die Revue lief, konnte ich meinen Gedanken nachhängen, schließlich ging ich dazu über, in meinen Lehrbüchern zu lesen.

Obwohl erst ein paar Monate vergangen waren, kam mir die Zeit an der Universität so weit entfernt vor. Ich vermisste sie, und manchmal konnte ich die Tränen nicht zurückhalten.

Wenn ich tagsüber mal rausmusste, spazierte ich durch die Stadt. Manchmal fuhr ich mit der Bahn zu meinem Elternhaus und drückte mich auf der anderen Straßenseite herum. In meinen schäbigen Kleidern erkannte mich niemand. Doch mein Herz schmerzte, und ich fragte mich, wie es meinen Eltern erging. So nahe war ich ihnen, aber doch so weit entfernt.

Von Zeit zu Zeit schrieb ich ihnen Briefe, in denen ich mich zu erklären versuchte, doch bisher war eine Antwort ausgeblieben. Ich traute es Vater zu, dass er sie ungeöffnet verbrannte.

Henny war dennoch sicher, dass meine Eltern zur Besinnung kommen würden. »Wenn das Kleine da ist, gehst du zu ihnen und zeigst es. Ich sage dir, deine Mutter wird vor Glück zerfließen.«

Ich bezweifelte das, doch ich nickte meist und drängte die Gedanken beiseite. Ich musste es tun, sonst würde ich nicht in der Lage sein, das Bett zu verlassen.

Mit dem Frühling kam neue Aufregung ins Theater. Josephine Baker, die »schwarze Venus aus Amerika«, war in Berlin angekommen und gab sich die Ehre, bei Herrn Nelson aufzutreten.

Der Direktor wurde nicht müde, bei jeder Gelegenheit zu

erwähnen, wie viel Glück das für uns alle bedeutete und welches Prestige es für unser Haus brachte.

Ich hatte mich mittlerweile an den Gedanken, dass einige Mädchen hier nackt tanzten, gewöhnt und schreckte nicht mehr zusammen, wenn sie mir nur mit Perlenschnüren bekleidet auf der Toilette begegneten.

Doch das große Foto von Josephine Baker trieb mir die Schamröte ins Gesicht. Nicht weil sie nackt war und sich ihre wunderschöne braune Haut so makellos über ihren Körper spannte. Es war ihr Lächeln, das mich rot werden ließ. Ihre Nacktheit schien sie nicht zu bekümmern, im Gegenteil, sie schien stolz darauf zu sein. Und das auf eine Weise, die mir unanständig vorkam. Gleichzeitig wirkte sie so wunderschön wie eine Prinzessin aus einem fernen Land.

Da auch heute wesentlich mehr Besucher erwartet wurden, hatte man uns angewiesen, schon eher an unserem Platz zu sein. Marga, die mich seit einigen Abenden unterstützte, war ein blasses, dünnes Mädchen, das wirkte, als würde es unter mehr als zwei schweren Mänteln begraben werden. Doch sie war unerwartet zäh. Mit jedem Tag bekam ich ein wenig mehr Angst, dass Herr Nelson mich durch sie ersetzen würde.

Aber daran wollte ich jetzt nicht denken. Herr Nelson nahm den Auftritt der berühmten Miss Baker zum Anlass, den Angestellten vor der Arbeit eine kleine Rede zu halten.

»Ihr werdet heute ein Teil der Geschichte sein!«, proklamierte er feierlich, und seine Stimme füllte mühelos das Foyer, in dem wir uns versammelt hatten. »Eine Frau wie diese hat es noch nie gegeben. Ihr werdet sehen! Eine schwarze Königin! Und das hier in meinem bescheidenen Haus. Ich erwarte von euch, dass ihr euch alle von der besten Seite zeigt!«

Niemand hätte gewagt, ihm zu widersprechen. Die Mädchen vom Billettverkauf lächelten, als wären sie soeben zu Hofdamen erklärt worden. Die Augen der Tänzerinnen leuchteten, und selbst ich als Garderobiere fühlte eine gewisse Erhabenheit. Dabei würde ich auch diesmal nur die Mäntel abnehmen und die »schwarze Königin« sicher nicht zu Gesicht bekommen.

»Also dann, Kinder!«, schloss Nelson seine Rede mit einem Händeklatschen ab. »Lassen wir die Gäste kommen!«

Nachdem er sich in den hinteren Teil des Hauses zurückgezogen hatte, wandte ich mich an Henny. »Hast du sie schon gesehen? Ich meine, die Baker?«

Sie schüttelte den Kopf. »Nein, die wird besser beschützt als die englischen Kronjuwelen. Und wenn die Gerüchte stimmen, schleppt sie auch genauso viel Schmuck wie die Königin mit sich rum! Außerdem hat sie zwei kleine Ziegen bei sich im Hotel.«

»Ziegen?«

»Und noch andere Tiere. Sie findet das niedlich.«

»Na, der Hoteldirektor wird sich bedanken«, sagte ich.

»Hopp, hopp, an die Arbeit, Mädchen!« Tanzmeisterin Olga scheuchte die Tänzerinnen samt Henny wieder in die Garderobe. Alle Mädchen hatten höchsten Respekt vor der Frau, die ihre schwarzen Haare stets zu einem Dutt gedreht im Nacken trug. Man munkelte, dass sie für die Liebe eine große Karriere am russischen Ballett ausgeschlagen hatte.

Die Türen wurden geöffnet, und die Gäste drängten herein. Während einige sich sofort vor dem Schalter für die Eintrittskarten einreihten, strömte der Rest wie eine riesige Welle auf die Garderobe zu.

Mantel um Mantel brachten Marga und ich zu den Garderobenhaken, trotz des Frühlings waren die Abende immer noch kalt, und für einige gehörte ein Überzieher oder Cape einfach dazu.

Nach einer halben Stunde ließ ich mich mit schmerzendem Rücken auf den Stuhl sinken. Ich schloss die Augen und genoss für einen Moment das gedämpfte Wabern der Stimmen im Saal. Den größten Ansturm hatten wir erst mal hinter uns.

Marga war noch irgendwo zwischen den Mänteln. Immer wenn sie da war, hatte sie den Tick, alle Hüte gerade zu rücken und eventuell eingekrempelte Ärmel zu entwirren.

Inzwischen hob die Musik im Saal an, und das Stimmengewirr ebbte ab. Beschwingte Klänge echoten durch das Foyer.

»Ob wir beide nachher mal Mäuschen spielen sollten?«, fragte mich Marga bei ihrer Rückkehr mit leuchtenden Augen.

»Wenn die uns erwischen, kriegen wir Ärger«, gab ich zurück.

»Das ist kein Nein«, sagte Marga und grinste. »Also?«

Ich blickte zur Tür und zu den Billettschaltern, hinter denen die Verkäuferinnen dösten. Manchmal kamen Gäste noch nach Beginn der Veranstaltung, aber bei einem Anlass wie dem heutigen wollte wohl niemand eine Verspätung riskieren.

»Wir haben einfach ein Ohr zum Eingang«, redete Marga auf mich ein und zupfte mich am Ärmel. »Komm schon!«

Gemeinsam huschten wir zur Saaltür und spähten durch den Spalt.

Fasziniert beobachtete ich, wie sich die Tänzerinnen in ihren glitzernden Federkostümen drehten und bogen, das Schlagzeug hämmerte dazu im Takt, und die Menschen an den Tischen prosteten sich fröhlich zu. Der Geruch nach Alkohol lag in der Luft. Alle wirkten so ausgelassen und unbeschwert, wie ich es wohl in meinem ganzen Leben noch nie gewesen war.

Neben mir wippte Marga auf den Zehenspitzen im Takt mit. Zwischendurch warf sie den Kopf in den Nacken. Sie schien es nicht zu kümmern, wie sie auf mich wirkte.

Als das Stück beendet war, trat Herr Nelson auf die Bühne. Instinktiv zuckte ich zurück, doch dann wurde mir klar, dass er uns hier nicht sehen konnte.

»Meine Damen und Herren, kommen wir nun zum Höhepunkt des Abends!«

Erwartungsvoll richteten sich sämtliche Augen auf ihn, auch die Gäste an den hinteren Tischen blickten auf.

»Wie Sie wissen, gibt sich die ›schwarze Venus aus Amerika‹ die Ehre in meinem bescheidenen Etablissement. Miss Josephine Baker ist der Star des Pariser Nachtlebens, und wir können uns sehr glücklich schätzen, sie für vier Auftritte bei uns begrüßen zu dürfen.«

»Wann mag sie angekommen sein?«, wisperte Marga neben mir und lenkte mich von Nelsons Rede ab. Ihr Körper glühte förmlich, und das, obwohl sie sich bei ihrem Tanz kaum von der Stelle bewegt hatte. »Eigentlich hätten sie doch für sie einen großen Bahnhof machen müssen.«

»Sie wollten sicher nicht, dass sie belästigt wird.«

»Ich würde sie zu gern mal sehen!«, schwärmte Marga.

»Das kannst du doch gleich.«

»Nicht bei einem Auftritt!«, wiegelte sie ab. »Du wirst sehen, da ist sie genauso nackig wie auf dem Foto. Nein, ich würde sie gern mal in ihren Pelzen sehen. Sie soll weißen Zobel tragen! Kannst du dir das vorstellen?«

Ich schüttelte den Kopf. »Nein, kann ich nicht. Und ich weiß auch nicht, wozu es gut sein soll, den Zobeln das Fell über die Ohren zu ziehen.«

»Ach, du hast keine Ahnung, bist eben 'ne richtige Landpomeranze!«

»Ich bin nicht vom Land!«, protestierte ich.

»Tust aber immer so!«, gab Marga zurück.

Bevor wir beide noch in Streit geraten konnten, beendete begeisterter Applaus Nelsons Ansprache, und Scheinwerfer begannen über die Decken zu zucken. Ein Trommelsolo ertönte. Wenig später bekamen die Zuschauer sie zu Gesicht. Nur mit einem roten Lendenschurz bekleidet und einem Kopfschmuck aus Federn begann sie, einen wilden, zuckenden Tanz aufzuführen.

Der Anblick ließ meine Wangen glühen. Ihre Brüste hüpften auf und ab, doch das schien ihr nicht im Geringsten etwas auszumachen. Mit einem Lächeln, das strahlend weiße Zähne zeigte, fegte sie über die Bühne.

Die Blicke der Männer wirkten gierig, die der Frauen gewollt kühl, aber ich spürte, dass jede unten im Publikum so sein wollte wie die Baker: wunderschön, schlank, biegsam und vor allem hemmungslos.

Ich beobachtete ihren Tanz wie gebannt, dann hörte ich ein Geräusch vom Eingang her. Marga schien es nicht mitzubekommen.

Ich löste mich von der Tür und nahm die Nachzügler in Empfang. Die beiden Männer wirkten etwas aufgelöst.

»Diese verdammte Bahn«, brummten sie und schälten sich in Windeseile aus ihren Mänteln. »Ist sie schon auf der Bühne?«

»Sie meinen, Miss Baker?«, fragte ich.

»Ja.«

Ich nickte. »Sie tritt gerade auf.«

»Du meine Güte!«, rief einer aus und drückte mir zusammen mit seinem Mantel einen Zehnmarkschein in die Hand.

»Aber das ist zu viel!«, rief ich ihm nach.

»Trinkgeld!«, antwortete er und verschwand dann mit seinem Begleiter, der mir ebenfalls seinen Mantel gereicht hatte, im Saal. Ob sie Marga wohl gesehen hatten?

Bei Dienstschluss wartete ich wie immer an der Hintertür auf Henny. Meist war ich dabei allein, doch heute war ich von zahlreichen Leuten umringt. Sie rauchten, erzählten und blickten immer wieder zur Tür. War Miss Baker noch im Haus? Wollten sie ein Autogramm von ihr? Einen Blick auf ihre Juwelen erhaschen?

Auch Henny ließ auf sich warten. Unterhielten sich die Tänzerinnen gerade mit Miss Baker? Ich wusste, wie sehr Henny sie verehrte. Wahrscheinlich würde sie den ganzen Abend von ihr schwärmen.

Ein Jubelschrei ließ mich zusammenfahren. Henny kam auf mich zugerannt und fiel mir in die Arme. Ich roch Alkohol in ihrem Atem.

»Du glaubst nicht, was mir heute passiert ist!« Sie riss mich beinahe um, fing uns aber auf und hielt mich an den Armen fest. »Ich bin eingeladen worden! Morgen, zu einer Soiree mit der Baker! Andere Mädchen sind auch da, offiziell, weil wir die Gäste unterhalten sollen, aber es heißt auch inoffiziell, dass ihre Manager und Patrone Begleiterinnen für sie anschauen wollen.«

»Begleiterinnen?«

»Die Baker will in einer Woche wieder nach Paris zurück. Und weil es ihr mit uns so gut gefallen hat, will sie einige von uns mitnehmen!«

»Ist nicht wahr!« Ich wusste, dass Henny heimlich davon träumte, in Paris aufzutreten. Dort hatten Tänzerinnen nicht nur die Gelegenheit, reiche Männer kennenzulernen, sie konnten dort auch zu Stars werden, denen sogar eine Karriere beim Film offenstand.

»Doch! Und anscheinend hat sie oder zumindest ihr Manager Gefallen an mir gefunden.« Sie lächelte in sich hinein. »Wir werden auf der Party übrigens alle nackt sein!«

Ich zog die Augenbrauen hoch. »Auch die Männer?«

Henny grinste schelmisch. »Nein, die nicht. Zumindest noch nicht.«

»Die wollen doch nicht etwa …«

»Nein, nein, keine Sorge! Wir sind doch nicht im Puff!« Sie lachte auf und strich sich eine Haarsträhne aus dem Gesicht. »Die Kerle werden sich benehmen, dafür wird die Baker schon sorgen. Sie schätzt es überhaupt nicht, wenn ihr ein Mann zu nahe kommt, der es nicht tun soll. Komm, wir müssen das feiern.«

Ich hatte den Eindruck, dass Henny schon genug gefeiert hatte, aber ich ließ mich von ihr mitreißen.

8. Kapitel

Henny, die diesmal zusammen mit der Baker tanzen sollte, war den ganzen Tag über aus dem Häuschen. Immer wieder stellte sie sich nackt vor den Spiegel und überprüfte ihre Figur. »Ich hätte gestern besser keinen Kohl essen sollen«, monierte sie und strich sich über den Bauch. »Ich sehe ganz aufgebläht aus.«
»Willst du meinen Bauch dagegen sehen?«, fragte ich und machte ein Hohlkreuz. Ich wagte schon lange nicht mehr, mich eingehend und vor allem nackt im Spiegel zu betrachten, denn ich kam mir mehr und mehr wie eine Tonne vor.
Dennoch blieb Hennys Blick kritisch. »Und wenn ich ihnen nun nicht gefalle?«
»Dann gehst du nach Hause und machst weiter wie bisher«, entgegnete ich. »Es ist doch nur ein Abend. Was soll daran so aufregend sein?«
»Die Chancen, Sophia, die Chancen! Wenn heute Abend alles klappt, werde ich nach Paris gehen. Ich werde die Möglichkeit bekommen, berühmt zu werden wie die Baker! Dann können wir uns etwas Besseres leisten als dieses Loch hier!«
»Wir?«, sagte ich zweifelnd. »Ich glaube, ich sollte dir nicht mehr allzu lange auf der Tasche liegen.«

»Auf der Tasche liegen?« Henny wandte sich um. »Du zahlst mir zwanzig Mark im Monat. Das kann man nicht auf der Tasche liegen nennen.«

»Aber wir werden nicht immer zusammenwohnen können. Wenn das Kind da ist …«

»Quatsch!«, platzte sie heraus. »Denkst du, es macht Spaß, allein zu leben? Ich habe gern Gesellschaft, und es gibt schlechtere Mitbewohnerinnen als dich.«

»Aber irgendwann willst du doch sicher einen Mann und Kinder.«

Henny lachte auf.

»Ja, das könnte man denken, nicht wahr? Und was, wenn ich keinen Mann will? Wenn es mir reicht, mit meiner Freundin zusammenzuleben?«

»Erzähl keinen Unsinn! Wenn mir das hier«, ich deutete auf meinen Bauch, »nicht passiert wäre, wäre ich nicht hier. Und du könntest machen, was du möchtest.«

»Das kann ich doch auch so. Und ich glaube, du bringst mir Glück.« Sie wandte sich wieder dem Spiegel zu. »Und weil ich Glück gebrauchen kann, darfst du so lange bleiben, wie du magst.«

Im Theater herrschte noch immer Aufregung, und vor dem Haus drängten sich die Zuschauer. Daran, wie sie die Hälse reckten, erkannte ich, dass sie auf den Wagen der Baker warteten.

»Du meine Güte«, raunte Henny in mein Ohr. »Das sind ja noch mehr als gestern. Da werden wohl einige vor der Tür bleiben müssen.«

»Das gibt Tumult«, sagte ich.

»Und was für einen! Aber die Kasse wird klingeln. Vielleicht zahlt Nelson uns ein paar Mark mehr.« Sie kicherte.

»Meinst du, dass sie ganz offen vorfahren wird?«, fragte ich, noch immer fasziniert von der Menschenmenge. »Die Leute reißen ihr doch die Kleider vom Leib.«

»Dann hat sie weniger auszuziehen«, sagte Henny, und wir verschwanden im Hintereingang.

Marga plapperte in der Garderobe wie ein Wasserfall über einen Film, den sie sich anschauen wollte. Ich hörte nur mit halbem Ohr zu, denn meine Gedanken waren bei Henny. Ich wünschte ihr so sehr, dass man sie annehmen würde.

Die Menge der Zuschauer strömte herein, es war das alte Spiel. Ich lächelte, nahm Mäntel in Empfang und gab Marken aus. Ich ignorierte die Spötteleien der jungen Herren und konzentrierte mich ganz darauf, für jede Jacke einen Haken zu finden.

Der Wald der Kleidungsstücke wuchs und nahm uns die Sicht auf die Wartenden. Wie schön wäre es, einfach hier verharren zu können! Doch es war kein Ende des Ansturms in Sicht, also tauchte ich aus dem Jacken- und Manteldickicht wieder auf und wandte mich dem nächsten Gast zu.

»Guten Abend, mein Herr, bitte ...« Die Worte blieben mir im Hals stecken, als ich in das Gesicht des Mannes im Frack sah. Mit den pomadisierten Haaren hätte ich ihn beinahe nicht erkannt.

Georg. Und neben ihm eine Frau. So jung, wie sie aussah, konnte sie unmöglich seine Ehefrau sein.

»Sophia«, presste Georg hervor. Seine Augen weiteten sich erschrocken. »Du ...«

Ich bemerkte den Blick, den ihm seine Begleiterin zuwarf. Und mir entging auch nicht, dass sie auf meinen Bauch schaute, der sich deutlich unter meiner Uniform abzeichnete.

Ein scharfes Brennen zog durch meine Eingeweide. Meine Kehle schnürte sich zu. So lange hatte ich Georg nicht gesehen. Hatte erfolgreich jeden Gedanken an ihn zurückgedrängt. Und jetzt stand er vor mir. Mit einer anderen. Offenbar schien seine

Ehe, die er mir gegenüber so vehement verteidigt hatte, doch am Ende zu sein. Erzählte er der Neuen auch, dass Brunhilde sich scheiden lassen wollte? Erzählte er es womöglich jeder, die er haben wollte?

»Die Garderobe für einen Mantel kostet zwanzig Pfennig. Ihren Hut...« Meine Stimme brach, und ich zitterte am ganzen Leib. Die Gedanken machten mich schwindelig.

Marga trat neben mich. Sie schien zu sehen, dass es mir nicht gut ging.

»Geben Sie mir bitte Ihre Sachen«, sagte sie und schob mich sanft zur Seite. Georgs Blick brannte auf mir. Mein Bauch krampfte sich zusammen. Mühsam kämpfte ich gegen das Schluchzen an.

Marga nahm ihm und der Frau die Mäntel ab. Er wandte sich zur Seite, die Frau hakte sich bei ihm ein und warf mir noch einmal einen Blick zu. Sicher würde sie ihn fragen, wer ich war.

»He, was ist los?«, zischte Marga mir zu. »Ist es wegen deinem Kind?«

»Nein«, antwortete ich und spürte, wie mir der Schweiß ausbrach. In Sekundenschnelle rann mir das Wasser am Rückgrat hinab. »Die Luft ist hier nur so stickig.«

»Was ist jetzt mit den Mänteln?«, fragte ein Gast.

»Komme gleich!«, rief Marga und wandte sich mir wieder zu. Ich lehnte mich an einen der Garderobenständer und versuchte mich zu beruhigen. So hatte ich mich noch nie gefühlt. Es war, als würde mich Panik überfallen. Doch wovor? Georg hatte eine andere Geliebte gefunden. Vielleicht war es ja doch seine Frau. Was war daran so schlimm?

Marga legte mir die Hand auf die Schulter. Ich musste weitermachen, sonst würde Nelson mich feuern.

»Geht gleich wieder«, raunte ich und ballte die Fäuste. Ich musste mich in den Griff kriegen. Warum fiel mir das so schwer?

Die Gäste moserten noch immer. Ich wünschte sie alle zum Teufel, besonders Georg. Der Zorn gab mir Kraft. »Ich kann wieder«, sagte ich und wandte mich dem Tresen zu. Das Bauchgrimmen verschwand ebenso wie das Zittern. Mein Griff wurde wieder fester. Nur die Schweißflecke auf meiner Uniform erinnerten an die Begegnung.

»Was war das denn vorhin?«, fragte Marga, als die Leute im Saal verschwunden waren. »Bist du krank? Im Moment soll ja überall was umgehen ...«

»Nein, es war nur ...« Ich stockte. Niemandem außer Henny hatte ich die Geschichte meines Kindes erzählt. Diejenigen, die zu neugierig nachbohrten, vertröstete ich damit, dass mein Verlobter als Seemann unterwegs war und noch nichts von seinem Glück wusste. »Der Mann ... er hat mich an jemanden erinnert. Jemanden, mit dem ich keine guten Erfahrungen gemacht habe. Könntest du ihm den Mantel geben, wenn er nachher wieder rauskommt?«

»Klar«, sagte Marga. »Kein Problem. Geh du vielleicht einmal ums Haus. Frische Luft tut dir gut.«

Ich nickte gehorsam und erhob mich.

Als ich an den Schaltern für die Billetts vorbeiging, rief mir Erna zu: »Allet in Ordnung mit dir, Schatz? Macht det Kleene Ärjer?«

Ich schüttelte den Kopf. Sein Vater war aufgetaucht. Das war schlimm genug.

Draußen vor der Tür standen noch ein paar Leute, vorwiegend Männer, die wirkten, als wüssten sie nicht, ob sie gehen oder bleiben sollten. Ich betrachtete ihre Gestalten im Straßenlampenlicht.

»Gibt es noch Karten?«, fragte mich einer von ihnen und berührte meinen Arm. Ich erstarrte. Vielleicht war es keine gute Idee gewesen rauszugehen. Ich blickte mich hektisch um.

»Nein!«, sagte ich schärfer, als ich es beabsichtigt hatte. »Die Karten sind alle ausverkauft.«

Der Mann und seine Freunde murrten, doch sie ließen mich in Ruhe. Unschlüssig, wohin ich mich wenden sollte, schob ich die Hände in die Taschen meiner Uniform. Darin steckte ein Zettel. Ich zog ihn hervor und betrachtete ihn. Eine Formel stand darauf.

Mir wurde klar, dass meine Uniform schon lange keinen Waschzuber mehr gesehen hatte.

Waren es drei oder vier Wochen, seit ich die Bücher zum letzten Mal in der Garderobe dabeigehabt hatte? Ich verspürte mittlerweile keine Lust mehr, meine Studien weiterzuführen.

Und jetzt war Georg aufgetaucht und ich in Panik ausgebrochen. All die Dinge, die ich erreichen wollte, erschienen so weit weg. Die junge Frau, die glaubte, alles schaffen zu können, gab es nicht mehr.

Ich drehte den Zettel noch eine Weile in meinen Fingern, dann ließ ich ihn in den Rinnstein fallen. Ich wandte mich um und erklomm die Treppe wieder.

Bei meiner Rückkehr war Marga nirgendwo zu sehen. Wahrscheinlich hatte sie sich nach hinten geschlichen und lugte wieder durch die Saaltür, um sich die Revue anzuschauen. Als ich Schritte hörte, wandte ich mich um. Es war nicht Marga, sondern ein Mann. Ich schnappte nach Luft, als ich ihn erkannte.

»Sophia«, sagte er so leise, dass die Musik aus dem Saal das Wort beinahe verschluckte. Einen Moment lang betrachtete er mich, dann trat er näher.

Ich schüttelte den Kopf. »Wir haben uns nichts zu sagen.«

Er zog die Augenbrauen hoch und wirkte beinahe überrascht.

»Ich ... Also, du hast ...«

Ich blickte auf und wünschte mir, dass ich das, was ich gerade fühlte, vorhin gefühlt hätte anstelle der Panik. »Ich habe mich dafür entschieden, nicht zu diesem Arzt zu gehen. Hast du etwas anderes erwartet?« Ich blickte auf meine Schuhspitzen, denn ich konnte seinen Anblick nur schwer ertragen.

Georg sah mich eine Weile stumm an. »Du hättest so viel mehr werden können«, brachte er dann hervor.

Mein Kopf schnellte nach oben.

»Wenn ich dir nicht begegnet wäre?«, gab ich scharf zurück und spürte den Hass in meiner Brust wie eine Säure, die sekundenschnell Löcher in organisches Material fraß. »Wenn ich mich nicht von dir hätte rumkriegen lassen? Wenn ich dir nicht geglaubt hätte?«

Georg blickte betreten zu den Billettschaltern. Mir war es egal, ob uns die Mädchen zuhörten. »Warum also willst du mich sprechen? Warum tust du so, als wärst du nicht für all das hier zuständig!«

»Ich habe dir ein Angebot gemacht.«

»Eines, das mich ins Gefängnis gebracht hätte! Oder auf den Friedhof! Eines, das mich von dir abhängig gemacht hätte! Danke, aber das war nicht das, was ich brauchte!«

Ich zwang mich, meine Stimme zu senken, obwohl ich am liebsten das gesamte Theater zusammengeschrien hätte. »Wenn du noch irgendwas sagen willst, wenn du mir mitteilen willst, dass es dir leidtut, oder wenn dir eine andere Lösung eingefallen ist, dann lass es mich wissen. Ansonsten lass mich in Frieden, und geh zurück zu deiner Frau oder was auch immer sie ist.«

»Sophia ...«

»Nein!« Ich riss die Hand hoch, und Georg wich augenblicklich zurück.

Er starrte mich wortlos an.

Mein gesamter Körper pulsierte.

»Geh mir aus den Augen!«, sagte ich schließlich und wandte

mich um. Vielleicht stand Marga irgendwo und beobachtete uns.

Ich kehrte in die Garderobe zurück und verschwand zwischen den Mänteln, wo Georg mich nicht sehen konnte. Dort sank ich in mich zusammen. Ein Schluchzen brach aus mir hervor, doch dann hielt ich mir die Hand vor den Mund. Er sollte mich nicht weinen hören.

Ich blieb dort, bis ich mich wieder im Griff hatte. Ein wenig hoffte ich, dass Georg immer noch dort stehen würde. Dass er warten würde, dass er, wenn ich wiederauftauchte, irgendwelche Worte fand, um mich aufzufangen, mir zu helfen. Als ich allerdings wieder an den Tresen trat, war der Platz, an dem er gestanden hatte, leer.

Ich hatte keine Gelegenheit, mit Henny zu sprechen, bevor sie mit den anderen Mädchen zur Soiree aufbrach. Sie wurden in einem prachtvollen weißen Automobil zu der Wohnung eines einflussreichen Mannes gebracht, wo die Veranstaltung stattfinden sollte.

Der Name Max Reinhardt sagte mir überhaupt nichts, aber Hennys Augen hatten bei seiner Erwähnung geleuchtet, als wäre er ein Prinz aus einem fernen schönen Land. Ich hoffte nur, dass sie dort sicher war. Natürlich bewegte Henny sich öfter allein durch die Stadt, aber nie wurde sie in die Wohnungen fremder Herren gebeten. Was sollte ich tun, wenn ihr etwas zustieß?

Ich schob meine Gedanken beiseite und beeilte mich, zur Wohnung zu kommen. Dort ließ ich mich in meiner Uniform aufs Bett fallen und schlief binnen weniger Augenblicke ein.

Irgendwann schreckte ich hoch, als die Wohnungstür aufgeschlossen wurde. Der Morgen dämmerte bereits über den Dächern der Stadt. Wie ein roter Feuerschein glitt das erste Sonnenlicht über die Zimmerdecke.

Wenig später erschien Henny. Ihre Wangen waren gerötet, als wäre sie den ganzen Weg gelaufen. Ihre Energie erfüllte sofort den Raum. Sie roch nach Zigarren und Parfüm, außerdem hatte sie eine leichte Alkoholfahne.

»Entschuldige, wenn ich dich geweckt habe«, flötete sie und schälte sich aus dem Mantel.

»Schon gut. Wie ist es gelaufen?«, erwiderte ich gähnend, während ich mich aufsetzte und mir den Schlaf aus den Augen rieb.

»Bestens!«, antwortete Henny. Sie trug ihr geblümtes Kleid, das beinahe ein bisschen zu brav wirkte. Aber wie ich es verstanden hatte, war sie bei der Soiree in ihrem »Bühnenkostüm« zugegen gewesen.

Manchmal legte sie diese Perlenschnüre, Federn und Bänder auf dem Bett aus. Ich wusste genau, wo sie sie trug, und wagte nicht einmal, die Perlen zu berühren, weil mir allein das schon unanständig erschien. Henny lachte darüber. Nicht sie bekam ein Kind, sondern ich. Damit war wohl klar, wer die Unanständigere von uns beiden war.

»Stell dir vor, bei Herrn Reinhardt waren Agenten von Miss Baker, die nach Talenten gesucht haben. Ich gehöre zur engeren Auswahl, um mit nach Paris zu fahren. Paris!« Sie streckte siegesgewiss die Arme in die Höhe.

»Das ist ja wunderbar!«, antwortete ich, doch während ich sie umarmte, wurde mir klar, was das bedeutete. Sie würde nach Frankreich gehen, und ich ... wäre allein hier.

Aber ich hatte nicht das Recht, etwas dagegen zu sagen. Henny hatte alle Chancen der Welt verdient, und wenn in Paris das Glück auf sie wartete, war es meine Pflicht als ihre Freundin, ihr Glück zu wünschen und sie, so gut es ging, zu unterstützen.

Dennoch konnte ich nicht so jubeln, wie sie es verdient hatte.

»Ist alles in Ordnung?«, fragte sie und ließ mich los. Ich

brauchte ihr nichts vorzumachen. Und selbst jetzt, nachdem ich glücklicherweise traumlos geschlafen hatte, war das Erste, was mir in den Sinn kam, die Begegnung mit meinem ehemaligen Geliebten.

»Georg war gestern Abend im Theater.«

Hennys freudiges Lächeln versteinerte. Sie streckte den Kopf vor und neigte ihn dabei ein wenig zur Seite, wie immer, wenn sie etwas Unglaubliches vernahm. »Als Gast?«

»Er hatte eine Frau am Arm, gut gelaunt und ahnungslos. Es hat mich fast von den Füßen gerissen.«

Ich schilderte ihr kurz meine Reaktion und dass Marga fix für mich eingesprungen war.

»Und das erzählst du mir erst jetzt?«, fragte Henny entrüstet. »Ich hätte den Rausschmeißern Bescheid geben können! Die hätten den Mistkerl aufs Trottoir befördert.«

Ich schüttelte den Kopf. »Er hat sich ja nichts zuschulden kommen lassen. Er hat mich nicht belästigt oder so.«

»Dafür wirkst du aber jetzt noch immer ziemlich mitgenommen.« Henny setzte sich neben mich. Sie erwartete Details.

»Er hat dreingeschaut, als hätte es gedonnert. Und das Mädchen neben ihm ...«

»Seine Frau?«

Ich zog die Schultern hoch. »Keine Ahnung. Ich kannte sie nicht. Aber sie erschien mir viel zu jung, um seine Frau zu sein, mit der er immerhin schon einen etwas älteren Sohn hat.«

»Und was hat er gesagt? Er hat doch etwas gesagt?«

»Zunächst nicht.«

»Er hat nicht mal gefragt, wie es dir geht?«

Ich schüttelte den Kopf. »Später ist er zu mir gekommen und wollte mich sprechen.«

»Und?« Henny umklammerte meinen Arm, als müsste sie mich vor dem Absturz retten.

»Er stellte fest, dass ich mich wohl entschieden hätte«, antwortete ich und versuchte, die aufsteigenden Gefühle auszusperren. Das gelang nicht wirklich, wieder ätzte sich der Zorn durch meine Eingeweide.

»Na, was für ein Schlauberger! Denkt der, du schleppst ein Kissen mit dir rum?«

»Und dann hielt er mir vor, was aus mir hätte werden können.« Ich presste die Lippen zusammen.

»Ist nicht wahr! Und er hat keine Anstalten gemacht, sich zu entschuldigen?«

»Was hätte ich denn davon? Mein Leben wäre dadurch nicht weniger verdorben. Und eher friert die Hölle zu, als dass er die Verantwortung übernimmt.«

Der Zorn vertrieb die letzten Reste meiner Müdigkeit.

»Ach Sophielein«, sagte Henny und schlang die Arme erneut um mich. »Gräm dich nicht. Wir werden dich und das Kleine schon durchbringen.«

»Aber wenn das Kind kommt, werde ich nicht arbeiten können. Und Marga ...«

»Keine Sorge, die nimmt dir die Stelle nicht weg. Untertags geht sie nämlich zu den Ämtern und schaut dort, ob sie Schreibarbeiten bekommen kann. Das wäre doch auch was für dich, du bist ja nicht auf den Kopf gefallen.«

»Nein, aber ich habe keine Ahnung von Stenografie. Und Schreibmaschine schreiben kann ich auch nicht.«

»Na ja, hast ja noch ein bisschen Zeit, um das zu lernen, nicht wahr?«

Ich wünschte, ihr Optimismus würde ansteckend auf mich wirken.

»Wir sollten uns jetzt aber erst mal eine Weile hinlegen«, sagte Henny und knöpfte ihr Kleid auf. »Der Tag ist noch jung, und auch wenn ich vielleicht nicht so aussehe, bin ich doch wie gerädert.«

Sie stieß ein Seufzen aus, das allerdings nicht müde klang, sondern als wollte sie die ganze Welt umarmen.

Wir begaben uns zu Bett, und während ich mir vorstellen konnte, dass Henny vor Glück beinahe platzte, schwirrten meine Gedanken wild umher, unfähig, sich zu ordnen.

»Weißt du was?«, fragte meine Freundin nach einer Weile unvermittelt.

»Nein«, antwortete ich und versuchte, so schläfrig wie möglich zu klingen, aber wenn Henny einen Gedanken hatte, konnte man sie nicht stoppen.

»Ich nehme dich mit!«

»Wohin?«

»Nach Paris!«

»Was soll ich da?«, fragte ich.

»Keine Ahnung. Dir einen schönen Mann suchen? Weiterstudieren? Was du willst.«

Ich wälzte mich herum. »Und wie soll ich das bitte schön machen?«

»Du kannst dort arbeiten gehen. Vielleicht brauchen sie im Folies Bergère auch Garderobieren. Du kannst doch Französisch? Jedenfalls hast du das am Gymnasium gelernt.«

»Ich kann Französisch, ja«, gab ich zurück und dachte kurz an unsere Lehrerin mit dem strengen Dutt und den kohlschwarzen Augen, die recht flink mit dem Rohrstock war. »Aber die Universitäten werden nicht auf mich warten. Und wovon sollte ich es bezahlen?«

Sie drehte sich mir zu, sodass ich ihren Atem in meinem Gesicht spürte.

»Du bist klug, Sophia, richtig klug. Du hast es nicht verdient, hier zu versauern.«

»Mir wird nichts anderes übrig bleiben«, antwortete ich und spürte, wie mich der Gedanke, sie zu verlieren, bereits jetzt schmerzte.

»Quatsch!«, fuhr Henny mich an. »Man kann immer mehr aus sich machen! Außerdem bedenke mal, dass du in Paris eine vollkommen neue Frau bist. Niemand kennt dich! Du hast ein Kind, was macht das schon? Du kannst behaupten, dass dein geliebter Mann umgekommen wäre. Bei einem Schiffsunglück oder so.«

»Meinst du wirklich, dass man sein neues Leben mit einer Lüge beginnen sollte?« Wieder packte mich das Selbstmitleid, und dafür schämte ich mich.

»Du kannst auch einfach gar nichts sagen. Glaube mir, in Paris ist alles, was hier ein Problem ist, keins mehr!«

Sicher hatte sie keine Ahnung, wie es wirklich in Paris zuging, aber ich musste mir eingestehen, dass mir der Gedanke gefiel. Eine fremde Stadt. Paris. Die berühmte Sorbonne. Ein neues Leben ...

»Noch weißt du nicht, ob du mitgenommen wirst«, gab ich zurück.

»Ich hab da so ein Gefühl«, antwortete sie optimistisch. Dann, als hätte das Uhrwerk einer mechanischen Puppe gestoppt, schlief sie ein.

Als wir einige Stunden später erwachten, schien uns die Sonne hell ins Gesicht. Das Erste, was mir in den Sinn kam, war: Paris. Meine Vernunft hielt eine Ausreise dorthin noch immer für unmöglich, doch mein Herz brannte für die Idee.

Das Einzige, was mich hier in Berlin halten konnte, waren meine Eltern, obwohl sie weder das Gespräch gesucht noch einen meiner Briefe beantwortet hatten. Die Hoffnung, dass sie je wieder mit mir reden würden, schwand mit jedem Tag.

Als wir beide etwas später am Küchentisch saßen, bei einer Tasse mit Zichorie gestrecktem Kaffee, den es im Laden als Sonderangebot gegeben hatte, fragte ich: »Was ist mit meinen Eltern? Und deinen?«

Henny, die offenbar in Gedanken bereits bei ihrem Engagement in Paris war, schaute mich verständnislos an. »Meine Eltern haben es schon längst aufgegeben, mir reinzureden. Und deine ... Was soll denn mit denen sein?«

»Wenn ich nach Paris gehe, werden sie mich nicht erreichen können.«

Jetzt kehrte sie aus dem Reich der schillernden Kostüme und Federn endgültig in die Wirklichkeit zurück. »Wenn du angekommen bist, schreibst du ihnen!«

»Als ob das so einfach wäre ...«

Auch wenn sie mich ignorierten, tröstete mich der Gedanke, dass sie in derselben Stadt waren.

»Na, umziehen werden sie doch wohl nicht, oder?«

»Sie könnten die Annahme verweigern.«

Henny langte über den Tisch und ergriff meine Hand. »Sei doch nicht so pessimistisch! Sie lieben dich sicher immer noch. Sie haben nur den Schock noch nicht verdaut.« Sie machte eine Pause, dann fuhr sie leise fort: »Ich möchte dich nicht hier allein lassen, Sophia. Wenn es so weit ist mit deinem Kind, wäre es doch schön, wenn ich bei dir sein könnte!«

»Ich werde darüber nachdenken«, sagte ich. Den Gedanken an die Geburt hatte ich bisher verdrängt.

»Gut«, sagte sie und lehnte sich zurück. »Bis ich Bescheid bekomme, hast du Zeit. Aber warte nicht zu lange damit. Wenn die Entscheidung fällt, müssen wir innerhalb eines Monats reisen.«

»Geht das denn überhaupt so schnell?«, fragte ich zweifelnd. »Ich brauche doch Papiere!«

»Das lass meine Sorge sein, ich krieg schon raus, was dazu nötig ist.«

Henny lächelte mir aufmunternd zu, dann glitt ihr Blick zum Fenster. »Paris!«, raunte sie schwärmerisch. »Ob wir wohl ein Zimmer mit Blick auf den Eiffelturm bekommen?«

Ich konnte ihr keine Antwort geben, denn ich wusste nicht, wie es in Paris zuging. Aber mir war klar, dass die Wohnungen mit der schönen Aussicht nicht gerade für eine Nackttänzerin und eine schwangere Garderobiere ohne Anstellung reserviert waren.

9. Kapitel

Zwei Wochen vergingen, ohne dass wir etwas von Josephine Bakers Agenten hörten. Die anfänglich warmen Frühlingstage kühlten sich dermaßen ab, dass wir den Ofen wieder anheizen mussten.

Mittlerweile dachte ich oft daran, wie es wäre, mit Henny nach Paris zu gehen. Ja, ich freute mich sogar darauf! Das machte das Warten natürlich nicht leichter. Ich konnte nicht sagen, an wem von uns beiden die Ungeduld schlimmer nagte.

Um mich ein wenig abzulenken, holte ich eines Morgens sogar wieder meine Bücher und den Experimentierkoffer hervor. Ein warmes Gefühl durchströmte mich, als ich die Glasgefäße berührte. Sie standen für eine zwar vergangene, aber bessere Zeit. Sie standen für die Hoffnung, die ich gehabt hatte. Meinen Ehrgeiz. Dass ich den Experimentierkoffer mitgenommen hatte, war wie ein Lichtschein auf mein Gemüt.

Ich dachte an meine ersten Versuche, die ich im Alter von dreizehn durchgeführt hatte. Diese hatten vorwiegend Mitteln gegolten, mit denen ich meine Hautprobleme in den Griff bekommen konnte. Praktisch über Nacht hatte sich meine Pfirsichhaut in eine Kraterlandschaft verwandelt, für die ich beinahe jeden Tag in der Schule gehänselt wurde.

Zwar gab es Mittel dagegen, aber die waren allesamt zu scharf und verschlimmerten das Problem noch. Auch ein Besuch beim Arzt bewirkte nichts. Der war der Meinung, dass ich zu gewürzreich essen würde und deshalb so unreine Haut hätte. Ich war davon überzeugt, das Problem auf andere Weise angehen zu können.

Ich durchkämmte die Parks, Hinterhöfe und Wegränder der Stadt auf der Suche nach Kamille. In Hauswirtschaftskunde hatten wir über deren heilende Wirkung bei Bauchweh gesprochen. Ich hatte den Rest der Unterrichtsstunde darüber nachgedacht, ob das Kraut auch meiner Haut helfen könnte.

In der ersten Zeit jagte ein Misserfolg den nächsten. Ich verdarb Mutters besten Topf und holte mir eine Menge Schelte. Nach einer Weile gelang es mir, eine Creme herzustellen, die sogar Wirkung zeigte. Von da an hatte ich genau gewusst, was ich tun wollte.

Ich hob meinen Blick und betrachtete mein Bild im Spiegel.

Und wenn ich nun meine Arbeit wieder aufnahm? Wenn ich Cremes mischte und sie verkaufte? Aus Hennys Erzählungen wusste ich, dass einige Tänzerinnen sich immer sehr um ihr Aussehen sorgten. Auch wenn sie kaum Kostüme trugen, mussten sie sich pudern und schminken. Nicht jede Haut vertrug das auf Dauer.

Der Gedanke daran verfolgte mich den ganzen Tag. Ich durchsuchte meine Bücher nach Formeln, die ich für die Herstellung der Cremes benutzen konnte.

Unter Hennys verwunderten Blicken nahm ich eines meiner Chemiebücher mit zum Theater.

»Willst du wieder mit dem Studieren anfangen?«, fragte sie, während ich das Buch in meiner Tasche verschwinden ließ. Auch ihr war anscheinend aufgefallen, dass ich sie für eine Weile links liegen gelassen hatte.

»Ein wenig«, gab ich geheimnisvoll zurück.
Ein Lächeln huschte über ihr Gesicht. »An der Universität?«
»Henny«, sagte ich vorwurfsvoll. »Du weißt doch, was Herr Nelson mir bezahlt. Für die Studiengebühr reicht es nicht.«
Ich wollte ihr noch nichts von meinem Plan erzählen, Cremes zu mischen. Ich wusste ja selbst nicht mal, ob ich irgendwann genug Geld haben würde, um mir die Rohstoffe zu beschaffen.

Da Josephine Baker ihr Engagement beendet hatte, ging es in unserem Theater wieder etwas ruhiger zu. Den Menschen stand noch immer der Sinn nach Unterhaltung, aber ich bemerkte, dass sich die Klientel veränderte. Jene, die unser Programm auswendig kannten, zogen weiter, während neue Gäste kamen, die wohl des Wintergartens oder anderer Etablissements überdrüssig geworden waren.
Herr Nelson träumte schon seit Langem von einer neuen Revue. Henny berichtete, dass er manchmal, wenn sie gerade einen neuen Tanz einstudierten, laut auf seinem Klavier herumklimperte, sodass die Tanzmeisterin vor Wut kochte, weil seine Melodien die Tänzerinnen aus dem Takt brachten.
»Warte ab, spätestens im Sommer werden sie hier etwas Neues bringen«, orakelte meine Freundin, als wir das Theater betraten. »Schade, dass ich dann schon nicht mehr hier sein werde.«
»Es sind jetzt mehr als zwei Wochen vergangen«, gab ich zu bedenken. »Die Baker ist längst wieder in Paris, und eigentlich müssten sie euch doch schon Bescheid gegeben haben, nicht?« Ich wollte ihren Optimismus nicht schmälern, aber konnten wir wirklich noch hoffen?
»Es dauert eben eine Weile, eine neue Revue auf die Beine zu stellen«, hielt Henny dagegen, gab mir einen Kuss auf die Wange und verschwand in den Umkleideräumen.

Mantel um Mantel ging an diesem Abend durch meine Hände, der Auftritt einer neuen Sängerin schien die Leute neugierig gemacht zu haben.

Sie trat nicht in einem wallenden, glitzernden Kleid auf, sondern in Männerkleidung. Passend dazu hatte sie ihr schwarzes, kurz geschnittenes Haar mit Pomade an den Kopf geklebt. Ihre Oberlippe zierte ein zartes Menjoubärtchen, das sie sich in der Garderobe anklebte.

In schwarzem Frack mit Zylinder saß sie auf einem Barhocker und sang mit einer Stimmlage, die schwer einzuschätzen war. Schloss man die Augen, hörte man die Frau, sah man sie in ihrer Verkleidung, war man davon überzeugt, einen Mann vor sich zu haben.

Da Marga heute nicht da war, ließ ich mich nach Ende des Einlasses auf meinem Stuhl nieder und zog mein Buch hervor. Ich spürte, wie das in mich einströmende Wissen meinen Geist belebte und alle körperlichen Beschwerden in den Hintergrund treten ließ. Ich vergaß sogar die Zeit.

So kam das Ende der Revue für mich heute schneller als erwartet. Die Saaltüren wurden geöffnet, und innerhalb weniger Augenblicke war ich wieder von Menschen umringt. Nur langsam konnte ich mich auf sie einstellen, denn mein Kopf verharrte immer noch bei den Formeln und der Idee, vielleicht etwas aus meinem Wissen machen zu können.

Als meine Schicht vorüber war, taumelte ich regelrecht aus dem Theater, allerdings mit einem Lächeln auf dem Gesicht, das selbst die Billettverkäuferinnen verwunderte.

»Was ist denn los, Mädel, hast du hundert Mark gefunden?«, fragte Berta.

Ich schüttelte den Kopf. »Ich habe einfach nur einen schönen Tagtraum gehabt.«

Als ich das Theater verließ, eilte mir Henny mit schnellem Schritt entgegen. Das wunderte mich ein wenig, denn meist kam sie erst nach mir raus. Hatte sie in der letzten Nummer nicht mitgetanzt? Hatte es Ärger gegeben?

Tatsächlich wirkte sie ein wenig verwirrt.

»Ich glaube es nicht«, sagte Henny kopfschüttelnd.

»Was denn?«, fragte ich und versuchte den Gedanken, dass etwas passiert war, zurückzudrängen.

»Miss Bakers Agenten haben uns Bescheid gegeben!« Henny blickte mich voller Unglauben an. Auch ich realisierte nicht sofort, was los war.

»Wirklich?«

Henny nickte. Dann sprang sie plötzlich in die Luft und klatschte in die Hände. »Ich bin dabei! Hörst du? Ich bin dabei!«

»Du bist dabei!« Mit einem Jubelschrei fielen wir uns in die Arme.

»Ich bin die Einzige aus unserem Theater, kannst du dir vorstellen, wie die anderen vor Neid platzen?«, rief sie. »Ich könnte schwören, die Lilly hatte Schaum vor dem Mund! Ich muss aufpassen, dass sie in den nächsten Tagen keine Knoten in meine Perlensträngе macht.«

»Das ist ja wunderbar, gratuliere!« Ich drückte sie erneut an meine Brust. Mein Herz raste, und mein Bauch flatterte vor freudiger Erregung. Paris! Es passierte wirklich!

Untergehakt und laut singend, als hätten wir zu tief ins Glas geschaut, gingen wir zur U-Bahn-Station, ohne uns um die Blicke der Passanten zu kümmern.

»Nun wird es ernst für uns«, sagte sie, als wir zu Hause angekommen waren. »In einem Monat wohnen wir in Paris. Wir beide! Ich habe die Agenten gebeten, mir mitzuteilen, welche Papiere ich brauche. Die beantragen wir gleich für dich mit.«

Ich zögerte. Ein wenig hatte ich mich schon damit abgefunden gehabt, dass wir nicht gehen würden.

»Ich hatte da diese Idee«, berichtete ich schließlich. »Deshalb auch das Buch, das ich wieder mitgenommen habe. Was, wenn ich wieder damit anfangen würde, Cremes zu mischen? Und sie dann zu verkaufen?«

»An wen willst du sie denn verkaufen?« Hennys Augen funkelten neugierig.

»An andere Frauen. Tänzerinnen. Die Betty und die Christa klagen doch immer, dass ihre Haut so trocken ist von der ganzen Schminke.«

»Von zwei Kundinnen kannst du aber nicht leben.« Offenbar hatte sie erkannt, worauf ich hinauswollte. Sie ergriff meine Hände. »Du willst mich doch nicht etwa im Stich lassen?«

»Ich …« Die Worte blieben in meiner Kehle stecken. Tatsächlich hatte ich einen Moment darüber nachgedacht hierzubleiben. Aber Henny hatte recht, zwei Kundinnen würden mich nicht ernähren. Und von dem, was ich als Garderobiere verdiente, konnte ich mir nicht mal diese Wohnung hier leisten.

»Sophielein«, sagte sie sanft und drückte meine Hände. »Ich kann dich unter keinen Umständen hierlassen, wo deine Eltern dich behandeln, als wärst du Luft! In Frankreich wirst du neu anfangen können. Vielleicht sogar mit deinen Reagenzgläsern.« Sie breitete die Arme aus. »Willst du denn nicht mehr als das hier? Ich habe Berlin jedenfalls satt. Jeden Tag dasselbe, immer dieselben Leute, dasselbe Grau über den Dächern. Ich hab das Gefühl, dass nicht mal im Sommer die Sonne gegen den ganzen Fabrikrauch ankommt. Alles wirkt wie in gelbem Nebel. In Paris werde ich zwar auch eine Tänzerin sein, aber wer weiß, was das Schicksal bereithält. Also? Willst du das nicht auch? Eine Hoffnung? Ein neues Leben?«

Das wollte ich, aber die Zweifel in meiner Brust waren groß. Was, wenn wir beide in Frankreich in der Gosse landeten? Hier hatte ich zumindest die Zusage meiner Mutter, mir in großer Not zu helfen …

»Ja«, hörte ich mich trotzdem sagen. »Ja, das möchte ich. Ein neues Leben.«

Henny lächelte breit. »Na siehst du, wusste ich es doch! Und ich sage dir, Paris wird unser Glück sein!«

Der Gedanke, was meine Eltern wohl zu meiner Ausreise nach Frankreich sagen würden, nagte den ganzen Vormittag an mir. Zwei Monate lang hatte ich nicht mit ihnen gesprochen. Auch war keine Nachricht gekommen. Die Aussicht, dass sie mir verziehen hatten, war gering.

Dennoch machte ich mich am Nachmittag auf den Weg nach Charlottenburg.

In den Baumkronen vor meinem Elternhaus zwitscherten die Vögel. Ich schloss meine Augen einen Moment lang und lauschte.

Bei Henny gab es im Innenhof zwar auch einen Baum, aber der wirkte durch die vielen Misteln im Geäst unwirtlich. Wenn sich Vögel darauf verirrten, verweilten sie nur kurz.

Nach einer Weile öffnete ich die Augen wieder, trat an die Tür und drückte den Klingelknopf. Kurz bereute ich, dass ich die Schlüssel nicht mehr besaß, doch dann sagte ich mir, dass ich somit meinen Eltern gezeigt hatte, dass ich allein zurechtkommen würde. Und ich kam auch nicht, um sie um Hilfe zu bitten.

Auf das Klingeln erhielt ich zunächst keine Reaktion. War Mutter nicht zu Hause?

Ich wollte mich schon umwenden, als das Türschloss plötzlich aufschnappte. Eigentlich hätte ich damit gerechnet, dass erst gefragt werden würde, wer da sei. Aber möglicherweise erwartete Mama eine Postsendung.

Ich erklomm die Treppe. Mittlerweile fiel es mir noch schwerer als früher, doch immerhin konnte ich mich hier darauf verlassen, dass das Treppengeländer standhielt. Bei Henny ging ich immer dicht an der Wand, weil das Geländer gefährlich wackelte.

Mutter würde bestimmt an der Tür auf mich warten, also strich ich noch einmal über mein Haar und kniff mir in die Wangen, damit ich nicht allzu blass aussah.

Oben angekommen, stockte ich, als ich Hosenbeine vor der Tür sah.

Am liebsten hätte ich auf der Stelle kehrtgemacht, doch dafür war es zu spät. Ich brachte die letzten Stufen hinter mich.

Vater wurde bleich, als er mich sah.

»Guten Tag«, grüßte ich erschrocken. »Vater, ich ...«

Ich stockte, als sein Blick zu meinem Bauch wanderte. Schützend zog ich meinen Mantel darüber zusammen, doch der Stoff reichte nicht aus, um ihn zu verstecken.

»Was fällt dir ein, hier aufzutauchen?«, fragte Vater unwirsch.

»Ich möchte euch etwas mitteilen, dir und Mutter.« Das Herz pochte mir in der Kehle, und meine Zunge klebte am Gaumen. Ich rechnete damit, dass er mich abweisen würde wie eine Bettlerin, doch da ertönten Schritte von oben. Offenbar brach der Herr Kommerzienrat zu seinem Spaziergang auf.

Mein Vater blickte kurz hoch, dann öffnete er die Tür. Mir wurde klar, dass er mich nur deshalb einließ, weil er nicht wollte, dass unser Nachbar mich hier sah. Keine Ahnung, was er den Leuten erzählt hatte oder ob mein Fehlen überhaupt aufgefallen war.

Er drückte die Tür ins Schloss, blieb aber im Flur stehen wie ein Wächter, der verhindern wollte, dass ich einen der Räume betrat.

Eine Weile schauten wir uns nur an. Seine Blässe wich langsam einer wütenden Röte.

»Ist Mama da?«, fragte ich schließlich, und ich wünschte

mir, einen Brief geschrieben zu haben, anstatt mich in die U-Bahn zu setzen. Was hatte ich mir dabei nur gedacht?

»Deine Mutter macht Besorgungen«, antwortete er kühl.

Die Frage, warum er zu dieser Uhrzeit schon zu Hause war, blieb mir im Hals stecken.

»Wie es aussieht, hast du noch keine Lösung für dein Problem gefunden«, sagte er dann und verschränkte die Arme vor dem Körper. »Oder wird der Kerl, der dir das angetan hat, dich endlich heiraten?«

Kam es meinem Vater wirklich nur darauf an, dass ich die Schande, die ich über sie gebracht hatte, mit einer Heirat beseitigte?

»Er wird seine Familie nicht verlassen«, entgegnete ich. Weitere Erklärungen wollte ich dazu nicht abgeben.

Vater presste die Lippen zusammen, und sein Blick funkelte angriffslustig. Ich spannte meinen Körper an. Mutter war nicht da, sie konnte mich nicht vor seinem Zorn beschützen. Und ich würde mich gegen ihn nicht wehren können. Ich hatte nie zuvor Angst vor meinem Vater gehabt, doch in diesem Augenblick erschien er mir wie ein bedrohlicher Fremder.

»Du hast alles kaputt gemacht«, raunte er. »Alles. Dein Leben, deine Zukunft. Du hast unsere Familie zerstört.«

Ich hatte nichts dergleichen getan, doch wagte ich in diesem Augenblick nicht, ihm zu widersprechen.

»Und was ist nun?«, fragte er. »Willst du weiter wie eine Dirne in der Gosse hausen? Wenn du wenigstens einen anderen Mann hättest, der dich heiraten würde ...«

»Woher sollte ich den so schnell nehmen?«, fragte ich und spürte, wie sich meine anfängliche Furcht in Trotz verwandelte. »Außerdem lebe ich nicht wie eine Dirne in der Gosse. Ich arbeite. Ich wohne mit Henny zusammen. An die erinnerst du dich doch sicher noch.«

»Die ist genauso ein Flittchen!«, fuhr Vater mich an. »Und

dir scheint alles egal zu sein. Was aus Mutter und mir wird. Aus unserem Geschäft! Ich hatte so große Pläne für dich, aber alles ist dahin!« Er machte eine Pause und fügte finster hinzu: »Wenn du doch bloß zu dem Engelmacher gegangen wärst!«

Ich starrte ihn erschrocken an. Mutter hatte mit ihm geredet.

»Dann wäre es dir also lieber gewesen, mich nach dem Besuch beim Engelmacher zu begraben?«, fragte ich atemlos. »Nur damit die Schande getilgt ist?«

Vater presste die Lippen zusammen. Er zitterte. Doch meine Fassungslosigkeit war stärker als meine Angst, dass er mich ohrfeigen könnte.

»Ich wollte das Kind nicht töten, Vater«, fuhr ich fort. »Es ist mein Kind. Dein Enkel.«

»Ein Kind, das deine Stellung ruiniert hat!«, brüllte er. »Du hättest ...«

»Vater!«, unterbrach ich ihn in gleicher Lautstärke und war im nächsten Moment verwundert über meine Courage. »Ich weiß das alles! Ich habe genug Zeit gehabt, das zu durchdenken. Und ich bin nicht hier, um euch zu bitten, mich wieder aufzunehmen. Ich bin nur hier, um euch Bescheid zu geben, dass ich für eine Weile nicht in Deutschland sein werde. Ich werde Henny nach Paris begleiten. Sie hat dort ein Engagement erhalten. Und ich werde versuchen, mir dort ein Leben aufzubauen.« Mein Herz raste.

Vater wirkte für einen Moment verwirrt, dann fuhr er mich an: »Du willst also zu den Franzmännern? Was meinst du, wie die euch nach dem Krieg empfangen werden!«

»Der Krieg ist lange vorbei!«, gab ich zurück. »Es ist ein Land wie jedes andere. Und vielleicht ist es den Leuten dort egal, ob ich ein Kind habe oder nicht!«

»Verschwinde!«, schrie er. »Ich will dich nicht mehr sehen! Nie mehr!«

»Das brauchst du auch nicht«, platzte es aus mir heraus. »Ich werde zurechtkommen, irgendwie!«

Mit diesen Worten machte ich auf dem Absatz kehrt und riss die Tür auf. In diesem Augenblick wäre es mir sogar ganz recht gewesen, in das erstaunte Gesicht des Kommerzienrats zu blicken. Doch die Treppe vor mir war leer, und während ich nach unten rannte, hörte ich oben die Tür ins Schloss krachen.

Als ich das Haus verließ, füllten sich meine Augen mit Tränen, doch ich wischte sie trotzig weg. Ich würde nicht mehr weinen. Ich würde nicht mehr hoffen, dass meine Eltern ihre Meinung änderten. Mein Leben lag von nun an allein in meiner Hand. Und Paris war möglicherweise meine Rettung.

10. Kapitel

Ich staunte jeden Tag darüber, wie rasch wir alle Formalitäten erledigten. Die Geschwindigkeit erschien mir beinahe unwirklich. Gemeinsam gingen wir zu Ämtern, um unsere Papiere für die Reise zu besorgen. Henny überredete die Hauswirtin, die Wohnung noch für ein paar Wochen frei zu halten, falls sich der Aufenthalt in Paris nicht so gestaltete, wie wir es uns vorstellten. Ich besorgte die Zugfahrkarten und Stadtpläne. Abends saßen wir gemeinsam davor und versuchten, die aufgezeichneten Straßen und Häuserzüge in unserer Vorstellung in Bilder der Stadt zu verwandeln.

Meine Nächte wurden anstrengender, denn als könnte es meine Unruhe spüren, bewegte sich das Kind häufiger.

In den letzten Tagen vor unserer Abreise waren wir beide wie elektrisiert.

Das Einzige, wovor ich mich fürchtete, war die Kündigung bei Herrn Nelson. Er hatte mich freundlich aufgenommen und pünktlich meinen Lohn gezahlt. Ich kam mir undankbar vor.

Henny machte mir Mut. »Hab keine Angst, Herr Nelson kennt das. Hin und wieder wechseln auch die Tänzerinnen. Er wird dir nicht böse sein.«

Dennoch trat ich mit einem mulmigen Gefühl vor ihn.

»Du bist dir also sicher, dass du mit deiner Freundin gehen willst?«, fragte er, nachdem er den Zigarrenrauch aus seiner Lunge in kleinen Wölkchen in die Luft seines Büros befördert hatte. Das Licht wirkte dadurch bläulich, und er sah in seiner violetten Hausjacke wie ein Zauberer aus, der vorhatte, sich selbst verschwinden zu lassen.

»Ja, Herr Nelson.«

Er nickte und legte seine Zigarre auf dem Rand des Aschenbechers ab. »Ich weiß, ich habe dir gesagt, dass du eines Tages deine Klugheit nutzen sollst. Aber findest du es wirklich klug, ins Ungewisse zu gehen?«

Ich wunderte mich, dass es ihn interessierte, was aus mir wurde. Nicht einmal bei meinem eigenen Vater schien das der Fall zu sein.

»Ich werde einen Neuanfang versuchen«, antwortete ich. »Wenn es nicht klappt, kann ich doch immer noch zurück, nicht wahr?«

Nelson schnaufte. »Nun, dann solltest du dich warm anziehen. Besonders jetzt, wo du nicht mehr viel Zeit hast, bis dein Kleines kommt.« Er betrachtete meinen Bauch, als wollte er Maß nehmen. »Vielleicht noch zwei Monate?«

Ich nickte. »Zwei oder drei.«

»Setz dich besser hin, nicht dass der kleine Husar hier in meinem Büro aus dir rausfällt.«

Er deutete auf einen Stuhl. Ich setzte mich gehorsam. »Ich habe mir überlegt, vielleicht etwas mit meinen Chemiekenntnissen anzufangen«, erklärte ich.

»Du willst also weiterstudieren?«

»Ich glaube nicht, dass ich die Studiengebühr bezahlen kann – aber wenn es in Frankreich keine gibt, wer weiß? Ich will auf jeden Fall neu beginnen.«

»Und was willst du machen? Putzmittel mischen? Wundertinkturen verkaufen?«

»Warum nicht?«, fragte ich.

»Davon verstehe ich nichts«, gab Nelson zurück. »Doch ich weiß, dass Paris ein hartes Pflaster ist! Besonders nach dem Krieg. Auf Deutsche ist man nicht gut zu sprechen. Henny befindet sich in der behüteten Welt des Theaters, aber du musst dich draußen bewähren.«

»Ich werde mein Bestes versuchen. Hennys Engagement ist auf ein Jahr befristet. Wenn alle Stricke reißen, kehre ich mit ihr zurück.«

»Ich mag Mädchen, die sich nicht unterkriegen lassen«, sagte Nelson. »Aber scheue dich nicht, Hilfe zu suchen. Und wenn ihr zurückkommen müsst, sprecht ruhig wieder bei mir vor. Ich werde einen Platz für euch finden.«

»Danke, Herr Nelson.« Ich erhob mich.

»Tja, dann gibt es wohl nicht mehr viel zu sagen ...« Der Theaterdirektor zog einen leeren Umschlag aus der Schreibtischschublade und erhob sich dann. Ich sah, wie er sich auf eines der Bilder zubewegte, die die Wände schmückten, und dieses zu meiner großen Überraschung abklappte. Ein kleiner Tresor kam dahinter zum Vorschein.

Nelson entnahm einer Kassette einige Scheine und schloss dann das Versteck wieder. »Hier, das ist dein restliches Gehalt«, sagte er, als er zu mir kam und mir den nun verschlossenen Umschlag entgegenhielt. »Ich wünsche dir alles Gute, Mädchen.«

Ich nickte, ergriff das Kuvert und reichte ihm die Hand.

Ein paar Tage später stand ich mit klopfendem Herzen auf dem Bahnsteig des Lehrter Bahnhofs. Meine eiskalten Hände umklammerten den Griff des Koffers, in dem alles steckte, was ich besaß.

Darüber hinaus hatte ich meine Experimentierausrüstung dabei. Henny meinte, dass ich sie auch nach Paris hätte schicken lassen können, aber das erschien mir zu riskant. Wir wussten ja noch nicht einmal, wo wir wohnen würden!

Alles, was wir hatten, war die Adresse des Folies Bergère in Paris und ein Name, an den wir uns wenden sollten: Monsieur Jouelle. Auch wenn die Leute allgemein nichts mit meinen Glaskolben, Thermometern, Tiegeln und dem kleinen Bunsenbrenner anzufangen wussten, konnte vielleicht jemand auf die Idee kommen, es einzubehalten und zu verkaufen. Ehe das geschah, schleppte ich mich lieber damit ab!

Während mein Blick über die Gleise wanderte, dachte ich wieder an den herzlichen Abschied, den uns Hennys Mutter gestern bereitet hatte. Der Vater hatte auf seinem Sessel neben dem Fenster gesessen und gewirkt, als würde er nichts mitbekommen, doch Frau Wegstein hatte uns beide geherzt und uns alles Gute gewünscht. Dass ich schwanger war, schien sie nicht zu stören, diskret überging sie die Tatsache. Ich hatte mich zunächst darüber gefreut, war dann aber für den Rest des Tages traurig gewesen, denn meine Eltern würden mich nicht verabschieden.

»Du meine Güte, wo bleibt bloß der Sommer?«, murrte Henny neben mir und vertrieb meine Gedanken. Ihr Koffer war beinahe so groß wie eine Kommode. Einiges von ihren Sachen war bereits auf dem Weg nach Paris, wo sie in einem Postamt eingelagert wurden. Dennoch war genug geblieben, um das Monstrum zu füllen. »Es hat alles so schön angefangen, und jetzt ...«

»Das wird die Schafskälte sein«, sagte ich. Unser Biologielehrer hatte das immer behauptet, wenn das Wetter im Sommer schlecht war.

»Doch nicht mehr im Juni!«

»Doch, gerade im Juni!«, gab ich zurück. »Es wird noch einmal kalt, bevor es richtig heiß wird. Und denk an den Siebenschläfer!«

»Der Siebenschläfer kann mir mal im Mondschein begegnen!«, brummte sie und rieb sich fröstelnd über die Arme. Dass ihr kalt war, lag aber sicher nicht nur an der kühlen Morgenluft, die zu dieser frühen Stunde unseren Atem noch zu Wölkchen erstarren ließ. Sie war aufgeregt. In der Nacht hatte sie so sehr rumort wie selten, sodass auch ich kaum Schlaf finden konnte. Immer wieder war sie aus dem Bett gesprungen und hatte das Gepäck überprüft, um anschließend ausgekühlt unter die Decke zu kommen und sich darüber zu beschweren, dass wir kaum Zeit zum Schlafen hatten. Irgendwann waren mir die Augen zugefallen, allerdings nur um wenig später vom lauten Schellen ihres Weckers aus dem Schlaf gerissen zu werden.

Ich war erstaunt, dass ich mich nicht so fühlte, wie man das eigentlich tun sollte, wenn man in ein anderes Land ging. Mir war, als hätte ich die Wohnung bloß verlassen, um nach einigen Tagen zurückzukehren. Ich war nicht sicher, wie lange wir wegbleiben würden. Wirklich für immer?

Endlich ertönte die Ansage, dass der Zug nach Köln einfahren würde. Zum Ende hin gab der Lautsprecher ein schrilles Quietschen von sich. Bald darauf schob sich die schwere Lokomotive über das Gleis. Die Welt verschwand in weißem Rauch, nur noch schemenhaft konnte ich die anderen Reisenden erkennen. Ich blickte zu Henny, deren Körper sich spannte, als erwartete sie einen Liebhaber in dem Zug.

Die Türen wurden geöffnet, und einige Reisende stiegen aus.

»Geh schon mal vor und besetze unseren Platz«, sagte Henny, dann wandte sie sich dem Kofferkuli zu, um ihm ihren Koffer zu übergeben.

Ich erklomm derweil die Stufen zum Waggon.

Das Abteil roch nach Kunstleder, Linoleum und kaltem Zigarettenrauch. Als ich meinen Koffer auf die Ablage hieven wollte, sagte jemand hinter mir: »Warten Sie, Fräulein, ich helfe Ihnen.«

Als ich mich umsah, blickte ich in das Gesicht eines jungen Mannes mit blonder Haartolle. Er trug einen kamelfarbenen Mantel, und neben sich hatte er eine junge Frau, die wie ich schwanger war. Sie trug einen leichten burgunderroten Mantel, darunter ein dunkelblaues Kleid mit kleinen Blümchen. Der Hut auf ihrem Kopf war mit einem glänzenden Seidenband verziert.

»In Ihrem Zustand sollten Sie kein so schweres Gepäck heben«, sagte der Fremde galant und wuchtete den Koffer nach oben. Allerdings schien er sich das leichter vorgestellt zu haben, denn seine Wangen röteten sich sichtlich. Ich verkniff mir ein Lächeln und bedankte mich.

»Wo ist denn Ihr Ehemann?«, erkundigte er sich, nachdem er den Koffer gesichert hatte.

»Ich reise mit einer Freundin«, entgegnete ich und spürte, dass mir das Blut in die Wangen schoss. Plötzlich wurde mir klar, dass dieses nette Paar alles war, was Georg und ich hätten sein können. Natürlich war der Altersunterschied nicht so gravierend wie bei uns. Und der junge Mann war sicher auch nicht verheiratet gewesen, bevor er das hübsche Mädchen kennengelernt hatte. Aber in einem anderen Leben, unter anderen Umständen, wären wir vielleicht genauso verreist wie diese beiden hier.

Ich schluckte den Kloß, der sich in meinem Hals bildete, hinunter.

»Wohin reisen Sie?«, wandte ich mich an die Frau, die bisher nichts gesagt und mir nur zum Gruß zugenickt hatte.

»Köln«, antwortete sie. »Wir besuchen dort Verwandte.« Sie hakte sich bei ihrem Mann unter, eine Geste, die mir deutlich klarmachen sollte, dass er ihr gehörte und ich mir ja nichts einzubilden brauchte. Er schien das zu verstehen und räusperte sich verlegen.

»Wir fahren nach Paris«, entgegnete ich und bemerkte den

abschätzigen Blick der Frau. Meine Garderobe war durch das ständige Tragen verschlissen, und man konnte meinem Kleid ansehen, dass es billig gewesen war.

»Arbeitet Ihr Mann dort?«, fragte der Fremde, tätschelte seiner Frau die Hand und setzte sich mit ihr auf die Plätze gegenüber.

Ich rang kurz mit mir, beschloss dann aber, dass diese Leute, die mich ohnehin nicht kannten, auch meine Ehrlichkeit nicht verdienten. Der Mann schien ja regelrecht besessen von »meinem Mann« zu sein.

»Ja«, antwortete ich. »Am Theater. Er wollte, dass ich ihn besuchen komme, also mache ich mich mit meiner Freundin auf den Weg.«

In diesem Augenblick bog Henny um die Ecke.

»Henny, schau doch mal, dieser nette Herr war so freundlich, mir bei meinem Gepäck behilflich zu sein«, sagte ich, bevor sie das Paar so recht wahrnahm. »Ich habe ihm und seiner Gattin erzählt, dass wir Johann in Paris am Theater besuchen.«

Ich zog die Augenbrauen hoch, eine Geste, die Henny von mir kannte. Auf diese Weise hatten wir uns auch schon als Kinder mitgeteilt, dass der Moment gekommen war, die andere nicht zu verraten.

»Ja, natürlich«, gab sie zurück. »Freut mich, ich bin Henny Wegstein.« Henny reichte zunächst ihm resolut die Hand und dann der Frau. Ich nannte meinen Namen nicht, aber der schien sie jetzt, nachdem meine Lüge bestätigt worden war, auch nicht zu interessieren.

Schließlich setzte sich der Zug in Bewegung. Gern hätte ich ganz zwanglos mit Henny geredet, doch wegen unserer Mitfahrer wagte ich es nicht. Im Gegenzug schienen wir beide diejenigen zu sein, die eine intime Unterhaltung zwischen dem Paar unmöglich machten. Sie beschränkten sich darauf, einander verliebte Blicke zuzuwerfen, und hin und wieder strich der Mann seiner Frau über den Bauch. Angesichts dieser Geste stach mich der Neid. Also richtete ich meinen Blick aus dem Fenster, wo wir sowohl an eleganten Häusern als auch an ärmlichen Arbeiterbaracken vorbeikamen.

Als wir durch Charlottenburg fuhren, wanderten meine Gedanken zu meinen Eltern. Mutter würde sicher gerade in der Küche stehen und Kaffee kochen. Vater war gedanklich bereits bei seinem Geschäft. Dachten sie an mich? Wohl kaum.

Henny hatte mich ermuntert, ihnen zu schreiben, wenn ich in Paris angekommen war, doch ich war nicht sicher, ob ich das tun wollte. Alles in mir brannte darauf, meine Eltern zu bestrafen. Wie ging das besser, als wenn sie nicht wussten, wo ich unterkam? Doch interessierte es sie überhaupt?

Ich schloss die Augen und versuchte, all diese negativen Gedanken niederzuringen, damit sie nicht meine Vorfreude schmälerten. Als ich wieder aufschaute, lag sogar Wannsee bereits hinter uns, und wir fuhren auf die freie Strecke hinaus.

11. Kapitel

Bei der Ankunft in Paris war ich so müde, dass ich mir im ersten Moment einbildete, wir hätten Berlin noch gar nicht verlassen. Während ich mich aufrichtete, fiel mein Blick auf eine französische Reklametafel, die an einem Stützpfeiler des Bahnhofsdaches angebracht war. Da wurde mir klar, dass wir, nach einem etwas hektischen Umstieg in Köln, unser Ziel erreicht hatten.

»Komm schon, nimm deinen Koffer!«, drängte Henny, deren Wangen vor Aufregung gerötet waren. Ich erhob mich taumelnd, immer noch benommen von den Stunden bleiernen Schlafes, doch als ich den Koffer von der Ablage zog, fühlten sich meine Knie schon etwas fester an.

Meine Freundin war bereits auf dem Gang. Dort drängten sich die Passagiere, einige mit sehr sperrigen Gepäckstücken.

Henny ließ mich vor, und wenig später bewegten wir uns auf die Ausgangstür zu. Französische Worte umschwirrten mich, Menschen umarmten sich auf dem Bahnsteig, andere suchten die Fenster des Zuges ab oder strebten den Türen zu.

Meine Freundin bat mich, unter dem Bahnhofsschild *Gare du Nord* zu warten, und verschwand, um ihren Koffer zu holen. Ich vertrieb mir die Zeit damit, die Aussteigenden zu beobachten.

Ich sah, wie ein Mann von einer modisch gekleideten Frau mit fuchsiarotem Hut begrüßt wurde, einem anderen fiel seine gesamte Familie um den Hals, Eltern, Frau und Kinder.

Mein Blick blieb schließlich an einer Dame hängen, die auf den Armen ein Baby trug. Ihr blauer Mantel wirkte sehr elegant, und die ganze Zeit über schmuste sie mit dem Kleinen, das in seiner Decke kaum zu sehen war. Ich wünschte mir, diese Frau zu sein, begleitet von einem gut aussehenden Mann, der ihr Halt gab und sie und das Kind beschützte.

Und plötzlich kam ich mir schutzlos vor, den fremden Menschen ausgeliefert, die mich im Vorbeigehen anstarrten. Als stünde mir auf die Stirn geschrieben, dass ich keinen Mann hatte und mein Kind keinen Vater, der zu ihm stand.

Hennys Auftauchen vertrieb meine trüben Gedanken wieder. Ihr folgte ein junger Mann in Eisenbahnuniform, der ihren Koffer schleppte. Henny konnte sich auf Französisch vorstellen und »Bonjour« sagen, das hatten wir noch in Berlin geübt. Auch nach dem Weg zu fragen beherrschte sie schon. Ihre Zeichensprache schien allerdings ausgereicht zu haben, den Eisenbahner zum Koffertragen zu überreden.

»Darf ich dir Monsieur Leduc vorstellen?«, sagte Henny mit einem breiten Lächeln und leuchtenden Augen. »Er war so liebenswürdig, mir Hilfe beim Gepäck anzubieten.«

Der junge Mann errötete, obwohl er sie nicht verstand, und trottete uns treu bis zur Zollabfertigung hinterher, wo er den Koffer vor der Tür abstellte. Mit einem Tippen gegen seine Mütze verabschiedete er sich dann wieder.

»Ist der nicht entzückend?«, fragte Henny, während sie ihm nachsah. »Wenn die Männer hier alle so sind, dürfte es nicht schwerfallen, einen kennenzulernen.«

»Nicht, dass ich das will, aber viel Glück dabei«, gab ich trocken zurück.

Henny stieß mich mit dem Ellenbogen an. »Denk bloß

nicht, dass du dein ganzes Leben lang allein bleiben wirst. Eines Tages kommt ein neuer Mann zu dir.«

»Und das trotz Kind?«, fragte ich zweifelnd. Ich konnte mir nicht vorstellen, dass ein Mann sich gern darauf einlassen würde, für ein fremdes Kind zu sorgen.

»Wenn er dich liebt, ist es ihm egal. Oder besser noch, wenn er dich liebt, liebt er auch dein Kind.« Henny lächelte mich an. »Vielleicht ist es sogar ein hübscher Franzose wie dieser Monsieur Leduc.«

»Damit muss ich wohl warten, bis das Kind da ist«, entgegnete ich. »Wenn ich ehrlich bin, habe ich derzeit keine Lust, tanzen zu gehen.«

An der Zollabfertigung erwartete uns eine Schlange, die allerdings recht kurz war. Ein paar der Reisenden sprachen Deutsch, manche Russisch oder Sprachen, die ich nicht erkennen konnte.

Schließlich waren wir an der Reihe.

So entzückend wie Monsieur Leduc war der Zollbeamte allerdings nicht. Er blickte uns aus trüben dunklen Augen an, die wirkten, als hätten sie bereits zu dieser Stunde schon viel zu viele Menschen gesehen. Seine Lippen verschwanden unter einem großen schwarzen Schnurrbart, und sein Haar wurde um den Scheitel herum schütter.

Er nahm uns die Pässe ab und fragte barsch, ob wir etwas zu verzollen hätten. Sein Blick fiel auf meinen kleinen Kasten mit den Glaskolben.

»Sind Sie Ärztin?«

Ich schüttelte den Kopf. »Nein, Studentin«, antwortete ich, obwohl das nicht stimmte. Aber wie sonst hätte ich ihm die Gefäße erklären sollen?

»Was studieren Sie?«, fragte er, während er meine Papiere durchsah.

»Chemie.«

»An der Sorbonne?«

Würde der Mann mir eine Lüge ansehen, wo er doch nicht einmal aufblickte?

»Bisher in Berlin, aber ich hoffe, mich bald hier einschreiben zu können.«

Da hob er doch den Kopf und sah mich an. So unverwandt, als wollte er nach einer Lüge suchen. Aber es stimmte ja, insgeheim hoffte ich, mich hier einschreiben zu können. Irgendwann, wenn ich genug Geld verdiente, um mir das Studium leisten zu können.

»Was ist mit dem Vater Ihres Kindes?«, fragte er schließlich weiter. »Ist er Franzose?«

Ich war mir nicht sicher, ob es mir das Leben erleichtern oder erschweren würde, wenn ich Ja sagte, also blieb ich auch hier bei der Wahrheit. Der Beamte wirkte jetzt noch missmutiger. Dann gab er mir endlich den Stempel in meinem Pass.

»Um länger hierbleiben zu dürfen, brauchen Sie eine Aufenthaltsgenehmigung, Mademoiselle. Die erhalten Sie bei der Polizei.«

Ich nickte, das wusste ich bereits von Henny.

Der Zollbeamte wandte sich nun meiner Freundin zu, die ebenfalls nichts zu verzollen hatte, aber kaum etwas verstand, sodass ich dolmetschen musste. Dadurch verzögerte sich der Vorgang ein wenig, doch nach einer Stunde und nach kurzem Aufenthalt in der Wechselstube konnten wir endlich den Bahnhof verlassen. Die Sonne fiel auf den Vorplatz, und einige Tauben stritten sich inmitten von Blumenrabatten um Brotkrumen. Die Leute eilten geschäftig an uns vorbei, hin und wieder berührte mich der zarte Duft eines Damenparfüms oder das herbe Aroma von Rasierwasser.

Henny legte den Kopf in den Nacken und streckte die Arme aus. Dabei atmete sie tief ein. »Riechst du das?«, fragte sie. »Das ist die Pariser Luft!«

Ich fand, es roch hier, abgesehen von den Duftwässerchen, nicht wesentlich anders als in Berlin. Leichter Benzindunst lag in der Luft, es roch nach Dreck, aber auch nach Blumen. Ein Hauch von Latrine mischte sich darunter.

Doch ich wusste, worauf meine Freundin hinauswollte. Noch vor einigen Monaten hatte ich nicht daran gedacht, Berlin zu verlassen. Jetzt standen wir beide hier, bereit für ein neues Leben.

»Wir sollten ein Taxi nehmen«, sagte ich schließlich zu Henny, die sich immer noch staunend umsah.

Mit dem umgetauschten Geld mussten wir sparsam umgehen, doch angesichts der Tatsache, dass unser Zielort recht weit entfernt war und es schwierig werden würde, mit den Koffern dorthin zu wandern, hielt ich es für das Beste. Außerdem kostete auch die Fahrt mit dem Autobus etwas, nur mit dem Unterschied, dass uns niemand mit den Koffern helfen würde.

Der Taxifahrer, in dessen Automobil wir wenig später einstiegen, war ein brummiger älterer Mann, der während der ganzen Fahrt darüber schimpfte, dass ihn eine Gastwirtin betrogen hätte. Er ging wohl davon aus, dass wir ihn verstanden, gleichzeitig schien er aber keine Antwort zu erwarten.

Da das Taxi ein offener Wagen war, pfiff uns der Wind um die Ohren. In dem dichten Verkehr kamen wir nur langsam voran, sodass ich Gelegenheit hatte, mir die prachtvollen Bauten anzusehen.

In Romanen wurde von den farbenfrohen Künstlervierteln gesprochen, in denen ein regelrechtes Chaos herrschte. Von Wäscheleinen, die sich über Straßen spannten. Davon war hier nichts zu sehen, aber vielleicht würde ich diesen Anblick entdecken, wenn ich die Stadt wirklich kennenlernte.

Hier jedenfalls, auf einem breiten Boulevard, erschien mir alles überraschend ordentlich, sauber und geschäftig. Auf den

Gehsteigen drängten sich die Menschen, die meisten Männer trugen Anzüge und die Frauen weiße Blusen, Röcke und trotz des schönen Wetters elegante Hüte auf dem Kopf. Die Mode, obgleich sie sich kaum von der in Berlins feineren Gegenden unterschied, wirkte doch ein wenig raffinierter und farbenfroher.

Einige Wohnhäuser sahen aus wie aus einem alten Märchenbuch mit ihren kleinen Statuen auf den Dachfirsten, Türmchen, den hohen Fenstern und den reichen Rocaille-Verzierungen an den Wänden. Blumenkästen, die an den Balkons angebracht waren, quollen über vor Farbenpracht. Einige Gebäude schienen weit mehr als hundert Jahre gesehen zu haben, wahrscheinlich hatten von diesen Fenstern aus die Menschen den Einzug Napoleons beobachtet oder den Gang Marie Antoinettes zum Schafott.

Wer wohnte derzeit hier? Reiche Geschäftsleute mit ihren Familien? Regierungsbeamte? Witwen wohlhabender Männer? Waren es überhaupt noch Wohnhäuser, oder hatte man Behörden darin untergebracht?

Nachdem wir den Arc de Triomphe hinter uns gelassen hatten, erblickten wir in der Ferne auch den Eiffelturm, den ich bislang nur aus Zeitungsartikeln kannte. Ich war erstaunt darüber, wie riesig er wirklich war. Wie mochte es sein, dort oben zu stehen und auf die Stadt zu blicken? All die Häuser zu sehen, all die Schlösser, in denen früher einmal Könige gelebt hatten, die Parkanlagen, in denen sie umherspaziert waren. Auch wenn ich ein wenig Ungewissheit und Angst vor meinem neuen Leben hier verspürte, freute ich mich darauf, Paris zu erkunden und seine Wunder zu entdecken.

Nach einer Weile erreichten wir einen Teil der Stadt, der weit weniger gepflegt, aber dafür bunter aussah. Kleine Theater drängten sich an Cafés und Lichtspielhäuser.

Am Folies Bergère angekommen, bezahlte ich den Fahrer, dann nahmen wir die Koffer in Empfang, und wenig später reihte sich das Taxi wieder in den Verkehr ein.

Ich staunte über die alte, ehrwürdige Fassade, die mit den breiten Fenstern und der griechisch anmutenden Säulenzier eher an ein Opernhaus als an ein Varieté erinnerte. Es überraschte mich, dass es zwischen den anderen Häusern regelrecht eingezwängt war, als wären sie ihm mit der Zeit über den Kopf gewachsen.

Eine grüne Metallkonstruktion, die an Zierrat auf Bildern von Alfons Mucha erinnerte, trug den Namen des Hauses. Auch am Dachfirst war er noch einmal eingemeißelt.

Auf Augenhöhe waren die Fenster kleiner, sie erinnerten beinahe an mittelalterliche Bleiglasscheiben. Darunter hingen knallbunte Plakate, die das aktuelle Programm vorstellten. Bei den Tänzerinnen, die in bauschigen, rot-weißen Kleidern nebeneinanderstanden und die Röcke hoben, konnte man auf den ersten Blick nicht erkennen, was Mensch und was Stoff war.

»Ich hätte nicht geglaubt, dass dieser Tag jemals kommen würde«, raunte Henny ehrfürchtig.

Da die Tür sperrangelweit offen stand, traten wir kurzerhand ein. Auch innen unterschied es sich sehr vom Nelson-Theater. Mit seinen goldenen Säulen und dem türkisfarbenen Anstrich der Wände wirkte es ein wenig altertümlich, doch die Farbenpracht ließ mir die Augen übergehen. Als Verzierung zwischen den Säulen spannten sich in Stein gemeißelte goldene Tücher, die mit gold- und türkisfarbenen Blüten geschmückt waren. In der Mitte fungierten zwei riesige Pferde als überdimensionale Leuchter. Sie erschienen so kostbar, als hätten sie früher einmal die Treppe eines Schlosses flankiert. Um ihre Körper trugen sie eine Art Geschirr in den Farben Grün und Silber.

Für eine Weile bestaunte ich sie, dann wanderte mein Blick zu einem Plakat neben der Eingangstür. Es war hauptsächlich in den Farben Violett und Rosa gestaltet und zeigte eine obenrum nackte Frau, deren Beine in eine Art Seejungfrauenschwanz aus Federn übergingen. Eine ähnliche Federzier trug sie auf dem Kopf, während sie mit den Händen einen hellblauen Fächer hielt.

»Es wird Zeit, dass wir hier ein wenig modernisieren, *n'est-ce pas?*«, fragte eine Männerstimme auf Französisch.

Wir wirbelten herum.

Der Mann, der hinter uns aufgetaucht war, hatte einen gepflegten schwarzen Vollbart und trug einen dunkelblauen Nadelstreifenanzug, der ihm offensichtlich auf den Leib geschneidert worden war. Mit geschmeidigen Bewegungen kam er auf uns zu.

»Was kann ich für Sie tun, *mesdames?* Noch haben wir nicht geöffnet.«

Aufgrund unserer Koffer musste er uns wohl für Touristinnen halten.

Henny blickte Hilfe suchend zu mir. Ich erklärte dem Mann daraufhin in meinem besten Schulfranzösisch, was wir im Folies Bergère wollten.

»Oh, wir kommen nicht wegen der Vorstellung. Wir sind aus Berlin und sollen uns bei der Direktion melden.«

Der Fremde blickte mich verwundert an. Hatte er nicht verstanden? Ich sprach mit einem schrecklichen Akzent, aber sowohl beim Zollbeamten als auch mit dem Taxifahrer hatte es doch keine Schwierigkeiten gegeben!

»Sie sind also die Tänzerinnen, die Mademoiselle Baker begleiten sollen?«, fragte er dann in bemerkenswert gutem Deutsch und reichte uns die Hand. Dabei fiel sein Blick auf meinen Bauch, und in seinen Augen erschien ein fragender Ausdruck.

»Meine Freundin ist von Mademoiselle Baker eingeladen worden«, antwortete ich und erwiderte seinen Händedruck. »Ich begleite sie nur. Mein Name ist Sophia Krohn, das ist Henny Wegstein.«

Der Name schien ihm immerhin etwas zu sagen.

»Ich bin Maurice Jouelle«, stellte sich der Mann vor. »Ich unterstütze unseren Direktor Monsieur Derval bei der Arbeit. Meine Großmutter stammt aus dem Elsass und hat Deutsch gesprochen, nur für den Fall, dass Sie sich wundern.«

»Oh, wir wundern uns nicht!«, platzte Henny mit einem Kichern heraus.

Monsieur Jouelle blickte erneut zu mir. »Tanzen Sie auch?«, fragte er und korrigierte sich mit Blick auf meinen Bauch. »Beziehungsweise haben Sie auch getanzt?«

»Nein«, antwortete ich ein wenig verunsichert. »Ich habe Chemie studiert.«

Die Augenbrauen des Mannes hoben sich überrascht, sodass zwei tiefe Linien auf seiner Stirn erschienen. »Sie wollen beide zusammenwohnen?«, fragte Jouelle weiter.

»Ja, das wollen wir!«, antwortete Henny.

»Nun, die Unterkunft, die ich für Sie besorgt habe, ist sehr klein, ich fürchte, der Platz wird für Sie beide nicht reichen.«

»Ich habe vor, mir so bald wie möglich eine Anstellung und eine eigene Wohnung zu suchen«, sagte ich schnell, denn ich wollte auf keinen Fall den Eindruck erwecken, ein Schmarotzer zu sein. »Ich bin eigentlich nur mitgekommen, um notfalls dolmetschen zu können. Wie ich sehe, ist es nicht nötig …«

Der Blick des Mannes verunsicherte mich. Es schien ihm nicht zu passen, dass Henny jemanden mitgebracht hatte.

»Dann haben Sie also schon eine Arbeitserlaubnis?«, fragte er mokant.

Ich schaute ihn ertappt an. »Arbeitserlaubnis?« Hatten Henny und ich das tatsächlich übersehen?

»Natürlich! So etwas brauchen Sie als Ausländerin hier. Wussten Sie das nicht?«

Ich blickte zu Henny. Diese wurde rot.

»Ich werde mich so schnell wie möglich um eine Erlaubnis bemühen«, sagte ich, so fest es irgendwie ging. Mir war schleierhaft, warum er sich so sehr für mich interessierte. Henny war doch diejenige, die hier tanzen sollte!

»Nun, *bonne chance* dabei!«, entgegnete Jouelle lächelnd. »Mademoiselle Wegstein, würden Sie mich bitte begleiten?«

Er deutete auf den Gang und wandte sich um. Henny warf mir noch einen kurzen Blick zu, dann folgte sie ihm.

Ich wusste nicht, was ich von dem Mann halten sollte. Er war höflich, aber auch sehr reserviert. Ein ganz anderer Typ als Herr Nelson. Außerdem schien er etwas gegen mich zu haben. Das *bonne chance* hatte spöttisch geklungen. Glaubte er, dass ich keine Erlaubnis erhalten würde? War es wegen meines sichtbaren Bauches? Deswegen, weil ich sagte, dass ich Chemie studiert hatte?

Obwohl mir die Füße schmerzten, begann ich, unruhig im Gang auf und ab zu gehen. Mir war mulmig zumute. Ständig schaute ich auf die Uhr, in der Hoffnung, dass Henny bald herauskommen würde und wir beide endlich zu dieser vermeintlich zu kleinen Unterkunft fahren konnten. Doch die Minuten zogen sich dahin. Irgendwo im Gebäude lachte eine Frauenstimme auf.

Schließlich öffnete sich die Tür, und meine Freundin erschien. Ihre Wangen waren gerötet.

»Nun, da bin ich«, sagte sie und zog die Schultern nach hinten, als müsste sie einen schweren Mantel abwerfen.

»Und, was hat er gesagt?«

»Dass ich morgen Nachmittag zu den Proben kommen soll. Ich bin übrigens die Erste, die hier ist. Gut für mich!«

Als sie das sagte, wirkte sie nicht so unbeschwert wie noch

vorhin, als wir vor dem Theater gestanden hatten. Ein Schatten hatte sich über ihre Augen gelegt. Sie schien, als hätte man ihr eine schlechte Nachricht zukommen lassen.

»Ist alles in Ordnung?«, fragte ich auf dem Weg nach draußen. »Hat er etwas wegen mir gesagt? Ist es ihm nicht recht, dass ich mitgekommen bin?«

Mein Herz raste schrecklich. Ich wollte nicht, dass Henny meinetwegen Ärger bekam.

Meine Freundin setzte ein gezwungenes Lächeln auf. »Nein, nein, es ist nichts, alles in Ordnung. Ich bin nur ein wenig überwältigt von alldem.«

»Das bist du doch sonst nie«, gab ich zurück. »Wenn es ihm nicht recht ist ...«

Henny griff nach meiner Hand, zwang mich, stehen zu bleiben, und sah mich an.

»Es ist alles gut, Sophielein«, sagte sie ruhig. »Wen ich mit in meine Wohnung nehme, ist meine Sache. Außerdem, wenn ich es in die reguläre Besetzung schaffe, dann können wir uns ohnehin eine andere Wohnung leisten.«

»Oder wenn ich eine Arbeit finde«, sagte ich kleinlaut, worauf Henny sanft meinen Bauch berührte.

»Die Arbeitserlaubnis zu bekommen wird sicher ein Weilchen dauern. Du solltest dich auf das Kind konzentrieren. Danach sehen wir weiter, ja?«

Bis zur Geburt des Kindes würden noch zwei Monate vergehen. Ein wenig Geld hatten wir noch, aber was, wenn ich keine Anstellung fand?

Henny sah mich direkt an. »Ich werde sehen, was ich machen kann. Aber erst einmal muss ich hier Fuß fassen. Es wird schwerer werden als in Berlin, aber ich werde es schaffen.«

»Ich kann mich nicht immer auf dich verlassen«, gab ich zurück.

»Doch, das kannst du. Und jetzt lass uns schauen, in welches Loch sie uns stecken. Wir wohnen in der Pension einer gewissen Madame Roussel in der Rue du Cardinal Lemoine.« Sie zog einen Zettel hervor und reichte ihn mir. »Was meinst du, ob unser Geld noch für eine weitere Taxifahrt reicht?«

12. Kapitel

Letztlich entschieden wir uns doch zu laufen, auch wenn ein gutes Stück Weg vor uns lag. Obwohl ich ständig meinen Stadtplan konsultierte, schlugen wir ein paarmal die falsche Richtung ein und verloren uns zwischen den fremden Gebäuden.

Doch der Anblick war grandios. Die Häuser in den Gassen waren so unterschiedlich wie menschliche Gesichter. Einige von ihnen waren schlicht weiß, andere farbig gestrichen. Einige von ihnen hatten grellbunte Türen, bei anderen wirkten sie verblichen. Während einige Fenster mit Läden fest verschlossen waren, standen andere sperrangelweit auf und entließen neben Küchengerüchen auch Grammophonmusik nach draußen. Auf einem der Balkone entdeckte ich eine Staffelei, aus dem Fenster eines anderen Hauses wehten gelb und rot gestreifte Vorhänge. Hin und wieder erhaschte ich einen Blick auf die Bewohner: eine Dame, die trotz fortgeschrittener Stunde in einem fliederfarbenen Morgenmantel auf dem Balkon stand. Ein Herr in elegantem Anzug, der sich vor einem Spiegel zurechtmachte. Kinder, die um die Hausecken tobten, so sehr in ihr Spiel mit einem Kreisel vertieft, dass sie uns beide gar nicht wahrnahmen. Ich hätte den ganzen Tag hier herumlaufen können, und auch Henny wirkte begeistert.

»Eines Tages werden wir es sein, die in solch einem Haus leben«, sagte sie, während sie sich bei mir einhakte. »Und es werden unsere Kinder sein, die hier herumtoben. Wäre das nicht schön?«

»Ja, das wäre es«, entgegnete ich und erlaubte mir einen Moment des Optimismus, obwohl mir klar war, dass mein neues Leben alles andere als leicht werden würde.

Endlich erreichten wir das Quartier Latin.

Die Adresse, die man uns aufgeschrieben hatte, führte zu einem verwinkelten Hinterhof, der von den hoch aufragenden Häusern ringsherum beinahe gänzlich verschattet wurde. Dass eines der Gebäude eine Pension sein sollte, war auf den ersten Blick nicht zu erkennen. Vergeblich suchte ich nach einem Schild, das darauf hinwies.

Dafür blieb unsere Anwesenheit nicht lange unbemerkt. Während wir uns ratlos umsahen, erschien eine kleine rundliche Frau mit langer Nase, kohlschwarzen Augen und krausen Locken auf dem Kopf. Unter ihrer Kittelschürze trug sie ein schwarzes Kleid, was mich darauf schließen ließ, dass sie Witwe war. Ihre Knöchel waren ähnlich angeschwollen wie meine.

»Was wollen Sie?« Sie sprach in einem Dialekt, den ich zunächst schwer verstand.

»Monsieur Jouelle schickt uns«, antwortete ich. »Der Assistent von Monsieur Derval vom Folies Bergère. Wir würden gern die Hauswirtin sprechen.«

»Die bin ich. Martine Roussel.« Sie musterte uns. »Dann sind Sie die deutschen Tänzerinnen?«

»Meine Freundin ist eine davon«, antwortete ich.

Henny setzte ein Lächeln auf, stellte sich vor und reichte der Frau die Hand. Diese machte allerdings keine Anstalten, sie zu ergreifen. Nach einer Weile zog Henny sie wieder zurück.

»Und Sie?«, bellte mich die Frau an.

»Sophia Krohn.«

»Tanzen Sie auch?«

»Nein, ich bin eine Freundin«, sagte ich. »Ich ... ich bleibe nur vorübergehend und bezahle meinen Anteil auch selbst.« Wir hatten vereinbart, dass wir einen Teil des Geldes, das ich mir hatte zurücklegen können, für die Miete mitverwendeten.

»Und Sie wollen beide in einem Zimmer wohnen?« Die Frau verzog das Gesicht. »Es ist sehr klein.«

»Das macht uns nichts aus«, antwortete ich, während ich Hennys fragenden Blick spürte. Nachher würde ich ihr alles haarklein erzählen.

Die Frau musterte mich noch eine Weile. Was sie wohl von mir dachte?

»Nun gut, es ist Ihre Sache«, sagte sie dann. »Solange pünktlich bezahlt wird, soll es mir recht sein. Kommen Sie!« Sie deutete auf eine kleine Tür, die aussah, als würde sie zu einem Stall führen. Dahinter befand sich eine Wendeltreppe.

Ich fragte mich, ob dies früher einmal der Dienstbotenaufgang gewesen war. Die Stuckverzierungen um die Fenster zeigten, dass das Haus schon bessere Tage gesehen hatte.

Nach vier Etagen erreichten wir das Dachgeschoss. Ich schnaufte, und als mich ein leichter Schwindel überkam, krallte ich mich am Treppengeländer fest. Während ich versuchte, zu Atem zu kommen, holte Madame Roussel ihr Schlüsselbund hervor und schloss auf.

»Das Zimmer ist für eine Person ausgelegt«, erklärte sie. »Wir haben auch Zimmer für zwei, aber die sind alle voll. Der Herr vom Theater hatte mir nicht mitgeteilt, dass zwei von Ihnen zusammenwohnen würden.«

Ich sagte nichts dazu und blickte mich um. Im Flur gab es noch zwei weitere Türen, eine gegenüber unserer und eine rechts davon. Wir folgten der Pensionswirtin durch die linke.

Sofort wurde mir klar, dass Hennys Berliner Wohnung ein Palast gewesen war im Vergleich zu dieser kleinen Kammer.

Der Boden war ordentlich gebohnert, aber der Rest wirkte abgewohnt. Der blassrosa Anstrich der Wände war verblichen. An den beiden kleinen Fenstern, die die Dachschräge etwas auflockerten, hingen immerhin blitzsaubere, wenn auch kleine Gardinen.

Kaum mehr als ein Bett und ein Tisch passten hinein. Diese gab es wenigstens, außerdem eine schmale Kommode, die den Platz noch weiter verringerte, und einen Stuhl, der neben dem Bett stand. Der Ofen war klein, aber viel hatte er auch nicht zu wärmen.

»Das Holz müssen Sie sich kaufen gehen, das ist nicht im Preis inbegriffen«, machte Madame Roussel uns klar. »Zu essen bekommen Sie in einem der Cafés, gehen Sie aber nicht ins Amateur, das ist nichts für so zarte Personen wie Sie.«

Glücklicherweise waren die Temperaturen draußen so, dass man so schnell nicht mehr heizen musste.

»Und lassen Sie über Nacht bloß die Fenster geschlossen!«, riet sie uns weiter. »Der Latrinenwagen kommt gegen elf und pumpt die Senkgruben ab. Es stinkt fürchterlich, aber gegen Morgen hat es sich wieder verzogen.«

Latrinenwagen und ein Café, das nichts für zarte Frauen war. Was kam noch?

»Wir werden daran denken«, sagte ich, was die Frau mit einem Nicken zur Kenntnis nahm. Ihre Miene änderte sich jedoch nicht.

»Und wo wir schon beim Thema sind, das Klosett ist am Ende des Ganges. Sie werden es sich mit den anderen Mietern auf dieser Etage teilen müssen. Unten gibt es einen gemeinschaftlichen Waschraum, in dem Sie auch Ihre Wäsche waschen können, wenn es nottut.«

In Hennys Wohnung war es ähnlich gewesen.

»Ich erwarte die Zahlung der Miete pünktlich am Ersten des Monats. Sollten Sie nicht zahlen können, geben Sie mir

Bescheid. Wenn Sie sich gut betragen, schreibe ich eventuell an.«

»Das wird nicht nötig sein«, entgegnete ich schnell.

Die Pensionswirtin löste einen Schlüssel von ihrem umfangreichen Schlüsselbund. »Hier. Wenn Sie ihn verlieren, ersetzen Sie ihn.«

»Wir werden gut darauf achtgeben«, sagte ich und barg den Schlüssel in meiner Hand.

»Schön, dann richten Sie sich ein. Herrenbesuche sind verboten. Wenn Sie sich einen Liebhaber leisten wollen, gehen Sie zu ihm.«

Ich starrte sie erschrocken an. Nicht nur, dass sie das nichts anging. Hatte sie denn nicht bemerkt, in welchen Umständen ich war? Was dachte sie denn von mir? Dass ich wegen irgendwelcher Herrenbesuche so aussah?

»Wenn Sie etwas brauchen, kommen Sie runter in die Küche. Gegen einen Obolus biete ich Ihnen ein Abendessen, aber das wird meist nur von Gästen in Anspruch genommen, die in den teuren Appartements untergebracht sind. Ansonsten können Sie sich von unten jederzeit Kaffee oder Wasser holen, beides ist für meine Gäste im Preis inbegriffen.«

Ich konnte mir nicht vorstellen, dass eine Frau wie sie eine Küche anzubieten hatte, die teurer war als das Essen in einem Restaurant. Aber das Angebot des Kaffees klang gut, zumal es in den Zimmern keine Möglichkeit gab, etwas zuzubereiten.

»*Merci*, Madame Roussel«, sagte ich, und Henny wiederholte es, dann verschwand die Frau und zog die Tür hinter sich ins Schloss.

»Puh!«, sagte Henny und ließ sich auf das Bett fallen, das protestierend knarrte. »Diese Frau wirkte ziemlich grimmig. Ich wünschte, ich hätte alles verstanden, was sie gesagt hat.«

»Sie hat uns lediglich darauf hingewiesen, dass wir unser

Feuerholz selbst kaufen müssen, dass wir nachts die Fenster zulassen sollen wegen des Latrinenwagens und dass wir uns von einem bestimmten Café fernhalten sollen, weil das nichts für Frauen wie uns ist.«

»Eine schöne Gegend, in die man uns gesteckt hat«, sagte Henny und schälte sich aus ihrer Jacke.

»Du wirst am Abend ja ohnehin im Theater sein und am Vormittag länger schlafen«, sagte ich. »Ich werde meine Geschäfte am Vormittag erledigen und abends über die Wohnung wachen. So kann es uns eigentlich egal sein, wohin man uns gesteckt hat.«

»Und es ist ja auch nicht für lange«, gab sie zurück. »Wenn ich erst mal fest ins Ensemble aufgenommen bin und du wieder an die Universität gehst, werden wir nach Montparnasse ziehen, ins Künstlerviertel. Dort kannst du dir einen Maler angeln oder einen Schriftsteller.«

Mein Pessimismus wollte sich gerade wieder zu Wort melden, doch dann fiel mein Blick auf eines der kleinen Fenster, von denen aus man ein ganzes Stück weit über die Dächer von Paris und in den Himmel sehen konnte. Es war eine reizvolle Aussicht mit all den Schornsteinen, Dächern und den Tauben, die sich nach ihrem Flug auf ihnen niederließen.

»Wir werden es schaffen«, sagte ich und erlaubte meinem Herzen ein Stück Hoffnung.

Beim Verstauen unserer Sachen und dem Aufteilen der Raumecken wurde mir erst richtig klar, wie beengt unsere Unterkunft wirklich war. Das Bett bot etwas mehr Platz als das in Berlin, dafür konnten wir an den Seiten kaum etwas hinstellen. Außerdem würden wir aufpassen müssen, die Bettdecke nicht am Ofen anzusengen. Aber es war eine Unterkunft!

Ich ließ meine Bücher und auch ein paar meiner Kleidungsstücke im Koffer und schob ihn unters Bett. Froh darüber, dass der Inhalt meines Experimentierkastens unbeschädigt geblieben war, stellte ich ihn unters Fenster.

Darüber vergaß ich beinahe, wie ernst Henny beim Verlassen des Theaters gewirkt hatte.

Später, als wir beide an dem kleinen Tisch saßen und im trüben Lampenschein die Reste unseres mitgebrachten Proviants verzehrten, sprach ich es an. »Monsieur Jouelle schien meine Anwesenheit nicht gepasst zu haben.«

Erneut bemerkte ich den Schatten in ihrem Blick. »Er war nur überrascht, das ist alles«, gab sie zurück und trank einen Schluck von dem Kaffee, den ich aus der Küche geholt hatte. Er war nicht besonders gut, aber warm. »Normalerweise kommen die Tänzerinnen nicht in Begleitung einer Freundin.«

»Ich habe für dich übersetzt«, sagte ich. »Was ist schlimm daran? Ich konnte ja nicht wissen, dass er Deutsch spricht. Oder haben sie etwas dagegen, dass ich bei dir wohne?«

Sie schüttelte den Kopf.

Ich seufzte tief. All das beantwortete nicht die Frage, warum sich Jouelle so seltsam verhalten hatte.

»Grübele nicht so viel«, sagte sie schließlich. »Es ist alles in Ordnung. Wir sind hier.« Mit einem Lächeln verscheuchte sie ihre Schwermut. »Alles Weitere wird sich finden.«

Den Rest des Abends verbrachten wir damit, Französisch-Vokabeln zu rekapitulieren. Ich hatte Henny auf der Fahrt einige Texte und Wörter aufgeschrieben, die sie lernen sollte.

Als ich zwischendurch die Toilette am Ende des Ganges aufsuchen musste, erschrak ich über deren Einfachheit. Es handelte sich um ein Hockklosett, wie ich es noch nie zuvor gesehen hatte. Mit einigem Unwohlsein und wegen meines Bauches auch ziemlicher Mühe hockte ich mich über das Loch im Boden, dessen Abfluss wohl in eine der Sickergruben mündete, die vom Latrinenwagen ausgepumpt wurden.

Ob die Toiletten in den Restaurants auch so aussahen? Wohl kaum, sagte ich mir und beschloss, wenn möglich mein Geschäft woanders zu verrichten.

Beim Verlassen der Toilette begegnete ich einer Frau, die offenbar der Tür zustrebte, die unserer gegenüberlag. Sie trug ein bordeauxrotes Kleid und hatte ihr lockiges schwarzes Haar mit einer kleinen glitzernden Klammer gebändigt. Ihre violetten Strümpfe wirkten ziemlich extravagant zu den braunen Spangenschuhen.

»Bonjour«, grüßte ich die Frau, und auf ihren fragenden Blick fügte ich hinzu: »Ich ... ich bin gerade hier eingezogen.«

»Oh, dann haben Sie sich schon mit unserer wunderbaren *toilette à la turque* bekannt gemacht.« Die Fremde lachte auf.

»Der was ...?«, fragte ich verwirrt.

»*Toilette à la turque* ... So nennt man das, wenn eine Pensionswirtin zu geizig ist, ein vernünftiges Wasserklosett einzubauen.«

Sie lächelte mich an und ließ prüfend ihren Blick über meine Gestalt schweifen. »In Ihrem Zustand sollten Sie wirklich eine andere Möglichkeit finden.«

»Nun ja, ich bin den ersten Tag hier ...« Ich stockte kurz. Was für ein seltsames Zusammentreffen. Vielleicht hätte ich lieber wortlos hinter meiner Tür verschwinden sollen, aber das wäre unhöflich gewesen.

»Sophia Krohn. Entschuldigen Sie, wenn ich Ihnen nicht die Hand gebe ...«

»Genevieve Fouquet«, antwortete sie mit einem verständnisvollen Nicken. Dann fragte sie: »Sie sind nicht von hier, stimmt's? Nicht aus Frankreich, meine ich.«

Ich schüttelte den Kopf. »Wir kommen aus Berlin.«

»Wir?«

»Meine Freundin und ich«, sagte ich. »Sie tanzt im Folies Bergère.«

»Und Sie?«

»Ich suche noch nach Arbeit. Habe mal Chemie studiert, aber ...« Ich blickte auf meinen Bauch, und sie schien zu verstehen. »Man sagte mir, dass ich dazu eine Arbeitserlaubnis benötige, also ...«

»Und obendrein eine Aufenthaltserlaubnis«, gab sie zurück. »Die zu erhalten wird eine Weile dauern. Aber lassen Sie sich durch mich nicht entmutigen. Es gibt immer Mittel und Wege, sich ein wenig Geld unter der Hand zu verdienen.«

»Danke«, sagte ich und fragte mich, was sie damit meinte.

»*Bonne chance*«, sagte auch sie, allerdings nicht so mokant wie zuvor Monsieur Jouelle. »Und auf gute Nachbarschaft!«

»Auf gute Nachbarschaft«, erwiderte ich.

Dann verschwand sie hinter ihrer Wohnungstür.

Nach meiner Rückkehr aus dem Waschraum in der unteren Etage, der immerhin einen ordentlichen Eindruck machte, erzählte ich Henny von der Begegnung.

»Meinst du wirklich, dass es so schwer werden wird, eine Arbeitserlaubnis zu erhalten?«, fragte ich abschließend.

Henny zuckte mit den Schultern. »Ich weiß nur, dass das Theater für mich sorgt. Sie meinten, ich könnte mir die entsprechenden Papiere dort im Büro abholen.«

Ich seufzte auf. An eine derartige Erlaubnis hatte ich nicht gedacht. Aber woher hätte ich es auch wissen sollen? Selbst der Zollbeamte hatte uns gegenüber nichts verlauten lassen.

»Sie meinte, dass es Möglichkeiten gäbe, sich unter der Hand etwas Geld zu verdienen«, sagte ich. »Vielleicht sollte ich sie fragen, welche Möglichkeiten sie meint, wenn es wirklich so schwer ist, eine Erlaubnis zu bekommen ...«

»Wovon mag sie wohl selbst leben, wenn sie in einer Pension wohnt?«, fragte Henny. »Vielleicht ist sie ja auch Tänzerin.«

Ich schüttelte den Kopf. »Nein, so sieht sie nicht aus. Sie ist schon etwas älter und nicht so dünn wie du.«

»Das hat nichts zu sagen«, erwiderte Henny. »Es gibt auch Revuen, in denen kräftigere Tänzerinnen auftreten. Aber möglicherweise ist sie Künstlerin. Malerin vielleicht oder Schriftstellerin. Die haben manchmal auch nicht genug Geld, um sich eine ordentliche Wohnung zu leisten. Vielleicht sollten wir rübergehen und uns zusammen offiziell vorstellen? So eine Vorstellung, nachdem du auf dem Klosett warst, ist doch etwas merkwürdig, nicht?«

»Lass es uns auf morgen verschieben«, sagte ich. »Jetzt sollten wir uns noch ein wenig um dein Französisch kümmern.«

Henny wirkte enttäuscht, doch sie nickte. »In Ordnung. Auch wenn ich keine Lust auf die verdammten Vokabeln habe.«

Ich setzte mich aufs Bett und nahm das Heft wieder zur Hand. »Noch eine Stunde, dann lassen wir es gut sein, ja?«

Was Madame Fouquet hinter ihren vier Wänden so trieb, wurde nur wenig später offenbar. Während ich Henny Vokabeln abfragte, vernahmen wir Schritte auf der Treppe. Das war erst einmal nichts Besonderes. Dann ertönten Geräusche. Eindeutige Geräusche, die allem widersprachen, was Madame Roussel uns ans Herz gelegt hatte. Keine Herrenbesuche? Genevieve Fouquet schien sich nicht darum zu scheren.

»Du meine Güte!«, raunte Henny, als das laute Stöhnen durch unsere Wände drang. »So was habe ich ja noch nie gehört! Das klingt ja, als würde er sie umbringen.«

»Oder sie ihn«, erwiderte ich trocken und blickte auf meinen Bauch.

Wenn Georg und ich uns geliebt hatten, waren wir immer recht leise gewesen. Wir wollten auf keinen Fall Aufsehen erregen. Das war Madame Fouquet und ihrem Liebhaber offenbar ganz egal.

Etwa eine halbe Stunde dauerte ihr Stelldichein, wobei sich ihre Stimme des Öfteren regelrecht überschlug. Dann wurde es plötzlich leise, bis schließlich Geräusche ertönten, die klangen, als würde jemand etwas vom Boden aufsammeln.

Neugierig geworden, schlich ich zur Tür. Durch den kleinen Türspion erblickte ich einen Mann im braunen Anzug, der Madame Fouquet an der Tür einen Kuss auf den Arm gab. Sie winkte ihm lachend hinterher, zog sich dann wieder rasch zurück. Der kurze Augenblick hatte jedoch gereicht, um zu erkennen, dass sie nur ein feines weißes Negligé trug.

»Und, was siehst du?«, fragte Henny.

»Ein Mann war bei ihr.«

»Du meinst, ein Geliebter?«

»Dann muss er es aber eilig gehabt haben«, sagte ich und ging wieder zu dem Bett, auf dem wir meine Bücher ausgebreitet hatten. »Eigentlich hätte er noch eine Weile bleiben können.«

»Nicht wenn der Ehemann nach Hause zu kommen droht.«

Irgendwie sagte mir mein Gefühl, dass nicht ein Ehemann den Liebhaber vertrieben hatte. Etwas anderes musste dahinterstecken.

Nur eine halbe Stunde später ertönten erneut Schritte. Es klopfte, und Madame Fouquet öffnete.

Wenig später stöhnte sie erneut voller Leidenschaft, dann brachen die Geräusche wieder ab, es wurde geräumt, Kleidungsstücke wurden aufgehoben, die Tür ging, und Schritte hallten über den Gang.

Nicht nur mir wurde klar, welcher Art die von ihr angesprochenen Möglichkeiten, sich etwas nebenbei zu verdienen, waren.

»Ich sage dir, sie ist eine Nutte«, raunte mir Henny zu, als wir beide unter der klammen Bettdecke verschwunden waren. »Keine normale Frau kriegt so viel Herrenbesuch an einem Abend. Und ist so ausdauernd.«

»Du solltest sie nicht so nennen«, sagte ich.

»Na gut, Prostituierte«, korrigierte sich meine Freundin. »Aber das kommt auf dasselbe raus.« Sie kicherte. »Das werden interessante Nächte, glaube ich. Du solltest dir angewöhnen, schnell einzuschlafen, bevor der nächste Kunde kommt.«

»Ob sie das wirklich jede Nacht macht?«

»Na sicher! Und jetzt versuch ein wenig zu schlafen. Bevor es erneut losgeht.«

Während Henny nur wenig später leise und gleichmäßig atmete, starrte ich in die Dunkelheit und lauschte in der Erwartung, dass jeden Moment wieder Schritte ertönten. Doch diese blieben aus. Dafür ertönte irgendwann das Rumpeln eines Pferdekarrens auf der Straße. Die Hufe klapperten laut über das Pflaster, stoppten für eine Weile, dann setzte das Gefährt seinen Weg fort. Der Latrinenwagen, vor dem uns Madame Roussel gewarnt hatte. Stück für Stück arbeitete er sich die Straße hinauf.

Als er bei unserem Haus angekommen war, konnte ich das gedämpfte Schimpfen der Männer hören, während sie die Pumpe in Gang setzten. Kurz darauf entfernte sich der Wagen, doch noch für eine ganze Weile vernahm ich den Hufschlag und das Geräusch der Räder.

13. Kapitel

Am nächsten Morgen begegnete mir Madame Fouquet im Waschraum. Sie wünschte mir fröhlich einen guten Tag, wogegen ich knallrot anlief und ihrem Blick auswich. Glücklicherweise hatte ich die notdürftige Wäsche schon verrichtet und auch mein Hemd bereits wieder übergezogen. Sie war eine Frau wie ich auch, dennoch bereitete mir bereits der Gedanke, mich ihr nackt zu zeigen, Scham.

»Was ist denn, Schätzchen?«, flötete sie, während sie aus ihrem Morgenmantel schlüpfte, unter dem sie vollkommen unbekleidet war. »Hast du noch nie eine nackte Frau gesehen?«

Vor Schreck fiel mir beinahe die Brille aus der Hand. Ich war nicht sicher, ob mich ihre Offenheit verunsicherte oder das, was wir gestern mitbekommen hatten.

»Ich meine, eigentlich weißt du doch, was in der Welt gespielt wird. Sonst hättest du keinen Bauch von der Größe einer Wassermelone.«

Jetzt wurde mir noch heißer. Am liebsten wäre ich aus dem Waschraum geflüchtet, doch meine Beine gehorchten mir nicht. Ich betrachtete die Brille in meiner Hand. Vielleicht war es besser, wenn die Welt noch ein wenig verschwommen blieb.

»Ihr habt sicher gehört, was gestern Abend so bei mir los

war«, erklärte sie, während sie sich mit einem Waschlappen von oben bis unten abrieb. »Tut mir leid, wenn es etwas laut war, aber die Geschäfte gehen im Moment glänzend.«

»Hat ...« Die Frage drohte in meiner Kehle zu vertrocknen. »Hat Madame Roussel Ihnen erlaubt ...«

»Männerbesuch zu haben?«, fragte Genevieve Fouquet und lachte auf. »Den erlaubt sie niemandem hier.«

»Aber ...«

»Das waren keine Männerbesuche, sondern Kunden. Sie weiß, womit ich mein Geld verdiene. Ich bin ja auch nicht ständig hier. Nur wenn es die Kundschaft verlangt. Ich bezahle die Roussel gut, das ist alles, was für sie zählt. Was meinst du denn, warum sie nach allem Schrecken, den wir mit euch erlebt haben, zwei *boches* wie euch hier Unterkunft gibt?«

Ich starrte erschrocken mein Spiegelbild an. Das Schimpfwort kannte ich. In der Zeitung hatte ich darüber gelesen, dass die Franzosen uns besonders seit dem Krieg so nannten. Das konnte ich angesichts des Leids, das der Krieg mit sich gebracht hatte, verstehen, doch dafür konnte ich doch nichts!

»Ich habe Ihnen nichts getan!«, fuhr ich sie an. »Und meine Freundin ebenso wenig.«

Madame Fouquet stockte in ihrer Bewegung und sah mich mit großen Augen an. »Ah, nun reg dich nicht auf! Hier reden wir eben so. Es wird nicht das letzte Mal sein, dass du dem Wort begegnest.«

Ich sah sie noch einen Moment lang an, dann wirbelte ich herum und stürmte aus dem Raum.

Oben warf ich die Tür ins Schloss.

»Was ist passiert?«, fragte Henny, während ich aufgeregt auf und ab ging.

»Diese verdammte ...« Ich stockte.

»Wer, die Hauswirtin? Hat sie dir im Waschraum aufgelauert?«

»Nein, die von gegenüber.« Ich zeigte auf die Tür. »Sie ist in den Waschraum gekommen, hat sich ausgezogen und mich beleidigt.«

»Sie hat dich nackt beleidigt?«, fragte Henny und zog die Stirn kraus. »Warum?«

»Sie erzählte mir, dass sie mit Madame Roussel eine Vereinbarung hätte, und hat ihre Männer Kunden genannt. Und dann sagte sie, dass die Hauswirtin ohnehin nur das Geld im Sinn hätte und nicht mal davor haltmachen würde, *boches* zu beherbergen.«

»*Boches?*«, fragte Henny.

»Das ist ein Schimpfwort für Deutsche«, gab ich zurück.

Henny überlegte eine Weile, schließlich schüttelte sie den Kopf. »Wenn sie es so gebraucht hat, war es sicher nicht als Beleidigung gegen dich gemeint.«

»Was dann?«, fragte ich.

»Vielleicht ist es einfach etwas, das man hier so sagt, ohne darüber nachzudenken. Wir haben doch auch unsere Spitznamen für alles und jeden.« Henny ergriff meine Hand. »Komm schon, reg dich nicht über sie auf. Sie ist doch nur unsere Nachbarin. Wer weiß, wie lange wir noch hierbleiben müssen. Vielleicht können wir uns bald ein eigenes Zimmerchen leisten!«

Das hoffte ich inständig, auch wenn ich nicht wusste, wie wir das bewerkstelligen sollten.

Während Henny zum Theater aufbrach, machte ich mich auf den Weg zur Polizeistation, um meine Aufenthaltserlaubnis zu beantragen. Es war mein erster Schritt in ein neues Leben, und dementsprechend von Hoffnung erfüllt, trat ich auf den Gehsteig vor der Pension.

Da ich kein Geld für ein Taxi ausgeben wollte, benutzte ich meinen Stadtplan, um in die Cité zu gelangen. Der Weg erschien mir zunächst enorm, doch ich kam gut voran und verlief mich nur einmal in einem Gewirr aus schmalen Gässchen.

Auf der Polizeistation meldete ich mich mit meinem Anliegen an und wurde zur Ausländerbehörde geschickt. Im Wartesaal erschrak ich über die Zahl der Wartenden. So viele verschiedene Menschen hatte ich noch nicht mal zu Stoßzeiten in der Berliner U-Bahn gesehen.

Einige Frauen trugen recht bäuerlich anmutende Kleidung, einige hatten Kinder dabei. Die etwas größeren spielten in einer Ecke und schienen sich nicht darum zu kümmern, dass die Zeit ereignislos verstrich, doch auf den Gesichtern ihrer Mütter lag Verdruss. Auch die meisten Männer blickten leer und verärgert drein. Sie warteten darauf, an einen der drei Schalter gerufen zu werden, aber überraschenderweise tat sich dort nicht sehr viel.

Als schließlich doch eine Reihe von Leuten aufgerufen wurde, gelang es mir endlich, einen freien Platz zu ergattern. Missmutige Blicke von stehenden Wartenden trafen mich, doch weil ich schwanger war, sagte niemand etwas. Und ich hatte auch kein schlechtes Gewissen. Meine Beine und mein Rücken schmerzten von dem Fußmarsch, und es war eine Wohltat, mich ein wenig auszuruhen.

Allerdings war es das Einzige, was ich tun konnte. In der Annahme, dass es schnell gehen und ich dann genug Zeit haben würde, mich noch ein wenig in der Stadt umzusehen, hatte ich mir nichts zum Zeitvertreib mitgenommen.

Doch Stunde um Stunde verstrich. Die Abfertigung der Aufgerufenen zog sich, weil einige von ihnen kein Französisch konnten. Ich hatte Zeit, um nachzudenken. Alles kam mir so unwirklich vor. Noch vor einigen Tagen war ich in Berlin gewesen, und jetzt saß ich hier. Es war seltsam. Indem ich Französin wurde oder zumindest das Recht erhielt, mich hier aufzuhalten, streifte ich die alte Sophia gänzlich ab und wurde zu einer neuen. Doch zu was für einer Version von mir selbst?

Aus der Studentin würde eine Mutter werden, etwas, woran ich noch vor wenigen Monaten nicht gedacht hatte.

Ich hatte keine Eltern mehr, ich hatte alles, was mir vertraut gewesen war, hinter mir gelassen. Ich musste herausfinden, wie ich leben wollte. Wie ich mein Kind ernähren wollte.

Ich blickte auf die Frauen mit ihren kleinen Kindern, die ebenfalls warteten. Sie wirkten müde und verhärmt. Solch ein Leben wollte ich nicht. Aber lag es in meiner Hand? Ich hatte wieder im Ohr, wie Henny davon gesprochen hatte, dass wir in einem der farbenfrohen Häuschen, die wir auf dem Weg gesehen hatten, leben würden. Meinem Kind würde das bestimmt gefallen und mir ebenfalls. Doch dieses Ziel würde ich nur erreichen, wenn ich arbeitete. Nicht in einer Garderobe, sondern als Chemikerin. Auch wenn ich noch nicht wusste, wie ich das ohne Abschluss anstellen sollte.

Als die Nächsten aufgerufen wurden, spannte sich mein Körper an, doch erneut musste ich feststellen, dass ich nicht dabei war. Seufzend sank ich in mich zusammen und beobachtete neidvoll, wie andere mit dem wertvollen Stempel in ihrem Pass das Gebäude verließen. Was konnte ich tun, damit es schneller ging? Und wie sollte ich mein Leben in die Hand nehmen, wenn diese Hürde erst einmal geschafft war?

Die Sonne wanderte über das Gebäude hinweg, der Tag verschwand in rotem Sonnenlicht.

»Wir schließen«, ertönte schließlich eine Stimme. »Kommen Sie bitte morgen wieder.«

Während sich ringsherum die Wartenden gleichmütig erhoben, blickte ich mich verwirrt um.

»Wieso schließen sie?«, fragte ich die Frau neben mir, die

sich die Zeit damit vertrieben hatte, einen Schal aus grauer Wolle zu stricken.

Sie schaute mich verwundert an, dann antwortete sie in einem noch stärker Akzent behafteten Französisch als meinem: »Die Zeit ist eben rum. Morgen geht es weiter. Wir sitzen hier und warten, bis die Zeit da ist. Es ist wie im Fegefeuer.«

»Fegefeuer?«, fragte ich verwirrt.

»Ja«, antwortete sie. »Entweder kommen wir in den Himmel oder in die Hölle. Das dauert eben.« Damit erhob sie sich, reckte stöhnend ihre Glieder und griff nach ihrem Korb. Mit diesem trottete sie auf den Ausgang zu.

Ich konnte es immer noch nicht fassen. All die Stunden sollten für die Katz gewesen sein?

Ich blickte zu den Schaltern, doch die waren verlassen und die Sichtfenster geschlossen. Ich hatte keine andere Wahl, ich musste unverrichteter Dinge gehen.

Müde und hungrig stolperte ich durch die Straßen. Ich war zu geschafft, um die Leute zu bemerken, die geschäftig an mir vorbeieilten. Ich sehnte mich nach etwas zu essen und einem Bett. In einem Gemüseladen kaufte ich eine kleine Tüte Äpfel und verzehrte gleich zwei davon. Die anderen wollte ich Henny mitbringen, denn sie hatte sicher auch Hunger nach den Proben.

In der Rue du Cardinal Lemoine angekommen, sah ich, dass sich die Straße bei Einbruch des Abends veränderte. Hatte sie bei unserer Ankunft und auch heute Morgen ein wenig trist gewirkt, so wurde sie nun von allerlei Leuten bevölkert. Doch es waren keine Menschen, wie man sie in der Innenstadt traf. Einige von ihnen erinnerten mich an die Berliner Bettler an den U-Bahn-Stationen. Andere wirkten recht manierlich, doch wenn sie an mir vorbeigingen, hinterließen sie eine starke Alkoholfahne, die nicht nur von ihrem Atem, sondern auch von ihren Kleidern ausging. Bei manchen war sie so stark, dass ich mich fragte, ob der Alkohol bei ihnen schon in den Adern floss.

Plötzlich überkam mich Unwohlsein. Die Blicke, mit denen man mich bedachte, wirkten bedrohlich. Als schließlich jemand nach meinem Arm griff und etwas lallte, das ich nicht verstand, riss ich mich los und rannte zur Pension. Dort stürmte ich über den Hinterhof zur Eingangstür und schloss diese fix hinter mir.

Tief durchatmend lehnte ich mich an das Treppengeländer.

Möglicherweise war ich zu empfindlich, und die Leute wollten gar nichts von mir. Aber irgendwie hatte ich das Gefühl, dass nicht nur das Café Amateur kein Ort für Frauen wie Henny und mich war.

Meine Freundin schien das allerdings nicht zu kümmern. Gut gelaunt und mit einer prall gefüllten Tasche betrat sie eine halbe Stunde später das Zimmer. Ich löste mich von dem Anblick des aufziehenden Abends, mit dem ich seit meiner Ankunft mein Gemüt zu beruhigen versuchte.

»Nun, wie ist es gelaufen?«, fragte sie fröhlich und nahm ihren Hut vom Kopf. »Haben sie dir die Genehmigung gegeben?«

Ich schüttelte den Kopf. »Nein.«

Hennys Miene wurde fragend. »Nein? Warum denn nicht?«

»Ich bin nicht drangekommen.«

»Waren so viele Leute dort?«

»Ja, und wie es aussieht, ist das Verfahren kompliziert. Sie haben nur wenige drangenommen. Viele konnten kein Französisch, weshalb es sich zog und zog.«

»Meine Papiere waren heute da, zusammen mit der Arbeitserlaubnis.«

Sie zog einen Umschlag aus der Tasche. Dass alles für sie so einfach zu sein schien, machte mich ein wenig neidisch. Aber man brauchte sie hier. Sie war eingeladen worden. Auf mich hatte niemand gewartet. Man brauchte mich nicht.

»Vielleicht war es doch keine gute Idee, dich zu begleiten«, sagte ich, während ich meine schmerzenden Füße massierte. Der Gedanke, mir morgen erneut ergebnislos die Beine in den Bauch zu stehen, erfüllte mich mit Grauen.

»Was sagst du denn da?«, fragte Henny und ging vor mir in die Hocke. »Du willst doch nicht etwa nach einem einzigen Tag aufgeben?«

»Nein, aber ... so viele haben vergeblich gewartet. Wer weiß, wie lange sie es schon versuchen. Einige haben beim Weggehen geweint. Ich vermute, dass sie abgelehnt wurden. Wenn sie mich nun auch ablehnen?«

»Das werden sie schon nicht. Du bist eine gesunde junge Frau. So was brauchen sie hier.«

»Ich bin schwanger und nicht vermögend.«

»Vermögend bin ich auch nicht.«

»Aber Josephine Baker wünscht, dass du mit ihr tanzt. Vielleicht nimmt sie dich ja sogar mit nach Amerika!«

Ein Leuchten erschien in den Augen meiner Freundin. Das schien ihr Traum zu sein.

»Dann kommst du mit mir!«, sagte sie und ergriff meine Hände. »Stell dir vor, wie aufregend das wäre!«

Ich wusste genau, dass ich nicht dorthin gehen würde. Mit einem kleinen Kind und ohne Geld, wie sollte ich das anstellen?

»Aber erst einmal solltest du an deine Papiere denken«, fuhr sie fort. »Du wirst es schon schaffen. Bei so vielen Leuten ist es kein Wunder, dass es dauert, nicht wahr?«

Ich nickte und setzte ein tapferes Lächeln auf. »Du hast recht. Ich werde morgen wieder hingehen. So schnell werfe ich die Flinte nicht ins Korn.«

Am nächsten Morgen ließ ich mich nicht im Waschraum blicken. Stattdessen holte ich rasch eine Schüssel und einen Wasserkrug nach oben.

Henny, die unsere Nachbarin unbedingt mal zu Gesicht bekommen wollte, ging nach unten, kehrte aber enttäuscht zurück. »Sie war nicht da.«

»Sei froh«, sagte ich, während ich mein Kleid überwarf.

»Wieso? Ich habe schon viele nackte Frauen gesehen, das stört mich nicht. Vielleicht solltest du mal einen Abend in der Umkleide des Theaters verbringen, dann vergeht dir deine Schamhaftigkeit.«

»Ich bleibe dem Theater lieber fern, sonst wirft mich Monsieur Jouelle noch raus.«

»Ach was, das würde er nie tun! Sicher, er war im ersten Moment etwas reserviert, aber das gibt sich, wenn man ihn näher kennt.«

»Ich glaube nicht, dass ich je die Gelegenheit dazu haben werde«, sagte ich und deutete auf den Stapel Bücher neben Hennys Bett. »Und du solltest lieber weiter Französisch pauken, damit du die anderen verstehst.«

»Sie haben doch Hände und Füße, nicht?«, erwiderte sie lachend. Ich hatte schon in Berlin bemerkt, dass sie nicht viel Interesse hatte, die Sprache zu lernen, doch wenn sie hierbleiben wollte, war das wichtig. »Ich bin jedenfalls gestern glänzend mit den meisten ausgekommen.«

Ja, das war ihr Talent. Auch wenn die Menschen sie nicht verstanden, konnte Henny sie dazu bringen, sie zu mögen.

»Du solltest trotzdem üben. Vielleicht kann ich nicht mehr lange hierbleiben.«

Henny schüttelte den Kopf. »Unsinn! Du wirst sehen, heute werden sie dich drannehmen.«

Ich versuchte ein Lächeln aufzusetzen, doch ich glaubte nicht, dass das geschehen würde.

»Wenn ich die Erlaubnis nicht erhalte, werde ich gehen müssen. So ist es. Also solltest du wirklich etwas tun, um die Sprache zu beherrschen.«

Jetzt wurde auch Henny wieder ernster. Sie trat zu mir und umarmte mich. »Sie werden dich nicht wegschicken. Das dürfen sie nicht. Was soll ich denn tun ohne dich?«

»Du bist auch zurechtgekommen, bevor ich aufgetaucht bin. Hätte ich dich nicht schwanger aufgesucht, wärst du trotzdem nach Paris gegangen.«

»Du hast mir Glück gebracht«, wandte sie ein, doch ich schüttelte den Kopf.

»Nein, dein Talent hat dir Glück gebracht«, sagte ich. »Und es wird dich immer weiterbringen. Ich bin nur eine Bürde für dich ...«

Henny wollte verneinen, doch ich schüttelte den Kopf. »Keine Sorge, ich verfalle nicht in Selbstmitleid. Ich versuche, realistisch zu sein.« Ich deutete auf meinen Koffer unter dem Fenster. »Immerhin werde ich die Zeit nutzen können.«

14. Kapitel

Für den Rest der Woche glich ein Tag dem vorherigen. Ich erschien auf der Polizeistation, reihte mich ein, wartete, las in meinen Büchern und machte mir Notizen, bis mir die Augen von dem grellen Licht und der trockenen Luft brannten. Ich versuchte, so viel Wissen wie möglich in meinen Kopf zu bekommen. Zwischendurch erlaubte ich mir zu träumen. Von einem Labor, von einem Haus. Von der Wiederaufnahme meines Studiums. Von meinem Kind und einer neuen Liebe. Vielleicht. Nach allem, was ich mit Georg erlebt hatte, wusste ich nicht mehr, ob ich mein Herz öffnen konnte. Und immer wieder war auch eine kleine Stimme in meinem Hinterkopf, die mir sagte, dass die Männer nicht gerade verrückt nach einer Frau mit einem kleinen Kind sein würden. Aber ich wollte Liebe, eine richtige Liebe, einen Mann, der zu mir stand und mich nicht fallen ließ.

Hin und wieder ertappte ich mich dabei, wie ich die Kinder, die sich ebenfalls hier aufhielten, dabei beobachtete, wie sie miteinander spielten. Hätte ich vielleicht bis nach der Geburt warten sollen? Ich konnte es nicht sagen. Was ich allerdings wusste, war, dass ich meinem Kind ein besseres Leben bieten wollte. Diese hier sahen allesamt sehr ärmlich aus. Die Reise musste eine Strapaze gewesen sein. Hätte ich das meinem Kind zumuten wollen? Sicher nicht.

Um mich ein wenig abzulenken, schlenderte ich täglich nach Schalterschluss ein wenig durch die Stadt, auf der Suche nach einer Inspiration, einem Weg, den ich einschlagen konnte, wenn diese erste Hürde genommen war.

An einem Laden mit Kinderkleidern blieb ich schließlich hängen. Die Kleidchen und winzigen Hosen und Joppen, die dort ausgestellt waren, trieben mir die Tränen in die Augen.

Würde mein Kind ein Mädchen oder ein Junge werden? Wie würde es aussehen? Dass Georg der Vater war, versetzte mir immer noch einen Stich, aber ich freute mich darauf, dem kleinen Wesen ins Gesicht zu blicken und es kennenzulernen. Und ich konnte es vor mir sehen, wie dieses kleine Wunder in einem dieser Kleidungsstücke auf meinem Arm saß oder an meiner Seite ging.

Während das Schaufensterbild vor meinen Augen verschwamm, ballte ich die Fäuste und schwor mir, dass ich es schaffen würde. Es würde mir gelingen, mein Kind zu versorgen, und auch wenn ich nie daran gedacht hatte, so bald Mutter zu werden, würde ich mich dieser Herausforderung stellen!

Als ich am Freitagabend erschöpft und immer noch ohne Papiere den Innenhof der Pension betrat, übersah ich beinahe die Gestalt, die an der Wand lehnte und rauchte.

»He, Kleine«, sprach sie mich an.

Ich blickte auf und erkannte Genevieve Fouquet. Sie trug jetzt ein lindgrünes Kleid, und ihre dunklen Haare waren in Wellen um ihren Kopf gelegt. Sie sah aus wie eine der Damen, die ich vom Taxi aus beobachtet hatte.

Doch ich hatte keine Lust, mit ihr zu reden.

»*Bonsoir*«, grüßte ich, weil das die Höflichkeit verlangte, blieb aber nicht stehen.

»Warte«, sagte sie, drückte ihre Zigarette mit dem Absatz ihres Schuhs aus und kam mir hinterher.

»Hör mal«, sagte sie in ruhigem Ton und berührte mich am Arm, was mich innehalten ließ. »Ich habe es im Waschraum nicht so gemeint. So ein Wort rutscht einem einfach raus, nicht wahr? Wir haben von den Deutschen nicht viel Gutes gehabt, mein kleiner Bruder ist im Kampf gegen sie gefallen.«

»Das tut mir leid«, sagte ich und spürte dabei einen dicken Kloß im Hals.

»Allerdings ist *boche* nicht immer negativ gemeint«, fuhr sie fort. »Wir nennen euch halt so. Ihr habt doch sicher auch Namen für uns, oder?«

Ich dachte daran, wie mein Vater während des Krieges und auch danach über die »feigen Franzmänner« und »Froschfresser« geschimpft hatte.

»Ja, aber ich würde niemanden hier so nennen«, gab ich zurück.

Madame Fouquet betrachtete mich prüfend. »Scheinst wirklich ein anständiges Mädchen zu sein.« Sie ergriff meine Hand. Instinktiv versteifte sich mein Körper, obwohl ihre Haut warm und trocken war und sich nicht unangenehm anfühlte. »*Alors*, dann lass uns wieder Freunde sein, ja? Das Leben macht einen manchmal härter, als man selbst will. Du scheinst auch schon einiges hinter dir zu haben und hast noch sehr viel mehr vor dir. Paris ist nicht immer eine freundliche Stadt, sämtliche Dichter und Maler gaukeln dir da was vor. Sollten du oder deine kleine Freundin Hilfe brauchen, wende dich einfach an mich.«

Ich nickte, nahm mir aber vor, sie nicht unnötig zu behelligen. »Danke, Madame ...«

»Nenn mich Genevieve«, sagte sie dann. »Jeder sagt das zu mir. Du musst mich nicht Madame nennen.«

»Sophia«, entgegnete ich.

»Sophie«, sagte Genevieve lächelnd. »So werde ich dich nennen. Das passt besser, denn du bist doch noch keine alte Matrone, eh?«

Sie hatte recht. Ich war keine alte Matrone, auch wenn ich mich wegen meines Leibesumfangs so fühlte.

»In Ordnung.«

Genevieve nickte und steckte ihr Feuerzeug wieder in die Tasche. »Dann werde ich mich auf den Weg machen. Wo tanzt deine kleine Freundin noch mal?«

»Im Folies Bergère«, antwortete ich.

»Wirklich! Da war ich lange nicht mehr. Vielleicht sollte ich dorthin gehen. Bestimmt gibt es einige Herren, die Interesse hätten, nachdem sie sich bei den ganzen nackten Mädchen Appetit geholt haben.«

Bei den Mädchen, von denen Henny auch eine sein würde, das wurde mir jetzt klar. In Berlin war es auch so gewesen, aber da waren keine leichten Mädchen im Foyer gewesen.

»Du schaust so entsetzt drein, was ist los?«, fragte sie.

»Ich ... ich meine, ist das erlaubt, dass Sie ...«

Genevieve lachte auf. »Generell erlaubt ist es nicht, aber einige Theater gestatten uns, vor Ort zu sein. Sie wollen nicht, dass die Männer ihre Mädchen belästigen. Und was ist schon dabei, wenn wir uns mit dem einen oder anderen Herrn unterhalten?«

»Nun ... viel Glück«, erwiderte ich.

»Danke, das werde ich brauchen. Bin schließlich nicht mehr die Jüngste.«

Sie lachte auf und trat beschwingt auf die Straße.

Auch die kommende Woche begann mit Warten auf dem Polizeirevier. Dass mein Name nicht aufgerufen wurde, trieb mir hin und wieder Tränen der Verzweiflung in die Augen. Doch ich erinnerte mich an meinen Schwur. Egal, wie lange es dauerte, ich würde durchhalten! Ich würde dafür sorgen, dass mein Kind diese hübschen Kleider bekam und ein gutes Leben, wie ich selbst es gehabt hatte.

Am Mittwochabend, als ich mich nicht mehr auf meine Bücher konzentrieren konnte, unterhielt ich mich mit einer älteren Frau, die hier bereits gewartet hatte, als ich ankam. Sie stammte aus Ungarn und sprach sehr akzentgefärbtes Französisch, doch irgendwie gelang es mir, sie zu verstehen.

»Bei meinen Nichten ist es schnell gegangen, aber die waren ja auch jung. Da hat sich der Schalterbeamte wohl ausgerechnet, sie würden ihm dankbar sein. Doch wer will schon die Dankbarkeit einer alten Frau?« Sie lachte auf.

Ich brauchte nicht lange zu überlegen, welche Dankbarkeit sie wohl meinte. Das kam für mich nicht infrage.

Das Angebot von Genevieve kam mir in den Sinn. Ob sie mir vielleicht einen Rat geben konnte? Ich hatte eigentlich nicht vorgehabt, sie um etwas zu bitten, aber in diesem Augenblick war ich einfach verzweifelt. Sie war die einzige echte Französin, mit der ich schon mehr als nur einen Satz gewechselt hatte.

Als ich zurück in unsere Wohnung kam, war Henny noch nicht da, also fasste ich mir ein Herz und klopfte bei unserer Nachbarin. Genevieve empfing ihre Kundschaft zwischen sieben und elf Uhr abends, also bestand nicht die Gefahr, dass ich sie bei ihrer Tätigkeit störte.

Da sich nicht sofort etwas regte, fürchtete ich schon, dass sie unterwegs wäre. Ich wollte mich bereits abwenden, da ertönten Schritte. Wenig später erschien Genevieve im Türspalt. Sie trug ihr Haar mit einem Tuch zusammengebunden, auf ihrem Gesicht lag eine Schicht Fettcreme, und ihr Körper steckte in einem Morgenmantel.

»Ah, was für eine Überraschung! Was gibt es denn, Sophie?«
Mir schoss das Blut in die Wangen.
»Ich ... ich war heute wieder bei der Polizei und ...«

Genevieve seufzte und legte den Kopf schräg. »Du hast die Genehmigung immer noch nicht?«

Ich schüttelte den Kopf. »Die Schalter waren wieder zu, bevor ich drankommen konnte. Ich weiß nicht mehr, was ich machen soll.« Ich legte die Hand auf meinen Bauch.

Genevieve nickte. »Und was nun? Soll ich dir helfen?«

»Ich dachte, Sie hätten vielleicht einen Rat für mich.«

Sie musterte mich kurz, dann nickte sie. »Komm rein.«

Ihr Zimmer war nicht wesentlich größer als unseres, aber ich staunte darüber, was sie daraus gemacht hatte. An den Fenstern gab es dunkelrote Samtvorhänge mit goldenen Troddeln, die wirkten, als stammten sie aus Versailles. Das mit Schnörkeln verzierte Messingbett war mit einer Decke bedeckt, die in Farbe und Material den Vorhängen glich.

Es war das Bett, in dem sie ihre Freier empfing.

»Schau nicht so verwundert drein!«, sagte sie und begab sich wieder an den Schminktisch, der dem Bett gegenüber stand. Außer diesem und einem runden Lederhocker gab es keine weiteren Möbel. Die Kleiderstange, an der nur wenige Röcke und Blusen hingen, war wie eine Schaukel an der Decke angebracht. Den Fußboden bedeckte ein dicker roter Teppich.

»In diesem Zimmer wohne ich nur die halbe Woche, wenn ich arbeite. Ich habe noch eine Unterkunft in Montparnasse.«

»Das Künstlerviertel?«

Sie nickte. »Wie ich sehe, hast du die Stadt schon kennengelernt?«

Ich schüttelte den Kopf. »Ein wenig. Aber die meiste Zeit verbringe ich auf dem Revier. Den Weg dorthin finde ich mittlerweile im Schlaf.«

Genevieve nickte und begann dann, die Fettcreme mit einem Tuch aus ihrem Gesicht zu wischen.

»Setz dich doch, und keine Angst, das Bett beißt nicht. Ich halte es sogar so gut instand, dass es bei der Arbeit nicht zu viele Geräusche macht. Das lenkt die Männer nur ab, und einige kriegen den plötzlichen Drang, es reparieren zu wollen. Wenn ich ehrlich bin, will ich die Kerle aber nicht länger als notwendig bei mir behalten.«

Zögerlich ließ ich mich auf das Bett nieder. Tatsächlich gab es kaum einen Laut von sich. Ich dachte wieder daran, wie ich mit Georg auf dem Sofa geschlafen hatte. Es erschien mir so fern, als wäre es in einem anderen Leben passiert. Aber mein Bauch erinnerte mich, dass es erst sieben Monate her war.

»Also, erzähl doch mal«, begann sie und löste das Tuch von ihren Haaren. Sie hatte es umgebunden, um ihre Frisur nicht zu zerstören. Wieder lagen elegante schwarze Wellen um ihren Kopf. »Was ist mit dem Mann, der dir das da angetan hat?«

Ich starrte sie erschrocken an. »Wie meinen Sie das?«

»Er ist nicht bei dir, und hier erwartet er dich auch nicht, oder irre ich mich?«

Ich schüttelte resigniert den Kopf. »Nein, Sie irren sich nicht.«

»Also, was ist mit ihm? Warum lässt er dich mit einer Freundin nach Paris?«

Als ich ihr in die Augen blickte, wurde mir klar, dass sie Geschichten wie meine sicher schon zuhauf gehört hatte. Sie wusste, was passiert war. Sie wollte es nur aus meinem Mund bestätigt haben.

»Ich hatte eine Affäre mit meinem Dozenten. Er erzählte mir, dass er sich scheiden lassen wollte, aber dann hat seine Frau es sich überlegt, und er wollte nicht zu mir stehen. Als Henny mich nach Paris mitnehmen wollte, habe ich zugestimmt.«

»Ah ja.«

Für eine Weile waren das ihre einzigen Worte.

»Ein Mädchen wie du ... voller Hoffnungen ...«, begann sie schließlich wieder. Sie seufzte tief, dann hob sie ihre Hand und strich mir übers Haar. »Jemand wie du wird es immer schwer haben im Leben.«

Ich sah sie an. »Das ist mir klar, aber ich will dieses neue Leben. Ich habe es meinem Kind versprochen. Sonst kann ich mich doch gleich zum Sterben an den Wegrand legen.«

»Und das solltest du auf gar keinen Fall tun, chérie.« Genevieve sah mich lange an, dann sagte sie: »Nun, was die Aufenthaltserlaubnis angeht, musst du einfach mit ein wenig Bestechung arbeiten. Nimm ein Parfümfläschchen, Seife oder Hautcreme mit. Gute Creme und gute Seife, denn die Leute hinter den Schaltern bekommen viele dieser ›Geschenke‹. Geh am besten zu einer Frau. Sie wird ein langes Gesicht ziehen, aber sie wird dein Geschenk annehmen. Und dir den richtigen Stempel in deinen Pass drücken.«

»Aber kann ich denn so einfach zu ihnen gehen?«

»Warum denn nicht? Tu so, als wolltest du nur eine Auskunft. Oder als würdest du die Mademoiselle hinter dem Schalter kennen. Dann reichst du ihr unter der Hand das Päckchen, und alles ist klar.«

»Unter der Hand?«, fragte ich ein wenig begriffsstutzig.

»Beobachte, wie andere es tun. Jeder, der schnell drankommt, besticht, das ist schon fast ein Gesetz.«

»Und woher wissen Sie das?«

»Ich habe einige Bekannte, die nicht aus Frankreich stammen. Die haben es genauso angefangen und waren erfolgreich damit.«

Ich seufzte tief. Ich wollte nichts Ungesetzliches tun, aber hatte ich eine andere Wahl?

Wohl nicht, wie Genevieve mir sogleich klarmachte.

»Wenn du warten willst, bis du aufgerufen wirst, sitzt du in einem Monat noch da. Oder schlimmstenfalls bekommst du dein Kind auf der Station.«

Der Gedanke, dass dort während des Wartens meine Wehen

einsetzten oder gerade dann, wenn ich aufgerufen wurde, erschien mir schlimm genug, um es wenigstens zu versuchen.

»Was die Arbeit angeht, ist es schwieriger. Um dich anstellen zu können, brauchen die Firmen eine Arbeitserlaubnis. Doch ohne die Firma bekommst du die nicht. Jeder, der hier einen Laden hat, ist angehalten, vorrangig Franzosen zu beschäftigen, es sei denn, er findet für eine Stelle niemand Geeignetes unter seinen Landsleuten. Er muss dann nachweisen, dass er diesen Ausländer unbedingt braucht. Du kannst dir vorstellen, in einem Land mit Millionen von Einwohnern ist das schwierig. Und nach dem Krieg haben die meisten Unternehmen wirklich keine Lust, einer ... Deutschen Arbeit zu geben. Auch wenn dein Französisch sehr passabel ist.«

Diese Worte ließen meinen Mut sinken. Keine Anstellung zu finden bedeutete, dass mein Plan in weite Ferne rückte. Wie sollte ich mein Kind versorgen, wenn ich nicht arbeiten durfte?

»Gibt es denn keine andere Möglichkeit?«, fragte ich verzweifelt.

Genevieve runzelte die Stirn. »Tut mir leid, Liebes, aber ich fürchte, nicht. Natürlich könntest du in mein Gewerbe einsteigen, aber du hast dann schon ein kleines Maul, das du stopfen musst. Der Gang zum Engelmacher wird dir beim nächsten Mal nicht erspart bleiben. Andere Möglichkeiten, Unachtsamkeit auszubügeln, haben wir leider nicht, und die Kerle ...« Sie machte eine wegwerfende Handbewegung. Dabei überzog ein Schatten ihr Gesicht. »Ihnen ist egal, was aus uns wird, wenn sie ihre Hose wieder zugeknöpft haben.«

Sie blickte mich eine Weile nachdenklich an. Wie viele Männer hatte sie hier schon empfangen? Es mussten Dutzende gewesen sein. So etwas zu tun erschien mir unvorstellbar.

»Wie schaffen Sie es?«, fragte ich. »Ich meine ... das mit den Kindern.«

»Du meinst, dass ich keine kriege?« Genevieve lächelte

schief. »Ich nehme an, in mir ist irgendwas kaputtgegangen, dass es nicht mehr klappt, wer weiß. Aber ich rate dir davon ab, diesen Weg einzuschlagen. Lieber kannst du, wenn du deine Figur zurückhast, bei den Malern nachfragen, ob sie ein Modell brauchen. Du bist hübsch, und wenn du die Brille weglässt, wäre es sogar möglich, dass sie dich mitnehmen. Du hast langes Haar, das lieben sie. Und lassen sich das etwas kosten. Damit könntest du sogar einen von ihnen dazu bringen zu erklären, dass du unverzichtbar für seine Arbeit bist.«

Das erschien mir nicht viel besser als Prostitution. Ich seufzte schwer.

»Vielleicht versuche ich es, wenn ich nicht mehr so dick wie ein Fass bin«, sagte ich und erhob mich. »Danke für den Rat.«

Als ich mich der Tür zuwandte, fiel mir etwas ein, und ich hielt inne. »Woher bekomme ich ein Parfüm oder eine Creme hier in der Stadt?«, fragte ich.

»Machst du Witze?« Genevieve legte den Kopf in den Nacken und lachte auf. »Wir sind in Paris! Aber wenn du etwas Gutes willst, geh ins Faubourg Saint-Honoré. Dort findest du die besten Läden.«

15. Kapitel

Am nächsten Morgen ging ich nicht in die Cité, um mir bei der Polizei die Beine in den Bauch zu stehen. Obwohl ich alles dabeihatte, um die Wartezeit sinnvoll zu verbringen, begab ich mich, Genevieves Ratschlag folgend, auf die Suche nach einem Seifen- oder Parfümladen.

In der Rue du Faubourg Saint-Honoré fühlte ich mich bald wie erschlagen von all den prachtvollen Bauten und wunderschönen Auslagen. Der Straßenverkehr floss hier so chaotisch, dass ich Angst bekam, auch nur an die Überquerung einer Straße zu denken.

Und mir wurde angesichts dessen, was in den Auslagen zu sehen war, klar, dass ich in all den Jahren so sehr auf mein Studium geachtet hatte, dass für meine Pflege und Schönheit kein Platz geblieben war. Ich hatte nicht einmal so recht ein Bewusstsein dafür entwickelt. Alles, was ich in meiner frühen Jugendzeit haben wollte, war eine gesunde Haut. Mein Haar trug ich immer noch zu einem Knoten im Nacken gedreht. Wie schon vor einigen Monaten, als ich den Kurfürstendamm hinaufgegangen war, fühlte ich mich fremd und deplatziert, wie aus einer anderen Zeit.

Die Frauen, die mir begegneten, waren alle elegant und geschmackvoll gekleidet. Viele von ihnen trugen helle Kleider und passende Hüte, bei einigen von ihnen waren die Röcke so kurz, dass man ihre Knie sehen konnte. Untergehakt schlenderten sie über die Gehsteige, betrachtet und bewundert von ebenfalls elegant gekleideten Herren.

Ich dagegen wirkte wie eine abgerissene Bettlerin. Und das war ich ja irgendwie auch, zudem noch schwanger. Die Blicke, die ich bemerkte, lagen irgendwo zwischen mitleidig und geringschätzig. Wahrscheinlich fragte man sich, ob ich mich verirrt hätte.

Nach einer Weile fühlte ich mich genau so. Ich hatte mich hoffnungslos im Gewirr der Straßen und Schaufenster verlaufen. In einem Park ließ ich mich schließlich auf einer der Bänke nieder. Ich wusste nicht weiter. Alles, was man hier bekommen konnte, erschien mir wahnsinnig teuer.

Allerdings wusste ich auch, dass ich nicht mit einem Stück Kernseife am Schalter aufzutauchen brauchte. Ich benötigte etwas Gutes, edel Wirkendes. Kurz kam mir der Gedanke, selbst eine Creme zu mischen – doch aus welchen Rohstoffen?

Ich blickte über die Grünflächen des Parks und erinnerte mich daran, wie ich in den Hinterhöfen von Berlin nach Kamille gesucht hatte. Hier gab es sicher die richtigen Kräuter, um Auszüge daraus zu machen. Allerdings brauchte ich Öle und Fette als Grundstoffe, und die kosteten etwas. Würden meine Ersparnisse für Experimente reichen?

Während ich noch grübelte, bemerkte ich aus dem Augenwinkel heraus zwei Frauen.

»Madeleine!«, hörte ich eine von ihnen rufen. Ihre Haare, die unter der Krempe ihres rosafarbenen Hutes hervorschauten, wirkten unnatürlich hell, beinahe wie gebleicht. Doch der Farbton passte sehr gut zu ihrem rosa Kostüm.

Die Angesprochene hatte einen dunklen Bubikopf und trug

keinen Hut, dafür einen leichten hellblauen Mantel, der ihre sehr schlanke Figur betonte.

»Edith!«, rief sie aus, dann fiel sie der Blonden um den Hals. So innig, wie ihre Begrüßung war, mussten sie entweder sehr gut befreundet sein oder sich sehr lange nicht gesehen haben.

Mit einem leichten Anflug von Neid betrachtete ich fasziniert, wie sie sich zu der benachbarten Bank begaben und dabei fröhlich zu plaudern begannen.

»Du siehst großartig aus, meine Liebe, wie machst du das?«, fragte die Dunkelhaarige. »Du hast doch nicht etwa wieder einen neuen Liebhaber!«

»Nein, wo denkst du hin. Ich bin mit Paul mehr als glücklich. Aber ich habe mir eine Behandlung gegönnt. Ich komme gerade von dort, und es war einfach wunderbar.«

»Und wo warst du? Ich suche immer noch nach einem guten Salon, seit Irina wieder nach Russland zurückgegangen ist.«

»Bei Helena Rubinstein«, antwortete die Blonde.

»Ist sie Russin?«

»Nein, Polin, aber das ist beinahe dasselbe. Du glaubst gar nicht, was sie im Maison de Beauté alles machen! Cremes, Seifen und Puder, aber auf Wunsch kannst du dort auch eine Schönheitsbehandlung erhalten. Sie straffen deine Haut und sorgen dafür, dass deine Sommersprossen verschwinden. Du musst unbedingt dort vorbeischauen, meine Liebe, Henri wird begeistert sein, wenn er dich am Abend sieht.«

»Verrätst du mir die Adresse?«, fragte die Dunkelhaarige.

»Rue du Faubourg Saint-Honoré, Nummer hundertsechsundzwanzig«, antwortete die Blonde.

Früher hätte ich bei solchen Gesprächen die Augen gerollt. Mädchen, die sich nur um ihre Schönheit kümmerten, hatte ich immer für langweilig gehalten. Und ein wenig hatte ich sie auch beneidet, denn meist waren sie so hübsch, dass sie keine Behandlung brauchten.

Jetzt fand ich das, was sie sagten, plötzlich interessant. Ich überlegte.

An dem Gebäude in der Rue du Faubourg Saint-Honoré 126 war ich vorbeigegangen, aber es war mir völlig unscheinbar vorgekommen. Außerdem hatte ich dort nichts von einem Maison de Beauté gesehen. Lediglich der Name Helena Rubinstein stand über der Tür. In der Annahme, dass sich dahinter nichts Besonderes verbarg, hatte ich meinen Weg fortgesetzt und offenbar das Wichtigste übersehen.

Auf jeden Fall lobte die Blonde die dortigen Masseurinnen über alle Maßen, dann zog sie aus ihrer Handtasche eine kleine rote Dose.

»Hier, versuch es mal. Davon bekommst du eine Haut wie ein Pfirsich!«

Die Dunkelhaarige trug die Creme auf der Hand auf und roch daran.

»Du meine Güte, die ist ja wunderbar!«, rief sie wenig später aus.

Selbst bis zu mir drang der feine Duft. So hatte meine Creme nie gerochen! Überhaupt hatte ich solch einen Duft noch nie in die Nase bekommen. Meine Mutter und ich selbst hatten immer nach der Seife gerochen, die sie zwischen die Wäschestücke gelegt hatte. Das hier war etwas ganz anderes. Es roch nach Frankreich. Es roch nach einer neuen Welt. Es roch nach der Zukunft, die ich wollte.

Als der Blick der Blonden auf mich fiel, erstarrte ich. Die ganze Zeit über hatten sie mich nicht wahrgenommen, doch nun sah mich die Frau an, als wollte ich sie ausrauben. Schnell drehte ich den Kopf zur Seite.

Das Bild der Cremedose stand mir immer noch vor Augen. Dieses metallisch glänzende Rot, die zart wirkende Creme und dann der Duft!

So begeistert, wie die beiden Frauen davon waren, musste

es etwas sein, das auch den Damen hinter den Schaltern gefallen könnte.

Am liebsten hätte ich gefragt, was dieses Döschen kostete, aber die beiden erhoben sich nun und gingen davon. Hatte ich sie mit meinem Aussehen verschreckt?

Doch ich hatte endlich einen Hinweis!

Ich erhob mich von der Bank und bog meinen Rücken durch. Er schmerzte noch immer, und auch meine Füße protestierten nach den ersten Schritten.

Ich schulterte meine Tasche, holte den Stadtplan hervor und machte mich auf den Weg.

Das Gebäude wirkte auch beim zweiten Betrachten ein wenig unscheinbar. Es hatte zwar mehrere Stockwerke, doch es war recht schmal. Neben der Tür gab es ein kleines und ein etwas größeres Fenster. Als ich näher heranging, bemerkte ich, dass dort tatsächlich Cremetiegel und Seifen gezeigt wurden. Dennoch vermutete man hinter diesen Mauern nichts, was eine derartige Begeisterung hervorrief, wie ich sie im Park erlebt hatte.

Das änderte sich, als ich eintrat.

Augenblicklich wurde ich von einer Vielzahl von Düften umfangen. Im ersten Moment konnte ich sie kaum auseinanderhalten, doch bald erkannte ich Vanille und Rose, verschiedene Kräuter, sogar Petersilie.

Die Einrichtung des Ladens war sehr schlicht, aber auch sehr edel. Die Regale bestanden aus Glas und Messing, Spiegel an den Wänden vergrößerten den Raum optisch, und die Vorhänge vor den Fenstern konnten genauso gut in einer eleganten Villa hängen.

Diese Mischung faszinierte mich derart, dass ich für einen Moment reglos stehen blieb. Ein Gedanke schoss durch meinen Kopf: Was, wenn ich eines Tages solch einen Laden besitzen würde? Dann konnte den Behörden doch meine Arbeitserlaubnis egal sein. Nur, woher nahm ich das Geld?

Die Stimme einer jungen Frau riss mich aus meiner Starre.

»*Bonjour*, Madame, was kann ich für Sie tun?«

Ich blickte zum Empfangstresen. Die Frau trug ein helles Kleid, das beinahe an einen Kittel erinnerte. Auch sonst wirkte die Einrichtung überraschend medizinisch. Der wunderbare Geruch passte allerdings nicht dazu. Arztpraxen rochen scharf nach Karbol und Kampfer.

»Ich ... ich würde gern eine Creme kaufen«, sagte ich, noch immer ganz überwältigt von den Eindrücken.

Die junge Frau musterte mich lächelnd. »Für welchen Hauttyp?«

»Wie bitte?« Ich schüttelte den Kopf und sah mich um. An den Wänden hingen wunderschöne Bilder, in einem Regal standen Cremetiegelchen und Flakons, die selbst wie Kunstwerke wirkten.

»Madame?«, hakte die junge Frau nach.

Ich blickte sie wieder an. Panik stieg in mir auf. In solch einem feinen Laden hatte ich nichts zu suchen. Die Cremes kosteten sicher ein Vermögen.

Ich sollte umkehren und verschwinden.

Doch dann dachte ich wieder an die endlosen Warteschlangen, an die Möglichkeit, dass die Wehen einsetzen würden, während ich bei der Polizei saß. Ich wollte nicht, dass das Kind dort zur Welt kam.

»Ich kenne meinen Hauttyp nicht«, gab ich zurück.

Die junge Frau schien beinahe erleichtert, dass ich mit ihr sprach. Mir wurde klar, dass ich wie eine Geisteskranke auf sie wirken musste.

Ich straffte mich.

»Vielleicht sollten wir zuerst eine Analyse des Hauttyps machen?«

»Nein, ich ...« Analyse des Hauttyps. Was hatte das zu bedeuten? Davon hatte ich noch nie gehört. »Ich möchte es einer Freundin mitbringen. Es ist ein ... Geschenk.«

»Wissen Sie denn, was für eine Haut sie hat? Eher fettig oder trocken?«

Woher sollte ich wissen, wie die Haut der Schalterfrauen aussah? Ich hatte sie mir angeschaut, aber so nahe, dass ich erkennen konnte, ob ihre Haut glänzte, war ich ihnen bisher nicht gekommen.

Doch ich hatte wahrgenommen, dass die Luft im Warteraum immer sehr trocken war. Meine Augen brannten jedes Mal, wenn ich lange dort saß. Allein von den Büchern kam es nicht.

»Trocken«, antwortete ich.

»Sehr gut«, sagte die junge Frau und wandte sich dem Regal zu. »Kennt sie unsere Produkte bereits?«

»Nein, es ...« Die Frauen aus dem Park standen mir wieder vor Augen. »Es ist eine Empfehlung. Oder besser gesagt, ich habe gehört, wie jemand von diesem Geschäft geschwärmt hat. Da dachte ich mir, dass ich sie damit überrasche.«

»In Ordnung, dann würde ich Ihnen zu unserer Crème Valaze raten, einem unserer besten Produkte. Nehmen Sie vielleicht noch einen unserer Prospekte mit, falls Ihre Freundin uns näher kennenlernen möchte.«

Mir wurde heiß und kalt zumute. Egal, welchen Preis sie verlangte, ich würde ihn bezahlen müssen. Sonst durfte ich mich hier nie wieder sehen lassen.

»In Ordnung«, sagte ich. »Was macht das?«

»Drei Francs«, antwortete sie, noch immer lächelnd.

Ich zwang mich, nicht erschrocken nach Luft zu schnappen. Zehn Francs berechnete Madame Roussel pro Monat für unsere Unterkunft. Was die junge Dame für die Creme verlangte, erschien mir wie ein Vermögen.

Dennoch kramte ich das Geld heraus und hoffte, dass sich die Investition lohnen würde.

Umhüllt vom Duft des Maison de Beauté, trat ich wieder auf die Straße. Es war, als hätte der Moment meines Aufenthaltes dort ausgereicht, um die Aromen in meine Kleider einziehen zu lassen. Die Bilder waren ebenfalls in meinem Kopf geblieben, ebenso wie der Wunsch, solch einen Laden zu führen. Ich wusste, dass ich jetzt noch nicht die Möglichkeit haben würde, aber eines Tages änderte sich das vielleicht.

Verstohlen schaute ich in die Papiertüte, die mir die Verkäuferin mitgegeben hatte. Alles wirkte so edel, so kostbar – die Frau hinter dem Schalter musste dieses Geschenk einfach annehmen!

Da ich noch etwas Geld übrig hatte, fuhr ich ein Stück weit mit dem Autobus. Mittlerweile wusste ich, wo die Haltestellen waren. Und ich war auch froh darüber, dass ich nicht den ganzen Weg zu Fuß zurücklegen musste.

Während der Bus durch die Stadt schaukelte und immer wieder anhielt, um neue Passagiere aufzunehmen, betrachtete ich den Prospekt, der ebenfalls in der Tüte lag. Es waren eigentlich zwei Blätter.

Auf dem einen war eine Annonce für die Creme abgedruckt, auf dem anderen kündigte Madame Helena Rubinstein die Eröffnung eines neuen Instituts an, in der Rue du Faubourg Saint-Honoré 52.

Madame Rubinstein, Gründerin und Seele, nennt ihr neues Geschäft Clinique, um sich damit von vergleichbaren Institutionen abzugrenzen. Die Clinique de Beauté steht allen Frauen offen, die eine seriöse Beratung wünschen, ohne Gebühren oder sonstige Verpflichtungen. Die Behandlungen werden von den besten Spezialisten vorgenommen, unter Aufsicht eines Arztes, und die verwendeten Produkte entsprechen den neuesten dermatologischen Entdeckungen, die Ihnen exakte Ergebnisse liefern.

Das klang beinahe wissenschaftlich. Ich ließ mir einen Moment Zeit, um die Worte einsickern zu lassen. Helena Rubinstein, deren Name in dicken Lettern unter dem Text prangte, gab den Frauen kostenlose Beratungen für die Haut? In einer eigens dafür eingerichteten Klinik? Das überstieg alles, was ich mir bisher bei Cremes vorgestellt hatte.

Was Vater wohl dazu gesagt hätte ...

Ich drängte den Gedanken an ihn zurück. Ich war von dem Besuch wie berauscht, dieses Gefühl wollte ich mir mit Erinnerungen an meinen Vater nicht kaputt machen. Lieber träumte ich wieder von dem Laden. Wie würde ich ihn einrichten? Ich liebte frisches Türkis und Grün. Die Vorhänge könnten wie Wasser aussehen, und in der Mitte des Empfangsraumes könnte ein kleiner Brunnen stehen.

Diese Vorstellung nahm mich dermaßen ein, dass ich beinahe vergaß, aus dem Bus auszusteigen.

Zu Hause stürmte ich die Treppe hinauf. Ich musste Henny unbedingt erzählen, was ich gesehen hatte.

Als ich eintrat, wischte sich meine Freundin gerade die Schminke vom Gesicht. Auch bei den Proben wollte sie schön aussehen, die Konkurrenz unter den Tänzerinnen war groß. Sie hatte mir offenbart, dass auch die anderen stets geschminkt zur Probe kamen, weil Monsieur Jouelle hin und wieder hereinschaute und die Tänzerinnen begutachtete.

»Was hast du da?«, fragte Henny, als sie die Tüte in meiner Hand sah. »Und wonach riechst du?« Sie hob den Kopf und schnupperte.

»Ich war in der Stadt. Einkaufen«, antwortete ich euphorisiert. Der Duft, der mich noch immer umschwebte, machte meine Gedanken leicht.

»Einkaufen? Hast du eine geheime Geldquelle gefunden, von der ich nichts weiß?«

»Ich habe mit Genevieve gesprochen«, begann ich zu erklären. »Gestern, bevor du wiedergekommen bist.«

»Aha, und davon erzählst du mir erst jetzt?«, fragte sie. »Sie hat dich doch nicht etwa einkaufen geschickt?«

»In gewissem Sinne schon«, sagte ich und holte das Cremetiegelchen hervor.

»Crème Valaze«, las Henny vor. »Und was sollst du damit? Sie hat dir doch hoffentlich Geld gegeben, um das zu bezahlen?«

»Es ist ein Bestechungsgeschenk«, erwiderte ich.

Henny zog die Augenbrauen hoch. »Wen willst du bestechen?«

»Die Frauen in der Polizeistation. Genevieve sagte, dass es gut wäre, ein Geschenk bei mir zu haben und dann einfach an den Schalter zu gehen.«

»Das hört sich ziemlich illegal an. Die Polizei bestechen … Wenn sie dich nun verhaften?«

»Genevieve sagt, dass es alle so machen, die nicht lange warten wollen.«

»Genevieve ist eine Prostituierte!«, gab Henny missmutig zurück. »Was weiß sie schon über Einwanderung!«

»Sie hat Bekannte, denen es ebenso erging wie mir.«

»Wohl eher hat ihr Zuhälter irgendwelche Frauen mit falschen Versprechungen hierhergelockt.«

»Selbst wenn es so ist, brauchen auch diese Frauen eine Aufenthaltsgenehmigung. Wenn die Polizei sie erwischt, dann …«

»Aber du willst dich doch nicht auf solch ein Niveau herablassen!« Henny schnaufte.

»Es ist das Einzige, was ich tun kann«, verteidigte ich mich. »Du hast keine Ahnung, wie es dort ist! Man sitzt und sitzt, und die Stunden verstreichen, ohne dass man etwas tun kann. Irgendwann werden die Schalter geschlossen, und man muss gehen, nur um am nächsten Tag dasselbe zu erleben.« Ich versuchte meine Erregung in den Griff zu bekommen. »Ich möchte mein Kind einfach nicht auf der Station bekommen«, setzte ich hinzu. Tränen traten in meine Augen. Wenn ich näher darüber nachdachte, war es absurd, die Polizei bestechen zu wollen. Aber war Genevieve wirklich so hinterlistig, mich in die Falle laufen zu lassen? Sie hatte durchaus aufrichtig geklungen.

Henny kam zu mir und nahm mich in den Arm. »Keine Sorge, du wirst dein Kind nicht dort bekommen, sondern schön in einem Hospital«, sagte sie.

»Aber was, wenn ich bis dahin keine Aufenthaltserlaubnis habe?«, fragte ich. »Wenn ich noch immer keine Arbeit habe?«

»So weit wird es nicht kommen«, sagte Henny, doch in ihrer Stimme hörte ich Zweifel.

»Ich werde mir die Leute ansehen«, sagte ich und wischte mir schließlich die Tränen vom Gesicht. »Ich werde schauen, wie sie es machen. Wenn ich merke, dass niemand den Frauen und Männern etwas gibt, behalte ich die Creme für mich. Wenn sie es tun, werde ich es auch versuchen.«

»Sophia ...«, sagte Henny, doch ich schüttelte den Kopf.

»Ich muss es versuchen!«, beharrte ich. »Wenn ich die Sache nicht selbst in die Hand nehme, wer dann? Besser, ich scheitere, als wenn ich es gar nicht erst probiere.«

Henny seufzte, dann zog sie sich zurück.

Minutenlang schwiegen wir. Ich hätte zu gern gewusst, was ihr durch den Kopf ging. Ich wusste, dass sie sich Sorgen machte. Aber ich konnte das Gefühl, nicht von der Stelle zu kommen, nicht mehr länger ertragen.

»Morgen Abend ist Premiere der neuen Revue«, sagte sie schließlich, erhob sich und ging zum Fenster.

»Davon hast du ja gar nichts erzählt«, sagte ich ein wenig verwirrt. Henny hatte in den vergangenen Tagen nicht viel über das Theater geredet, deshalb war ich davon ausgegangen, dass die Proben noch eine Weile dauern würden.

»Sie haben das Stück vorgezogen«, antwortete sie, und fast lag ein bedrückter Ton in ihrer Stimme. »Sie sagen, wir wären so weit.«

»Das ist ja wunderbar«, gab ich zurück, doch so recht gelang es mir nicht, Begeisterung zu fühlen.

»Leider wirst du wohl nicht bei der Premiere dabei sein können«, fuhr sie fort. »Es sind geladene Gäste und ...«

»Oh«, sagte ich. Auch wenn ich im Nelson-Theater nur selten durch die Saaltür gelugt hatte, dachte ich, dass Henny mich mitnehmen würde, wenn sie das erste Mal hier auf der Bühne stand. »Verstehe.«

»Ich werde versuchen, Karten für dich zu bekommen, bei einer anderen Vorstellung.«

»Das wäre schön«, sagte ich. »Ich würde gern sehen, wie du hier auftrittst. Immerhin ist es Paris.«

»Ja, Paris«, sagte sie und wandte sich mir zu. Zum ersten Mal bemerkte ich eine gewisse Erschöpfung auf ihrem Gesicht.

»Ist alles in Ordnung mit dir?«, fragte ich. Die ganzen vergangenen Tage hatte ich mich nur um die Aufenthaltsgenehmigung gekümmert. Da Henny zu den Proben musste und abends immer sehr müde war, hatten wir uns kaum gesehen und nur wenig miteinander gesprochen. Es war, als hätten unsere Welten begonnen auseinanderzudriften.

»Ja, das ist es. Aber ... ich habe ein wenig Angst.«

»Angst?«, fragte ich. »Warum denn?«

»Angst zu versagen«, antwortete sie. »Die anderen Tänzerinnen sind einfach wunderbar. Auch die deutschen ... Aber jede hofft darauf, bleiben zu können. Und die Französinnen ...«

»Die mögen euch nicht?«

Henny seufzte und ließ sich dann wieder auf das Bett sinken.

»Sie fragen sich, warum gerade wir ausgesucht wurden – bei so vielen Französinnen, die als Tänzerinnen arbeiten.«

»Josephine Baker ist keine Französin. Sie ist aus Amerika.«

»Ja, und das stört sie auch. Doch bei ihr wagen sie nicht zu lästern. Sie lästern über uns.«

»Woher willst du das wissen?«

»Michelle, du weißt schon, die aus dem Wintergarten, spricht Französisch. Sie sagt, dass die Mädchen über uns reden.«

»Vielleicht behauptet sie das nur.«

Henny schüttelte den Kopf. »Nein, sie behauptet das nicht. Ich habe es nachgeschlagen in einem deiner Bücher.« Sie senkte den Kopf. »Die einzige Chance, die ich habe, ist, besser zu sein als die anderen. Ich muss diesen Monsieur Jouelle überzeugen, mich hierbleiben zu lassen.«

»Das ist doch nicht seine Entscheidung, oder? Er arbeitet doch nur für diesen Monsieur Derval.«

»Das tut er. Aber er ist derjenige, der eine Tänzerin empfiehlt oder dem Direktor sagt, dass er sie gehen lassen soll.« Ihr Blick wurde abwesend, ja beinahe verzweifelt.

»Ich bin sicher, dass du ihn begeistern wirst«, sagte ich und legte nun meinen Arm um sie. In den vergangenen Wochen war ich immer diejenige gewesen, die Trost brauchte. Jetzt konnte ich ein wenig zurückgeben. »Und höre nicht auf das, was sie sagen. Sie haben sicher nur Angst, dass ihr ihnen die Arbeit wegnehmt. Wenn sie merken, dass das nicht der Fall ist, werden sie Ruhe geben. Möglicherweise freundest du dich sogar mit einer von ihnen an.«

Henny wischte sich eine Träne aus dem Augenwinkel, dann umarmte sie mich.

16. Kapitel

Die Polizeistation war an diesem Morgen recht leer, sodass ich mir einen Sitzplatz aussuchen konnte. Einer mit guter Sicht auf den Schalter erschien mir geeignet.

Das Morgenlicht fiel schräg durch die noch halb geschlossenen Jalousien und malte Muster auf die Fliesen des Fußbodens. Einige Wartende, die aussahen, als hätten sie die Nacht im Freien verbracht, kauerten sich in die Ecken, andere stützten ihre Köpfe in ihre Hände. Viele von ihnen erkannte ich von meinem ersten Tag hier wieder. Niemand von ihnen sah aus, als hätte er ein Bestechungsgeschenk dabei.

Ob Genevieve wirklich ehrlich zu mir gewesen war? Hennys Worte hatten mich zweifeln lassen, doch von meinem Vorhaben brachten sie mich nicht ab. Mochte es unterstes Niveau sein, es auf diese Weise zu versuchen, aber ich hatte nicht viele Möglichkeiten.

Ich verzichtete darauf, mein Buch hervorzuholen, und beobachtete stattdessen die Anwesenden.

Der Warteraum füllte sich allmählich. Innerhalb einer halben Stunde wurde die Luft hier zum Schneiden dick. Die Damen erschienen hinter den Schaltern. Wenig später wurden die ersten Namen aufgerufen. Meiner war nicht dabei.

Schließlich bemerkte ich, dass sich an einem der Schalter zwei junge Frauen anstellten. Sie taten so, als hätten sie den Ruf zu spät bemerkt, doch dann sah ich, wie eine etwas aus ihrer Tasche zog und in ihrer Hand verschwinden ließ.

In den folgenden Minuten fühlte ich mich, als würde ich einen spannenden Film anschauen. Die Schlange rückte vor, bis schließlich die Frauen an der Reihe waren. Würde die Beamtin hinter dem Schalter etwas bemerken? Sie wegschicken?

Jedenfalls starrte sie die Frauen überrascht an, da hob eine von ihnen die Hand. Für jene, die nicht genau hinschauten, mochte es so aussehen, als würde sie ihren Pass in die kleine Schublade legen, die das Schalterfräulein aufgeschoben hatte. Doch dann sah ich, dass das kleine Päckchen mit dabei war. Die Beamtin zog die Schublade wieder rein, brummte etwas, das ich nicht verstand, und knallte den Stempel auf den Pass.

Erleichtert atmete ich aus. Mir kam es fast vor, als hätte ich dort gestanden. Lächelnd verließen die beiden Frauen die Polizeistation. Niemand behelligte sie, und die Schalterbeamtin setzte ihre Arbeit fort, als wäre nichts gewesen.

Es wurde Nachmittag, als ich endlich den Mut fand, es so zu machen, wie ich es beobachtet hatte. Als erneut eine Reihe von Namen aufgerufen wurden, erhob ich mich und tat so, als wäre einer davon meiner gewesen. Wie auf Kohlen stand ich hinter einem Mann mit rissiger Jacke, der nach Knoblauch und Alkohol roch. Immer wieder warf ich verstohlene Blicke zu den anderen, die noch warteten. War einem von ihnen mein Betrug aufgefallen, so wie es mir bei den jungen Frauen und danach noch einigen anderen ergangen war? Oder waren die Menschen hier gleichgültig?

Die Unruhe wühlte in meiner Magengrube, und mein Herz klopfte.

Auch das Anstehen in der Schlange dauerte noch einmal

sehr lange. Der Mann vor mir hatte nichts dabei und sprach zudem nur sehr schlecht Französisch. Leider verstand ich seine Muttersprache nicht, sonst hätte ich mich als Dolmetscherin angeboten. So zog sich sein Aufenthalt am Schalter Minute um Minute in die Länge. Ich blickte zu der großen Uhr, die zwischen den Schaltern hing. Der Zeiger rückte unbarmherzig dem Feierabend entgegen. Warum hatte ich mich nicht schon früher angestellt? So würde ich morgen wiederkommen müssen ...

Doch dann, zehn Minuten vor Schluss, ging der alte Mann. Endlich!

Als die Hand des Fräuleins hochschnellte, vermutete ich, dass sie das Sprachfenster schließen wollte. Zehn Minuten zu früh, aber mein Name stand ja nicht auf der Liste.

»Bitte warten Sie!«, rief ich, worauf sie mich verwundert ansah. Nach all den seltsamen Worten, die sie vernommen hatte, schien sie nicht damit gerechnet zu haben, dass jemand Französisch konnte.

»Name?«, fragte die Schalterbeamtin missmutig. Ihr Gesicht war sehr dünn und blass, dunkle Ränder unter den Augen zeugten davon, dass sie entweder die Nächte durchtanzte oder schlecht schlief.

»Sophia Krohn«, antwortete ich.

Sie blickte auf ihre Liste. »Habe ich hier nicht.«

»Oh, ich denke schon«, antwortete ich. »Schauen Sie doch einfach in meinen Pass, dann erklärt sich alles.«

Die Beamtin musterte mich abschätzig. Ich wusste nicht, ob ich ihr zuzwinkern sollte, um ihr klarzumachen, dass ich eine Kleinigkeit für sie dabeihatte.

Doch bereits im nächsten Augenblick war ich froh, dass ich es nicht getan hatte, denn sie schob mir die Schublade entgegen. Ich legte den Pass hinein und darunter das Döschen.

Die Frau zog die Schublade zu sich herein, nahm den Pass

und dann das Geschenk. Für die Außenstehenden unsichtbar ließ sie es in einer kleinen Schachtel verschwinden. In dem kurzen Augenblick, in dem sie den Deckel anhob, erkannte ich, dass schon einige andere Dinge darin lagen.

Sie murmelte etwas, das ich nicht verstand, stempelte meinen Pass ab und schob ihn mir wieder zu.

»Die Gebühren bezahlen Sie an der Kasse. Au revoir!«

Damit schloss sich das Fenster. Das Fräulein schaute auf die Uhr und dann in das Kästchen.

Fassungslos darüber, wie leicht mir das Cremedöschen die Tür geöffnet hatte, starrte ich noch eine Weile mein Spiegelbild in der Scheibe an. Dann wandte ich mich um und ging wie gefordert zum Kassenschalter.

Benommen von meinem Glück, taumelte ich schließlich aus der Polizeistation, vorbei an den Leuten, die im Flur warteten.

Voller Überschwang wollte ich Henny von meinem Triumph erzählen, dann fiel mir ein, dass heute ihre Premiere stattfand. Das bedeutete wohl, dass sie nicht vor Mitternacht zurückkehren würde.

Ich ging in ein kleines Café, wo ich zwei belegte Baguettes erstand, und machte mich dann auf den Heimweg. Noch immer war ich so sehr von Freude erfüllt, dass ich glaubte, jeden Augenblick platzen zu müssen.

Ich dachte an Genevieve. Ihr Ratschlag war goldrichtig gewesen! Ich würde ihr zumindest Danke sagen müssen.

Ich stürmte die Treppe hinauf, hörte es unterwegs in einer der weiter unten gelegenen Wohnungen rumoren und setzte meinen Weg fort. Ein wenig hoffte ich darauf, dass unsere Nachbarin auftauchen würde, aber der Flur war leer.

Kurz überlegte ich, bei ihr zu klopfen, doch würde sie da sein?

Nun mach schon, sagte ich zu mir, blieb stehen und pochte an die Tür.

Kurz darauf wurde geöffnet. Genevieve wischte sich hastig über das Gesicht. Es war offensichtlich, dass sie geweint hatte.

»Bonsoir, ich wollte nicht stören, aber ...« Ich schaute sie an. »Ist alles in Ordnung? Kann ich irgendwie helfen?«

Genevieve schaute mich überrascht an und schüttelte den Kopf. »Nein, dabei kannst du mir nicht helfen.«

Ich fragte mich, was ihr widerfahren war. Hatte sich ein Kunde schlecht verhalten? Hatte jemand sie um ihren Lohn gebracht?

»Ich ...« Die Worte blieben mir im Hals stecken. Ich war voller Freude gewesen, doch nun ...

»Nun spuck's schon aus. Was ist los?«, fragte sie rüde.

»Ich wollte Ihnen nur danken. Ich habe die Aufenthaltserlaubnis bekommen. Mit dem Geschenk, zu dem Sie mir geraten haben.«

Wieder wischte sie sich übers Gesicht und verschmierte dabei ihre Wimperntusche noch mehr. »Das ist schön für dich, gratuliere.«

»Ohne Sie wäre das nicht möglich gewesen«, sagte ich und überlegte fieberhaft, wie ich ihr danken konnte. Ich hätte vielleicht noch ein Cremedöschen für sie besorgen sollen ...

»Gut für mich«, sagte sie und machte den Eindruck, als wollte sie mich loswerden.

Vielleicht sollte ich mich zurückziehen, doch dann fiel mein Blick auf die Tüte in meiner Hand. »Möchten Sie vielleicht etwas essen? Und reden?«, fragte ich. Ich rechnete nicht damit, dass sie einwilligen würde, aber so hätte ich ihr wenigstens ein bisschen was zurückgeben können.

Ihr Blick fiel auf meine Tüte. Ihre Tränen versiegten allmählich. »Ah, das Centime«, las sie den Namen von dem Aufdruck ab. »Du hast einen guten Geschmack.«

»Es lag auf meinem Weg«, sagte ich.

»Ich will dir nichts wegessen, Kleine«, sagte sie, doch in ihren Augen erkannte ich den Hunger. Wer weiß, wann sie heute zuletzt etwas zu sich genommen hatte.

»Das tun Sie nicht«, erwiderte ich. »Ich habe zwei davon und lade Sie ein. Kommen Sie!«

»Zu dir?«, fragte Genevieve überrascht und wirkte auf einmal überhaupt nicht mehr abgeneigt. »Was wird deine Freundin dazu sagen? Sie hat bisher höchstens ein paar Worte mit mir gewechselt.«

»Sie ist nicht da. Heute ist große Premiere im Theater. Da wird sie eine Weile wegbleiben.« Ich hob die Augenbrauen. »Ich versichere Ihnen, ich teile gern. Wir sollten den Stempel in meinem Pass feiern.«

Genevieve zögerte noch einen Moment, dann nickte sie. »Ich ziehe mir nur schnell etwas über und dann komme ich.«

Ich verließ das Zimmer und ging in die Küche, um mir Teller und Gläser zu holen. Solange man alles selbst abwusch, hatte Madame Roussel nichts dagegen.

Als Genevieve schließlich in unserem Zimmer erschien, wirkte sie wesentlich aufgeräumter. Sie trug ein cremefarbenes Kleid und hatte sich die verschmierte Schminke vom Gesicht gewischt. Ohne die Paste und die Farben wirkte sie ein wenig älter, man sah deutlich die feinen Linien auf ihrer Stirn, um ihre Augen und ihren Mund. Neugierig blickte sie sich um.

»Euer Zimmer wirkt etwas größer als meines, aber ihr seid zu zweit«, bemerkte sie. »Nun ja, was will man für diesen Preis auch schon erwarten, nicht wahr?«

»Sobald es geht, werden wir uns etwas Besseres suchen«, sagte ich.

Ihre Augen streiften weiterhin umher, bis sie schließlich an meinem Experimentierkasten hängen blieben.

»Was ist das?«

»Meine Experimentierausrüstung«, entgegnete ich. »Ein Relikt aus meinem früheren Leben als Chemiestudentin.«

»Und warum hast du es mitgenommen? Hoffst du, eines Tages weiterstudieren zu können?«

»Ich weiß nicht«, antwortete ich. »Aber möglicherweise schaffe ich es, ein wenig Geld damit zu verdienen. Indem ich Cremes oder Gesichtswasser herstelle.«

Ein spöttischer Ausdruck zog über ihre Lippen. »In Paris? Der Stadt der Düfte und Schönheit?«

»Ich will es wenigstens versuchen.«

Wir nahmen Platz, sie auf dem Stuhl, auf dem sich Henny schminkte, ich auf dem Bett. Ich teilte die Baguettes, und schweigend aßen wir. Dabei beobachtete ich, wie abwesend Genevieve auf einmal wurde.

»Alles in Ordnung?«, fragte ich.

»Ich habe gedacht, dass es diesmal anders ist«, sagte sie, während ihr Blick an der kleinen rosafarbenen Wolke hängen blieb, die über die gegenüberliegenden Dächer hinwegschwebte. »Ich dachte, er würde es ernst meinen. Doch das war nicht der Fall.«

»Ihr Freund?«, fragte ich.

»Mein Geliebter«, entgegnete sie. »Da gibt es durchaus einen Unterschied.«

Sie machte eine kurze Pause, dann biss sie noch einen Happen von dem Baguette ab. Sie kaute, überlegte, schluckte und fuhr schließlich fort. »Er ist Maler. Ich habe ihm einige Male Modell gestanden, und so haben wir uns näher kennengelernt. Ich bin nicht nur ein Freudenmädchen, schon gar keines, das an der Straßenecke steht. Das machen bloß die Jungen und werden dabei verheizt. Ich habe Stammkunden, die kommen, wenn sie es einrichten können. In meinem Alter hat man es nicht mehr nötig, mit jedem um die Ecke zu verschwinden, wenn du weißt, was ich meine.«

Ich wusste nicht, was sie meinte, doch ich nickte. Ihre Welt war für mich lange Zeit unsichtbar gewesen. In Berlin hatte ich die Studenten über Bordelle reden hören, doch die Mühe, diese Frauen näher anzuschauen, hatte ich mir nicht gemacht. Ich war behütet zwischen der elterlichen Wohnung und der Universität hin und her geschwebt. Alles keine Orte, an denen Frauen wie Genevieve verkehrten.

»Ich dachte, mit Lucien würde es anders werden«, fuhr sie fort. »Er ist dabei, erfolgreich zu werden, ein Galerist hat ihm einen Auftrag gegeben, er will zwanzig Bilder von ihm ausstellen. Es ist eine gute Galerie mit vielen einflussreichen Kunden. Es ist nur eine Frage der Zeit, bis er einen Mäzen findet.« Sie seufzte schwer. »Ich dachte, ich hätte mit ihm ausgesorgt. Doch heute habe ich ihn mit dieser Schlampe erwischt.« Sie setzte ein schiefes Lächeln auf und sah mich an. »Schon komisch, dass gerade ich das sage, wie?«

Ich schüttelte den Kopf. »Nein, ist es nicht. Sie nehmen den Frauen die Männer nicht weg.«

»Nein, das tue ich nicht.« Sie sah mich eine Weile an, dann lächelte sie. »Du bist ein gutes Mädchen, Sophie. Ich hoffe sehr, dass du dein Glück bald findest und ausziehen kannst aus diesem Loch.«

»Und ich hoffe, dass Sie bald eine neue Liebe finden«, sagte ich. »Eine, die Sie nicht enttäuscht.«

Genevieve verzog den Mund. »Männer sind wohl so. Sie enttäuschen uns immer in irgendeiner Weise. Aber du hast recht, vielleicht finde ich solch eine Liebe doch noch.«

An diesem Abend empfing Genevieve keine Kundschaft. Sie tat einfach so, als würde sie deren Klingeln nicht hören. Irgendwann verschwanden die Männer wieder, ich sah sie den Gehsteig wechseln und von dannen ziehen.

Kurz vor neun überkam mich eine derart starke Müdigkeit,

dass ich zu Bett ging. Wenn Henny zurückkehrte, würde sie mir sicher alles haarklein erzählen wollen.

Als ich aus dem Schlaf schreckte, weil mich das Kind wieder einmal getreten hatte, war meine Freundin noch immer nicht hier. Die Kälte der anderen Bettseite war deutlich zu spüren, ebenso die Leere des Zimmers, von dessen Wänden nur das Knarzen der Bettfedern und mein eigener Atem widerhallten.

Ich drehte mich um und langte nach meiner Armbanduhr, die auf dem Fensterbrett lag. Meine Augen gewöhnten sich nur schwer an das Mondlicht, doch schließlich erkannte ich, dass es Viertel vor vier war.

Plötzlich aufkeimende Sorge brachte mich dazu, mich im Bett aufzusetzen. Henny war auch in Berlin manchmal spät zurückgekehrt, aber so spät eigentlich nie. Meist waren wir zusammen nach Hause gegangen. Doch nun ... Ob ihr etwas zugestoßen war? Hatte jemand sie überfallen?

Auf einmal war mir, als würde in meinem Verstand die Tür einer dunklen Kammer aufspringen und sämtliche Schrecken herauslassen. Schließlich hielt es mich auch nicht mehr im Bett. Ich sprang auf, lief zum Fenster und öffnete es. Obwohl der Latrinenwagen schon seit Stunden weg war, stank es noch immer, doch das kümmerte mich nicht. Ich lehnte mich hinaus und schaute über die Straße.

Niemand war zu sehen. Nicht einmal die Trinker aus dem Café Amateur waren mehr unterwegs.

Ich warf mir Hennys Morgenmantel über und begann, unruhig auf und ab zu gehen. Was sollte ich tun, wenn ihr etwas zugestoßen war?

Rückenschmerzen zwangen mich dazu, mich auf die Bettkante zu setzen. In meinen Eingeweiden wühlte die Furcht. Wieder und wieder blickte ich auf die Uhr, doch die Zeiger mühten sich nur langsam voran. Sollte ich losgehen und sie suchen? Das wagte ich nicht. Und sie war auch noch nicht lange genug abwesend, um die Polizei zu benachrichtigen.

Außerdem würde sie mich auslachen, wenn sie erführe, was ich tun wollte. Ich sank wieder aufs Bett und schlief wenig später ein.

Das Aufschnappen des Türschlosses ließ mich aufschrecken. Helles Sonnenlicht blendete mich. Es war bereits Morgen.

An dem erschöpften Seufzen, das durch den Raum hallte, erkannte ich, dass Henny zurück war.

»Du meine Güte, Henny!«, rief ich und rieb mir über die Augen. »Wo kommst du denn her?«

Sie schenkte mir ein seliges Lächeln. »Es war wunderbar! Du glaubst nicht, was heute Abend los war!«

»Es ist Morgen!«, sagte ich und deutete auf das Fenster. Die Uhr an meinem Handgelenk zeigte kurz vor halb acht. »Ich dachte schon, dir sei etwas zugestoßen!«

»Ach was!«, winkte sie ab. »Was soll mir denn passieren? Wir haben nur noch ein wenig die Premiere gefeiert. So viele Künstler und reiche Männer habe ich noch nie auf einem Haufen gesehen. Und es gab echten Champagner!« Sie zog sich ihre Riemchenschuhe von den Füßen und ließ sich dann auf das Bett fallen. »So einen Rausch habe ich noch nie erlebt.«

Sie roch stark nach Alkohol und Zigarettenrauch.

»Wie lief denn die Revue?«, fragte ich, doch ich sah, dass sich ihre Lider bereits schlossen. Also legte ich mich neben sie. Einschlafen konnte ich allerdings nicht mehr. Während sie leise zu schnarchen begann, kamen mir alle möglichen Gedanken. Die meisten drehten sich darum, dass ich auch Henny hätte verlieren können. Dass ich dann ohne einen Halt dagestanden hätte.

Dieses Gefühl der Hilflosigkeit machte mir Angst, ließ aber auch Unmut in mir aufsteigen. Dieser richtete sich nicht gegen

Henny, er richtete sich gegen mich. Ich musste meinen Traum schon bald in Angriff nehmen. Wenn ich nur wüsste, wie ...

Henny erwachte erst sehr spät am Nachmittag und beschwerte sich dann über den Brummschädel, den sie hatte. »Ich glaube, der Champagner und ich werden keine Freunde«, stöhnte sie. Nichtsdestotrotz musste sie an diesem Abend auf die Bühne.

Ich versuchte, sie wieder auf die Beine zu bekommen, indem ich ihr mehrere Tassen von dem schrecklichen Pensionskaffee einflößte. Ich wollte sie auch noch zu einem Café in einer der Seitenstraßen begleiten, doch sie lehnte ab.

»Ich fürchte, ich übergebe mich, wenn ich jetzt was esse«, erklärte sie. »Außerdem muss ich in einer Stunde los. Hilf mir doch bitte, mich wieder einigermaßen herzurichten.«

Das tat ich, indem ich ihr den Nacken massierte, ihr ein neues Kleid raussuchte und ihr vorsichtig die Haare frisierte, denn sie ertrug nahezu keine Berührung. Ich war noch nie so betrunken gewesen, dass ich danach einen Kater hatte. Wenn ich es genau nahm, war ich bestenfalls etwas beschwipst gewesen, und das auch nur, weil ich als Kind zu Silvester von der Bowle probiert hatte, die meine Mutter für unsere Gäste angesetzt hatte. Dass dafür Wein verwendet wurde, wusste ich damals nicht.

»Es hat geklappt«, erzählte ich ihr, während ich ihre Haare mit Pomade sanft zu modischen Ringeln formte. »Ich habe die Aufenthaltsgenehmigung bekommen!«

»Wirklich?«, fragte sie, noch immer ein wenig benommen. »Das ist ja wunderbar!«

»Ich habe mich einfach angestellt und dem Schalterfräulein das Cremedöschen durchgereicht. Sie hat mir den Stempel gegeben, und das war's.«

Henny nickte und kniff die Augen zusammen. »Dann ist ja erst mal alles gut«, sagte sie und griff sich an die Schläfe. Als wäre ihr eingefallen, dass sie etwas vergessen hatte, setzte sie schließlich hinzu: »Gratuliere, ich freue mich für dich.«

Ich nickte und fragte mich, ob ihr, wenn der Kater vorbei war, klar werden würde, wie sehr mir Genevieve geholfen hatte.

17. Kapitel

In der folgenden Zeit begann Henny sich zu verändern. Vormittags wirkte sie grüblerisch und brütete vor sich hin, um dann am Abend vollkommen aufgekratzt und fröhlich zum Theater aufzubrechen. Nicht nur einmal kehrte sie erst am frühen Morgen zurück. Immer wieder roch sie nach Rauch und Alkohol. Ich verstand, dass sie ihre Arbeit liebte, doch warum erzählte sie mir nicht davon?

Als ich sie fragte, wo sie gewesen sei, schnappte sie: »Wer bist du, meine Mutter?« Wenig später entschuldigte sie sich dann und erklärte mir, dass das Folies Bergère eben ganz anders sei als das Nelson-Theater in Berlin.

Doch auch bei weiteren Nachfragen passierte dasselbe. Sie gab nicht preis, wo sie bis zum Morgengrauen blieb. Im Gegensatz zu früher erzählte sie nie, was im Theater passiert war. Stattdessen reagierte sie mürrisch auf meine Fragen, nur um sich im nächsten Augenblick zu entschuldigen.

Ich wusste nicht, was das zu bedeuten hatte, beschloss aber, ihr ein wenig Freiraum zu geben und ihr wenn möglich nicht sehr häufig über den Weg zu laufen.

Oft ging ich in den folgenden Wochen in die Stadt, spazierte durch die Straßen und studierte die Schaufenster der

Drogerien und Parfümerien. Auch das Institut von Helena Rubinstein sah ich mir noch einmal an, wagte mich aber nicht in das Gebäude hinein, aus Angst, dass mich die Verkäuferin wiedererkennen würde.

Gleichzeitig fragte ich mich, wie es mir gelingen könnte, solch einen Laden zu eröffnen. Ich brauchte einen Kredit. Ob die Banken eine allein stehende Frau anhörten?

Wenn ich die Parfümerien hinter mir gelassen hatte, schlug ich meist den Weg in die nahe gelegenen Parks ein. Dort stand alles in voller Blüte, und ich wünschte mir, Henny dabeizuhaben. Seit wir in Paris lebten, hatten wir kaum etwas miteinander unternommen, ganz im Gegensatz zu damals in Berlin. Auch wenn ich mir nichts von den hübschen Waren leisten konnte, wäre es schön gewesen, einen kleinen Schaufensterbummel mit ihr zu machen.

Außerdem nutzte ich die Zeit, um ein wenig zu verschnaufen. Mein Kind machte sich schon seit Wochen immer stärker bemerkbar, aber in diesen Augenblicken, wenn ich allein auf der Bank saß, konnte ich mich darauf konzentrieren. Wie würde es sein? Ich dachte daran, dass ich vielleicht einen Arzt aufsuchen sollte, doch woher sollte ich das Geld nehmen? Sicher gab es Armenärzte, aber kannten diese sich mit Frauensachen aus?

Ich fühlte mich gesund und hatte immer noch die Geschichten meiner Mutter im Ohr, dass sie, während sie mit mir schwanger war, kein einziges Mal zum Arzt musste. Aber sie hatte auch eine Hebamme, die sich um sie kümmerte.

Ich fürchtete allerdings, dass es sich mit den Hebammen ähnlich verhielt wie mit den Ärzten. Auch sie würden Geld haben wollen. Ob mir Genevieve unter die Arme greifen konnte?

Ein paar Tage später begegnete ich unserer Nachbarin auf dem Gang.

»Können Sie mir vielleicht sagen, ob es in Paris Hebammen gibt, die kein allzu großes Honorar fordern?«

»Geh zu Marie Guerin«, riet sie mir. »Sie kümmert sich um Frauen aus ärmeren Gegenden. Auch einigen meiner Kolleginnen hat sie schon geholfen.« Sie nannte mir eine Adresse, und ich machte mich gleich am nächsten Tag auf den Weg.

Die Praxis der Hebamme versteckte sich hinter einer unscheinbaren, abgesplitterten Tür, nicht zu vergleichen mit der Praxis von Dr. Sahler in Berlin. Auf dem kleinen Klingelschild mit dem Namen Guerin gab es keinen Hinweis auf eine Praxis. Lediglich ein feiner Geruch nach Karbol strömte aus einem angelehnten Fenster.

Ich zögerte ein wenig. Die Gegend ringsherum sah alles andere als gepflegt aus. Die Häuser waren heruntergekommen, noch schlimmer als in dem Viertel in Berlin, in dem Henny ihre Wohnung gehabt hatte. Würde diese Frau mehr sein als jemand, der bei Geburten zugeschaut hatte und hin und wieder eines der Kinder zu den Engeln schickte?

Schließlich fasste ich mir ein Herz und betätigte die Klingel. Wenig später ertönten Schritte, und die Tür wurde geöffnet.

»Ja?«, fragte eine Frau mit müdem Gesicht, die ihr braunes Haar fest zu einem Knoten im Nacken gebunden hatte.

»Sind Sie die Hebamme?«, fragte ich. »Marie Guerin? Eine Bekannte sagte mir, dass ich mich bei Ihnen untersuchen lassen könnte.«

Der Blick der Frau wanderte kurz über mich, dann nickte sie und öffnete die Tür ein Stück weiter.

»Komm rein.«

Ein wenig unsicher trat ich ein. Der Flur des Hauses war so dunkel, dass man kaum Möbel erkennen konnte.

»Ich bin …«, begann ich, doch die Frau, von der ich annahm, dass sie die Hebamme war, schüttelte den Kopf. »Du brauchst mir deinen Namen nicht zu sagen. Das tut niemand hier. Geh einfach in den Raum da und mach dich frei, ich bin gleich bei dir.«

Sie deutete auf eine Tür, die leicht offen stand. Ich trat darauf zu und öffnete sie. Das Untersuchungszimmer wirkte ordentlich, auf der Liege lag ein frisches weißes Tuch. Es gab einen Schreibtisch und Bücher, eines davon lag aufgeschlagen auf einer Tischplatte. Auf einem Stuhl an der Seite stand eine braune Hebammentasche.

Ich hockte mich auf die Liege, machte mich aber nicht frei, wie die Hebamme gefordert hatte. Stattdessen blickte ich durch das Fenster auf den kleinen Innenhof, in dessen Mitte ein Bäumchen wuchs.

Wenig später trat die Hebamme ein. Etwas verwundert musterte sie mich, dann fragte sie: »Was hast du denn für Beschwerden?«

»Keine«, antwortete ich. »Ich wollte lediglich schauen lassen, wie es meinem Kind geht.«

»Wie geht es denn dir?«

»Gut«, antwortete ich.

Marie Guerin trat vor mich, legte vorsichtig die Hände an mein Gesicht und blickte mir in die Augen.

»Du wirkst ein wenig mager. Bekommst du genug zu essen?«

»Ausreichend«, gab ich zurück, denn genug war es irgendwie nie. Doch ich hatte mich daran gewöhnt.

»Gut, dann lass mich nach deinem Kind sehen. Leg dich hin.«

Die Untersuchung war nicht unangenehm, trotzdem verkrampfte sich mein Körper, während Madame Guerin mit einem Stethoskop nach dem Herzschlag meines Kindes suchte und dann zwischen meinen Beinen tastete. Ich fühlte Scham, und um meine Unruhe zu verbergen, schaute ich an die Zimmerdecke, wie ich es schon damals bei Dr. Sahler getan hatte.

Schließlich war es vorbei, und mit einem Gefühl der Erleichterung erhob ich mich.

»Soweit ich sehen kann, ist alles in Ordnung mit deinem Kleinen«, sagte die Hebamme, während sie sich die Hände wusch. »Wenn ich es richtig einschätze, hast du noch vier oder fünf Wochen. Die Frage ist nur, wie willst du es durchbringen?«

»Ich habe schon einen Plan«, sagte ich zuversichtlich. »Außerdem wohne ich bei meiner Freundin. Dort bin ich fürs Erste sicher.«

»Deine Freundin wird gute Nerven brauchen, wenn sie mit einem Kleinkind unter einem Dach leben soll.« Madame Guerin lachte auf und trocknete sich die Hände ab, dann kam sie zu mir. »Ich kenne einige junge Frauen, die von ihren Männern sitzen gelassen wurden. Einige von ihnen entscheiden sich dafür, das Kind adoptieren zu lassen.«

Ich schüttelte den Kopf. »Nein. Das kommt für mich nicht infrage!« Das Kind war mittlerweile der Grund, warum ich mir Gedanken über ein eigenes Geschäft machte. Ich wusste, dass es schwierig werden würde, aber für mein Kind würde ich es schaffen.

»Nun gut, wie du willst«, erwiderte die Hebamme. »Aber ich sage dir, es ist keine Schande, und solltest du es dir anders überlegen, gib mir Bescheid. Ich kann etwas für dich einfädeln.«

Ich nickte und erhob mich. Scham überfiel mich, während ich wieder in meine Unterhosen schlüpfte. Wie konnte sie nur denken, dass ich mein Kind loswerden wollte? Kamen die Mädchen wirklich nur deswegen zu ihr?

Ich bedankte mich und verließ die Praxis. Draußen auf der Straße spürte ich, wie das Kind sich wieder bewegte. Ich streichelte über meinen Bauch. Es war wohl an der Zeit, endlich einen Namen auszusuchen.

»Und, wie war es bei Marie?«, fragte mich Genevieve, als sie mir eine Woche später wieder begegnete. Mit der Suche nach einem Namen war ich noch nicht weitergekommen. Mir waren einige eingefallen, doch ganz zufrieden war ich nicht damit.

Genevieves Frage schreckte mich aus meinen Gedanken.

Ich war gerade von einem Spaziergang zurückgekehrt, von dem ich mir ein paar Rosenblätter mitgenommen hatte. Deren Duft war so berauschend, dass ich mich unweigerlich fragte, wie er erhalten werden konnte. Ich wusste, dass Parfümeure bestimmte Techniken dafür verwendeten, und ich hoffte auf Hinweise dazu in meinen Büchern.

»Gut«, antwortete ich. »Sie war sehr freundlich. Vielen Dank noch mal für den Hinweis.«

»Gern geschehen«, entgegnete Genevieve, doch ich spürte, dass sie noch etwas anderes auf dem Herzen hatte. »Ach, was ist eigentlich mit deiner Freundin los?«, setzte sie hinzu, als ich mich umwenden wollte. »Sie wirkt in letzter Zeit so abwesend.«

Ich hätte nicht sagen können, dass Genevieve viel mit Henny gesprochen hatte. Aber dass auch ihr die Veränderung auffiel, sprach Bände.

»Ich weiß nicht«, antwortete ich verwirrt.

Genevieve lachte. »Du bist in Paris, *chérie*! Kein hübsches junges Ding bleibt hier lange ohne einen Mann!«

Ich hatte keine Ahnung, ob ich mich auch verändert hatte, als ich Georg kennenlernte. Mir hatte die Angst vor meinen Eltern im Nacken gesessen, und ich hatte stets versucht, so normal wie möglich zu wirken.

Genevieves Bemerkung beunruhigte mich, aber sie spornte mich auch an.

Wenn Henny einen Mann fand, wäre ich auf mich gestellt und würde für mich allein sorgen müssen, und das schon bald. Aber das war auch, was ich wollte. Ich wollte mein Leben in die Hand nehmen, selbst entscheiden, welche Richtung ich einschlug.

Noch in dieser Nacht durchforstete ich meine Bücher nach Auszugsmethoden für Düfte, kam aber bald zu dem Schluss, dass ich andere Schriftwerke benötigte. Ich hatte schon herausgefunden, dass es in Paris öffentliche Bibliotheken gab, in denen man sich aufhalten konnte, und ich nahm mir vor, diese in den kommenden Wochen aufzusuchen.

18. Kapitel

Das Gebäude der Bibliothèque nationale wirkte ein wenig einschüchternd mit seinen langen doppelten Fensterreihen und dem hohen blauen Dach. Auf dem weitläufigen gepflasterten Platz kam ich mir ein wenig verloren vor, obwohl es ringsherum von Menschen, vornehmlich Männern, wimmelte. Die meisten von ihnen schienen Studenten oder Wissenschaftler zu sein, jedenfalls ihrer Kleidung und den Taschen, die sie bei sich trugen, nach zu urteilen.

Gleichzeitig erwachte in meiner Brust ein hoffnungsvolles Flattern. Es war wie damals, als ich zum ersten Mal vor der Friedrich-Wilhelms-Universität gestanden hatte. Ich war etwas verunsichert gewesen, aber auch tatendurstig. Derselbe Drang erfasste mich nun wieder und brachte mich dazu, die Stufen zur Eingangstür zu erklimmen.

Der Vorraum, in dem ein paar Männer hinter einem langen hölzernen Tresen saßen, war in gedämpftes Licht getaucht. Außer meinen Schritten, die über die Marmorfliesen hallten, war es still, nicht mal gedämpftes Flüstern war zu vernehmen.

Ich wusste, welchen Eindruck ich auf die Männer machen musste, dennoch straffte ich mich und ging auf einen von ihnen zu.

»*Bonjour*, Monsieur, ich würde gern die Bibliothek benutzen.«
Der Mann musterte mich verwundert von Kopf bis Fuß.
»Möchten Sie eine Stundenkarte oder eine für den Monat?«
Ich zog die Augenbrauen hoch, dann begriff ich. Die Benutzung der Bibliothek war nicht kostenlos. Glücklicherweise hatte ich ein wenig Geld mitgenommen.
»Was kostet das?«
»Drei Francs für die Monatskarte, zwanzig Centimes für eine Stundenkarte.«
Ich griff in meine Jackentasche. Drei Francs waren für mich recht viel. Doch mit einer Stunde würde ich nicht auskommen. Ich entschied mich, das Essen für diesen Tag ausfallen zu lassen, und schob dem Beamten die höhere Summe zu.
»In Ordnung, Madame«, sagte er und reichte mir ein Formular. »Füllen Sie das hier aus. Danach dürfen Sie in den Lesesaal. Wenn Sie etwas Bestimmtes suchen, wenden Sie sich bitte an das Personal. Nicht alle Werke sind sofort zugänglich, einige müssen erst aus dem Archiv geholt werden.«
»Danke, ich glaube, ich werde fündig«, gab ich zurück und füllte das Formular aus.
Wenig später betrat ich den *Salle Ovale*, einen riesigen Raum mit hohem Kuppeldach, in das runde Fenster mit Blütenzier eingelassen waren. An den Lesetischen spendeten Lampen mit grünen Schirmen Licht, das auch benötigt wurde, denn das Licht, das durch die Fenster fiel, reichte nicht aus, um den Saal zu erleuchten.
Ringsherum war es so still, dass man eine Stecknadel fallen hören könnte. An den Tischen saßen einige Männer, die vollkommen in ihre Lektüre vertieft schienen. Bei einigen stapelten sich die Werke regelrecht. Ich entschied mich, erst einmal nach meinen Büchern zu suchen und dann einen Platz einzunehmen, möglichst abseits der anderen, damit ich mit meinem dicken Bauch kein Aufsehen erregte.

Die folgenden Stunden verbrachte ich damit, nach Titeln zu suchen, die sich mit Creme- und Parfümherstellung befassten. Ich schleppte die Bände zunächst mit mir herum, bis einer der Angestellten erschien und mir empfahl, einen kleinen Wagen zu verwenden. Ich dankte ihm und setzte meinen Weg fort. Fast bemerkte ich nicht, wie die Zeit verging.

Wieder im Lesesaal angekommen, waren einige der Männer, die ich zuvor gesehen hatte, verschwunden. Frauen suchte ich hier vergebens. War das lediglich heute so, oder gab es hier nur wenige Studentinnen?

Ich suchte mir schließlich einen Platz etwas abseits und vertiefte mich in meine Studien, bis ich ein Stimme hinter mir im Flüsterton sagen hörte: »Sie haben sich ja einiges vorgenommen.«

Verwirrt blickte ich mich um und schaute in das Gesicht eines jungen Mannes in einem braun karierten Jackett. Er war recht attraktiv mit seiner hohen Stirn, der langen Nase und den sinnlich geschwungenen Lippen. Eine dunkle Locke fiel ihm in die Stirn.

»Ja, ich ... studiere Chemie«, antwortete ich und lächelte ihn an.

Er setzte ebenfalls zu einem Lächeln an, doch dann fiel sein Blick auf meinen Bauch. Augenblicklich änderte sich etwas in seinem Gesichtsausdruck. War es Enttäuschung? Geringschätzung?

Er räusperte sich verlegen. »Nun, dann störe ich Sie wohl besser nicht länger.«

Er deutete eine kleine Verbeugung an und wandte sich um. Ich blickte ihm verwirrt hinterher. Was sollte das? Hatte er mir von hinten nicht angesehen, dass ich schwanger war? Für einen Moment trat ein bitterer Geschmack in meinen Mund. Ich wusste genau, warum ein Mann eine Frau ansprach. Offenbar hatte er meine Bekanntschaft machen wollen. Auch wenn ich ihn nicht kannte und keinerlei Gefühle für ihn hegte, traf es mich doch, dass er angesichts meines Bauches zurückgeschreckt war. Würde es mir immer so gehen, solange ich schwanger war? Würden Männer wegen meines Kindes zurückschrecken? Glaubten sie, ich sei vergeben? Die Enttäuschung nagte kurz an mir, dann vertrieb ich sie mit einem Kopfschütteln. Der Kerl war es nicht wert. Die Bücher schon. Sie würden der Grundstein für mein Leben hier sein. Für das Leben meines Kindes.

Konzentriert füllte ich meinen Kopf mit weiterem Wissen an und machte mir Notizen. Dabei wurde mir immer klarer, dass die Eröffnung eines eigenen Ladens weitere Schwierigkeiten mit sich bringen würde. Ich brauchte neben den Räumen eine Einrichtung und Waren, die ich anbieten konnte. Diese Waren konnte ich herstellen, doch würde meine Experimentierausrüstung kaum dafür ausreichen.

Nach und nach türmte sich vor mir ein schier unüberwindbarer Berg von Schwierigkeiten auf, und Verzweiflung machte sich breit. Ich dachte wieder an den schönen Laden von Helena Rubinstein und meine Träume von türkisfarbenen Vorhängen.

Dann kam mir eine Idee. Was, wenn ich das Geld für den Laden genau dort verdiente, wo ich das Handwerk lernen konnte? Ich dachte zurück an die adrette junge Frau hinter dem Empfangstresen von Helena Rubinstein. Wenn ich nun an ihre Stelle treten konnte ... Wenn ich es irgendwie schaffte, dass Madame Rubinstein mich einstellte?

Die Gedanken nahmen mich derart ein, dass ich kaum das Klingeln vernahm, das die Schließung der Bibliothek verkündete. Taumelig erhob ich mich und betrachtete den Bücherhaufen. Bis morgen würden die Mitarbeiter die Bände wieder einsortiert haben. Aber nun wusste ich, wo ich sie finden konnte.

Am nächsten Morgen kramte ich die Prospekte von Madame Rubinstein hervor. Vielleicht bildete ich es mir nur ein, aber irgendwie meinte ich an ihnen immer noch den Duft des Ladens zu riechen. Ob die Verkäuferinnen sie parfümierten? Ich schnupperte an dem Papier, doch alles, was ich roch, war die übliche hölzerne Note.

Die Idee, in diesem Laden zu arbeiten, vorerst, bis ich das Geld für ein eigenes Geschäft zusammenhatte, ließ mich nicht mehr los.

Auf eine Verkäuferin warteten sie sicher nicht, diese Stelle konnten sie problemlos mit einer Französin besetzen. Aber was, wenn mir eine Creme gelang, die der Crème Valaze in nichts nachstand, diese vielleicht sogar übertraf, was Duft und Konsistenz anging? Würden sie mich als Chemikerin anstellen? Irgendwo musste es doch eine Fabrik für diese Cremes geben! Vielleicht konnte ich dort eine Stelle finden?

Ich wusste jedoch, dass ein einfaches Vorsprechen oder eine schriftliche Bewerbung nicht viel bringen würden. Ich brauchte etwas, das die Leute davon überzeugte, dass es keine Alternative zu meiner Anstellung gab.

Ich begann also, immer nach den Bibliotheksbesuchen in den Parks Ausschau nach Kräutern zu halten, die ich für eine Creme verwenden konnte. Nach einer Weile fand ich in einer kleinen Seitenstraße eine Apotheke, die mir die Grundstoffe für eine einfache Creme verkaufte. Ein Großteil meiner mageren Ersparnisse floss in die Apothekenkasse, doch ich hatte nun etwas, mit dem ich arbeiten konnte.

Da ich in unserer Kammer nicht mit einem Bunsenbrenner hantieren wollte, fragte ich Madame Roussel, ob ich zeitweilig ihre Küche benutzen dürfte.

Sie schaute mich an, als wollte sie mir dafür etwas berechnen, doch dann nickte sie. »Meinetwegen. Aber wenn Sie Geschirr zerschlagen, ersetzen Sie es.«

Ich hatte nicht vor, ihr Geschirr überhaupt zu verwenden, doch sie ging wohl davon aus, dass ich eine Mahlzeit kochen wollte.

Da ich mitbekommen hatte, dass sie zwischen zwei und vier Uhr außer Haus war, nutzte ich diesen Zeitraum für meine Versuche. Dabei merkte ich, wie sehr es mir gefehlt hatte, Zutaten zusammenzurühren und zuzuschauen, wie sich daraus allmählich ein Produkt bildete. Wie ich den Duft von Kräutern und Bienenwachs vermisst hatte!

Nach einer Woche hatte ich eine erste Rezeptur, die allerdings nicht im Geringsten mit der wundervollen Creme von Helena Rubinstein zu vergleichen war.

»Du meine Güte, wie riecht es denn hier?«, fragte Henny, als sie von einer Probe nach Hause kam. Ich hatte ihr bislang noch nichts von meinen Plänen erzählt. Sie wusste lediglich, dass ich täglich in die Nationalbibliothek ging, um meine Studien zu vervollkommnen.

»Ich habe begonnen, eine Creme zu entwickeln«, sagte ich und holte das Tiegelchen hervor. »Es ist noch nicht so, wie ich es gern hätte, aber ich brauche sicher nur noch ein paar Tage, um den Dreh herauszubekommen.«

Henny zog skeptisch die Stirn kraus. »Und was willst du damit anfangen?«

Ich stellte den Tiegel weg und kramte den Prospekt hervor. »Mich bei hiesigen Firmen bewerben.«

Henny las kurz und schüttelte den Kopf. »Das ist doch Unsinn! Du wirst schon bald dein Kind haben, hast du das vergessen?«

»Natürlich nicht!«, gab ich zurück. »Aber es kommt doch auch eine Zeit nach der Geburt.«

»Und wie willst du arbeiten, wenn du ein kleines Kind hast? Ich bin nicht immer hier, um es zu beaufsichtigen, und Madame Roussel wird es nicht gefallen, wenn du sie fragst. Meinst du wirklich, die zahlen dir genug, damit du ein Kindermädchen anstellen kannst?«

»Vielleicht tun sie das, wenn sie erst einmal meine Creme ausprobiert haben«, erwiderte ich zuversichtlich. Ich wollte mir meine Idee unter keinen Umständen ausreden lassen. Natürlich würde es schwer werden, eine Aufsicht für mein Kind zu finden. Aber vielleicht konnte ich es mitnehmen? Solange es noch sehr klein war, würde es sicher nicht viele Umstände machen.

»Sie werden dich nicht wegen eines Tiegels Creme anstellen«, redete Henny weiter. War das immer noch meine Freundin, die mir vor einigen Monaten Mut gemacht hatte? Sprach ich plötzlich eine andere Sprache, sodass sie mich nicht mehr verstand? »Du solltest dich richtig vorstellen. Später, wenn du weißt, wer auf dein Kind aufpasst.«

»Sie werden eine normale Bewerbung nicht annehmen, weil ich keine Arbeitserlaubnis habe. Aber wenn ich ihnen irgendwie zeigen kann, dass ich es wert wäre, eingestellt zu werden … dass ich nicht durch eine Französin ersetzt werden kann … Dazu sollte ich so schnell wie möglich anfangen.«

»Sie werden dich immer ersetzen können, überall. Du solltest dein Geld nicht für die Zutaten einer Creme verschwenden, wo du schon bald alles für dein Kind brauchst. Das ist ein Hirngespinst, Sophia!«

Ich schüttelte den Kopf. »Ich werde nicht mehr viel für mein Kind haben, wenn ich nicht endlich eine Möglichkeit finde, hier zu arbeiten. Niemand wartet hier auf mich!«

»Das war in Berlin auch nicht der Fall.«

»Aber in Berlin brauchte ich keine Arbeitserlaubnis. Und die erhalte ich nur, wenn ich einen französischen Arbeitsvertrag habe. Für dich wurde alles schon vom Theater erledigt, doch ich …«

»Wer sagt denn, dass du wirklich eine Erlaubnis brauchst?

Diese Genevieve?«, fuhr Henny mich im nächsten Moment ungehalten an.

»Genevieve hat mir geholfen, die Aufenthaltserlaubnis zu bekommen«, gab ich zurück.

»Sie könnte sich irren. Was weiß eine wie die schon von der richtigen Arbeitswelt! Du solltest nichts darauf geben.«

Der Hochmut in Hennys Stimme erschreckte mich. Sicher, Genevieves Gewerbe war alles andere als ehrbar. Aber sie war ein guter Mensch.

Da ich spürte, dass Streit in der Luft lag, schwieg ich lieber. Auch in den vergangenen Tagen war es schon so gewesen, dass Henny mürrisch von der Probe kam, schnippische Antworten gab und ich ihr nichts recht machen konnte. Ich schob es auf den Druck, den sie im Theater verspürte, auf das abweisende Verhalten der anderen Tänzerinnen. Dass sie nichts mehr von meiner Idee hielt, die ich ja auch schon in Berlin angesprochen hatte, machte mich traurig. Und vielleicht hatte sie recht, dass ich warten musste, bis mein Kind da war.

Ich atmete tief durch und erhob mich dann. Vielleicht benötigte ich einfach nur ein wenig frische Luft, um nicht so empfindlich auf ihre Worte zu reagieren.

»Wo willst du hin?«, schnappte Henny, als ich zur Tür ging.

»Einen kleinen Spaziergang machen«, antwortete ich. »Ich brauche einen klaren Kopf.«

Damit verließ ich die Wohnung und stieg die Treppe hinunter. Verwirrung tobte in mir.

Sicher, das Geld war knapp, und ich konnte keine großen Sprünge machen. Doch immerhin war es ein Weg, den ich vor mir sah. Der einzige Weg, der mir offenstand. Und ich war davon überzeugt, dass es klappen konnte. Warum also versuchte Henny, die ihren Platz gefunden hatte, das kleinzureden? Und warum traute sie es mir nicht zu, auf meine Weise für mein Kind zu sorgen, wenn es da war?

19. Kapitel

Hennys Laune schwankte auch weiterhin, mal war sie grüblerisch, mal euphorisch oder mürrisch.

Sie sagte es nicht offen, aber ich spürte, dass es sie störte, dass ich nach wie vor an der Entwicklung einer Creme arbeitete. Doch das hielt mich nicht auf.

Beinahe täglich ging ich in die Bibliothek, denn ich wollte die drei Francs für den Monat so gut wie möglich ausnutzen. So entkam ich auch Hennys Stimmungsschwankungen, denn wenn ich zurückkehrte, war sie meist schon fort, und ich wusste, dass sie vor dem Morgengrauen nicht heimkommen würde.

Die Zeit in der Bibliothek gab mir neue Kraft und befeuerte meine Ideen. Auch wenn ich wusste, dass es schwierig werden würde, hatte ich Zuversicht, meinen Schwur, den ich vor dem kleinen Ladenfenster geleistet hatte, einhalten zu können.

Deshalb kam ich an diesem späten Nachmittag auch vollkommen beschwingt nach Hause.

Kaum hatte ich meinen Fuß auf die Treppe gesetzt, ertönte von oben ein lang gezogenes Stöhnen. Ich rollte mit den Augen, und ein Lächeln huschte über mein Gesicht. Genevieve schien heute früher mit ihrer Arbeit angefangen zu haben.

Ich schleppte mich die Treppe hinauf, ging zu unserer Zimmertür und öffnete sie. Im nächsten Augenblick erstarrte ich.

Henny lag im Bett, den Kopf leidenschaftlich zurückgeworfen. Über ihr, zwischen ihren Schenkeln, lag ein Mann und bewegte sich heftig. Im ersten Moment wusste ich nicht, wer er war, doch dann wandte er den Kopf zur Seite. Ich erkannte Maurice Jouelle aus dem Theater! Als er mich erblickte, stieß er ein ärgerliches Knurren aus.

»Ich dachte, die wäre unterwegs!«, fauchte er und wälzte sich von Henny herunter. Deren Kopf glühte, jetzt wohl mehr aus Scham als aus Lust.

Ich wusste nicht, was ich tun sollte. Jouelles Anwesenheit, dazu noch vollkommen nackt, irritierte mich derart, dass ich mich nicht vom Fleck rühren konnte.

Er stieß noch ein paar Verwünschungen aus, dann wandte er sich an Henny. »Wann sagst du ihr endlich, dass sie verschwinden soll?«

Diese Worte waren wie ein Schlag ins Gesicht. Hatte er mit Henny tatsächlich darüber gesprochen, dass ich gehen sollte?

Endlich konnte ich mich wieder bewegen. Ich taumelte zurück zum Türrahmen, dann wirbelte ich herum und lief die Treppe hinunter.

Auf dem Hof machte ich halt und lehnte mich gegen die Wand. Ich hörte die Stimmen auf der Straße, doch sie verschwammen. Mein Herz raste in Panik. Was war da oben geschehen? Traf sich Henny mit Jouelle? War das ihr Weg, ihn davon zu überzeugen, dass sie bleiben konnte?

Mir wurde schwindelig. Alles, was Genevieve gesagt hatte, stimmte. Ein Mann steckte hinter ihren wechselhaften Stimmungen. Hinter ihrer schlechten Laune und dem Grübeln. Dahinter, dass ich mich immer mehr wie eine Last fühlte.

Sie hatte mir nichts davon erzählt. Nicht mal angedeutet hatte sie es. Oder ich hatte nicht zugehört.

Ich starrte auf die Steinplatten, während ich es oben rumoren hörte. Wenig später stolperte Jouelle aus der Tür. Ich verschränkte die Arme und wandte mich ab. Ich wollte ihn nicht sehen. Trotzdem kam er auf mich zu.

»Du solltest aus ihrem Leben verschwinden«, zischte er mir zu. »Vor ihr liegt eine große Karriere. Sie kann keinen Parasiten gebrauchen. Nimm deine Sachen, und geh wieder dahin, wo du hergekommen bist!«

Ich spürte seinen Atem in meinem Nacken. Instinktiv legte ich die Hände um meinen Bauch und krümmte mich ein wenig zusammen.

Wenig später hörte ich seine Schritte, die sich rasch vom Hinterhof entfernten.

Eine Weile verharrte ich noch so, dann richtete ich mich auf und stützte mich an der Wand ab. Die Steine fühlten sich rau an. Tränen stiegen in meine Augen.

Ich konnte nicht zurück nach oben gehen. Ich wollte auch nicht, dass Henny herunterkam und mit mir sprach. In diesem Augenblick konnte ich nicht mal an sie denken.

Dass sie etwas mit Jouelle hatte, war ihre Sache, ich nahm es ihr nicht übel. Dass sie mir nichts davon erzählt hatte, war traurig, aber jetzt konnte es nicht mehr ungeschehen gemacht werden. Was mich allerdings am meisten schockierte, war die Tatsache, dass sie mit Jouelle über mich geredet haben musste. Sie musste ihm von meiner Situation erzählt haben, darüber, wie ich bei ihr untergekommen war. Er hatte mich einen »Parasiten« genannt. Dachte Henny etwa ebenso?

Hastig wischte ich mir übers Gesicht, dann wandte ich mich um. Ein paar Runden durch den Park würden genug Zeit kosten. Henny musste zu ihrem Auftritt. Und ich konnte darüber nachdenken, was ich tun sollte.

Ich irrte herum. Mit jedem Schritt wurde mir klarer, dass ich nicht bei Henny bleiben konnte. Ich wusste nicht, ob es allein Jouelles Meinung war, doch auch wenn sie beteuerte, es nicht so zu sehen, machte mir ihr Verhalten deutlich, dass unsere gemeinsame Zeit hier beendet war. Sie hatte etwas gegen meinen Versuch, selbstständig zu werden. Gleichzeitig bedeutete es aber, dass ich von ihr abhängig blieb, wenn ich nichts tat. Dass ich den normalen Weg einer Anstellung nicht gehen konnte, schien sie nicht zu begreifen. Jouelle tat das offenbar, er sah für mich wohl keine andere Möglichkeit, als Henny weiterhin auf der Tasche zu liegen. Wer wusste schon, wann er es schaffte, ihr einzureden, wie unnütz ich war ...

Meine Gedanken liefen im Kreis, ohne ein Ziel zu finden. Als es dämmerte, kehrte ich in die Pension zurück. Henny hatte das Bett gemacht und war gegangen, nichts erinnerte mehr an das, was ich beobachtet hatte. Und doch meinte ich Jouelle immer noch auf ihr liegen zu sehen. Ratlos wanderte ich in unserer Kammer auf und ab, spielte sogar mit dem Gedanken, Genevieve zu besuchen, doch ich ließ es sein.

Stattdessen setzte ich mich auf den Stuhl und blickte aus dem Fenster. Wieder und wieder ging ich durch, was der Mann zu mir gesagt hatte. Ich rekapitulierte die vergangenen Tage. Hennys Veränderung. Von dem Mädchen, das zu mir gekommen war, um Murmeln mit mir zu spielen, schien nichts mehr übrig zu sein. Nicht einmal die junge Frau, die mich mit in ihr Theater genommen hatte, war mehr da. Henny war vorangeschritten, während ich das Gefühl hatte, mich rückwärts zu bewegen.

Auf das Bett wollte ich mich nicht legen, also rollte ich mich schließlich auf dem Fußboden zusammen. Es war unbequem, aber irgendwann wurde die bleierne Schwere meines Körpers zu groß, und ich versank in traumloses Schwarz.

Als ich wieder zu mir kam, spürte ich, dass Henny da war.

Die Sonne war noch nicht über den Horizont getreten, doch man sah das Dämmerlicht schon in den Fenstern. Stöhnend richtete ich mich auf. Mein Rücken und mein Nacken schmerzten.

»Was machst du denn da unten?«, hörte ich Hennys Stimme. Ich wandte mich um. Auch sie hatte sich nicht ins Bett gelegt, stattdessen saß sie auf der Bettkante und starrte aus dem Fenster, wie ich es Stunden zuvor getan hatte. Sie sprach, ohne mich anzusehen.

Ich versuchte mir den Schlaf aus dem Gesicht zu wischen. Einen gnädigen Moment lang war mein Verstand noch leer, doch dann fiel mir alles wieder ein.

»Ich habe es nicht für richtig gehalten«, sagte ich und erhob mich. Dabei wurde mir ein wenig schwindelig, und ich ließ mich auf den Stuhl sinken.

Henny nickte.

»Wie lange ... geht das schon?« Meine Stimme kratzte in meinem Hals.

»Seit der Premiere«, antwortete Henny. »Ich ... ich konnte es dir nicht sagen.«

»Warum nicht?«, fragte ich. »Ich habe dir doch auch von Georg erzählt.«

»Das hier ist etwas anderes.«

»Wirklich?« Ich seufzte und legte die Hände an meinen Bauch. Sie würde schwanger werden, wenn etwas schiefging. Wenn Jouelle nicht aufpasste.

»Es ist meine Sache, verstehst du? Er ist meine Sache!« Sie wandte sich um. »Er wird dafür sorgen, dass ich bleiben kann.«

»Dann schläfst du mit ihm, weil er dir versprochen hat, dich im Theater zu behalten?« Auch das war eine Seite an Henny, die ich noch nicht gekannt hatte.

»Wie war es denn bei deinem Dozenten?«, schnappte sie unerwartet. »Du hast dir doch sicher auch etwas versprochen!«

Ich schüttelte ungläubig den Kopf. Dachte sie das wirklich?

»Ich wollte begehrt werden«, sagte ich. »Ich wollte mich schön fühlen. Ich wollte, dass endlich jemand auf mich aufmerksam wird. Und Georg behauptete, in Scheidung zu leben.« Ich hielt kurz inne und hörte in mich hinein. »Ich dachte, ich würde ihn lieben. Ich habe darüber alles vergessen. Aber du ... Vor dir liegt eine ganze Welt.«

»Ja, und deshalb ist es wichtig, dass jemand da ist, der mir dabei hilft. Außerdem ...« Sie stockte.

»Liebst du ihn?«, fragte ich. Dieselbe Frage hatte sie mir gestellt, als ich damals von Georg erzählte. Ich war ihr ausgewichen, denn ich wusste nicht, ob das, was ich damals empfand, Liebe war.

»Ja«, antwortete sie mit rauer Stimme. »Es ist anders als bei den früheren Schwärmereien. Aber ich denke schon, dass ich ihn liebe.«

»Und er dich?«, fragte ich und erntete für einige Minuten Schweigen.

Angst überfiel mich. Möglicherweise würde Henny so enden wie ich. Wie konnte man schon eine Schwangerschaft vermeiden, wenn es der Mann nicht für nötig hielt aufzupassen? Irgendwann würde auch Jouelle von seiner Leidenschaft übermannt werden. Dann war die glänzende Karriere, von der er gesprochen hatte, vorbei.

Aber ich spürte, dass Henny für all das keine Ohren haben würde.

»Er hat mit mir gesprochen«, sagte ich, nachdem wir eine Weile geschwiegen hatten. »Er meinte, dass es besser sei, wenn ich dich in Ruhe ließe. Du würdest keinen Parasiten brauchen, denn vor dir liege eine große Karriere.«

Henny sah mich an. Jetzt wirkte sie wieder wie damals, als ich bei ihr eingezogen war.

»Das hat er nicht gesagt!«

»Doch, das hat er«, entgegnete ich. »Wahrscheinlich hat er die Geschichten, die du über mich erzählt hast, so aufgefasst.«

»Ich ... ich habe ihm gar nichts erzählt!«, protestierte sie, doch ich sah, dass sie log. Ich ging zu ihr. Mein Körper schmerzte noch immer, und das Brennen in meiner Brust wurde immer größer. Es war, als würde es mein Herz versengen. Wenn ich meine Freundin verlor, was blieb mir dann noch?

»Hör zu«, sagte ich und versuchte, nach ihren Händen zu greifen, doch sie entzog sie mir. »Ich kann hier nicht für immer bleiben. Du willst dein eigenes Leben, du willst offenbar diesen Mann. Und er will nicht, dass ich in deiner Nähe bin. Ich will euch nicht im Weg stehen, also werde ich gehen, sobald ich eine andere Unterkunft gefunden habe.«

»Aber ... ich habe doch gar nichts gesagt!«, entgegnete sie mürrisch. Doch in ihren Augen meinte ich einen kleinen Funken Freude zu sehen. Erleichterung, mich endlich los zu sein.

»Nein, das hast du nicht«, entgegnete ich und versuchte, gegen den Schmerz anzuatmen, der sich in meinem Bauch ausbreitete. Sicher kam das nur davon, dass ich so krumm auf dem harten Boden gelegen hatte. Sämtliche Muskeln hatten sich in mir wohl verzogen. »Aber ich habe gespürt, dass etwas in dir vorgeht. Du magst es mir gegenüber vielleicht nicht zugeben, doch ich werde dir zunehmend eine Last. Du feierst bis zum Morgengrauen, hast deine Anstellung, und ich ...«

»Gönnst du mir das etwa nicht?«, fauchte Henny. »Immerhin habe ich dafür gesorgt, dass du nicht in der Gosse sitzen musst.«

Ich atmete noch einmal tief durch. Die Schmerzen im Bauch ließen langsam nach, aber das Gefühl des Verlorenseins machte sich umso stärker in meiner Brust breit. Erneut kam ich mir vor wie damals, als ich es bereut hatte, die Schlüssel zur Wohnung meiner Eltern auf der Kommode gelassen zu haben. Doch es ging nicht anders. Ich musste mir eine andere Bleibe suchen. Irgendwie.

»Natürlich gönne ich es dir«, verteidigte ich mich schwach. »Und ich bin dir dankbar für all das, was du für mich getan hast. Aber ich denke, es wird Zeit, dass ich ausziehe. Lange wird es nicht mehr gut gehen mit uns, und ich will nicht meine einzige Freundin verlieren, weil diese sich zwischen ihrem Liebhaber und ihrer Freundin entscheiden muss.«

»Sophia!«

Ich schüttelte den Kopf. Ich brauchte keine Beteuerungen ihrerseits in diesem Moment. Ich hatte gesehen, wie sie sich verändert hatte. Auch wenn sie es nicht zugeben würde, so dachte sie vielleicht tatsächlich wie Maurice Jouelle. »Es ist besser so. Ich werde es schon schaffen.«

Ich blickte mich um. Henny war für mich ein sicherer Hafen gewesen, aber es war Zeit, voranzugehen. Möglicherweise gab es hier ein Asyl für mittellose Frauen. Etwas, wo ich wenigstens so lange aufgehoben war, bis ich die Mittel hatte, mein Vorhaben zu verwirklichen.

20. Kapitel

Wenig später verließ ich das Zimmer. Ich brauchte jetzt Ruhe und wusste, dass ich diese in der Bibliothek finden würde. Möglicherweise konnte ich dort auch in Erfahrung bringen, wo es Unterkünfte für gefallene Mädchen wie mich gab.

Während der Morgen über Paris erwachte, erreichte ich das Gebäude der Bibliothèque nationale. Der Gang war beschwerlicher als sonst gewesen. Mein Rücken schmerzte, und auch meine Beine schienen heute schwächer zu sein als sonst. Ein dumpfes Pochen zog durch meine Schläfen.

Mit jedem Schritt rekapitulierte ich die Unterhaltung mit Henny. Doch wie ich es auch drehte, es wurde nicht besser. Vielleicht konnte ich noch eine Woche bleiben, aber bis dahin musste ich etwas gefunden haben.

Der Vorplatz der Bibliothek war um diese Zeit noch leer, lediglich ein paar Tauben suchten gurrend nach Futter. Ich hörte das Singen der Vögel auf den Dächern, das Tschilpen der Spatzen und beneidete sie um ihre Freiheit. Sie konnten überall ihr Nest bauen ...

Da bereits Licht in den Fenstern der Bibliothek brannte, trat ich ein. Am Empfang saß im Moment nur ein Mann. Er unterhielt sich mit einer Frau im grünen Kleid, die gerade ihren Hut vom Kopf nahm. Das schwarze Haar, das darunter zum Vorschein kam, glänzte wie das Gefieder einer Amsel. Sie war eine der wenigen Frauen, die ich hier in den vergangenen Tagen gesehen hatte. Irgendwie freute mich das, denn so würde ich nicht allein sein und ständig die Blicke der Männer auf mich ziehen, wenn ich meinen Bücherstapel zum Tisch trug.

Worüber sie sich unterhielten, wusste ich nicht, und ich kümmerte mich auch nicht darum, als ich dem Lesesaal zustrebte. Die Wärme machte mir heute mehr zu schaffen als vorher. Vielleicht sollte ich den Augenblick der Ruhe nutzen und noch ein wenig Schlaf nachholen. Einige Besucher schliefen über ihrer Lektüre ein.

Ein plötzlicher Schmerz raubte mir mit einem Mal den Atem. Es war, als würde jemand ein Messer in meinen Bauch stoßen.

Zunächst dachte ich, dass es wieder weggehen würde, doch dann spürte ich etwas Feuchtes, das an meinem Bein hinablief. Stöhnend ließ ich mich auf die Knie sinken.

Die Frau, die soeben noch am Empfang gestanden hatte, kam zu mir gelaufen. Sie beugte sich über mich.

»Was ist mit Ihnen, Mademoiselle?«

»Ich … ich weiß nicht«, stöhnte ich. »Mein Kind …«

Die Frau sah an mir herab, dann schlug sie die Hand vor den Mund.

»*Mon dieu!*«, presste sie hervor. »Das Wasser … Ihre Fruchtblase ist geplatzt!«

Ihre Worte gingen beinahe unter in dem Rauschen in meinen Ohren.

»Hilfe!«, rief die Frau plötzlich laut. »Wir brauchen einen Arzt!«

Ein paar hereinkommende Männer gafften mich an, worauf die Fremde ihren Ruf nach einem Arzt wiederholte. Einer von ihnen löste sich aus dem Pulk und lief los.

Die Fremde strich mir über die Stirn. »Es wird alles gut werden. Bleiben Sie nur ruhig.«

Doch das fiel mir schwer. Würde ich jetzt das Kind zur Welt bringen? Oder war etwas passiert? Verblutete ich gar? Ich wagte gar nicht, nach unten zu schauen. Vor Angst wimmerte ich auf.

»Wie ist Ihr Name?«, fragte die Frau, um mich ein wenig abzulenken.

»Sophia«, antwortete ich, bevor ein neuerlicher Krampf mir den Atem nahm.

»Ich bin Agnes«, antwortete die Fremde. »Wissen Sie schon, wie Sie das Kind nennen wollen?«

Ich schüttelte den Kopf. Von Zeit zu Zeit hatte ich über einen Namen nachgedacht, aber keiner war mir so richtig passend erschienen. Auch wusste ich ja noch nicht, ob es ein Junge oder ein Mädchen wurde.

»Mein Bruder heißt Jerome«, redete sie weiter, während sie meinen Kopf stützte. »Wenn es ein Junge wird, nennen Sie ihn bloß nicht so, er ist ein Hallodri!« Sie lachte auf, und ich erkannte, dass sie ihren Bruder trotzdem liebte.

»Ich ... ich weiß wirklich nicht ...«

»Wenn es ein Mädchen wird, können Sie es vielleicht nach mir benennen. Oder nach einer guten Freundin.«

Henny. Henriette. Das war ein schöner Name. Der Gedanke daran wurde von einer Schmerzwelle verschlungen. Ich stöhnte auf und versuchte, gegen den Krampf anzuatmen, aber ich hatte das Gefühl, dass ich nicht einmal richtig Luft bekam.

Nach einigen Minuten, die sich endlos zu dehnen schienen, erschienen zwei Männer. Einer von ihnen trug eine blaue Uniform, der andere war der junge Mann, der losgerannt war, um Hilfe zu holen.

»Die Frau muss dringend in eine Klinik«, erklärte Agnes. »Sie bekommt ihr Kind.« Dann wandte sie sich mir zu. Ich kniete immer noch in einer unnatürlichen Haltung auf dem

Boden, denn ich wagte nicht, mich zu bewegen. »Können Sie aufstehen?«

Ich nickte, ohne wirklich zu wissen, ob ich es konnte. Mein ganzer Leib zitterte. Die Frau und der herbeigeeilte Mann halfen mir auf. Meine Knie waren weich wie Butter. Doch der Schmerz hatte immerhin nachgelassen. Auf die Fremden gestützt, verließ ich die Bibliothek. Draußen auf dem Hof wartete ein Taxi.

Ich hatte keine Ahnung, wo der Mann es so schnell aufgetrieben hatte, doch ich hatte nun Hoffnung, dass ich mein Kind nicht hier bekommen musste.

Noch immer lief es mir feucht und warm übers Bein. Die Flecken tränkten meinen Rock, doch mir war egal, was die Leute über mich dachten.

»Wir bringen Sie ins Hôpital Lariboisière«, erklärte Agnes, als wir an dem Fahrzeug angekommen waren. »Ich war selbst schon dort, es ist eine sehr gute Klinik.«

Ich nickte. In diesem Augenblick hätte ich allem zugestimmt.

Der Fahrer war kreidebleich, als er uns sah. Kurz schilderte die Fremde, was geschehen war, dann zog sie einen Geldschein aus einer kleinen Börse, die sie bei sich trug. »Fahren Sie schnell, wenn Sie nicht wollen, dass sie das Kind in Ihrem Wagen bekommt!« Damit drückte sie ihm die Banknote in die Hand.

Ich rechnete damit, dass der Fahrer protestieren würde, doch die Summe schien zu genügen.

»Meine Tasche«, sagte ich, als sie mir auf die Rückbank des Wagens halfen. Meine Notizen lagen noch im Foyer der Bibliothek.

»Ich sorge dafür, dass sie im Krankenhaus abgegeben wird«, sagte die Frau, während sie mir in das Taxi half. Dann drückte sie mir die Hand. »Alles Gute für Sie!« Sie schloss die Tür und winkte, während der Fahrer aufs Gaspedal trat.

Tatsächlich befand sich das Hospital nicht weit von der Bibliothek entfernt. Die recht enge Straße mündete in ein hohes, reich verziertes Steintor, über dem die französische Flagge wehte. HÔPITAL LARIBOISIÈRE stand in dicken Lettern darauf, darüber das Motto der Französischen Revolution: *Liberté, Égalité, Fraternité.*

»Da wären wir, Mademoiselle«, sagte der Fahrer, als wir vor dem Tor angekommen waren.

Ich traute meinen Augen kaum. Für einen Moment traten sogar die Schmerzen in den Hintergrund, die mich in unregelmäßigen Abständen immer wieder überfielen.

Die Anlage ähnelte eher einer kleinen Ausgabe von Versailles als einem Krankenhaus.

Sechs große Gebäude mit hohen Fenstern waren durch reich verzierte Galerien miteinander verbunden. Dazwischen gab es eine herrliche Gartenanlage mit rot leuchtenden Blumenrabatten und kleinen Zierbüschen, die von exakt getrimmtem Buchsbaum eingerahmt wurden.

Wieder krampfte sich mein Bauch zusammen. Wie lange würde es jetzt noch dauern? Während ich versuchte, gegen den Schmerz anzuatmen, und Schweiß über meinen Rücken floss, meldete mich der Fahrer bei der Wache. Wenig später erschienen zwei Schwestern in langen weißen Kitteln und mit Hauben auf dem Kopf, die sie wie Nonnen aussehen ließen. Ich schilderte ihnen kurz, was geschehen war, worauf sie mich in einen Rollstuhl setzten und durch einen langen, mit Marmor ausgelegten Gang zum Kreißsaal schoben. Dort wurden meine Kleider gegen ein Nachthemd ausgetauscht. Mit pochendem Herzen legte ich mich auf die Liege. Angst wühlte in mir. Die Schätzung von Marie Guerin mochte vielleicht ungenau gewesen sein, doch wenn sie stimmte, war ich gut einen Monat zu früh dran.

»Einen Moment, Dr. Marais kommt sofort zu Ihnen«, sagte

die Schwester mitfühlend und lächelte mich an. »Gibt es jemanden, der benachrichtigt werden soll?«

Anstelle einer Antwort wimmerte ich unwillkürlich auf, als eine neuerliche Welle über mich hereinbrach, dann atmete ich schwer. Erst nach einer ganzen Weile war ich imstande zu antworten.

»Geben Sie bitte Henny Wegstein Bescheid, in der Pension von Madame Roussel, Rue du Cardinal Lemoine.« Auch wenn wir gerade erst im Streit voneinander geschieden waren, war sie der einzige Mensch, den ich hatte. Tränen stiegen mir in die Augen. Mein Herz raste vor Angst, und für einen Moment wurde mir schwindelig.

Die Frau nickte und legte mir tröstend die Hand auf die Schulter. »Es wird alles gut. Ruhen Sie sich ein wenig aus, wir werden alles Nötige in die Wege leiten.«

Dann löschte ein neuerlicher Schmerz alle Gedanken aus. Ich presste die Augen zusammen, und während sich mein gesamter Körper mit Schweiß überzog, betete ich, dass es aufhören möge.

Als ich die Augen wieder öffnete, beugte sich ein Mann im weißen Kittel über mich. Er war schon etwas älter, sein schütteres Haar war mit Pomade in Form gebracht worden. Unter seinem Kittel trug er ein weißes Hemd mit blauer Krawatte. In seiner Tasche steckte ein Stethoskop.

»Mein Name ist Dr. Marais«, stellte er sich vor. »Ich bin der Frauenarzt dieses Hospitals.«

Ich stieß ein Keuchen aus. Wann würde es mit dieser Qual endlich vorbei sein? »Kann ich eine Hebamme bekommen?«, fragte ich gepresst, denn das Sprechen strengte mich unendlich an.

»Sie ist schon unterwegs. Ich werde dafür sorgen, dass Ihnen bei Komplikationen nichts passiert.«

Ich nickte und sank wieder auf die Liege. Dass der Arzt mich untersuchte, bekam ich beinahe nicht mit. Ich versuchte, mich aufs Atmen zu konzentrieren, doch das half nichts gegen die furchtbare Angst, die mich überfiel. Würde ich bei der Geburt sterben? Was passierte dann mit dem Kind?

Ich schloss die Augen und mochte nicht daran denken, dass Georg mir geraten hatte, zu diesem Engelmacher zu gehen. Dem Arzt, der gegen das Gesetz verstieß. Dieser Arzt hier würde versuchen, uns zu retten. Mich und das Kind.

»Ist der Vater des Kindes benachrichtigt?«, hörte ich durch das Rauschen in meinen Ohren. Mein gesamter Körper schien zu pulsieren, sogar noch etwas schlimmer bei dieser Frage.

Ich schüttelte den Kopf. »Nein. Er will das Kind nicht. Er weiß nicht, dass ich hier bin.«

Dr. Marais hob die Augenbrauen. »Dann sind Sie ganz auf sich allein gestellt?«

»Ja«, gab ich zurück.

»Und Ihre Eltern?«

Ich atmete tief durch. »Zu denen habe ich keinen Kontakt mehr.«

Seine Miene wurde mitleidig. »Das wird bestimmt nicht leicht für Sie. Ein Kind allein aufzuziehen ist schwierig. Haben Sie jemanden, der auf es aufpassen kann?«

Was kümmerte es ihn? Bisher hatte mich noch nie jemand gefragt, wie ich zurechtkommen würde.

»Es wird schon gehen«, sagte ich und entspannte mich ein wenig, als der Schmerz etwas nachließ. »Ich habe hier eine Freundin, die mich unterstützt.«

Das entsprach seit heute Morgen nicht mehr der Wahrheit, doch der Arzt schien zufrieden zu sein. »Dann verlieren wir keine Zeit mehr. Die Fruchtblase ist geplatzt, also wird es nicht mehr lange dauern. Wir bereiten uns nur noch kurz auf einige Eventualitäten vor.«

»Eventualitäten?«, fragte ich ängstlich.

»Sie sind nicht gerade in guter körperlicher Verfassung. Es könnte Ihnen an Kraft fehlen, die Geburt durchzuhalten. In dem Falle würde ich einen Kaiserschnitt durchführen.«

Davon hatte Marie Guerin nichts gesagt. »Kaiserschnitt?«, flüsterte ich entsetzt. Ich wusste, dass man dazu den Bauch aufschneiden musste. Eine Nachbarin damals in unserem alten Berliner Wohnhaus hatte ihr Kind mit einem Kaiserschnitt bekommen und war dabei gestorben.

»Keine Sorge, das Verfahren ist mittlerweile viel sicherer und die Narkose ebenfalls«, sagte Dr. Marais und deutete damit meine Miene richtig. »Sie sollen wissen, dass ich alles tun werde, damit Sie ein gesundes Kind in den Armen halten können.«

»Danke, Herr Doktor«, entgegnete ich. Der Arzt nickte und verschwand.

Ich zitterte vor Angst. Ein Kaiserschnitt. Würde er wirklich nötig werden? Dr. Marais hatte mich untersucht. Hatte er gesehen, dass etwas nicht in Ordnung war?

Eine Frau in Schwesterntracht erschien, die sich mir als Aline DuBois vorstellte, die Hebamme des Hospitals. Sie trug eine Tasche bei sich, wie ich sie auch bei der Armenhebamme gesehen hatte.

»Es wird nicht leicht werden, aber Sie werden es schaffen«, sagte sie und streichelte über meine schweißnasse Stirn. Meine Kehle schmerzte mittlerweile vom angestrengten Atmen, und meine Gliedmaßen kribbelten, als würden Tausende Ameisen darüberlaufen. »Wissen Sie denn schon, wie das Kind heißen soll?«, fragte sie.

Ich schüttelte den Kopf. »Kommt drauf an, was es wird. Ein Mädchen könnte vielleicht Henriette heißen, aber ein Name für einen Jungen ist mir noch nicht eingefallen. Jedenfalls keiner, der mir gefällt.«

»Es reicht, wenn Sie uns den Namen mitteilen, wenn es da

ist«, antwortete die Hebamme lächelnd. »Viele Frauen wissen ihn vorher nicht, sie vergeben ihn erst, wenn sie das Kind sehen.«

Ich nickte, doch ich war mir nicht sicher, wie ich mich entscheiden sollte, wenn es so weit war. Ich dachte an die junge Frau, die zusammen mit ihrem Mann in unserem Zugabteil gesessen hatte. Der Name ihres Kindes stand sicher schon lange fest.

Aber ihr Leben war geregelt gewesen mit einem liebenden Ehemann und vielleicht einem schönen Häuschen. Weder musste sie bei ihrer Freundin wohnen noch einer Aufenthaltsgenehmigung nachjagen, um dann zu erfahren, dass sie hier nicht arbeiten durfte.

Selbstmitleid überflutete mich und brachte mich zum Weinen. Die Hebamme streichelte über mein Haar, dann reichte sie mir ein Glas Wasser.

»Hier, trinken Sie. Sie werden es brauchen, wenn es gleich beginnt.«

Ich trank einen tiefen Schluck und lehnte mich schwer atmend wieder zurück. Dann hörte ich die Stimme der Hebamme, dass es losgehen würde.

Die folgenden Augenblicke verschwammen in Schmerzen und Angst. Während ich den Anweisungen von Aline DuBois und Dr. Marais folgte, spürte ich, dass mir die Kraft fehlte, das Kind zur Welt zu bringen. Die vergangenen Wochen, in denen ich nur wenig gegessen hatte, machten sich bemerkbar.

Aline DuBois redete mir gut zu, legte mir abwechselnd kalte Tücher auf die Stirn und stützte mich, wenn es nötig war. Ich hatte das Gefühl, dass mein Herz sich beim Pressen überschlagen würde. Gleichzeitig fühlte ich mich so furchtbar schwach. Mit jeder Minute, die verging, wurde es schlimmer.

Irgendwann erhob sich der Arzt hinter dem Vorhang, der über meinem Bauch hing, und kam zu mir.

»Ich fürchte, wir werden den Kaiserschnitt durchführen müssen«, hörte ich ihn sagen. Wenig später erschien sein Gesicht über mir.

»Können Sie mich hören?«, fragte er.

Ich nickte schwach.

»Sie verlieren gerade sehr viel Blut, und das Kind liegt nicht richtig.«

»Was bedeutet das?« Panik überfiel mich, und während die Angst durch meine Adern jagte, klärte sich für einen Moment meine Sicht, als würde ich aus einem Nebel auftauchen.

»Sie bekommen jetzt eine Narkose. Sie werden schlafen, und wenn Sie erwachen, werden Sie Ihr Kind in die Arme nehmen können.«

Er sagte etwas zu der Schwester, wenig später wurde mir eine Maske übers Gesicht gestülpt.

Benedikt, ging es mir durch den Sinn. Das Kind soll Benedikt heißen, wenn es ein Junge wird. Wie mein Großvater, den ich nie kennengelernt hatte.

Dann hörten die Schmerzen auf, und meine Angst verschwand.

21. Kapitel

Zunächst waren da verwirrende Träume, grellbunt und sinnlos. Dann glitt ich mehr und mehr ins Nichts. Ich vernahm Geräusche, ohne sagen zu können, ob es Stimmen waren oder Gesang. Irgendwann war da ein Schrei, aber auch hier wusste ich nicht, zu wem er gehörte und was er zu bedeuten hatte.

Als ich die Augen öffnete und das Sonnenlicht wahrnahm, glaubte ich zunächst, wieder in meinem Bett zu liegen. Die Bilder diffuser Träume rückten von mir ab. Mit den Augenblicken, die vergingen, klärte sich mein Bewusstsein, und ich sah ein, dass dies weder mein Zuhause noch die Wohnung von Henny war.

Der Raum war mir fremd.

Dann fiel mir wieder ein, dass man mich ins Krankenhaus gebracht hatte. Meine Hände wanderten nach unten zu meinem Bauch. Noch immer konnte ich eine Wölbung spüren, aber sie war nicht mehr so groß. War das Kind da?

Ich versuchte, es mit der Hand zu fühlen, aber ich spürte nichts als Haut unter dem Nachthemd.

Als die Tür geöffnet wurde, zuckte ich zusammen. Ich versuchte, mich aufzurichten, da fühlte ich einen Schmerz im Bauch. Schmerz war es auch, woran ich mich erinnerte.

Ich war in einem Taxi zu der Klinik gefahren, eine fremde Frau hatte es bezahlt. Agnes. Sie hatte vorgeschlagen, dass ich meine Tochter nach ihr benennen könnte. Seltsam, dass mir gerade dies jetzt einfiel.

»Mademoiselle Krohn?«, fragte eine Stimme. Wenig später erschien eine Schwester neben mir. »Können Sie mich hören?«

»Ja«, antwortete ich mit kratziger Stimme.

»Ich werde Dr. Marais holen. Versuchen Sie, wach zu bleiben, in Ordnung?«

Ich nickte. Obwohl sich meine Lider immer noch schwer anfühlten, war mein Verstand wach. Mein Körper mochte schmerzen, aber er war so stark und ausgeruht wie schon lange nicht mehr.

Erneut versuchte ich, mich aufzustützen. Dabei zog wieder dieser Schmerz durch meinen Bauch, doch diesmal schaffte ich es, einen Blick aus den Fenstern zu erhaschen. Das Wetter hatte sich verändert, die Sonne war grauen Regenwolken gewichen.

Henny! Ob man ihr Bescheid gegeben hatte?

Ich dachte an das Kind. Warum war es nicht hier? Dann fiel mir ein, dass das Krankenhaus wohl einen eigenen Saal für all die Säuglinge hatte, die täglich auf die Welt kamen. Wahrscheinlich würde die Schwester gleich in Begleitung des Arztes kommen und es mir bringen.

Vorfreude erfüllte mein Herz und ließ mich die Schmerzen für einen Moment vergessen. Dafür wuchs meine Ungeduld. Wo blieben sie nur?

Ich blickte zur Seite. Der Vorhang neben meinem Bett war offen, die beiden Betten neben mir waren leer und frisch bezogen. Waren da andere Frauen gewesen? Sie waren bestimmt schon wieder glücklich zu Hause, mit dem Kind auf ihrem Schoß.

Ich wusste immer noch nicht, wo ich unterkommen sollte,

aber das Glück, mein Kind bald in den Armen zu haben, überwog meine Sorgen. Wenn es ihm nur gut ging, würde ich schon etwas finden. Ich spürte förmlich, wie mir die bloße Existenz des oder der Kleinen Kraft verlieh.

Wenig später kehrte die Schwester mit dem Arzt zurück, der mich entbunden hatte. Das Kind hatte sie nicht dabei.

»Mademoiselle Krohn, wie geht es Ihnen? Schwester Sybille hat mir gesagt, dass Sie wach sind.«

Dr. Marais trat vor mich, und bevor ich ihm antworten konnte, dass ich nicht so recht wüsste, wie es mir ging, begann er mich zu untersuchen. Er fühlte meinen Puls, maß meinen Blutdruck und ließ sich dann die Wunde an meinem Bauch zeigen. Es fiel mir schwer, an mir hinabzublicken, und als ich die ersten Blutflecke auf dem Verband sah, richtete ich meinen Blick an die Decke.

»Schwester Sybille wird den Verband gleich erneuern«, sagte er und zog das Nachthemd wieder herunter. »Wie geht es Ihren Brüsten? Spannen sie stark?«

»Nein, eigentlich nicht«, sagte ich. Wenn ich ehrlich war, fühlte ich außer dem Wundschmerz nichts. »Wo ist mein Kind?«, fragte ich, während der Arzt vorsichtig meine Brüste abtastete. »Wann darf ich es sehen?«

Dr. Marais stockte kurz in seiner Bewegung. »Alles in Ordnung mit Ihnen«, sagte er dann, meine Fragen übergehend. »Jedenfalls den Umständen entsprechend.«

»Herr Doktor?«, fragte ich, worauf er einen Blick mit der Schwester wechselte.

»Hören Sie«, begann er und faltete die Hände vor sich. »Sie erinnern sich doch sicher, dass ich einen Kaiserschnitt vornehmen musste.«

»Die Wunde ist der eindeutige Beweis«, gab ich unsicher zurück. Etwas in meiner Magengrube flatterte.

»Sie haben einen Jungen geboren«, fuhr Dr. Marais fort,

doch es klang nicht so, als wäre es eine freudige Nachricht. »Durch den hohen Blutverlust sind Sie in ein Koma gefallen, das eine Woche angedauert hat. Zwischendurch dachten wir schon, wir würden Sie verlieren. Glücklicherweise haben Sie sich als sehr zäh erwiesen.«

Ich sollte eine Woche geschlafen haben? Ich wusste nicht genau, was ein Koma war, aber ich hatte Medizinstudenten auf dem Universitätscampus darüber reden hören.

»Welches Datum ist heute?«, fragte ich verwirrt.

»Der 9. August«, antwortete der Arzt.

Dann war mein Geburtstag mittlerweile vorbei. Ich war am 5. August geboren, stets hatten wir in der Familie gefeiert. Diesmal hatte es keine Feier gegeben. Doch was machte das schon aus, wenn ich meinen Sohn hatte! Feiern konnte ich noch immer mit ihm.

»Und was ist mit meinem Sohn?«, fragte ich hoffnungsvoll. »Kann ich ihn sehen?«

Die Züge des Arztes wurden traurig. »Es tut mir leid, aber Ihr Sohn ist einen Tag nach der Geburt verstorben.«

»Was?«, sagte ich. Ich hatte die Worte gehört, doch mein Verstand weigerte sich, sie aufzunehmen. Mein Kind sollte tot sein? Das konnte doch nicht wahr sein! Mein Herz krampfte sich zusammen, und für einen Moment hatte ich das Gefühl, keine Luft mehr zu bekommen.

»Als ich ihn holte, lag die Nabelschnur um seinen Hals, und er atmete zunächst nicht. Es ist uns gelungen, ihn zum Atmen zu animieren, doch einen Tag später ist sein Herz leider plötzlich stehen geblieben. Die Schwester hat ihn gefunden. Wahrscheinlich fehlte ihm ein wenig Reife, immerhin schien er etwas zu früh gewesen zu sein.«

Die Worte prasselten wie Regen auf mich herab. Zu früh ... War er wirklich zu früh? Meine Gedanken eilten zurück zu dem Abend, an dem es passiert sein musste. Ja, möglicherweise war er etwas zu früh. Aber ich hatte doch gefühlt, wie er sich bewegt hatte. Und die Hebamme hatte gemeint, dass er gesund sei ...

Ich spürte Kälte, doch sie drang nicht in mein Inneres vor. Während mein Kopf noch fieberhaft nach einer Erklärung suchte, brannte mein Herz vor Unverständnis und Schmerz. Es konnte doch nicht sein! Das, was er sagte, konnte einfach nicht wahr sein! Sicher hatte ich nur einen dummen Traum.

»Und Sie konnten nichts für ihn tun?«, fragte ich wie betäubt. Nur langsam wurde mir klar, dass ich das Kind, das ich in mir getragen hatte, nie in den Armen halten würde. Die Gefühle, die mich bei dieser Feststellung bestürmten, überwältigten mich. Es war, als wäre etwas aus mir herausgerissen worden. Zuerst spürte ich kaum etwas, doch nun traf es mich mit voller Wucht. Und das Schlimmste war, ich hatte ihm nicht einmal einen Namen geben können ...

»Leider nicht«, antwortete Dr. Marais. »Die Schwestern schauen in der Nacht immer wieder nach den Kindern, doch manchmal ist der Tod nur schwer vom Schlaf zu unterscheiden. Und wenn das Herz stehen bleibt ...« Er stockte, als hätte er etwas in meinem Gesicht gesehen, das ihm Angst machte. Doch was war das?

»Wir haben für ihn in der Kapelle eine Messe lesen lassen. Da wir nicht wussten, welchen Namen Sie für ihn ausgesucht haben, haben wir ihn auf den Namen Louis nottaufen lassen. So ist es bei uns Brauch.«

Ich schüttelte ungläubig den Kopf. Das konnte alles nicht passiert sein: mein Sohn getauft auf einen fremden Namen, in einer Konfession, die nicht meine war. Mein Sohn war tot. Noch immer konnte ich es nicht glauben. Doch warum erwachte ich nicht?

»Mademoiselle?«, riss mich Dr. Marais' Stimme aus meiner Starre.

»Sie haben doch gesagt, dass Sie alles tun würden, damit ich ein gesundes Kind bekomme!«, fuhr ich ihn an. Mein Körper, der kaum Kraft zu haben schien, explodierte regelrecht. Wie von selbst schossen meine Hände hoch und krallten sich in seinen Kittel. »Sie haben es versprochen!«

Der Arzt blickte mich erschrocken an.

»Mademoiselle Krohn, beruhigen Sie sich bitte!«, sagte die Schwester, die herbeieilte und mich sanft, aber bestimmt vom Kittel des Arztes losmachte. »Ich versichere Ihnen, dass wir alles getan haben, was in unserer Macht steht, aber gegen Gottes Willen sind wir machtlos!«

Erschöpft sank ich in die Kissen zurück. Ich wollte schreien, weinen, mir die Haare raufen, aber ich war zu schwach dazu.

»Ruhen Sie sich aus, damit Sie wieder zu Kräften kommen«, sagte Dr. Marais, während er sich mit sichtlichem Unwohlsein den Kittel zurechtrückte. Dann verabschiedete er sich.

Die Schwester blieb noch eine Weile bei mir. Ihr Gesicht unter dem weißen Schleier wirkte noch sehr jung.

»Ich versichere Ihnen, dass Ihr Kind nicht hat leiden müssen«, sagte sie leise, doch das war mir kein Trost. Auch wenn ich nur selten daran gedacht hatte, wie es sein würde, Mutter zu sein, fehlte mir mein Sohn jetzt.

»Ich hätte ihn nur so gern gesehen«, sagte ich wie betäubt. »Wenigstens ein Mal.«

»Ich weiß«, sagte die Schwester und strich mir übers Haar. Schluchzend ließ ich mich in ihre Arme sinken. Die Welt um mich herum verschwamm in Schmerz und Trauer, und ich wünschte mir, nicht wieder aufgewacht zu sein.

Während die Zeit verstrich, ohne dass ich sie wahrnahm, starrte ich auf die Wand gegenüber meinem Bett. Mein Körper fühlte sich wund und geschunden an. Meine Augen waren verquollen, meine Kehle rau. Ich wusste nicht, wie lange ich geweint hatte und wie viele Stunden verstrichen waren, bis keine Tränen mehr kamen.

Eine weitere Schwester erschien, um mir ein Tablett mit Essen hinzustellen, doch ich beachtete sie nicht. Der Geruch der Mahlzeit erregte mir Übelkeit. Ich würde es nicht über mich bringen, etwas zu mir zu nehmen.

Als sich die Tür ein weiteres Mal öffnete, schloss ich die Augen. Ich wollte mit niemandem sprechen, ich wollte mir nicht anhören, dass es wichtig war, dass ich etwas aß. Lieber würde ich mich schlafend stellen und warten, bis ich wieder allein war. Obwohl ich von ihnen abhängig war, ertrug ich es nicht, die Menschen zu sehen, die mein Kind hatten sterben lassen.

»Sophia?«

Der Klang der Stimme brachte mich dazu, die Augen zu öffnen.

Keine Schwester stand an meinem Bett, sondern Henny. Ihr Mantel saß ein wenig schief, sie wirkte, als wäre sie übereilt aufgebrochen oder als hätte sie mehrere Tage in einem Wartesaal verbracht.

»Henny.«

Sie trat näher. In ihren Augen glitzerten Tränen, als sie mich umarmte. »Ich hatte solch eine Angst um dich. Sie dachten, du würdest auch sterben.«

Offenbar wusste sie, was passiert war.

Sie löste sich wieder von mir und sah mich an. »Als sie mir Bescheid gegeben haben, bin ich sofort zum Krankenhaus gefahren«, erklärte sie. »Doch ich konnte dich nicht mehr erreichen. Man wollte mir zunächst nicht sagen, was mit dir ist, doch ich habe ihnen gesagt, dass du meine Cousine bist.« Ein schiefes Lächeln erschien auf ihrem Gesicht. »Der Trick funktioniert immer.«

»Schön, dass du da bist«, sagte ich. »Als ich in der Bibliothek zusammengebrochen bin ...« Ich blickte sie an. »Es tut mir leid, dass wir uns gestritten haben.«

»Und mir tut es leid, dass ich erlaubt habe, dass er sich zwischen uns stellt«, gab sie zurück. »Ich hätte dir von ihm erzählen müssen. Er ... er ist kein schlechter Mensch, aber sehr besitzergreifend ...«

Ich nickte. »Ich gönne dir dein Glück wirklich.«

Henny schüttelte den Kopf. »Ich weiß nicht, ob es Glück ist«, sagte sie dann. »Während ich im Wartesaal saß und nicht klar war, ob du überleben würdest, gingen mir viele Dinge durch den Kopf. Ich habe alles hinterfragt. Und es ist so: Ich ... ich weiß nicht, ob ich ihn liebe.«

Ich legte meine Hand auf ihren Arm.

»Du brauchst es nicht wegen mir zu hinterfragen.«

»Das tue ich nicht«, entgegnete sie. »Aber mir ist klar geworden, dass ich vergessen habe, wie viel du mir bedeutest.«

Ich schloss die Augen. Es tat gut, das zu hören, und gleichzeitig schmerzte es mich auch. Ich wünschte, ich wäre nicht gegangen. Dann hätte ich wohl auch meinen Sohn nicht verloren.

»Das Kind ist tot«, sagte ich. Dieser Satz fühlte sich an, als würde mir jemand das Herz herausschneiden. Sofort kamen mir wieder die Tränen.

Henny umarmte mich. »Es tut mir so leid.«

»Haben sie es dir gezeigt?«, fragte ich. Trotz aller Trauer, die ich empfand, fühlte sich der Gedanke, dass es den kleinen Jungen gegeben hatte, so unwirklich an. So abstrakt. Meine Trauer wusste nicht so recht, worauf sie sich richten sollte. »Wenn sie dich für meine Cousine gehalten haben ...«

Sie schüttelte den Kopf. »Sie sagten, der Junge sei in einem schlechten Zustand. Und sie waren auch nicht sicher, ob du die Nacht überleben würdest. Als ich einen Tag später nachgefragt habe, sagte man mir, dass das Kind gestorben sei.

Aber du würdest es schaffen. Darüber war ich sehr erleichtert.«

Hatte ich das Leben meines Kindes durch meinen Gang durch die Stadt aufs Spiel gesetzt? Die geplatzte Fruchtblase, die Nabelschnur ...

»Es war vielleicht besser so, dass du es nicht sehen konntest«, sagte Henny vorsichtig und streichelte mir über die Schulter.

Ich starrte sie einen Moment lang an, dann schüttelte ich schluchzend den Kopf. »Nein. Ich hätte ihn sehen wollen. Und wenn es ihm schon beschieden war zu sterben, hätte ich ihn in meinen Armen halten sollen.«

Ich weinte aus vollem Herzen – darüber, dass der Junge, den sie Louis genannt hatten, nicht hatte leben dürfen. Darüber, dass er nie erfahren hatte, wie es ist zu leben. Darüber, dass ich, die ihn monatelang getragen hatte, die ihn geboren hatte, in seinen letzten Augenblicken nicht hatte bei ihm sein können.

22. Kapitel

Zwei Tage später durfte ich zum ersten Mal mein Bett verlassen. Die Wunde schmerzte noch immer furchtbar, obwohl die Schwestern sie gut versorgten, und es fiel mir schwer, mich zu bewegen, ohne den Verband verrutschen zu lassen. Dennoch wünschte ich mir nichts sehnlicher, als diesem Zimmer zu entfliehen.

Der einzige Beweis der Existenz meines Sohnes war ein Totenschein, den mir Schwester Sybille gebracht hatte. Der Zeitpunkt seines Todes war mit 2.15 Uhr angegeben worden, mitten in der Nacht, während ich im Koma gelegen hatte. Der Gedanke, dass Louis nur Stunden gehabt hatte und keine Chance, das Leben je wirklich kennenzulernen, zerriss mich förmlich. Nach einem ersten Blick auf das Papier packte ich es weg und betrachtete es vorerst nicht mehr.

Am Vortag waren hier zwei weitere Frauen untergebracht worden, die ebenfalls gerade ihre Kinder entbunden hatten. Die Schwester sagte, dass es mir guttun würde, Gesellschaft zu haben.

Mir war klar, dass ich keinen Anspruch darauf hatte, ein Krankenzimmer für mich allein zu haben. Doch mir tat die Gesellschaft nicht gut.

Mehrmals am Tag wurden meinen Zimmergenossinnen ihre Kinder gebracht. Die Kleinen tranken an ihrer Brust, stießen dabei leise Gluckser aus.

Obwohl ich durch einen Vorhang getrennt von ihnen war, sah ich das Lächeln der Frauen vor mir. Ich hörte es in ihren Worten, in den Liedern, die sie ihren Kindern vorsangen, bis die Schwester kam und die Kleinen wieder holte. Ich hatte die Kinder vor mir, klein, rosig und gesund.

Und dann konnte ich nichts anderes mehr denken, als dass ich meinen Sohn niemals sehen, ihn niemals halten würde. Dass ich ihm nicht einmal einen Namen geben konnte. Louis – das klang so fremd, so wenig zu mir gehörig. Als wären die vergangenen Monate der Schwangerschaft nur eine Illusion gewesen. Dieser Gedanke schnürte mir die Brust zu, und ich konnte nicht mehr atmen.

Aus diesem Grund wartete ich nur die Visite ab und verließ dann das Zimmer.

Der Wind, der mir warm und sanft ins Gesicht wehte, vertrieb meine Panik ein wenig. Ich wusste nicht, wie ich es bewerkstelligen sollte, den Stillzeiten zu entkommen, aber ich spürte, dass es das Beste war, dem Glück der anderen aus dem Weg zu gehen.

Ich schritt durch die Galerie, von der aus man einen guten Blick auf den Garten hatte. Die Blumenrabatten flossen über vor Farben. Der Himmel war klar und blau. Es wirkte, als wären wir nicht mehr in Paris, sondern auf irgendeinem Landsitz.

Doch obwohl die Rosen in sattem Rosa strahlten, schien ein grauer Schleier darüber zu liegen. Ich blickte hinauf zu den Wolken und den Vögeln, doch anstelle von Leichtigkeit fühlte ich mich traurig und schwer.

Ich fragte mich, wie er ausgesehen hatte, mein Sohn. Warum hatte ich nur so lange geschlafen? Warum war ich nicht bei ihm gewesen? Warum war er nur gestorben?

Eine Schwester hatte mir berichtet, er sei auf dem Cimetière de Montmartre begraben worden, zusammen mit anderen Kindern, die in den vergangenen Wochen, Monaten und Jahren die Geburt nicht überlebt hatten. Ein namenloses Massengrab für kleine Engel.

Würde ich die Kraft haben, das Grab aufzusuchen? Ich hatte bislang nicht gewagt zu fragen, wo genau ich es finden konnte, und ich hatte auch ein wenig das Gefühl, dass mir Dr. Marais seit meinem Angriff auswich. Nach den Untersuchungen beeilte er sich stets, aus dem Zimmer zu verschwinden. Wahrscheinlich fürchtete er, dass ich ihn wieder packen würde.

Aber die Schwestern waren sehr freundlich. Vielleicht würde ich den Mut aufbringen, sie nach der genauen Lage des Grabes zu fragen.

Am Nachmittag besuchte mich Henny erneut. Ich empfing sie im Besucherraum, denn die Kinder waren wieder bei ihren Müttern, und meine Brüste schmerzten stets, wenn ich das Weinen der Säuglinge hörte. Aline DuBois meinte, dass das normal sei und mit der Zeit vergehen würde. Mein Körper wusste nicht, dass es kein Kind mehr gab, das ich nähren konnte. Doch wie bei allem anderen würde auch hier die Zeit heilsam sein.

Ich glaubte ihr nicht. Und ein wenig wünschte ich mir auch, dass der Schmerz anhalten würde. Das würde meine Strafe dafür sein, dass ich meinen Sohn nicht besser beschützen konnte. Manchmal wenn ich aus dem Fenster blickte, dachte ich daran, dass ich mein Leben gern für ihn gegeben hätte. Es war ohnehin verpfuscht, aber Louis hätte es verdient gehabt zu leben.

»Ich würde mich freuen, wenn du bleibst«, sagte Henny, als wir neben dem Fenster Platz genommen hatten. Noch andere Frauen hatten Besuch bekommen. In elegante Morgenmäntel gehüllt, plauderten sie mit ihren Angehörigen und Freunden.

Der Morgenmantel, den ich trug, gehörte eigentlich Henny. Sie hatte ihn bei den Schwestern hinterlegt, nachdem klar war, dass ich am Leben bleiben würde. Die dunkle Lücke in meinem Leben verstörte mich noch immer. Eine Woche, ohne dass ich mich an etwas erinnerte. Wie hatte das sein können?

»Was ist mit Jouelle?«

»Der ist seit jenem Nachmittag nicht mehr bei mir gewesen. Ich wollte ihn nicht sehen.«

»Und was sagt er dazu?« Ich konnte es mir denken. Ich, der Parasit, nahm Henny ein und nutzte sie aus. Ich wollte seine Meinung eigentlich gar nicht wissen.

»Er ist natürlich sauer, aber das wird sich geben.«

»Hast du keine Angst, dass er für deine Entlassung sorgen wird?«, fragte ich.

Henny schüttelte den Kopf. »Er würde nicht wagen, etwas gegen Josephine zu sagen. Sie ist die wahre Königin des Theaters.«

»Aber eines Tages wird sie weiterziehen. Und dann? Glaubst du, sie nimmt dich mit?«

Henny zuckte mit den Schultern. »Wer weiß! Aber es ist nicht so, dass wir uns getrennt haben. Er ist nur ein wenig ungehalten, weil ich meine Zeit mit dir verbringe anstatt mit ihm. Das wird sich wieder einrenken, wenn du erst mal hier raus bist.«

Wie stellte sie sich das vor? Sollte ich immer dann, wenn Jouelle sie besuchte, eine Runde durch das Quartier Latin drehen?

Sie schien mein Unwohlsein zu spüren.

»Ich werde mich nicht mehr in der Wohnung mit ihm treffen«, sagte sie. »Es war ohnehin verrückt. Wenn Madame Roussel mich mit ihm erwischt hätte ... Ich gehe von nun an zu ihm. Ich habe schon mit ihm gesprochen, und er ist einverstanden.«

Mir wurde klar, dass ich nichts über Jouelle wusste, aber Henny hatte mir ja auch noch nichts von ihm erzählt.

»Und wo wohnt er?«, fragte ich. »Ist er überhaupt frei?«

»Er ist geschieden. Seine Ehefrau hat ihm ein Haus in der Bretagne abgenommen, schade, nicht? Dort hättest du mit mir einziehen können.«

Ich ergriff ihre Hand. Die Trauer mochte einen Grauschleier über meinen Blick geworfen haben, doch mein Verstand fühlte sich in diesem Augenblick klar an.

»Henny, ich weiß es sehr zu schätzen, was du für mich tust. Aber blicke den Tatsachen ins Auge: Ich werde nicht immer bei dir wohnen können. Und wenn ich ehrlich bin, will ich es auch nicht, denn ich kann das nicht mit meinem Gewissen vereinbaren.«

»Aber ...«

Ich schüttelte den Kopf. »Sieh es ein, Henny. Es geht nicht.« Ich hielt inne, fügte dann aber hinzu: »Doch ich bin froh und dankbar, dass du mir dieses Angebot machst.« Ich versuchte zu lächeln. »Ich werde es schon schaffen«, sagte ich. »Irgendwie.«

Am Ende der Woche konnte ich aus dem Hospital entlassen werden. Dr. Marais beschied, dass die Wunde gut verheilte. Was er nicht sah, war die Wunde in meinem Herzen, die klaffte und blutete wie am ersten Tag und die wahrscheinlich nie ganz verheilen würde. Ich war voller Vorwürfe gegen mich selbst, gefangen in einem Karussell, aus dem ich nicht aussteigen konnte, weil es einfach nicht anhielt.

Immerhin hatte die Frau, die mir in der Bibliothek geholfen hatte, Wort gehalten und dafür gesorgt, dass meine Notizen, die ich zurücklassen musste, im Krankenhaus abgegeben wurden.

Als ich meine Sachen aus dem Schwesternzimmer holte, fragte ich Schwester Sybille nach dem Grab meines Sohnes.

»Sie sollten da besser nicht hingehen«, antwortete sie. »Er

hat keinen eigenen Grabstein, und es könnte schmerzlich für Sie sein, nicht genau zu wissen, wo er ist.«

»Aber wieso, er ...«

»Er ist ebenso wie andere vor ihm eingeäschert worden«, sagte sie leise.

Ich sah sie erschrocken an. Eingeäschert. Dieses Wort traf mich beinahe so hart wie die Todesnachricht selbst.

»Warum haben Sie nicht gefragt, ob ich das möchte ...?«

»Es ist so Brauch«, entgegnete sie. »Außerdem konnten wir Sie nicht fragen. Es tut mir leid ...«

Damit ließ sie mich stehen. Ich starrte ihr hinterher. Mein Kind hatte keinen eigenen Grabstein erhalten. Nirgendwo war sein Name verzeichnet. Außer dem Totenschein, den ich in der Tasche mit mir trug, gab es keinen Beweis, dass es gelebt hatte.

Ich sank zusammen und brach erneut in Tränen aus.

Henny erwartete mich im selben Säulengang, durch den ich vor knapp zwei Wochen im Rollstuhl geschoben worden war. Zwischenzeitlich hatte ich mich wieder etwas beruhigt, doch die Spuren der Tränen waren immer noch da und brannten sich in meine Wangen.

Dennoch versuchte ich mich an einem tapferen Lächeln, aber ich spürte, dass es misslang.

»Da bist du ja«, sagte meine Freundin und hakte sich bei mir unter. »Wie fühlst du dich?«

»Gut«, behauptete ich, noch immer geschockt von den Worten der Schwester.

»Du bist ein wenig blass«, bemerkte sie, doch ich schüttelte den Kopf.

»Es wird schon gehen. Es ist anstrengend, wieder ins richtige Leben zurückzukehren.«

Henny nickte, dann nahm sie mir die Tasche ab. »Gib her. Du brauchst dich nicht abzuschleppen. Draußen wartet übrigens ein Wagen, ich dachte mir, wir genehmigen uns heute ein Taxi.«

Ich nickte Henny dankbar zu. Ich hätte ihr am liebsten erzählt, was ich erfahren hatte, doch sie sprühte geradezu vor Freude. Ich wollte ihr Strahlen nicht mit meinen Schatten verfinstern.

»Ich habe Madame Roussel ein Mittagessen bezahlt, hoffentlich lässt sie es nicht anbrennen«, berichtete sie. »Und von Genevieve soll ich dich grüßen. Sie freut sich, dass du wieder heimkommst. Kannst du dir vorstellen, in letzter Zeit werden ihre Kunden weniger, dafür wirkt sie so gelöst wie nie zuvor.«

»Genevieve ist doch immer gelöst«, sagte ich ein wenig abwesend.

»Aber jetzt ganz besonders. Als wäre eine Last von ihr genommen worden.«

Hatte sie eine neue Liebe gefunden? Das wäre möglich. Und möglich war es auch, dass dieser Mann es ernst mit ihr meinte. Ich wünschte es ihr von Herzen.

Der Taxifahrer, der uns erwartete, nahm Henny meine Tasche ab und hielt mir die Tür auf. »Danke«, sagte ich ein wenig beklommen und stieg ein.

Ich spürte, wie sich mein Gedankenkarussell wieder in Bewegung setzen wollte, aber Henny ließ meine Grübelei nicht zu. Obwohl sie mich einige Male besucht hatte, tat sie, als hätte sie mich jahrelang nicht gesehen.

Sie plapperte wie ein Wasserfall, erzählte von den neuen Kostümen im Theater und dass sie dabei war, eine neue Tanznummer einzustudieren – eine ohne Josephine Baker. Sie träumte von einem Soloauftritt, und nach allem, was ich gehört hatte, stand dem nichts im Wege. Ihr Geliebter schien die richtigen Fäden zu ziehen. Ich fragte mich, warum er sonst so ein Holzkopf war, wo er mit ihr doch vernünftig umzugehen schien.

In der Pension erwartete mich glücklicherweise Stille. Madame Roussel ließ sich nicht blicken, wofür ich dankbar war. Auch hinter Genevieves Zimmertür rührte sich nichts.

»Sie ist ausgegangen«, berichtete Henny, als sie meinen Blick deutete. »Das macht sie jetzt immer. Manchmal bleibt sie auch über Nacht weg.«

Ich fragte mich, wann Henny angefangen hatte, Genevieve so genau ins Auge zu fassen, dass sie das mitbekam.

»Ich habe die Bettwäsche zur Wäscherei gebracht«, erklärte sie eifrig, als wir eintraten. »Madame Roussel hat mir beschrieben, wo es einen Waschsalon gibt. War ziemlich schwer, ihr zu folgen, aber so war ich gezwungen, es auf Französisch zu versuchen.«

Auf dem Bett lag sogar eine andere Decke. Ich fand meine Reaktion von damals mittlerweile albern.

Ich trat an das kleine Fenster, von dem aus man einen guten Blick über die Dächer des Viertels hatte. Ich konnte mich an mein früheres Ich, das mit dem Kind im Bauch, kaum noch erinnern. Es kam mir so meilenweit entfernt vor, dabei war ich nur zwei Wochen in der Klinik gewesen. Zwei Wochen, die alles geändert hatten. Ich war wieder frei, doch was für meine Eltern vielleicht ein Grund zur Freude wäre, war für mich ein Grund zu verzweifeln.

Die Sophia, die noch vor sechs Monaten durch Berlin gelaufen war, die zur Universität gegangen war, die Lust in den Armen ihres Dozenten erlebt hatte, gab es nicht mehr. Sie war zurückgeblieben in dem Koma, bei der Geburt gestorben. Ich fühlte mich wie eine Version meiner Selbst, mit der ich noch nicht umgehen konnte. Würde ich es jemals können?

Solange sich Henny in der Wohnung aufhielt, fiel es mir leicht, die Gedanken an meinen Sohn ein wenig beiseitezudrängen und mich mit meinem neuen Ich anzufreunden. Ich begann sogar, ein paar kleine Pläne zu schmieden, von denen ich nicht wusste, ob ich sie je in Angriff nehmen würde.

Doch wenn sie abends fort war und Stille mich umhüllte, überfiel mich die Trauer so rücksichtslos, dass ich stundenlang weinte und dann wie betäubt in die Dunkelheit starrte. Diese Stunden waren die schlimmsten meines Lebens. Nicht einmal der Rauswurf aus der elterlichen Wohnung oder die Erkenntnis über Georgs wahres Wesen hatten so wehgetan.

In den folgenden Tagen gewöhnte ich es mir an, nachts über den Innenhof der Pension zu streifen. Dabei hörte ich das Lachen und Johlen aus dem Café Amateur und fragte mich, ob ich nicht auch dorthin gehen und meinen Kummer im Alkohol ertränken sollte.

Seltsamerweise fielen mir dann wieder die chemischen Formeln für verschiedene Alkohole ein, und ich ließ von dem Gedanken ab. Ich wollte nicht mehr an Chemie denken. Ich hatte sie ebenso verloren wie meine Eltern, meinen Geliebten, meinen Sohn.

Eines Nachts, als ich wieder rastlos über den Hof der Pension wanderte, tauchte Genevieve dort auf. Wir hatten aufgrund ihrer Abwesenheit kaum miteinander gesprochen. Wenn ich ehrlich war, ging ich ihr auch ein wenig aus dem Weg.

»Kannst du nicht schlafen?«, fragte sie, während sie sich eine Zigarette anzündete. Ich vernahm das Klicken des Feuerzeugs und sah den kurzen Lichtschein.

Zunächst rührte ich mich nicht, ich konnte nicht, denn ich war viel zu sehr in der Dunkelheit meiner Seele gefangen. Die Bilder, mit denen ich mich selbst quälte, zogen sich nur schwerlich zurück. »Nein«, antwortete ich schließlich.

»Es ist schön, dass du wieder da bist«, sagte sie und nahm einen Zug. »Deine Freundin hat mir erzählt, was passiert ist. Das tut mir leid.«

»Danke.« Ich wünschte, sie würde wieder nach oben gehen.

Stattdessen kam sie zu mir.

»Ich weiß, wie es dir geht«, sagte sie und blies den Rauch zur Seite aus.

Ich blickte sie skeptisch an.

»Du magst das für Unsinn halten, aber das, was du fühlst, ist eine besondere Art von Trauer. Eine Trauer, die sich von allem unterscheidet, was du je gefühlt hast. Kein Abschied von einem Geliebten oder der Tod eines Elternteils schmerzt so sehr wie der Verlust des eigenen Kindes. Ich habe Ähnliches erlebt.«

Ich blickte Genevieve überrascht an. »Ihnen ist auch ein Kind gestorben?«

Sie schüttelte den Kopf. »Ich habe es zur Adoption freigegeben.«

»Sie haben ...« Ich stockte. Mir stand es nicht zu, darüber zu urteilen, aber ich wusste, dass ich das niemals übers Herz gebracht hätte, auf Marie Guerins Vorschlag einzugehen.

»Ja«, antwortete sie. »Ich habe es weggegeben. Einfach so!« Sie schnippte mit den Fingern, doch an ihrem Gesicht konnte ich erkennen, dass es nicht »einfach so« vonstattengegangen war. »Es war die schlimmste Entscheidung meines Lebens.«

Die Worte verharrten eine Weile zwischen uns.

»Warum haben Sie es weggegeben?«, fragte ich dann.

»Das passiert, wenn man sich mit Männern einlässt«, entgegnete Genevieve ausweichend. »Man erlaubt ihnen alles, ohne zu wissen, wohin es führen kann.«

Das konnte ich mir bei ihr beinahe nicht vorstellen.

»Ich war damals sechzehn und frisch in Paris angekommen«, begann sie. »Ich bin den Nonnen weggelaufen, musst du wissen. Meine Mutter starb, als ich zwölf war, und meine Tante hat mich in ein Kloster gesteckt. Ich hatte das Beten satt und diese ganze Frömmelei.«

Sie wedelte mit der Zigarette, deren Spitze in der Dunkelheit rötlich glomm. »Ich traf einen Mann. Wie es so ist, nicht wahr? Du kennst das ja, wenn sie einem mit ihren Schmeicheleien und ihrem Lächeln den Kopf verdrehen. Eines Tages stellte ich fest, dass ich schwanger war. Er wollte nicht, dass ich es behielt, also habe ich es weggegeben. Nicht mal ein halbes Jahr später war ich auch ihn los. Und dann kam die Reue.« Sie zog an ihrer Zigarette und blies den Rauch gen Himmel. »Sie überfiel mich wie ein Räuber, bei jeder passenden oder unpassenden Gelegenheit. Ich hatte den Fehler gemacht, sie mir anzusehen, nachdem ich sie geboren hatte.«

»Es war eine Tochter?«

Genevieve nickte. »Es verging besonders in der ersten Zeit kein Tag, an dem ich mir nicht gesagt hätte, dass ich das Kind nicht hätte weggeben sollen. Gleichzeitig wusste ich aber auch, dass ich es nie geschafft hätte. Auch wenn sie fort war, sagte ich mir, dass sie es besser haben würde. Allerdings schert sich mein dummes Herz auch heute noch nicht darum. Noch immer sehnt es sich nach ihr.«

»Ihr Kind ist immerhin am Leben geblieben«, wandte ich bitter ein.

»Das stimmt. Vielleicht ist es auch ein schlechtes Beispiel.« Sie überlegte kurz, dann fuhr sie fort: »Nimm besser meine Mutter. Außer mir hat sie noch drei andere Kinder bekommen, doch alle waren sie entweder still geboren oder starben Wochen nach der Geburt. Ich war offenbar die Einzige, die stark genug war, zu überleben. Seltsam, nicht?«

Ich wusste nicht, was ich darauf sagen sollte. Ihre Mutter hatte immerhin ein Kind gehabt. Und ich …

»Meine Reue über den selbst verschuldeten Verlust meines Kindes ist nichts verglichen mit dem, was man durchmachen muss, wenn einem das Kind stirbt«, fuhr sie fort, nachdem sie eine Weile in den Himmel geschaut hatte, an dem die Sterne funkelten. »Der Tod meines letzten Geschwisterkindes traf meine Mutter noch härter als die beiden zuvor, denn sie glaubte, dass es seinen Vater endgültig an sie binden würde. Mit dem Kind, so dachte sie, würde sie ausgesorgt haben. Auch mit Männern hatte sie kein Glück gehabt, aber dieser war kein Säufer gewesen, und er schlug mich auch nicht, wie es andere getan hatten. Doch das Kind starb noch bei der Geburt. Daraufhin wurde es schwarz um sie herum. Wochenbettdepression nannte es der Arzt, der sie untersuchte. Diese Krankheit kommt, wenn eine Frau ihr Kind verliert, aber auch, wenn sie sich überfordert fühlt oder einfach nicht in der Lage ist, das Kind zu lieben. Niemand kennt die wirkliche Ursache.« Sie sah mich an. »Ich beobachte dich schon seit dem Tag, an dem du hierher zurückgekehrt bist. Wenn deine Freundin da ist, versuchst du normal zu sein, doch Nacht für Nacht schleichst du über den Hof, als würdest du etwas suchen. Und deine Augen ... sie wirken wie tot. Das war auch bei meiner Mutter der Fall.«

Sie nahm einen weiteren Zug, warf die Zigarette, obwohl sie nur halb aufgeraucht war, auf den Boden und trat sie mit dem Absatz ihres Schuhs aus. »Sie erhängte sich, kaum dass der Arzt das Haus verlassen hatte. Zuvor schickte sie mich noch in den Laden, um Milch zu holen. Als ich wiederkam, war sie tot.«

Sie blickte eine Weile in die Sterne, dann legte sie ihre Hand auf meinen Arm. »Gehen wir wieder ins Haus. Morgen früh bringe ich dich zu meiner Ärztin.«

»Aber ...«

»Keine Widerrede. Sie muss dich sehen. Jemand muss sich um dich kümmern, auch wenn du meinst, es allein zu schaffen.«

Ich starrte sie an, überwältigt von ihrer Offenheit. Ein Weinkrampf ballte sich in mir zusammen, doch ich konnte ihm seltsamerweise nicht nachgeben.

»Warum tun Sie das?«, fragte ich.

»Ich möchte nicht, dass deine Freundin eines Tages nach Hause kommt und dich von einem Balken hängen sieht. Bei allem, was ich getan und erlebt habe, lässt mich dieses Bild nie los. Ich möchte es nicht noch einmal sehen, hörst du?«

Ich nickte. Und erneut veränderte sich etwas in mir. Als sie die Hand nach mir ausstreckte und ich sie ergriff, wusste ich, dass ich kämpfen musste.

23. Kapitel

Februar 1927

Mit kräftigen Schwüngen des Schneebesens schlug ich die weiße Masse auf. Meine Hand und mein Arm schmerzten bereits, doch ich wollte nicht, dass das Zeug wieder in seine Bestandteile zerfiel.

»Und, wie sieht es aus?«, fragte Madame Roussel, während sie mir über die Schulter schaute. Sie wurde immer ganz nervös, wenn ich in ihrer Küche hantierte. Dabei hatte ich doch auch schon zuvor meine Cremes hier gekocht. Wahrscheinlich war es weniger die Angst, dass ich etwas verderben könnte, sondern eher Neugier, was ich als Nächstes austüfteln würde. Sie war immer eine der Ersten, der ich Kostproben meiner Arbeit zukommen ließ.

»Es wird«, sagte ich. »Ich darf nur nicht nachlassen.«

Madame Roussel lachte auf. »Das kenne ich. Meine Mutter hat selbst gebuttert, und nicht immer ist es gelungen.«

Ich erwischte mich bei einem Lächeln. Das kam in letzter Zeit wieder häufiger vor, woran neben Genevieves Ärztin auch Madame Roussel nicht ganz unschuldig war.

Genevieve hatte natürlich dafür gesorgt, dass sie erfuhr, was mit mir und meinem Kind geschehen war. Darüber hatte ich mich im ersten Moment empört, rechnete ich doch damit, dass die Hauswirtin mich noch schiefer ansehen würde, als sie es ohnehin schon tat.

Eines Tages sprach mich Madame Roussel auf der Treppe an.

»Was hältst du davon, mir in der Küche ein wenig zur Hand zu gehen? Du kennst dich dort aus, immerhin hast du da deinen Kram zusammengerührt.«

Ich blickte sie verwundert über die vertraute Anrede an und kam nicht mal dazu anzumerken, dass meine Cremes kein Kram gewesen waren. »Natürlich. Gern«, antwortete ich.

Seit ich wieder zurück war, hatte ich mich in der Küche nicht mehr blicken lassen. Ich hatte kein Geld für Zutaten, und mir war auch die Lust an der Chemie abhandengekommen. Ich war voll und ganz damit beschäftigt, meine zerrissene Seele und mein gebrochenes Herz zu flicken.

»Gut. Ich kann dir nicht viel zahlen, aber du kannst hier wohnen, wenn deine Freundin mal auszieht. Und ich gebe dir ein paar Francs, die du in einem dieser schäbigen Cafés ausgeben kannst. Was meinst du dazu?«

Hatte sie mir wirklich eine Stelle angeboten?

»Aber ... die Arbeitserlaubnis ...«, wandte ich verdutzt ein.

»Was?«, schnarrte sie.

»Nun ja, Sie dürfen doch eigentlich keine Ausländerin anstellen.«

»Wer sagt denn, dass ich dich anstelle?«, fragte sie. »Du hilfst mir und kriegst ein paar Scheine als Dankeschön! Denkst du wirklich, ich kann mir eine richtige Küchenhilfe leisten? Die Zeiten werden immer härter, und alles wird teurer!« Sie blickte mich an, und der Anflug eines Lächelns auf ihren Lippen überraschte mich. Ich bemerkte es zum ersten Mal an ihr. Und ich beschloss, mir diese Gelegenheit nicht selbst kaputtzureden. Also sagte ich Ja.

Nach und nach gelang es mir, die düsteren Gedanken, die

mich seit der Geburt nie ganz verlassen hatten, zu verdrängen oder sogar zu vergessen. Nur in der Nacht stiegen sie plötzlich wieder in mir auf, besonders wenn es mir nicht gelang einzuschlafen.

Dann, irgendwann kurz vor Weihnachten, bemerkte ich, dass der frisch gefallene Schnee auf den Dächern gegenüber reinweiß war und dass sich auch die Trauer in meiner Brust verändert hatte. Sie war da, aber die Schärfe war ihr genommen worden. Auch wenn ich wusste, dass es die alte Sophia nicht mehr gab, fühlte ich mich wieder wie ich selbst. Ich fühlte mich wieder wie eine Frau, die genug Kraft hatte, ihr Leben in die Hand zu nehmen.

Ich verbrachte die Festtage meist mit Genevieve, weil Henny außer am Heiligen Abend bei Jouelle war. Viel konnten wir uns nicht leisten, aber Madame Roussel lud uns ein, und gemeinsam aßen und tranken wir bis in die späte Nacht mit anderen Gästen der Pension, die ebenso einsam waren wie wir.

Mir kam in den Sinn, wie das Fest ausgesehen hätte, wenn mein Sohn am Leben gewesen wäre, doch diesen Gedanken verwarf ich schnell, denn er war, als würde ich einen dunklen Keller betreten, in dem etwas Unheilvolles lauerte.

Dann, als das Jahr wechselte und ein Feuerwerk Paris strahlen ließ, schöpfte ich neue Hoffnung. Ich erinnerte mich an meinen Schwur, und auch wenn mein Kind nicht mehr da war, wollte ich mich daran halten. Ich würde einen Weg finden, für mich zu sorgen.

»Meinst du, dass ich die Küche bis um drei zurückhaben kann?«, fragte Madame Roussel mit Blick auf die Tiegel und Töpfe, die auf dem Tisch verstreut waren. »Meine gut zahlenden Gäste warten nicht gern auf ihr Abendessen.«

»Einen Moment noch«, sagte ich und schlug noch etwas weiter. Dann setzte ich ab und prüfte die Konsistenz.

Die Creme war so geworden, wie ich es erwartet hatte. Sie verströmte einen leichten Minzduft, und wenn in den folgenden Stunden nichts schiefging, würde ich sie abfüllen können.

Der Gedanke, es mit einer eigenen Creme zu versuchen, hatte mich nach Weihnachten neu beseelt. Ich hatte den Prospekt von Helena Rubinstein wiedergefunden, als ich meinen Koffer reinigen wollte. Die Erinnerung an das Maison de Beauté hatte in mir wie Limonade zu prickeln begonnen.

Mittlerweile war es Februar, und ich hatte einige Versuche hinter mir. Doch jetzt fühlte ich mich meinem Ziel so nah wie nie.

»Und wie ist es geworden?«, fragte Madame Roussel und reckte den Hals, als ich den Topf auf den Küchentisch stellte. »Hat es geklappt?«

»Ja«, antwortete ich freudig, während ich die Masse mit dem Spatel prüfte. »Es ist die beste Creme, die ich bisher gemacht habe. Hauptsache, das Fett setzt sich jetzt nicht noch ungünstig ab.«

»Das wird es sicher nicht.«

»Bei den letzten Malen war es so.«

»Die letzten Male waren schon sehr gut. Du bist zu kritisch mit dir selbst, Mädchen. Dank dir haben wir alle Haut wie Pfirsiche.«

Bei unserem ersten Zusammentreffen hätte ich nicht geglaubt, dass sich die finster wirkende Frau für Kosmetik begeistern könnte. Nie sah ich auch nur einen Hauch Farbe auf ihren Lippen oder Wangen.

Dann stellte ich allerdings fest, dass sie sehr wohl an Creme interessiert war. Allerdings war Madame Roussel zu geizig, um sich selbst etwas zu gönnen. Daher bot ich ihr die Creme als Bezahlung für die Nutzung der Küche an.

Bald schon musste ich feststellen, dass sie in der Straße viele Bekannte hatte. Es sprach sich herum, dass hier jemand

Cremes kochte, und wenig später begannen die Damen, mich sogar für die Tiegelchen zu bezahlen.

»Das genügt nicht«, entgegnete ich. »Es muss gut genug sein, damit ich eine Schönheitsklinik davon überzeugen kann, mich als Chemikerin anzunehmen. Ich muss ihnen klarmachen, dass es keine Bessere gibt als mich.«

Während Madame Roussel die Herrschaft über den Herd wieder an sich nahm, prüfte ich die Creme noch einmal. Das Fett entwickelte sich so, wie es sollte. Zufrieden mit dem Ergebnis, füllte ich sie schließlich in die Gläschen, die ich vor einigen Tagen auf dem Flohmarkt erstanden hatte.

Normalerweise verwendete ich die Behältnisse wieder, die ich zuvor an meine Probandinnen verteilt hatte. Doch um mich bei den Schönheitsfirmen vorzustellen, brauchte ich frische Gläser, die etwas hermachten.

Neben dem Maison de Beauté hatte ich noch einen anderen Laden im Sinn. Ganz in der Nähe von Helena Rubinstein gab es weitere Parfümeure und Schönheitssalons, unter anderem ein Haus mit einer feuerroten Tür, über der ein Schild mit dem Namen Elizabeth Arden hing. Die Besitzerin schien Engländerin zu sein. In den Auslagen wiederholte sich das Rot – war es vielleicht so etwas wie die Farbe ihres Hauses? Möglicherweise war jemand wie sie auch an der Creme interessiert, wenn Helena Rubinstein mich abwies.

Zufrieden mit mir selbst, schraubte ich schließlich die Deckel auf die Gläser. Jetzt brauchte ich sie nur noch zu etikettieren.

Ich räumte die Küche auf und trug mein Werk nach oben, gespannt, was Henny dazu sagen würde.

An diesem Abend hatte ich Glück, dass Henny vor ihrem Auftritt in der Pension auftauchte. Das tat sie in letzter Zeit immer seltener, was ich ein wenig bedauerte. Als sie das Zimmer betrat, bewunderte ich ihr neues Kostüm, in dem ich sie heute zum ersten Mal erblickte. Das Königsblau des Stoffes passte hervorragend zu ihren Augen und dem blonden Haar, das sie nun in leichte Wellen onduliert trug. Sie wirkte nicht mehr wie eine Tänzerin, sondern eher wie die Frau oder Geliebte eines Geschäftsmannes. Ich wusste nicht genau, ob sie sich neue Kleider von ihrem Gehalt kaufte oder ob Jouelle sie damit verwöhnte. Sie verlor kein Wort darüber, und ich fragte auch nicht.

»Ah, du hast wieder was Neues!«, rief sie und griff sich sogleich eines der Gläschen.

»Bitte nicht aufschrauben!«, sagte ich schnell. »Das sind die Muster, die ich morgen vorstellen möchte.«

Henny betrachtete das Etikett, das ich an der Seite aufgeklebt hatte. Sophia Krohn mochte vielleicht kein strahlender Name sein, aber irgendwie gefiel es mir, mein eigenes Schildchen zu haben.

»Ich muss dir nicht sagen, dass du diese Cremes auch selbst verkaufen könntest«, bemerkte sie. »Auf einem Markt oder in der Stadt.«

Ich nahm eines der Gläschen, die ich für mich zur Seite gestellt hatte, öffnete es und strich mit einem Spatel etwas von der Creme auf Hennys Hand. »Hier.«

Henny, die auch schon zuvor meine Cremes probiert hatte, verrieb die Emulsion auf ihrer Haut.

»Oh, das ist gut«, sagte sie, nachdem sie daran geschnuppert hatte. »Ich glaube, du könntest die Cremes wirklich gut allein loswerden.«

»Aber wie weit würde ich damit kommen angesichts der vielen Salons, die es hier gibt?« Ich blickte sie an und hoffte, dass sie mich verstand. »Ich brauche Unterstützung, und die finde ich eher, wenn ich für eines der Institute arbeite.«

»Du weißt doch, wie es mit der Arbeitserlaubnis ist.«

»Ja«, antwortete ich seufzend. »Aber wenn sie in mir nun

einen Nutzen für ihre Firma erkennen? Genauso wie das Theater einen Nutzen in dir erkannt hat?«

Mit diesem Gedanken hatte ich mich an meinen Experimentierkasten gesetzt. Deshalb wandte ich alles, was ich erübrigen konnte, dafür auf, ein Produkt zu schaffen, das mich in den Augen einer Helena Rubinstein oder Elizabeth Arden wichtig genug erscheinen ließ, um mir einen Vertrag zu geben.

Henny nickte, dann strich sie mit dem Finger über den Deckel der Cremes. »Ich bin sicher, dass du Erfolg haben wirst«, sagte sie. »Ich wünschte, ich hätte dieses Vertrauen schon vor einigen Monaten in dich gehabt.«

»Die Zeit liegt weit zurück. Ich möchte nach vorn schauen.« Ich schüttelte den Anflug von Traurigkeit ab und ergriff ihre Hände. »Wünsch mir für morgen Glück, ja?«

»Alles Glück der Welt«, sagte Henny und umarmte mich.

Am nächsten Vormittag machte ich mich mit den Cremes auf den Weg ins Faubourg Saint-Honoré. Ich hatte die Gläschen in meinen Experimentierkasten gestapelt und hoffte, sie somit heil durch die Stadt transportieren zu können.

An diesem Morgen waren die Straßen voll und die Menschen schlecht gelaunt wegen des nasskalten Wetters. Der Schnee an den Straßenrändern war schmutzig, und ganz Paris sehnte sich nach Sonne und den ersten Frühlingsboten.

Im Autobus suchte ich mir einen Platz weiter hinten, denn ich wusste, dass Frauen, die mit ihren Kindern fuhren, die vorderen Plätze bevorzugten.

Obwohl ich glaubte, meine Trauer im Griff zu haben, scheute ich mich immer noch vor der Begegnung mit anderen Müttern, besonders wenn sie Kinderwagen bei sich hatten oder ihre Kinder auf dem Arm trugen. Sie waren im Straßenbild von Paris ständig präsent, aber meist schaffte ich es, sie auszublenden, indem ich woandershin schaute oder mich aufs Nachdenken konzentrierte. In öffentlichen Verkehrsmitteln wie dem Bus oder der Metro gelang mir das nicht so ohne Weiteres.

Doch diesmal hatte ich Glück. Der Bus war lediglich mit Arbeitern und Geschäftsleuten besetzt. Hin und wieder stiegen adrett gekleidete Mädchen ein, die wirkten, als würden sie zur Arbeit ins Büro oder in ein Kaufhaus fahren. Obwohl die Wortfetzen bunt gemischt durch den Bus schwirrten, konnte ich meine Gedanken schweifen lassen. Wieder und wieder ging ich durch, wie ich mich den Damen vorstellen sollte. Um nicht allzu schäbig auszusehen, hatte ich mir von Henny eine Bluse und einen Rock geliehen – für neue Kleider fehlte mir das Geld, und die Sachen, die ich während der Schwangerschaft abgeändert hatte, waren nicht fein genug. Mein alter Mantel passte immerhin wieder und sah auch noch recht passabel aus.

Doch wichtiger als das, was ich trug, waren meine Worte, und bei denen hatte ich meine Zweifel. In der Universität war mir das Reden nach anfänglichen Schwierigkeiten nicht mehr schwergefallen. Ich hatte die Witzeleien meiner männlichen Kommilitonen einfach überhört. Aber nun würde ich als Bittstellerin vor einer Frau erscheinen, die bei den Damen der Gesellschaft in aller Munde war. Nicht nur einmal war mir der Name Rubinstein untergekommen. Würde das, was ich zu sagen hatte, vielleicht dumm auf sie wirken? Oder würde man mich gar nicht erst zu ihr vorlassen?

Vor lauter Aufregung stieg ich eine Station zu früh aus dem Autobus und musste den Rest des Weges laufen. Die feuchtkalte Luft kroch mir unter den Mantel und erinnerte mich auf unangenehme Weise an jenen Tag vor einem Jahr, als ich Dr. Sahler aufgesucht hatte.

Doch dieser Gedanke hatte jetzt nichts bei mir zu suchen, also drängte ich ihn rasch beiseite und konzentrierte mich auf das Geräusch, das meine Stiefeletten im Schneematsch machten. Ich hatte versucht, mit Schuhcreme zu retten, was zu retten war, doch mir war klar, dass sie einen weiteren Winter nicht durchhalten würden. Ich verbot mir den Wunsch nach neuen Kleidern und Schuhen, aber irgendwann würde es sich nicht mehr umgehen lassen, dass ich mein Schuhwerk ersetzte.

Vor dem Maison de Beauté nahm ich mir noch einen Moment, um meine Atemlosigkeit zu bezwingen. Mein Herz hämmerte in meiner Brust, und meine Hände waren eiskalt. Ich wusste, dass ich nur diese eine Chance hatte, einen guten Eindruck zu machen.

Wenn die Angestellte, die ich vor einer Woche angesprochen hatte, nicht geschwindelt hatte, würde Paulina Rubinstein, die Leiterin des Maison, heute im Haus sein. Mir wäre es lieber gewesen, wenn ich einen Termin hätte vereinbaren können, aber die junge Frau hatte mir erklärt, dass sich Mademoiselle Rubinstein schon die Zeit nehmen würde, wenn sie mein Anliegen interessant genug fand.

Ich straffte mich, schloss meine Hand fester um den Griff des Kastens und trat durch die Tür. Glockengebimmel begleitete mich, als ich auf den Empfangstresen zuschritt.

»Bonjour, mein Name ist Sophia Krohn«, stellte ich mich vor. »Ich würde gern Mademoiselle Rubinstein sprechen.«

Die junge Frau sah mich verwundert an. Hatte sie mich nicht verstanden? Mein Französisch hatte sich in den vergangenen Monaten weiter verbessert, manchmal ertappte ich mich dabei, dass ich sogar schon auf Französisch dachte. Daran konnte es nicht liegen. War meine Frage zu unverschämt gewesen?

»Ich ... ich habe in der vergangenen Woche schon einmal nachgefragt, ob sie zu sprechen sei, und man sagte mir, dass Paulina Rubinstein heute da wäre ...«

Im nächsten Augenblick wurde ein Vorhang zur Seite geschoben, und heraus trat eine Frau mit strengen Zügen und schwarzem Haar, das im Nacken zu einem Dutt zusammengesteckt war. Sie trug ein schlichtes graues Kostüm mit weißer

Bluse und war in einem Alter, in dem sie eigentlich nicht mehr Mademoiselle genannt werden sollte.

»Manon, was ist denn ...«

Die Frau stockte und blickte mich erstaunt an. Offenbar sah sie nicht oft Frauen mit abgetragener Kleidung und einem Experimentierkasten in der Hand hier auftauchen.

»Mademoiselle Rubinstein, diese junge Dame würde Sie gern sprechen«, erklärte die Verkäuferin und blickte ein wenig hilflos zu mir herüber.

»Wegen einer Behandlung?« Sie zog ihre Augenbrauen hoch.

»Ich würde Ihnen gern meine Creme vorstellen.«

Sie stieß ein glucksendes Lachen aus und sagte mit einem harten Akzent: »Wie Sie sehen, verkaufen wir hier selbst Cremes. Die besten Cremes der Welt. Warum sollten wir ...«

»Ich möchte für Sie arbeiten!«, fiel ich ihr ins Wort. Das war vielleicht nicht höflich, doch ich wollte mir nicht sagen lassen, dass sie mich nicht brauchten oder nicht sehen wollten. Ich wollte dieses Gespräch unbedingt!

Die Frau musterte mich eine Weile, dann sagte sie: »In Ordnung. Sie haben fünf Minuten, mich zu überzeugen.«

Sie bedeutete mir mitzukommen und führte mich durch den Behandlungsraum, in dem einige Liegen standen, die auf mich wie Untersuchungsliegen beim Arzt wirkten. Die Frauen darauf waren in weiße Handtücher gewickelt, die Gesichter mit Cremes bestrichen, die ihnen ein maskenhaftes Aussehen verliehen. An einer Liege arbeitete eine junge Frau und massierte ihrer Kundin die Schläfen.

Mademoiselle Rubinstein führte mich eine Stufe nach oben in ein Büro, dessen Wände vollgehängt waren mit Gemälden, wie ich sie noch nie zuvor gesehen hatte. Mein Vater hätte diese Bilder als schamlos empfunden, auch wenn sie keinen Zentimeter nackte Haut oder unmoralische Handlungen zeigten. Sie waren auf verwegene Art modern. Nicht einmal Herr Nelson hatte solche Bilder in seinem Büro hängen gehabt.

Ich versank derart in den Anblick einer Abbildung wild tanzender Menschen, dass ich beinahe die Stimme der Frau vor mir überhörte.

»Setzen Sie sich doch.«

Mein Bein verhakte sich kurz an dem Stuhl, doch ich fing mich und ließ mich dann auf dem weichen Lederpolster nieder.

»Meine Schwester liebt es, Kunst zu sammeln«, erklärte die Frau, während sie sich souverän auf den Platz hinter dem Schreibtisch begab. An der Wand dahinter hing das überdimensionale Porträt einer Frau, die ihr sehr wenig ähnlich sah. Dennoch trugen sie sogar dieselben Frisuren. War das die Schwester, von der sie sprach? »Immer wenn sie in Paris ist, sucht sie die Galerien auf und kauft, was ihr gefällt. Dann bekommen wir hier wieder Zuwachs.« Mit einer theatralischen Geste deutete sie hinter sich. »Aber wir sind nicht hier, um über Kunst zu reden, nicht wahr?«

»Nein, ich ...« Ich war noch immer ein wenig verwirrt von der Ansprache. »Ich würde Ihnen gern eine Creme vorstellen, die ich entwickelt habe.« Ich hob den Kasten auf meinen Schoß und öffnete ihn. Mit zitternden Fingern nahm ich eines der Gläschen heraus und stellte es auf den Schreibtisch.

Mademoiselle Rubinstein nahm es an sich, und ein amüsiertes Lächeln huschte über ihr Gesicht. »Sophia Krohn. Ist das Ihr Name?«

Jetzt wurde mir klar, dass ich ihn ihr noch gar nicht genannt hatte, und ich wurde rot. »Ja, das ist mein Name. Verzeihen Sie mir, dass ich mich nicht vorgestellt habe.«

»Namen sind nicht so wichtig«, gab sie zurück. »Sie können jederzeit verändert werden.« Sie betrachtete das Glas noch eine Weile, dann setzte sie hinzu: »Sophia Krohn klingt ein wenig sperrig. Vielleicht würden Sie Sophie vorziehen?«

In diesem Augenblick hätte ich auch einen völlig anderen Namen angenommen, nur um hier zu arbeiten.

»Ich höre einen Akzent in Ihren Worten«, sagte Paulina Rubinstein, während sie das Tiegelchen noch eine Weile in ihrer Hand drehte. »Sie sind nicht aus Frankreich, oder täusche ich mich?«

Ich schüttelte den Kopf, und mir wurde heiß. Würde jetzt die Arbeitserlaubnis zur Sprache kommen? »Ich stamme aus Deutschland.«

»Sie sprechen sehr gut Französisch. Wie lange sind Sie schon hier?«

»Seit einem Dreivierteljahr.«

Paulina nahm diese Information mit einem Nicken zur Kenntnis.

Zu meiner großen Überraschung folgte allerdings nicht die Frage nach der Arbeitserlaubnis.

»Welche Wirkung soll diese Creme haben?« Paulina schraubte den Deckel ab und schnupperte. Die Minznote drang herüber bis zu mir. War sie vielleicht zu stark geraten? Gestern hatte sie noch recht mild gewirkt.

Ich begann zu schwitzen. »Sie soll gegen Hautunreinheiten wirken«, sagte ich und versuchte, mir meine Beklommenheit nicht anmerken zu lassen. »Ich verwende dazu Petersilie, Kamille und Minze, wobei der Duft hauptsächlich von der Minze stammt. Die Wirkung bezieht sich eher auf die Öle der Petersilie und Kamille.«

Mademoiselle Rubinsteins Blick wurde skeptisch.

»Das Minzöl ist sehr stark. Die wievielte Version dieser Rezeptur ist es?«

»Wie bitte?«

»Sie haben doch sicher experimentiert. Wie lange arbeiten Sie schon an dieser Creme?«

Meine Wangen röteten sich. »Ein paar Wochen. Zuvor habe

ich noch andere Cremes entwickelt. Aber diese hier ist die beste.«

Mademoiselle Rubinstein schraubte den Deckel wieder auf den Tiegel.

»Warum wollen Sie Cremes herstellen? Was ist Ihre ... Motivation?«

»Ich ...«

»Sie müssen wissen«, fiel sie mir ins Wort, »es gibt viele wie Sie. Frauen, die sich ein wenig Geld verdienen wollen, indem sie Cremes in ihren Küchen zusammenmischen und uns damit die Geschäfte streitig zu machen versuchen.«

»Aber ich ... ich möchte Ihnen nichts streitig machen«, sagte ich. »Ich möchte für Sie arbeiten. Ich möchte, dass Sie durch die Creme erkennen, dass ich es kann. Dass Sie mich brauchen.« Ich merkte, dass ich wirres Zeug redete.

Paulina Rubinstein runzelte die Stirn. Ich war ihr noch immer eine Antwort schuldig.

»Ich habe mit dem Herstellen von Cremes begonnen, weil meine Haut unrein und entzündet war. Kein Arzt wollte sich darum kümmern, also habe ich die Sache selbst in die Hand genommen.«

»Wie alt waren Sie da?«

»Etwa dreizehn.« Im Gegensatz zu der damaligen Mixtur war diese Creme ein wahres Meisterwerk.

»Da waren Sie noch ein Kind!«

»Die Creme hat mir Linderung verschafft«, sagte ich. »Aber sie ist nichts gegen das hier.« Ich tippte auf den Cremetiegel. »Ich bin sicher, dass Ihre Kundinnen diese Creme lieben werden.«

Unsere Blicke trafen sich. Ich spürte, dass Paulina Rubinstein mich verunsichern wollte. Doch ich zwang mich, ihr zu widerstehen.

»Ich muss Ihr Produkt prüfen lassen«, sagte sie nach einer

Weile und stellte den Tiegel wieder auf der Tischplatte ab. »Ich nehme an, dass Sie bisher nicht mit einem Institut wie dem unseren gearbeitet haben?«

»Nein, bisher nicht«, antwortete ich.

»Haben Sie dieses Produkt anderen Firmen vorgestellt?«

Das verneinte ich ebenfalls. »Jedoch würde ich es woanders versuchen, wenn Sie mich ablehnen. Bei Elizabeth Arden zum Beispiel oder ...«

Paulina hob die Hand. »Ich denke, wenn Sie wirklich ein ernsthaftes Interesse an einer Zusammenarbeit mit uns haben, sollten Sie andere Firmen vergessen. Ich werde meiner Schwester telegrafieren. Sie hat das Sagen hier, ich bin nur ihre Mittlerin.«

Ich blickte zu dem Bild hinter ihr. Das Gesicht strahlte Härte aus, aber in ihren Augen glomm Leidenschaft. Ich fragte mich, welcher Maler sie porträtiert hatte.

»Wie schon erwähnt, möchte ich Ihre Creme auf Verträglichkeit untersuchen lassen«, fuhr Paulina Rubinstein fort. »Es kann nicht sein, dass wir etwas auf die Menschheit loslassen, das sie krank macht.«

»Das verstehe ich voll und ganz«, erwiderte ich. Vielleicht mochte der Geruch nicht jedem passen, aber schädlich war die Creme auf keinen Fall.

»Eine Zutatenliste wäre da sehr hilfreich.«

Unsichtbare Alarmglocken schrillten in mir auf. Was würde sie davon abhalten, die Creme einfach zu kopieren? Ich wollte nicht das Produkt verlieren, sondern eine Anstellung bekommen.

»Die gebe ich Ihnen natürlich, wenn Sie sich für mich entscheiden«, antwortete ich und musterte Paulina. Ihre Augen funkelten. Ein beinahe amüsiertes Lächeln erschien auf ihrem Gesicht. Es schien, als wollte sie sagen, dass sie die Rezeptur auch so herausfinden würde.

»Nun gut, Ihre fünf Minuten sind um«, sagte sie und erhob sich. »Hinterlassen Sie bei Manon doch Ihre Adresse, damit ich Sie kontaktieren kann.«

Ich stand ebenfalls auf, wusste allerdings nicht, was ich von dem abrupten Ende der Unterhaltung halten sollte. Ich hatte darauf gehofft, dass sie mehr wissen wollte. Sie hatte mich nicht einmal danach gefragt, ob ich Chemie studiert hatte. Vielleicht hätte ich selbst daran denken sollen, mich umfangreicher vorzustellen ...

Dafür war es jetzt zu spät.

»Auf Wiedersehen, Mademoiselle Krohn«, sagte sie und reichte mir ihre Hand. Meine eiskalten Finger trafen bei der Berührung auf samtweiche, warme Haut. Wenn das Helena Rubinsteins eigenen Produkten zu verdanken war, mussten diese grandios sein.

»Eine Bitte habe ich«, sagte sie, als ich mich der Tür zuwandte.

»Ja?«, fragte ich hoffnungsvoll.

»Zeigen Sie diese Creme niemandem sonst, ehe ich Sie nicht kontaktiert habe.«

»Sie geben mir also auch im Falle einer Absage Bescheid?«

»Ja. Das ist wohl das Mindeste, nicht wahr?«

Mit diesen Worten entließ sie mich, blieb selbst aber im Büro. Den Weg aus dem Maison musste ich mir allein suchen.

Verwirrt stolperte ich auf die Straße und brauchte einen Moment, um mich zu sammeln. Noch immer wusste ich nicht, was ich von dem Gespräch halten sollte. Ich fühlte mich um eine Gelegenheit betrogen, die ich doch eigentlich gehabt hatte. An welcher Stelle hatte ich einen Fehltritt begangen?

Ich blickte auf den Kasten in meiner Hand. Sieben Tiegel standen noch darin. Wenn man sie kühlte, würden sie eine Weile haltbar sein. Bei der derzeitigen Witterung war das kein Problem.

Ich rang mit mir. Sollte ich doch woanders vorsprechen? Mademoiselle Rubinstein hatte eigentlich nicht das Recht, Exklusivität zu fordern. Wenn ich das Institut von Miss Arden aufsuchte, würde sie es wahrscheinlich gar nicht mitbekommen. Oder doch? Gab es in der Welt der Gesichtswasser und Cremes Spione?

Nach ein paar Schritten sagte mir mein Herz, dass es besser war, auf sie zu hören. Auch wenn ich noch nicht wusste, ob das ein Fehler war.

24. Kapitel

Drei Wochen vergingen. Die ersten Märzsonnenstrahlen ließen den Schnee schmelzen, und der lang ersehnte Frühling zeigte sich an den Pforten der Stadt. Mit jedem Tag, der ohne eine Nachricht von Paulina Rubinstein dahinzog, bedauerte ich es mehr, meine Creme nicht bei anderen Firmen vorgestellt zu haben.

Als ich es in der Wohnung nicht mehr aushielt, ging ich in eines der Cafés im Quartier Latin und bestellte mir dort einen Café au Lait. Zwischen den fein gekleideten Leuten, die dort saßen, kam ich mir ein wenig fehl am Platz vor. Auch biss mich das Gewissen. In einem anderen Etablissement wäre der Kaffee günstiger gewesen.

Doch dieses hier lag an einer gut befahrenen Straße, die reichlich Abwechslung bot, wenn man es darauf anlegte, die Leute zu beobachten. Außerdem kamen hier nur sehr wenige Frauen mit ihren Kindern vorbei. Dafür sah man einige versonnen aussehende Herren mit Hornbrille, von denen ich nicht genau wusste, ob sie Dichter oder Geschäftsleute waren.

An diesem Dienstag Mitte März war ich noch unruhiger als zuvor und konnte mich nicht so recht auf die Leute konzentrieren. Würde noch eine Nachricht von Madame Rubinstein kommen, oder sollte ich endlich einen Vorstoß in eine andere Richtung wagen? Die Cremes waren durch das kühle Wetter immer noch haltbar. Mittlerweile hatte sich mein Notizbuch mit weiteren Ideen gefüllt, und meine Finger kribbelten vor Tatendrang. Vielleicht wäre ich besser damit beraten, direkt einen eigenen Salon zu eröffnen? Ich hatte wieder die Worte von Paulina Rubinstein im Ohr: *Frauen, die sich ein wenig Geld verdienen wollen, indem sie Cremes in ihren Küchen zusammenmischen und uns damit die Geschäfte streitig zu machen versuchen.* Was blieb Frauen wie mir anderes übrig? Um in Paris selbstständig zu arbeiten, brauchte man keine Arbeitserlaubnis, nur Geld und einen Raum, in dem man seine Tätigkeit ausüben konnte.

Doch beides hatte ich nicht, und ich wusste auch nicht, bei wem ich wegen eines Kredits nachfragen sollte. Vielleicht konnte ich den Kaufhäusern meine Cremes anbieten? Wie ich bei einem Rundgang gesehen hatte, waren Helena Rubinstein und Elizabeth Arden dort vertreten, aber auch unbekanntere Namen, die ihre Geschäfte nicht im Faubourg Saint-Honoré hatten ...

Schließlich bezahlte ich meinen Kaffee, erhob mich und verließ das Café. Heute war kein guter Tag, um Leute zu beobachten. Das Verlangen, mich wieder an den Herd zu stellen, wurde immer größer. Vielleicht konnte ich mich als Nächstes an einem Gesichtstonikum versuchen? In den Kaufhäusern hatte ich beobachtet, dass dort immer mehr dieser hübschen Glasfläschchen auftauchten. Vielleicht würde ich bei meinem nächsten Besuch auf dem Flohmarkt eine Partie Flaschen mit Korken erstehen können?

In der Pension traf ich auf Genevieve.

»*Salut*, Sophie!«, rief sie fröhlich. Ihr neuer Liebhaber, dessentwegen sie kaum noch Kunden empfing, schien ihr wirklich gutzutun. »Gut, dass du kommst. Vorhin war so ein komischer Kauz hier und hat etwas für dich abgegeben.«

»Für mich?« Das konnte wohl nur ein Ehemann aus der Nachbarschaft gewesen sein, der im Namen seiner Frau eines der Tiegelchen zurückschickte, damit ich es erneut füllte.

»Ja, ich habe es an deine Tür geheftet.«

An die Tür?

Ich bedankte mich bei Genevieve und stürmte mit pochendem Herzen die Treppe hinauf. Tatsächlich klemmte an unserer Zimmertür ein Brief.

Sophia Krohn stand in einer feinen, etwas eckig anmutenden Handschrift darauf. Kein Absender.

Mit zitternden Händen öffnete ich den Umschlag. Beim letzten Mal, als ich Post bekommen hatte, handelte es sich um die Rechnung des Krankenhauses. Die Summe war ein Schock für mich gewesen, aber Henny hatte Jouelle um das Geld gebeten. Das war mir zunächst peinlich, doch ich hatte keine andere Wahl, als zu akzeptieren und ihr zu versichern, dass ich es zurückzahlen würde, sobald ich konnte.

In diesem Kuvert steckte lediglich eine Karte. Als ich den Schriftzug *Helena Rubinstein* las, beschleunigte sich mein Puls noch weiter.

Morgen, ein Uhr nachmittags im Maison de Beauté stand dort geschrieben. Darunter der Zusatz: *Verspäten Sie sich nicht!*

Ich starrte die Karte verwundert an. Es war eine Einladung, doch wozu? Hieß das, dass das Maison sich für mein Produkt interessierte? Um mir zu sagen, dass sie kein Interesse hatten, brauchten sie mich eigentlich nicht vorzuladen …

Ich nahm die Karte mit ins Zimmer. Wieder und wieder wanderte mein Blick über die wenigen Zeilen, ohne ihnen ihr Geheimnis entlocken zu können. Mir würde wohl nichts anderes übrig bleiben, als bis morgen zu warten.

Ähnlich nervös wie bei meinem ersten Gespräch mit Paulina Rubinstein betrat ich am folgenden Nachmittag das Maison de

Beauté. Zuvor war ich, weil viel zu früh vor Ort, etliche Runden um den Häuserblock gelaufen. Jetzt schmerzten meine Füße, doch meine innere Anspannung war stärker.

Diesmal schien Manon hinter dem Empfangstresen zu wissen, wer ich war.

»Madame erwartet Sie im Büro«, sagte sie, nachdem ich sie begrüßt hatte, und deutete auf die Tür, die ich vor einigen Wochen zum ersten Mal durchschritten hatte. Ich bedankte mich und durchquerte erneut den Behandlungsraum, in dem auch diesmal einige Damen verschönert wurden.

Vor dem Büro sammelte ich mich kurz und blickte auf meine Armbanduhr. Die Zeiger sprangen auf ein Uhr. Ich klopfte.

»Herein«, rief eine dunkle, etwas rau klingende Frauenstimme. Es war nicht Paulina, die hätte ich an ihrem hellen Singsang wiedererkannt.

Als ich eintrat, fiel mein Blick als Erstes auf einen großen Pelzkragen, auf dem ein Kopf mit streng nach hinten gekämmtem Haar saß.

Im nächsten Moment erkannte ich, dass diese Frau mit der abgebildeten auf dem Porträt an der Wand identisch war.

Ihre zarte milchweiße Haut stand in hartem Kontrast zu ihrem schwarzen Haar und den großen leuchtend gelben Edelsteinen, die sie als Ohrringe trug. Sie wirkte, als wäre sie gerade angekommen oder auf dem Sprung, genau konnte ich das nicht erkennen.

Neben ihr stand Paulina Rubinstein in einem engen dunkelgrauen Wollkleid, das ihre Figur betonte.

»*Bonjour*«, grüßte ich und versuchte, das Flattern in meiner Magengrube zu ignorieren. »Ich bin Sophia Krohn.«

Die Frau hinter dem Schreibtisch machte keine Anstalten, sich zu erheben. Ihre Augen musterten mich gründlich.

»Ah, die junge Frau, die mir eine Creme verkaufen möchte«,

sagte sie und bedeutete mir dann, näher zu treten. Sie blieb auch sitzen, als sie mir die Hand über den Schreibtisch reichte. »Helena Rubinstein. Setzen Sie sich doch.«

Ich bemerkte, dass sie die mittlere Silbe ihres Vornamens seltsam dehnte. Sie sprach mit dem gleichen harten Akzent wie Paulina.

Nachdem ich auch ihrer Schwester, die jetzt merkwürdig still wirkte, die Hand gereicht hatte, ließ ich mich auf dem Stuhl vor dem Schreibtisch nieder.

»Sie müssen entschuldigen«, sagte Helena Rubinstein, während bei jeder ihrer Kopfbewegungen die Edelsteine aufblitzten. »In diesem Gebäude sind wir sehr beengt. Ich hätte Sie in der Clinique empfangen sollen, da ist alles etwas pompöser. Aber mein Terminkalender ist sehr dicht.«

Ich blickte verwirrt zwischen ihr und Paulina hin und her. Eigentlich hatte ich damit gerechnet, ausgefragt zu werden.

»Fräulein Krohn«, fuhr sie dann auf Deutsch fort, was mich noch mehr verwunderte. »Meine Schwester sagte mir, dass Sie aus Deutschland kommen. Ich kenne einige bezaubernde und sehr kluge Damen dort.«

»Das ... freut mich ...«, antwortete ich und versuchte den Drang, nervös meine Hände zu kneten, zu unterdrücken.

»Wie sind Sie denn auf die Idee gekommen, eine Creme herzustellen?«, fragte Helena Rubinstein dann. Ich war froh, dass sie endlich zum Thema kam. Bevor ich allerdings antworten konnte, fuhr sie fort: »Bei mir war es die Reise nach Australien. Die Luft dort ist furchtbar heiß und trocken. Wenn meine Mutter mir nicht zwölf Tiegel ihrer Creme mitgegeben hätte, würde ich jetzt sicher wie Dörrobst aussehen.«

Wieder traf mich ihr aufmerksamer Blick. Ich fragte mich, wie alt sie wohl war.

Helena Rubinstein fuhr fort. »Die Frauen dort hatten alle furchtbare Haut, und ich war ihre Rettung. So fing es bei mir an.« Sie lehnte sich ein wenig über den Schreibtisch. »Und bei Ihnen?«

Ich schnappte nach Luft. »Ich ... ich hatte Hautprobleme. Als junges Mädchen«, brachte ich hervor.

Am vergangenen Abend hatte ich meinen Vortrag vor dem Spiegel geübt, war mir dabei sehr souverän vorgekommen. Und jetzt hatte ich das Gefühl, wie eine Pennälerin zu stammeln, obwohl ich mit Helena Rubinstein in meiner Muttersprache redete.

Die Frau nahm meine Worte mit einem Nicken hin. »Ich habe Ihre Creme geprüft«, sagte sie dann. »Ich persönlich mag den Geruch nicht, er ist zu scharf. Man riecht damit wie eine Fabrik für Minzbonbons.«

Meine Wangen begannen zu glühen. Diese plötzliche Kritik überraschte mich. Ich hatte geglaubt, dass wir erst einmal über meinen Werdegang reden würden.

»Allerdings ist Ihre Creme nicht das übliche Gepansche irgendeiner Hausfrau, die meine Aufmerksamkeit erregen will«, fuhr sie fort. Ihr Ton wirkte harsch, aber ihre Worte ließen mich aufhorchen. »Sie sind wissenschaftlich an die Sache herangegangen, das merkt man. Das Produkt ist sehr sauber und scheint gut abgemessen zu sein. Die Konsistenz ist perfekt.« Ihre Augen bohrten sich wieder in mein Gesicht. Sie fragte nicht, aber ich spürte, dass ich ihr jetzt das sagen konnte, was ich bei Paulina versäumt hatte.

»Ich habe fünf Semester Chemie an der Friedrich-Wilhelms-Universität in Berlin studiert. Ich weiß, was ich tue.«

Madame Rubinsteins fein gezupfte Augenbrauen schnellten in die Höhe. Sie wirkte nun ihrerseits überrascht. »Und was hat Sie nach Paris verschlagen? Ich nehme an, Sie haben Ihr Studium nicht beendet. Bei der Zahl der Semester ... Doch wohl nicht, um mir eine Creme zu verkaufen?«

Auf diese Frage war ich nicht gefasst gewesen.

Was sollte ich ihr antworten? Eine Lüge hatte ich mir nicht zurechtgelegt, und die Wahrheit ...

Ein Blick in Helena Rubinsteins Gesicht sagte mir jedoch, dass es unklug wäre, lange zu schweigen.

»Meine Eltern haben mich vor die Tür gesetzt«, sagte ich also. »Es gab Streit wegen einer persönlichen Sache ...«

»Einem Mann?«

Ich wurde rot.

Madame Rubinsteins Miene sagte mir, dass ich nicht weiterzureden brauchte. Sie blickte zu ihrer Schwester. Deren Miene wirkte auf einmal abweisend.

»Ich weiß nicht, ob die Arbeit hier richtig für Sie wäre, wo Sie einen Mann haben, der Ihre Aufmerksamkeit einnimmt.«

Ich spürte meinen Herzschlag plötzlich unter meinem Kinn. Hieß das, sie zog in Betracht, mich zu beschäftigen?

»Verzeihen Sie, aber ich habe keinen Mann«, sagte ich stockend. »Wir ... haben uns getrennt.«

Madame Rubinsteins Stirn kräuselte sich. »Das tut mir leid.« Sie machte eine kurze Pause, dann fügte sie hinzu: »Das heißt also, Sie sind frei von Verpflichtungen?«

»Ja, natürlich ...« Ich schluckte und fühlte ein wenig Scham, dass ich ihr nicht die ganze Wahrheit sagen konnte. Doch wie sollte sie über mich denken, wenn sie erfuhr, dass ich unverheiratet schwanger geworden war?

Immerhin schien das, was ich gesagt hatte, für sie Erklärung genug zu sein.

»Nun, wenn das so ist, sollten wir beide uns einen Ort suchen, an dem wir etwas essen und miteinander plaudern können«, sagte sie.

Ich versuchte, die Beklommenheit, die mich plötzlich überkommen hatte, abzuschütteln.

»Heißt das, Sie wollen mich anstellen?«

»Es heißt, dass ich mit Ihnen über Ihre Anstellung verhandeln will. Nichts geht ohne gute Verhandlungen, finden Sie nicht?«

Ich nickte und kam mir vor, als würde ich jeden Augenblick zu einem fragilen Bündel zerfallen, das der Wind einfach wegpusten konnte.

»Wir sehen uns nachher«, sagte sie zu Paulina, die im Gegensatz zu mir nicht verwundert schien, dass sie uns nicht begleiten würde.

»Kommt Ihre Schwester denn nicht mit?«, fragte ich.

»Nein, ich denke, es wird reichen, wenn wir sprechen. Also?«

Ich nickte und erhob mich dann. Madame Rubinstein tat dasselbe. Dabei bemerkte ich, dass sie gut zwei Köpfe kleiner war als ich. Dennoch wirkte sie stark und einnehmend, während sie mit stolz erhobenem Kopf vor mir herschritt. Auf dem Weg nach draußen grüßten die Angestellten sie beinahe schon ehrfürchtig.

Das Café Royal wirkte sehr nobel. Schwere Gemälde hingen an den Wänden, und das Licht fing sich in goldfarbenen Rahmen und Leuchtern. Die Louis-XVI-Stühle waren mit roséfarbenem Satin bezogen, auf den Tischen standen kleine Gebinde aus weißen Rosen. Ein milder Duft nach Zucker und Kaffee schwebte beinahe ätherisch in der Luft.

Ich drängte den Gedanken an Georg und meinen letzten Besuch in einem etwas besseren Café zur Seite.

Der Kellner schien Madame Rubinstein zu kennen, denn er führte uns ohne Umschweife zu einem der schönsten Plätze des Lokals, von dem aus man einen guten Blick auf die Straße und die wunderschönen Bauten hatte.

Er nahm uns die Mäntel ab, und mir entging nicht, dass er ein wenig pikiert auf mein einfaches Kleidungsstück blickte. Kein Wunder, denn unter dem Mantel von Madame Rubinstein kam nun ein edles grünes Kostüm zum Vorschein.

»Mein Ehemann trifft sich gerade mit ein paar hoffnungsvollen Autoren«, erklärte sie im Plauderton. »Er sieht sich als Förderer der Literatur und hat vor einiger Zeit mal ein literarisches Magazin herausgegeben. Uns eint die Liebe zu den schönen Künsten. Wie steht es mit Ihnen?«

Ich schüttelte beklommen den Kopf. Die Zeit, Romane zu lesen, hatte ich mir schon seit Langem nicht mehr genommen, meine Welt waren eher die Sachbücher.

»Sie sind vermutlich ganz Wissenschaftlerin, nicht wahr?«, fragte sie daraufhin, worauf ich rasch nickte und beschloss, ihr nicht zu erzählen, dass ich als Garderobiere durchaus mit Kultur zu tun gehabt hatte. Es gefiel mir, dass sie mich als Wissenschaftlerin sah, etwas, das mir selbst in den vergangenen Monaten abhandengekommen war.

»Ich kenne Frauen wie Sie. In Wien habe ich mit einer hervorragenden Ärztin zusammengearbeitet. Sie hat mir gezeigt, wie man Hautprobleme erkennt und behandelt. Zusammen haben wir großartige Produkte entwickelt. Auch sie hatte nur wenig übrig für Gemälde oder Skulpturen.«

Mit einer eleganten Handbewegung winkte sie den Kellner herbei. »Haben Sie einen besonderen Wunsch, was das Essen betrifft?«

Ich schüttelte verwirrt den Kopf. »Nein, ich ... ich bin nicht wählerisch.«

»Sie müssen wissen, dass die Franzosen die beste Küche der Welt haben.« Damit wandte sie sich an den Kellner. »Jacques, wir nehmen die Bouillabaisse und einen Salade niçoise sowie als Nachtisch Ihre göttliche Mousse au Chocolat. Die Auswahl des Weins überlasse ich Ihnen.«

»Wie Sie wünschen, Madame.« Der Kellner zog sich mit einer kleinen Verbeugung zurück.

»Ich bin Jüdin, eigentlich sollte ich koscher essen, aber mein Rabbi sieht es mir nach, wenn ich hier bin.« Sie lächelte in sich hinein, als hätte sie einen Witz gemacht. »Ich hoffe, es wird Ihnen nicht zu viel? Eine schlanke Linie ist wichtig für eine junge Frau, aber Sie sehen aus, als könnten Sie einen Happen vertragen.«

»Ja, ich ... ich habe eigentlich einen guten Appetit.«

Wieder wanderte ihr Blick prüfend über mein Gesicht. »Bitte verzeihen Sie mir, dass ich so forsch nach dem Grund Ihres Studienabbruchs fragte«, sagte sie dann. »Ich weiß, wie sehr Partnerschaft und Familie eine Frau in Anspruch nehmen. Ich habe zwei Söhne, und als ich mit Roy schwanger war, habe ich zwei Salons eröffnet, einen in Wellington und meinen ersten in London. Als meine Niederlassung in Paris folgte, war mein Sohn Horace schon auf der Welt. Es war keine leichte Zeit.«

Sie hatte also auch Kinder. Wie immer, wenn ich Mütter über ihre Kinder sprechen hörte, stach mich der Neid.

»Nun, aber Sie sind hier, nicht wahr? Tragen Sie sich denn mit Heiratsplänen?«

»Nein«, antwortete ich ein wenig verwirrt. »Ich möchte mich selbst versorgen. Außerdem bereitet mir das Herstellen von Cremes Freude. Ich könnte mir vorstellen, diese Tätigkeit ein Leben lang auszuüben.«

»Womit wir zum Thema kommen«, sagte Madame Rubinstein. »Sie haben sicher schon den Lauf der französischen Bürokratie kennengelernt. Man sieht es gern, wenn Ausländer Geschäfte eröffnen, aber man sorgt strikt dafür, dass sie Franzosen die Arbeit nicht wegnehmen. Auch als Ausländerin muss man sich diesem Gesetz beugen.«

Was bedeutete das? Wollte sie mich nun doch nicht anstellen?

Bevor ich fragen konnte, erschien der Kellner und brachte uns neben einer Karaffe Wasser auch den Wein. Madame Rubinstein unterbrach, bis der Kellner wieder von dannen gezogen war, dann fuhr sie fort: »Aus diesem Grund sehe ich mich außerstande, Sie hier in Paris anzustellen. Gute Chemiker gibt es auch hier, sogar weibliche, die mir am liebsten sind, denn als Frau kennen sie die Welt der Frauen besser als ein Mann.«

»Oh«, sagte ich und senkte ein wenig enttäuscht den Kopf. Gleichzeitig fragte ich mich, worüber sie verhandeln wollte. Wollte sie mir die Creme abkaufen? Nach ihrer Kritik an deren Geruch bezweifelte ich das.

»Aber Paris ist nicht die einzige Stadt der Welt, nicht wahr?«, fuhr sie fröhlich fort. »Wie ich bereits sagte, besitze ich Filialen in anderen Ländern: England, Australien und auch in den Vereinigten Staaten von Amerika.«

Sie ließ diese Worte einen Moment auf mich wirken. Ich fragte mich, in welchem der Länder die Gesetze wohl nicht so rigide waren.

»Der Grund, warum ich nach Ihrer Unabhängigkeit gefragt habe, ist folgender: Vor ein paar Wochen habe ich eine meiner besten Chemikerinnen verloren. Sie hat geheiratet und zieht nun in den amerikanischen Süden. Bisher ist es mir nicht gelungen, einen passenden Ersatz für sie zu finden. Als meine Schwester mir telegrafierte, dass hier eine junge Frau mit einer Creme vorgesprochen habe, dachte ich mir noch nichts dabei. Doch als ich Ihre Creme testete …« Sie machte eine Pause. »Wie gesagt, ich mag diese starke Minznote nicht. Aber die pflegenden Eigenschaften kommen dem gleich, was ich als Standard für meine eigenen Produkte ansehe. Eine Creme wie diese könnte durchaus Anklang bei der Konkurrenz finden.«

Ich dachte wieder an die lange Liste von Schönheitssalons. Ich hatte es in den vergangenen Wochen fast bedauert, nicht auch bei ihnen vorgesprochen zu haben. Jetzt war ich froh darüber, es nicht getan zu haben.

»Ich nehme an, Sie haben keinen Kontakt zu Elizabeth Arden aufgenommen?«, fragte Madame Rubinstein.

Ich schüttelte den Kopf. »Ihre Schwester sagte mir, dass ich es nicht tun sollte, wenn ich eine Chance bei Ihnen haben möchte.«

Helena lächelte hintergründig. »Die gute Paulina. Ich gebe es nie offen zu, aber sie ist eine meiner liebsten Schwestern. Ich bin die Älteste von acht Schwestern, müssen Sie wissen. Das war nicht immer leicht. Und eigentlich liebe ich alle, aber manche von ihnen sind mir im Geschäftssinn ähnlicher als andere.«

Ich begann mich zu fragen, ob sie all ihren Schwestern einen Schönheitssalon anvertraut hatte.

»Auf jeden Fall war es sehr klug, dass Sie mir treu geblieben sind«, fuhr Madame Rubinstein fort. »Sie haben mich mit Ihrem Produkt beeindruckt, und auch wenn Sie Ihr Studium nicht abgeschlossen haben, so habe ich große Hoffnung, dass Ihr Wissen ausreichend sein wird, um für mich zu arbeiten. Schließlich muss ich auch keine Ärztin sein, um Hautkrankheiten zu behandeln.« Ein Anflug von Bedauern huschte über ihr Gesicht, doch er verschwand recht bald wieder unter ihrem Lächeln. »Ich will es kurz machen. Ich ziehe in Erwägung, Sie mit nach New York zu nehmen. Dort hat meine Firma ihren Hauptsitz, und dort gibt es auch keine Probleme mit der Arbeitserlaubnis. Diese zusammen mit einer Aufenthaltserlaubnis kann ich jederzeit für Sie erwirken. Natürlich wird es eine Weile dauern, bis Sie eine richtige Amerikanerin werden dürfen. Aber als arbeitende Ausländerin lebt es sich dort recht gut.«

Ich starrte sie an. Mein Gesicht glühte und spannte, als hätte ich zu lange in der Kälte gestanden. »New York?«, fragte ich. Daran, in einem anderen Land als Frankreich zu arbeiten, hatte ich nicht gedacht, weil ich Henny nicht allein lassen wollte. Aber nun, da sie mit Jouelle zusammen war und sich mir die Gelegenheit bieten würde, ihr endlich all meine Schulden zurückzuzahlen …

»Ja«, antwortete Madame Rubinstein. »New York. Ich würde Sie dort in meiner Fabrik unterbringen, in der Entwicklungsabteilung. Zum Herstellen der Produkte brauche ich nicht sehr viel Personal, ich versuche das meiste durch Maschinen erledigen zu lassen, die von einer Handvoll Mitarbeiter überwacht werden. Natürlich müssen die Zutaten vorbereitet werden, das geht leider nur von Hand, denn das menschliche Auge und die Sorgfalt kann eine Maschine nicht ersetzen. In diesem Bereich beschäftige ich die meisten Leute. Aber wissenschaftliche Erkenntnisse wandeln sich schnell, und genauso schnell bewegt sich der Markt. Man muss, wie man so schön sagt, am Ball bleiben, wenn man nicht übertrumpft werden will, wenn Sie wissen, was ich meine.«

Ich wusste es nicht, konnte es mir aber vorstellen. Auch an der Universität hatte ein gewisser Wettbewerb unter den Professoren geherrscht.

»Könnten Sie sich solch eine Arbeit vorstellen?«

»Ja, natürlich«, antwortete ich, obwohl mein Verstand noch immer nicht so recht fassen konnte, was mir da angeboten wurde. »Ich würde mich sehr freuen, wieder im Labor zu arbeiten.«

»Gut!«, sagte Madame Rubinstein mit einem breiten Lächeln. »Ich mag Frauen, die anpacken wollen. Meine einzigen Bedingungen für Ihre Anstellung wären, dass Sie lernen, Englisch zu sprechen, und sich für zehn Jahre verpflichten, nicht zu heiraten.« Sie sah mich eine Weile an, dann fragte sie: »Wie alt sind Sie jetzt?«

»Einundzwanzig«, antwortete ich, ganz verdattert über diese Forderung. Englisch konnte ich. In der Schule hatte ich auch diese Sprache gelernt, weil mein Vater der Meinung war, dass ich die Sprache der Wissenschaft beherrschen müsste. Und die war in seinen Augen nicht Latein.

Doch die Klausel ... Nicht, dass ich nach dem Reinfall mit

Georg vorhatte, mich dem Nächstbesten an den Hals zu werfen. Dennoch fand ich solch eine Forderung sehr ungewöhnlich.

»Mit einunddreißig sind Sie immer noch jung genug, um Kinder zu bekommen«, erklärte Madame Rubinstein. »Ich war neununddreißig, als mein erster Sohn geboren wurde, zweiundvierzig bei meinem zweiten. Ich sage Ihnen, es ist nicht notwendig, seine Jugend mit Kinderkriegen zu verbringen. Und es heißt ja auch nicht, dass ich Ihnen verbieten will, sich zu amüsieren. Nur ist die Ehe leider eine Institution, die es Männern gestattet, ihre Frauen zu beherrschen. Nicht jede hat so eine Willensstärke und ein Privileg wie ich.«

Wieder prüfte mich ihr Blick genau. Ich rang mit mir. Und wenn ich nun einen Mann kennenlernte, der es wert war, ihm mein Herz zu schenken? Wenn ich mich wirklich verliebte und nicht aus Schwärmerei den Kopf verlor …

»Gilt diese Klausel auch für Männer, die für Sie arbeiten?«, platzte es aus mir heraus, was ich sofort bereute, denn die Chance, die mir hier geboten wurde, war grandios und vor allem einmalig.

»Sie gilt für alle hochrangigen Kräfte, die schwer zu ersetzen sind«, entgegnete sie ruhig. »Bei der Chemikerin, die ich jetzt verloren habe, galt sie auch, aber sie hat mich für ihr Glück verlassen. Das stand ihr frei. Wenn Sie bei mir allerdings Karriere machen wollen, konzentrieren Sie sich auch vollständig auf die Arbeit. Es wird Ihr Schaden nicht sein, ich bezahle jene, die loyal sind, sehr gut.«

Daran zweifelte ich nicht.

Der Kellner brachte uns unser Essen, und ich merkte schnell, dass sie es nur bedingt schätzte, wenn wir dabei redeten. Ich war froh darüber, mich auf die wunderbare Fischsuppe und den Salat konzentrieren zu können, denn ihre Worte mussten erst einmal in mich einsickern.

Als wir beim Dessert angelangt waren, überkam mich eine seltsame Leichtigkeit. Ich war nicht sicher, ob das am Zucker der Mousse au Chocolat lag oder daran, dass vor mir plötzlich eine Zukunft aufstieg, wie ich sie mir nie erträumt hatte. Besonders nicht in den vergangenen Monaten.

»Ich erwarte nicht, dass Sie mir sofort antworten«, erklärte Helena Rubinstein, als wir unser Essen mit einem Mokka beschlossen. »Lassen Sie alles, was wir besprochen haben, sacken. Nur so viel: Ich werde Ihnen genügend Geld zahlen, damit Sie wie eine Dame von Welt leben können. Sofern ich mit Ihren Leistungen zufrieden bin.«

Ich hätte ihr am liebsten gesagt, dass es da für mich nicht viel zu überlegen gab. Eine Gelegenheit wie diese würde sich mir nicht zweimal bieten.

»Wenn Sie einverstanden sind, kommen Sie morgen ein Uhr nachmittags in das Restaurant des Hôtel Ritz und fragen Sie nach mir. Wir werden dann gemeinsam speisen und alles Weitere klären.«

25. Kapitel

Ungläubig und ein wenig benommen von Helena Rubinsteins Angebot ging ich nach Hause. Meine Brust kribbelte von dem starken Mokka, aber auch vor Freude, gleichzeitig bekam ich es mit der Angst zu tun. New York! Ich hatte nie zu träumen gewagt, irgendwann einmal dorthin zu reisen. Und jetzt sollte ich Madame Rubinstein nach Amerika begleiten und dort arbeiten!

Was würde Henny dazu sagen? Ich konnte mir vorstellen, dass sie ebenso überrascht sein würde wie ich selbst.

Ich war so aufgekratzt, dass ich am liebsten jedem, der mir über den Weg lief, von der Frau mit den Juwelenohrringen erzählt hätte. Doch als ich die Pension betrat, waren weder Madame Roussel noch Genevieve anwesend. Henny würde, wenn überhaupt, erst morgen früh wieder hier sein. Was sollte ich tun? Wo sollte ich hin mit all meiner ungläubigen Freude? Der ersten richtigen Freude, die ich seit dem Tod meines Sohnes empfand.

Meine Mutter fiel mir wieder ein. Seit ich Berlin verlassen hatte, hatte ich ihr nicht mehr geschrieben. Den Mut, ihr vom Tod meines Sohnes zu berichten, hatte ich bisher ebenfalls noch nicht gefunden. Aber jetzt drängte etwas in mir, ihr ein paar Zeilen zu schicken. Also holte ich mein Schreibzeug hervor.

Liebe Mama,

Du hast schon lange nichts mehr von mir gehört. Ich bin mir auch nicht sicher, ob Du von mir hören möchtest, doch ich bin zu dem Schluss gekommen, dass Du ein Recht hast zu erfahren, wie es mir ergeht.
Vor einem Dreivierteljahr habe ich Berlin verlassen, zusammen mit Henny. Wir gingen nach Paris, um uns ein neues Leben aufzubauen. Aber das weißt Du vielleicht von Papa, mit dem ich kurz vor meiner Abreise gesprochen hatte.
Leider sind es keine guten Nachrichten, die ich Dir jetzt bringe. Mein Sohn ist kurz nach der Geburt im Krankenhaus gestorben. Ich hätte mir gewünscht, dass Du bei mir gewesen wärst, aber Dein langes Schweigen hat mir klargemacht, dass Du mir nicht verzeihen kannst. Ich hoffe, Du schließt Deinen kleinen Enkel trotzdem in Deine Gebete mit ein. Er hatte es nicht verdient, so früh aus dieser Welt gerissen zu werden, und er hat auch Deine Ablehnung nicht verdient. Es war mein Fehler, mich verführen zu lassen, aber es war keiner, mich für das Kind zu entscheiden. Auch wenn diese Entscheidung schließlich in Trauer endete.
Ich war nach der Geburt eine Weile krank, sodass es mir verwehrt war, meinen Sohn wenigstens einmal zu sehen. Es vergeht kein Tag, an dem ich nicht an ihn denke, aber der Schmerz ist inzwischen erträglicher geworden. Vielleicht war es gut, dass ich ihn nicht gesehen habe. Ich wünschte dennoch, es wäre anders gewesen.
Als Vater mich aus der Wohnung wies, sagte er, dass ich allein zurechtkommen solle. Nachdem es eine Zeit lang nicht so aussah, als ob ich es schaffen könnte, ist jetzt etwas Wunderbares geschehen. Ich stelle mir vor, dass mein Kind mir diese Gelegenheit aus dem Himmel gesandt hat. Ich werde nach New York gehen und versuchen, dort mein Glück zu finden. Und ich werde nicht aufhören zu hoffen, dass Du und auch Vater mir eines Tages vergeben könnt.

In Liebe,
Sophia

Als ich fertig war, wischte ich mir die Tränen aus den Augen. All der seelische Schmerz, der mich nach der Geburt überfallen hatte, war wieder da. Auch der Schmerz, den ich nach dem Rauswurf aus meinem Elternhaus empfunden hatte.

Doch der Kummer währte nicht lange. Das freudige Kribbeln in meinem Magen setzte sich durch und ließ alles andere in den Hintergrund treten. Ich hatte einen Weg vor mir und ein Ziel! Die Heiratsklausel fand ich immer noch seltsam, aber vielleicht war es das Beste so.

Als Henny am nächsten Vormittag in unserer Kammer auftauchte, war ich bereits auf dem Sprung. Das Essen mit Madame Rubinstein fand in zwei Stunden statt, und seit mindestens einer Stunde drehte ich mich vor dem Spiegel, in der Hoffnung, dass meine Kleider in der Zukunft weniger schäbig aussehen würden.

»Was ist denn mit dir los?«, fragte Henny, während sie ihren Mantel ablegte. Sie wirkte müde. Der vergangene Abend musste wieder lang geworden sein.

»Sie nehmen mich!«, sagte ich. Bevor ich gestern zum Maison de Beauté aufgebrochen war, hatte ich Henny noch von der Nachricht erzählen können.

»Das ist ja wunderbar!« Hennys Augen begannen zu strahlen. »Ich habe mir doch gleich gedacht, dass sie dich nicht zu sich einladen, wenn sie dich ablehnen wollen.« Sie fiel mir um den Hals und drückte mich.

»Allerdings werde ich nicht in Frankreich arbeiten können«, setzte ich hinzu.

»Wieso nicht?«, fragte Henny. »Wenn du für sie unverzichtbar bist ...«

»Madame Rubinstein möchte mich mit nach New York nehmen.« Ich schilderte ihr die Begegnung mit der Patriarchin des Unternehmens und ihr Angebot. Dabei verschwieg ich ihr allerdings die Heiratsklausel. Ich konnte mir denken, was Henny davon hielt.

»Ist das nicht wunderbar?«, fragte ich abschließend, doch dann sah ich Tränen in ihren Augen. »Was ist denn?«, fragte ich, worauf sie sich hastig übers Gesicht wischte.

»Nichts. Ich freue mich nur so für dich! Alles, was du erlebt hast ... Und jetzt kommt endlich das Glück zu dir!«

»Ach Henny!« Wieder fielen wir uns in die Arme. »Ich wünschte, ich könnte diesmal dich mitnehmen.«

Sie schüttelte den Kopf und sah mich an. »Das wird nicht gehen«, sagte sie. »Mein Engagement wurde heute für ein Jahr verlängert. Wie es aussieht, bekommen wir beide, was wir uns wünschen.«

Erst jetzt wurde mir klar, dass wir uns, wenn das Schiff in Richtung New York aufgebrochen war, über lange Zeit nicht mehr sehen würden. Madame Rubinstein mochte hier hin und wieder in Paris nach dem Rechten sehen, aber ich würde in New York im Labor arbeiten.

»Du bist mir doch nicht böse?«, fragte ich, denn ich sah, dass Henny immer noch mit den Tränen rang.

»Böse?«, fragte sie. »Warum sollte ich dir böse sein? Ich freue mich so sehr für dich. Wer weiß, vielleicht wartet dort drüben auch ein anständiger Mann auf dich. Einer, der es wert ist.«

Ich presste die Lippen zusammen. Meine Hoffnung galt eher weniger einem Mann, ich wollte endlich mir und auch meinem Vater beweisen, dass ich auf eigenen Beinen stehen konnte.

Das Restaurant im Hotel Ritz war um die Mittagszeit recht überlaufen, doch auch hier zeigte sich, dass Madame Rubinstein bekannt und geschätzt war. Der Kellner führte mich an ihren Tisch, der in einer der besten Ecken des Raumes stand. Diesmal saß ein Mann bei ihr. Er trug einen grauen Anzug mit

Weste und blütenweißem Hemd. Eine goldene Uhrkette blitzte im Sonnenlicht.

»Mademoiselle Krohn, das ist mein Ehemann, Edward Titus«, stellte sie ihn mir auf Französisch vor.

»Je suis enchanté de faire votre connaissance«, entgegnete er mit einem starken Akzent, erhob sich und gab mir einen Handkuss. »Meine Frau hat mir schon viel von Ihnen erzählt.«

Ich wurde rot. Es war lange her, dass ein Mann mir so nahe gekommen war. Edward Titus musste bereits weit über fünfzig Jahre alt sein, doch seine Ausstrahlung war energisch und attraktiv. Mit der Nickelbrille auf der Nase und den silbergrauen Schläfen wirkte er wie ein Literaturprofessor.

»Sie wollen uns also nach New York begleiten?«, fragte er weiter, als ich mich gesetzt hatte, und mir entging nicht, dass Helena ihm einen missmutigen Blick zuwarf.

»Ja, das würde ich sehr gern«, antwortete ich. Ich hatte eigentlich damit gerechnet, dass Madame Rubinstein mit mir über meine Anstellung sprechen würde, doch die Frage ihres Ehemannes kam ihrer eigenen zuvor. Das schien sie ihm übel zu nehmen, denn sie bemerkte ein wenig säuerlich: »Ich freue mich, dass Sie Ihre Entscheidung getroffen haben.«

»Das war nicht schwer«, gab ich zurück und wandte mich wieder ganz ihr zu. Wenn ich aus den vergangenen Monaten eines gelernt hatte, dann dass man vorsichtig sein sollte angesichts verheirateter Männer. »Ihr Angebot ist wirklich großzügig.« Ich machte eine Pause und wartete auf eine Reaktion von Madame Rubinstein, doch ihre Miene blieb hart wie Marmor.

»Dann sind Sie auch mit der Klausel einverstanden?«

»Ja«, antwortete ich. »Ich bin fest entschlossen, mir eine Karriere aufzubauen. Es war immer mein Traum, meine Fähigkeiten anzuwenden. Mein Vater besitzt ein Drogeriegeschäft, ich bin also mit der Materie aufgewachsen.«

Jetzt wurden ihre Züge etwas weicher. Wahrscheinlich kam

ihr wieder in den Sinn, dass ich von meinen Eltern verstoßen worden war.

»Warum übernehmen Sie dieses Geschäft nicht?«, fragte Monsieur Titus, während er sich zurücklehnte.

Ich blickte Hilfe suchend zu Madame Rubinstein. Ich wollte vor ihm nicht meine Lebensgeschichte ausbreiten.

»Wie das Leben so spielt, *n'est-ce pas, mon cher?*«, sagte sie schnell und stieß ein affektiertes Lachen aus.

»Die Umstände ließen es nicht zu«, antwortete ich ausweichend und konzentrierte mich wieder auf Helena. Dabei spürte ich, dass Titus mich eindringlich musterte. Das war mir unangenehm, und ich wünschte, dass er nicht zugegen wäre.

Helena zog einen Umschlag aus der Tasche. »Hier ist Ihr Vertrag. Ich erwarte, dass Sie ihn unterschrieben mit nach Calais bringen, wenn wir von dort aus nach Amerika einschiffen.«

Ich nickte und nahm den Umschlag an mich. Ihn sofort zu prüfen wäre unverschämt gewesen, also ließ ich ihn in meiner Tasche verschwinden.

»Freitag in einer Woche reisen wir ab«, fuhr sie fort. »Ich hoffe, es ist Ihnen möglich, bis dahin zu packen und sich um Ihren Haushalt zu kümmern.«

»Ich habe eigentlich keinen eigenen Haushalt«, antwortete ich. »Ich wohne in einer Pension im Quartier Latin.«

»Im Viertel der Schriftsteller«, mischte sich Titus zum sichtlichen Missfallen von Madame Rubinstein erneut ein. »Ich habe dort etliche neue Talente getroffen. Vielleicht sollte ich Ihnen ein Exemplar meiner Literaturzeitschrift zukommen lassen. Sie wurde leider vor einigen Jahren eingestellt, aber die Aufsätze darin sind bemerkenswert. Ich sage Ihnen, aus den Herren Joyce und Hemingway werden eines Tages berühmte Schriftsteller. Und ich habe sie entdeckt!«

»Mademoiselle Krohn ist eher Wissenschaftlerin denn Literatin«, warf Helena Rubinstein ein. »Aber sollten Sie Interesse an Literatur haben, wir verfügen über eine umfassende Bibliothek.«

Das offensichtliche Ringen der beiden Eheleute miteinander erstaunte mich. So etwas kannte ich nicht. Meine Mutter war immer sehr still gewesen, wenn mein Vater sprach, nie war sie ihm ins Wort gefallen oder hatte das Gespräch an sich gerissen. Das war hier vollkommen anders. Ich konnte nicht genau ausmachen, wer das Sagen in dieser Ehe hatte, doch ich tippte darauf, dass es Madame Rubinstein war. Nur dass ihr Mann sich damit nicht abzufinden schien.

Nach dem Essen und harmloser Plauderei über das Wetter und eine Gemäldeausstellung, bei der Madame Rubinstein einige Bilder eines Malers namens Henri Matisse erstanden hatte, erklärte sie das Gespräch für beendet. Ihr Ehemann war die meiste Zeit damit beschäftigt, mich zu betrachten. Ich hatte versucht, seine Blicke zu ignorieren oder zumindest so zu tun, als bemerkte ich sie nicht. Doch sie brannten regelrecht auf meiner Wange, meinem Hals und meinen Schultern, und ich war froh, dass ich das Hotel mit dem Vertrag, ein paar Banknoten für die Reisekosten und genauen Anweisungen, wann ich mich in Calais einzufinden hatte, wieder verlassen konnte.

In der Pension angekommen, ließ ich mich auf das Bett fallen. Es ächzte leicht unter meinem Gewicht, ein Klang, der mir mittlerweile sehr vertraut war und beinahe tröstlich auf meine Seele wirkte.

Träume ich das alles nur?, fragte ich mich. Doch ich war hellwach, und meine Augen waren weit offen. All das, was in dem vergangenen Jahr passiert war, würde ich endlich hinter mir lassen können. Und auch wenn ich den Verlust meines Sohnes wohl nie vergessen würde, hatte ich die Chance, neu zu beginnen.

26. Kapitel

Der Morgen unserer Abreise nach Calais war klar und sonnig. Obwohl ich aufgeregt war, überfiel mich auch die Wehmut. Nach holprigem Start war dieses kleine Zimmer, das ich mittlerweile weitgehend allein bewohnte, zu einem Heim für mich geworden. Hier hatte ich meine schlimmste Zeit verlebt und meine größte Chance erhalten.

Henny zurücklassen zu müssen schmerzte mich, doch auch Genevieve und Madame Roussel würde ich vermissen. Ich würde die Menschen auf der Straße vermissen, die Frauen, die mir meine Cremetiegel abgenommen und mir ehrlich gesagt hatten, was sie davon hielten. Sie alle hatten mir auf den Weg geholfen, den ich jetzt beschritt.

Von Henny hatte ich mich schon am Abend zuvor verabschiedet. Sie hatte zwar erklärt, dass sie mich zum Bahnhof begleiten wollte, doch ich musste den Zug in aller Herrgottsfrühe nehmen, um das Schiff in Calais pünktlich zu erreichen. Da war sie meist erst aus dem Theater zurück und brauchte ihren Schlaf.

»Ich schreibe dir, sobald es mir möglich ist«, versprach ich ihr, als ich sie ein letztes Mal in meine Arme schloss. »Und vielleicht kannst du Jouelle überreden, mit dir nach Amerika zu kommen.« Beschwingt von meinem eigenen Glück, setzte ich hinzu: »Vielleicht erhältst du ja irgendwann ein Engagement dort.«

»Ich bin froh, dass ich erst einmal hierbleiben kann«, sagte sie und streichelte mir über die Wange. »Halte die Ohren steif, Sophielein. Dein Leben beginnt jetzt!«

Diese Worte echoten durch meinen Verstand, als ich vor Genevieves Tür stand und klopfte.

Sie öffnete mir nur wenig später im Morgenmantel und mit einem Tuch um ihr Haar. »Dann ist es jetzt so weit?«

Ich nickte.

»Schön, dass du dich von mir verabschiedest«, sagte sie und umarmte mich.

»Aber das ist doch selbstverständlich«, gab ich zurück. »Sie haben so viel für mich getan.«

Möglicherweise wäre ich ohne Genevieve und ihre Ärztin nicht mehr am Leben.

»Dann tu du auch was für mich«, sagte sie, und ich sah, dass Tränen in ihre Augen schossen.

»Was denn?«, fragte ich.

»Vergiss mich nicht, ja? Und wenn du zurück bist, besuch mich ruhig mal. Du weißt ja, wo du mich findest.«

»Versprochen«, sagte ich und löste mich dann von ihr.

Madame Roussel werkelte gerade in der Küche, als ich unten ankam.

»Ah, da geht sie hin, unsere Kleine«, sagte sie und wandte sich zu mir. »Versprich mir, dass du was aus dir machst, ja?«

»Versprochen.«

»Und dass ich dich nicht dabei erwische, dass du hier irgendwo als Bettlerin herumlungerst, verstanden?«

»Das werde ich schon nicht«, erwiderte ich. »Leben Sie wohl, Madame Roussel, und danke für alles.«

Sie winkte ab. »Danke mir nicht! Aber wenn du auf irgendwelche Amerikaner triffst, die mal nach Paris wollen, kannst du sie gern in meine Pension schicken.«

»Das werde ich.«

Ich umarmte auch sie und verließ dann die Pension. Vor dem Tor warf ich noch einen Blick auf die Rue du Cardinal Lemoine und das Café Amateur, das ich tatsächlich nie betreten hatte. Dann begab ich mich zur nächsten Autobusstation.

Am Bahnhof musste ich wieder an den Tag denken, als ich mit Henny angekommen war, ohne zu wissen, wohin mich mein Weg in Paris führen würde. Die alte Fahrkarte hatte ich in meiner Manteltasche gefunden und aufgehoben.

Ich ging zum Gleis und stellte dort mein Gepäck ab. Einige der Damen trugen seidig glänzende Hüte und leichte, farblich passende Sommermäntel. Viele von ihnen hatten sich die Lippen modisch geschminkt, mit einem kleinen angedeuteten Herz zwischen Ober- und Unterlippe. Die Männer wirkten alle sehr geschäftsmäßig mit ihren dunklen Mänteln und Aktentaschen. Kaum jemand würdigte mich eines Blickes und wenn doch, wunderte er sich vielleicht über das breite Lächeln auf meinem Gesicht.

Schließlich fuhr mein Zug in Richtung Norden ein. Ich begab mich zu meinem Platz, setzte mich aber nicht, sondern blieb noch eine Weile am Fenster stehen. Als der Zug anruckte, ließ ich den Anblick der vorbeiziehenden Häuser auf mich wirken. Wieder ein Abschied. Wie mochte es in Amerika aussehen? Ich hatte vor Kurzem in einem Zeitungskasten ein Foto von einem Wolkenkratzer gesehen und mich gefragt, wie es möglich sein konnte, solch hohe Häuser zu bauen. Laut dem Zeitungsbericht sollten Gebäude wie diese wie Pilze aus dem Boden schießen und immer höher werden. Wie mochte die Aussicht von dort oben sein? Konnte man über die gesamte Stadt schauen wie ein Adler von seinem Horst? Ich verlor mich in Gedanken an die Neue Welt und wünschte mir, dass ich Henny schon bald alles zeigen konnte. Und als wir Paris hinter uns gelassen hatten und durch die bewaldete Landschaft brausten, sagte ich meinem kleinen Sohn, den ich nie gesehen hatte, still Lebewohl.

In Calais wurde ich von Madame Rubinstein und Monsieur Titus erwartet. Sie waren mit dem Automobil gefahren, und ich kam gerade rechtzeitig, um zu beobachten, was für riesige Pakete von einem danebenstehenden Lastwagen geladen und ins Schiff transportiert wurden.

Madame Rubinstein bemerkte meinen verwunderten Blick. »Ich habe ein paar Objekte erstanden«, erklärte sie. »Ich will einen neuen Salon eröffnen und muss ihn ausstatten. Wie Sie noch erkennen werden, lege ich sehr viel Wert darauf, die Salons und Kliniken meinen Kundinnen als Tempel der Kunst zu präsentieren. Sie sollen nicht nur ihr Äußeres verschönern, sondern auch ihre Seele.«

Ich bemerkte, dass ein schiefes Lächeln über Titus' Gesicht huschte. Offenbar schien ihm der Kaufrausch seiner Frau nicht recht zu sein.

»Kommen Sie, meine Liebe, begleiten Sie mich aufs Schiff!«, sagte sie und ließ ihren Ehemann mit dem Automobil und den Ladearbeiten allein.

»Kommt Monsieur Titus nicht mit?«, fragte ich verwundert.

»Doch, natürlich!«, gab Madame Rubinstein zurück. »Aber um uns einzuschiffen, brauche ich ihn nicht.«

Wenig später zeigten wir unsere Tickets bei einem adrett gekleideten Offizier vor. Er tippte sich an seine Mütze und wünschte uns eine angenehme Fahrt.

»Wenn wir in New York sind, benötigen Sie unbedingt eine neue Garderobe«, bemerkte Helena, als wir dem Gang zu unseren Kabinen folgten. »Ich verstehe, dass Sie bisher nicht die

Mittel hatten, sich ansprechend zu kleiden, aber sobald wir angekommen sind, schieße ich Ihnen etwas vom Lohn vor.«

»Danke, das ... ist sehr großzügig.« Ich hatte nur die besten Kleider, die ich besaß, mitgenommen. Ich war mir in ihnen immer besonders vorgekommen, doch offenbar reichte es nicht, wenn man für einen »Tempel der Kunst« arbeitete.

»Mein Fahrer wird Sie zu einem der Läden bringen, in denen auch ich mich regelmäßig einkleiden lasse«, fuhr Helena Rubinstein fort. Mir entging nicht, dass sie sichtlich erregt war, allerdings nicht wegen der Planungen für meine Erscheinung. Sie wirkte eher, als brauchte sie Halt und nur der Kauf irgendwelcher Dinge könnte sie beruhigen.

»Hier ist Ihre Kabine«, erklärte sie mir schließlich, als wir vor einer Tür stehen blieben. »Ich bin schon so oft mit diesem Schiff gefahren, dass ich Führungen anbieten könnte. Für eine Weile habe ich sogar den offiziellen Rekord an Atlantiküberquerungen gehalten, können Sie sich das vorstellen?«

»Sie haben sehr viel zu tun«, gab ich ein wenig hilflos zurück.

»Ja, das ist wohl wahr. Richten Sie sich schon ein bisschen ein, in knapp einer Stunde werden wir ablegen. Dann sollten Sie an Deck sein. Wenn man zum ersten Mal eine große Reise macht, darf man sich nicht entgehen lassen, wie das Festland hinter einem verschwindet.«

Mit diesen Worten marschierte sie über den Teppich, wahrscheinlich zu ihrer eigenen Kabine.

Wie es Madame Rubinstein mir geraten hatte, begab ich mich an Deck, als das Schiff ablegte. Mit einem aufgeregten Kribbeln im Magen beobachtete ich, wie der Hafen von Calais hinter uns immer kleiner wurde.

Viel hatte ich in meiner Kabine nicht auszupacken gehabt, dafür war ich beseelt von Neugierde und einer mir noch etwas ungewohnt vorkommenden Abenteuerlust. Zum ersten Mal in meinem Leben war ich wirklich allein unterwegs! Und dann noch an das andere Ende der Welt.

»Beeindruckend, nicht wahr?«, sagte eine Stimme hinter mir. Ich wandte mich um. Edward Titus stand nur wenige Meter von mir entfernt und zündete sich eine Zigarette an. »Ich erinnere mich noch gut daran, wie ich zum ersten Mal das europäische Festland verlassen habe. Man hält sich für bedeutend, bis man die Weite des Ozeans sieht. Dann merkt man erst, wie klein man wirklich ist.«

»Ich halte mich nicht für bedeutend«, entgegnete ich und fragte mich, ob es nicht besser wäre, mich sofort zu verabschieden. Die Gereiztheit von Madame Rubinstein war mir noch gut in Erinnerung.

»Nun, vielleicht werden Sie es eines Tages sein«, gab er zurück und baute sich dann vor mir auf, als wollte er mir den Weg versperren. »Sie haben das Rüstzeug dazu. Sie sind jung, hübsch und klug. Sie haben eine interessante Profession. Mit alldem kann man in Amerika Karriere machen. Sogar als Frau.«

»Ihre Ehegattin ist da ein leuchtendes Beispiel«, bemerkte ich, bewusst Madame ins Gespräch bringend, denn ich spürte etwas an ihm, das ich auch damals an Georg gespürt hatte. Sein Interesse hatte etwas Verbindliches, das mir diesmal sehr unangenehm war.

»Ja, meine Frau liebt die Arbeit. Das hat sie schon immer getan.« Er blies den Zigarettenrauch zur Seite aus, dennoch erwischten mich einige Schwaden, und ich musste ein Husten unterdrücken. »Unter uns gesagt, sie hat früher, als sie in Ihrem Alter war, ihre Kavaliere dazu eingespannt, ihre Cremetiegel zu beschriften und Geschäftskorrespondenz für sie zu tippen. Sie können sich vorstellen, dass die Herren auf ein zweites Rendezvous verzichtet haben.« Er lachte auf. Ich fand es nicht komisch.

»Das ist doch sicher nur üble Nachrede«, sagte ich.

»Nein, sie hat es mir selbst erzählt. Diese Männer bedeuteten ihr nichts. Sie hatte ihre Avancen akzeptiert, um nicht für seltsam oder für einen Blaustrumpf gehalten zu werden. Doch im Grunde genommen liebte sie nur ihre Cremes und das Geschäft, das sie errichtet hat.« Er blickte mich prüfend an. »Wie ist es mit Ihnen? Lieben Sie Ihre Arbeit so sehr, dass Sie die Männer darüber vergessen könnten?«

Jetzt war ich mir sicher, dass seine Frau ihm nichts von meiner Vorgeschichte erzählt hatte. Oder doch? Fragte er gerade deswegen, weil er glaubte, dass ich leichtfertig war?

»Meine Erfahrungen mit Männern waren bisher ziemlich ... gemischt«, erwiderte ich. »Ich habe für mich beschlossen, jetzt an meiner Karriere zu arbeiten. Das zu tun, wofür ich studiert habe.«

Titus' Blick glitt an meinem Körper entlang. »Ein so junges, hübsches Ding wie Sie wird in den Straßen von New York für einiges Aufsehen sorgen. Vorausgesetzt, Sie wollen dieses Aufsehen.«

»Ich möchte vor allem arbeiten«, gab ich zurück. War das so etwas wie eine Prüfung? Wollte Helena Rubinstein hören, ob es mir mit meiner Zusage ernst war? Möglich wäre es, auch wenn ich zwischen den beiden keine sonderlich große Einigkeit gespürt hatte. »Es wird Zeit, dass ich auf eigenen Füßen stehe. Männer sind zu unstet, um sich auf sie verlassen zu können.«

Ein enttäuschter Zug erschien auf seinem Gesicht. Doch ich war stolz auf meine Antwort. Sie kam aus dem Herzen. Mein Vater hatte mich ebenso wie Georg fallen gelassen. Das würde ich nie vergessen.

»Nun, dann wünsche ich Ihnen eine angenehme Überfahrt«, sagte Titus ein wenig kühl. Ärgerten ihn meine Worte? Ich konnte mir nicht vorstellen, dass Madame Rubinstein darüber erbost sein würde, also versuchte ich, meine Unsicherheit zu verdrängen.

Während Titus sich umwandte, um zu den Kabinen zurückzukehren, richtete ich meinen Blick hinaus auf die See. Überall war nichts anderes zu sehen als tiefblaues Wasser unter einem Dach aus hellblauem Himmel und weißen Wolken. Der Wind strich rau über mein Gesicht, und die Aromen des Festlands wichen allmählich der salzigen Seeluft. Roch so die Freiheit?

Am Abend saß ich zusammen mit Madame Rubinstein und Monsieur Titus beim Dinner. Obwohl das Schiff nicht besonders luxuriös war, trug Helena Rubinstein atemberaubende dunkelgrüne Ohrringe, deren jeweiliger Edelstein mit zahlreichen Perlen eingefasst war. Um ihren Hals lag eine passende Kette. Die Steine, vorausgesetzt, sie waren echt, mussten ein Vermögen wert sein.

Ihre Kleidung war dagegen eher schlicht, ein eng anliegendes schwarzes Kleid, das den Schmuck und auch ihr Gesicht noch viel besser zur Geltung brachte. Sie wirkte wie eine Königin, die sich zufällig hierher verirrt hatte, aber dennoch nicht unerkannt bleiben wollte.

Als sie meinen Blick bemerkte, fragte sie: »Liebes, Sie schauen so erstaunt drein. Was gibt es?«

Mir schoss das Blut ins Gesicht. »Ich ... ich fragte mich nur ...«

»Was fragen Sie sich?«, fragte sie sanft und legte den Kopf ein wenig schräg.

»Der Schmuck, den Sie tragen ... haben Sie keine Angst, dass er gestohlen werden könnte?«

Madame Rubinstein zog überrascht die Augenbrauen hoch und blickte zu ihrem Mann, der wirkte, als wäre er mit den Gedanken ganz woanders.

»Wenn Sie nach New York kommen, werden Sie vor allem

eines lernen«, begann sie dann. »Es kommt darauf an, gesehen zu werden. Amerika ist ein Land mit Millionen Menschen. Es ist also wichtig, besonders als Frau, überall dort, wo man hingeht, dafür zu sorgen, dass man gesehen wird. Ich erreiche das sehr oft damit, dass ich mich ausgefallen kleide oder atemberaubenden Schmuck trage. Wenn Sie unsichtbar sind, werden Sie Ihre Ziele niemals erreichen. Man muss Sie sehen, um Sie zu hören. Merken Sie sich das gut.«

Ihre Worte überraschten mich. Dennoch waren sie keine Antwort auf meine Frage.

»Das werde ich«, gab ich zurück. »Aber dennoch, die Gefahr ...«

Helena wischte meine Bedenken mit einer eleganten Handbewegung hinfort. »Was macht es schon, wenn etwas gestohlen wird? Es ist ersetzbar. Abgesehen davon würde die Reederei für diesen Schaden aufkommen. Jedenfalls bei mir, die ihre beste Kundin ist.«

Ich starrte sie an und fühlte mich, als würde ich schrumpfen. Diese Frau dort, die zwei Köpfe kleiner war als ich, wirkte wie eine indische Großfürstin, der niemand etwas anhaben konnte. Sie musste ziemlich viel Macht und Ansehen besitzen, wenn man sie ohne Weiteres für einen Diebstahl entschädigte, auch wenn die betreffende Firma keine Schuld trug.

Während des Essens, das aus fünf Gängen bestand und vergleichbar war mit einem Festtagsessen bei uns zu Hause, bemerkte ich, dass die Blicke der Leute an Madame Rubinstein klebten. Sie spürte das und genoss es sichtlich. Die Tatsache, dass ihr Mann die ganze Zeit über abwesend wirkte, schien sie nicht zu stören.

Als schließlich eine Frau in einem eleganten blauen Kostüm an unserem Tisch erschien und fragte, ob die Herrin unseres Tisches Madame Rubinstein sei, war ich vollkommen überwältigt. Man erkannte sie sogar auf einem Schiff, dessen Passagiere wahllos zusammengewürfelt waren. Und ein Wunsch erwachte in meinem Innern. Ich wollte genauso sein. Ich wollte, dass die Leute mich sahen, mich hörten. Nur, wie sollte ich das anfangen?

27. Kapitel

Sooft ich konnte und obwohl die Luft alles andere als mild war, verbrachte ich meine Zeit auf dem Sonnendeck des Schiffes, sehr zum Verdruss von Madame Rubinstein. »Sonne und Wind sind die Feinde jeder Frau«, sagte sie und steckte mir ein Tiegelchen Creme zu. »Sie wollen doch nicht mit vierzig aussehen wie ein alter Seemann.«
 Ich hatte mir bisher nicht viele Gedanken darüber gemacht, wie meine Haut in zwanzig Jahren aussehen würde, aber ich benutzte die Creme und genoss dennoch den traumhaften Ausblick auf das Meer, das kein Ende zu nehmen schien.
 Jeden Versuch junger Männer, mich anzusprechen, wiegelte ich schnellstmöglich ab. Ich spürte, worauf sie hinauswollten, und das war das Letzte, wonach mir der Sinn stand. Meine neue Chefin hatte mir schließlich eine Heiratsklausel auferlegt, und ich hatte mir fest vorgenommen, sie einzuhalten.
 Nach einer Weile begann Madame, mich zu unterrichten, was ihre Firma und ihre »Kunst« anging. Wir saßen auf dem Sonnendeck, geschützt von großen Schirmen, die die Angestellten herausgebracht hatten.
 »Ich habe in Melbourne begonnen, mein Imperium aufzubauen«, berichtete sie, »mit nichts weiter als ein paar Dosen

Creme von Dr. Lykusky, einem kleinen angemieteten Raum und hundert Pfund, die mir von Helen Macdonald geliehen wurden. Innerhalb weniger Wochen konnte ich ihr den Kredit zurückzahlen!«

Das fand ich beeindruckend. Wenn ich daran dachte, wie alles geworden wäre, hätte ich dieses Glück gehabt ... Aber mir hatte der Antrieb gefehlt – und ich war schwanger gewesen. Ich hatte keine Ahnung, wie Madame ihre Arbeit während ihrer Schwangerschaften hatte fortsetzen können. Sie hatte gesagt, dass es schwer gewesen sei, und das glaubte ich ihr aufs Wort.

»Wissen Sie, zu der damaligen Zeit hatten die meisten Cremes, wenn es denn überhaupt welche gab, den Fehler, für alle Hauttypen bestimmt zu sein«, erklärte sie mir eines Nachmittags im Salon, als das Wetter zu rau war, um an Deck zu gehen. »Während ich die Frauen in Melbourne beriet und mir ihre Haut anschaute, wurde mir klar, dass es unterschiedliche Typen gibt.« Sie blickte auf meine Hände. »Holen Sie sich am besten etwas zu schreiben.«

Ich verschwand in meiner Kabine, zog mein Notizbuch aus der Tasche und kehrte mit dem Heft und einem Bleistift zu ihr zurück.

»Ich stellte also fest, dass es fettige, trockene, normale und Mischhaut gibt und dass jede von ihnen eine eigene Pflege benötigt. Ich habe damit begonnen, in meiner Küche eigene Cremes zu mischen, nachdem ich mich mit Ärzten unterhalten habe. Und ich habe Dr. Lykusky nach Melbourne geholt. Das konnte ich mir leisten, nachdem über mich in der Zeitung berichtet worden war. So etwas wie ein Schönheitssalon existierte in Australien zuvor nicht.«

Sie hielt mir daraufhin einen Vortrag darüber, woran man die einzelnen Hauttypen erkannte und welche Inhaltsstoffe dazu führten, die spezifischen Probleme auszugleichen. Dabei hielt sie sich allerdings vage, denn sie wollte nicht, dass die benachbarten Reisenden etwas mitbekamen, das sie vielleicht zu ihrem eigenen Vorteil nutzen konnten. Ich bezweifelte, dass wir auf einem Schiff voller Chemiker und angehender Schönheitssalonbesitzerinnen waren, aber ich konnte sie verstehen.

Meine Notizen füllten das Heft jedenfalls vollständig, sodass ich mir ein neues würde kaufen müssen, sobald ich in meiner neuen Heimat angekommen war.

Nach etwa einer Woche auf See sollten wir New York erreichen.

Ich hatte das Gefühl für den Kalender verloren, denn abgesehen von einigen Schiffen, die uns entgegengekommen waren, hatten sich das Meer und der Horizont kaum verändert. Als ich das gegenüber Madame Rubinstein anmerkte, meinte sie, dass ich froh darüber sein solle.

»Zu manchen Zeiten ist die See so unbändig, dass man kaum einen Fuß aus der Kajüte setzen kann«, erklärte sie. »Sie werden noch andere Überfahrten in Ihrem Leben durchmachen und dankbar sein, dass diese so sanft verlaufen ist.«

Am Morgen unseres letzten Tages an Bord klopfte es an meine Tür.

Ich war gerade dabei, mich anzuziehen, und knöpfte meine Bluse zu.

»Wer ist da?«, fragte ich.

»Ich bin's. Störe ich?«

Ich war überrascht, dass Monsieur Titus an meiner Tür erschien. Seit unserem Gespräch bei der Abfahrt hatten wir nur wenige Worte gewechselt, und ich hatte ihn auch nur selten zu Gesicht bekommen. Die meiste Zeit hatte ich mit Madame Rubinstein verbracht, die nach den Lehrstunden über ihr Geschäft und die Hauttypen vorwiegend Anekdoten der vorherigen Seereisen zum Besten gegeben hatte. »Stellen Sie sich vor, ich bin einmal auf einem Schiff mit einer Zirkustruppe gereist.

Sie befanden sich in der unteren Klasse und haben, um sich die Überfahrt zu verdienen, Kunststücke auf dem Oberdeck aufgeführt – und das bei Windstärke fünf, das müssen Sie sich mal vorstellen!«

Titus war dagegen sehr schmallippig gewesen, auch in Gegenwart seiner Frau, die immer wieder versuchte, ihn ins Gespräch mit einzubinden. Ich spürte dann ganz deutlich ihre Anspannung, so als wollte sie ergründen, welchem Umstand sein Missmut galt.

»Ich bin gerade dabei, mich anzukleiden«, sagte ich überrascht, während ich schnell die letzten Knöpfe der Bluse schloss. Die Angst, dass er einfach hereinkommen würde, überfiel mich so stark, dass ich mich augenblicklich straffte und in Abwehrhaltung ging.

Doch Titus blieb draußen.

»Sie sollten sich das unbedingt anschauen, Sophia«, vernahm ich seine Stimme hinter der Tür. »Die erste Ankunft hier vergisst man nie.«

»Ich komme gleich!«, rief ich und wandte mich meinen Stiefeletten zu. Die Knöpfe, mit denen man sie schließen konnte, waren verschlissen, eine Naht war Anfang der Woche ein wenig aufgeplatzt und löste sich immer weiter. Von meinem ersten Gehalt würde ich mir in New York erst einmal neues Schuhwerk kaufen müssen.

Als ich fertig war, richtete ich mich auf. Kurz warf ich einen Blick auf den Koffer, in den ich bereits ein paar meiner Besitztümer gepackt hatte, dann verließ ich die Kabine.

Monsieur Titus trug einen braunen Nadelstreifenanzug, dessen Stoff ziemlich teuer gewesen sein musste. Mein Vater hatte einen ähnlichen Anzug besessen, ihn allerdings nur zu wirklich hohen Anlässen getragen. Auf eine Reise wie diese hätte er ihn niemals mitgenommen.

»Sind Sie bereit?«, fragte er mit einem breiten Lächeln, das ich gar nicht mehr von ihm kannte. Die Nähe zum Festland, zu seinem Zuhause, schien seine Lebensgeister zu wecken.

Fast schon überschwänglich bot er mir seinen Arm an, was ich allerdings kopfschüttelnd ablehnte.

»Was denn?«, fragte er. »Haben Sie etwa Angst vor mir?«

Wenn ich ehrlich war, hatte ich Angst davor, dass Madame Rubinstein etwas falsch verstehen würde. Selbst wenn Monsieur Titus keine schlechten Absichten hatte, wollte ich nicht Arm in Arm mit ihm gesehen werden. Auch mit Georg war ich niemals Arm in Arm irgendwohin gegangen. Wenn wir zusammen an einem öffentlichen Ort gewesen waren, hatten wir immer einen gewissen Abstand zueinander gewahrt. Das wollte ich mit Titus ähnlich halten.

»Nein, das nicht, aber ich glaube, am Arm eines Mannes sollte man nur gehen, wenn man ein Rendezvous mit ihm hat.«

»Ihr Deutschen!«, rief er aus und warf lachend den Kopf in den Nacken. »Nun gut, dann folgen Sie mir einfach. Das Schiff fährt schnell, und ich möchte nicht über solch eine Lappalie disputieren.«

Eine Lappalie? Ich war da anderer Meinung. Froh, ihm nicht zu nahe kommen zu müssen, trottete ich hinter ihm her.

Auf dem Oberdeck hatten sich schon zahlreiche Passagiere versammelt. Ich suchte nach Madame Rubinstein und fand sie, unübersehbar mit einem rubinroten Hut auf dem Kopf, an einem der besten Aussichtsplätze. Der Weg dorthin war von Mitreisenden verstellt, es war unmöglich, zu ihr zu gelangen.

Doch bei Monsieur Titus wollte ich auch nicht bleiben. Seine Nähe machte mich unruhig.

Glücklicherweise schob sich eine Frau zwischen uns, die die entstandene Lücke entdeckt hatte. Ihre Hüfte berührte die meine, und ein Geruch nach Buttermilch hing ihren Kleidern an, aber das war mir lieber, als Titus zu berühren.

Doch im nächsten Moment vergaß ich ihn, denn tatsächlich

breitete sich vor uns die Küstenlinie aus. Die Wolkenkratzer, die von hier aus noch recht klein wirkten, schimmerten in der aufgehenden Sonne. Am imposantesten war jedoch eine Statue, die groß genug war, um sie von hier aus deutlich zu sehen. Ich erkannte eine Fackel in ihrer Hand, und obwohl diese aus Metall war, schien sie zu leuchten. Vielleicht war es auch nur der Sonnenaufgang, doch für mich schien es, als würde sie uns willkommen heißen. Ein unbekanntes Gefühl breitete sich in meiner Brust aus. Ich konnte es nicht genau benennen, aber es war, als würde ein Vogel auf dem Rand seiner Käfigtür sitzen. Er wusste noch nicht, ob er hinausflattern sollte, doch er wusste, dass ihm solch eine Möglichkeit nicht zweimal geboten werden würde.

Ich wünschte in diesem Augenblick, dass ich das Spektakel von weiter vorn bestaunen könnte. Die Sonne stieg höher, und der Himmel begann in Flammen zu stehen. Das Wasser fing ebenfalls Feuer und leuchtete in einem tiefen Orange. Ein Raunen ging durch die Zuschauermenge. Es war wie ein Wunder, das sich vor uns ausbreitete, und ich versuchte, jeden Augenblick davon in meinem Herzen einzuschließen.

Als wir das Schiff verlassen hatten, gelang es mir endlich, zu Madame Rubinstein zu kommen. Ringsherum flirrten die Stimmen wie ein Schwarm Mücken. Gepäckträger schwirrten umher, Koffer und Truhen wurden an mir vorbeigetragen, und ich musste aufpassen, dass ich niemanden über den Haufen lief.

Doch da stand sie vor mir, mit ihrem Hut und dem Mantel, in dem sie wie eine Königin aussah. Sie hielt die Hände über ihrer Handtasche gekreuzt und wirkte, als würde sie auf etwas warten. Aber dann bemerkte ich, dass sie es genoss, gesehen zu werden. Immer wieder wanderten die Blicke der Leute zu ihr, und sie nahm sie hin wie ein Geschenk.

Erst nach einer ganzen Weile wandte sie sich mir zu und sah mich fast schon ertappt an.

»Ah, Fräulein Krohn«, sagte sie auf Deutsch, nur um gleich darauf ins Englische zu verfallen. »Da sind Sie ja. Ich glaube, Sie sollten sich daran gewöhnen, dass man hier so spricht, nicht wahr?«

Um es zu üben, hatte sie sich in den letzten Tagen nur auf Englisch mit mir unterhalten. Monsieur Titus, oder Mister Titus, wie ich ihn ab sofort nennen sollte, hatte keine Ausnahme gemacht. Im Gegensatz zu seinem war das Englisch von Madame Rubinstein allerdings durchsetzt mit Wörtern aus anderen Sprachen. Deutsch und Französisch verstand ich noch, doch wenn sie polnische oder jiddische Begriffe einstreute, konnte ich nur verwundert die Stirn runzeln.

»Ja, Mrs Rubinstein.«

»Sagen Sie Madame zu mir«, erklärte sie mit der Würde einer Herrscherin. »Das tun alle hier, wie Sie bald feststellen werden. Es macht nichts, dass es Französisch ist. Sagen Sie Madame.«

»In Ordnung ... Madame«, antwortete ich.

Sie musterte mich einen Moment lang.

»Ich habe einige Vorkehrungen getroffen und per Telegramm ein möbliertes Zimmer für Sie besorgt. Es liegt in einer anständigen Gegend und ist sehr geräumig, habe ich mir sagen lassen. Sie können es sich gut leisten von dem Gehalt, das ich Ihnen zahle.«

Damit überrumpelte sie mich völlig. Ich hatte damit gerechnet, in einer Pension zu wohnen, in einer kleinen preiswerten Kammer wie in Paris.

Sie schien zufrieden zu sein mit meiner Sprachlosigkeit.

»Ich erwarte Großes von Ihnen«, sagte sie und öffnete ihre Handtasche. »Lassen Sie sich von einem Taxi zu dieser Adresse bringen. Der Hausbesitzer, Mr Parker, wohnt dort selbst, er ist ein alter Bekannter.« Mit diesen Worten hielt sie nach ihrem Ehemann Ausschau, doch der war nirgends zu sehen.

Der Taxifahrer setzte mich nach halbstündiger Fahrt vor einem zweistöckigen Haus im Stadtteil Brooklyn ab. Viele Gebäude in der Nachbarschaft waren mindestens zwei Stockwerke höher. An ihren Seiten waren miteinander verbundene Feuerleitern angebracht. So etwas hatte ich in Deutschland noch nie gesehen. Besonders schön wirkte es nicht, aber an der Sauberkeit der Straße merkte ich, dass es keine so heruntergekommene Gegend war wie die Rue du Cardinal Lemoine in Paris.

Das Haus von Mr Parker bildete keine Ausnahme. Die Fenster waren mit Jalousien oder Gardinen versehen, auf einem Sims entdeckte ich eine Katze, die ins Sonnenlicht blinzelte.

»Alles Gute, Miss!«, sagte der Taxifahrer, als er mir meinen Koffer in die Hand drückte. »Vielleicht sehen wir uns von nun an öfter.« Er zwinkerte verschmitzt.

Ich lächelte ihm zu und blickte zur Haustür. Ihr grüner Anstrich blätterte an einigen Stellen ab, die Schwelle war jedoch sauber gefegt.

Wenig später klingelte ich.

»*Just a second!*«, tönte es aus einem der offen stehenden Fenster in der unteren Etage. Kurz darauf erschien eine Frau dahinter. Sie war gut zwanzig Jahre älter als ich, und ihre sonnengebräunte Haut hätte Madame sicher entsetzt. Ihre lockigen dunkelbraunen Haare trug sie mit einem türkisfarbenen Tuch zusammengebunden. Die Kittelschürze spannte sich über einen mächtigen Busen.

»Was kann ich für dich tun, *honey*?«, fragte sie, nachdem sie mich gemustert hatte.

»Ich würde gern Mr Parker sprechen«, sagte ich.

»Der ist gerade aus dem Haus«, sagte die Frau. »Es geht um die Wohnung, stimmt's?«

Ich nickte. »Sophia Krohn«, stellte ich mich vor.

»Okay, dann komm rein in die gute Stube, die Tür ist offen. Wir schließen sie nur nachts ab, damit man uns nicht die Bude leer räumt.«

Ich drückte die Türklinke hinunter. Das Treppenhaus, das ich betrat, erinnerte mich ein wenig an das meiner Eltern, auch wenn die Matten auf den Treppen schlichter waren.

Doch Zeit, sie länger zu betrachten, hatte ich nicht. Die Frau, die ich vorhin halb in dem Fenster gesehen hatte, trat durch die Tür. Im Zimmer hinter ihr erblickte ich ein Bügelbrett neben einem großen Korb voller Weißwäsche.

»Kate Wilson«, entgegnete sie und reichte mir die Hand. »Ist es in Ordnung, dass ich Sophia zu dir sage? Mich kannst du Kate nennen.«

Ich nickte unsicher.

»Du bist nicht von hier, nicht wahr?«, stellte sie im nächsten Moment fest. »Ich meine, aus den Vereinigten Staaten.«

»Ich komme aus Deutschland«, erklärte ich.

»Da hast du ja eine lange Reise hinter dir, Schätzchen.« Sie lächelte mich an. »Ich würde gern mal nach Europa reisen, aber das kann sich hier keiner leisten. Du musst entweder einen verdammt reichen Freund haben oder eine verdammt gute Stelle.«

»Gute Stelle«, antwortete ich. »Madame Rubinstein hat diese Wohnung für mich besorgt. Sie sagte, sie würde Mr Parker kennen.«

»Oh, eine der reichen Jüdinnen von der Upper East Side! Mr Parker kennt einige von ihnen. Bist du ihr Dienstmädchen?«

»Chemikerin«, gab ich zurück und erntete ein Paar hochgezogene Augenbrauen und einen bewundernden Pfiff.

»Scheinst ja ein ganz besonderes Mädchen zu sein. Na gut, dann zeige ich dir mal dein Zimmer.« Sie verschwand wieder in dem Raum, nur um wenig später mit einem Schlüsselbund zurückzukehren. Wir stiegen die Treppe hinauf in die obere

Etage. Die Luft war hier ein wenig stickig, obwohl es draußen noch nicht einmal besonders warm war. Die braune Tür erinnerte mich an die Pension von Madame Roussel, doch als Kate sie öffnete, begrüßte mich ein Raum, der noch größer war als unser Wohnzimmer zu Hause.

Das Glück explodierte in meiner Brust, und Tränen schossen mir in die Augen. Ich wischte sie schnell weg, damit Kate nichts davon mitbekam.

Die Haushälterin ging zu den Fenstern, deren hölzerne Jalousien nur wenig Licht durch die Schlitze ließen, doch als sie sie öffnete, flutete die Sonne den Raum und ließ nicht nur die Möblierung sichtbar werden, sondern auch Staubpartikel, die in den Lichtstrahlen tanzten.

Es gab ein Sofa, das dazu einlud, sofort in ihm zu versinken. Der Schreibtisch vor den Fenstern war genauso schmal wie der Stuhl davor. In die Wände waren Regale eingelassen, aber ich hatte keine Ahnung, was ich dort hineinstellen sollte. Der Teppich wirkte schon etwas verschlissen von den zahlreichen Füßen, die darüber hinweggelaufen waren. Hinter einer spanischen Wand befand sich ein Messingbett.

»Die Möbel sind teilweise von deinem Vormieter«, erklärte Kate. »Er schuldet Mr Parker noch zwei Mieten. Bis er sie gezahlt hat, bleiben sie hier.«

»Und wenn er sie wiederhaben will?«, fragte ich.

Kate schüttelte den Kopf. »Ganz sicher nicht. Er ist auf und davon, keiner weiß, wohin. Das wäre ja noch schöner, wenn er einen Brief schicken und uns auffordern würde, ihm die Möbel nachzusenden. Du kannst sie behalten, Schätzchen, es sei denn, sie sind dir zu hässlich. Dann sag Bescheid, Mr Parker lässt sie einlagern.«

Ich fragte mich, wie solch ein Möbellager wohl aussah und wie viele Stücke er dort aufbewahrte.

»Das Bad und die Toilette sind unten. Mr Parker hatte mal

mit dem Gedanken gespielt, ein Gästebad einzurichten, aber letztlich lohnte es sich nicht.«

Ich nickte. Mit einem Bad unten konnte ich gut leben.

»Okay, dann richte dich ein, so gut du kannst«, sagte Kate. »Essen kannst du dir bei Joe besorgen, der hat einen Laden zwei Straßen weiter. Es gibt auch ein ziemlich gutes Deli in der Nähe. Wenn du magst, kannst du natürlich auch zu mir in die Küche kommen. Bei Mr Parker bleibt fast immer etwas übrig.«

»Deli?«, fragte ich. »Ist das so was wie ein Café?«

»Nein, da kriegst du die etwas feineren Sachen. Krabben oder Salami. Wenn du ein Café suchst, dann geh zu Manzonis Diner. Er ist eigentlich Italiener, aber seine Rippchen sind die besten in der Gegend. Und er hat auch nichts gegen Fremde.«

Ich versuchte mir all die Namen zu merken.

»Wenn du einen trinken willst, muss ich dich aber enttäuschen«, fügte Kate hinzu. »Das darfst du hier nicht. Jedenfalls nicht legal. Viele Kneipen haben Schwarzgebrannten, aber da musst du aufpassen, dass du nicht blind wirst. Aber was sag ich dir, als Chemikerin weißt du sicher, wie man Schnaps herstellt.«

»Ja, natürlich.«

Kate zwinkerte mir zu. »Na ja, wenn es mit Mrs Rubinstein nicht klappt oder sie dir zu wenig zahlt, kannst du damit schnell ein paar Dollar machen. Aber lass dich nicht von der Mafia erwischen. Sonst landest du, ehe du es dich versiehst, im Hudson River.« Sie zwinkerte mir zu, und mir wurde klar, dass sie es nicht ernst meinte.

»Ach ja, und wenn du etwas knallen hörst, sieh zu, dass du in einem Hauseingang verschwindest oder dich auf den Boden wirfst. Hin und wieder geraten sich die Jungs hier in die Haare, und dann fliegen auch schon mal die blauen Bohnen, wenn du verstehst, was ich meine.«

»Sie meinen, hier wird geschossen?«

Kate schien mein Entsetzen darüber sichtlich zu genießen, denn sie grinste. »Keine Angst, die sind meist nachts unterwegs. Da sollte eine anständige Lady ohnehin nicht mehr draußen sein. Ich habe bisher nur einmal mitbekommen, dass draußen geschossen wurde, und da lag ich warm und sicher in meinem Bett.«

Das beruhigte mich nicht im Geringsten.

»So, ich will mal wieder an die Arbeit. Wenn du noch Fragen hast, komm runter zu mir. Mr Parker wird gegen sechs wieder hier sein, dann stell ich dich ihm vor. Iss doch einfach mit uns zu Abend, wenn du magst.«

»Danke«, antwortete ich, und Kate ging wieder die Treppe hinab.

Ich ließ die Stille auf mich wirken. Mein eigenes Zimmer!

Ich stellte meinen Koffer ab und trat vor den Spiegel. Beinahe erwartete ich, eine andere Person darin zu sehen, aber es war nur ich, Sophia Krohn, mittlerweile wieder schlank und auf den ersten Blick noch immer die Studentin, die vor einem Jahr noch in Berlin gelebt hatte. Meine Brille saß ein wenig schief, und meine Haare wirkten zerzaust, doch das war auch schon damals oft der Fall gewesen.

Aber in mein Gesicht hatten sich Linien eingegraben, und meine Augen blickten anders. Ich strich über meinen Bauch, wissend um die Narbe, die sich darüber hinwegzog. Ich hatte mein Kind verloren, und beinahe erschien es mir wie der Preis, den ich für mein neues Leben hatte zahlen müssen.

Tränen stiegen mir in die Augen, aber ich wandte mich schnell ab und schob den Gedanken beiseite. Was verloren war, konnte ich nicht mehr zurückbringen.

Mr Parker empfing mich Punkt sechs Uhr an der Wohnungstür. Er trug ein braunes Jackett und eine Fliege. Die Brille auf seiner

Nase verlieh ihm das Aussehen eines alternden Professors. Ich schätzte ihn auf Anfang fünfzig.

»Sie müssen Sophia sein! Kommen Sie doch rein, Kate hat mir von Ihnen erzählt!«

»Freut mich, Sie kennenzulernen.« Ich reichte ihm die Hand und trat näher.

Der Wäschekorb war verschwunden, und ich hatte die Gelegenheit, mich ein wenig näher umzusehen.

Die Einrichtung seiner Wohnung ähnelte der meiner Eltern so sehr, dass es mir im ersten Moment die Kehle zuschnürte.

Als wir durch den Flur gingen, sah ich Kate am Herd stehen. Sie winkte mir kurz zu, und ich fragte mich, ob sie vielleicht auch hier wohnte.

»Kommen Sie, setzen Sie sich, Miss Krohn. Kate erzählte mir, dass Sie aus Deutschland stammen.«

»Das ist richtig«, entgegnete ich, während ich mich an den runden Esstisch setzte, der groß genug war, um acht Personen Platz zu bieten. War der Tisch nur ein Relikt aus alten Zeiten, oder bekam Mr Parker tatsächlich so viel Besuch?

»Ein interessantes Land!«, sagte er, während er die Kristallkaraffe in der Mitte des Tisches zur Hand nahm und mir etwas Wasser einschenkte. »In meinen Jugendjahren war ich einmal dort und habe mir das Schloss des Kaisers angesehen. Schade nur, dass er in diesem unsinnigen Krieg die falsche Entscheidung getroffen hat. Haben Sie im Krieg auch jemanden aus Ihrer Familie verloren?«

Ich schüttelte den Kopf. Dass Mr Parker unser Gespräch mit diesem Thema beginnen würde, hatte ich nicht erwartet.

»Nein, mein Vater war nicht tauglich fürs Militär. Und Brüder habe ich nicht.«

»Dann sind Sie gut davongekommen. Ich hatte einen Freund in Berlin, der den Krieg nicht überlebt hat.«

»Das tut mir leid.«

Mr Parker nickte. »Ja, mir auch. Aber das Leben ist nun mal grausam, nicht wahr?«

Wenig später erschien Kate mit zwei Schüsseln, die mit Gemüse und einem rötlichen Mus gefüllt waren.

»Süßkartoffelbrei«, erklärte Mr Parker, nachdem er meinen fragenden Blick bemerkt hatte. »Ich wette, den haben Sie zu Hause nicht.«

»Ich kenne nur normalen Kartoffelbrei«, antwortete ich.

»Nun, der ist mir zu fade. Und wenn man in ein neues Land kommt, sollte man doch gleich mal was Neues ausprobieren.«

Ich war mir nicht sicher, ob ich das wollte, doch seine Freundlichkeit rührte mich sehr. Kate trug weitere Speisen auf, Rinderbraten und eine braune Soße. Alles duftete köstlich.

Wenig später nahm sie am Tisch Platz, was mich ein wenig verwunderte. Vater hätte es einem Dienstboten nie gestattet, an unserem Tisch zu sitzen. Nicht mal seine fleißigsten Angestellten hatte er zu uns nach Hause eingeladen.

»Greifen Sie zu, Miss Krohn! Meine Kate ist die beste Köchin dieser Gegend!«

Ich kam seiner Aufforderung nach und musste mich schwer beherrschen, das seltsame Gemüse nicht zu sehr anzustaunen. Es roch sehr lecker, aber ich hatte keine Ahnung, was das war.

»Ich hoffe, Sie mögen Okraschoten. Dergleichen gibt es in Deutschland wohl nicht?« Es machte ihm sichtlich Vergnügen, mir Dinge zu zeigen, die ich seiner Meinung nach nicht kannte.

»Nein, die gibt es nicht«, antwortete ich und probierte vorsichtig. Der Geschmack war sehr gewöhnungsbedürftig, doch ich ließ es mir nicht anmerken.

»Sie haben Glück, Kindchen, dass Sie überhaupt einwandern durften«, erklärte mir Mr Parker, nachdem er einen Bissen des Süßkartoffelbreis gekostet hatte. Dieser war wirklich sehr gut, wie ich einen Moment später selbst feststellte. »Vor einigen Jahren wurde ein Gesetz erlassen, das die Einwanderung reguliert. Deutsche sind wegen ihres Fleißes und der Fähigkeit, sich auf eigene Beine zu stellen, beliebter als andere Immigranten, deshalb werden sie immer wieder durchgelassen.«

»Warum will man denn die anderen Einwanderer nicht haben?«

»Manche Leute denken, dass sie den Einheimischen die Jobs wegnehmen. Unsinn, wenn Sie mich fragen! Sie haben nur Angst, dass ihre kostbare weiße Hautfarbe verunreinigt wird.«

»Was soll denn an einer anderen Hautfarbe falsch sein?«, fragte ich.

»Nichts! Dafür haben meine Vorfahren gekämpft. In der Nordstaatenarmee, damals, gegen den Süden, der von der Sklaverei nicht lassen wollte. Aber es gibt immer wieder Menschen, die noch an den alten Denkweisen festhalten.« Er verstummte und schaufelte sichtlich aufgebracht ein paar Okraschoten in sich hinein.

»Was machen Sie denn beruflich?«, versuchte ich ein anderes Thema anzuschneiden.

»Ich bin Dozent an der hiesigen Universität«, gab er kauend zurück. »Politikwissenschaften. Das Haus hier habe ich von meinen Eltern geerbt. Mein Vater hatte es eigentlich als Geldanlage erworben. Unglücklicherweise sind meine Mutter und er beim Untergang der Titanic ums Leben gekommen. Haben Sie davon gehört?«

Ich nickte. Ich hatte Abbildungen des mächtigen Schiffs in einem Buch gesehen, das mein Vater mir gezeigt hatte.

»Mittlerweile sind Ozeanreisen wohl wesentlich sicherer, nicht?«, sagte er.

»Ich fürchte, das kann ich nicht einschätzen«, erwiderte ich. »Aber die Überfahrt verlief gut.«

»Ich verstehe gar nicht, wie Madame Rubinstein es über sich bringt, ständig unterwegs zu sein. Ich sollte sie vielleicht mal fragen.«

»Sie kennen Madame Rubinstein gut?«

»Meine Gattin, Gott hab sie selig, war Kundin bei ihr. Sie ist viele Jahre in ihre Salons gegangen, um sich verschönern zu lassen. Leider hat Gott sie mir vor zwei Jahren genommen. Seitdem ist Kate bei mir.«

Er lächelte zu seiner Haushälterin hinüber, und ich bemerkte, dass diese sich ein wenig entspannte.

In den folgenden zwei Stunden wollte Mr Parker alles über mich und den Grund wissen, aus dem ich nach Amerika gekommen war. Angesichts seiner ehrlichen Freundlichkeit fiel es mir schwer, ihm das einschneidendste Ereignis meines bisherigen Lebens zu verschweigen. Doch er nahm es mir ab, dass der Streit mit meinen Eltern Grund genug war, von ihnen aus dem Haus gewiesen zu werden. Als er erfuhr, dass ich studiert hatte, war er begeistert.

»Madame hat einen guten Blick für Talente«, sagte er. »Dass sie Sie angenommen hat, ist schon etwas Besonderes. Meist bringt sie sich aus Europa Kunst oder Schmuck mit, Menschen sind eher selten. Machen Sie etwas aus Ihren Talenten, Miss Krohn.«

»Das werde ich«, versicherte ich ihm.

28. Kapitel

Am nächsten Morgen stand ich in Manhattan inmitten der riesigen Gebäude, die ich bereits vom Schiff aus bewundert hatte, und blickte wie verzaubert zu den mächtigen Fassaden mit den zahlreichen Fenstern auf. Nicht mal die höchsten Kirchen, die ich in meinem Leben zu sehen bekommen hatte, ragten so hoch auf. Ihre Türme waren wie Nadeln, die vorhatten, das Gewebe des Himmels zu durchstechen. Die Wolken, die sich in den Fensterreihen spiegelten, wirkten dramatisch, aber der April schien es gut mit den New Yorkern zu meinen. Blauer Himmel versprach Sonnenschein und hob meine Laune. Hier sollte ich arbeiten? Es kam mir wie ein Traum vor.

Ein Stoß gegen meinen Rücken riss mich aus der Betrachtung.

»He, stehen Sie doch nicht im Weg rum!«, schnauzte ein Mann, der mit Mantel und Koffer in der Hand an mir vorbeidrängelte. Erst jetzt wurde mir klar, dass ich mich in dem Anblick verloren hatte, denn ringsherum schoben sich die Passanten über den Gehweg. Die meisten hatten sich ohne eine Bemerkung an mir vorbeigedrückt, doch der Rüpel, der mich aus dem Weg geschubst hatte, machte mir klar, dass es besser sein würde, das Haus zu betreten, das Madame Rubinsteins

Firmensitz beherbergte. Neben ihrer schien es dort noch andere Firmen zu geben, wie ich an dem Klingelschild sehen konnte. Der Name Helena Rubinstein schimmerte schlicht, aber effektvoll auf dem polierten Messing.

Die Drehtür schwang herum und spie mich schließlich im Foyer aus. Die große Halle, deren Marmorfußboden wohl täglich auf Hochglanz poliert wurde, war angefüllt mit Kunst: Gemälden, Statuen und Lampen, wie ich sie noch nie zuvor gesehen hatte. Die gesamte Architektur wirkte gewagt modern und hatte nichts mit den beinahe barocken Schmuckstücken gemein, die Helena Rubinstein gern trug. Auch sah ihr Pariser Maison de Beauté dagegen wie ein unbedeutendes Ladengeschäft aus.

Während weitere Mitarbeiter und Mitarbeiterinnen durch die Drehtür ins Haus strömten, gönnte ich mir noch einen Moment der Betrachtung. Allein das große steinerne Pferd musste ein Vermögen gekostet haben. Woher hatte sie es wohl? Auf dem Schiff hatte Madame Rubinstein erwähnt, dass sie gern um die halbe Welt reiste, um Kunstobjekte zu sammeln. Ich fragte mich, wie sie da noch Zeit für ihr Unternehmen fand.

»Kann ich Ihnen helfen, Miss?«, fragte eine männliche Stimme. Ich hatte nicht bemerkt, dass der Portier, der hinter dem Empfangstresen gestanden hatte, vor mich getreten war. Erschrocken prallte ich zurück gegen die Einfassung der Drehtür.

»Ja, ich ... ich bin neu hier. Madame Rubinstein hat gesagt, dass ich um acht Uhr hier sein soll.«

»Dann sollten Sie sich beeilen«, sagte der Uniformierte mit einem Blick auf die Uhr, die er in der Westentasche trug. »Madame residiert im fünften Stock und schätzt Unpünktlichkeit nicht.«

»Danke«, sagte ich und lief zum Fahrstuhl. Dieser befand

sich hinter einem Metallgitter, das von einem weiteren uniformierten Mann geöffnet wurde.

»In welches Stockwerk möchten Sie?«, fragte der Fahrstuhlführer.

»Das fünfte. Zu Madame Rubinstein.«

»Wie Sie wünschen«, antwortete der Mann und drückte die entsprechenden Knöpfe. Ich war schon einmal mit einem Paternoster gefahren, doch dieser hatte sich recht langsam bewegt. Hier hatte ich das Gefühl, emporgerissen zu werden. Ich meinte mein Hirn unter der Schädeldecke zu spüren. Doch das verging nach einer Weile. Schließlich ertönte ein leises Klingeln.

»Fünfter Stock, Miss«, verkündete der Fahrstuhlführer. »Haben Sie einen guten Tag!«

»Danke, Sie auch«, antwortete ich und trat in den Korridor. Meine Schritte wurden von dem dicken Teppichboden beinahe verschluckt. An der Glastür, die zum Büro von Madame Rubinstein führte, klopfte ich.

Ich vernahm Stimmen hinter der Tür. Offenbar hatte man mich nicht gehört. Ich klopfte erneut. Wenig später ertönten Schritte, und ein Schatten erschien hinter dem Glas.

»Sie wünschen?«, fragte eine Frau, die die Tür nur einen Spaltbreit öffnete, als fürchtete sie, ein Verbrecher stünde davor.

»Mein Name ist Sophia Krohn«, antwortete ich. »Madame Rubinstein erwartet mich.«

Die Frau musterte mich von Kopf bis Fuß, dann sagte sie: »Kommen Sie rein.«

Ich folgte ihr in den Empfangsraum, der auf den ersten Blick ein wenig nüchtern eingerichtet war. Doch wenn man näher hinsah, bemerkte man, dass die wenigen Objekte und Bilder, die den Raum schmückten, genau ausgesucht waren. Der Teppich war dunkel und mit großen Mustern versehen. Alles in allem wirkte das Büro wie das eines erfolgreichen Geschäftsmannes.

»Sie werden noch einen Moment warten müssen, heute Morgen hat sich ein Problem aufgetan, das die volle Aufmerksamkeit von Madame erfordert.«

»Das verstehe ich«, antwortete ich, und sie führte mich in einen kleinen Raum, der mit braunen, schweren Ledermöbeln eingerichtet war. Er hatte Ähnlichkeit mit einem Herrenzimmer, von dem mein Vater immer geträumt hatte, nur dass es keinen Billardtisch gab.

Madame Rubinstein schien direkt nebenan zu sein, jedenfalls vernahm ich ihre Stimme. Zunächst nur leise, doch plötzlich donnerte sie: »Was soll das werden? Bringt mir den Verpackungsmann! Ich will ihm sagen, was für einen Pfusch er verbrochen hat!«

Auch wenn das Schimpfen nicht mir galt, zog ich unwillkürlich den Kopf ein. Die alte Frau Meyer in dem Haus meiner Kindheit hatte ihren Mann ebenfalls manchmal angebrüllt. Aber diese Tirade klang ganz anders. Es war nicht die Stimme einer Frau, die verzweifelt darüber war, dass ihr Mann trank, das hier war das Brüllen einer Löwin, die wusste, dass sie in diesen Räumen die Macht innehatte.

Ich wusste nicht, wie schnell der Verpackungsmann gefunden werden konnte, doch nach einigen Minuten ging das Grollen schon wieder weiter, diesmal eindeutig gegen eine Person gerichtet.

»Wollen Sie mich ruinieren, indem Sie mir so einen *Tinnef* vorlegen? Was sollen die Leute von mir denken? Dass ich einen *Schmock* meine Verpackungen machen lasse? Alles, was Sie mir hier geliefert haben, ist einfach nur billig!«

Ich hatte keine Ahnung, was diese beiden fremden Wörter bedeuteten, aber es klang nicht gut für den »Verpackungsmann«, den sie kein einziges Mal bei seinem Namen nannte.

Die folgenden Minuten verbrachte Madame Rubinstein damit, dem Mann weitere Verfehlungen aufzuzählen. Dabei fiel immer wieder das Wort Ruin. War es wirklich so, dass eine schlechte Verpackung bereits ihren Ruin bedeuten würde? Auch wenn ich nichts von dem *Tinnef* sah, hielt ich es für übertrieben.

Schließlich meldete sich der Mann zu Wort, so matt und verschüchtert, dass ich seine Entschuldigung kaum verstand.

Dann kehrte wieder Ruhe ein. Was war aus dem Verpackungsmann geworden? Ich hatte keine Schritte vernommen. War er zusammengebrochen?

Ein paar Augenblicke vergingen, bis sich die Tür öffnete und die Sekretärin erschien. »Madame ist jetzt bereit für Sie, Miss Krohn.«

Beklommenheit überkam mich. Ich war zwar nicht der Grund für ihren Ärger, doch die Chefin in schlechter Laune zu erwischen war keine besonders gute Voraussetzung für einen ersten Tag.

Als ich das Büro betrat, wirkte die Luft überraschend klar, als wäre ein reinigendes Gewitter niedergegangen.

»Ah, da sind Sie ja!« Madame Rubinstein setzte einen hellgrünen Topfhut auf ihr Haar und erhob sich. Der Ärger, den sie angesichts des Verpackungsmannes verspürt hatte, war anscheinend verflogen. »Ich hoffe, Sie hatten eine angenehme Nacht.«

»Ja, danke«, antwortete ich und versuchte, die mächtigen Fenster nicht allzu offensiv anzustarren. Der Blick von hier aus war so anders als damals in Paris. Alles wirkte wesentlich moderner, wie aus einer anderen Welt.

»Schön, dann sollten wir uns den Ort anschauen, der für hoffentlich viele Jahre Ihr berufliches Zuhause sein wird.«

Mit forschen Schritten eilte sie zur Tür.

»Ich habe etliche Firmen, die mir zuliefern, doch meine Küche ist der Kern meines Unternehmens«, erklärte sie, als wir durch den Gang eilten. »Wenn man so will, ist sie auch mein Zuhause, wenngleich ich in letzter Zeit nur selten dazu komme, wirklich dort zu arbeiten.«

Ich rätselte, was sie mit Küche meinte. Madame Rubinstein konnte ich mir hinter einem gewöhnlichen Kochtopf nicht vorstellen.

Wir verließen das Büro, wobei ich den Eindruck hatte, dass die Angestellten erleichtert aufatmeten, als sie an ihnen vorüber war. Ihre Präsenz, die ich bereits in Paris bemerkt hatte, schien hier noch größer zu sein.

»Wie ist das Labor, in dem ich arbeiten werde?«, fragte ich, als wir auf den Fahrstuhl warteten.

»Es ist genau genommen eine Fabrik.« Ein selbstzufriedenes Lächeln huschte über Madames Gesicht. »Ich halte viel davon, die Abläufe in meinen Firmen übersichtlich zu halten. Wenn das Labor ein neues Produkt entwickelt, kann die Fertigung sofort dazu übergehen, es herzustellen.«

Der Fahrstuhl öffnete sich, und der Mann darin begrüßte uns. Madame fragte ihn nach seiner Frau und seinen Kindern, worauf er höflich, aber reserviert antwortete. Allerdings wirkte er nicht so ängstlich wie die Frauen in Madame Rubinsteins Büro.

Vor dem Gebäude erwartete uns ein eleganter Wagen samt Chauffeur.

Wir stiegen ein, und der Fahrer manövrierte uns geschickt durch das Gewirr der Straßen und Fahrzeuge.

»Sehen Sie, das ist Long Island«, erklärte mir Madame Rubinstein schließlich, als wir auf eine große Brücke fuhren, und deutete in die Ferne. Ich konnte knapp ein paar Häuser ausmachen. »Hier steht meine Fabrik, in der Sie arbeiten werden. Fürs Erste. Sie können diesen Ort mit der Subway erreichen. Aus diesem Grund habe ich Brooklyn für Ihre Unterbringung gewählt.«

Hatte die Chemikerin, die vor mir dort war, auch in Brooklyn gelebt?

»Die meisten Frauen arbeiten in der Produktion, neben Ihnen gibt es zwei weitere Chemiker. Früher habe ich meine Waren importiert, aber es ist so viel einfacher, die Dinge, die man verkauft, selbst herzustellen.«

Auf Long Island fuhren wir über breite, saubere Straßen an kleinen Häusern vorbei. Ihr Stil unterschied sich deutlich von dem der Gebäude in Berlin oder Paris. Die meisten Häuser bestanden gänzlich aus Holz, andere sahen aus wie Miniaturen von griechischen Tempeln. Sehr viele der Wohnhäuser waren weiß angestrichen, was den Straßen ein freundliches Aussehen verlieh. Rote Ziegel sah man nur selten.

Schließlich erreichten wir Madame Rubinsteins Fabrik. Sie war umgeben von einem hohen Eisenzaun. Hinter dem ebenfalls weißen Gebäude erstreckte sich ein Garten.

Der Eingang wurde von einem Mann in einem kleinen Wachhäuschen gehütet. Als er unseren Wagen sah, erhob er sich und trat nach draußen. Seine Uniform ähnelte der eines Chauffeurs.

Madame kurbelte die Scheibe herunter. »Guten Morgen, Mr Fuller.«

»Guten Morgen, schön, Sie wiederzusehen, Madame«, sagte er. »Ich hoffe, es geht Ihnen gut.«

»Bestens, Mr Fuller!« Helena Rubinstein nickte ihm huldvoll zu. »Ihnen auch?«

»Aber sicher, Madame«, gab er zurück. »Wollen Sie wieder in die Küche?«

»Nein, diesmal bringe ich jemand Neues mit.« Sie blickte zu mir. »Das ist Miss Krohn. Sie wird ab sofort für mich arbeiten.«

Der Wachmann musterte mich und ich ihn. Er war Ende vierzig, hatte graue Schläfen und sonnengebräunte Haut. An der Wange hatte er eine lange Narbe. Wobei er sich diese wohl zugezogen hatte?

»Freut mich, Sie kennenzulernen, Miss Krohn«, wandte sich Mr Fuller nun an mich. »Ich werde mir Ihr Gesicht merken.«

»Das ist nett von Ihnen«, erwiderte ich.

»Es wird Ihnen hier gefallen. Es ist eine der besten Fabriken der Stadt.« Sagte er das, weil die Madame es hören konnte?

Der Mann trat zur Seite und öffnete das Tor. Es schwang mit einem leichten Quietschen auf. Der Wagen rollte auf den großen Platz vor dem Gebäude, dessen Seiten mit Blumenrabatten verziert waren. Alles wirkte streng und geometrisch. Noch wuchs hier nicht sehr viel, aber im Sommer würde sich das ändern.

»Da wären wir«, sagte Madame Rubinstein. »Meine New Yorker Küche.«

Der Chauffeur öffnete die Türen, und wir stiegen aus. Ein durchdringender Laborgeruch strömte uns entgegen.

Das Fabrikgebäude war lang gestreckt, seine Linien so klar und modern wie einer der Flakons im Maison de Beauté. In den hohen Fenstern spiegelten sich die Wolken. Der Blick auf das, was sich dahinter befand, blieb dem Betrachter zunächst verwehrt.

»Hinter dem Gebäude habe ich einen Garten angelegt«, erklärte Madame. »Natürlich muss ich hin und wieder Zutaten importieren, aber für den Grundstock reicht die heimische Produktion.«

Wenn die »Küche« schon so groß war, wie sah dann erst der »Garten« aus?

Madame erklomm die Treppe und öffnete die Tür. Ich folgte ihr und spürte ein seltsames Gefühl von Geborgenheit. Es war wie in den Labors der Universität.

Der Duft, der das Gebäude bereits von draußen umschwebte, verstärkte sich hier noch. Der Vorraum war dunkel und führte zu angrenzenden Türen, hinter denen sich die Produktionshallen, die Umkleiden und ein Aufenthaltsraum befanden.

»Als ich nach Amerika kam, dachte ich, ich bin in einer Wüste, was Kosmetik angeht«, referierte Madame, während sie mit kleinen schnellen Schritten vorauseilte. Ich hatte Mühe, Schritt mit ihr zu halten. »All diese Frauen mit ihren purpurfarbenen Nasen, den grauen Lippen und dem kalkweißen Puder ... Ich war schockiert! Glücklicherweise ist es mir gelungen, schon ein paar Dinge zu verändern.«

Wenn es stimmte, was sie sagte, mussten die Frauen wirklich einen furchtbaren Anblick abgegeben haben.

»Ach, wäre es nicht wunderbar, wenn man die Kosmetik als Teil der medizinischen Wissenschaften anerkennen würde?«, fuhr sie fort und breitete ihre Arme aus.

Ich schwieg verwirrt. Dass Kosmetik eine Wissenschaft sein sollte, die der Medizin gleichwertig war, war ein Gedanke, der mir bisher nicht gekommen war.

»Ich träume schon seit Langem davon, dass die Ärzte merken, wie wichtig eine gesunde Haut für das Wohlergehen des Menschen ist«, fuhr Madame fort. »Leider sind die Männer, die in der Medizin das Sagen haben, so verbohrt und ignorant. Sie glauben, dass es reicht, sein Gesicht unter einem Bart zu verstecken. Leider wächst uns Frauen keiner, und wenn doch, ist er auch nicht willkommen.«

Sie lachte auf, und ich fragte mich, wie sie es auffassen würde, wenn Mr Titus eines Tages mit einem Vollbart nach Hause käme. Ich hatte ihn stets nur glatt rasiert erlebt.

Vor einer offenen Tür machten wir halt. Sie führte in einen riesigen lichtdurchfluteten Raum, der ein wenig an einen Saal im Krankenhaus erinnerte. Der Geruch, der schwer in der Luft hing, war im ersten Moment atemberaubend und brachte meine Augen zum Tränen. Rasch nahm ich meine Brille ab und rieb mir über die Lider. Wie konnten es die Frauen hier nur aushalten?

Als ich mich an das Aroma der ätherischen Öle gewöhnt hatte, setzte ich meine Sehhilfe wieder auf und blickte mich um.

An den Wänden erhoben sich hohe Regale mit riesigen Glasbehältern, in denen verschiedene Flüssigkeiten, aber auch eingelegte Pflanzen aufbewahrt wurden. Der Geruch von Petersilie schwebte in der Luft, gemischt mit einer leichten Fliedernote.

An den langen Holztischen standen zahlreiche Frauen in weißen Kitteln und mit weißen Hauben auf dem Kopf. Sie sortierten Pflanzen, deren Duft den ganzen Raum erfüllte. Die meisten waren so sehr in ihre Arbeit vertieft, dass sie uns nicht bemerkten.

Lediglich eine von ihnen blickte auf, als hätte sie unsere Anwesenheit gespürt. Dann richtete sie ihren Blick aber schnell wieder auf ihre Hände.

»Das ist nur eine der Hallen, in denen die Kräuter für unsere Kosmetik vorbereitet werden«, erklärte Madame Rubinstein. »Mit der Zeit werden Sie auch alle anderen kennenlernen.«

Wir gingen weiter zu einer Halle, aus der ohrenbetäubender Maschinenlärm drang, der unsere Schritte und beinahe auch Madames Worte vollkommen verschluckte. Fasziniert blickte ich auf die Ehrfurcht einflößenden Gebilde aus Metallplatten, Rohren, beweglichen Gestängen, Zahnrädern und Hebeln. Hier und da entdeckte ich an den Leitungen Druckmesser. Ein Förderband transportierte leere Flaschen in das Gebilde hinein und trug sie, mit einer weißen Flüssigkeit gefüllt, wieder nach draußen, wo sie von einigen Arbeitern in blauen Latzhosen in Empfang genommen und in Kartons gestapelt wurden. Und das war nicht die einzige Maschine, die ich sah. Weiter hinten stand ein riesiger Bottich, versehen mit Thermostaten und anderen Anzeigen, die ich von hier nicht deutlich erkennen konnte. In diesem schien die weiße Flüssigkeit produziert zu werden.

»Das ist unsere Abfüllanlage!«, hörte ich Madame rufen. Sie deutete auf die Maschine bei dem Förderband. »Weiter hinten ist die eigentliche Küche. Wir sollten allerdings gehen, bevor Sie taub werden.«

Noch einen Moment starrte ich verwundert auf diese Wunderwerke der Technik, dann schloss ich mich Madame, die vorausgeeilt war, an. Wir erklommen eine breite Treppe, die gesäumt war von Gemälden und Bronzeskulpturen, die in den Nischen standen.

Als Madame und ich das Labor betraten, hielten die beiden Männer, die dort an ihren Schreibtischen saßen, inne und erhoben sich.

»Madame, was für eine Überraschung!«, sagte einer von ihnen und verbeugte sich galant.

Ich blickte mich um. Ein wenig erinnerte mich dieser Ort an Georgs Labor, wenngleich die Einrichtung hier beinahe klinisch wirkte mit all den chromglänzenden Flächen und den blanken Kacheln. Aber das passte zu dem, was Madame mir über die Schönheitspflege als nicht anerkannten Zweig der Heilkunst erzählt hatte. Ein wohliges Gefühl durchströmte mich angesichts der Glaskolben und Brenner.

»Miss Krohn, darf ich vorstellen?«, begann Madame. »Harry Fellows und John Gibson, meine beiden Chemiker. Mr Fellows und Mr Gibson, das ist Sophia Krohn, die einmal der Ersatz für Gladys werden wird.«

Die Männer reichten mir nacheinander die Hand. Mr Fellows hatte blonde, streng zur Seite gescheitelte Haare, während von Mr Gibsons Haarpracht nur noch ein schmaler Kranz übrig war. Ich schätzte beide auf Mitte vierzig.

»Sie werden sich natürlich erst einmal in der Fabrik einfinden müssen«, fuhr Madame fort. »Aber wenn es so weit ist, werden Sie zusammen mit diesen beiden Herren für unsere Produkte verantwortlich sein.«

Die beiden lächelten mir aufmunternd zu, doch das konnte meine Nervosität nicht vertreiben. Wie würde es sein, mit den beiden anderen Chemikern zu arbeiten? Sie hatten mehr Erfahrung und kannten die Firma sicher in- und auswendig.

Als Nächstes gingen wir zum Büro der Fabrikleitung. Dort trafen wir auf eine Frau, die ein dunkelgraues Ensemble aus Rock und Bluse trug. Nachdem sie uns einen überraschten Blick zugeworfen hatte, stand sie auf und kam auf uns zu.

»Herzlich willkommen, Madame, ich freue mich, Sie zu sehen.«

»Freut mich auch, Beatrice«, gab Madame zurück, und nachdem sie die Hände der Frau begutachtet hatte, fügte sie hinzu: »Sie sollten ein wenig sorgsamer mit Ihren Fingernägeln umgehen. Immerhin haben wir einen Ruf zu verlieren.«

Die Wangen der Frau röteten sich. Auch ich war erschrocken über diese recht unhöfliche Ansprache. Doch Beatrice sagte nichts.

Madame Rubinstein fuhr fort: »Das hier ist Miss Sophia Krohn. Ich habe Ihnen ja bereits von ihr erzählt. Miss Krohn, das ist Beatrice Clayton, meine Fabrikleiterin. Ihr untersteht das Personal, und sie berichtet mir über die Vorgänge in der Fabrik.«

»Freut mich, Sie kennenzulernen, Miss Krohn«, sagte die Frau, immer noch ein bisschen angesäuert von der Bemerkung, die Madame über ihre Fingernägel gemacht hatte.

»Ganz meinerseits«, antwortete ich. So wie sie dreinschaute, hatte sie meinen Akzent bemerkt und fragte sich nun sicher, woher ich stammte.

»Sie werden dafür sorgen, dass Miss Krohn sich hier bestens auskennt«, wandte sich Madame wieder an Miss Clayton. »Ich möchte, dass sie in alle Bereiche eingewiesen wird. Sie werden mir über ihren Fortschritt berichten.«

»Selbstverständlich, Madame«, sagte sie, beinahe hündisch ergeben. »Gibt es sonst noch etwas, was ich für Sie tun kann?«

»Nein, das wäre alles, Beatrice. Und kümmern Sie sich um Ihre Hände. Schließlich haben Sie eine bedeutende Position.«

Miss Claytons Gesicht begann zu glühen. Dass sie derart zurechtgewiesen wurde, war sogar mir unangenehm.

»Ich bin sicher, dass Sie glänzend miteinander auskommen werden«, sagte Madame. »Ich muss mich jetzt leider verabschieden. Wir sehen uns bei der nächsten Inspektion.«

»Vielen Dank, Madame«, sagte Miss Clayton lächelnd. »Bis zum nächsten Mal.«

»Bis zum nächsten Mal«, echote ich. »Danke.«

»Ach, und Miss Krohn, nutzen Sie doch die kommenden Tage, um sich etwas neue Kleidung zuzulegen. Meine Mitarbeiterinnen repräsentieren die Firma in der gesamten Stadt, also sollten Sie immer adrett aussehen.«

Ich bemerkte ein schadenfrohes Lächeln bei Miss Clayton. Meine Wangen röteten sich. »Natürlich, das werde ich nicht vergessen«, antwortete ich schnell.

»Gut.« Helena Rubinstein betrachtete uns noch einen Moment lang, dann wandte sie sich um.

Stille folgte dem Türklappen. Miss Clayton musterte mich eine ganze Weile, ohne etwas zu sagen. Wollte sie erst abwarten, bis Madame Rubinstein außer Hörweite war?

»Es geschieht nicht häufig, dass Madame eine neue Mitarbeiterin persönlich abliefert«, begann sie dann in einem schneidenden Ton. Die Unterwürfigkeit war schlagartig verschwunden. »Dass Sie sie Madame nennen sollen, wissen Sie hoffentlich.«

»Ja, natürlich«, sagte ich.

»Gut. Ich selbst bin für Sie Miss Clayton.« Der beinahe feindselige Ton in ihrer Stimme irritierte mich ein wenig. War es immer noch wegen Madames Bemerkung, oder mochte sie mich nicht? »Auch wenn Sie offenbar ein gewisses Ansehen bei Madame genießen, folgen Sie meinen Weisungen, ist das klar?«

Ich nickte.

Miss Clayton ließ sich wieder auf ihrem Stuhl nieder und reichte mir wenig später ein Formular. »Sie sind also Chemikerin?«, fragte sie kühl, während ich es ausfüllte. Ich ging davon aus, dass Madame sie informiert hatte, wer und was ich war, aber ich nickte.

»Ein Geschäft lernt man am besten kennen, wenn man von ganz unten anfängt. Bevor Sie in eines der Labors gehen, werden Sie hier mit den anderen arbeiten. Das hat Madame Rubinstein Ihnen sicher schon gesagt.«

»Sie meinte, ich müsste mich erst einarbeiten.«

»Ich werde Sie zunächst der Produktion zuteilen. Wenn es im Labor etwas für Sie zu tun gibt, sage ich Ihnen Bescheid. Ansonsten lernen Sie erst einmal, wie unsere Produkte beschaffen sind.« Sie blickte auf mein Formular. Ich hatte es, so gut es ging, ausgefüllt, aber einige Angaben konnte ich noch nicht machen.

»Lassen Sie frei, was Sie noch nicht wissen. Schließlich sind Sie ja erst kurz in diesem Land, wenn ich es richtig verstanden habe.«

Ich nickte und legte den Federhalter beiseite. Ein schwarzer Tintenfleck hatte sich auf meinem Mittelfinger gebildet.

»Kommen Sie mit.« Miss Clayton erhob sich und ging zur Tür.

Ich schloss mich ihr an und folgte ihr nach unten zu den Produktionshallen. Dabei vernahm ich die Stimmen der Frauen zwischen dem Brummen von Maschinen und fragte mich, welcher Halle sie mich zuteilen würde.

Schließlich machten wir an der Tür halt, durch die ich schon vorhin mit Madame Rubinstein geschaut hatte. Die Frauen sortierten immer noch fleißig die Pflanzen, die über die gesamte Tischbreite verstreut waren. Der Geruch war jetzt weniger intensiv, was wohl daran lag, dass zwischenzeitlich jemand die Fenster geöffnet hatte.

»Hier findet die Vorbereitung der Rohstoffe statt«, erklärte Beatrice Clayton unnötigerweise, denn Madame hatte es bereits erwähnt. Aber das konnte sie nicht wissen. Mit einer energischen Handbewegung stieß sie die Tür ganz auf. »Wir fertigen Auszüge aus verschiedenen Pflanzen an: Petersilie, Rosmarin, Flieder, Rose – je nachdem, was die Saison hergibt oder uns vom Hafen geliefert wird.«

Die Frauen taten noch eine Weile so, als würden sie uns nicht bemerken, aber ich registrierte ihre verstohlenen Blicke.

»Meine Damen!«, rief Miss Clayton und klatschte in die Hände. Das leise Rascheln verstummte, und die vollkommen in Weiß gekleideten Arbeiterinnen blickten auf. »Dies hier ist Sophia Krohn, sie wird die Stelle von Miss Hobbs einnehmen, die, wie Sie ja alle wissen, uns vor einigen Wochen verlassen hat.«

Die meisten Frauen blickten mich leer an. War es ihnen egal, ob es eine neue Mitarbeiterin gab? Einige Blicke wirkten sogar etwas feindselig. Ich unterdrückte den Impuls, meinen Mantel enger um meinen Körper zu ziehen.

»Miss Krohn wird vorerst bei Ihnen arbeiten und Ihnen dabei helfen, Extrakte aus Petersilie und Weintrauben zu gewinnen. Grundlagen sind wichtig, wie wir alle wissen.«

Es gefiel mir nicht, dass sie mich dabei nicht persönlich ansprach, aber vielleicht war das hier so üblich.

»Kommen Sie mit, ich zeige Ihnen, wo Sie sich umziehen können.« Mit diesen Worten wandte sich Beatrice Clayton ab. Ich schaute mich ein wenig unsicher um. Die Blicke der anderen waren wie Pfeilspitzen, die in mein Gesicht stachen. Mit einem unguten Gefühl schloss ich mich Miss Clayton an.

Sie führte mich in einen Umkleideraum und zeigte mir, wo ich die Arbeitskleidung fand. Dann ließ sie mich allein.

Wenig später betrat ich, ebenso wie die anderen Frauen in einen weißen Kittel und ein weißes Häubchen gekleidet, die Halle. Eine frische Brise wehte durch das Fenster und sorgte dafür, dass die Gerüche erträglich blieben. Draußen sah ich einen großen Lastwagen vorfahren. Brachte er weitere Rohstoffe vom Hafen?

Aus dem Augenwinkel bemerkte ich, dass eine Frau auf mich zukam.

»Ich bin Carla«, stellte sie sich vor. »Komm, ich erklär dir, was wir hier machen.«

Sie führte mich zu dem Tisch, an dem die Petersilie sortiert wurde, und zeigte mir kurz die Handgriffe, dabei vertraute sie offenbar darauf, dass ich sie beim ersten Sehen auch begriff.

»Achte darauf, dass du faule und trockene Stellen aussortierst«, mahnte sie. »Diese dürfen auf keinen Fall ins Öl kommen, das verdirbt den Geruch.«

Eifrig nickte ich und machte mich an die Arbeit. Dabei warf ich verstohlene Blicke auf die Hände der anderen, die sich so schnell bewegten, dass ich ihnen mit den Augen kaum folgen konnte.

»Du musst schon ein bisschen schneller machen«, ermahnte mich Carla nach einer Weile. »Wir müssen ein Tagespensum schaffen, also halte dich ran.«

Ich versuchte schneller zu werden, doch es gelang mir nicht wirklich. Dafür begannen mir der Rücken und die Füße zu schmerzen. Aber bald erkannte ich sofort die trockenen Stellen, und früher als gedacht ertönte das Signal zur Mittagspause.

Es gab eine Kantine, in der alle Mitarbeiter essen konnten, doch als ich mich in der Pause zu meinen Kolleginnen setzen wollte, behaupteten sie, die Plätze wären reserviert. Mir blieb nichts anderes übrig, als mir allein einen Tisch weiter hinten zu suchen. Dabei hatte ich das Gefühl, dass sie pausenlos zu mir rüberschauten und über mich tuschelten.

Ich bemühte mich, nur auf meinen Teller zu achten, auf dem Kartoffeln und eine undefinierbare Soße dampften. Mein Hunger war schließlich größer und brachte mich dazu, die anderen nicht mehr zu bemerken.

Nach dem Essen ging es wieder an den Tisch zur Petersilie. Ich wünschte mir so sehr, dass jemand mit mir reden würde, denn das Sortieren war sehr eintönig, und da die anderen sich unterhielten, war es wohl nicht verboten. Aber die Frauen schwiegen und blockten ab, wenn ich einen Versuch startete. Nach einer Weile fühlte ich mich wie ein Fremdkörper. Doch was hatte ich erwartet? Dass sie mich sofort mit offenen Armen aufnahmen? Das war auch in der Universität nicht der Fall gewesen. Geduld zu haben war das Einzige, was ich hier tun konnte.

Als meine Arbeitszeit vorüber war, ließ ich den anderen den Vortritt und schaute mich in dem Raum um. Die Tische waren grün vom Petersiliensaft, und meine Nase nahm den ätherischen Duft des Krautes schon gar nicht mehr wahr. Miss Claytons Worte hallten durch meinen Verstand. *Ein Geschäft lernt man am besten kennen, wenn man von ganz unten anfängt.* Wie lange mochte es dauern, bis man mich nach oben ins Labor ließ?

Auf dem Heimweg in mein Apartment schlief ich in der Subway ein und wachte erst drei Stationen nach meiner wieder auf. Bis ich schließlich vor meiner Haustür stand, verging beinahe eine weitere Stunde, und mein Kopf fühlte sich an, als würde er in einer Wolke stecken. Ich zog den Schlüssel aus meiner Tasche und schob ihn ins Schlüsselloch.

Während der Überfahrt auf dem Schiff hatte es so viel zu sehen gegeben, dass ich keine Zeit für Heimweh gehabt hatte. Doch jetzt, angesichts der Stimmen, die gedämpft in den Flur drangen, überkam es mich so stark wie schon lange nicht mehr. Vielleicht lag es an den Matten auf den Treppenstufen, die mich erneut an zu Hause erinnerten. Vielleicht auch an den Essensgerüchen, die durch den Flur waberten.

In meinem Zimmer machte ich mich über den Inhalt der braunen Tüte her, die ich mir unterwegs gekauft hatte. Nachdem ich mein Mahl beendet hatte, überlegte ich, ob ich Henny von meinem ersten Tag berichten sollte. Bereits gestern hatte ich einen Brief geschrieben, der darauf wartete, dem Postamt übergeben zu werden.

Doch ich kam nicht dazu, einen Nachtrag zu verfassen. Mit der Absicht, mich nur kurz etwas hinzulegen, streckte ich mich auf dem Sofa aus. Es dauerte nicht lange, bis ich in tiefen Schlaf fiel und von Petersilie träumte.

29. Kapitel

Liebes Sophielein,

wie schön, dass Du heil in Amerika angekommen bist. Ich habe es den Mädchen im Theater erzählt, und obwohl sie Dich nicht kennen, war jede von ihnen furchtbar neidisch auf Dich. So wie ich damals in Berlin von Paris geträumt habe, so träumen viele Mädchen hier von Amerika. Wie gern würde ich diese Wolkenkratzer selbst sehen! Wie gern durch die Straßen schlendern.
Als ich es Maurice erzählte, meinte er, er würde mich eines Tages dort hinbringen. Immer häufiger denkt er darüber nach, einen eigenen Laden zu eröffnen. Nicht, dass es ihm bei Derval schlecht ginge. Das Folies brummt wie selten zuvor. Besonders die Garçonnes, Frauen, von denen man nicht weiß, ob sie wirklich Frauen sind oder doch eher Männer, ziehen das Publikum an. Josephine Baker mag weitergezogen sein, aber wir führen ihren Tanz im Bananenröckchen weiterhin auf.
Gisela hat mir neulich geschrieben. Du erinnerst Dich? Sie ist eines der Mädchen bei Nelson. Sie meinte, auch sie würden jetzt Bananenröcke tragen. Manchmal müssten sie sich mit einer braunen Lake einreiben, damit sie aussähen, als kämen sie geradewegs aus dem afrikanischen Busch. Nelson überlegt wohl, ob er die Musiker auch dazu bringen sollte.

Wir brauchen hier so etwas nicht. Vor Kurzem wurden im Folies vier neue Musiker eingestellt, sie stammen aus Martinique, irgendeiner Insel in der Karibik. Sie sind pechschwarz, überall, wie einige Mädchen behaupten. Ich habe noch nie einen nackten schwarzen Mann gesehen, aber interessieren würde es mich schon. Leider mag Nackttänzer niemand sehen.
Aber was rede ich. Du kennst die Sache ja. Wir kommen zurecht. Ich soll Dich von Genevieve grüßen, ihr musste ich Deinen Brief zweimal vorlesen. Sie meinte, sie hätte die Worte beim ersten Mal wegen meines Akzents nicht verstanden. Ich glaube jedoch, sie wollte es einfach nur noch mal hören. Maurice findet nicht mehr, dass ich schlecht spreche. Auch Madame Roussel versteht mich. Alle freuen sich so sehr, dass Du gesund bist, und sie wollen unbedingt ein paar Geschichten von Deiner neuen Arbeitsstelle hören.
Und ehe ich es vergesse – ich werde in einem Monat zu Maurice ziehen! Er hat für uns extra eine neue Wohnung angemietet. Ist das zu glauben? Ich bin im siebten Himmel und hoffe, dass auch Du bald dein Glück findest. In New York gibt es doch sicher ein paar attraktive Männer, oder?

Hab Dich lieb!
Henny

★★★

Im Juli zog der Sommer alle Register seines Könnens. Strahlende Sonne wechselte sich mit drückender Hitze ab, hin und wieder wurde es in den Häuserschluchten unerträglich stickig. Kate ließ den ganzen Tag über das Fenster von Mr Parkers Wohnung offen und brachte mir am Sonntag hin und wieder ein Glas Limonade.

Ich war froh über meine neue, luftige Sommergarderobe, die ich mir dank des Vorschusses von Madame leisten konnte. Ich war in eines der Kaufhäuser gegangen, um mich neu einzukleiden, und hatte mich dort wie erschlagen gefühlt. Die Preise waren ebenso ungewohnt wie die Freundlichkeit der Verkäuferinnen. Als ich ihnen sagte, dass ich für Madame Rubinstein arbeitete, zeigten sie mir Blusen, Röcke und Kostüme in verschiedenen Farben, von denen ich sicher war, dass ich die Firma damit angemessen repräsentieren würde. Als ich mich in ihnen vor dem Spiegel drehte, erkannte ich mich selbst beinahe kaum wieder. So trat ich mit wesentlich mehr Selbstvertrauen auf die Straße, hin und wieder fühlte ich mich sogar wieder wie die alte Sophia in Berlin, obwohl ich wusste, dass das unmöglich war.

Meine Wege waren stets dieselben. Von der Wohnung ging ich zur Subway-Station, fuhr nach Long Island, stieg aus, ging zur Fabrik. Am Abend legte ich denselben Weg entgegengesetzt zurück. Die Menschen, die mir begegneten, würdigten mich meist keines Blickes, aber das war mir recht so.

Allmählich gewöhnte ich mich ein. Wie von Kate empfohlen, erledigte ich meine wenigen Einkäufe im Laden von Joe Bannister, der mich nach einer Weile wiedererkannte und sogar mit mir plauderte. Wir redeten über seine Großmutter, die vor vielen Jahren ebenfalls aus Deutschland gekommen war, und so erfuhr ich, dass es hier in der Stadt beinahe für jede Nationalität eigene Wohnviertel gab.

»Die Deutschen hatten auch welche, aber die haben sich mittlerweile in alle Winde verstreut. Oder besser gesagt, die Leute haben Einheimische geheiratet und sind in andere Stadtteile gezogen. Wenn du Glück hast, begegnest du ein paar von ihnen in der Stadt. Für den Fall, dass du Lust hast, wieder mal Deutsch zu sprechen.«

Diese Lust überfiel mich tatsächlich ab und an, besonders weil ich mich gern mal wieder mit Henny von Angesicht zu Angesicht unterhalten hätte. Mittlerweile kam ich mit dem Englischen schon viel besser zurecht, und mein Wortschatz hatte sich gefühlt verdoppelt, was an dem täglichen Umgang in der Fabrik lag. Auch wenn die anderen nicht viel mit mir redeten, schnappte ich Begriffe auf und überlegte, was ich antworten würde, wäre ich gefragt.

Manchmal ertappte ich mich dabei, dass ich, wenn ich Henny schrieb, englische Wörter in den Text mischte. Allmählich verstand ich, warum Madame Rubinstein manchmal so ein Kauderwelsch sprach. Das kam sicher davon, dass sie sehr viel in der Welt unterwegs war und sich an keine Sprache richtig gewöhnen konnte.

In der Fabrik selbst änderte sich für mich nur wenig, aber vieles wurde zur Gewohnheit.

Auf dem Vorplatz standen die Blumenrabatten in voller Blüte, und hin und wieder übertrumpfte der Duft der Rosen die ätherischen Öle, die wir erzeugten. Die Stimmung war ein wenig gelöster, und ich verstand die Vorgänge viel besser. Auch kannte ich mittlerweile die Namen der meisten meiner Kolleginnen. Dazu kamen die Fahrer, die Rohstoffe holten und Waren auslieferten, die Arbeiter und Arbeiterinnen an den Abfüllmaschinen und Kochkesseln sowie die Packer, die die Kisten ins Lager stapelten oder auf Lastwagen luden. Die meisten von ihnen waren freundlich, einige auch großspurig oder ruppig, aber bis auf die Mittagspausen hatten wir kaum mit ihnen zu tun.

Täglich wartete ich darauf, endlich ins Labor gerufen zu werden, aber ich blieb weiterhin unten in der Produktion und sortierte jetzt Flieder aus Südfrankreich und Salbei aus Italien, vor allem aber Weintrauben und noch immer viel Petersilie, bis meine Hände grün waren. Meine Beine und mein Rücken schmerzten nach wie vor, hin und wieder meldete sich auch die Narbe an meinem Bauch, besonders dann, wenn sich das Wetter änderte, aber ich versuchte mir nichts anmerken zu lassen. Ich wollte nicht, dass die anderen mich für schwach hielten.

Überstunden waren oft an der Tagesordnung, besonders jetzt, wo langsam die Produktion für das Weihnachtsfest anrollte, aber ich beschwerte mich nicht.

Miss Clayton behielt mich im Auge, und ich wurde den Eindruck nicht los, dass sie nur darauf wartete, dass ich einen Fehler machte, der es rechtfertigte, mich auch weiterhin unten in den Hallen zu behalten. Sie sagte nichts, aber ich sah es an ihren Blicken und merkte es auch an dem Verhalten der anderen. Ich war ein Störfaktor. Die Immigrantin, das *German girl*, das einer Einheimischen den Job weggeschnappt hatte, wie ich aus dem Getuschel der anderen mitbekam. Doch ich hatte nicht vor zu weichen.

Hin und wieder tauchte Madame Rubinstein in der Firma auf und ließ sich über die Produktion informieren. An diesen Tagen durfte ich hoch ins Labor, und ich spürte deutlich, dass Madame nicht wusste, was Miss Clayton mich sonst machen ließ. Während Madame zugegen war, warf sie mir warnende Blicke zu, die mir die Hölle versprachen, sollte ich auch nur einmal erwähnen, dass ich die meiste Zeit unten verbrachte.

War sie fort, musste ich wieder runter zu Weintrauben und Petersilie. Ich fragte mich, ob das der Grund war, warum meine Vorgängerin aus der Fabrik fortgegangen war und sich einen Ehemann gesucht hatte.

In einer Nacht Anfang August, kurz vor meinem zweiundzwanzigsten Geburtstag, träumte ich, ich sei wieder in Paris. Ich lief durch die langen Flure eines Gebäudes, das auf den ersten Blick wie eine Kirche aussah. Doch dann stellte ich fest, dass es sich um jenes Krankenhaus handelte, in dem ich vor einem Jahr gelegen hatte. Ich suchte etwas, aber mir war zunächst nicht klar, was.

Dann sah ich eine Tür. Genau dort wollte ich hin, das wusste ich nun. Ich drückte die Türklinke hinunter und stieß sie auf. In dem Raum vor mir standen lauter Wiegen, mindestens ein Dutzend. Gedämpftes Licht erfüllte den Raum. Alles war still. Die Kinder schienen zu schlafen. So leise wie möglich schlich ich voran und steuerte dabei zielstrebig auf eine bestimmte Wiege zu. Als ich näher an sie herantrat, sah ich darin einen kleinen Jungen liegen. Er mochte erst ein paar Monate alt sein. Sein Haar war brünett, und er nuckelte an seinem Däumchen. Etwas sagte mir, dass dies mein Sohn war.

Es gab keinen Zweifel. Ein nie gekanntes Glück explodierte in meiner Brust. Endlich würde ich ihn mit mir nehmen können!

Vorsichtig hob ich ihn aus der Wiege und drückte ihn an mich. Er fühlte sich so weich, so warm an, so lebendig. »Hallo, Louis«, hörte ich mich flüstern. Dass es der Name war, den man ihm im Krankenhaus gegeben hatte, störte mich nicht. Wichtig war, dass er endlich bei mir war.

Plötzlich flog die Tür auf, und ein Polizist kam herein. »Es ist nicht Ihr Kind«, rief er. »Legen Sie es zurück, oder ich verhafte Sie!«

Ich wollte ihm klarmachen, dass es sehr wohl mein Kind sei, aber ich konnte nicht sprechen. Er entriss mir das Kind und brachte es fort. Ich hörte meinen Sohn schreien, doch Hände, die mich von hinten packten, hielten mich zurück.

Im nächsten Augenblick schreckte ich hoch.

Keuchend sah ich mich um. Mondschein fiel durch die Jalousien, und nur schwerlich wich das Bild der schlafenden Kinder von mir. Ja, ich konnte beinahe noch spüren, wie ich das Baby im Arm gehalten hatte.

Tief durchatmend setzte ich mich auf und schwang die Beine über die Bettkante. In meiner Brust brannte es, und das Nachthemd klebte nass an meinem Körper. Mein Herz raste, gleichzeitig begann ich zu frösteln. War ich dabei, krank zu werden?

Doch dann verstand ich, dass es Panik war, die mich überfallen hatte. Dieselbe Panik, die ich kurz nach der Geburt verspürt hatte. Und plötzlich wurde mir etwas klar: In dieser Nacht, vor genau einem Jahr, war mein Sohn geboren worden. Mein Sohn, den ich nie in den Armen hatte halten können. Verzweiflung ergriff mich. Warum hatte mich der Traum nur zurück an diesen dunklen Ort gebracht? Ich hatte geglaubt, es verdrängt zu haben, und nun ...

Nach einer Weile erhob ich mich. Meine Knie fühlten sich weich an, aber ich brauchte frische Luft. Ich ging zum Fenster und öffnete es, schloss meine Augen und ließ den warmen Nachtwind über mein Gesicht streifen. Allmählich zog sich die Panik zurück, und mein Herzschlag beruhigte sich. Ein Traum, sagte ich mir. Es war nur ein Traum. Louis hat seinen Frieden, und du brauchst dich nicht schuldig zu fühlen. Du hast getan, was du konntest, um ihn am Leben zu erhalten, aber gegen den Tod waren sogar Ärzte machtlos.

»Alles Gute zum Geburtstag, mein Schatz«, wisperte ich leise, dann ging ich zum Sofa, denn ich wusste, im Bett würde der Traum zurückkehren.

Der Morgen begann mit schwüler Hitze. Ich lehnte meinen Kopf gegen die Scheibe der Bahn, in der viel zu viele Leute saßen oder standen. Meine Schläfen pulsierten schmerzhaft, ich hatte das Gefühl, dass mein Gehirn das Dreifache wog. Der Traum hatte mich davon abgehalten, wieder einzuschlafen, und dementsprechend müde war ich.

An meiner Zielstation stieg ich aus und verließ den Bahnhof. Ich blickte in Richtung Himmel. Hinter dem Fabrikschornstein zogen Wolken auf. Am Horizont wirkten sie ein wenig dunkler, was mich hoffen ließ, dass es bald schon regnen würde.

Ich schritt durch das Tor, neben dem andere zusammenstanden, sich unterhielten und rauchten.

Im Umkleideraum war die Luft feucht. Jemand musste ein billiges Fliederparfüm versprüht haben, das meine Nase reizte.

»Guten Morgen, Linda«, sagte ich zu einer der Frauen, die vor einem der Spinde standen. Auch sie schien unter der Hitze zu leiden. Vielleicht hätte es geholfen, wenn wir ein wenig früher Feierabend hätten machen können, aber Madame Rubinstein war unerbittlich. Das Geschäft ging für sie über alles. Das schürte den Unmut unter den Arbeiterinnen, die sich ohnehin schon abenteuerliche Geschichten erzählten. So sollte die Ehe zwischen Madame und Mr Titus am Ende sein. Er hielt sich bereits seit mehreren Wochen in Paris auf, wo er sich um einige Schriftsteller kümmerte. Madame reagierte mit Arbeitswut, um sich abzulenken.

Ein Rumpeln vertrieb meine Gedanken. Ich wirbelte herum und sah Linda neben dem Tisch liegen. Ihren Kittel hatte sie nur halb geschlossen, ihr Gesicht war kreidebleich.

Ich lief zu ihr und tätschelte ihre Wangen. Sie glühte förmlich. War es Fieber oder ein Hitzschlag?

»Linda?«, sagte ich, erhielt aber keine Antwort.

»Hilfe!«, rief ich daraufhin. »Wir brauchen einen Arzt!«

Ich wusste nicht, ob man mich gehört hatte, doch ich wollte Linda auch nicht allein lassen.

Ich tätschelte ihre Wangen weiter und rüttelte sie vorsichtig, doch sie kam nicht zu sich. Schließlich versetzte ich ihr in meiner Panik eine Ohrfeige. Da schlug sie die Augen auf.

»Wo bin ich?«, fragte sie.

»In der Fabrik«, antwortete ich. »Dir ist wohl schwindelig geworden.«

Sie blickte mich verständnislos an.

Wenig später erschien Carla mit Miss Clayton.

»Was ist los?«, fragte sie.

»Linda ist einfach umgefallen«, sagte ich. »Ich ... ich habe sie wieder wach bekommen, aber vielleicht ist es besser, einen Arzt zu rufen.«

»Es geht schon wieder«, sagte Linda und wollte sich aufrichten, doch im nächsten Augenblick verließ sie die Kraft erneut, und sie sackte in meine Arme.

Das überzeugte Miss Clayton. Sie wirbelte herum und lief zurück ins Büro, wo auch der Fernsprecher der Firma stand.

»Bleib wach, hörst du?«, redete ich auf Linda ein. »Der Arzt wird gleich kommen.«

Sie nickte, doch ich konnte ihr ansehen, wie schwer es ihr fiel, die Augen aufzubehalten.

Die Minuten dehnten sich, und ich fragte mich, wie lange es wohl dauern würde, bis der Arzt eintraf. Zwischendurch erschienen einige Frauen, um zu schauen, wie es ihr ging, doch ich schickte sie weg. Schaulustige würden uns nicht helfen.

Schließlich ertönten Schritte. Wenig später erschien Miss Clayton mit einem Mann in einem hochgeschlossenen weißen Kittel. Er trug eine Ledertasche bei sich, aus der er ein Stethoskop zog.

»Das ist Dr. Chandler«, stellte Miss Clayton ihn vor.

Der Arzt beugte sich über Linda, leuchtete ihr in die Augen, maß ihren Puls und horchte sie ab. Ich blickte zu Miss Clayton, die den Vorgang mit aufgebrachter Miene beobachtete.

»Sieht nach Hitzschlag aus«, stellte Dr. Chandler schließlich fest. »Wir sollten sie besser ins Krankenhaus bringen, dort können weitere Untersuchungen vorgenommen werden.«

»Könnten Sie sie mitnehmen?«, fragte Miss Clayton.

»Natürlich«, gab Dr. Chandler zurück. »Allerdings brauchen wir ein wenig Hilfe. Ich bezweifle, dass sich die junge Dame lange auf den Beinen halten wird.«

Miss Clayton schickte eines der Mädchen, das im Gang auftauchte, zu den Packern. Wenig später kehrte sie mit einem hochgewachsenen, kräftigen Mann zurück. Jim der Riese nannten ihn die anderen Männer nur. Er hob Linda problemlos auf seine Arme und trug sie nach draußen.

Als der Arzt mit Linda durch das Fabriktor gefahren war, ging ich zu Miss Clayton. Die Bürotür stand offen, die Fenster waren weit geöffnet, doch selbst der Durchzug linderte die stickige Hitze nicht.

Ich klopfte an den Türrahmen und wartete, bis sie mich ansah. »Wir müssen reden«, sagte ich dann.

»Worüber?«, fragte sie zurück und wandte sich wieder dem Papier zu, das vor ihr lag.

»Über die Bedingungen, die hier herrschen. Die zusätzliche Arbeitszeit. Die Hitze. Den Zustand der Frauen. Linda.«

Wieder blickte sie auf. »Wollen Sie sich beschweren?«

Ich wusste nur zu gut, dass mir eine Beschwerde nicht zustand. Aber etwas musste geschehen. »Ich will zusammen mit Ihnen herausfinden, wie wir die Bedingungen hier verbessern können.«

Ihre Züge verhärteten sich. »Das ist nicht Ihre Aufgabe.«

»Das ist mir klar«, gab ich zurück. »Aus diesem Grund bin ich hier, Miss Clayton. Nur Sie können etwas bewirken.«

Sie atmete tief durch. »Ich wüsste nicht, was ich tun könnte. Linda ist krank, das hat nichts mit der Arbeit hier zu tun.«

»Und wenn doch?«, beharrte ich. »Was, wenn sie überarbeitet ist? Wenn es auch anderen so geht und diese nur nichts sagen? Und dann reihenweise umkippen? Ich sehe, wie die Frauen unter den Temperaturen hier leiden. Wie lange wird es noch dauern, bis weitere von ihnen erkranken? Und schlimmer noch, bis sie herumerzählen, wie sehr sie geschunden werden?«

Ich wusste, auf welch dünnes Eis ich mich begab. Madame würde sicher nicht erfreut sein, wenn sie von den Vorgängen hier erfuhr. Aber es konnte auch nicht in ihrem Interesse sein, dass jemand ihre Firma in Verruf brachte.

»Und was sollen wir Ihrer Meinung nach tun?«, fragte Miss Clayton. »Linda ist umgefallen, so was passiert hin und wieder. Möglicherweise ist sie schwanger. Und in den Räumen hier ist es heiß genug, um einen Hitzschlag zu bekommen. Aber wir können Madame wohl kaum bitten, das Wetter zu ändern.«

»Miss Clayton, bitte!«, sagte ich. »Sie sehen doch, wie es unter den Frauen zugeht. Sogar die Packer stöhnen schon. Wir brauchen mehr Arbeitskräfte! Und mehr Pausen.«

Miss Clayton musterte mich einen Moment lang mit mahlenden Kiefern. Sie wirkte, als würde sie auf einer harten Nuss herumkauen.

»In Ordnung«, sagte sie schließlich. »Ich werde sehen, was sich machen lässt.«

»Wirklich?«, fragte ich ungläubig. Bisher hatte ich noch nicht erlebt, dass Miss Clayton auf etwas eingegangen wäre, das ich gesagt hatte.

»Ja. Und jetzt gehen Sie lieber, Sie haben doch bestimmt zu tun.«

Ihre Worte klangen mürrisch, und vielleicht gab sie auch nur vor, die Probleme hier lösen zu wollen, damit sie mich loswurde. Aber tief in mir hatte ich die Hoffnung, dass sie wirklich über meinen Vorschlag nachdachte.

»Danke, Miss Clayton«, sagte ich und kehrte in die Fabrikhalle zurück.

30. Kapitel

Tags darauf saß ich mit anderen Frauen bei der Frühstückspause im Aufenthaltsraum. Dass ich Linda geholfen hatte, bescherte mir eine neue, positive Art der Aufmerksamkeit. Einige Frauen, die sich mir als Rita, Jackie und Helen vorgestellt hatten, fragten, ob sie sich an meinen Tisch setzen dürften, und begannen dann mit einem lebhaften Gespräch.

»Wenn doch bloß die Hitze ein wenig nachlassen würde!«, stöhnte Helen, eine der Arbeiterinnen. »So ein reinigendes Gewitter wäre gut. Danach würde frischer Wind wehen.«

»Habt ihr eigentlich schon was von Linda gehört?«, fragte Rita. »Einige munkeln, dass sie schwanger sein könnte.«

»Der Arzt meinte, es sei ein Hitzschlag gewesen«, antwortete ich.

»Seht ihr, die Hitze ist schuld!«, betonte Helen noch einmal.

»Schau mal!« Jackie stieß mich an.

Miss Clayton war im Aufenthaltsraum erschienen. Suchend blickte sie sich um, bis sie mein Gesicht fand.

»Miss Krohn, haben Sie einen Moment?«, rief sie. Augenblicklich ebbten die Gespräche ab. Was konnte sie wollen? Gab es Neuigkeiten von Linda?

Ich erhob mich von meinem Platz und ging zu ihr.

»Madame möchte Sie sehen«, sagte Miss Clayton. »In ihrem Büro. Sofort.«

Ich schüttelte verwundert den Kopf. »Warum?«

»Das weiß ich nicht. Sie hat lediglich nach Ihnen geschickt.«

Ich blickte mich zu den anderen um. »Haben Sie ihr von Linda erzählt?«

»Ja, und ich habe auch die Situation hier angesprochen. Daraufhin verlangte sie, dass Sie zu ihr kommen sollten.«

Hatte sie erwähnt, dass der Vorschlag, mehr Arbeiterinnen einzustellen, von mir gekommen war? Wollte Madame mich rügen?

»In Ordnung, ich bin auf dem Weg.«

Mit einem klammen Gefühl in der Brust ging ich zum Umkleideraum. Dort schälte ich mich aus dem Kittel, holte meine Tasche und lief zurück zur Subway.

Als ich eine Stunde später in den Fahrstuhl zu Madames Büroetage einstieg, zitterte ich am ganzen Leib. Meine Hände waren schweißnass. Ich dachte wieder an Paris, die endlosen Stunden des Wartens, die Hoffnungslosigkeit. Ich wollte nicht gefeuert werden und das alles noch mal durchmachen.

Vor der Tür von Madames Büros strich ich mein braunes Kleid glatt, das ich zur Arbeit trug, atmete tief durch und klopfte.

Wenig später erschien die Sekretärin. Sie bedachte mich mit einem fragenden Blick, als könne sie sich nicht an mein Gesicht erinnern.

»Sophia Krohn«, half ich ihr auf die Sprünge. »Madame wollte mich sehen.«

Immerhin schien ihr mein Name etwas zu sagen. »Warten Sie bitte einen Moment, ich werde Sie Madame melden.«

Ich ging zu den Stühlen, die an der Wand aufgereiht waren, doch setzen konnte ich mich nicht. Stattdessen richtete ich meinen Blick auf ein Gemälde, auf dem ein Seerosenteich abgebildet war, den man allerdings nur erkennen konnte, wenn man ein Stück weit entfernt stand. Von Nahem besehen war er nichts weiter als eine Aneihung bunter Farbflecken.

»Miss Krohn?«, sagte die Sekretärin.

Ich wirbelte herum.

»Madame empfängt Sie nun.«

Sie wandte sich um und führte mich zu der Tür. Würde es das letzte Mal sein, dass ich durch diese Räume ging? Würde ich am Ende des Gesprächs genauso arbeitslos sein wie damals in Paris?

»Kommen Sie herein!«, rief Madames unverkennbare Stimme.

Die Sekretärin entfernte sich. Ich schluckte und ging langsam voran. Dabei erinnerte ich mich noch gut an meinen ersten Tag hier, doch erneut war ich überwältigt von den Bildern und Statuen, die den riesigen Raum schmückten. Einige Kunstwerke waren ausgetauscht worden. Neu war auch eine braune Tüte auf dem Schreibtisch von Madame. Was mochte sie enthalten?

Im nächsten Augenblick realisierte ich, dass ich nicht allein war. In einem der cremefarbenen Ledersessel etwas abseits des Schreibtisches hatte es sich ein Mann bequem gemacht, der etwa zehn Jahre älter als ich sein musste. Er trug einen dunkelblauen Anzug und hatte sein rotblondes Haar mit Pomade streng nach hinten gekämmt. Auf dem Tisch neben ihm lag eine große braune Mappe, die mit einem Schleifenband zusammengehalten wurde.

Als er mich sah, erhob er sich und knöpfte sein Jackett zu.

»Guten Morgen, meine Liebe, darf ich Ihnen Mr Darren O'Connor vorstellen? Darren, das ist die Dame, von der ich Ihnen berichtet habe. Sophia Krohn.«

»Freut mich, Sie kennenzulernen«, sagte der Fremde, ergriff

meine Hand und hauchte mit einer kleinen Verbeugung einen Kuss darauf. Von dieser Geste überrumpelt, wusste ich im ersten Moment nicht, was ich sagen sollte.

»M ... mich auch«, gab ich zurück und blickte dann zu Madame Rubinstein, als wäre sie der rettende Engel. Glücklicherweise zog sich auch der Mann auf seinen Platz zurück. Seinen Blick und sein Lächeln spürte ich an meiner Wange.

»Setzen Sie sich doch, Miss Krohn«, sagte sie.

Ich nahm ein wenig beklommen Platz und fragte mich, was die Anwesenheit des Mannes zu bedeuten hatte. Mein Blick schweifte zu der Mappe, die aufgeklappt, aber mit schwarzem Seidenpapier bedeckt war, so als müsste man den Inhalt vor dem Sonnenlicht schützen wie empfindliche Haut.

Als Mr O'Connor meinen Blick bemerkte, schaute ich schnell auf meine Hände und sah, dass unter den Fingernägeln noch ein wenig grüner Saft war. Mir fiel wieder ein, was Madame damals zu Miss Clayton gesagt hatte. Würde sie mich im Beisein von Mr O'Connor darauf ansprechen?

»Miss Krohn?«, schreckte mich Madames Stimme aus meiner Betrachtung.

»Ich ... Verzeihen Sie, ich war kurz abgelenkt.« Ich ballte die Hände zu Fäusten, damit der Mann in dem feinen Anzug meine Fingernägel nicht sah. Damit Madame Rubinstein sie nicht sah.

»Ich möchte, dass Sie beide zusammenarbeiten«, erklärte Madame Rubinstein. »Mr O'Connor ist einer der hoffnungsvollsten neuen Designer der Stadt. Ich dachte mir, ich heuere ihn an, bevor er mir von dieser Frau weggeschnappt wird.«

Ein selbstzufriedenes Lächeln glitt über ihr Gesicht. Ich wusste aus den Gesprächen der Frauen in der Fabrik, dass sie Elizabeth Arden nur »diese Frau« nannte, wenn sie sich besonders über sie ärgerte. Die Konkurrenz zwischen den beiden war bereits jetzt legendär.

Die rote Tür von Miss Arden befand sich nur wenige Blocks von diesem Gebäude entfernt. Ihre Annoncen versuchten unsere stets an Größe zu übertreffen. Die Zeitschriften, in denen sie erschienen, lagen auch in den Aufenthaltsräumen der Fabrik aus.

»Und was Sie angeht, Miss Krohn, ich setze große Hoffnungen in Sie«, fuhr Madame fort. »Miss Clayton ist sehr zufrieden mit Ihnen, und deshalb halte ich den Zeitpunkt für gekommen, Sie vor eine neue Herausforderung zu stellen.«

Beatrice Clayton war mit mir zufrieden? Das wunderte mich. Doch eine neue Herausforderung klang wunderbar. Es war etwas anderes, als Petersilie zu häckseln.

»Nun gut, reden wir Klartext«, beendete Madame die Lobhudelei, beugte sich ein wenig vor und faltete die Hände auf der Tischplatte. »Was sagt Ihnen der Begriff *glory*?«

Ich blickte ratlos zu Mr O'Connor, der die Stirn ein wenig krausgezogen und die Augen weit geöffnet hatte, als würde er alle Eindrücke in sich einsaugen wollen.

»Ruhm«, sagte ich dann, wie eine brave Schülerin im Englischunterricht.

»Aber auch Pracht und Herrlichkeit«, fügte Mr O'Connor hinzu.

»Richtig!« Madames Augen begannen zu leuchten. »Ich habe schon seit einiger Zeit etwas im Sinn, eine Pflegeserie für reifere Damen. Cremes, Lotionen, Gesichtswasser, Puder, jedes an die jeweiligen Hauttypen angepasst.«

Ich dachte wieder zurück an die Vorträge über Hauttypen und Wirkstoffe, die Madame beinahe wissenschaftlich vorgetragen hatte. Dieses Wissen hatte ich über all der Petersilie, die ich geschnitten, und all den Trauben, die ich ausgepresst hatte, beinahe vergessen.

»Ich möchte, dass Sie diese Produkte nach meinen Maßgaben entwickeln und dafür sorgen, dass sie ihrem Namen alle

Ehre machen. *Glory* steht für den Sieg der Schönheit über die Zeit!«

Das klang alles sehr großspurig, denn konnte man die Zeit mit einer Creme überlisten?

»Kommen wir zu Ihnen, Mr O'Connor«, fuhr Madame fort und wandte sich jetzt dem Mann neben mir zu. Dieser setzte erneut sein gewinnendes Lächeln auf und zeigte im Gegensatz zu mir keine Spur von Unsicherheit. »Was ich von Ihren Verpackungen bisher gesehen habe, ist vielversprechend. Ich habe etwas übrig für neue Talente, und wenn es darum geht, im Handel die Nummer eins zu bleiben, bin ich immer offen für Überraschungen.«

»Ich werde Sie nicht enttäuschen, Madame«, sagte O'Connor.

»Nein, ganz sicher nicht. Schaffen Sie mir einfach eine Verpackung, von der die Leute in den nächsten Monaten reden. Die ebenfalls dem Begriff *glory* gerecht wird. Ich will die Besitzer der großen Läden beeindrucken. Und natürlich auch sämtliche Journalisten der großen Modezeitschriften, ohne ihnen irgendwelche Geschenke machen zu müssen.«

Ich hatte die Frauen in der Fabrik tuscheln hören, dass Madame hin und wieder eines ihrer Schmuckstücke, das für sie keinen Wert mehr besaß, an Journalisten verschenkte, um sie sich gewogen zu halten.

»Sie werden einander über Ihre Fortschritte auf dem Laufenden halten.« Sie zog zwei Blatt Papier aus einer der Mappen auf ihrem Schreibtisch und reichte jedem von uns ein Exemplar. Wie ich sehen konnte, handelte es sich um ihre Anweisungen und Wünsche.

»Damit wäre, denke ich, erst einmal alles gesagt.« Madame klatschte in die Hände, als wollte sie einen Butler rufen oder ein Dienstmädchen. Doch niemand erschien. »Sie wissen ja, Zeit ist kostbar für mich. Mein Friseur wartet.«

Mr O'Connor nickte und erhob sich. »Es war mir ein Vergnügen, Madame.« Er deutete einen galanten Handkuss an. Ich fühlte mich befangen und wünschte, ich könnte so selbstsicher reagieren wie er. Doch ich konnte Madame unmöglich die Hand küssen, also reichte ich ihr lediglich die meine.

»Ich danke Ihnen für diese Gelegenheit, Madame.«

Helena Rubinstein betrachtete mich eine Weile, dann sagte sie: »Bevor Sie gehen, würde ich Sie gern noch unter vier Augen sprechen.«

Ich zog verwirrt die Augenbrauen hoch und blickte zu Mr O'Connor, doch der würde mir auch keine Antwort geben können. Er verneigte sich kurz und verschwand.

Als die Tür ins Schloss fiel, wappnete ich mich gegen den Vortrag von Madame. Sicher ging es um meine Fingernägel. Oder gab es noch etwas anderes, das sie an meiner Erscheinung auszusetzen hatte?

»Ich weiß, dass Beatrice Sie ausschließlich in der Produktion arbeiten lässt«, begann sie, worauf ich sie erschrocken ansah. Wie hatte sie das herausbekommen? Als könnte sie meine Gedanken lesen, deutete sie auf meine Finger. »Der Saft ruiniert Ihre Finger und Nägel. So gut er auch der Haut hilft, die Farbe geht nur sehr schlecht raus.«

Beschämt schloss ich meine Fäuste, um sie meine Nägel nicht weiter sehen zu lassen. Heiße und kalte Schauer glitten gleichzeitig über meine Haut.

»Frauen sind manchmal ihre eigenen größten Feinde«, fuhr sie ein wenig rätselhaft fort. »Überall sehen sie Konkurrenz und wollen diese ausmerzen, obwohl der Aufstieg einer jeden Frau den Weg für sie ebnet. Auch ich kann mich von solch einem Verhalten nicht freisprechen, aber ...« Sie überlegte kurz, dann fuhr sie fort: »Eifersucht sollte Sie nicht daran hindern, Ihr Potenzial zu entfalten.«

Ich schüttelte den Kopf, sprachlos. Sollte das bedeuten, dass Miss Clayton auf mich eifersüchtig war? Aber warum? Sie leitete die Fabrik, war bei den anderen Frauen beliebt. Ich hingegen war eine blutige Anfängerin.

Dann wurde es mir klar: Indem sie mich in der Produktion ließ, sorgte sie dafür, dass ich nicht vorankam und weiterhin eine Anfängerin blieb.

»Sie werden den Platz einnehmen, den ich Ihnen zugedacht habe«, fuhr Madame fort, nachdem sie mich eine Weile angesehen hatte. »Miss Clayton ist informiert. Ich habe sie auch angewiesen, Sie nicht mehr in der Produktion arbeiten zu lassen. Mittlerweile dürften Sie Petersilie und Weintrauben zur Genüge kennen.«

Ich nickte, doch erleichtert war ich nicht. Unwohlsein wühlte in meinem Magen. Das Gespräch mit Madame war eine Sache, aber wie würde es in der Fabrik aussehen? Was würde Miss Clayton tun?

»Ich bin sicher, dass Sie eine Bereicherung für meine Firma sind. Enttäuschen Sie mich nicht, Miss Krohn.«

Mit diesen Worten bedeutete mir Madame Rubinstein, dass ich gehen konnte. Ich erhob mich und fühlte mich ein wenig wacklig auf den Beinen.

»Vielen Dank, Madame, ich ...«

»Unnötig«, beendete Madame meine Danksagung. »Lassen Sie es uns dieser schrecklichen Frau zeigen.«

Ich war sicher, dass sie damit Miss Arden meinte, aber was mich betraf, konnte genauso gut Miss Clayton gemeint sein.

»Auf Wiedersehen, Miss Krohn.« Mit diesen Worten öffnete sie ihre Papiertüte und zog eine kleine Hühnerkeule hervor. Als ich verwundert zögerte, fügte sie hinzu: »Irgendwas muss man doch essen, nicht wahr? Mir bleibt nicht viel Zeit am Tag, auch meinen Friseur lasse ich kommen und sein Werk verrichten, während ich Geschäftspapiere durchsehe.«

Bisher war ich der Meinung gewesen, sie würde sich ihren kunstvollen Chignon selbst schlingen. Wenn sie nicht einmal dazu Zeit hatte, brauchten wir uns in der Produktion nicht wundern, dass sie es nicht einsah, uns mehr Pausen zu gewähren.

Als ich vor die Tür trat, stand Mr O'Connor im Flur. Hatte er etwas vergessen?

Nein, er wirkte eher, als hätte er auf mich gewartet. Breit lächelte er mich an. »Beeindruckende Frau, nicht wahr?«

Ich nickte und wich seinem Blick aus. Ich wollte nicht über Madame reden. »Müssen Sie auch nach unten?«, fragte ich stattdessen.

»Ja«, antwortete er. »Mein Wagen wartet ein paar Straßen entfernt auf mich. Wenn er mir nicht gestohlen wurde.« Noch immer hörte ich das Lächeln in seiner Stimme. »Wie wäre es, wenn ich Sie zu Ihrer Arbeitsstelle bringen würde?«, setzte er hinzu. »Ich nehme doch an, dass Sie jetzt Madame Rubinsteins Labor aufsuchen.«

»Ja«, antwortete ich. »Aber ich ziehe es vor, allein zu fahren.«

»Wie Sie wollen«, erwiderte er, allerdings klang er enttäuscht.

Wir bestiegen den Fahrstuhl unter den neugierigen Blicken des Fahrstuhlführers. Mr O'Connor schien ihn nicht wahrzunehmen.

»Warum haben Sie Ihren Namen nicht geändert?«, fragte er, während sich der Fahrstuhl in Bewegung setzte. »Sophia Krohn erscheint mir ein bisschen sperrig. Fremd. Sie sind Deutsche, richtig?«

»Ist das denn von Bedeutung?«, fragte ich. »Mein Name ist mein Name. Wie hätte ich mich Ihrer Meinung nach nennen sollen?«

»Wie wäre es mit Sophie Crown?«, schlug er vor. »Das hätte Klasse.«

»Ich bin kein Filmstar«, gab ich zurück.

»Das mag stimmen, obwohl ich glaube, dass Sie Chancen bei den Produzenten hätten.« Mir entging der Spott in seinen Worten nicht, und das machte mich ein wenig wütend.

»Nehmen Sie mich nicht auf den Arm«, entgegnete ich. »Ich bin Chemikerin. Nichts anderes wollte ich von Kindesbeinen an sein.«

»Ein seltsamer Wunsch, wenn Sie mich fragen.«

Jetzt blickte ich ihn an und bemerkte ein Strahlen in seinen blauen Augen, wie ich es noch nie zuvor bei einem Mann gesehen hatte.

»Manche Menschen setzen eben auf andere Dinge als das Aussehen.« Ich schaute auf den Zeiger, der das momentane Stockwerk anzeigte. Konnte der Fahrstuhl nicht ein wenig schneller fahren?

»Das sagt eine Frau, die davon lebt, anderen Frauen Schönheit zu verkaufen.« Wieder lächelte er und bescherte mir ein irritierendes Kribbeln in meinem Bauch.

»Wir verkaufen nicht nur Schönheit, sondern auch Gesundheit«, entgegnete ich kühl. »Madame Rubinstein hat Sie doch sicher darüber aufgeklärt, dass es hier nicht nur um Äußerlichkeiten geht.«

»Ich bin Verpackungsdesigner!«, sagte er und hob entschuldigend die Arme. »Mein Metier sind Äußerlichkeiten.«

Sollte das jetzt jedes Mal so gehen? Irgendwie gefiel mir der Wortwechsel, aber er machte mir auch ein wenig Angst. Er war sehr attraktiv und schien das auch zu wissen. Seine Augen zogen mich magisch an, und sein Lächeln, da war ich sicher, ließ Frauen einen wohligen Schauer über den Rücken laufen. Mir ging es jedenfalls so. Er war genau die Sorte Mann, die mir gefiel.

Doch zu deutlich stand mir die Erinnerung vor Augen, wie es geendet hatte, als ich mich von einem Mann, mit dem ich zusammengearbeitet hatte, beeindrucken ließ. Ich nahm mir vor, ihn nicht weiter als nötig an mich heranzulassen, denn ich wollte mein Leben nicht wieder verkomplizieren.

Unten angekommen, dankte ich dem Fahrstuhlführer und strebte der Drehtür zu. Nur von hier weg, zurück in den Schutz der Fabrik, wo es keine Männer gab, die mich interessierten.

Doch Mr O'Connor wurde ich so schnell nicht los. Er blieb mir dicht auf den Fersen. »Was meinen Sie, wann haben Sie die ersten Ideen für Ihre Mittel?«, fragte er und zwängte sich mit in die Drehtür hinein. Ihm so nahe zu kommen verschlug mir für einen Moment den Atem.

»Das kommt darauf an, wie sich die Formeln entwickeln und für welche Wirkstoffe wir uns entscheiden«, gab ich rasch zurück und schlüpfte dann so schnell wie möglich aus der Tür. »Was müssen Sie denn wissen?«

»Für mich wäre in erster Linie wichtig zu erfahren, welche Duftnoten sich Madame vorgestellt hat. Ich nehme an, das ist alles ein großes Geheimnis.«

Ich zog mein Blatt hervor. Darauf stand eine Liste der empfohlenen Zutaten, basierend auf den Erkenntnissen von Madame.

»Rose«, antwortete ich. »Aber auch Flieder und Bergamotte.« Mir wurde klar, dass dies meine Feuerprobe war. Bestand ich sie, würde ich ein fester Teil der Firma werden. Wenn nicht, würde ich entweder wieder in die Produktion gehen oder, schlimmer noch, Madame bereute, mich mitgenommen zu haben.

Mr O'Connor nickte. »Okay, das alles auf der Straße zu besprechen wäre vielleicht etwas viel verlangt, wo ich mir hier auf die Schnelle nicht mal Notizen machen kann. Wie wäre es, wenn Sie sich darüber klar werden, welche Zutaten Sie verwenden, und ich überlege, wie man die Behälter einkleiden kann?

In zwei Wochen könnten wir uns bei einem Kaffee austauschen.«

Ich rang mit mir. Einerseits war nichts dabei, mit ihm einen Kaffee trinken zu gehen. Doch mein Innerstes warnte mich vor der Vertrautheit, die dort entstehen konnte. Allerdings mussten wir uns austauschen, und ich wollte ihn keineswegs zu mir nach Hause einladen.

»Klingt gut«, antwortete ich. »Geben Sie mir Bescheid wegen des genauen Termins?«

»Wenn Sie keinerlei andere Verpflichtungen haben?«

»Ich bin tagsüber in der Firma, aber wenn Sie mir eine Nachricht zukommen lassen, dass Sie mich sprechen möchten, wird Miss Clayton mich gehen lassen.«

»In Ordnung«, sagte Mr O'Connor und streckte mir die Hand entgegen. »Hat mich gefreut, Sie kennenzulernen, Miss Krohn.«

Ihn zu berühren ließ eine warme Welle durch meinen Körper schießen.

»Gleichfalls«, sagte ich und sah ihn dann todesmutig zwischen zwei Automobilen hindurch über die Straße sprinten.

31. Kapitel

Gegen ein Uhr erschien ich in der Fabrik. Ich hatte ein wenig länger für den Weg nach Long Island gebraucht, denn das Zusammentreffen mit Mr O'Connor und der Auftrag von Madame hatten mich derart verwirrt, dass ich eine Station zu früh ausgestiegen war und dann auf den nächsten Zug warten musste.

Ich beeilte mich, in die Umkleide zu gelangen. An der Tür zur Fabrikhalle fing mich Miss Clayton ab. Sie wirkte ungeduldig.

»Ich dachte schon, Sie kommen gar nicht mehr wieder«, sagte sie, und bevor ich mich rechtfertigen konnte, fügte sie hinzu: »Folgen Sie mir. Es wird Zeit, dass Sie Ihren neuen Arbeitsplatz kennenlernen.«

Mir blieb nicht die Gelegenheit, sie erstaunt anzustarren. Rasch knöpfte ich meinen Kittel zu und schloss mich ihr an.

Wir erklommen die Treppe zur zweiten Etage. Miss Clayton führte mich allerdings nicht zum Labor, sondern zu einem kleinen Raum in einem Gang, den wir sonst selten betraten.

Diese Räume waren meist Abstellräume, jedenfalls behauptete das Carla. Bei meinen ersten Spätschichten hatte ich manchmal heimlich durch die verglasten Türen geschaut, doch nichts weiter als Kartons darin vorgefunden. Ich hatte mich schon gefragt, was darin verstaut war, doch weil die Tür abgeschlossen war, hatte ich die Kartons vergessen.

Später vermuteten die Frauen, dass sich darin all das Zeug befand, das Madame nicht in ihren Räumlichkeiten ausstellen wollte. Fehlkäufe, Dinge, die sie sich nur zugelegt hatte, weil sie sich über ihren Ehemann geärgert hatte, und die ihr im Nachhinein peinlich waren.

Was auch immer sich in den Kartons befunden hatte, war verschwunden und einer provisorisch anmutenden Laboreinrichtung gewichen. Die Möbel waren nicht neu, wirkten zusammengesucht wie die Möblierung einer billigen Wohnung. Doch es gab helle Leuchten, Regale und einen großen Labortisch, an dem ich arbeiten konnte.

Wann war das alles hergeschafft worden?

»Das ist von nun an Ihr Labor. Madame wünscht, dass Sie Ihre Arbeit unbehelligt durchführen.« Der säuerliche Unterton war deutlich. Meine neue Aufgabe missfiel ihr offenbar.

»Danke«, sagte ich, doch sie schien noch nicht fertig zu sein.

Nachdem sie mich einen Moment lang gemustert hatte, sagte sie: »Denken Sie dran: Wenn das, was Sie hier zusammenmischen, nicht gut wird, werden wir alle darunter zu leiden haben. Ich weiß, dass Sie Ihr Studium nicht abgeschlossen haben, und es ist mir schleierhaft, wie Madame Harry und John zu Ihren Gunsten übergehen konnte. Aber es ist nun mal so, und ich warne Sie davor, leichtsinnig zu werden. Madame wird Pfusch unweigerlich ahnden und ich ebenso!«

Mit diesen Worten wandte sie sich um und rauschte aus der Tür. Ich blickte ihr hinterher, für einen Moment unfähig, mich zu rühren. Ich verstand, dass die anderen beiden Chemiker schon länger hier waren. Doch warum regte sie sich so auf? Ihre Sorge um mein Versagen konnte doch nicht so groß sein, dass sie um den Bestand der ganzen Firma fürchtete?

Der nächste Tag fühlte sich an, als wäre ich in einem Traum. Nicht nur, dass ich mich nach dem Umkleiden nicht mehr in der Produktionshalle einfinden musste: Oben erwarteten mich auch Harry und John. Ich fürchtete schon, dass sie es mir übel nehmen würden, dass ich den Auftrag für eine neue Produktlinie bekommen hatte und nicht sie. Miss Clayton hatte gestern ganz so geklungen.

Umso mehr überraschte mich, dass sie mir lächelnd die Hand reichten und mir gratulierten.

»Wurde ja auch Zeit, dass Sie zu uns kommen!«, sagte John.

»Wir dachten schon, man lässt Sie da unten gar nicht mehr raus«, fügte Harry hinzu.

»Danke«, antwortete ich ein wenig scheu.

»Wir haben gehört, dass Sie neue Produkte kreieren sollen«, fuhr John fort. »Viel Erfolg damit! Wir alle haben das am Anfang gemacht. Madame hat Ihnen sicher eine Zutatenliste gegeben?«

Ich nickte.

»Sie sollten nicht zu sehr davon abweichen. Sie weiß, was sie tut. Allerdings hat sie nicht viel Ahnung von Chemie. Unsere Aufgabe ist es, ihre Idee strahlen zu lassen.«

Die Idee strahlen lassen. Was bedeutete das?

»Wenn Sie Hilfe brauchen, melden Sie sich einfach bei uns«, schloss Harry. »Ich bin sicher, dass Sie Miss Hobbs' Fußstapfen gut ausfüllen werden.«

Ich wünschte, ich hätte seinen Optimismus. Gleichzeitig fühlte ich mich unheimlich stolz. Zum ersten Mal bekam ich die Chance zu zeigen, was ich konnte. Ich durfte keine Unsicherheit gelten lassen!

Den ganzen Vormittag studierte ich Zutatenlisten vorheriger Rubinstein-Produkte und verglich sie mit den Wünschen von Madame. Eigentlich hätte ich im Labor eingearbeitet werden müssen, anstatt in der Produktion zu helfen, das wurde mir nun klar. Doch was geschehen war, war geschehen. Ich musste versuchen aufzuholen.

In der Mittagspause machte ich draußen eine kleine Runde, um meinen Kopf freizubekommen. Ich setzte mich auf die kleine Steinmauer vor dem Garten, schloss die Augen und streckte das Gesicht der Sonne zu. Ihre Wärme tat mir gut, und die Stille ringsherum gab mir die Gelegenheit, meine Gedanken ein wenig zu ordnen.

Ich hatte genau das erhalten, was ich mir die ganze Zeit über gewünscht hatte. Und doch überkam mich ein wenig Angst. Was, wenn Madame nicht zufrieden war? Wenn ich ihre Idee nicht zum »Strahlen« bringen konnte?

Ein Schatten fiel auf mein Gesicht. Kurz darauf spürte ich die Anwesenheit einer anderen Person und öffnete die Augen wieder.

»Hi«, sagte ein Mädchen, das ich zuvor nur am Rande wahrgenommen hatte. Sie hatte dunkelblondes Haar und rehbraune Augen. Wie alle hier trug sie einen Arbeitskittel, an dem Spuren verschiedener Pflanzensäfte klebten. Sie gehörte zu den Stillen in der Produktion, redete kaum, tat sich auch sonst nicht hervor. Sie arbeitete fleißig, ohne Aufsehen zu erregen. Man sprach sie nicht einmal direkt an. Ich konnte mich nicht an ihren Namen erinnern – wenn sie ihn mir überhaupt genannt hatte.

»Hi«, entgegnete ich überrascht.

»Hast du Lust, ein wenig spazieren zu gehen?«, fragte sie.

»Sicher«, antwortete ich und fragte mich, was das zu bedeuten hatte.

Wir gingen hinaus in den Garten, der eigentlich ein riesiges Feld war, das täglich bewässert wurde und für das eigene Arbeiter angestellt waren, um auf die Qualität der Pflanzen zu achten. Den Bedarf der Firma deckte die Ernte nicht vollständig, aber es ließ Madame naturverbunden aussehen.

»Du musst wissen, dass Miss Clayton sich nach dem Weggang von Miss Hobbs Hoffnung gemacht hat, wieder ins Labor versetzt zu werden«, erklärte sie, während wir an den Beeten vorbeischlenderten. Innerhalb weniger Wochen hatten die Pflanzen in den Gewächshäusern begonnen, vor Blätterpracht zu explodieren.

»Aber Miss Clayton ist doch für die ganze Fabrik verantwortlich«, gab ich zurück.

»Ja, das ist sie. Weil Madame sie für ungeeignet hält, im Labor zu arbeiten. Sie war mal eine Zeit lang die Assistentin von Miss Hobbs, doch dann ist sie versetzt worden.«

»Warum?«

»Es war kurz nachdem ich hier angefangen hatte. Plötzlich gab es ein Feuer im Labor. Es konnte gelöscht werden, doch alle waren in hellem Aufruhr. Laboreinrichtung wurde dabei beschädigt. Man vermutete, dass Miss Clayton Zutaten durcheinandergebracht und damit den Brand verursacht hat. Jeder hier glaubte, dass sie dafür gefeuert werden würde, doch Miss Hobbs hat sich sehr für ihr Bleiben eingesetzt. Nach und nach hat sie sich wieder hochgearbeitet, von der Assistentin des früheren Leiters bis zur Leiterin dieser Fabrik. Ihre Führungsqualitäten sind weitaus besser als ihr Können als Chemikerin.«

Das war interessant zu wissen, erklärte aber immer noch nicht ihr Verhalten. »Und warum ist sie dann so ... ablehnend mir gegenüber?«

»Madame hat dich für das Labor geholt. Und das, obwohl du laut Miss Clayton dein Studium nicht abgeschlossen hast. Stimmt das?«

Ich spürte, wie mir das Blut ins Gesicht schoss. »Ich war im vorletzten Semester, doch dann ... wollte mein Vater nicht mehr für mein Studium aufkommen.«

»Wollte er, dass du heiratest?«

Der Einfachheit halber nickte ich.

»Trotz allem hast du Miss Clayton was voraus. Sie war immer nur die Assistentin. Sie mag sich ein wenig mit Chemie auskennen, aber sie ist lediglich von Miss Hobbs angelernt worden. Auch wenn sie davon geträumt hat, Chemikerin zu sein, ist sie keine. Du dagegen bist es. Was kümmert schon der Abschluss! Du hast es von der Pike auf studiert.«

Jetzt wurde mir einiges klar, doch es beunruhigte mich auch. Von nun an würde ich mich wohl vor Miss Clayton noch mehr vorsehen müssen.

»Warum erzählst du mir das alles?«, fragte ich.

»Ich möchte ins Labor«, sagte sie und blickte mir fest in die Augen. »Ich träume schon seit einiger Zeit davon, dort zu arbeiten. Ich glaube, du könntest eine Assistentin gebrauchen. Ich will endlich weg von dieser verdammten Petersilie.«

Ich blickte das Mädchen an. Sie war ein wenig jünger als ich, vielleicht drei oder vier Jahre. In ihren Augen glommen Ehrgeiz und Entschlossenheit.

»Wie heißt du?«, fragte ich.

»Ray«, antwortete sie. »Ray Bellows.«

»Ray?« Eigentlich war das ein Männername, jedenfalls hatte ich in meiner Straße gehört, wie ein Mann so genannt wurde.

»Mein Vater hat sich einen Sohn gewünscht«, antwortete sie mit einem verschmitzten Lächeln, als könnte sie meine Gedanken erraten. »Meine Mutter wollte ihm den Wunsch so verzweifelt erfüllen, dass sie nicht einmal über einen Mädchennamen nachgedacht hat. Tja, und dann kam ich und wurde zu Ray.«

»Gut«, sagte ich und reichte ihr die Hand. »Ich werde mit Miss Clayton reden.«

Am nächsten Morgen ging ich zu Miss Claytons Büro. Die Geschichte, die Ray mir erzählt hatte, hatte mich den ganzen

Abend nicht losgelassen. Dementsprechend eisig waren meine Hände vor Nervosität. Was, wenn sie ablehnte? Ich konnte mir vorstellen, dass ihre Enttäuschung sie dazu bringen konnte, mir eine Assistentin zu verwehren.

Ich klopfte an ihre Tür und vernahm wenig später ihre Stimme.

Kurz ertappte ich sie bei einem Lächeln, als hätte sie einen schönen Gedanken gehabt, doch es verschwand rasch wieder, als sie mich sah.

»Was gibt es, Miss Krohn?«, fragte sie kühl.

»Ich möchte Sie um eine der Mitarbeiterinnen als Assistentin bitten«, brachte ich vor und versuchte dabei meine Stimme so fest wie möglich klingen zu lassen.

Beatrice Clayton sah mich an, als hätte ich einen Hundertdollarschein von ihr verlangt.

»Kommen Sie allein nicht mit der Arbeit klar?«, fragte sie schnippisch.

»Doch, aber ich benötige Hilfe. John und Harry brauchen ihre Assistenten selbst, ich will sie ihnen nicht abspenstig machen.«

Miss Clayton musterte mich abschätzig. Nur zu gern hätte ich ihr vorgehalten, dass sie doch wissen müsste, wie ein Chemiker arbeitete. Und dass sie selbst auch Assistentin gewesen war. Aber ich wollte Ray nicht verraten und sie nicht unnötig reizen.

»Und um welche Mitarbeiterin handelt es sich?«, fragte sie nach einer Weile.

»Ray Bellows. Sie ist eine der Hilfsarbeiterinnen, und ich denke, dass sie in der Produktion entbehrlich wäre. Sie wäre mir mit der Erfahrung, die sie in diesem Haus hat, eine große Hilfe.«

»Miss Bellows ist für solch eine Stelle nicht qualifiziert«, entgegnete sie.

Waren Sie es?, wäre es mir beinahe herausgerutscht. Doch ich presste meine Lippen rechtzeitig zusammen.

»Ich kann sie anlernen. Auch wenn ich mein Studium nicht beendet habe, weiß ich doch, was von einem Assistenten erwartet wird. Immerhin habe ich Laborerfahrung.«

Miss Clayton war nun diejenige, die die Lippen zusammenpresste, als müsste sie Worte zurückhalten.

»Es tut mir leid«, wagte ich einen Vorstoß. Ich wollte mich nicht mit ihr streiten. Ich wollte nicht, dass sie sauer auf mich war. Ich hatte ihr nichts getan.

»Was tut Ihnen leid?«, fragte Miss Clayton.

»Das mit Miss Hobbs. Dass sie weggegangen ist.«

Ihr Blick wurde ungläubig, und ich spürte, dass ich nahe daran war, mein Wissen preiszugeben.

»Sie haben Miss Hobbs sicher gemocht«, fuhr ich fort. »Und nun bin ich an ihre Stelle getreten. Als Madame mich ansprach ...«

Miss Claytons Miene verfinsterte sich. »Madame wird ihre Gründe gehabt haben. Sie sucht die Menschen immer nach ihren Fähigkeiten aus.« Die letzten Worte klangen beinahe spöttisch.

»Ich bin sehr dankbar, dass sie mir diese Chance gegeben hat«, sagte ich. »Ich bitte Sie, dasselbe zu tun. Geben Sie mir eine Chance und Miss Bellows als Assistentin. Bitte.«

Miss Clayton schien mit sich zu ringen. Ich beobachtete sie genau und spürte, dass Ray recht gehabt hatte. Sie war enttäuscht.

»In Ordnung«, sagte sie. »Ich werde Ihnen Miss Bellows zuteilen.«

Ich atmete aus und merkte erst jetzt, dass ich für einen Moment die Luft angehalten hatte. »Danke.«

»Aber für Miss Bellows gilt dasselbe wie für Sie. Wenn Sie versagen ...«

»Das werden wir nicht«, schnitt ich ihr das Wort ab. So weit würde es nicht kommen.

Mit triumphierendem Lächeln stolzierte Ray an den anderen vorbei, als ich sie nach oben holte. Blicke folgten uns wie Giftpfeile, aber sie schien sich nichts daraus zu machen.

Wir richteten uns so gut wie möglich ein, und ich begann erste Ideen zu umreißen. Obwohl ich Ray auf Anhieb gemocht hatte, war ich vorsichtig mit dem, was ich ihr sagte. Doch ich weihte sie in die Informationen ein, die Madame mir gegeben hatte, und zeigte ihr, wie sie mir bei Versuchsreihen behilflich sein konnte. Dabei machte sie sich so gut, dass ich sie fragte: »Könntest du dir vorstellen, irgendwann zu studieren?«

Sie zögerte, schüttelte dann den Kopf. »Nein.«

»Nein?«, wunderte ich mich.

»Ich habe kein Geld dazu. Das Studium kostet eine stattliche Summe, und ich habe niemanden, der für mich bezahlen könnte.«

»Deine Eltern?«

»Sind arm wie die Kirchenmäuse. Und einen reichen Gönner habe ich auch nicht, also ...« Sie lächelte traurig. »Mir wird nichts anderes übrig bleiben, als früher oder später einen Mann zu finden. Oder die Assistentin der besten Chemikerin von Long Island zu werden.«

»Ich werde Madame von dir erzählen, wenn ich sie treffe«, gab ich zurück, nicht bereit, mich auf ihre Schmeichelei einzulassen. Im Stillen war ich jedoch erfreut darüber.

In der Mittagspause saß ich mit Ray am »Chemikertisch«, wo Harry und John zusammen mit ihren jeweiligen Assistenten ihre Mahlzeit einnahmen.

Als wäre ich schon immer ein Teil von ihnen gewesen, fachsimpelten wir über chemische Verbindungen und Laborutensilien, wobei sie sich nicht nur einmal über die veralteten Bunsenbrenner an ihren früheren Universitäten aufregten.

In diesen Augenblicken, als ich mit ihnen redete, erkannte ich mich selbst nicht wieder. Nicht nur einmal fragte ich mich wie beim Blick in einen Spiegel, ob das da auf meinem Platz wirklich die ehemalige Studentin, Garderobiere und Schwangere war. Es fühlte sich alles so unglaublich neu und gut an! Ich war nun wie eine der Frauen, die ich in der Universität bewundert hatte. Eine Professorin oder Dozentin vielleicht. Darüber vergaß ich sogar, dass Miss Clayton mich die ganze Zeit über musterte und immer wieder in der Nähe meines Labors auftauchte, obwohl sie dort eigentlich nichts zu tun hatte.

32. Kapitel

Zwei Wochen später erschien Miss Clayton im Labor, während ich gerade eine erste Probe einer Creme unter dem Mikroskop betrachtete. Mir hatte nicht gefallen, wie Öl und Emulgator miteinander reagierten.

Aber wir standen ja auch ganz am Anfang und hatten noch viel Zeit.

»Mr O'Connor hat angerufen, er möchte Sie heute Nachmittag treffen. Beeilen Sie sich besser.« Mit säuerlicher Miene reichte sie mir den Zettel mit der Adresse des Treffpunkts, ein Café in der Nähe der Rubinstein-Niederlassung, dann verschwand sie wieder.

»Du hast also ein Rendezvous«, witzelte Ray, als sie außer Hörweite war. »Wusste gar nicht, dass man so was während der Arbeitszeit darf.«

»Es ist eine Besprechung«, korrigierte ich sie. »Er will mir zeigen, wie weit er mit seinen Verpackungen ist. Madame möchte, dass wir zusammenarbeiten, das habe ich dir doch schon erzählt.«

»Sieht er denn wenigstens gut aus?«

»Das tut doch nichts zur Sache«, sagte ich, während ich den Kittel über meinen Stuhl hängte.

»Mit einem schönen Mann arbeitet es sich bestimmt besser. Und wenn er dann noch unverheiratet ist ...«

»Ich habe keine Ahnung, ob er verheiratet ist oder nicht«, erwiderte ich. »Auch das gehört nicht hierher. Er macht lediglich die Verpackungen für unsere Cremes. Ich soll ihm den Stand der Dinge berichten.«

Ray zog ein Gesicht. Sie war eine große Liebhaberin von Romanen. Manchmal zückte sie in den Pausen ein Buch und versank darin, bis ich sie an der Schulter rüttelte und zur Rückkehr ins Labor mahnte.

»Dann ist er also nicht dein Typ?«

»Nein, das ist er nicht«, gab ich zurück. »Sieh zu, dass du während meiner Abwesenheit nichts in Brand steckst.«

»Keine Sorge, ich werde versuchen, Miss Clayton vom Labor fernzuhalten«, entgegnete sie frech und lachte.

Auf dem Weg nach unten begegnete ich Linda. Offenbar kam sie gerade aus Miss Claytons Büro. Ich hatte gar nicht gewusst, dass sie zurück war.

»Linda?«, sprach ich sie an. »Du bist wieder da!«

Sie setzte ein gezwungenes Lächeln auf. »Ja, seit heute Vormittag. Der Arzt meinte, ich könnte wieder anfangen.«

Ich nickte, spürte aber, dass irgendwas nicht stimmte. Linda hatte sich nie in den Vordergrund gespielt, wir hatten auch nur selten miteinander gesprochen, doch etwas war seltsam an ihr. Es schien, als hätte jemand das Licht einer Kerze gelöscht.

»Geht es dir denn wirklich gut?« Zwei Wochen im Hospital deuteten nicht darauf hin, dass sie einfach nur einen Hitzschlag erlitten hatte.

»Ja, es geht schon. Die Ärzte haben mich wieder hingekriegt. Ich muss jetzt an die Arbeit.« Mit diesen Worten ließ sie mich stehen und beeilte sich, nach unten zu kommen. Ich blieb noch eine Weile auf der Treppe und schaute ihr hinterher.

Wahrscheinlich würde ich nie erfahren, was sie wirklich gehabt hatte. Aber würde ich selbst das wollen? Von meiner Schwangerschaft und meinem toten Sohn hatte ich hier auch noch keiner Menschenseele erzählt. Und wenn es nach mir ginge, würde das so bleiben.

Mr O'Connor erwartete mich vor der Tür des Cafés, das mich ein wenig an Paris erinnerte. Es hatte rote Jalousien und Korbstühle auf dem Gehsteig. Im Innern wirkte alles sehr rustikal. Die Einrichtung bestand vorwiegend aus dunkelrotem Holz, die Vorhänge waren aus grünem Samt.

Wie schon beim letzten Mal trug Mr O'Connor eine Mappe unter dem Arm. Sein etwas schräg sitzender Hut verlieh ihm einen verwegenen Ausdruck, doch sein brauner Anzug war auch diesmal tadellos.

»Sie sehen bezaubernd aus!«, sagte er, als er mir die Hand reichte und einen Handkuss andeutete.

»Lassen Sie das«, gab ich zurück. »Wir sind dienstlich verabredet.«

»Und man darf einer Kollegin, wenn ich Sie so nennen darf, kein Kompliment machen?«

Seine Worte brachten mich erneut aus der Fassung. Ich verstand nicht, was es an mir zu loben gäbe. Ich trug dasselbe Kleid wie schon bei unserem letzten Zusammentreffen, dazu eine Tasche, in der sich mein Notizbuch befand. Die Brille auf meiner Nase war mit einigen Pflanzenölspritzern verziert. Erst in der Subway hatte ich bemerkt, dass ich mein Taschentuch im Labor vergessen hatte.

Das Einzige, worin sich mein Aussehen von einem sonstigen Arbeitstag im Labor unterschied, war der Lippenstift. Ich hatte ihn nur sehr schwach aufgetragen, weil Madame Rubinstein immer betonte, dass die Lippen der Frau den Eindruck des gesamten Gesichts bestimmen konnten. Wenn ich von etwas ablenken wollte, dann von meiner Brille.

»Ich glaube, wir sollten zu unserem Auftrag kommen«, sagte ich nur und schritt auf die Tür zu. Dass ich sein Kompliment abgeschmettert hatte, hielt ihn allerdings nicht davon ab, mir die Tür zu öffnen.

Wir suchten uns einen Platz nahe den Fenstern, von denen aus man einen guten Blick auf die Straße hatte. Das Sonnenlicht fiel sanft auf den Tisch und die Mappe, die Mr O'Connor dort ablegte.

Ich holte mein Notizbuch hervor. Inzwischen war ich mir sicher, dass wir für die neue Kosmetiklinie vier Kernprodukte haben sollten: eine Creme natürlich, eine Lotion für die Hände, ein Gesichtswasser und einen Puder. Alles versehen mit dem speziellen Duft aus verschiedenen Blütenölen, den Madame wünschte, mit den Kopfnoten Rose und Flieder.

Bei dem Kellner, der wenig später erschien, orderten wir zwei Kaffee und machten uns dann an die Arbeit. Mit meinen chemischen Ausführungen konnte er als Designer sichtlich wenig anfangen, aber er notierte sich brav einige Stichpunkte. Anschließend öffnete Mr O'Connor seine Mappe und präsentierte mir zunächst die Umrisse einiger Flakons. Sie sahen aus wie große Edelsteine. Genau das mochte Madame, die ganz offensichtlich einen Hang zu riesigen Schmuckstücken hatte.

Ich war wie verzaubert, und sicher sah Mr O'Connor mir das an, denn nachdem der Kellner den Kaffee gebracht hatte, sagte er überschwänglich: »Kommen wir jetzt zur Farbe!«

Er zog ein paar Blätter beiseite, und ein Meer aus Pink explodierte förmlich vor meinen Augen. Von hellem Rosé über Fuchsia bis hin zu rötlichen Lilatönen war alles dabei.

»Nun?«, fragte Mr O'Connor. »Was sagen Sie?«

Ich ließ die Farben eine Weile auf mich wirken. Henny kam mir in den Sinn. Sie hätte vor Begeisterung in die Hände geklatscht. Und auch ich empfand die Farben als angenehm.

»Das geht nicht«, sagte ich dennoch. Seine Entwürfe waren entzückend, aber ich wusste genau, was Madame zu den Farben sagen würde. So viel hatte ich in der Firma bereits gelernt.

»Warum nicht?«, fragte er. »Dieses Dekor ist momentan in den Kaufhäusern sehr angesagt. Waren Sie vor Kurzem bei Macy's? Dort wurden die Schaufenster für die Sommersaison enthüllt, ein Knüller, sage ich Ihnen!«

Ich hatte keine Zeit, um zu Macy's zu gehen, obwohl ich die Frauen in der Fabrik ständig davon schwärmen hörte. »Wir dürfen es doch nicht so aussehen lassen wie die Dekoration eines Schaufensters! Das wäre zu billig!«

»Billig?«, rief O'Connor aus und zog damit die Blicke der anderen Cafébesucher auf sich. Als er das bemerkte, senkte er seine Stimme sofort wieder. Dennoch klang er angriffslustig.

»Okay, wissen Sie was«, sagte er und warf den Stift auf den Tisch, »Sie begleiten mich jetzt zum Herald Square, ob Sie wollen oder nicht!«

»Warum?«, fragte ich.

»Weil ich es Ihnen zeigen will. Die moderne Welt. Anscheinend kommen Sie so wenig aus Ihrem Labor, dass Ihnen das echte Leben entgeht.«

»Ich kenne das echte Leben schon!«, protestierte ich.

»Ja, aber wie es aussieht, gönnen Sie sich nur wenig davon.« O'Connor funkelte mich an. Unter dem Ärger und Unverständnis auf seinem Gesicht schwelte eine leichte Belustigung. Der Vorwurf hätte mich kränken können, doch ich wusste, dass er recht hatte. Außer meinem Einkaufsbummel kurz nach meiner Ankunft hier hatte ich noch nichts unternommen, um mich zu vergnügen.

»In Ordnung«, sagte ich schließlich.

»Wirklich?« Mr O'Connor zog die Augenbrauen in gespieltem Unglauben hoch. »Sie wollen tatsächlich in die Stadt mit mir? Was wird aus Ihrem Labor? Laufen da nicht gerade irgendwelche blubbernden Gefäße über?«

»Sie übertreiben!«, sagte ich. »Offenbar kennen Sie sich nicht aus mit dem, wofür Sie Verpackungen entwerfen. Sie sollten mich im Labor besuchen.«

O'Connor lächelte breit. Die ärgerliche Anspannung in seinen Zügen löste sich.

Als mir klar wurde, wie meine Worte geklungen haben mussten, wurde ich rot.

»Das werde ich mit größtem Vergnügen tun«, sagte er, nahm den Stift wieder an sich und schob ihn in die Brusttasche seines Jacketts. Dann winkte er den Kellner heran und bezahlte.

Wenig später zwängten wir uns in seinem Automobil durch den nachmittäglichen Straßenverkehr. Viele der Taxis, Lieferwagen und Autobusse fuhren einfach so, wie es ihren Fahrern gerade einfiel. Wilde Hupkonzerte waren die Folge.

Wie mochte es sein, selbst hinter dem Steuer zu sitzen? Würde ich in diesem Chaos zurechtkommen?

Mein Vater hatte ein eigenes Automobil abgelehnt, weil er keinen Nutzen darin gesehen hatte. Züge und Schiffe, Autobusse und U-Bahnen brachten einen dorthin, wohin man wollte. Und wozu gab es Taxen?

Doch mir erschienen die Gefährte geradezu magisch. Trotz des Chaos, durch das wir steuerten, fragte ich mich, wie es sein musste, ein Automobil zu lenken. Ich hatte von einigen Frauen gelesen, die selbst fuhren. Es war mittlerweile nicht mehr verpönt.

»Mit der Subway wären wir schneller«, bemerkte ich, als wir wieder einmal anhalten mussten.

»Das mag sein, aber es macht nur halb so viel Spaß.«

»Es macht Ihnen also Spaß, im Schneckentempo vorwärtszukriechen?«

»Manchmal schon. So bekommt man etwas zu sehen.«

Und tatsächlich bekamen wir viel zu sehen: Leute, die geschäftig auf den Gehwegen entlangeilten, meist gekleidet in helle Sommeranzüge und cremefarbene Kleider, bunte Jalousien über Schaufenstern, einen rot uniformierten Portier an einem Hoteleingang und Schuhputzer, die in schattigen Ecken ihre Dienste anboten. Das Wasser lief mir im Mund zusammen, als ich den kleinen Stand eines Limonadenverkäufers entdeckte. Am liebsten hätte ich Mr O'Connor aufgefordert, stehen zu bleiben, aber das war unmöglich. Die Luft pulsierte von Motorengeräuschen und zeitweiligem Hupen, das von den hohen Hauswänden widerhallte. Zwischen den Geruch von Abgasen mischte sich der Duft von Speisen aus Lokalen, vor denen zahlreiche Gäste auf Bänken oder Korbstühlen saßen.

Mr O'Connor stellte seinen Wagen schließlich in einer Seitenstraße ab. Über den Herald Square spannte sich eine Bahnbrücke, die mich sehr an Berlin erinnerte. Ich brauchte nur die Augen zu schließen und dem Rattern der Subway zu lauschen, und schon war ich wieder in meiner alten Heimat.

Dann drangen englische Sprachfetzen an mein Ohr, und ich kehrte in die Wirklichkeit zurück.

Vor einem achtstöckigen Gebäude, auf dem eine Fahne mit rotem Stern wehte, machten wir schließlich halt und stiegen aus. Die Architektur ließ darauf schließen, dass das Bauwerk ursprünglich nicht so hoch gewesen war. Mit der Zeit schienen weitere Stockwerke in anderen Baustilen hinzugekommen zu sein.

Doch das war es nicht, was Mr O'Connor mir zeigen wollte.

Vor einem besonders großflächigen Schaufenster blieben wir stehen. Auch in Berlin hatte ich schon Warenauslagen gesehen, aber so etwas wie diese gab es dort nicht. Die Gestaltung glich einer Landschaft, in der ein paar Damen herumflanierten. Anstelle von Blumen gab es jedoch kleine Inseln von Produkten, die farblich mit den Kleidern, die die Schaufensterpuppen trugen, harmonierten.

»Dieses Schaufenster ist einem der bekanntesten Modehäuser unserer Tage gewidmet«, erklärte Mr O'Connor. »Hier finden sich auch die Düfte der besten Parfümeure. Und sehen Sie dort, die Handtaschen? Die sind doch beinahe einen Mord wert, nicht wahr?«

Wie schon damals in Berlin angesichts der Kaufhäuser am Ku'damm kam ich mir unzulänglich vor. Mein braunes Kleid, das ich bei einem Einkaufsbummel in einem kleineren Geschäft erstanden hatte, war zwar ordentlich, wirkte aber auch bieder. Die Mode hinter den Scheiben pulsierte vor Farben und Energie.

»Ich bin mir nicht sicher, ob man dafür einen Mord begehen müsste«, gab ich zurück, doch er hatte recht. Diese Taschen waren wunderschön, richtige kleine Kunstwerke. Sie waren einer Frau würdig, die für eine der mächtigsten Unternehmerinnen der Stadt arbeitete. Andererseits wusste ich aber auch, dass ich so etwas im Labor nicht brauchte. Und ich wollte nicht den Neid meiner Kolleginnen auf mich ziehen.

»Oh, ich kenne Frauen, die das tun würden.« Er betrachtete mich prüfend, dann fuhr er fort: »Wie Sie sehen, ist alles in einem bestimmten Thema gehalten. Die Farben harmonieren ebenso wie die Formen. Ein einfacher Passant würde nur sagen, es sieht gut aus, doch ich erkenne das Konzept dahinter.«

»Sie meinen, das Kaufhaus leistet sich einen Designer für die Schaufenster?« Soweit ich wusste, wurden die Schaufenster in Berlin gemäß den Wünschen der Ladeninhaber dekoriert. Sogar der Laden meines Vaters hatte zwei große Auslagen. Ein Konzept für die Gestaltung hatte es dort aber nicht gegeben.

»Natürlich!«, antwortete O'Connor. »Jeder in meiner Branche lechzt nach so einem Auftrag!«

»Haben Sie hier vorgesprochen?«, fragte ich, während ich den Blick nicht von der Auslage nehmen konnte. Immer wieder entdeckte ich etwas Neues. Auf einer Seite standen Flakons, auf der anderen, weiß wie vergehender Schnee, Cremetöpfchen. Alles dekoriert mit Blüten, Blättern, bunten Seidenbändern und kleinen Bildern in glänzenden Rahmen. Hier und da blitzte etwas Unerwartetes auf, das den Betrachter zwang, näher hinzusehen. Ich hätte Stunden vor diesen Fenstern verbringen können und verstand nun, warum die Frauen in der Fabrik so fasziniert davon waren.

»Nein«, beantwortete Mr O'Connor meine Frage. »Mein Spezialgebiet sind Verpackungen. Etwas anderes traut man mir nicht zu. Vielleicht ändert sich das durch die Arbeit für Madame Rubinstein.«

Frust sprach aus diesen Worten. Ich konnte ihn verstehen.

»Verpackungen sind wichtig«, sagte ich, ohne den Blick von der Scheibe abzuwenden. »In heutiger Zeit reicht es nicht mehr zu behaupten, dass der Inhalt eines Fläschchens gut ist. Die Verpackung und auch die Reklame müssen es ebenfalls ausdrücken.«

»Sie scheinen wirklich sehr viel bei Madame Rubinstein zu lernen.«

»Mein Vater sagte das immer. Er führt auch Kosmetik in seinem Sortiment.«

»Ihr Vater hat ein Geschäft?«

»Eine Drogerie.« Ich schüttelte den Gedanken an ihn ab. »Ich weiß jedenfalls, wie wichtig Verpackungen sind. Und ich habe genug über Madame Rubinstein erfahren, um zu wissen, dass sie Ihre jetzigen Entwürfe nicht annehmen wird.«

Ich betrachtete sein Spiegelbild in der Scheibe. Trotz schlich sich in seinen Blick. Ich unterdrückte ein Lächeln. Vielleicht sollte ich aufhören, ihn zu ärgern. Seine Entwürfe wirkten modern, und wenn man betrachtete, wie das Schaufenster gestaltet war, passten sie perfekt hinein. Die Frauen würden die Verpackungen lieben. Allerdings gab es den einen Punkt, bei dem Madame sich kategorisch weigern würde.

»Sie sind pink«, sagte ich.

O'Connor sah mich verwundert an. »Pink?«

»Ihre Entwürfe. Pink und Gold.«

»Was ist gegen Pink einzuwenden?«, fragte er und deutete auf das fuchsiafarbene Kleid mit dem seidigen Topfhut.

»Alles«, gab ich zurück. »Ich mag erst seit einem halben Jahr für Madame arbeiten, aber ich weiß, dass sie die Farbe Pink für ihre Produkte nicht haben will, weil sie für Elizabeth Arden steht. Was meinen Sie, welch lange Vorträge uns Miss Clayton darüber schon gehalten hat.«

O'Connor schüttelte verwirrt den Kopf. Die Geschichte des Krieges, der zwischen den beiden Frauen und ihren Firmen herrschte, war in unseren Hallen immer wieder Gesprächsthema, weil wir das strikte Verbot hatten, Produkte von Arden zu verwenden oder gar nur anzuschauen.

»Madame Rubinstein wird Ihre klaren Linien und das Gold lieben. Doch wie wäre es, wenn Sie stattdessen Weiß als Hauptfarbe nähmen?«

»Weiß?«, echauffierte sich O'Connor. »Weiß ist keine Farbe. Es ist ... nichts!«

»Gut, wenn Sie Farbe möchten, nehmen Sie Grün, Schwarz oder Blau, aber keinesfalls Pink.«

»Aber die Frauen lieben diese Farbe! Auch wenn das bei Ihnen vielleicht nicht der Fall ist ...«

»Ich mag die Farbe Pink«, entgegnete ich. »Aber ich weiß auch, wie die Verpackungen aussehen, die Madame Rubinstein bevorzugt. Weiß steht in ihren Augen für Reichtum. Blau ist die Farbe der Könige. Madame möchte, dass die Kundinnen erkennen, was für einen Luxus sie in den Händen halten. Und das Letzte, was Madame wünscht, ist, dass eines ihrer Produkte mit denen von Elizabeth Arden verwechselt wird.«

O'Connor sah so aus, als wollte er noch etwas sagen, doch er klappte den Mund wieder zu und nickte dann resigniert.

Ich hatte das Gefühl, ihn zutiefst verletzt zu haben.

»Ihre Entwürfe sind wirklich gut«, sagte ich einlenkend. »Aber mit dieser Farbe würde Madame Ihnen sicher den Auftrag entziehen. Wie wäre es, wenn Sie an weiße Rosen und Flieder denken? Genau diese Duftnoten sollen die Produkte bekommen.«

»Sie meinen also, ich soll Pink für Miss Arden aufheben?« Ein schelmisches Funkeln trat in seinen Blick.

»Ich bin nur für den Inhalt zuständig«, entgegnete ich. »Und Sie sollten Miss Arden lieber nicht erwähnen, wenn Madame dabei ist.«

Eine Weile sahen wir uns an. Er wirkte zunächst, als wollte er mir widersprechen. Dann nickte er. »Danke für den Tipp.«

»Keine Ursache«, gab ich zurück, worauf er lächelte.

Ich erlaubte ihm, mich zur Fabrik zu fahren, denn ich war davon überzeugt, dass es wesentlich länger dauern würde, bis ich eine passende Bahn gefunden hatte.

Mr O'Connor war die meiste Zeit recht still, so als müsste er das, worüber wir gesprochen hatten, durchdenken.

Als wir über die imposante Brooklyn Bridge fuhren, fragte er: »Vermissen Sie Ihre alte Heimat manchmal?«

Das überraschte mich dermaßen, dass ich zunächst nicht antworten konnte. In den vergangenen Monaten hatte ich nicht viel Zeit für Heimweh gehabt.

Hin und wieder stiegen Erinnerungen in mir auf und die Trauer über meinen verlorenen Sohn. Aber diese drängte ich schnell zurück und erlaubte auch der Enttäuschung über meine Eltern nicht, mir zu nahe zu kommen.

»Gelegentlich«, antwortete ich. »Ich vermisse den Wannsee und Berlin an sich. Es war schön im Sommer, heiß, aber nicht so stickig wie hier.«

»Baden können Sie auch hier. Es gibt ganz viele reizende Inseln an der Küste. Auf Martha's Vineyard ist es ganz bezaubernd.«

»Da war ich noch nie«, antwortete ich.

»Warum nicht?«

»Ich ... kenne hier niemanden. Ich weiß nicht, mit wem ich dort hinfahren sollte. Allein macht es doch keinen Spaß.«

»Sie haben keine Freundin?«

»Doch, natürlich.« Kurz fiel mir Ray ein, aber sie war eine Kollegin, mit der ich gut auskam. So ein Verhältnis wie mit Henny hatte ich mit ihr nicht. »Aber sie lebt in Paris. Sie tanzt dort im Folies Bergère.«

»Das würde ich mir sehr gern mal anschauen«, sagte Mr O'Connor, dann wurde er rot. Offenbar reichte der Ruf des Theaters sogar bis hierher.

»Meine Freundin tritt dort als Nackttänzerin auf.«

Diese Bemerkung vertiefte das Rot auf seinen Wangen nur noch. Ich verbarg ein Lächeln. Mr O'Connor wirkte so weltgewandt, doch mit einer nackten Frau konnte man ihn anscheinend aus dem Konzept bringen.

»Warum besuchen Sie sie nicht einmal in Paris? Warum reisen Sie nicht einfach zu ihr?«, fragte er nach einer Weile. »Die Überfahrt müssten Sie sich doch leisten können, Madame Rubinstein soll sehr großzügig sein.«

»Wie Sie wissen, habe ich viel zu tun«, wiegelte ich ab. »Besonders jetzt, da wir ein neues Produkt entwickeln.« Ich schaute auf meine Hände, die mittlerweile keine Spuren von Petersilie mehr zeigten. »Aber vielleicht im nächsten Jahr.«

Tatsächlich würde ich Henny nur allzu gern wiedersehen. Dass ich viel arbeiten musste, war mir aber nicht unwillkommen. Ich fürchtete mich mittlerweile vor den Dingen, die ein Aufenthalt in Paris wieder zu mir zurückbringen könnte. Diese Schatten in Schach zu halten würde mir dort viel schwerer fallen.

Nach Long Island hin wurde der Verkehr etwas dünner, sodass wir rasch vorankamen.

»Da wären wir«, sagte Mr O'Connor schließlich und deutete nach vorn. »Ist ein ziemlich großer Kasten, wenn Sie mich fragen.«

»Madame Rubinstein macht keine halben Sachen«, entgegnete ich lächelnd. »Waren Sie noch nie hier?«

O'Connor schüttelte den Kopf. »Ich hatte bisher keinen Grund.«

»Vielleicht sollten Sie Madame um eine Führung bitten. Es ist sehr interessant.«

O'Connor betrachtete mich eine Weile lächelnd. »Ich lasse es mir durch den Kopf gehen. Wenn Madame mich weiterhin beschäftigt. Ihre fehlende Begeisterung für Pink stimmt mich nicht gerade hoffnungsvoll.«

»Sie werden etwas anderes finden«, sagte ich und reichte ihm die Hand. »Denken Sie an Flieder und Rose. Weiße Rose.«

Wir lächelten uns an. Ich wäre gern noch länger hier stehen geblieben, doch der Wächter beobachtete uns und vielleicht auch Miss Clayton von ihrem Büro aus.

»Danke für den Schaufensterbummel.«

»Jederzeit wieder.«

Ich nickte, verabschiedete mich und stieg aus.

Der Wächter am Firmentor zwinkerte mir vielsagend zu, als Mr O'Connor losfuhr. Ich grüßte Mr Fuller freundlich und beeilte mich, ins Fabrikgebäude zu kommen, ehe er mir irgendwelche Fragen stellte.

Als ich das Labor betrat, grinste mich Ray an. »Wer war denn dieser Typ?«

Ich zog überrascht die Augenbrauen hoch. »Wie hast du das mitbekommen?« Die Fenster unseres Labors waren auf den Garten gerichtet.

»Ich bin eben vom stillen Örtchen gekommen, und als ich nichts ahnend aus dem Fenster schaue, sehe ich dich aus dem schicken Wagen steigen.«

Ich hätte behaupten können, dass es Madame Rubinsteins Chauffeur gewesen war, aber ich beschloss, bei der Wahrheit zu bleiben. »Das war Mr O'Connor, der Verpackungsdesigner, den Madame Rubinstein angeheuert hat.«

»Ah, dein Date von vorhin. Was habt ihr so lange getrieben?«

»Wir waren in der Stadt und haben uns Schaufenster angesehen«, erklärte ich. »Du solltest mal bei Macy's vorbeischauen.«

»Pfff, so ein Leben hätte ich auch gern«, gab sie zurück. »Aber danke für den Rat, das werde ich tun. Die neuen Schaufenster müssten bereits enthüllt worden sein.«

Ich nickte und spürte, wie sich ein warmes Gefühl in meiner Brust ausbreitete. Der kleine Ausflug hatte mir wirklich gefallen. Hoffentlich würden Mr O'Connor und ich bald wieder die Gelegenheit erhalten, miteinander etwas zu unternehmen.

33. Kapitel

Die folgenden Wochen verbrachte ich beinahe ausschließlich im Labor. Nur zum Schlafen fuhr ich heim. Ich war elektrisiert von meiner Arbeit und merkte kaum, wie die Stunden verflogen.

Rays stille, konzentrierte Art war sehr angenehm. Und auch sonst stellte ich fest, dass sie eine gute Kollegin war. Sie hatte in den Pausen immer eine interessante Geschichte zu erzählen und ging mir professionell und fleißig zur Hand.

Manchmal stellte ich mir vor, dass sie meine Gehilfin in Berlin wäre, in einem alternativen Universum, in dem ich Georg nie begegnet wäre, nicht schwanger geworden wäre und mein Studium nicht abgebrochen hätte. Ich wäre dort vielleicht Dozentin geworden und hätte zusammen mit meiner Assistentin neue Theorien aufgestellt.

Diese Welt gab es nur in meinem Kopf, dennoch ertappte ich mich dabei, wie mein Bauch vor Freude flatterte, wenn ich daran dachte, welches Glück ich jetzt nach all dem Unglück hatte.

Hin und wieder begegnete ich Linda. In den Mittagspausen hielt ich manchmal sogar Ausschau nach ihr. War sie früher schon so still gewesen? Sie sagte kaum etwas, aber niemand störte sich daran. Sie schien wie alle anderen wieder voll anpacken zu können. Mehr wurde hier von ihr nicht verlangt.

Doch mir kam das seltsam vor.

»Wie gut kennst du Linda eigentlich?«, fragte ich Ray in der Mittagspause, nachdem ich sie erneut wie einen Geist durch die Kantine hatte schleichen sehen.

»Sie war schon eine Weile hier, als ich anfing. Sie kommt aus New Jersey, aber viel mehr weiß ich nicht. Letztes Jahr hat sie Carla erzählt, dass sie einen Mann kennengelernt hat, doch dieser hat anscheinend nicht vor, sie zu heiraten, denn sonst wäre sie längst weg.«

»War sie schon immer so ... still?«, fragte ich.

»Ich kann mich nicht erinnern, wie sie war, als ich hier angefangen habe. Wir hatten nur wenig miteinander zu tun. Aber vielleicht sitzt ihr das Hospital noch in den Knochen. Wer weiß, was sie dort mit ihr angestellt haben.«

»Meinst du, dass sie wegen etwas anderem als der großen Hitze zusammengebrochen ist?«

Ray zuckte mit den Schultern. »Wer weiß? Solange sie niemandem etwas erzählt, werden wir es nicht wissen. Mach dir keine Gedanken, du hast ihr damals geholfen und bist jetzt nicht mehr verantwortlich für sie.«

Damit hatte sie recht. Vielleicht war es besser, sie in Ruhe zu lassen und mich wieder auf die Arbeit zu konzentrieren.

Der Oktober zeigte sich noch einmal von seiner besten Seite, sodass wir die meisten Pausen draußen, außerhalb der Kantine, verbringen konnten. Hin und wieder hielt ich noch Ausschau nach Linda, aber sie schien sich mittlerweile wieder erholt zu haben. In den Mittagspausen hörte ich sie manchmal lachen, was mich sehr freute. Egal, was sie durchgemacht hatte, es war schön zu sehen, dass sie es überwinden konnte.

Mr O'Connor schickte mir regelmäßig Kopien seiner Entwürfe vorbei, mit der Bitte, meine Meinung kundzutun. Mittlerweile hatte er beschlossen, die Verpackungen in Blau und Weiß mit Goldakzenten zu gestalten. Ich war sicher, dass das den Beifall von Madame finden würde. Ob er sich mit ihr traf, um die Entwürfe zu diskutieren, wusste ich nicht, denn wenn ich zu ihr gerufen wurde, um über meinen Fortschritt zu berichten, dann war ich allein.

Mr O'Connor und ich schrieben uns, allerdings nur kleine Notizen. Er machte keine privaten Bemerkungen, also schrieb ich auch nichts von mir. Zu gern hätte ich ihn wiedergetroffen, aber es tat sich in dieser Hinsicht nichts.

Ich war deswegen schon ein wenig traurig, doch ich versuchte mir einzureden, dass es so das Beste war. Schließlich hatte ich eingewilligt, zehn Jahre lang nicht zu heiraten. Warum sollte ich dann einem Traum hinterherlaufen, der sich für mich nicht erfüllen würde? Und wer sagte denn, dass Mr O'Connor an einer näheren Bekanntschaft interessiert war? Er gab mir keinerlei Hinweise, und was ich mir wünschte, war für ihn unbedeutend.

Dennoch, wenn ich am Sonntag zum Herald Square ging, um mir die Schaufenster anzuschauen, hoffte ich, ihm zufällig zu begegnen. Ich erfand kleine Szenarien, wie wir ineinanderliefen, uns wiedererkannten und dann ein nettes Café aufsuchten.

Auch wenn nichts davon wahr wurde, saugte ich doch alle möglichen Eindrücke in mich auf: die Warenauslagen, das adrette Aussehen der Mädchen hinter den Verkaufsschaltern, die Architektur. Dass viele Geschäfte auch sonntags geöffnet hatten, erschien mir zunächst ungewöhnlich, aber ich gewöhnte mich daran. So hatte ich Gelegenheit, die großen Warenhäuser zu betreten und mir alles genau anzuschauen. Viele dieser Häuser schmückten sich mit Kunst und ausladenden Dekorationen. Während einige sehr schlicht und gediegen eingerichtet waren, explodierten in anderen die Farben. Madame Rubinstein war anscheinend nicht die einzige Geschäftsfrau, die etwas für exotischen Luxus übrighatte. Auch unsere Konkurrenten warteten mit opulenten Gefäßen und klangvollen Namen auf – von der Dekoration ihrer Verkaufsnischen ganz abgesehen.

Wenn ich dann heimkehrte, erzählte ich Kate von meinen Beobachtungen, und wir nahmen uns vor, eines Tages mal gemeinsam in die Stadt zu gehen und ein neues Kleid oder etwas Parfüm zu kaufen.

Henny schrieb ich Briefe über das, was ich sah, auch wenn ich wusste, dass es in Paris wenig Erstaunen auslöste, denn dort hatte man selbst großartige Boutiquen und Kosmetiksalons.

Der Herbst verging allmählich und wich dem Winter. Jetzt wurde es wirklich ungemütlich in New York. Oftmals verschwanden die Wolkenkratzer in dichten Nebelschwaden. Ein scharfer Wind trieb Eiskristalle durch die Straßen. Die Parks waren kahl und wirkten in der Abenddämmerung unheimlich.

Die feuchte Kälte kroch rasch unter meine Kleider, sodass ich nicht umhinkam, mir einen neuen Mantel zu kaufen. Obwohl ich mein Gehalt pünktlich am Ende jeder Woche ausgehändigt bekam, sparte ich, denn ich hatte nicht vergessen, wie knapp es damals in Berlin und besonders in Paris gewesen war.

Da ich wusste, dass die Post eine Weile brauchen würde, schrieb ich bereits vor dem ersten Advent Weihnachtskarten: an Henny natürlich, aber auch an Madame Roussel und Genevieve. Ich war nicht sicher, ob ich auch Weihnachtspost von ihnen erhalten würde, aber es wärmte mein Herz, an sie zu denken.

Ray und ich machten sehr gute Fortschritte. Die erste Creme und eine Lotion waren so weit, dass sie getestet werden konnten. Flakons hatten wir dafür noch nicht, wir bewahrten alles in braunen Apothekergläsern auf, damit das Licht keinen Schaden anrichten konnte. Jetzt mussten wir nur noch an den Formeln für den Puder und das Gesichtswasser arbeiten. Madame hatte bestimmte Vorstellungen, aber während der Arbeit fiel uns auf, dass sich nicht alles so einfach realisieren ließ, wie sie es sich dachte.

Mit dem sich nähernden »Thanksgiving«, einem Feiertag, der mir vollkommen neu und nicht wirklich mit unserem Erntedankfest zu vergleichen war, wurde die Produktion beschleunigt. Wie ich erfuhr, strömten um diese Zeit viele Menschen in die Läden, um schon mal Weihnachtsgeschenke zu kaufen, denn es war Brauch, große Rabatte anzubieten. Obendrein hatte Madame eine neue Kaufhauskette für ihre Produkte begeistern können. In wunderschönen Verpackungen wurden die Cremes und Flakons angeboten, sodass ich schon versucht war, mir selbst eine der Schachteln zu kaufen.

Das Schönste an dem sich nähernden Festtag war eine Einladung von Mr Parker zum Truthahnessen.

»An Thanksgiving bedanken wir uns für alles, was wir in diesem Jahr erhalten haben«, erklärte er. »Man lädt Nachbarn und Freunde ein. Deshalb würde ich mich sehr freuen, wenn Sie auch kommen würden. Der Truthahn, den Kate zaubert, ist grandios! Und Sie könnten ein paar Leute aus der Nachbarschaft kennenlernen.«

»Danke, Mr Parker, ich komme gern«, antwortete ich und freute mich darauf, seinen Freunden zu begegnen. Wenigstens an diesem Tag würde ich nicht allein sein.

Alle in der Firma arbeiteten weiter am Rande der Erschöpfung, doch direkt vor den Feiertagen wich die Anspannung ein wenig, und selbst Miss Clayton wünschte mir am letzten Tag vor Thanksgiving ein frohes Fest. Beinahe fühlte es sich an, als wäre es ein kleines Weihnachten.

Ich hatte mir anfänglich keine Gedanken darüber gemacht, aber jetzt, auf dem Heimweg von der Subway, wurde mir klar, dass in diesem Jahr niemand da sein würde, mit dem ich Weihnachten feiern konnte. Um sicherzugehen, dass alles rechtzeitig ankam, hatte ich Henny schon vor ein paar Tagen eine Weihnachtskarte geschickt, zusammen mit einem langen Brief, und ich hoffte inständig, dass wenigstens eine kleine Nachricht von ihr eintreffen würde. Doch in der letzten Zeit waren Briefe von ihr immer unregelmäßiger gekommen. Möglicherweise hatte auch sie viel zu tun – mit dem Theater und Jouelle.

Mein Herz wurde schwer. Ich war sonst ebenfalls allein, aber erst jetzt merkte ich, wie einsam ich war, auch wenn ich täglich mit anderen Menschen zu tun hatte.

Als ich in meine Straße einbog, stockte ich. Neben dem Gehsteig parkte ein Wagen, der mir bekannt vorkam.

Langsam trat ich näher. Im Hinterkopf hatte ich Rays Geschichten von Gangstern, die in solchen Wagen darauf warteten, irgendwelche unschuldigen Opfer zu erschießen oder zu entführen.

Doch es war kein Gangster, der ausstieg, obwohl er in seinem schwarzen Anzug und dem Mantel durchaus zur Beschreibung von Rays Romanhelden passte.

»Mr O'Connor«, platzte es aus mir heraus. »Was machen Sie denn hier? Und woher haben Sie meine Adresse?«

»Ich wollte mal nach Ihnen sehen. Habe ja schon eine Weile nichts mehr von Ihnen gehört«, gab er lächelnd zurück. »Und was Ihre Adresse angeht: Ich habe Madames Sekretärin gefragt. Es ist ja nichts dabei, wissen zu wollen, wo man die Frau, mit der man zusammenarbeitet, finden kann.«

Während ich ihn betrachtete, begann mein Herz wild zu pochen. Ich hatte den Gedanken schon aufgegeben, ihn wiederzusehen. Er hatte mir Arbeitsproben geschickt, und ich hatte immer brav darauf geantwortet. Aber gesehen und gesprochen hatten wir uns seit dem Ausflug zu Macy's nicht mehr. Umso mehr freute es mich, dass er vor mir stand. Obwohl mich diese Freude auch verwirrte. Wieder blieb mein Blick an seinen Augen hängen. Ich hätte sie stundenlang betrachten können.

»Und? Haben Sie heute Abend schon etwas vor?«

»Ich komme gerade von der Arbeit, also ...« Ich machte eine kurze Pause. »Ich nehme mal an, ich esse etwas und gehe dann ins Bett.«

»Das wäre eine Möglichkeit«, sagte er. »Aber Sie könnten auch in meinen Wagen einsteigen und mit mir in die Stadt fahren.«

»Und wohin?«

»Irgendwohin. Ich kenne ein Lokal, in dessen Hinterzimmer man sogar etwas bekommt, womit man seine Lebensgeister wecken oder seinen Kummer ertränken kann. Es hängt ganz davon ab, was Sie nötig haben.«

Ich ahnte, worauf er hinauswollte. Das allgemeine Alkoholverbot war immer wieder ein Thema. Die Frauen beschwerten sich regelmäßig darüber, dass es ihnen nicht einmal vergönnt war, Wein zu trinken, wenn sie es nicht illegal tun wollten.

»Sie wollen also, dass ich heute auch noch verhaftet werde?«, fragte ich.

»Wenn wir verhaftet werden, dann gemeinsam. Was meinen Sie?«

»Ich weiß nicht«, sagte ich. »Das wäre sicher unmoralisch.« Ich blickte zum Fenster von Mr Parker, das hell erleuchtet war. Was würden Kate oder er denken, wenn sie uns hier sahen?

»Und ob das unmoralisch wäre«, gab Mr O'Connor zurück. »Aber es würde auch Spaß machen, nicht? Haben Sie sich seit unserem letzten Zusammentreffen irgendwelchen Spaß gegönnt?«

Ich hätte lügen und sagen können: »Freilich.« Doch er hätte mir die Lüge sicher angesehen. Mein einziger »Spaß« war der sonntägliche Schaufensterbummel, bei dem ich gedanklich bei der Arbeit war.

»Ich habe sehr viel zu tun.«

»Das sollte Sie nicht davon abhalten, sich mal zu entspannen. Also, wollen wir?« Er blickte mich prüfend an. »Wenn Sie möchten, können wir uns auch über die Arbeit unterhalten.«

»Ich denke, wir finden da bessere Themen«, erwiderte ich lächelnd. Das Kribbeln in meinem Magen wurde stärker. Beinahe hatte ich Angst, gleich aus einem Traum aufzuwachen und festzustellen, dass ich in der Subway eingeschlafen war.

»Allerdings sollte ich mich ein wenig frisch machen.«

»In Ordnung, ich warte hier«, sagte er. »Aber dass Sie mich nicht versetzen!«

»Keine Sorge.«

Ich wandte mich der Haustür zu. Dabei spürte ich seinen Blick in meinem Rücken, auch dann noch, als ich schon im Eingang verschwunden war.

In meinem Zimmer überfiel mich die Panik. Mr O'Connor wollte mit mir ausgehen! Aus heiterem Himmel! Ich wünschte, er hätte angerufen oder mir eine Nachricht geschickt. So fühlte ich mich überrumpelt. Keines meiner Szenarien der vergangenen Monate kam diesem plötzlichen Zusammentreffen gleich, besonders weil ich in meiner Vorstellung immer sehr souverän reagierte.

Nun zitterte ich wie Espenlaub und war nervös wie ein Schulmädchen.

Ich atmete tief durch und versuchte mich zu beruhigen. Drei Monate hatten wir uns nicht gesehen. Es hatte nichts zu bedeuten. Wahrscheinlich hatte Madame ihn wegen seiner Entwürfe gelobt, und nun wollte er mir davon erzählen.

Ich trat ans Fenster und spähte durch die Jalousien. Dort

stand er, lässig an seinen Wagen gelehnt. Hin und wieder glomm die Spitze seiner Zigarette auf.

Was sollte ich tun? Ihn stehen lassen? Das ging nicht. Aber wie konnte ich verhindern, dass ich mich vor ihm blamierte?

Ich zog mich vom Fenster zurück und trat vor den Kleiderschrank. Eine wirkliche Abendgarderobe besaß ich nicht, denn mein Leben spielte sich vorwiegend in der Rubinstein-Fabrik ab, und ich hatte dementsprechend nur Kostüme, mit denen ich mich auch in der Firmenzentrale zeigen konnte. Diese mochten vielleicht hübsch sein, aber sie waren nichts für eine Verabredung.

Das einzige Kleidungsstück, das infrage kam, war das grüne Kleid, das ich zu meinem achtzehnten Geburtstag getragen hatte. Es war zwar ein wenig luftig für die Jahreszeit, aber mit einem Mantel darüber würde es gehen. Immerhin hatte ich neue Schuhe mit hohen Absätzen, die ich mir ebenfalls bei dem Einkaufsbummel zugelegt hatte. Einen Moment lang überlegte ich, ob ich die goldene Kette dazu tragen sollte, die meine Mutter mir geschenkt hatte. Meine Hand lag bereits auf dem Knauf der Kommode, in der ich sie verstaut hatte. Doch dann zog ich sie zurück. Meine Vergangenheit sollte mich an diesem Abend nicht begleiten.

Ich zog mich um und erschien wenig später wieder unten.

»Ah, da sind Sie ja!«, begrüßte mich Mr O'Connor, als ich vor die Tür trat. Er wirkte ein wenig verkühlt. »Ich dachte schon, dass Sie es sich anders überlegt hätten.«

»Dann wäre ich wohl nicht hier.« Ich deutete auf den Wagen. »Sie hätten sich reinsetzen können, dann wäre Ihnen nicht so kalt.«

»Mir ist nicht kalt«, gab er zurück. »Aber meine Zigaretten sind alle, und ich fürchte, ich brauche dringend Nachschub.«

»Dann sollten wir wohl nicht länger hier herumstehen.«

Mr O'Connor nickte und ging zur Beifahrertür. Er öffnete

sie mit galantem Schwung, und als ich eingestiegen war, nahm er auf der Fahrerseite Platz.

Mein Körper presste sich in die weichen Sitze. Damals, als ich das erste Mal mit ihm gefahren war, hatte ich nicht darauf geachtet, doch jetzt spürte ich, wie die Maschine brummend unter uns zum Leben erwachte und der Wagen mich forttrug in die Nacht.

34. Kapitel

Musik tönte uns entgegen, als wir anhielten. Die Rhythmen ähnelten denen, die ich im Nelson-Theater gehört hatte, doch hier klangen sie viel rauer und ursprünglicher. Obwohl ihre Quelle ein Stück entfernt sein musste, drangen sie deutlich durch die feuchtkalte Nachtluft.

Das Strahlen der Lichter, die das Gebäude einrahmten, fiel weit auf die Straße, die vom letzten Regenschauer noch glänzte. Auch in Berlin waren nachts viele Leute unterwegs gewesen, doch das Nachtleben hier schien noch wesentlich lebhafter zu sein. Mir wurde klar, dass ich die Stadt, in der ich lebte, noch nicht wirklich kennengelernt hatte. Vor allen Dingen hatte ich mir keine Vergnügungen gegönnt. Offenbar wohnte mir der Geist meines Vaters immer noch inne: Pflichterfüllung über alles.

»Na, was sagen Sie dazu?«, fragte Mr O'Connor. »Das sieht doch großartig aus, nicht?«

»In der Tat«, sagte ich und unterdrückte ein Zähneklappern. Meine Kleider konnten der Kälte nur wenig entgegensetzen. Doch ich wollte mich nicht beschweren. Was ich zu sehen bekam, entschädigte mich für das Frösteln.

Weitere Wagen hielten an, und Leute stiegen aus. Die Frauen

lachten hell, und für einen Moment fühlte ich mich in die Nächte am Nelson-Theater zurückversetzt. Nur dass ich jetzt diejenige sein würde, die ihren Mantel an der Garderobe abgab. Ich würde im Saal Platz nehmen, ich würde der Musik lauschen und tanzen. Dieser Gedanke elektrisierte mich.

Auf einmal fühlte ich mich, als hätte ich zu viel Soda getrunken, als würden Blasen in mir aufsteigen und meinen Magen kitzeln. Dann wurde mir klar, dass das hier Vergnügen war. Ich hatte immer Pflicht gekannt und Arbeit und natürlich Freude, aber Vergnügen hatte ich mir noch nie wirklich gegönnt.

»Das ist das Lokal, in dem man verhaftet wird?«, fragte ich und ertappte mich dabei, dass sich ein breites Lächeln auf mein Gesicht legte.

»Wenn man Glück hat, nicht. Der Inhaber hat genügend Kontakte zur Mafia, dass die Polizisten einen großen Bogen um den Laden machen.«

»Bedrohen sie die Polizisten?«

»Sie stocken ihr Gehalt ein wenig auf, wenn man das so nennen kann.«

»Sie bestechen sie?«

Mr O'Connor presste den Zeigefinger auf seinen Mund. »Sagen Sie das nicht zu laut. Jedermann weiß das, aber niemand redet darüber, der nicht in die Mündung einer Tommy Gun schauen will.«

»Sie übertreiben!«

»Keineswegs.« Er hob abwehrend die Hände.

»Und in solchen Läden verkehren Sie?«

»Jeder tut das. Die Mafia hat nichts gegen Gäste. Hier passiert Ihnen nichts. Es geht nur um den Nervenkitzel. Die Leute verbringen eine strahlende Nacht. Und sind danach glücklich.«

O'Connor bot mir galant den Arm an. »Wir sollten reingehen. Hier draußen macht es nur halb so viel Spaß.«

Ich nickte und hakte mich bei ihm unter.

Doch zu meiner großen Überraschung führte er mich nicht zu dem Lichttempel.

»Wo wollen Sie hin?«, fragte ich, aber er antwortete nicht. Er zog mich aus dem Lichtkreis fort und tauchte mit mir in eine Seitenstraße ein.

»Sie werden gleich das anrüchige New York kennenlernen«, sagte er im Flüsterton. »Möglicherweise sehen wir einige wirklich schwere Jungs.«

Ich hatte kein Bedürfnis danach, »schwere Jungs« zu sehen. Es reichte schon, wenn sich die Frauen im Umkleideraum Horrorgeschichten von Bandenkriegen erzählten. O'Connors Ankündigung, wenn sie nicht einer seiner Scherze war, machte mir Angst.

Vor einem Haus, das äußerlich nicht als Bar erkennbar war, hielten wir an. Eine Treppe führte ins Untergeschoss, das einen separaten Eingang hatte. Auf den ersten Blick hätte man das Gebäude für das Haus eines reichen Mannes halten können, der sich eine eigene Dienstbotenetage leisten konnte.

Der Türsteher, ein Mann, gut zwei Meter groß und breit wie ein Kleiderschrank, nickte O'Connor zu, als würde er ihn kennen. Mir zwinkerte er mit einem Lächeln zu.

»Das ist Neil«, erklärte O'Connor, als wir an ihm vorbei waren. »Toller Kerl, aber wenn es ihm zu bunt wird, schmeißt er die Leute im hohen Bogen auf die Straße.«

»Wirklich?« Ich dachte an die Männer, die in Herrn Nelsons Theater für Ordnung gesorgt hatten. Auch sie waren sehr kräftig gewesen, aber keine Türme wie dieser Neil.

»Ich habe es mit eigenen Augen gesehen.«

Wir gingen durch einen langen dunklen Gang zur Garderobe, wo uns eine Frau in dunkler Uniform erwartete. Ihr Haar war pechschwarz, und auf ihrer Haut lag ein goldener Schimmer. Der Akzent, mit dem sie uns ansprach, war mir unbekannt. Doch die Sehnsucht, die in ihren Augen lag, während sie den Gästen die Mäntel abnahm, kannte ich.

»'n Abend, Consuela, wie geht es Ihnen heute?«

»Gut, Mr O'Connor«, antwortete sie. »Und Ihnen?«

»Bestens!« Er schob der Frau ein paar Dollarnoten zu. »Hier. Und sagen Sie Pete nichts davon, okay?«

Die Frau schaute ihn verwundert an. »Danke«, sagte sie und schob die Banknoten in die Tasche. »Aber das wäre doch nicht nötig.«

»Es ist immer nötig«, sagte er und zog mich dann mit sich.

»Das war sehr großzügig«, sagte ich, nachdem wir die Garderobe hinter uns gelassen hatten.

»Sie haben Glück, dass Sie weiß sind«, entgegnete O'Connor.

»Warum?«, fragte ich.

»Weil Sie es damit leichter haben als andere Immigranten.« Er hielt kurz Ausschau nach etwas, dann bedeutete er mir mitzukommen.

Das Licht im Gastraum reichte kaum aus, um Einzelheiten zu erkennen. An den Seiten standen kleine Tische. Die Leute dahinter waren im Kerzenschein nur schemenhaft auszumachen. Ihre Gesichter waren nicht wirklich zu erkennen, was vielleicht auch an dem Zigarettenrauch lag, der in der Luft schwebte. Hin und wieder blitzte eine Krawattennadel oder ein Schmuckstück auf.

Wir gingen auf ein Gebilde zu, das im ersten Moment wie ein Springbrunnen aussah, doch dann entpuppte es sich als eine Pyramide aus Champagnerkelchen. Sie wurde von unten her angeleuchtet, sodass sie in der Dunkelheit wie einer der Edelsteine von Madame wirkte. An einer Stelle war sie schon ein wenig abgetragen.

»Bedienen Sie sich. Geht auf's Haus«, sagte O'Connor und nahm eines der Gläser. Zögerlich griff ich ebenfalls zu.

Wir begaben uns zu einem der Tische. Eine Kerze flackerte

in einer Glasschale und warf einen schwachen Lichtschein auf Mr O'Connors Gesicht.

Ich hatte keine Ahnung, warum, doch seine anfängliche Heiterkeit war verschwunden.

»Ist alles in Ordnung?«, fragte ich.

»Ja. Ja, natürlich«, sagte er. »Entschuldigen Sie bitte, aber immer wenn ich das Mädchen an der Garderobe sehe, werde ich nachdenklich.«

»Warum?«, fragte ich. »Steht sie Ihnen irgendwie nahe?«

O'Connor senkte den Kopf. »Consuela ist wirklich eine liebe Frau. Ich kenne sie schon seit einer Weile, weil ich mindestens einmal in der Woche hier bin. Sie ist aus Puerto Rico. Dass sie eine Arbeit als Garderobiere gefunden hat, ist schon viel, aber das reicht nicht, um ihre Familie zu ernähren. Ihre Eltern, Schwestern und Brüder, die noch in ihrem Heimatland sind.«

»Warum sind sie nicht mitgekommen?«

»Weil es für einen von ihnen schon schwer genug und vor allem teuer genug ist. Consuela wollte sie unterstützen. Sie hat eine Reise durch das ganze Land hinter sich und ist jetzt hier gelandet. Doch viele Chancen räumt man einer Frau ohne besondere Ausbildung nicht ein. Da haben Sie es besser getroffen. Es gibt einige Deutsche hier, die es zu etwas gebracht haben. Ganz einfach, weil sie weiß sind.«

Ich erinnerte mich wieder an das, was Madame Rubinstein mir über das Einwanderungsgesetz erzählt hatte.

»Aber das sollte Sie nicht verdrießen. Ich sage es Ihnen nur, damit Sie wissen, welch ein großes Privileg Sie genießen.«

»Dessen bin ich mir durchaus bewusst«, sagte ich ein wenig beklommen und wünschte, ich könnte ihm erzählen, dass die Not mir nicht unbekannt war.

O'Connor schüttelte den Kopf, dann lächelte er wieder. »Sorry, ich ... Es überkommt mich manchmal. Ich stamme selbst aus einer armen Familie und kann es nicht glauben, dass auch ich mal Glück hatte.«

Die Musik schwoll kurz an und endete mit einem Tusch. Für einige Augenblicke wurde es still. Eine Kellnerin erschien und fragte, was wir trinken wollten.

»Einen Manhattan«, antwortete O'Connor und blickte mich an. Ich zuckte unschlüssig mit den Schultern, immerhin hatte ich noch nicht einmal den Champagner angerührt, dann sagte ich kurzerhand: »Ich nehme dasselbe.«

Die Kellnerin nickte und verschwand. Ich hatte nicht bemerkt, dass unterdessen ein Mann auf der Bühne erschienen war, der jetzt eine Sängerin ankündigte.

»Eine gute Wahl«, sagte O'Connor mit einem leicht amüsierten Lächeln. »Sie wissen aber schon, dass Sie damit ein Verbrechen begehen?«

»Wieso?«

»Offiziell werden hier nur alkoholfreie Getränke ausgeschenkt, sogenannte Mocktails oder Virgins. Allerdings ist das, was gleich auf Sie zukommt, keine Jungfrau.«

»Ist der Champagner nicht auch schon Alkohol?« Ich zog die Augenbrauen hoch.

Mr O'Connor lachte auf. »Da haben Sie allerdings recht!«

»Warum ist Alkohol eigentlich verboten?«, fragte ich und nippte am Champagnerglas.

»Das kann Ihnen wohl keine vernünftige Seele erklären. Die Regierung glaubt, dass sie damit die Kriminalität und die Unmoral bekämpfen könnte. Glauben Sie mir, das klappt nicht. Auch nüchterne Verbrecher begehen Untaten. Und außerdem gibt es mehr Schwarzbrennereien hier im Land als Polizeistationen.«

Eine Pause entstand. Ich blickte zu der Sängerin, die sich einen Hocker herangezogen und darauf Platz genommen hatte. Was würde sie singen? Ihre Gestalt in dem zarten schwarzen

Spitzenkleid wirkte jedenfalls so elegant, dass ich mir in meinem Aufzug wie ein Schulmädchen vorkam. Sie trug ihr hellblondes Haar zu einem kurzen Bob geschnitten, ihre Augen waren stark geschminkt und verliehen ihr einen verruchten Ausdruck.

»Erzählen Sie mir etwas von Ihrer Familie«, sagte ich, während die Sängerin ein zartes und melancholisches Lied anstimmte.

»Wirklich?«, fragte er.

»Ja, es interessiert mich.«

Einen Moment lang ruhte sein Blick auf meinen Augen, dann begann er: »Wir hatten eine Farm in Montana. Eigentlich eine gute Voraussetzung für ein Leben. Doch das Land, das wir besaßen, war nicht viel wert. Mein Großvater, der vor dem Hunger in Irland geflohen war, wollte Gold schürfen. Wie so viele ging er nach Virginia City. Tatsächlich fand er dort Gold, aber er geriet auch an einen windigen Landverkäufer. Als die Goldfunde weniger wurden, kam mein Grandpa auf die Idee, sich eine Farm aufzubauen. Das Ende vom Lied war, dass er einen Großteil seiner Ersparnisse in Land investierte, das kaum Ertrag brachte. In dem Augenblick begann die Not der Familie O'Connor.«

»War es wirklich so schlimm?«

»Schlimmer«, gab er zurück. »Die Erträge reichten oftmals nicht, um die Familie zu versorgen. Meine Großmutter verdingte sich als Näherin. Anstatt zu versuchen, irgendwas aus dem trockenen Ackerland zu machen, verfiel mein Großvater dem Alkohol. Damals war es ja noch legal, welchen zu trinken. Er prügelte seine Frau und seinen Sohn und glaubte noch, Gottes Werk zu tun. Aber Gott schien damit nicht einverstanden zu sein, denn es wurde kein Stück besser. Man könnte glauben, dass mein Vater versucht hätte, es anders zu machen, aber er wurde genauso. Ich war froh, dass ich von dort verschwinden konnte. Gern hätte ich meine Mutter in die Stadt geholt, aber dazu kam es nicht mehr. Sie ist vor zwei Jahren gestorben.«

»Und Ihr Vater?«

»Brütet wohl noch immer auf der Farm vor sich hin, was weiß ich. Kontakt haben wir keinen mehr. Aber man würde mir Bescheid geben, wenn er das Zeitliche segnet.«

Er schwieg eine Weile, den Blick auf die Sängerin gerichtet, die die letzten Akkorde mit in den Nacken gelegtem Kopf gen Himmel sang. Applaus brandete von den Tischen auf, worauf sie sich verneigte und abging.

»Und Sie?«, fragte er. »Dass Sie studieren konnten, deutet darauf hin, dass Sie nicht aus ganz ärmlichen Verhältnissen stammen. Es sei denn, Deutschland wäre ein Zauberland voller Möglichkeiten.«

»Dann wäre ich wohl nicht hier«, sagte ich. »Ich sollte die Nachfolgerin meines Vaters werden, und weil es meinen Eltern nicht vergönnt war, weitere Kinder zu bekommen, durfte ich studieren.« Auch wenn ich mich mittlerweile fühlte, als würde ich die Lebensgeschichte einer anderen Frau erzählen, schmerzte mich die Erinnerung. »Chemie ist mein Leben. Kosmetik. Ich habe schon früh damit begonnen. Ich hätte mir nicht träumen lassen, dass ich einmal hierherkommen würde. Alles in meinem Leben schien so klar. Und dann ...« Ich zögerte. Sollte ich ihm wirklich von meiner Affäre mit Georg erzählen? Von dem Kind, das ich verloren hatte? Welches Licht würde das auf mich werfen?

»Dann habe ich mich mit meinen Eltern überworfen.«

»Wieso?«, fragte er.

Ich schüttelte den Kopf. »Eine Meinungsverschiedenheit ... darüber, wie ich mein Leben führen wollte.« Das war noch milde ausgedrückt, aber mehr wollte ich nicht verraten. »Sie warfen mich raus, und ich kam bei meiner Freundin unter.«

»Der Tänzerin?«

Offenbar hatte er sich gemerkt, was ich ihm bei der Fahrt damals erzählt hatte.

»Sie nahm mich auf, und als sie das Angebot erhielt, nach Paris zu gehen, begleitete ich sie. Allerdings fand ich dort keine Arbeit. Wir hausten in einer Pension, bei der nächtlich ein Latrinenwagen vorfuhr.« Ich stieß ein bitteres Lachen aus. »Meine Eltern haben seit meinem Auszug nicht mehr mit mir geredet und auch auf meine Briefe nicht reagiert.« Ich stockte. Weiter wollte ich mit meiner Geschichte nicht gehen.

Mr O'Connor betrachtete mich, und einen Moment lang war ich versucht, auf die Toilette zu flüchten, doch ich blieb sitzen und starrte auf den Tisch. Die Erinnerung an meine Schwangerschaft und den Moment, als ich vom Tod meines Sohnes erfuhr, bedrängten mich so hart, dass ich ihm nicht in die Augen sehen konnte.

»Nicht gerade Themen, bei denen man sich amüsiert, was?«, fragte er schließlich.

Ich schüttelte den Kopf.

»Danke«, sagte Mr O'Connor nach einigen Momenten des Schweigens.

»Wofür?«, fragte ich. Nur schwerlich zogen sich die Bilder zurück, aber ich hatte nun das Gefühl, sie in den Griff zu bekommen.

»Dafür, dass ich Sie etwas besser kennenlernen durfte.«

Bevor ich etwas darauf sagen konnte, erschien die Kellnerin mit unseren Getränken. Die Flüssigkeit schimmerte orangerot in den kelchförmigen Gläsern.

»Cheers!« Er prostete mir zu. »Ich hoffe, Sie bereuen es nicht gleich, dass Sie sich mir angeschlossen haben.«

»Wieso?«, fragte ich und nippte an dem Glas. Der Geschmack explodierte auf meiner Zunge wie ein Feuerwerk und brannte auch genauso nach.

Ich hielt inne.

»Ist er zu stark? Jake, der Barkeeper, neigt dazu, es ein wenig zu gut zu meinen.«

»Nein, nein«, sagte ich schnell und unterdrückte ein Husten.

»Er ist köstlich. Ich bin nur den Genuss von Alkohol nicht gewohnt.«

»Dabei gehen Sie doch fast täglich damit um.«

»Diesen Alkohol kann man nicht trinken«, gab ich zurück und nahm einen weiteren Schluck. Neben dem Brennen schmeckte es süß und ein wenig fruchtig, ohne dass ich sagen konnte, was für ein Geschmack das war. Sogleich fingen meine Wangen an zu kribbeln.

Mr O'Connor betrachtete mich eine Weile, dann fragte er: »Und? Wie kommt man sich so vor als Gesetzlose?«

»Recht gut. Bisher jedenfalls noch.«

»Das kann nur besser werden«, sagte er, und nachdem er kurz auf sein Glas geschaut hatte, fügte er hinzu: »Ich bin froh, dass Madame Rubinstein uns zusammengebracht hat.«

»Dann läuft es also gut für Sie?«, fragte ich, ohne dass mir aufging, dass seine Worte noch eine andere Bedeutung haben konnten. »Haben Sie schon etwas zu Ihren Entwürfen gehört?«

»Ja, das habe ich tatsächlich. Madame ist angetan. Sie wünscht natürlich noch Änderungen, aber bisher sieht es gut aus. Sie sagte, mein Kunstsinn sei erfrischend.«

»Das klingt nach einem Lob.«

»Und vor allem sagte sie, dass es gut sei, dass ich nicht das Pink ›dieser Person‹ gewählt hätte.«

»Sie meinte Miss Arden?«

O'Connor nickte. »Sie haben mich vor einer großen Dummheit bewahrt. Auch wenn ich das zunächst nicht wahrhaben wollte.«

Ich lächelte. »Das freut mich.« Plötzlich steckte ein Kloß in meiner Kehle. Sein Blick berührte mich in meinem Herzen, und ihm so nahe zu sein war das, was ich mir insgeheim gewünscht hatte. Ich konnte nicht glauben, dass es in Erfüllung gegangen war.

»Darf ich Ihnen einen Vorschlag machen?«, fragte er.

»Welchen?«

»Sagen Sie Darren zu mir.«

»Darren?«

Er nickte. »Das ist mein Name. Darren.«

Ich hatte seinen Vornamen bei der Besprechung mit Madame Rubinstein gehört. Dass ich ihn so nennen sollte, überraschte mich und ließ mein Herz heftiger pochen.

»Und ich denke«, fuhr er fort, »als gute Kollegen, die wir sind, wäre es doch angebracht, Ihnen meinen Vornamen anzubieten. Sie nennen die Mädchen in der Fabrik doch sicher auch beim Vornamen, nicht wahr?«

»Ja, das tue ich.«

»Und die anderen Chemiker?«

»Die auch, ja.« Allerdings würde ich mit Harry und John niemals in eine geheime Kneipe gehen.

»Dann können Sie mich auch Darren nennen. Vorausgesetzt, Sie möchten das.«

Ich zögerte. Das mit ihm war etwas anderes als mit den Mädchen in der Fabrik und den Chemikern. Etwas anderes als mit Ray und Kate.

Dennoch hörte ich mich »Ja« sagen. »Ich möchte es. Nennen Sie mich bitte Sophia.«

Der Abend verging wie im Fluge. Schließlich wurde die Sperrstunde ausgerufen, und erst da merkte ich, dass kaum noch jemand im Raum war. Leichte Panik überkam mich, als ich sah, dass es schon nach drei Uhr morgens war, doch dann fiel mir ein, dass ich am nächsten Tag nicht zur Arbeit musste. Henny blieb höchstens so lange auf, wenn sie nach ihrem Auftritt noch eingeladen war.

Darren holte unsere Mäntel, und wenig später gingen wir zu seinem Wagen. Galant hielt er mir die Tür auf. Dabei kam er mir so nahe, dass sich unsere Gesichter beinahe berührten. Sein Blick suchte meine Augen, und ich erkannte darin deutlich seinen Wunsch.

»Ich kann nicht«, sagte ich leise. Ich spürte, dass er mich küssen wollte, doch das war genau das, wovor ich Angst hatte.

»Was können Sie nicht?«, fragte er. Ich hörte die Erregung in seiner Stimme. Dieser Klang hatte mich bei Georg ganz verrückt gemacht, doch ich wollte keineswegs, dass mein Leben davon wieder aus der Bahn geworfen wurde.

»Das hier. Ich ... ich bin nicht bereit für so etwas. Es tut mir leid.«

Darren wich zurück. »Okay«, sagte er ein wenig enttäuscht. »Ich meine, ich habe nichts Unmoralisches vorgehabt, wenn Sie das gedacht haben.«

»Sie wollten mich küssen, nicht wahr?«

»Ja«, antwortete er. »Aber wenn Sie nicht wollen ...«

Ich wusste nicht, ob ich es wollte. Beim letzten Mal, als ich mich auf einen Mann eingelassen hatte, war ich in große Schwierigkeiten geraten. Dummerweise fiel mir das gerade jetzt wieder ein. Dabei ließ er mich alles andere als kalt.

»Darren, ich ... Es ist kompliziert«, setzte ich an. »Ich kann Ihnen nicht sagen, warum, aber ...«

»Haben Sie einen anderen?«

Ich schüttelte den Kopf. »Ich habe niemanden. Und ich bin auch nicht sicher, ob ich ...« Ich biss mir auf die Lippen.

Die Enttäuschung in seinen Augen war noch größer geworden. Doch er nickte. »Ist schon in Ordnung. Ich ... Wir kennen uns ja kaum.«

»So ist es.« Beklommen zupfte ich an meinem Mantel.

»Nun, dann sollten wir mal fahren«, sagte er schließlich.

Wir stiegen in seinen Wagen, mit dem er uns schweigend

durch die Nacht kutschierte. Ich blickte immer wieder zu ihm, doch sein Profil wirkte seltsam unbewegt. War er nur deshalb aufgetaucht, um mit mir anzubandeln? Warum? Das letzte Mal hatten wir uns bei einem Schaufensterbummel gesehen. Auch wenn ich es mir vorgestellt hatte, hatte er zuvor noch keine Andeutungen gemacht.

Als wir mein Haus erreichten, wandte ich mich an ihn. »Vielen Dank für den schönen Abend. Ich habe es genossen, mit Ihnen auszugehen.«

»Wirklich?«, fragte er ein wenig zweifelnd.

»Ja«, bestätigte ich. »Es war schön, und ich würde mich freuen, Sie noch einmal wiederzusehen.«

Er sagte nichts dazu, und ich fragte mich, ob ein Kuss von ihm so schlimm gewesen wäre. Es wäre nur ein Kuss gewesen, ohne Verbindlichkeit. Aber da war diese Mauer in mir, die ich nicht überwinden konnte.

»Gute Nacht, Miss Krohn«, sagte Darren schließlich. Das Lächeln, das er aufsetzte, wirkte gequält.

»Gute Nacht«, entgegnete ich und stieg aus. Darren fuhr los, und während ich ihm nachsah, hatte ich das Gefühl, alles falsch gemacht zu haben.

35. Kapitel

Das Jahr 1928 begann mit Feuerwerk und einem von Mr Parker gemixten Cocktail, bei dem eine kleine Flasche Schwarzgebrannter Verwendung fand, die ihm ein Verwandter geschenkt hatte. Während ich zum Himmel aufschaute, wünschte ich mir, im kommenden Jahr nicht mehr allein zu sein. Und dass Darren mir vielleicht verzieh.

Kurz darauf begann die Arbeit von Neuem, und ich war froh, meinen vier Wänden und damit auch den Gedanken entkommen zu können.

Sobald ich den Umkleideraum betrat, umschwirrten mich die Stimmen der Frauen. Sie erzählten von ihren Weihnachtsfeiern, den Erwartungen ihrer Eltern, den Streiten unter ihren Verwandten. Ich kam mir deplatziert vor, denn ich konnte nichts beisteuern, aber es tröstete mich zu hören, dass auch in anderen Familien nicht nur eitel Sonnenschein herrschte.

Ray berichtete, ihr Bruder habe eine neue Freundin mit nach Hause gebracht. »Ein blonder Flapper«, kommentierte sie. »Jedenfalls nannte meine Mutter sie so. Ich weiß gar nicht, woher sie das Wort hat.«

»Flapper?«, fragte ich.

»Eine von denen, die nur die Tanzpaläste im Sinn haben,

kurze Röcke und kurze Haare tragen.« Sie grinste mich an. »Nicht so was Anständiges wie du. Du hättest mal sehen sollen, wie meine Eltern dreingeschaut haben! Aber das hat sie zum Glück davon abgelenkt, mir in den Ohren zu liegen, dass ich mir endlich einen Mann suchen soll, weil es sich nicht gehört, dass ein Mädchen arbeiten geht.«

»Und, hast du vor, dir einen Mann zu suchen?«, fragte ich.

Sie lachte auf. »Natürlich! Aber dazu müsste ich erst einmal aus der Fabrik rauskommen, nicht?«

»Du hast doch am Sonntag Zeit, dich umzuschauen«, gab ich zurück. »Ich dachte, du wärst da ständig auf der Suche nach einem Millionär.«

»Am Sonntag muss ich in die Kirche. Und meiner Mutter helfen. Viel Zeit bleibt da nicht. Aber ich bin ja auch erst neunzehn.«

»Praktisch eine alte Jungfer«, neckte ich sie.

»Das musst du gerade sagen!«

Ich verbarg mit einem Lächeln, wie sehr mich ihre Bemerkung traf. Aber sie konnte ja nicht wissen, was geschehen war.

Anfang Februar hatte ich mich damit abgefunden, dass ich nichts mehr von Darren hören würde. Es kamen keine Entwürfe und auch keine Nachrichten mehr. Möglicherweise hatte er seine Arbeit für Madame beendet.

Ein Brief von Henny brachte dann ein wenig Sonnenschein. Sie entschuldigte sich für die ausgebliebene Weihnachtspost und schrieb mir, dass sie jetzt fest und unbefristet in das Ensemble des Folies Bergère aufgenommen worden war. Dazu kam, dass sie in einer neuen Revue auftreten würde. Das war ein großer Erfolg, und Henny machte keinen Hehl daraus, dass Monsieur Jouelle die Finger im Spiel hatte. Ich freute mich für sie. Sie hatte ihr Ziel erreicht.

Als der Schnee, der New York für eine Weile in festem Griff

hatte, geschmolzen war, kündigte sich Madame Rubinstein bei uns an. Der März des Jahres 1928 brachte die ersten warmen Sonnenstrahlen, aber dennoch hatte ich bei der Ankündigung des Besuchs das Gefühl, dass ein Gewitter heraufziehen würde.

Madame erschien in Begleitung ihrer Nichte Mala, die seit Kurzem bei ihr arbeitete und die wie eine jüngere Version ihrer selbst aussah. Was hatte das zu bedeuten?

Wenig später wurden die Mitarbeiter im Aufenthaltsraum zusammengerufen: die Frauen in ihren weißen Kleidchen und Häubchen, daneben wir Chemiker mit den Laborkitteln über unseren Straßenkleidern. Weiter hinten die Packer und Lastwagenfahrer.

Eine seltsame Energie lag in der Luft. Ich blickte zu Ray, die besorgt auf ihrer Unterlippe kaute. Auch Miss Clayton wirkte angespannt.

Ray hatte aufgeschnappt, dass bei Madame Rubinstein und Mr Titus wieder einmal der Haussegen schief hängen würde. Es wurde sogar gemunkelt, dass er sich von ihr trennen wollte, weil er sich in eine andere verliebt hätte.

War sie gekommen, um bei uns ihren Frust abzureagieren?

»Ich möchte, dass Sie sich alle noch mehr ins Zeug legen!«, begann Madame nach einer kurzen Begrüßung. Ihre Perlenohrringe schaukelten wild umher. »Unsere Konkurrenz schläft nicht, und sie droht uns zu überholen. Arden wird in ein paar Tagen eine neue Pflegeserie herausbringen. Ein direkter Angriff auf uns!« Ihr Blick wanderte zu mir. Instinktiv zog ich den Kopf ein. Also war es ihr wohl nicht recht, dass ich so lange brauchte. Auch die anderen starrten mich an.

»Miss Krohn, wie weit sind Sie mit Ihrer Arbeit?«

Es war eigentlich keine Art, mir Fragen wie diese vor allen anderen zu stellen.

»Wir machen beständig Fortschritte«, antwortete ich dennoch so ruhig wie möglich. »Das Gesichtswasser und der Puder müssen überarbeitet werden, aber mit den Cremes und Lotionen sind wir fertig. Wir sollten allerdings noch einen weiteren Test durchführen, um Unverträglichkeiten der Produkte untereinander auszuschließen.«

Madame Rubinstein machte eine saloppe Handbewegung. »Egal, was es kostet, fangen Sie so bald wie möglich mit den Tests an! Ich will die neue Linie spätestens Ende April auf den Markt bringen.«

Ende April! Ich blickte zu Ray. Madames Wunsch bedeutete, dass wir auch weiterhin bis spät in die Nacht arbeiten mussten.

Widerspruch wurde allerdings nicht geduldet. Ich spürte Miss Claytons Blick auf mir. Als ich mich ihr zuwandte, schaute sie weg.

Aber auch auf die Arbeiterinnen kam eine neue Herausforderung zu.

»Ich habe eine weitere Maschine geordert, die Ihnen helfen wird, die Cremes noch schneller abzufüllen«, erklärte Madame Rubinstein. »Die Arbeit, die bisher zehn Personen machen, kann dann von fünfen erledigt werden.«

Ein Raunen ging durch die Anwesenden. Ich spürte, dass sie diese Maschine nicht als Hilfe ansahen, sondern als Konkurrenz. Wer würde Madame, die für ihre Sparsamkeit bei der Produktion bekannt war, davon abhalten, die überflüssigen fünf zu entlassen?

Madame Rubinstein referierte noch ein wenig darüber, dass allein harte Arbeit sie so weit gebracht habe, dass Künstler und Politiker um ihre Gunst wetteiferten. Das wollte sie sich natürlich nicht von einer Miss Arden zerstören lassen!

Als sie schließlich wieder abzog, war es, als hallte das gesamte Fabrikgebäude von Donnerschlägen wider.

Miss Clayton wirkte zum ersten Mal wirklich gehetzt. Sie war Madame Rubinstein verpflichtet, doch sie wusste auch, dass die Arbeiterinnen hier erwarteten, dass sie für sie eintrat. Seitdem Linda zusammengebrochen war, hatte sich nicht das Geringste geändert. Offenbar hatte man das nicht für nötig erachtet, nachdem niemand sonst einen Arzt gebraucht hatte.

»Ihr habt es gehört!«, sagte sie mit zitternder Stimme. »An die Arbeit!« Sie klatschte in die Hände und blickte dann zu mir und Ray. »Das gilt besonders für Sie beide.«

Ich nickte und wandte mich um. Im Labor angekommen, lehnte ich mich an die Wand und atmete tief durch.

»Na, das war ja mal eine Vorstellung«, sagte Ray und sah aus, als wollte sie sich gleich eine Zigarette anzünden.

»So habe ich Madame noch nie erlebt«, gab ich zurück. »Sie wirkte beinahe wie in Panik.«

»Du bist noch nicht lange hier«, sagte sie und öffnete das Fenster, als wollte sie einen bösen Geist aus dem Raum lassen. »Es hat in der Vergangenheit schon des Öfteren solche Ansprachen gegeben. Immer dann, wenn Miss Arden mal wieder einen Vorstoß gemacht hat.« Sie pausierte kurz. »Keiner kann sich die Konkurrenz erklären. Ich meine, diese Frau ist eine der reichsten von ganz New York. Ich wäre froh, wenn ich auch nur einen kleinen Teil ihres Vermögens hätte. Und doch scheint das Geld sie nicht glücklich zu machen.«

»Scheint so«, antwortete ich vorsichtig. Ich wollte nichts gegen Madame Rubinstein sagen, und doch hatte ich das Gefühl, dass ihre Rede etwas in mir verändert hatte. Die Frauen hier arbeiteten hart, jede von ihnen, ob ich nun mit ihnen gut auskam oder nicht. Sie zu noch größerer Leistung anzutreiben, nur weil Madame Rubinstein einer diffusen Angst erlegen war, erschien mir unverschämt.

Gleichzeitig wusste ich, dass wir nichts anderes tun konnten, als ihrer Forderung Folge zu leisten.

»Dann machen wir uns wohl bereit zur Nachtschicht, wie?« Ray atmete tief durch. »Ja, sieht so aus. Vielleicht sollten wir das Gesichtswasser so lassen, wie es ist. Um es zu ändern, würden wir zu viel Zeit brauchen.«

Ich schüttelte den Kopf. »Wir müssen Qualität abliefern. Madame würde uns nichts anderes durchgehen lassen, trotz der Hektik.«

Ray schnaufte resigniert, dann hob sie die Augenbrauen. »In der Nähe gibt es einen netten Laden, der Sandwiches verkauft. Wenn wir die Arbeitszeit überschritten haben, hole ich uns welche, okay?«

36. Kapitel

Mit Beginn des Aprils gewöhnte ich es mir an, immer vor allen anderen im Labor zu sein. Ray hatte sich darüber gewundert, doch sie wusste genauso gut wie ich, dass wir den vorgegebenen Termin einhalten mussten.

An diesem Montag begleitete mich das Zwitschern der Vögel zur Fabrik. In der Stadt selbst hörte man sie nicht, aber hier konnten sie sich die Stimmen aus den kleinen Kehlen singen. Die Töne waren wie ein Mantel, der mich wohlig einhüllte.

Ich ließ meine Gedanken zum Labor vorauseilen. Ein wenig hatten wir befürchtet, dass Madame erneut in der Firma auftauchen würde, aber das war nicht geschehen. Während einer Mittagspause im Aufenthaltsraum hatte Clara äußerst lautstark vermutet, dass sie wieder auf Reisen sei.

»Das ist sie ziemlich oft in letzter Zeit«, bemerkte Ray, als ich ihr davon berichtete.

»Sie wird ihre Gründe haben«, entgegnete ich. »Vielleicht gibt es Probleme in Paris.« Ich hatte in einer Zeitschrift gelesen, dass Miss Arden vorhatte, ihre Filiale in Paris weiter auszubauen. Womöglich wollte sie sich darüber informieren, was die Konkurrenz trieb.

»Guten Morgen, Mr Fuller, wie geht es Ihnen?«, grüßte ich den Wachmann, der etwas müde in seinem kleinen Wachhäuschen saß.

»Miss Krohn, schon so früh hier?«, fragte er, obwohl ich seit einigen Tagen immer um dieselbe Zeit an ihm vorbeigegangen war.

»Madame wünscht, dass wir bis Ende April fertig sind, da müssen wir uns sputen.«

»Und was Madame sagt, ist Gesetz, nicht wahr?«

»So ist es!«, antwortete ich und ging auf das Fabrikgebäude zu. Um diese Zeit standen die Maschinen noch alle still. Nicht mehr lange, und ihre Geräusche würden erneut unsere ständigen Begleiter sein.

Ich mochte diese Momente vor dem offiziellen Arbeitsbeginn. An manchen Tagen konnte ich mein Glück nicht fassen. Sicher, die Arbeit laugte uns aus, aber sie gab mir auch etwas. Das Gefühl, Georg besiegt zu haben. Was er wohl an der Universität trieb? Ob das Mädchen, mit dem er damals das Nelson-Theater besucht hatte, immer noch seine Geliebte war?

Ich zog mich rasch um, dann erklomm ich die Stufen zum Labor. Irgendwie überkam mich plötzlich eine seltsame Vorahnung.

Als ich die Tür öffnete, schrie ich erschrocken auf. Zunächst sah es aus, als hätte hier jemand eingebrochen und alles kurz und klein geschlagen. Die braunen Apothekergläser, in denen wir die Muster der Cremes und Lotionen aufbewahrt hatten, waren auf dem Boden zerschellt, die Flüssigkeiten und Emulsionen hatten sich überall verteilt.

Noch schlimmer war, dass mein Notizbuch mit den Aufzeichnungen unter einem Haufen Scherben, Creme und anderen Flüssigkeiten begraben lag.

Für einen Moment konnte ich mich nicht rühren. Was war geschehen? Es sah aus, als hätte hier ein wildes Tier getobt.

Schließlich wirbelte ich herum. Bis die ersten Arbeiter eintrafen, würde noch gut eine Stunde vergehen. Außer dem Wachmann war niemand hier. Ich musste ihm Bescheid geben, sonst würden alle denken, dass ich diesen Schaden angerichtet hatte.

Ich lief zu Mr Fuller zurück.

»Sie müssen die Polizei rufen! In der Fabrik ist eingebrochen worden! Sie haben mein Labor verwüstet!«

Der Wachmann starrte mich erschrocken an, dann verschwand er in seinem Wachhäuschen.

Ich zitterte am ganzen Leib. Wer konnte das getan haben? Jemand, der eifersüchtig auf mich war? Vielleicht Miss Clayton? Aber warum jetzt?

Die Antwort lag auf der Hand. Bis zu dem Termin, den Madame uns gesetzt hatte, waren es nur noch zwei Wochen.

»Alles in Ordnung mit Ihnen, Miss?«, fragte Mr Fuller, als er zu mir zurückkehrte.

Ich nickte und umschlang meine Schultern. Auf einmal spürte ich die Frühlingskälte noch stärker.

»Ich schau mir die Sache mal an. Vielleicht finde ich etwas.«

»Ja, bitte«, sagte ich. »Ich nehme an, dass der Einbrecher nicht mehr da ist, aber ...«

»Wenn hier wer reingekommen ist, dann nicht während meiner Schicht!«, sagte er, zog sich seine Uniform glatt und ging voran.

Ich folgte ihm, und mit jedem Schritt, den ich hinter mich brachte, wurde mein Verdacht größer, dass Beatrice Clayton ihre Hand im Spiel gehabt hatte.

Wir schritten durch die leere Fabrik, und ein wenig hoffte ich, mir alles nur eingebildet zu haben. Doch als Mr Fuller durch die Tür des Labors trat, war noch alles da: die zerschlagenen Gläser, die verschütteten Flüssigkeiten, das ruinierte Notizbuch.

Ich brach in Tränen aus.

»Na, na, Kindchen, es sind doch nur ein paar Gläser«, versuchte Mr Fuller mich zu beruhigen. »Die Polizei wird sicher herausfinden, wer das hier verbrochen hat.«

Ich wollte ihm gern glauben, aber ich wusste, dass man nichts tun konnte. Selbst wenn man den Übeltäter aufspürte, war die Arbeit der vergangenen Monate ruiniert.

Eine halbe Stunde später erschien die Polizei. Der Officer, ein rundlicher Mann, dessen Uniform ein wenig schief saß, ließ sich in die Fabrik führen.

»Das ist hier also die Rubinstein-Fabrik«, sagte er. »Meine Frau liegt mir mit den Cremes ständig in den Ohren. Ich habe ihr eine zu Weihnachten geschenkt, letztes Jahr.«

»Dann wissen Sie hoffentlich, was auf dem Spiel steht.«

Oben im Labor angekommen, warf er einen Blick durch den Raum, dann betrachtete er die Tür.

»Sind die Labors abgeschlossen?«, fragte er.

»Nein, wir haben keine Veranlassung dazu.« Aber vielleicht wäre es besser gewesen.

»Und ist in einem anderen Raum auch etwas vorgefallen? Fehlt etwas?«

Ich blickte Hilfe suchend zu Mr Fuller.

»In den anderen Räumen war ich nicht.«

»Dann sollten wir erst mal dort nachsehen.«

Der Officer machte sich auf den Weg, begleitet von unserem Wachmann. Ich blieb vor dem Labor. Eigentlich hatte ich heute das Gesichtswasser testen wollen. Der Geruch nach Gurke mischte sich mit dem zarten Rosenduft der Creme. Doch jetzt stand ich mit leeren Händen hier. Wir hatten vorerst nur eine Probe hergestellt, für den Fall, dass Madame noch Änderungen wünschte. Was sollte ich tun?

Die Männer kehrten nach einer Weile zurück. »Nichts«, berichtete der Polizist. »Alle anderen Räume scheinen in Ordnung zu sein. Eine Kasse haben Sie nicht?«

»Nein«, antwortete Mr Fuller. »Wir haben hier kein Geld. Nur Waren, aber da scheint nichts gestohlen worden zu sein.«

Diese Worte überraschten mich zwar nicht, erschreckten mich aber. Wer ging auf mein Labor los? Wer hatte ein Interesse an meinem Scheitern? Die Liste war nicht besonders lang, denn den meisten Frauen hier war ich egal.

Der Officer begann nun, den Raum zu durchsuchen. Ich lehnte mich an die Wand und hoffte, dass Ray bald kommen würde.

Doch kurz darauf erschien Miss Clayton.

»Was ist hier los?«, fragte sie. Offenbar hatte sie bemerkt, dass der Wachmann nicht an seinem Platz war und ein Polizeiwagen vor der Tür stand.

In ihrer Miene lag Verwunderung, als wir ihr schilderten, was ich vorgefunden hatte. Doch da war auch eine Kühle, die mich daran zweifeln ließ, dass der Vorfall sie überraschte.

»Sieht so aus, als hätten Sie einen besseren Handwerker beschäftigen sollen«, sagte der Officer schließlich und deutete auf das Brett, das schief an der Wand herabhing. »Ich glaube, das war Ihr Einbrecher.«

Ich schüttelte fassungslos den Kopf. Das Brett war stabil gewesen.

»Die Regale waren nicht überladen«, widersprach ich. »Miss Bellows kann es bezeugen. Jemand muss es sabotiert haben.«

Ich spürte, dass es dem Officer egal war, ob jemand das Brett gelöst hatte oder nicht.

»Und wer sollte es Ihrer Meinung nach getan haben?«

»Ich weiß es nicht«, gab ich zurück. »Sie sind der Polizist!«

Der Mann presste die Lippen zusammen. Miss Clayton klatschte in die Hände.

»Wir werden das intern regeln. Haben Sie vielen Dank, dass

Sie gekommen sind, Officer. Sollten wir noch etwas finden, melden wir uns bei Ihnen.«

»Tun Sie das. Meine Kollegen nehmen die Anzeige jederzeit in unserem Revier auf.«

Sichtlich erleichtert verließ der Polizist das Labor.

»Miss Krohn, kommen Sie bitte mit!«, sagte Miss Clayton.

Ich nickte und folgte ihr zu ihrem Büro.

»Schließen Sie die Tür!«

Während ich ihrer Aufforderung nachkam, fragte ich mich, was nun folgen würde.

»Sie sind also davon überzeugt, dass eingebrochen wurde«, sagte sie, während sie zu ihrem Schreibtisch ging. »Wann haben Sie das Labor am Samstag verlassen?«

»Gegen acht Uhr abends«, antwortete ich. »So wie immer in den vergangenen Tagen.«

»Und Sie haben nichts bemerkt?«

»Das Regal war stabil. Wir hatten die fertigen Proben dort stehen und einige Zutaten, weil sie so in Griffweite waren. Ich bin sicher, dass am Sonntag jemand in der Firma war und das Regal gelöst hat.«

»Sie schließen also vollkommen aus, dass es ein Unfall gewesen sein könnte?«

Ich zögerte, denn ich spürte, dass sich hinter ihrer Stirn etwas zusammenbraute.

»Ein Regal fällt nicht einfach so herunter, schon gar nicht eines, das an der Wand befestigt ist.« Ich machte eine Pause. »Was, wenn jemand am Werk war, der Madame nicht wohlgesinnt ist?«

»Warum sollte er sich dann auf Ihr Labor beschränken?«

Plötzlich hatte ich das Gefühl, dass jedes Wort, das ich aussprach, mich in Schwierigkeiten bringen konnte.

»Ich habe keine Ahnung. Vielleicht möchte jemand, dass die neuen Produkte nicht herauskommen.«

Miss Clayton musterte mich weiterhin.

»Nun, hin und wieder passiert es auch, dass Menschen ihre Versäumnisse verschleiern wollen«, fuhr sie fort. »Zum Beispiel wenn man nicht fertig wird oder einsieht, Fehler gemacht zu haben.«

Mir stand der Mund offen. Solch eine Anschuldigung, auch wenn sie sie nicht direkt an mich gerichtet hatte, war ungeheuerlich!

»Sie glauben doch wohl nicht, dass ich das Regal manipuliert habe?!«

Miss Clayton musterte mich aus schmalen Augenschlitzen. »Sie behaupten immer, dass es mit der neuen Pflegeserie gut vorangeht. Aber wenn das nun nicht der Fall ist?«

Etwas presste gegen mein Zwerchfell, so als hätte sich jemand auf meinen Brustkorb gesetzt.

»Das entspricht einfach nicht der Wahrheit!«, brachte ich hervor. »Warum sollte ich mein eigenes Produkt sabotieren?«

Mir lag auf der Zunge, dass sie diejenige war, die hier schon einmal Schaden angerichtet hatte. Doch ich verkniff es mir.

»Nun gut, nehmen wir an, dass Sie es nicht waren, wer soll es sonst gewesen sein? Oder wollen Sie doch lieber davon ausgehen, dass das Regal von allein zusammengebrochen ist?«

»Ich habe keine Ahnung, wer es gewesen sein könnte«, gab ich zurück, obwohl mir durchaus jemand einfiel. Aber dafür hatte ich keine Beweise. Doch ebenso wenig konnte Miss Clayton mir nachweisen, dass ich etwas mit der Sache zu tun hatte.

»Ich werde Madame in Kenntnis setzen müssen«, sagte sie schließlich.

Mir wurde klar, was das bedeutete. Es war wie damals, als sie selbst das Labor in Brand gesteckt hatte. Madame würde von dem Schaden hören, und dann war ich geliefert, weil auch sie vielleicht denken würde, ich wäre dafür verantwortlich.

Ich rang mit mir. Wenn wir es verschwiegen und Madame den erhöhten Materialverbrauch bemerkte, würde es Ärger geben.

Ich schloss die Augen, dann hörte ich mich sagen: »Ich werde versuchen, es so schnell wie möglich wieder aufzuholen.«

»Sie haben nur noch zwei Wochen.«

»Das wird reichen. Und wenn ich Tag und Nacht durcharbeite.«

Miss Clayton schwieg einen Moment lang, als müsste sie meine Worte sacken lassen. »Gut. Ich verlasse mich auf Sie.« Sie machte eine kurze Pause. »Es war ein Unfall, nicht wahr? Nichts, was wir an die große Glocke hängen müssten, sofern alles so läuft, wie Madame es sich wünscht.«

Ich atmete erleichtert auf. »Danke, Miss Clayton.«

»Danken Sie mir erst, wenn Sie es geschafft haben!«, gab sie zurück. »Madame schätzt es überhaupt nicht, wenn die Dinge nicht so klappen, wie Sie es sich vorstellt. Sie strengen sich besser an, denn sonst werden wir Ihr Versagen erklären müssen.«

Ich taumelte aus dem Büro und musste mich gegen eine Wand lehnen, denn meine Beine wollten mich nicht mehr so recht tragen. Ich fühlte mich, als würde ich am ganzen Körper brennen, gleichzeitig breitete sich Angst in meiner Magengrube aus. Zwei Wochen noch. Wie sollten wir das alles schaffen?

Für eine Weile war ich nicht in der Lage, mich zu bewegen, doch schließlich gab ich mir einen Ruck und kehrte zu meinem Labor zurück. Ray war inzwischen eingetroffen und hatte sich bereits eine Kehrschaufel organisiert.

»Was für eine Schweinerei«, schimpfte sie. »Verdammte Handwerker! Warum können die nicht mal ein Brett richtig anbauen!«

»Ich glaube nicht, dass es die Handwerker waren«, entgegnete ich niedergeschlagen. »Das Brett kann sich nicht von allein von der Wand gelöst haben.«

Ray blickte auf. »Du meinst, da hat jemand nachgeholfen?« Ich blickte zu dem Brett. Die Haken, an denen es befestigt gewesen war, waren herausgerissen. Konnte das einfach so geschehen?

»Wenn ja, werden wir es wohl kaum beweisen können.«

Ray überlegte eine Weile. »Du solltest von Miss Clayton einen Schlüssel fordern, mit dem wir die Tür abschließen können«, sagte sie.

»Ich fürchte, das kommt jetzt zu spät«, entgegnete ich, doch Ray schüttelte den Kopf.

»Nein, gerade jetzt sollten wir abschließen. Egal, wer das hier angestellt hat, wir werden nicht zulassen, dass er uns vernichtet.«

Ich wünschte, ich könnte daran glauben. Aber was blieb mir denn anderes übrig, als wieder von vorn anzufangen? Ich ging zum Arbeitstisch und fischte mit spitzen Fingern mein Notizbuch hervor. Die Flüssigkeiten hatten einen Großteil der Aufzeichnungen verwischt, außerdem waren viele Seiten zusammengeklebt. Man konnte es trocknen, aber ich bezweifelte, dass noch viel lesbar sein würde.

Natürlich hatte ich mir einen Großteil der Rezepturen gemerkt, dennoch fühlte ich mich plötzlich, als würde ich vor einem unüberwindbaren Hindernis stehen.

»Wir werden es hinbekommen«, sagte Ray und tätschelte mir die Schulter. »Besorge den Schlüssel, alles Weitere sehen wir dann.«

37. Kapitel

Die nächsten Tage verbrachten Ray und ich fast ausschließlich im Labor. Hin und wieder übernachteten wir sogar dort, einerseits um eine weitere Sabotage auszuschließen, andererseits um Zeit für die Wege einzusparen. Das Ergebnis waren verspannte Nacken und schmerzende Knochen, die uns letztlich mehr Zeit kosteten als die Anfahrt aus New York, also gaben wir es rasch wieder auf.

Nach einigem Hin und Her beschaffte Miss Clayton uns einen Schlüssel, um das Labor sichern zu können. Das beruhigte uns ein wenig, doch die Last der Arbeit wurde dadurch nicht geringer.

Schließlich konnte ich nicht mehr sagen, ob ich mich überhaupt noch wie ein Mensch fühlte.

Die langen Überstunden und die unzähligen Versuche, die Rezepte zu rekonstruieren, zehrten an meiner Kraft. Beinahe ständig schmerzte mein Magen, und ich brachte es kaum über mich, etwas zu essen. Die wenigen Stunden Schlaf konnten das Brennen, das durch meinen Leib zu ziehen begann, nicht lindern.

Obwohl wir uns recht gut erinnern konnten, misslangen ein paar Versuche, und wir mussten die Rezeptur anpassen. In manchen Stunden fühlte ich mich, als würde mich die Verzweiflung nie wieder verlassen.

In der Firma selbst wurden Ray und ich angesehen, als wären wir allein die Schuldigen. Unterschwellig hing der Vorwurf im Raum, dass wir sabotiert hatten, weil wir den Termin nicht halten konnten. Ich war sicher, dass Miss Clayton hinter den Gerüchten steckte.

Als uns das Getuschel in der Kantine zu viel wurde, verlegten wir uns darauf, unsere Mahlzeiten von Zuhause mitzubringen und draußen zu essen. Ich war froh, Ray an meiner Seite zu haben. So einsam hatte ich mich seit den Anfangstagen hier nicht mehr gefühlt.

Nach einem Tag, der mich besonders mitgenommen hatte, saß ich am Schreibtisch, kämpfte mit den Tränen und schrieb mir mein Leid in einem Brief an Henny von der Seele.

Liebe Henny,

schon lange hatte ich nicht mehr das Gefühl, dass das Schicksal gegen mich wäre. Aber in diesen Tagen überkommt es mich von Neuem, und ich frage mich allmählich, wann ich endlich wieder eine ruhige Zeit haben werde.
Nach dem Unglück im Labor, bei dem fast meine ganze Arbeit vernichtet wurde, scheint die Zeit schneller als sonst zu vergehen. Ja, sie zerrinnt mir geradezu unter den Händen. Mein Kopf ist eine Wüste, und alles, was ich mache, fühlt sich falsch an. Dabei versichert mir Ray immer wieder, dass wir es schaffen würden. Ich hätte so gern ihre Zuversicht! Doch alles, was ich sehe, ist Wirrwarr.
Meinst Du, ich könnte es wirklich schaffen? Wie sehr wünschte ich, Du wärst hier!

Doch letztlich schickte ich den Brief nicht ab. Ich wollte Henny nicht unnötig beunruhigen, also ließ ich ihn halb fertig im

Schreibtisch liegen und zündete am nächsten Tag das Feuer im Ofen damit an.

Die Schinderei zahlte sich jedenfalls aus. Eine Woche vor Ablauf der Frist hatten wir die Lotion und auch die Creme rekonstruiert. Das Gesichtswasser gelang uns beinahe noch besser als vorher. Und es zeigte sich, dass es gut gewesen war, mit dem Puder neu zu beginnen. Der jetzige Ansatz würde ein großartiges Produkt hervorbringen.

An einem Nachmittag, als ich mich schwammig fühlte, keinen klaren Gedanken mehr fassen konnte und kurz davor war, etwas an die Wand zu werfen, sagte Ray: »Wir beide sollten uns einen freien Abend gönnen. Was hältst du davon, wenn wir zusammen ausgehen?«

»Ausgehen?«, fragte ich. »In einen dieser verbotenen Clubs?«

»Das wäre eine Möglichkeit. Oder wir besuchen ein schickes Lokal und beobachten dort die Leute. Die Rockefellers und Astors oder die Stars vom Broadway.«

Ein Lächeln trat auf mein Gesicht. Nach den Strapazen der vergangenen Woche wäre es sicher gut, den Kopf ein wenig auszulüften. Allein wagte ich mich nicht in die Stadt, aber zusammen mit Ray konnte es durchaus spaßig werden.

»Wir könnten uns auch einen neuen Film ansehen«, schlug ich vor. Beim Flanieren durch die Straßen hatte ich einige Plakate gesehen, und ich war neugierig auf die Lichtspieltheater der Stadt. In Berlin war ich mit Henny öfter dort gewesen.

Ray strahlte. »Gute Idee! Dann gehen wir ins Roxy. Warst du da schon mal?«

Ich schüttelte den Kopf, worauf ein wissender Ausdruck in Rays Gesicht trat.

»Gut! Dir werden die Augen übergehen, das verspreche ich dir!«

Ein paar Stunden später fanden wir uns in der Innenstadt ein. Ich staunte angesichts all der Neonreklamen, doch Ray, die hier geboren war, navigierte uns zielsicher zu dem Lichtspieltheater, auf dessen Reklametafel groß der Titel The Passion of Joan of Arc stand. Von Jeanne d'Arc hatte ich im Geschichtsunterricht gehört, und jetzt spürte ich ein aufgeregtes Kribbeln. Mit Henny wäre ich auch in diesen Streifen gegangen, wenn er in unserem Kintopp aufgeführt worden wäre.

Wir reihten uns in die Schlange vor der Kasse ein. Während mein Blick über die bunten Filmplakate wanderte, auf denen die Hauptdarstellerin »Mlle Falconetti« als »The World's Most Outstanding Screen Artist« gefeiert wurde, dachte ich wieder an Henny, und mich ergriff der Wunsch, sie in ihrem Theater zu besuchen. Mittlerweile stand ihr Name sicher groß auf den Plakaten des Folies Bergère. Möglicherweise würde sie eines Tages auch in einem Film auftreten.

Schließlich waren wir an der Reihe und durften, nachdem wir bezahlt hatten, den Zuschauerraum betreten. Das Vestibül erinnerte mich tatsächlich an einen Palast. Von stattlichen Säulen getragen, führten Treppen hinauf zu den Logenplätzen. Um alle Ornamente, mit denen allein der Eingang des Filmpalastes geschmückt war, zu erfassen, hätte ich Stunden benötigt. Doch Ray zerrte mich am Ärmel mit sich zu den Garderoben.

Die jungen Frauen dort wirkten adrett und freundlich, und ich fühlte etwas Wehmut, wenn ich an meine Zeit im Theater zurückdachte. Aber viel Gelegenheit nachzudenken ließ mir Ray nicht. »Du wirst begeistert sein!«, tönte sie. »Vielleicht spielen sie die Musik auf der großen Orgel. So etwas gibt es in deinem Berlin sicher nicht.«

Wir strömten durch die hohen Glastüren, dicht gedrängt mit anderen Gästen. Herr Nelson hätte glänzende Augen bekommen angesichts der Zuschauermassen, die sich den Film ansehen wollten. Sein im Vergleich dazu kleines Theater wäre aus allen Nähten geplatzt.

Der Raum, der sich vor uns auftat, glich dem Innern einer Kathedrale. Wie große schwere Kristalltrauben schwebten Lüster über den Köpfen der Gäste.

Die Platzanweiser in ihren schneidigen Uniformen wiesen uns ausgesucht höflich den Weg zu unseren Plätzen.

»Sind das nicht süße Jungs?«, flüsterte mir Ray zu. »Ich würde zu gern mal mit einem von ihnen ausgehen. Leider kommt man an sie nicht ran. Sie sind zwar sehr höflich, aber auch so reserviert, als wären sie bei der Army.«

Wir saßen ziemlich weit hinten, doch die Leinwand war riesig. Ich fragte mich, wie groß wohl die Bühne darunter war. Sie wirkte, als könnte man mindestens hundert Musiker darauf unterbringen.

Wir ließen uns auf den samtbezogenen Sitzen nieder, die man herunterklappen konnte. Staunend blickte ich mich um. Wie viele Plätze mochte es hier geben? Überall schimmerte es golden, und die Menschen, die die Reihen vor und hinter uns füllten, wirkten wie Ameisen.

»Na, ist das dasselbe wie in Berlin?«, fragte mich Ray, und erst jetzt bemerkte ich, dass sie mich beobachtete.

»Nein«, antwortete ich. »Das hier ist ... umwerfend.«

»Der schönste Filmpalast der Welt. Schade nur, dass die Karten für Premieren so furchtbar teuer sind. Manchmal kommen Filmstars zur Premiere. Ich würde wahnsinnig gern ein Autogramm von Cullen Landis haben. Er wäre der ideale Mann für mich.«

Der Name sagte mir nichts, aber Rays schwärmerisches Lächeln steckte mich an, und ich wünschte ihr, dass sie eines Tages einen Mann finden würde, der ihrem Schwarm gleichkam.

Schließlich, als die Stimmen im Auditorium einem wilden

Bienenschwarm glichen, ertönte ein Signal. Augenblicklich wurde es leiser im Raum. Die Bewegungen jener, die jetzt erst zu ihren Plätzen gingen, wurden hektischer. Nach einem weiteren Gong verloschen die Kronleuchter, und die Musik aus dem Orchestergraben hob an.

Als wir das Kino verließen, fühlte ich mich seltsam elektrisiert. Die Bilder brannten vor meinen Augen, nicht nur wegen der Handlung und des tragischen Schicksals der Johanna von Orleans. Die Mimik war dramatisch gewesen, auch dank des Make-ups. Die dunkel umrandeten Augen der Protagonistin schienen förmlich zu glühen. Es war schade, dass man all das nicht in Farbe sehen konnte. Gleichzeitig weckte es meinen Ehrgeiz. Was, wenn eines Tages der Puder, den wir herstellten, einen der Filmstars schmücken würde?

Ray lachte nur, als ich ihr meinen Gedanken mitteilte.

»Madame würde sich nie dazu herablassen, Filmstars zu schminken«, sagte sie, während wir zur Subway gingen.

»Wieso?«, fragte ich. »Daran ist doch nichts Ehrenrühriges.«

»Nein, aber Madame zielt eher auf die noble Kundschaft. Filmstars würde sie natürlich auch Schminke verkaufen, aber nicht für die Filme selbst. In diesem Bereich sind andere Firmen wesentlich besser im Geschäft.«

Ich blickte sie an. »Warum arbeitest du eigentlich in der Produktion, wenn du so gut Bescheid weißt?«

Sie zuckte mit den Schultern. »Ich gehe mit meinem Wissen nicht hausieren, sondern behalte es meist für mich. Du hast ja mitbekommen, dass ich nicht gerade die Beliebteste bin.«

»Ich habe nicht gehört, dass jemand etwas gegen dich hat.«

»Das mag sein, aber mit den Stillen können sie nicht viel anfangen.«

»Du kommst mir überhaupt nicht still vor!«

»Du hast keine Ahnung, wie viel Überwindung es mich

gekostet hat, dich zu fragen. Das ist eigentlich nicht meine Art.«

»Ich bin froh, dass du es getan hast«, sagte ich und drückte ihr sanft den Arm. »Aber jetzt sollten wir erst einmal sehen, dass wir die nächsten Tage überleben.«

»Das werden wir«, sagte sie zuversichtlich, und gemeinsam gingen wir runter zur Subway.

38. Kapitel

An dem Tag, für den Madame ihren Besuch im Labor angekündigt hatte, regnete es, und ich überhörte den Wecker. Erschrocken fuhr ich um kurz nach sieben hoch und beeilte mich, in meine Sachen zu kommen.

Die vergangenen Tage und Nächte steckten mir noch immer in den Knochen. Obwohl wir die gewünschten Produkte vorweisen konnten, hatte mich die Angst, versagt zu haben, fest im Griff. Obendrein fürchtete ich, dass Madame davon erfahren würde, was geschehen war. Offenbar hatte Miss Clayton ihr nichts von dem Vorfall mit dem Regal berichtet, aber vielleicht folgte das Donnerwetter noch.

Außerdem fragte ich mich, ob Darren bei dem Treffen dabei sein würde. Ich wusste nicht, ob ich mich davor fürchten oder es herbeisehnen sollte. Darüber freuen, ihn zu sehen, würde ich mich sehr.

Nass wie ein begossener Pudel erreichte ich das Fabriktor. Der Regenschirm hatte die Wassertropfen nur bedingt abhalten können. Tropfend schritt ich an den Produktionshallen vorbei in den Umkleideraum.

Die meisten Mitarbeiterinnen waren bereits hier und stiegen

in ihre weißen Kittelkleider. Es roch nach feuchten Haaren und Magnolienseife.

Die Frauen unterhielten sich fröhlich über ihre Freunde und Männer und beachteten mich kaum. Ich hatte Gelegenheit, den Tag gedanklich durchzugehen. Heute musste alles nach Plan ablaufen, anderenfalls würde Madame mich vielleicht zurück in die Produktion schicken. Meinen Kittel im Laufen zuknöpfend, erklomm ich die Treppe.

Als ich den Schlüssel aus der Tasche zog, bemerkte ich, dass die Labortür ein wenig offen stand. War Ray schon da?

Außer mir hatte nur sie einen Schlüssel. Meist kam sie nach mir, aber da ich mich an diesem Morgen verspätet hatte, war es möglich, dass sie bereits bei der Arbeit war.

»Guten Morgen, Ray«, sagte ich, als ich um die Ecke bog.

Doch es war nicht ihr Gesicht, in das ich blickte.

»Linda!«, rief ich überrascht. »Was machst du denn hier?«

Die Frau erstarrte. In ihren Augen lag ein ertappter Ausdruck.

Einen Moment noch weigerte sich mein Verstand zu begreifen, was hier vorging. Dann sah ich das Fläschchen in ihrer Hand.

»Was hat das zu bedeuten?«

»N... nichts«, stammelte sie, doch ich wusste, dass es etwas bedeutete. Etwas Furchtbares.

Ich trat auf sie zu, wissend, dass sie mich vielleicht angreifen würde. Doch Linda blieb wie versteinert stehen.

Ich nahm ihr die Flasche aus der Hand, zog den Korken heraus und fächelte vorsichtig den Geruch zu mir. Schlagartig wurde mir klar, dass es besser war, nicht weiter hineinzuriechen.

»Schwefelsäure?«, fragte ich verwundert. »Was wolltest du damit?«

Linda antwortete nicht.

Ein Ruck ging durch ihren Körper, dann rannte sie los und schubste mich zur Seite. Ich verlor das Gleichgewicht und prallte mit dem Gesicht gegen das Regal neben mir. Dabei drückte sich meine Brille schmerzhaft in meine Augenwinkel. Ein scharfes Stechen durchzog meine Augenbraue.

Ich stieß mich mit den Armen vom Regal ab, gewann wieder an Halt und stellte erleichtert fest, dass mir das Fläschchen nicht aus der Hand geglitten war.

In dem Augenblick ertönte ein Aufschrei. Ich stellte die Flasche mit der Säure ab und lief nach draußen. Dort traf ich auf Miss Clayton, die Linda am Arm festhielt. Zum ersten Mal war ich froh, Miss Clayton zu sehen.

»Miss Clayton, sie hat versucht, die Cremes mit Säure zu versetzen«, rief ich, noch immer ein wenig benommen. Miss Clayton wirkte nicht überrascht.

»Sie lügt! Ich ...«

Linda stockte bei meinem Anblick. Als ich mein Gesicht betastete, spürte ich etwas Klebriges. Wenig später blickte ich auf eine Blutspur auf meinen Fingern.

Miss Clayton schien dies bemerkt zu haben, denn sie fragte: »Was ist passiert? Hat sie Sie angegriffen?«

»Sie hat mich zur Seite gestoßen.«

Linda schrie und wand sich, doch Miss Claytons eisernem Griff konnte sie nicht entkommen.

»Was wolltest du im Labor?«, fragte Miss Clayton streng. »Ihr habt hier oben nichts zu suchen.«

Ich huschte ins Labor zurück und holte die Flasche. Mein Schädel brummte noch immer vom Aufprall, doch Miss Clayton sollte sehen, dass mein Verdacht keine Einbildung war. »Das hier hatte sie bei sich«, sagte ich und hielt ihr die Flasche entgegen. »Schwefelsäure. Wenn davon etwas in die Creme gelangt wäre ...«

Miss Clayton wurde ganz weiß im Gesicht. »Bist du von allen guten Geistern verlassen?«, herrschte sie Linda an. »Wie kommst du nur dazu!«

Inzwischen erschienen auch John und Harry mit ihren Assistenten.

»Was ist los?«, fragte John und blickte dann zu mir. »Sind Sie verletzt, Sophia?«

»Nicht der Rede wert«, antwortete ich und betastete meine Augenbraue.

»Linda hat versucht, etwas in die Cremes zu mischen«, erklärte Miss Clayton. »Rufen Sie die Polizei, Mr Gibson!«

John wandte sich um und lief in Miss Claytons Büro. Die anderen Männer übernahmen Linda und führten sie ebenfalls dorthin.

Erschöpft davon, sie festhalten zu müssen, ließ Miss Clayton die Arme sinken und blickte mich an. »Wir sollten Ihre Wunde reinigen und verbinden.«

»Es ist nicht schlimm. Und zum Glück hat auch meine Brille keinen Schaden erlitten.«

»Kommen Sie trotzdem mit.«

Auf der Treppe begegneten wir Ray. »Was ist passiert?«, fragte sie entgeistert.

Ich schilderte es ihr knapp.

»Ich kann mich um die Wunde kümmern, Miss Clayton«, sagte sie daraufhin.

Diese nickte. »Sie wissen, wo das Jod steht?«

»Ja.«

»Gut. Ich möchte Sie nachher noch einmal sprechen, Miss Krohn.«

»In Ordnung«, sagte ich und ging mit Ray in den Aufenthaltsraum.

Die restlichen Arbeiterinnen schienen noch nichts von dem Tumult bemerkt zu haben. Augenblicklich verebbten die Stimmen, als sie das Blut auf meinem Kittel sahen.

»Schaut nicht drein wie die Ölgötzen«, fuhr Ray sie an. Die Frauen verschwanden.
Ich fühlte mich noch immer zittrig. Das Blut pulste durch meinen Körper. Gleichzeitig verspürte ich eine große Erleichterung. Auch wenn ich nicht verstand, was Linda zu solch einer Tat verleitet hatte.
»Siehst du, ich habe mir nichts eingebildet«, sagte ich zu Ray, während diese die Flasche mit Jod entkorkte, die sie aus dem Medizinschrank geholt hatte. »Das Regal hat sich auch nicht von allein gelöst. Sie muss dort gewesen sein.« Ich versuchte mir vorzustellen, wie lange sie gebraucht hatte, um die Schrauben zu lockern.
»Woher hatte sie wohl die Säure?«
Ich zuckte mit den Schultern.

Später, als sich Ray um meine Augenbraue gekümmert hatte, ging ich in Miss Claytons Büro. Dort hatte man Linda festgesetzt, während Mr Fuller an der Tür darüber wachte, dass sie nicht das Weite suchte.
Die junge Frau selbst saß mit vor dem Körper verschränkten Armen auf einem Stuhl. Sie wirkte wie ein trotziges Kind. Als ich eintrat, nickte Miss Clayton mir vom Fenster her zu. Ich trat vor Linda.
»Warum hast du das getan?«, fragte ich. Diese Frage war ihr sicher schon von Miss Clayton gestellt worden. Offenbar hatte sie ihr genauso wenig geantwortet wie mir jetzt. Sie starrte nur auf ihre Schuhspitzen und presste dabei die Lippen zusammen.
»Bin ich dir so verhasst, dass du meine Arbeit zerstören wolltest?« Meine Augenbraue war mittlerweile angeschwollen und pochte. »Habe ich dir je etwas getan? Ich war diejenige, die sich um dich gekümmert hat, als du zusammengebrochen bist. Weißt du das noch?«

Ihre Wangen röteten sich, und Scham trat in ihren Blick.

»Es ist nicht wegen dir«, sagte sie stockend, wobei sie das »dir« besonders betonte. »Sondern wegen ihr.«

»Wen meinst du?«

Linda verstummte wieder. Ich blickte zu Miss Clayton.

»Sie meint Madame«, antwortete diese an Lindas Stelle.

»Wollte sie nicht, dass du heiratest?«

Linda hob den Kopf und blickte mich verwirrt an. »Das ist es nicht, das ist der alten Krähe egal. Aber damals ...« Sie stockte und brach dann in Tränen aus.

Ich sah irritiert zu Miss Clayton. Ihre Miene war kalt und hart wie Marmor.

»Ich war schwanger!«, platzte es aus Linda heraus. »Im dritten Monat. Und ich habe mein Kind verloren. Alles nur, weil Madame nicht genug kriegt. Weil sie gierig alles in sich hineinrafft, ohne den Leuten um sich herum Luft zum Atmen zu lassen.«

Wieder weinte sie. Ich wusste nicht, was ich tun sollte. Sie hatte mich verletzt, sie hätte um ein Haar meine Arbeit ruiniert. Die Schwefelsäure ... Wahrscheinlich hatte sie dazu dienen sollen, die Haut von Madame zu verätzen. Helena Rubinstein testete ihre Produkte sicher an sich selbst.

Diese Erkenntnis war wie ein Schlag in den Magen.

Ich erinnerte mich, dass Linda in den ersten Tagen nach dem Hospitalaufenthalt wie ein Geist gewirkt hatte. Nur zu gut konnte ich nachvollziehen, wie sehr es sie schmerzen musste, das Kind verloren zu haben, wahrscheinlich wegen der Überarbeitung. Doch jemandem aus Rache schaden zu wollen wäre mir nie in den Sinn gekommen.

»Dieses neue Zeug ... Es hätte uns noch mehr Arbeit aufgebürdet!«, setzte Linda zu einer zornigen Tirade an. »Ich wollte einfach, dass es verschwindet. Dass wir nicht noch mehr zu tun kriegen, denn Geld hat sie doch genug!«

Ich richtete mich wieder auf. Was ich fühlen sollte, wusste ich nicht.

»Vielleicht ist es besser, Sie gehen wieder an die Arbeit«, sagte Miss Clayton, und ihre Stimme klang wie aus weiter Ferne. »Die Polizei wird die Sache regeln.«

Ich nickte. Zu gern hätte ich Linda gesagt, dass mir der Verlust ihres Kindes leidtat. Dass es andere Wege aus der Trauer gab. Doch mein Hals war wie zugeschnürt. Wenn sie ihren Plan hätte umsetzen können, wäre meine und Rays Arbeit zunichtegemacht worden. Und möglicherweise hätten wir mit unserer Gesundheit bezahlt.

Zurück im Labor, sah ich Ray auf ihrem kleinen Schemel sitzen. Dieses Mal war nichts zu Bruch gegangen, dennoch wirkte sie traurig.

»Hey«, sagte sie, als sie mich sah.

»Hey.« Ich zwang mich zu einem Lächeln.

»Hast du was herausbekommen? Du siehst so mitgenommen aus.«

Mein Magen krampfte sich zusammen. »Linda hat ihr Kind verloren. An dem Tag, als sie zusammengebrochen ist.«

Ray klappte den Mund auf, brachte aber keinen Ton heraus.

»Deshalb war sie danach so still«, fuhr ich fort. »Sie musste mit dem Verlust fertigwerden.«

»Aber warum hat sie denn niemandem etwas erzählt?« Ray schüttelte den Kopf.

»Vielleicht, weil sie hier keine Freundin hat. So etwas vertraut man nur einem Menschen an, der einem nahesteht.« Ich selbst hatte Ray auch nichts von meinem Verlust erzählt, obwohl wir sehr gute Kolleginnen waren. »Und wer hätte ihr auch helfen sollen? Den Tod eines Kindes kann nichts und niemand wiedergutmachen.«

»Aber es bringt auch nichts, irgendwas zu zerstören!«

Ich schüttelte den Kopf. »Nein, das bringt nichts. Vor allem bringt es nichts zurück, was man verloren hat.« Ich wandte mich um, damit Ray nicht sah, dass Tränen in meine Augen schossen.

Wenig später traf die Polizei ein. Ich wurde in Miss Claytons Büro gerufen, um meine Aussage zu Protokoll zu geben. Als sie abgeführt wurde, heulte Linda sich die Augen aus dem Kopf und beteuerte, dass es ihr leidtun würde. Aber das nützte ihr nun nichts mehr.

»Werden wir es Madame sagen?«, fragte ich Miss Clayton, als die Polizisten das Büro verlassen hatten.

»Natürlich«, antwortete sie unwirsch. »Linda hat versucht, den Betrieb zu sabotieren. Gerade Sie müssten doch ein Interesse daran haben, dass sie bestraft wird.«

Hatte ich dieses Interesse? In diesem Augenblick war ich nur froh, dass nicht die gesamte Arbeit vernichtet worden war. Und das Schicksal von Lindas Kind ... Hatte Miss Clayton dafür gar kein Mitleid übrig?

»Sie waren einmal in einer ähnlichen Situation, nicht wahr?«, fragte ich.

»Sie haben die Geschichte gehört?« Ihre Stimme klang seltsam. Nicht böse, nicht ertappt, einfach nur traurig.

»Ja. Aber ich ... ich glaube nicht ...«

»Dass es Absicht war?«, schnappte sie. Eine Gänsehaut überlief mich, und ich wünschte mir, ich könnte die Worte zurücknehmen. »Nein, es war keine Absicht. Ich habe ganz einfach nur einige Fehler gemacht.« Miss Clayton verstummte.

»Entschuldigen Sie bitte«, sagte ich. »Ich wollte Sie nicht kränken.«

»Ich habe mit Miss Hobbs gearbeitet«, sagte sie, ohne auf meine Worte einzugehen. Dabei verschränkte sie die Hände vor der Brust. »Sehr gern sogar. Ich hatte vor, selbst Chemikerin zu werden. Aber der Unfall hat alles zunichtegemacht. Miss Hobbs hat sich für mich eingesetzt. Sie hat Madame überzeugt, dass ich bleiben kann. Und es ist mir gelungen, Madames Vertrauen zurückzugewinnen. Allerdings nicht für ihre Küche ... Wer der Küche schadet, schadet ihrer Person. Das verzeiht sie nicht.«

»Aber Sie haben doch eine gute Position gefunden. Sie leiten diese Fabrik! Ist das nichts?«

Miss Clayton senkte den Kopf. »Es war mein Traum, Chemikerin zu sein.«

Nun verstand ich, warum sie mich nicht aus der Produktion herauslassen wollte. Auch wenn sie mittlerweile die Leiterin dieses Hauses war, neidete sie einem Neuling die Stelle, die sie früher einmal haben wollte. Das war ziemlich verrückt.

»Miss Clayton«, sagte ich leise. »Sie würden sich doch nicht wirklich wieder degradieren lassen, nicht wahr? Ich dagegen brauchte diesen Job. In Paris hatte ich keine Chance. Als Ausländerin darf man dort nicht ohne Weiteres arbeiten. Ich stand vor dem Ruin und wusste nicht, was ich tun sollte, also habe ich eine Creme gemischt und mich bei Madame vorgestellt.« Ich machte eine Pause, suchte nach Verstehen in Miss Claytons Blick, doch wie immer hielt sie ihre Gefühle verborgen. »Ich kann nichts anderes als Chemikerin sein. Gut, ich habe auch als Garderobiere gearbeitet, so etwas kriege ich auch hin. Aber das hier ... Was mir von meinem Studium noch fehlte, war nicht allzu viel. Ich habe als Assistentin gearbeitet. Ich habe schon Kosmetik hergestellt, als ich noch ein Schulmädchen war. Es ist das, was ich kann. Sie dagegen stehen auf einer anderen Stufe. Sie brauchen meine Konkurrenz nicht zu fürchten ...«

Miss Clayton atmete tief durch. Ein wenig bröckelte ihre Maske nun. Ich sah die Enttäuschung, aber auch die Erkenntnis, dass ich recht hatte.

Ich erinnerte mich daran, wie Madame behauptet hatte, dass Miss Clayton mich gelobt hätte. »Miss Clayton ... ich ...«

Sie schüttelte den Kopf, und es sah so aus, als müsste sie Tränen unterdrücken. So hatte ich sie noch nie zuvor gesehen. »Ist schon gut. Gehen Sie wieder an die Arbeit, Miss Krohn. Madame wird in ein paar Stunden da sein.«

Ich nickte und wandte mich der Tür zu.

39. Kapitel

Die Nachricht von Lindas versuchtem Anschlag verbreitete sich in Windeseile. Beinahe alle Angestellten standen an den Fenstern oder versammelten sich auf dem Hof, um zu beobachten, wie sie in das Polizeiauto gesetzt wurde.

Ich kehrte ins Labor zurück. Ray war nicht da, also nutzte ich die Zeit, um die Proben noch einmal unter dem Mikroskop zu betrachten.

Wie es aussah, hatte ich Linda im richtigen Augenblick abgefangen. Wäre ich ein wenig später erschienen, hätte sie ihren Plan wohl in die Tat umsetzen können.

Die Zeiger rückten erbarmungslos voran, gleichzeitig schien die Zeit nicht wirklich vergehen zu wollen. Vor lauter Aufregung kniff mir schon der Magen. In der Mittagspause bekam ich kaum etwas herunter.

Ray tigerte nervös durchs Labor. »Es wird ihr gefallen«, redete sie mit sich selbst. »Das wird es ganz sicher.«

»Das wird es ganz sicher«, echote ich. »Warum setzt du dich nicht ein wenig hin? Wir können an dem, was wir erarbeitet haben, nun nichts mehr ändern.«

Doch Ray hatte keine Ruhe, sich zu setzen, und irgendwann

schloss ich mich ihr an, den Blick immer wieder auf die Uhr gerichtet.

Madame erschien pünktlich gegen drei Uhr nachmittags. In ihrem Schlepptau hatte sie einige Männer in dunklen Anzügen, die einen wichtigen Eindruck machten. Leider konnte ich Darren nirgendwo entdecken. Kam er später? Das konnte ich mir nicht vorstellen.

Ich klebte förmlich am Fenster über dem Eingang, bis ich hörte, wie die Schritte nach oben kamen. Miss Clayton hatte Madame unten in Empfang genommen, uns war es geboten zu warten, bis wir in den Konferenzraum gerufen wurden. In diesen hatte ich einmal kurz hineinschauen können und war fasziniert gewesen von dem großen runden Tisch, der dort stand. Auch dieser Raum war mit Kunst bestückt, und es war ein Jammer, dass ich bisher nicht die Zeit gehabt hatte, mich näher darin umzusehen.

Ich fragte mich, wie Madame auf den Vorfall heute Morgen reagieren würde. Oder würde Miss Clayton es ihr erst hinterher erzählen?

Madames Stimme tönte durch den Flur. Ray und ich erstarrten förmlich. Würde sie uns hier besuchen? Vielleicht hätten wir aufräumen sollen ...

Doch sie verschwand mit ihren Begleitern im Konferenzraum. Wenig später erschien Miss Clayton.

»Miss Krohn und Miss Bellows, Madame ist jetzt bereit für Sie.«

Ich hätte sie gern gefragt, ob sie mit Madame schon über Linda gesprochen hatte, doch in diesem Augenblick war ich viel zu aufgeregt.

Die Arbeitsproben auf Tabletts aufgereiht, betraten Ray und ich den Konferenzraum. Madame saß mit dem Rücken zu den Fenstern, wodurch sie sämtliche Anwesenden im Blick hatte.

»Ah, da ist ja meine große Hoffnung!«, sagte sie überschwänglich, was die Anwesenden dazu brachte, ihre Blicke auf mich zu richten. Das war mir ein wenig peinlich, doch ich versuchte meine Gefühle zu verbergen, während ich mit Ray zu dem Platz ging, der uns zugedacht war.

»Und wer ist Ihre reizende Begleiterin?«, fragte Madame weiter.

»Miss Bellows«, stellte ich sie vor. »Meine Assistentin.«

»Freut mich!«, sagte Madame, als hätte sie Ray noch nie im Leben gesehen, und das, obwohl diese schon viel länger hier arbeitete als ich. Aber wahrscheinlich nahm sie die einzelnen Angestellten so lange nicht wahr, bis sie direkt mit ihnen zu tun hatte.

Ich dachte wieder an Linda, und die Erkenntnis, dass Madame auch nicht wissen würde, wer sie war, traf mich ziemlich.

An Madame Rubinsteins Miene war jedenfalls nicht abzulesen, dass sie etwas von dem Anschlag wusste.

»Dann sagen Sie uns doch bitte, was Sie uns mitgebracht haben!«

Ich atmete tief durch und begann, die einzelnen Produkte vorzustellen.

Ich fing mit der Creme an, von der wir uns eine straffende Wirkung besonders für die von Madame so gern beäugte Kinnpartie der Damen versprachen. »Die Wirkstoffe sind darauf abgestimmt, dass sie die Festigkeit der Haut erhöhen und den Verlust an Fett und Feuchtigkeit ausgleichen, der vorkommt, wenn man sie dem Wetter aussetzt.«

Ich leitete schließlich über zur Handlotion, dem Gesichtswasser und anschließend zu dem Puder. »Dieser soll die Haut davor schützen, von Sonne und Wind ausgezehrt zu werden, so wie es auch die Crème Valaze tut.«

Madame folgte meinen Worten mit einem wohlwollenden Lächeln. Die Erwähnung ihrer ersten Creme, die immer noch die Regale der Kosmetiksalons und Kaufhäuser füllte, schien ihr zu gefallen. Das gab mir Sicherheit.

»Wunderbar!«, sagte sie schließlich, als ich meine Ausführungen beendet hatte. »Zeigen Sie her, ich möchte es testen.« Ich brachte ihr die Tiegelchen und reichte ihr einen Spatel. Mit diesem entnahm sie etwas von der Creme und verteilte sie auf der einen Hand. Die Lotion trug sie auf der anderen auf.

Kaum auszudenken, was passiert wäre, wenn Linda tatsächlich ihren Plan in die Tat hätte umsetzen können. Mir wurde schlecht bei dem Gedanken, dass man mir die Schuld gegeben hätte.

Sie strich über ihre Haut, roch an einer, dann an der anderen Hand. Mir fiel auf, dass die sie begleitenden Männer dreinschauten, als würden sie Zeugen eines Wunders. Nach einer Weile erschien eine zarte Falte zwischen ihren Augenbrauen. War sie nicht zufrieden? Sie betrachtete eine Weile ihre Hände, verrieb dann noch etwas Creme zwischen ihren Fingern, als hätten diese Sinneszellen, die anderen Menschen verborgen blieben.

»Die Konsistenz der beiden Produkte ist gut«, sagte sie schließlich, aber ihr Tonfall war gedämpft. »Bei der Lotion könnte der Rosenduft noch ein bisschen mehr durchkommen, er erscheint mir etwas schwach. Der Flieder übertrumpft ihn.« Sie blickte mich an, und augenblicklich schoss mir die Hitze durch den Körper. Ich war kein Parfümeur und hatte mich lediglich auf meine Nase verlassen. Diese war mit der zarten Rosennote zufrieden gewesen. »Außerdem könnte die Creme vielleicht ein wenig Farbe bekommen. Ein zartes Rosé etwa, das zum Rosenthema passt und die Kundin überrascht, wenn sie die Dose öffnet.«

Ich blickte Hilfe suchend zu Ray. Hatten wir versagt? Madame lobte einige Dinge, aber ich hätte nicht damit gerechnet, dass sie noch so gravierende Anmerkungen haben würde. Ich zwang mich zur Ruhe und knetete meine schweißnassen Hände.

»Schauen wir mal den Puder an.«

Sie öffnete die kleine Dose, roch daran und betrachtete sie dann genau.

»Ja!«, sagte sie nach einer Weile und hielt das Gefäß so, dass ich es sehen konnte. »Genau diesen Farbton muss die Creme haben und vielleicht auch die Lotion. Natürlich schwächer, wir wollen die Kundinnen ja nicht anmalen. Aber sie sollen schon das Gefühl haben, dass die Produkte zueinanderpassen, nicht nur im Geruch, sondern auch optisch. Dasselbe gilt für das Gesichtswasser. Was meinen Sie, welchen Effekt es hat, wenn die Kundin eine zartrosa Flüssigkeit im Glasflakon sieht. Sie wird glauben, einen rosa Diamanten zu erwerben.«

Was Edelsteine anging, hatte Madame Rubinstein einen gewissen Ruf. Ich hatte es zwar noch nicht gesehen, aber ich traute ihr zu, auch einen rosafarbenen Diamanten in ihrem Besitz zu haben.

Madame entkorkte nun die Flasche mit dem Gesichtswasser und roch daran. »Wunderbar! Das ist genau der Duft, den ich mir vorgestellt habe. Wenn sich die Serie bewährt hat, sollten wir in dieser Richtung auch ein Parfüm kreieren.« Die letzten Worte wandte sie an die Anzugträger, die beipflichtend nickten.

Mir pochte das Herz bis zum Hals. Es würde kein Problem sein, einen Farbton in die Produkte zu bringen. Und auch die Rose zu verstärken war möglich. Ich sah, wie Ray ein kleines Lächeln übers Gesicht huschte.

»Alles in allem gute Arbeit, meine Damen. Ich bin sicher, dass Sie die kleinen Anregungen aufgreifen und gut umsetzen können.«

Ich atmete auf und wäre am liebsten auf dem Stuhl zusammengesunken. Die Anspannung ließ meine Knie zittern. Doch ich hielt mich aufrecht.

»Vielen Dank, Madame Rubinstein.«

Auch die anwesenden Männer wirkten erleichtert. Ich blickte zu Ray, und beide lächelten wir breit.

»Kommen wir nun zur Präsentation der Verpackung!« Madame ließ sich von ihren Begleitern eine Kiste bringen. Diese klappte sie auf und entnahm ihr ein paar Schachteln. Ich erblickte ein cremiges Weiß und goldene Ornamente. Wenn die Gefäße ähnlich ausfielen, dann würde das Rosa der Creme und der Lotion wirklich überraschen.

»Mr O'Connor kann heute leider nicht zugegen sein, aber ich habe das hier von ihm erhalten.«

Die Erwähnung seines Namens elektrisierte mich. Ich hatte wieder vor Augen, wie er mich angesehen, wie er gelächelt hatte. Ich meinte wieder die kleinen zufälligen Berührungen zu spüren, als er mir das Champagnerglas reichte. Ein wohliger Schauer durchzog mich, gleichzeitig aber auch tiefes Bedauern, dass ich ihn abgewiesen hatte. Dass er nicht gekommen war, enttäuschte mich. Jetzt war ich mir sicher, dass die Freude, ihn zumindest wiederzusehen, die Angst vor einer neuerlichen Begegnung überwogen hätte. Besonders weil Madame uns für die Produkte gelobt hatte und ich mir wünschte, er hätte es gehört.

Die Verpackungen wirklich vor mir zu sehen war jedenfalls umwerfend. Sie waren schlicht, doch auch sehr elegant. Das Gold schimmerte im Licht des Besprechungsraumes. Und keineswegs billig, wie sie es bei meiner Ankunft in ihrem Büro dem unbekannten »Verpackungsmann« vorgeworfen hatte.

»Die Markteinführung beginnt in einem Monat«, erklärte Helena Rubinstein. »Sie als meine Werbe- und Vertriebsfachleute werden dafür sorgen, die neue Marke bei allen gängigen Händlern und dem Publikum bekannt zu machen. Ich stelle mir da großflächige Anzeigen in den relevanten Frauenzeitschriften vor.«

Die Männer stimmten ihr zu und versuchten dann, sich mit Vorschlägen gegenseitig zu übertrumpfen. Mir schwirrte bald der Kopf. Ich konnte zwar chemische Formeln lesen und verstehen, aber die Sprache der Reklame schien aus einem anderen Land zu kommen.

Doch schließlich endete die Besprechung. Madame war dafür bekannt, keine Zeit zu verschwenden. Dennoch bedeutete sie mir zu warten, bis alle anderen den Raum verlassen hatten.

»Sie haben noch einiges zu lernen, meine Liebe«, sagte sie und tätschelte mir die Hand. »Sie sind eine gute Chemikerin, aber eine gute Werbefrau würden Sie nicht abgeben.«

Was sollte ich darauf antworten?

»Beim nächsten Mal sollten Sie die Produkte ein wenig blumiger vorstellen. Immerhin tun Sie etwas für die Schönheit!«

»Ja, natürlich, Madame«, antwortete ich.

»Gut. Denken Sie immer daran, wir machen Schönheit für Königinnen und sind die Königinnen der Schönheit!«

Ich fühlte mich alles andere als königlich, aber was Madame Rubinstein anging, so stimmte es. Sie war eine Königin. Eine Königin von New York.

»Ich werde es beherzigen«, gab ich zurück und beobachtete, wie sie den Raum verließ und zu Miss Clayton trat. Das große Donnerwetter würde sicher bald folgen.

Wir sollten nicht erfahren, was Madame mit Miss Clayton besprach. Wir sahen nur, wie Helena Rubinstein danach wütend aus dem Gebäude rauschte und zu ihrem Wagen ging. Ein wenig tat sie mir leid. Eigentlich hatte dies ein Tag des Triumphs sein sollen. Doch die Nachricht von Lindas Anschlag schien ihr gründlich die Stimmung verdorben zu haben.

»Was wird mit Linda wohl geschehen?«, fragte Ray nachdenklich. Sie hatte nicht ein Wort sagen müssen, doch sie wirkte, als hätte man sie durch die Mangel gedreht.

»Ich weiß es nicht«, antwortete ich. »Madame hat wegen der neuen Produkte gute Laune, vielleicht sieht sie von einer Anzeige ab. Immerhin hat Linda keinen wirklichen Schaden angerichtet.«

»Bis auf die Gläser, die sie zerstört hat. Und das Regal. Und die Materialien, die wir verwendet haben.«

»Wir können nicht beweisen, dass sie das war. Und wenn ich ehrlich bin, möchte ich auch nicht vor Gericht aussagen. Sie hat durch die Plackerei ihr Kind verloren.«

»Das rechtfertigt aber keinesfalls solch eine Tat. Ich würde das nicht tun und du sicher auch nicht!«

Ich presste die Lippen zusammen. Aus Verzweiflung über den Verlust meines Kindes wäre ich zu vielem imstande gewesen. Doch es gab in meinem Fall niemanden, der Schuld daran trug. Die Einzige, der ich etwas hätte antun können, war ich selbst, und davon hatte mich Genevieves Ärztin abgehalten.

40. Kapitel

Die Einführung der neuen Kosmetikserie verdoppelte die Belastung der Arbeiterinnen, denn Madame drängte darauf, die Produkte so schnell wie möglich in die Läden und Schönheitsinstitute zu bringen. Sogar nach Europa sollten sie verschickt werden.

Ray und ich waren nebst den anderen Chemikern mit Qualitätssicherung beschäftigt. Von jeder Palette, die in den Handel ging, nahmen wir Proben und stellten damit sicher, dass jeder Flakon und jede Dose mit dem gleichen Inhalt gefüllt wurde. Außerdem mussten die angelieferten Rohstoffe überprüft werden. Allerdings war das nicht allzu viel Arbeit, also boten wir uns an, hin und wieder in der Produktion mitzuhelfen. Auf diese Weise konnte ich gleich hautnah kontrollieren, welche Qualität die Rohstoffe für unser Produkt hatten.

Miss Clayton freute sich über unsere Mithilfe, und wir fühlten uns endlich wieder mehr den anderen zugehörig.

Noch wochenlang war Linda Gesprächsthema unter den Frauen. Niemand wusste etwas Genaues. Einige Gerüchte besagten, dass man sie vor Gericht gestellt habe, andere wollten gehört haben, dass Madame großzügig auf eine Anzeige verzichtet hatte, nachdem sich herausgestellt hatte, dass Linda keine Spionin von Miss Arden war. Die Wahrheit würden wir wahrscheinlich nie erfahren.

In meinem Privatleben änderte sich nicht viel. Zusammen mit Kate freute ich mich auf den bevorstehenden Sommer. Mr Parker war jetzt länger verreist, und Kate ließ oft die Fenster offen und spielte Musik auf seinem Grammophon. Es war andere Musik als die, die Mr Parker hörte. Sie erklärte mir, dass es Jazz sei, Jazz von schwarzen Musikern. Eine Frau namens Ethel Waters sang so wunderschön, dass ich in Tränen ausbrach. Kate reichte mir eine Limonade und tröstete mich.

Ich wünschte so sehr, dass Henny ebenfalls da sein würde, aber ich hatte nun schon ein paar Monate nichts von ihr gehört. Ich schrieb ihr weiterhin, doch ich machte mir auch Sorgen. Was, wenn sie in Not war? Wenn Jouelle sie nicht gut behandelte?

Schließlich spielte ich mit dem Gedanken, sie in Paris anzurufen. Doch abgesehen davon, dass das Gespräch sehr teuer war, würde sie mich wohl für verrückt erklären. Ich beschloss, ihr Zeit zu geben und darauf zu hoffen, dass sie sich bald wieder melden würde.

An diesem Nachmittag schickte Madame erneut nach mir. Ich fragte mich, was der Grund sein würde.

»Vielleicht will sie uns einen neuen Auftrag geben«, mutmaßte Ray. »Nachdem Glory so gut bei ihr angekommen ist, wäre das doch denkbar.«

Der Gedanke, wieder neue Produkte zusammenzumischen, ließ meine Magengrube freudig prickeln. Vielleicht würde ich dann auch Darren wiedersehen. So zufrieden, wie Madame mit seinen Verpackungen war, lag es im Bereich des Möglichen, dass sie ihn erneut anheuerte.

»Wir werden sehen«, sagte ich und griff nach meiner Tasche.

Bevor ich ihr Bürogebäude im Herzen New Yorks betrat, atmete ich tief durch. Im Fahrstuhl war ich diesmal nicht allein und musste einige Zwischenstopps in Kauf nehmen. Schließlich klopfte ich an die Bürotür.

Die Sekretärin, die mir öffnete, wirkte gehetzt.

»Seien Sie bloß vorsichtig«, flüsterte sie mir verschwörerisch zu. »Madame hat heute keine besonders gute Laune.«

Diese Aussage brachte mich beinahe dazu, auf dem Absatz kehrtzumachen. Aber wie hätte es denn ausgesehen, wenn ich einen Termin nicht wahrnahm?

Beklommen und mit schweißnassen Händen ließ ich mich auf dem Wartesofa nieder. Dabei fiel mir auf, dass eine neue Plastik aufgestellt worden war und zwei neue Gemälde die Wände schmückten. Offenbar hatte Madame sich auch in Wiesbaden, wo sie vor einigen Wochen zur Kur gewesen war, ein paar Mitbringsel geleistet, denn eine deutsche Signatur zierte eines der Bilder.

»Miss Krohn?«, riss mich die Stimme der Sekretärin aus der Betrachtung. »Madame empfängt Sie nun.«

Ich erhob mich und strich meinen Rock glatt.

Madame erwartete mich hinter ihrem Schreibtisch und wirkte einigermaßen zerstreut.

»Setzen Sie sich doch«, sagte sie und deutete auf den Stuhl vor dem Schreibtisch, während ihre Augen zunächst die Tischplatte absuchten. Dann beugte sie sich unter den Tisch und suchte weiter.

»Kann ich Ihnen helfen, Madame?«, fragte ich, worauf sie wieder auftauchte und etwas Unverständliches murrte. Erst jetzt merkte ich, dass ihr ein Ohrring fehlte.

»Nein, nein, nicht nötig«, sagte sie. »Ich suche ihn später.« Sie strich über ihre Kleider, dann setzte sie sich kerzengerade hin. »Ich habe Sie rufen lassen, um Ihnen mitzuteilen, dass die ersten Meinungen zu Glory eingetroffen sind.«

»Und?«, fragte ich hoffnungsvoll.

»Die Kundinnen unserer Salons mögen es. Sehr sogar! Was

mir ein wenig Sorge bereitet, ist, dass die Händler das Produkt nicht so annehmen, wie sie es sollten. Als hätte diese Frau ihnen irgendwas erzählt.«

Meinte sie wirklich, dass Elizabeth Arden unsere Produkte schlechtmachte? Das versetzte mir einen kleinen Schock. Wir hatten uns so sehr angestrengt, und jetzt schossen die Händler quer? Das konnte doch nicht wahr sein!

»Und was können wir tun?«, fragte ich und versuchte, meine innere Aufgewühltheit zu verbergen.

»Sie werden mich kommenden Freitag zu einer Party der Vanderbilts begleiten«, fuhr sie fort. »Es wird Zeit, dass ich die Frau, die diese Produkte kreiert hat, der Gesellschaft vorstelle.«

Dass die Händler die Produkte nicht in ihren Läden haben wollten, irritierte mich so sehr, dass ich im ersten Moment überhörte, dass sie mich in die High Society einführen wollte.

Madame schien meine Sprachlosigkeit für Überraschung zu halten und fuhr fort: »Ich werde Sie gegen acht Uhr von Ihrer Wohnung abholen lassen. Besorgen Sie sich ein ordentliches Kleid, und lassen Sie sich die Frisur richten.«

Ich fragte mich, wann ich das über all der Arbeit erledigen sollte. Doch ich war zu überrumpelt, um etwas zu sagen.

»Und was soll ich dort tun?«, fragte ich.

»Was macht man schon auf Partys?«, fragte Madame verwundert. »Sich zeigen! Leute beobachten! Kontakte knüpfen! Und auch ein wenig Spaß haben. Was denken Sie denn?«

»Ich war noch nie auf einer Party«, gab ich zu.

»Dann wird es Zeit, dass Sie damit anfangen.« Damit schien für Madame die Sache erledigt zu sein. »Gehen Sie! Bereiten Sie sich vor. Wir sehen uns am Freitag.«

»In Ordnung ... Danke.« Ich erhob mich und wankte auf weichen Knien aus dem Büro. Ich bekam beinahe nicht mit, dass ich zur Subway ging, meine Beine trugen mich von allein dorthin.

Als ich an der Fabrik ankam, hatte sich meine Verwirrung wieder ein wenig gelegt.

Ray schaute mich erwartungsvoll an, als ich durch die Labortür trat.

»Und?«, fragte sie. »Was hat sie gesagt?«

»Sie hat mich zu den Vanderbilts eingeladen.«

»Wie bitte?« Rays Augen weiteten sich ungläubig.

»Du hast richtig gehört. Sie hat mich eingeladen, sie zu einer Party der Vanderbilts zu begleiten, am Freitag.«

Ray riss die Augen auf. »Die Vanderbilts! Das ist ja ein Ding! Und ich habe darauf gehofft, dass du mit einem neuen Auftrag kommst.«

Ich schüttelte den Kopf. »Sie sagte, dass sie mich der Gesellschaft vorstellen wolle. Das alles in einem Atemzug damit, dass unsere Cremes den Kundinnen ihrer Institute zwar sehr gefallen würden, aber die Verkäufe im Handel schlecht aussähen.«

»Wahrscheinlich sind auch zahlreiche große Händler zugegen. Die Inhaber der Kaufhäuser vielleicht. Die Vanderbilts sind sehr einflussreich. Jemandem, der dort präsent ist, trauen sie etwas zu. Und wenn die Händler dich bei ihnen kennenlernen ...«

»Ich kann das nicht«, sagte ich, plötzlich noch mehr eingeschüchtert als vorhin. »Ich kann mit diesen Leuten nicht reden. Ihnen sagen, dass sie unsere Creme kaufen sollen.«

»Das brauchst du doch auch gar nicht«, gab Ray zurück. »Sei nur nett und lächele. Es heißt, Madame bleibt bei solchen Anlässen nie lange, denn sie will nicht gezwungen sein, mit Miss Arden zu sprechen.«

»Ich dachte, sie hätten sich noch nie gesehen«, sagte ich, denn das hatte Harry mir erzählt.

»Glaubst du das?«, fragte Ray. »Natürlich haben die sich gesehen. Nur nicht miteinander gesprochen. Aber vielleicht gibt es ja noch einen anderen Grund, weshalb sie dich dort haben will. Genieße es einfach. Wir normalen Leute kommen nie auf eine Party bei den Vanderbilts. Und wenn du dir einen Millionär angelst, bring mir gleich auch einen mit, ja?«

Am Freitagabend drehte ich mich vollkommen nervös vor dem Spiegel. Das einzige Kleid, das für solch einen Anlass angemessen war, stammte noch aus meiner Berliner Zeit und wirkte ein wenig altmodisch. Zudem war es das Kleid, in dem ich mit Darren aus gewesen war. Zeit, mir ein neues zu kaufen, hatte ich nicht gehabt. Damals, als ich mir meine neue Garderobe zugelegt hatte, hatte ich keinen Nutzen in einem Abendkleid gesehen. Das bereute ich nun ein wenig. Ändern konnte ich es nicht mehr. Aber ich fand mich dennoch schön, und vielleicht war es gut, wenn ich bescheiden wirkte.

Laut Madame hätte ich mir die Haare richten lassen sollen, doch wann? Ich hatte nicht die Gelegenheit gehabt, zu einem Friseur zu gehen.

Also hatte ich mein Haar, das mittlerweile wieder ziemlich lang war, zu einem Knoten im Nacken geschlungen. Dagegen konnte niemand etwas sagen, denn Madame trug das Haar ähnlich. Und ich war davon überzeugt, dass auch das dezente Make-up passend war.

Mehr als mein Aussehen machte mir der Ablauf der Party Sorgen. Ich fürchtete mich ein wenig vor den wohlhabenden Leuten.

Ich wünschte mir, Ray wäre ebenfalls eingeladen worden. So hätte ich jemanden zum Reden gehabt. Mit wem sollte ich mich bei den Vanderbilts unterhalten?

Hätte ich Madame darum bitten sollen, eine Begleitung mitnehmen zu dürfen? Da sie mir eine Heiratsklausel diktierte, erwartete sie wohl nicht, dass ich einen Kavalier mitbrachte ...

Wie sie es angekündigt hatte, erschien der Fahrer Punkt acht

Uhr. Ich warf meinen Mantel über und lief nach unten. Dabei begegnete ich Kate.

»Oh, so fein gemacht heute?«, fragte sie lächelnd. »Wer ist denn der Kerl da draußen?«

»Der Chauffeur meiner Chefin«, antwortete ich wahrheitsgemäß.

»Mit dem hast du was angefangen?«

»Nein«, sagte ich schnell und wurde rot. »Er holt mich nur ab. Ich fahre zu einer Party.«

»Oho, so was Nobles hätte ich dir gar nicht zugetraut!«

»Ich fürchte, es ist mehr Arbeit als Vergnügen«, gab ich zurück, worauf Kate meinte: »Also, wenn du schon zu einer Party gehst, solltest du unbedingt versuchen, dich zu amüsieren. Viel Spaß!«

Ich bedankte mich und huschte aus der Tür.

Als der Chauffeur mich sah, stieg er aus seinem Wagen, begrüßte mich kurz und öffnete die Tür. Ich nahm auf dem Rücksitz Platz.

Es fühlte sich seltsam an, durch die Nacht gefahren zu werden. Ich war auch mit Mr O'Connor unterwegs gewesen, aber dies hier war anders. Wen ich auf der Party wohl treffen würde?

Zu meiner großen Überraschung fuhren wir nicht direkt dorthin, sondern zu Madames Firmensitz. Ich stieg aus und trat durch die Drehtür. Madame erwartete mich im Foyer. Sonst schien niemand hier zu sein. Der Tresen am Empfang war verwaist.

»Guten Abend, Madame, ich ...«

»Das habe ich mir gedacht«, antwortete sie, ohne meinen Gruß zu erwidern.

Der Rest meiner Begrüßung blieb mir im Hals stecken. Ich war so perplex, dass ich nicht einmal bemerkte, dass Mr Titus abseits von uns in einem Sessel saß.

Erst einige Momente später realisierte ich, dass er da war,

und nickte ihm zu. Mehr Zeit hatte ich nicht, denn Madame bedeutete mir mitzukommen. Forsch marschierte sie zu den Fahrstühlen. Ich hatte Mühe, mit ihr Schritt zu halten.

Ein Fahrstuhlführer war nicht zugegen, aber Madame brauchte ihn auch nicht. Sie wusste, welche Knöpfe sie betätigen musste.

Während der Fahrt nach oben sprachen wir kein einziges Wort. Ich traute mich nicht zu fragen, was sie vorhatte. Ich spürte ihre Unzufriedenheit und wollte sie nicht noch weiter reizen.

An ihrem Büro angekommen, holte sie einen Schlüssel aus ihrer Tasche. Dabei klaffte ihr Mantel ein wenig auf, und ich sah, dass sie darunter ein grünes, mit silbernen Pailletten besetztes Kleid trug.

»Ziehen Sie den Mantel aus!«, befahl sie, als wir das Büro betreten hatten.

»Wie bitte?«, fragte ich.

»Den Mantel. Ziehen Sie ihn aus, damit ich das Kleid sehen kann.«

Ich kam ihrer Aufforderung nach. Sie begutachtete mich eine Weile, dann bedeutete sie mir, ihr zu folgen.

Wenig später ging mir auf, dass sie mich zu ihren Privaträumen führte. Schlief sie hier, wenn die Arbeit sie lange in Anspruch nahm?

Ich folgte ihr nur zögerlich. In einem Raum, der von einem breiten Bett eingenommen wurde, hielt sie an. Das Möbelstück war alt, und die Decken darauf waren überladen mit Rosenstickereien. Es wirkte wie das Schlafzimmer einer Königin.

»Wir müssen Sie ordentlich zurechtmachen. Wenn Sie so bei den Vanderbilts aufkreuzen, wird man glauben, Sie seien eine Kellnerin.«

Mit diesen Worten ging sie vor dem Bett auf die Knie und zog wenig später eine längliche Schachtel darunter hervor. Als sie den Deckel aufklappte, schnappte ich nach Luft. Zwei Kleider lagen darin, ringsherum waren ein paar Schmuckstücke verstreut. Was hatte das zu bedeuten?

»Ziehen Sie sich um!«, forderte sie. »Das Kleid müsste Ihnen passen. Den Schmuck wählen wir der Farbe entsprechend.«

»Aber ich ...«

»Sie sehen aus wie eine Sekretärin!«, fuhr sie mich an. »Ich will der Welt zeigen, dass die Frauen, mit denen ich zusammenarbeite, Klasse haben!«

Mit diesen Worten entfernte sie sich. Ich starrte auf die Kleider. Eines war seidig und dunkelgrün, das andere himmelblau. Sie konnten unmöglich Madame gehören. Waren sie vielleicht von ihrer Nichte, die etwas schlanker als sie war und ungefähr meine Körpergröße hatte? Da sie noch in Seidenpapier eingeschlagen waren, vermutete ich, dass Madame sie gerade erst für Mala gekauft hatte. Oder Kleider wie diese vorrätig hielt für den Fall, dass eine Verwandte für einen Anlass nicht die passende Kleidung dabeihatte.

Welches sollte ich nehmen? Madame trug Dunkelgrün, Hellblau war nicht meine Farbe. Auch wenn ich ihr viel zu verdanken hatte, wollte ich nicht aussehen, als wäre ich ihr Eigentum.

Widerwillig griff ich nach dem hellblauen Kleid. Am liebsten hätte ich das Weite gesucht. Doch was machte es schon, ein feines Kleid zu tragen? Auch wenn es scheinbar achtlos in der Schachtel lag, war es immer noch viel besser als mein altes aus Berlin. Und wie eine Kellnerin oder Sekretärin wollte ich bei den Vanderbilts nicht wirken.

Ich schlüpfte aus meinem Kleid und zog das himmelblaue über. Es saß an den Hüften ein wenig zu locker, und als ich mich im Spiegel betrachtete, bemerkte ich, dass es mir tatsächlich etwas zu groß war. Doch wenn Madame das lieber war ...

Ich verließ das Schlafzimmer. Madame saß auf dem Sofa in dem kleinen Wohnzimmer, das gleichzeitig als Arbeitszimmer diente. Sie wirkte ungeduldig.

»Ich hasse es, zu spät zu kommen«, eröffnete sie mir, als sie mich sah. »Warum haben Sie nicht das Grüne genommen?«, fragte sie. »Es würde Ihnen viel besser stehen.«

»Weil Sie Grün tragen, Madame«, antwortete ich.

»Pffft!«, machte sie. »Das sollte Sie nie davon abhalten, etwas zu wählen, in dem Sie gut aussehen. Was meinen Sie, wie viele Frauen zu solchen Anlässen dieselbe Farbe zeigen! Nehmen Sie das Grüne, und kommen Sie wieder raus.«

Ich blickte zu der Standuhr in der Ecke. Die Zeiger standen auf Viertel vor neun.

»Werden wir nicht zu spät kommen?«, fragte ich.

»Wenn Sie noch weitertrödeln, sicher«, gab sie zurück. »Also, husch, husch, ziehen Sie sich um!« Sie machte eine Handbewegung, als würde sie ein paar Hühner verscheuchen wollen.

Ich flitzte zurück ins Schlafzimmer. Dort schälte ich mich aus dem Kleid und schlüpfte in das andere, das tatsächlich wesentlich besser saß.

»Bringen Sie die Schachtel mit nach draußen, wenn Sie fertig sind«, tönte es hinter der Tür. Ich blickte auf die Schmuckstücke. Einige der Ketten hatten sich verheddert, die Ohrringe wirkten wie Früchte aus Glas. Ich ahnte jedoch, dass es kein Glas war, was Madame unter dem Bett aufbewahrte.

Als ich fertig war, hob ich die Schachtel auf und trug sie nach draußen.

»Schon besser«, stellte sie fest. »Lassen Sie mich sehen.«

Sie wühlte durch den Schmuck in der Schachtel und zog ein paar große Ohrringe hervor. Diese hielt sie mir an, ließ sie aber mit einem Laut des Missfallens wieder in die Schachtel zurückgleiten.

»Ihr Gesicht ist viel zu schmal«, sagte sie. »Die Schmuckstücke würden es erdrücken. Vielleicht das hier.«

Sie zog ein Collier aus glitzernden weißen Steinen hervor. Es war recht zart gearbeitet, funkelte aber wie ein ganzer Sternenhimmel.

»Diamanten«, kommentierte sie. »Vielleicht etwas viel für eine Chemikerin. Aber versuchen wir es doch mal damit.«

Bevor ich protestieren konnte, legte sie mir das Collier um. Kalt schmiegten sich Fassung und Steine an meine Haut, und obwohl es leicht war, hatte ich das Gefühl, eine Schatztruhe bei mir zu tragen.

»Warum bewahren Sie all diesen wertvollen Schmuck einfach so in einer Kiste auf?«, fragte ich, während Madame weitersuchte.

»Ach, es ist doch nur Schmuck«, entgegnete sie. »Ich habe sehr viel davon. Halt, das passt besser!« Sie zog nun eine Perlenkette hervor, begutachtete sie eine Weile, dann nahm sie mir das Collier wieder ab und tauschte es gegen ihren neuen Fund aus. »Perlen gehen doch immer!«, sagte sie und reichte mir zwei passende Ohrringe, die aussahen wie Tränen aus Perlmutt. »Das hier sind alles Stücke, die mir nicht mehr gefallen«, erklärte sie, als könnte sie meine Gedanken lesen. »Impulskäufe. Ich war wegen irgendetwas wütend und habe versucht, das mit Edelsteinen und Perlen auszugleichen. Wenn ich ehrlich bin, tue ich das immer noch. Aber wer will mich abhalten?«

Niemand, so viel stand fest.

»Und jetzt beeilen Sie sich. Ein wenig zu spät zu kommen ist gut fürs Image, viel zu spät zu kommen lässt einen unzuverlässig wirken. Und das wäre schlecht fürs Geschäft!«

41. Kapitel

Wenig später fuhren wir mit dem Fahrstuhl wieder nach unten. Mr Titus saß noch immer in seinem Sessel, ganz vertieft in die Lektüre eines schmalen Bändchens. Ich konnte nicht sehen, was es war, denn als er uns kommen hörte, schob er das Buch in die Tasche seines Jacketts.

Der Fahrer erwartete uns und öffnete die Türen der Limousine. Mr Titus nahm auf dem Beifahrersitz Platz, wir hinten im Fond. Der abendliche Verkehr war recht ruhig. Ich blickte aus dem Fenster, und als wir an beleuchteten und prachtvoll ausgestatteten Schaufenstern vorbeikamen, dachte ich wieder an Darren. Wie mochte es ihm gehen?

Ich spürte ein Sehnen in meiner Brust, gefolgt von einem leichten Anflug von Bitterkeit. Wieso kehrten meine Gedanken immer wieder zu ihm zurück?

Vor dem Hotel Astor begrüßte uns ein livrierter Portier. Er schien Madame zu kennen, denn er nannte sie bei ihrem Namen.

Wir begaben uns sogleich zur Garderobe, wo Mr Titus unsere Mäntel abgab. Seit wir uns kurz begrüßt hatten, hatte er kein einziges Wort gesagt. Auch jetzt suchte er schleunigst das Weite. Die Spannung zwischen ihm und seiner Frau war beinahe greifbar. Warum hatte er zugestimmt mitzukommen, wenn es ihm sichtlich Unbehagen bereitete?

Madame sah ihm nach. In ihren Augen glommen Enttäuschung und unterdrückter Zorn. Beides schüttelte sie aber im nächsten Moment mit einer Kopfbewegung ab.

»Lassen Sie uns in den Saal gehen, meine Liebe, drinnen ist es so viel interessanter.«

Wir begaben uns unter die Leute, und obwohl Madame körperlich viel kleiner war als die meisten Anwesenden, erfüllte ihre Präsenz sofort den Raum. Sie unterbrachen ihre Gespräche, als wir an ihren Tischen vorübergingen, ihre Blicke folgten uns. Kein Wunder, denn Madames Juwelen und ihr Kleid funkelten beinahe genauso hell wie die Lüster über unseren Köpfen.

Die Blicke, die auch mich trafen, verunsicherten mich ein wenig. Um mich abzulenken, sah ich hinauf zur reich geschmückten Decke, und erst jetzt wurde mir klar, dass der Saal beinahe genauso riesige Ausmaße hatte wie der Filmpalast, in dem ich mit Ray gewesen war. Wie viele Gäste mochte er fassen? Wie viele Augenpaare erwarteten uns noch?

Nach einer Weile traf Madame auf die ersten Bekannten. Sie begrüßte sie und stellte auch mich vor. Ich konnte mir die Namen vor lauter Aufregung kaum merken. Glücklicherweise erwartete niemand von mir mehr als ein Lächeln und ein paar nette Worte. Dann konzentrierten sie sich wieder ganz auf Madame.

Diese begann im Flüsterton zu spotten, als wir ihre Gesprächspartner hinter uns gelassen hatten. »Mr Graves sollte wirklich mal unsere Produkte ausprobieren. Haben Sie gesehen, dass seine Haut schuppt? Wenn eine Frau sich so gehen lassen würde, wäre sie in diesen Kreisen tagelang das Zentrum des Hohns.«

Und: »Miss Mancini sollte besser nicht diese grässliche

Farbe auf ihren Lippen tragen. Sie macht ihre Zähne gelb und lässt sie wie eine abgehalfterte Stute auf dem Pferdemarkt aussehen.«

Ich blickte mich peinlich berührt um. Wenn uns nun jemand hörte! Aber Madame schien es egal zu sein. Schließlich bemerkte ich einen Mann vor uns, an dem auf den ersten Blick überhaupt nichts auszusetzen war. Sein Jackett mit den Satinrevers saß makellos, und das gestärkte Hemd war blütenweiß. Die Schuhe, die er zu den ebenfalls schwarzen Hosen trug, waren dermaßen auf Hochglanz poliert, dass man sich darin beinahe spiegeln konnte. Auch sein Gesicht und seine Frisur waren sehr anziehend. Er war die Sorte Mann, die Madame allein wegen ihres guten Aussehens beschäftigen würde.

»Mr Vanderbilt!«, sagte sie und streckte ihm ihre Hand entgegen. »Wie schön, Sie zu sehen!«

»Herzlich willkommen, Madame«, sagte er und verbeugte sich zu einem galanten Handkuss. »Es freut mich sehr, dass Sie es einrichten konnten. Ist Ihr Gatte auch zugegen?«

»Edward macht gerade die Runde«, antwortete sie, ohne sich anmerken zu lassen, wie sehr die Abwesenheit ihres Mannes ihre eigene Anspannung vergrößerte. »Wie geht es Emily?«

Vanderbilt verzog ein wenig das Gesicht, doch nur für einen Moment. »Blendend«, antwortete er dann. »Sie bereitet mir wirklich große Freude. Mit ihrer Nanny übt sie schon erste Buchstaben.«

»Intelligent wie ihr Vater«, stellte Madame fest. »Ich hoffe, sie hat von Ihnen den Sinn für Eisenbahnen geerbt.«

»Das wird sich zeigen«, gab Vanderbilt zurück, dann, als wollte er ein anderes Thema anschneiden, wandte er sich mir zu. »Wer ist Ihre reizende Begleiterin?«

»Sophia Krohn«, stellte sie mich vor. Ich reichte ihm die Hand.

»Freut mich«, sagte Mr Vanderbilt und gab mir ebenfalls einen Handkuss. »Ist sie mit Ihnen verwandt, Helena?«

»Sie ist eines der größten Talente in meiner Firma«, erklärte sie mit einem breiten Lächeln. »Ich habe sie in Paris entdeckt!« Sie streckte sich, wodurch sie ein wenig größer wirkte, und reckte stolz die Brust nach vorn. »Und ich bin sicher, dass sie Großes leisten wird.«

»Und Sie irren sich nie, wie Sie uns immer wieder beweisen.« Er nickte ihr zu und wandte sich dann wieder an mich. »Aber wären Sie nicht vielleicht besser bedient mit einem ... sagen wir, amerikanischen Namen? Ich weiß, dass mein Vater das auch Ihrer Chefin geraten hat.«

»Und ich bin seinem Rat nicht gefolgt«, erwiderte Madame spitzfindig. »Sehen Sie, wohin es mich gebracht hat.«

Vanderbilt schien nicht auf sie zu hören. »Sie sollten sich Sophia Crown nennen. Damit könnten Sie selbst die härtesten Bankiers der Stadt dazu bringen, Ihnen einen Kredit zu geben, für den Fall, dass Sie sich selbstständig machen wollen.«

Ich spürte, dass dieser Vorschlag Madame ganz und gar nicht gefiel.

»Ich denke, dass ich bei Madame Rubinstein gut aufgehoben bin«, wiegelte ich ab, denn es war mehr als ungehörig, in Gegenwart von Madame mit einer Angestellten über eine etwaige eigene Firma zu sprechen. »Außerdem gefällt mir mein Name.«

Mr Vanderbilt neigte den Kopf, und sein Lächeln wirkte spöttisch. »Nun, dann wünsche ich Ihnen viel Erfolg.« Und zu Madame gewandt fügte er hinzu: »Wir sprechen uns sicher nachher noch einmal.«

»Mit Sicherheit, Mr Vanderbilt«, gab Madame lächelnd zurück, doch dieses Lächeln erstarb, als er uns den Rücken zukehrte.

Als Mr Vanderbilt außer Hörweite war, beugte sich Madame

zu mir. Ich spürte ein wenig Ärger hinter ihrer lächelnden Fassade. »Ein Haifischbecken«, flüsterte sie. »Man muss aufpassen, dass sie einen nicht verschlingen. Dabei hat gerade William Vanderbilt III. keinen Grund, hochmütig zu sein. Haben Sie gesehen, wie er zusammengezuckt ist, als ich den Namen seiner Tochter genannt habe?«

Die Veränderung in seiner Miene war mir nicht entgangen.

»Emily war auch der Name seiner Frau«, erklärte Madame. »Zweimal hat sie versucht, die Scheidung einzureichen. Vor zwei Monaten ist es ihr endlich gelungen, ihm zu entkommen. Die Tochter hat sie verloren, aber was macht das schon?«

»Er sieht eigentlich ganz nett aus«, entgegnete ich verwundert.

»Ja, das ist er auch, aber anscheinend nicht zu seiner Frau.«

Madame verstummte, und ich hätte gern gewusst, was ihr jetzt durch den Sinn ging. Auch sie stand, wenn die Gerüchte stimmten, kurz vor einer Scheidung. Häme über eine zerbrochene Ehe konnte sie sich eigentlich nicht erlauben. Machte sie sich vielleicht selbst etwas vor?

»Wie dem auch sei«, sagte sie schließlich, »eine neue Mrs Vanderbilt wird sicher nicht lange auf sich warten lassen.«

Ich dachte wieder an Ray und ihren Wunsch, einen Millionär zu heiraten. Hätte sie den Mut gehabt, Mr Vanderbilt anzusprechen?

»Kommen Sie, ich möchte Sie einigen Händlern vorstellen. Ich sehe da gerade ein paar Leute, die wissen sollten, dass Sie Glory auf die Welt geholfen haben.«

Sie zog mich mit sich zu einer Gruppe von Herren in schwarzen Smokings. Mein Magen knurrte, und ein wenig wühlte die Unruhe in mir. Wie würden die Händler reagieren?

»Ah, Mr Mason und Mr Smith!«, flötete Madame da auch schon. »Wie schön, Sie beide wiederzusehen!«

Die Männer schauten für einen Moment beinahe erschrocken drein, doch dann überspielten sie ihre Überraschung mit einem geschäftsmäßigen Lächeln.

»Madame Rubinstein!«, entgegnete Mason als Erster. »Es freut mich, Sie zu sehen. Es ist schon eine Weile her, dass wir das Vergnügen miteinander hatten.«

»Sie waren leider bei unserer letzten Soiree verhindert«, entgegnete sie mit einem Lächeln, das ähnlich gekünstelt wirkte wie seines. »Wir haben Sie wirklich vermisst, ich hätte Ihnen gern meine neuen Statuen gezeigt.«

»Wir werden das nachholen«, versicherte Mason, dann ergriff Mr Smith das Wort.

»Sie sehen blendend aus, Madame! Eine bessere Werbung für Ihre Produkte gibt es kaum als Ihren frischen Teint!«

Madame kicherte geschmeichelt. »Sie machen mich verlegen, Mr Smith. Wann geht es eigentlich mit dem Umbau bei Macy's los? Ich habe gehört, Sie konnten erneut Robert Kohn als Architekt für sich gewinnen.«

»Ja, und darüber sind meine Gesellschafter und ich auch sehr glücklich. Mit etwas Glück beginnen die ersten Arbeiten schon in der kommenden Woche.«

Mir verschlug es die Sprache. Vor zwei Wochen war ich sonntags noch am Schaufenster von Macy's vorüberflaniert, und jetzt stand ich einem seiner Geschäftsführer gegenüber!

»Das hier ist übrigens die junge Dame, der wir den wunderbaren Neuzugang zu verdanken haben. Sophia Krohn ist eine meiner neuesten Entdeckungen, und Glory kommt bei meinen Kundinnen hervorragend an.«

Smith musterte mich von Kopf bis Fuß, dann reichte er mir lächelnd die Hand. »Freut mich, Miss Krohn. Es ist immer schön, das Gesicht hinter dem Produkt zu sehen.«

Am liebsten hätte ich ihm gleich ans Herz gelegt, Glory in sein Sortiment aufzunehmen, aber ich hielt es für klüger, Madame das Reden zu überlassen.

»Ja, junge Talente sollten gefördert werden«, fügte Madame mit einem hintergründigen Unterton hinzu. »Das sehen Sie doch genauso, Mr Smith, nicht wahr? Und Sie, Mr Mason?«

Die beiden nickten zustimmend.

»Ich bin sicher, dass wir noch viel von dieser Dame hören werden.«

Sie lächelte mich an, dann wandte sie sich wieder an die Männer. »Sie sollten bei meiner nächsten Party unbedingt dabei sein. Die Kunstwerke, die ich aus Europa bekommen habe, sind wirklich atemberaubend, und ich bin geneigt, einige Stücke zu verschenken, weil ich diese Großartigkeit einfach unter die Leute bringen möchte.«

In den Augen von Mason erschien ein kleines gieriges Leuchten. Smith wirkte eher ungerührt. Doch als sich Madame verabschieden wollte, sagte er: »Ich rufe Sie so bald wie möglich an wegen Ihres neuen Produktes. Ich fürchte, mir sind in der letzten Zeit einige Neuigkeiten durch die Lappen gegangen.«

»Ich bin immer für Sie da«, versicherte Madame und wünschte den beiden noch einen schönen Abend.

Als wir außer Hörweite waren, verschwand Madames Lächeln schlagartig wieder. »Das lief doch bestens!«, flüsterte sie. »Smith wird Glory bestimmt einkaufen. Wie es aussieht, hat man ihm die Information darüber nicht weitergeleitet. Wahrscheinlich hat diese schreckliche Frau einen der Einkäufer bestochen. Aber damit ist jetzt Schluss!«

Würde Miss Arden wirklich so niederträchtig sein, Leuten vom Einkauf eines unserer Produkte abzuraten? Oder bildete sich Madame das nur ein?

Nachdem wir noch weiteren Geschäftsinhabern die Hände geschüttelt hatten, gingen wir zu unserem Tisch, der für fünf Personen eingedeckt war. Ich fragte mich, wer unsere Tischgenossen sein würden. Mr Titus würde dazugehören, aber für wen waren die beiden freien Stühle?

Wer auch immer das Paar war, das sich zu uns gesellen sollte, es tauchte auch dann nicht auf, als Mr Vanderbilt vor die Gäste trat und sich Gehör verschaffte.

Die Rede, die er hielt, drehte sich vor allem darum, dass er froh sei, all seinen Freunden einen schönen Abend zu bieten.

»Noch schöner würde der Abend sein, wenn ich Ihnen einen Champagnerbrunnen präsentieren könnte, wie ihn einige vielleicht aus den Flüsterkneipen kennen, aber Sie wissen ja, wie unsere Politik dazu steht.« Gelächter ertönte, gefolgt von Beifall. Vanderbilt fuhr fort: »Doch ich denke, dass wir diese dunkle Zeit bald überwunden haben. Nichtsdestotrotz habe ich erwirken können, dass wir den Abend nicht ganz geistlos verbringen müssen. Ich erhebe also mein Glas und wünsche Ihnen einen wunderbaren Abend.«

Erneut brandete Beifall auf.

Darrens Aussage kam mir wieder in den Sinn, dass auch nüchterne Verbrecher Straftaten begingen.

»Die Prohibition gehört wirklich abgeschafft«, stimmte Madame in meinen Gedanken ein. »Aber ich bin sicher, dass es kommen wird. Die Schwarzbrennereien werden immer mehr, und wie Sie sehen, halten sich nicht alle an das Verbot. Dass es illegale Clubs gibt, ist ein offenes Geheimnis. Man kann die Menschen nicht von dem abbringen, was sie tun wollen. Das werden die Oberen eines Tages erkennen.«

Das Büfett wurde eröffnet, und weder Mr Titus noch unsere anderen Tischgäste tauchten auf. Madame wirkte ein wenig unruhig. Immer wieder reckte sie den Kopf, schließlich erhob sie sich. Ich dachte, dass sie zum Büfett gehen würde, doch sie sagte: »Ich sollte Sie nicht davon abhalten, sich ein wenig zu amüsieren, meine Liebe. Während ich ein paar geschäftliche Gespräche führe, schwärmen Sie doch ein wenig aus und schauen Sie, was Sie an Geschichten aufschnappen können. Ich plane, die Party in zwei Stunden zu verlassen, alles andere wäre Zeitverschwendung. Sollten Sie länger bleiben wollen, sagen Sie mir Bescheid, mein Fahrer wird Sie nach Hause bringen.«

»Danke, aber ... das wird nicht nötig sein. Ich werde Sie in zwei Stunden wiedertreffen.«

»Bestens!« Madame strahlte mich an und wandte sich um. »Dann wollen wir uns mal ins Getümmel stürzen!«

Ich wusste nicht, wie dieses »ins Getümmel stürzen« bei Madame aussah, doch als ich mich kurz umdrehte, war sie bereits in der Menge verschwunden. Ich fühlte mich plötzlich verloren. Sollte ich sitzen bleiben oder umhergehen? Die meisten Gäste bewegten sich in diesem Augenblick zum Büfett, also schloss ich mich ihnen an. Ein kleiner Happen würde nicht verkehrt sein.

Am Büfett gingen mir die Augen über: Hummer türmten sich auf silbernen Platten, Fische von einer Größe, wie ich sie nie gesehen hatte, starrten mich mit Zitrone im Maul aus silbrigen Augen an. Dazwischen gab es zart rosafarbenes Fleisch, unterschiedliche Salate und kunstvoll verzierte Süßspeisen. Der von Rosen eingerahmte Schwan in der Mitte entpuppte sich als riesige, kunstvoll zurechtgeschnittene Melone.

Am Büfett waren beinahe ausnahmslos Männer, die mich ein wenig verwundert ansahen, als ich mir ein paar Häppchen nahm. Offenbar war es nicht üblich, dass sich die Damen selbst etwas zu essen holten. Die Damen begleiteten ihre Tischherren zwar, überließen ihnen aber die Auswahl.

Errötend machte ich mich mit meinem Teller auf den Rückweg.

Mittlerweile hatte sich jemand an unseren Tisch gesetzt.

Bei dem Hinzugekommenen handelte es sich um einen Mann in einem feinen Jackett, dessen rotblonder Haarschopf mir irgendwie bekannt vorkam.

Als er sich umwandte, erstarrte ich. Darren! War er die Tischgesellschaft? Warum hatte mir Madame Rubinstein nichts davon gesagt?

Beinahe wäre mir der Teller aus der Hand geglitten. Ich bekam ihn noch zu fassen, brachte ihn dann schnell zum Tisch. »Mr ... ich meine, Darren!«, sagte ich verwundert. »Sie ... sind hier?«

»Auf Geheiß von Madame«, entgegnete er lächelnd, erhob sich und reichte mir die Hand. »Wie Sie wohl auch. Oder gehören Sie neuerdings zu den Freunden der Vanderbilts?«

Ich fühlte mich auf einmal, als würde mir der Boden unter den Füßen weggezogen. Als wir hergefahren waren, hatte ich noch an ihn gedacht. Und jetzt stand ich ihm gegenüber.

»Nein, ich bin auch wegen Madame hier ... Die Händler sollten mich kennenlernen.«

»Nun, die Händler können sich wirklich glücklich schätzen. Ich nehme an, Madame möchte sich ein wenig mit uns schmücken.«

»Sie sagte etwas davon, dass man heute Abend Kontakt zu wichtigen Leuten aufnehmen könnte.«

»Das ist richtig. Aber wenn Sie mich fragen, sind die meisten Leute hier nicht sonderlich daran interessiert, einen Verpackungsdesigner kennenzulernen. Abgesehen von Miss Arden.«

»Wirklich?«, fragte ich.

Er lachte auf. »Nein, sie hat ihren Ehemann, der sorgt schon dafür, dass ihre Verpackungen großartig aussehen. Thomas Jenkins ist ein außergewöhnlicher Mann.«

Während er sprach, verlor ich mich für einen Moment in seinen Augen, dann bemerkte ich, dass eine Frau auf uns zukam. Sie trug ihr blondes Haar kurz bis zu den Ohren, und ihr schlanker Körper steckte in einem eng anliegenden, recht kurzen weißen Kleid. Eine Frau wie Daisy aus einem Roman, von dem mir Ray erzählt hatte. *Der große Gatsby* oder so ähnlich ...

Rays Mutter hätte sie wahrscheinlich auch einen »Flapper« genannt.

All das ging mir in Sekundenbruchteilen durch den Kopf, während ich sie ansah. Sie hatte jedoch nur Augen für Darren. »Hier bist du, *honey*«, flötete sie und lehnte sich an seine Schulter. Jetzt begriff ich. Und die Erkenntnis traf mich wie ein Schlag.

Nach meiner Ablehnung war Darren nicht in ein schwarzes Loch gefallen. Er hat sich einfach eine andere Freundin gesucht. Eigentlich hätte mich das nicht kümmern müssen, und doch verspürte ich einen schmerzhaften Stich.

»Ist das eine Freundin von dir?«, fragte die Unbekannte, während sie mich von Kopf bis Fuß musterte.

»Eine Kollegin«, antwortete er ein wenig unsicher. »Miss Sophia Krohn. Ich habe mit ihr für Madame Rubinstein gearbeitet.«

»Freut mich, Sie kennenzulernen«, sagte sie süßlich und reichte mir schlangengleich die Hand. »Ich bin Janice Foster. Eigentlich sollte Darren mich vorstellen, aber nun ja, wir Frauen können das auch selbst erledigen, nicht wahr?«

Sie warf Darren einen giftigen Blick zu. Er tat so, als bemerkte er es nicht.

Ich zwang mich zu einem Lächeln. Falschheit erkannte ich gut. Sie war mir in meiner Schulzeit und auch während des Studiums ständig begegnet. Und diese Janice schien alles andere als aufrichtig erfreut zu sein, mich zu sehen.

»Ganz meinerseits«, antwortete ich, ihren Tonfall imitierend.

»Es ist alles so aufregend, nicht wahr?«, sagte sie. »All diese wunderbaren, reichen Menschen. Ich bin Darren sehr dankbar, dass er mich mitgenommen hat.«

Ich fragte mich, ob er mit ihr auch in dem verbotenen Club war, den er mit mir aufgesucht hatte. Plötzlich kam es mir so vor, als würde ich keine Luft mehr bekommen. In meinen Schläfen hämmerte es, und ich wollte einfach nur nach draußen.

»Ich glaube, ich muss mich entschuldigen«, sagte ich. Ich konnte mir nicht erklären, was mit mir los war, doch auf einmal wollte ich nur weg von hier.

»Was ist mit Ihrem Essen?«, fragte Darren verwundert.

Ich schüttelte den Kopf. »Ich ... ich habe keinen Hunger.« Damit wandte ich mich um und schlängelte mich durch die Tischreihen. Mein Herz raste.

Einen Moment lang spielte ich mit dem Gedanken, meinen Mantel zu holen und sofort nach Hause zu fahren. Aber seit Madame den Tisch verlassen hatte, war nicht mal eine halbe Stunde vergangen. Ich brauchte einen Ort, an dem ich für mich sein konnte. An dem ich mich verstecken und auf das Ende der Party warten konnte. Wenn ich gewusst hätte ...

»Sie müssen die Frau sein, von der mittlerweile der halbe Saal spricht«, sagte da eine weibliche Stimme hinter mir. Ich wandte mich um.

Überrascht blickte ich in das schmale Gesicht einer hochgewachsenen Dame. Sie trug ein hellgraues Kleid, und ihre leuchtend roten Haare waren in sanfte Wellen gelegt.

»Wie bitte?«, fragte ich verwundert.

»Sie sind in Begleitung von Mrs Titus gekommen«, half sie mir auf die Sprünge. »Oder etwa nicht?«

Ich brauchte einen Moment, um zu verstehen, wen sie meinte. Mrs Titus sagte sonst niemand zu Madame.

»Und Sie sind?«, fragte ich kühl.

»Oh, Sie wissen das nicht? Elizabeth Arden.« Sie streckte mir die Hand entgegen. »Freut mich, Ihre Bekanntschaft zu machen.«

Ich starrte sie wie elektrisiert an. Madames Erzfeindin. Die Frau, von der Helena Rubinstein vermutete, dass sie ihre Verkäufe sabotieren würde.

Dann erwiderte ich ihre Geste, denn ich wollte nicht unhöflich erscheinen.

»Sie sind Deutsche«, stellte sie fest. »Ist es dort nicht üblich, sich selbst vorzustellen?«

»Sophia Krohn«, sagte ich, meinen Ärger unterdrückend. Offenbar stimmte alles, was Madame über sie sagte.

»Ein klangvoller Name, doch Sie sollten ihn ändern, wenn Sie in diesem Gewerbe etwas werden wollen. Ich nehme an, dass Sie nicht immer für Mrs Titus arbeiten werden.«

Jetzt fing auch sie damit an. Was hatten nur alle mit meinem Namen? Kate, Ray und auch die anderen Frauen in der Fabrik konnten ihn problemlos aussprechen.

»Warum sollte ich mir einen Namen geben, der nicht zu mir passt?«, fragte ich. »Ich möchte den Leuten nichts vorspielen, was ich nicht bin.«

»Das ist sehr löblich von Ihnen, aber auch ein wenig naiv«, gab sie zurück. »In unserem Gewerbe spielt jeder. Wenn man an die Spitze gelangen will, sind gewisse ... Korrekturen manchmal nicht zu umgehen.« Sie betrachtete mich prüfend, wie ein Falke, der sich fragte, ob es sich schon lohne zuzustoßen.

»In welcher Hinsicht haben Sie denn Korrekturen vorgenommen, Miss Arden?«, fragte ich, meinen Groll unterdrückend. Möglicherweise hatte sie den Kaufhausinhabern tatsächlich eingeredet, Glory beim Einkauf zu übergehen.

»Das bleibt mein Geheimnis«, erwiderte sie ungerührt. »Und Sie sollten es auch für sich behalten, für den Fall, dass Sie das Nest, in dem Sie momentan noch sitzen, verlassen wollen.«

Was meinte sie damit? Ich wusste nicht, ob ich nachfragen oder besser das Weite suchen sollte.

»Ihr neues Produkt ist sehr gut«, fuhr sie fort. »Ein Jammer nur, dass es etwas Ähnliches seit Jahren in meinem Sortiment gibt. Aber wie soll Mrs Titus schon davon wissen?«

Ich war unsicher, wie ich darauf reagieren sollte. Bezichtigte sie mich, von ihr kopiert zu haben?

»Doch das geht ja schon von Anfang an so. Wussten Sie, dass ich noch vor Mrs Titus eine Niederlassung in New York hatte?«

Ich schüttelte den Kopf und ließ meinen Blick schweifen. Konnte niemand auftauchen, der Miss Arden von mir wegholte? Wenn Madame mich mit ihr sah ...

»So war es. Sie erzählt gern, dass ich diejenige sei, die ihr überallhin folgt, aber faktisch war sie es, die es getan hat. Ich reagiere nur auf ihre Bewegungen, und wer kann es mir übel nehmen, dass ich dort präsent sein möchte, wo man ein gutes Geschäft machen kann, nicht wahr?«

Auch darauf fiel mir keine Erwiderung ein.

»Ich glaube, ich sollte Ihre Zeit nicht länger in Anspruch nehmen«, sagte ich und unterdrückte mühsam das Brodeln in meinem Innern.

»Was ist schon Zeit, meine Gute?«, sagte sie lachend. »In unserer Branche wird viel von ihr gesprochen, und doch meiden wir sie, wo es geht. Wir übertünchen sie mit Farben und hoffen, dass es niemand merkt.« Sie musterte mich eindringlich. Glücklicherweise tauchte wenig später ein Mann neben uns auf. Ein wenig erinnerte er mich an Mr Titus, wenngleich er wesentlich bodenständiger wirkte.

»Wen hast du denn da getroffen, Liebling?«, fragte er, während er mich musterte.

»Mrs Titus' neueste Entdeckung«, antwortete sie und fuhr an mich gewandt fort: »Darf ich vorstellen? Mein Ehemann, Thomas Jenkins.«

»Ist mir eine Freude«, sagte er und schüttelte mir die Hand.

Ich erwiderte nichts, denn noch immer brodelte der Zorn über seine Frau in mir. Sie hatte mich nicht direkt beleidigt, aber was sie sagte, brachte mich trotzdem auf, denn ihre Worte troffen vor Häme gegenüber Madame.

»Haben Sie einen schönen Abend, Miss Krohn«, sagte sie schließlich. »Ich werde mich an Sie erinnern, wenn wir uns wiedersehen.«

Mit diesen Worten hakte sie sich bei ihrem Gatten unter und zog von dannen.

Ich atmete tief durch. Wie viele Begegnungen dieser Art würde es noch geben? Offenbar hatte Ray ein ganz falsches Bild von Veranstaltungen wie diesen.

Beinahe panisch suchte ich nach einer Ecke, in der ich nicht angesprochen werden konnte. Abseits des Ballsaales entdeckte ich ein kleines Separee, in das ich mich vielleicht flüchten konnte.

Ich bahnte mir den Weg durch die Tanzenden. Mein Kopf schwirrte, und ich sehnte mich nach der Stille meines Labors. Ich wusste schon, warum Anlässe wie diese nichts für mich waren.

Hinter den mit goldenen Fransen gesäumten grünen Samtvorhängen fand ich schließlich etwas Frieden. In dem kleinen Seitenraum gab es eine Sitzgruppe aus braunem Leder. Ich ließ mich darauf nieder. Der Duft von Tabak hing in der Luft, doch der schwere Aschenbecher auf dem Tisch war leer. Noch war die Party jung, die Männer mussten erst einmal die offiziellen Gespräche hinter sich bringen, ehe sie sich in kleinen Grüppchen absondern und wirklich wichtige Dinge besprechen konnten.

Ich kühlte mir die Wangen mit meinen eiskalten Händen. Madame hatte nicht zu viel versprochen. Hier gab es allerhand zu sehen – und man wurde gesehen. Doch die ganze Zeit über hatte ich ein seltsames Gefühl der Angst in meiner Magengrube. Mein Vater hätte sich gefreut, mich in der Gesellschaft all dieser reichen Menschen zu wissen, aber ich spürte, dass ich nicht hierhergehörte. Das Lachen der Frauen wirkte ebenso wie das Schulterklopfen der Männer untereinander künstlich, falsch und aufgesetzt. Ich würde darauf wetten, dass die meisten sich ebenso wie Madame und Miss Arden verabscheuten. Ob die beiden sich heute Abend getroffen hatten? Das bezweifelte ich, und wenn, hatten sie nicht miteinander gesprochen.

Wie viele Augenblicke ich dort grübelnd verweilte, wusste ich nicht, doch schließlich wurde der Vorhang zurückgezogen, und ein Schatten fiel auf mich.

»Sophia!«, sagte eine Männerstimme. »Verstecken Sie sich etwa?«

Darren! Als wäre ich ertappt worden, sprang ich von meinem Platz auf.

Er wirkte überrascht, aber auch erleichtert. Mein Herz jedoch begann wie wild zu pochen. Er war der Letzte, mit dem ich jetzt reden wollte.

»Wartet nicht Ihre Freundin auf Sie?«, gab ich zurück, worauf er den Kopf schüttelte.

»Sie ist nicht meine Freundin«, entgegnete er. »Sie glaubt das vielleicht, weil ich zweimal mit ihr aus war. Aber Sie haben sicher gemerkt, dass sie nicht ganz einfach ist.«

»Und warum haben Sie sie mitgenommen?«

Er zuckte mit den Schultern. »Zu solch einem Anlass geht man nicht allein. Sie haben ziemlich viel Mut, hier ohne einen Begleiter aufzukreuzen.«

»Ich bin in Begleitung von Madame, das reicht aus.«

»Und wahrscheinlich halten alle hier Sie für deren Nichte. Aber das muss ja nicht von Nachteil sein.« Er lächelte mich an. Minutenlang sagten wir nichts, sondern schauten uns nur an.

»Ich ... ich wollte Ihnen nur sagen ...« Ich stockte. Wie sollte ich die Situation auflösen? Es war mir wichtig, noch einmal über den Abend im vergangenen Winter zu reden. »Es tut mir leid wegen damals. Ich ... ich hätte mich nicht so anstellen sollen.«

»Sie wollten mich nicht küssen«, sagte er. »Das ist in Ordnung. Ich hätte es nicht versuchen sollen.«

»Sie hätten mir ein wenig mehr Zeit geben sollen«, sagte ich. »Ich war ... noch nicht bereit. Da gab es Dinge in meiner Heimat ...« Wieder verstummte ich. Was würde er denken, wenn ich ihm von Georg erzählte? Wenn ich zugab, eine Affäre mit einem verheirateten Mann gehabt zu haben? Mittlerweile schämte ich mich dafür.

Und wenn ich über Georg sprach, musste ich auch über Louis sprechen. Nein, das wollte ich nicht.

»Hatten Sie eine andere Beziehung, bevor Sie hierherkamen?«, erriet Darren meine Gedanken.

»Ja. Und diese endete nicht gut.«

Schweigen. Ich kam mir vor, als würde ich jeden Augenblick vor Scham bersten.

»Sie müssen es mir nicht erzählen. Es sei denn, Sie wollen es.«

»Nein«, platzte es aus mir heraus. »Nicht jetzt. Ich kann nicht, es ... ist zu schmerzvoll.«

Darren nickte verständnisvoll. »Gibt es etwas, das ich tun könnte?«

»Nein, die Sache ist vergangen. Ich mag auch nicht mehr daran denken. Schließlich bin ich nach Amerika gekommen, um ein neues Leben anzufangen.«

»Ein Leben, in dem auch ein Mann einen Platz hätte?« Er sah mich eindringlich an.

»Ja«, antwortete ich. »Vorausgesetzt, dieser Mann ist frei. Ich will nicht das Unglück für eine andere Frau sein.« Nicht mehr. Nie mehr. Am liebsten hätte ich das hinzugesetzt, doch das hätte zu viel preisgegeben.

»Sie sind eine tolle Frau, Sophia, wissen Sie das?« Jetzt lächelte Darren wieder.

»Sie kennen mich doch gar nicht«, gab ich zurück und

spürte, wie meine Wangen zu glühen begannen. Ein wenig schlechtes Gewissen hatte ich schon, aber es tat gut, dass ein Mann etwas Nettes zu mir sagte. Es tat gut, eine andere sein zu können als die Frau, die im Spiegel ihre Narbe betrachtete und wusste, dass das die gerechte Strafe für ihr Vergehen war.

»Aber ich würde Sie nur zu gern kennenlernen«, sagte er und trat näher, so nahe, dass er nur noch die Arme nach mir auszustrecken brauchte. Und ich kam ihm entgegen, was mich selbst ein wenig verwunderte. Ich fühlte mich zu ihm hingezogen, auch wenn diese Frau auf ihn wartete, von der ich nicht wusste, was sie wirklich für ihn war.

»Ich Sie auch«, entgegnete ich, worauf er seinen Kopf nach vorn neigte. Kurz suchte er in meinen Augen nach einem Anzeichen der Ablehnung, doch die gab es in diesem Augenblick nicht. Ich wollte ihn küssen, wollte ihn spüren. Ich wollte, dass er mich in seine Arme zog.

Und das tat er nur einen Moment später. Unsere Lippen berührten sich warm und zart, zunächst tastend, dann fester.

Funken schienen in meinem Körper zu explodieren, um sich zu einer glühenden Flut zu vereinen. Wie lange hatte ich dieses Gefühl nicht mehr gehabt. Erst jetzt wurde mir klar, wie schmerzlich ich es vermisste!

Im nächsten Augenblick tauchte eine Gestalt neben uns auf. Madame! Sofort schreckte ich aus Darrens Armen.

Sie blickte uns fragend an. Es war nichts Unrechtes gewesen, Darren zu küssen. Doch in meinem Vertrag gab es diese Heiratsklausel, und ich kam mir auf einmal wie eine Verräterin vor.

»Miss Krohn, ich wollte fragen, ob Sie vielleicht mitfahren möchten«, sagte Madame. »Ich fühle mich nicht wohl und würde die Party gern verlassen.«

»Ja, natürlich«, sagte ich und räusperte mich. Aus dem Augenwinkel heraus sah ich, dass Darrens Gesicht rot glühte.

Wahrscheinlich verfluchte er in diesem Moment genauso wie ich, dass sie aufgetaucht war. »Ich bin gleich bei Ihnen, Madame.«

Helena Rubinstein nickte, dann zog sie sich zurück. Ich blickte zu Darren.

»Ich fürchte, ich muss los.«

Er vergrub die Hände in den Hosentaschen, dann nickte er.

»Sehen wir uns?«, fragte ich, und als er nicht sofort antwortete, setzte ich hinzu: »In weniger als drei Monaten?«

»Wenn du es willst.«

Ich lächelte. »Ich will es.«

Jetzt lächelte auch er. »Okay. Dann sehen wir uns. Hast du ein Telefon in deinem Haus?«

»Bei Mr Parker. Kate holt mich bestimmt, wenn du dort anrufst. Allerdings weiß ich die Nummer nicht.«

»Ich werde sie herausfinden«, versprach er, zog mich noch einmal in die Arme und küsste mich erneut.

42. Kapitel

Ich erwartete, Madame an der Garderobe vorzufinden, doch dort war sie nicht. Ich ließ mir von der Garderobiere meinen Mantel aushändigen und verließ das Hotel. In der Auffahrt wartete ihr Automobil. Der Portier, der meine Absicht erkannte, trat heran und öffnete die Tür. Drinnen gewahrte ich Madame. Mr Titus war nicht im Wagen.

Als die Tür hinter mir ins Schloss gefallen war, gab sie dem Chauffeur kurze Instruktionen, dann setzten wir uns in Bewegung.

Ich fühlte mich beklommen. Die Freude, die Funken, die ich soeben noch gefühlt hatte, waren verloschen und wichen immer mehr dem Schuldgefühl. Es war, als hätte ich etwas Unrechtes getan. Aber war es unrecht, einen Mann zu küssen?

Während der Wagen über die Straßen glitt, schaute Madame gedankenverloren aus dem Fenster. Ich nestelte unruhig an meinem Mantelsaum.

Spannung lag in der Luft. Hatte sich Madame vor ihrem Auftauchen mit ihrem Gatten gestritten? War das der wahre Grund, weshalb sie so schnell von der Party wegwollte? Oder war sie auf Miss Arden gestoßen?

»Jack, fahren Sie doch bitte rechts ran«, sprach sie plötzlich ihren Chauffeur an. Dieser gehorchte und parkte den Wagen neben einem großen Warenhaus.

»Und jetzt gehen Sie eine Runde um den Block. Ich möchte mit Miss Krohn etwas besprechen.«

Diese Worte fuhren mir wie ein Blitz durch die Eingeweide. Meine ohnehin schon kalten Hände wurden beinahe taub, und mein Puls rauschte mir in den Ohren.

»Wie stehen Sie zu Mr O'Connor?«, fragte sie.

Ich zögerte. Eigentlich ging es sie nichts an.

»Er ... er ist ein Freund. Wir haben uns nur geküsst, nichts weiter.«

Madame sagte dazu nichts, sie presste lediglich ihren Mund zu einer feinen Linie zusammen. Ihr Blick glitt über das Schaufenster vor dem Wagen.

»Männer«, sagte sie dann. »Ich kann Ihnen nicht vorschreiben, mit wem Sie sich abgeben, aber denken Sie an unsere Vereinbarung.«

»Ja, Madame«, sagte ich. »Ich habe nicht vor, die Firma wegen eines Mannes zu verlassen.«

Ich konnte ihr ansehen, dass sie mir nicht glaubte. Aber es stimmte. Es musste doch möglich sein, eine Beziehung zu haben und zu arbeiten. Den Männern gelang dies ja auch!

Der Vertrag, den ich mit ihr geschlossen hatte, besagte, dass ich innerhalb von zehn Jahren nicht heiraten durfte. Aber es stand dort nicht, dass ich mich nicht verlieben durfte! Dass sie sich einmischen wollte, machte mich ärgerlich.

»Sie sollten bedenken, dass Männer die größte Ablenkung sind, die einer Frau widerfahren kann«, fuhr sie fort. »Sie können Sie von Ihrer Karriere abbringen, von allem, was Sie sich vorgenommen haben.«

Ich wollte schon antworten, dass sie ja selbst auch verheiratet sei, doch ich brachte keinen Ton heraus. Mein plötzlich aufkommender Zorn war einfach zu groß. Gleichzeitig gab es in meinem Kopf eine Stimme, die mir sagte, dass ich genau das erlebt hatte. Georg hatte mich meiner Zukunft beraubt, indem er mich schwängerte. Aber ich wollte es nicht hören. Nicht jetzt, wo ich Darren nach all der Zeit endlich wieder nähergekommen war, nachdem ich ihn mir einfach nicht aus dem Kopf schlagen konnte.

Erst nach einer ganzen Weile erklärte sie: »Ich werde eine Zeit lang nach Paris gehen, um meine Ehe zu retten.«

Ich starrte sie an. Paris? Was hatte das mit dem Kuss von Darren zu tun?

Madame blickte erneut einen Moment lang in die Dunkelheit. Im Licht der Straßenlampen, das in den Wagen fiel und harte Schatten auf ihr Gesicht malte, wirkte sie auf einmal um zwanzig Jahre gealtert.

»Mein Mann hat sich neu verliebt«, sagte sie unerwartet offen. »Jedenfalls behauptet er das. Er war schon immer ein Schürzenjäger, aber so weit ist er noch nie gegangen.«

Madames Worte berührten mich unangenehm. Es ging mich nichts an, was zwischen ihr und ihrem Ehemann geschah. Dennoch schien sie das Bedürfnis zu haben, mir davon zu erzählen. Verwirrt schwieg ich. Doch sie erwartete auch nicht, dass ich etwas dazu sagte.

»Schon kurz nach unserer Hochzeit machte er einer anderen Avancen«, fuhr sie fort. »So ging es ständig. Nur in der Zeit, als unsere Söhne geboren wurden, da war er anders. Eigentlich hatte ich nie Kinder haben wollen, aber als ich sah, wie liebevoll er auf einmal wurde, habe ich mich darauf eingelassen. Leider hielt es nicht an.«

Zum ersten Mal wirkte sie verletzlich. Schmerz glomm in ihren Augen, und Tränen glitzerten darin. »Ich liebe ihn wirklich, aber wie es so ist, die Zeit bringt immer neue Versuchungen. Vielleicht ist es meine Schuld. Ich habe nicht auf ihn geachtet. Ich habe ihn über meinem Unternehmen vernachlässigt.«

Ich wusste, dass mir kein Urteil zustand, aber warum wollte sie einen notorisch untreuen Mann zurück? Ich schwieg allerdings, denn ich war mir bewusst, auf was für einem dünnen Seil ich balancierte. Madame öffnete ihr Herz eigentlich niemandem. Wenn ihr klar wurde, wem sie davon erzählte, könnte ihr Wohlwollen vielleicht in Zorn umschlagen.

»Versprechen Sie mir eines«, sagte sie und griff unvermittelt nach meiner Hand.

Ich nickte. Der Ärger über ihre Bevormundung wühlte immer noch in mir, aber ich hatte auch Verständnis für ihre Ansicht. Und ich schämte mich, dass ich so eine Frau gewesen war wie jene, in die sich Mr Titus verliebt hatte. Eine Frau, die daran glaubte, ihr Geliebter würde sich scheiden lassen, um mit ihr ein neues Leben anzufangen. Im Gegensatz zu Georg schien Mr Titus sein Versprechen einhalten zu wollen.

»Behalten Sie alles, was ich Ihnen erzählt habe, für sich. Es ist wichtig. Wenn die Zeit gekommen ist, werde ich die Öffentlichkeit wissen lassen, was geschehen ist, aber noch nicht jetzt. Jetzt muss ich kämpfen.«

»Warum müssen Sie es der Öffentlichkeit überhaupt mitteilen?«, fragte ich. »Es ist doch Ihre Privatangelegenheit.«

»Eine Frau wie ich ist nie privat. Wenn ich morgens erwache, bin ich bereits von einem Haufen Mitarbeitern umgeben.« Sie stieß ein schmerzvolles Lachen aus. »Das ist der Preis, wenn man eine Königin ist. Das war es schon immer. Man ist selten allein. Und jeder weiß alles über einen. Da muss man aufpassen, was man sagt. Und man muss vor allem dabei bleiben, denn was bringt es schon, wenn die Flunkerei entlarvt wird?«

»Ich werde es für mich behalten, versprochen«, sagte ich und fragte mich gleichzeitig, wie die wahre Geschichte von Madame aussah. Für alle war sie die erfolgreiche Geschäftsfrau, die reiche Kunstfreundin. Wie sah es in ihrem Innern aus? War sie vielleicht auch nur ein Mensch, der sich nach

Liebe sehnte? Der Opfer gebracht hatte, um seine Ziele zu erreichen?

»Gut«, sagte sie zufrieden und tätschelte meine Hand. »Dann sollten wir wohl besser weiterfahren. Ich muss noch meine Koffer packen für Paris.«

Mit diesen Worten öffnete sie die Wagentür und winkte den Chauffeur herbei, der an einer Hausecke lehnte.

»Das Kleid dürfen Sie übrigens behalten, ebenso wie die Ohrringe«, sagte sie beiläufig, als der Wagen sich wieder in Bewegung setzte. »Vielleicht haben Sie ja irgendwann noch Verwendung dafür.«

Ich wusste nicht, zu welchem Anlass ich ein Kleid wie dieses tragen sollte, doch da ich sie nicht verärgern wollte, bedankte ich mich artig.

43. Kapitel

Das Geständnis von Madame verfolgte mich noch in die Nacht, doch am Morgen galt mein erster Gedanke Darren. Und wieder spürte ich den Zwiespalt.

Einerseits sehnte ich mich danach, geliebt zu werden, andererseits hatte ich Angst davor, ihm mein Geheimnis offenbaren zu müssen. Ich fürchtete seine Reaktion, fürchtete, dass er mich sofort wieder verlassen würde. Andererseits waren wir noch ganz am Anfang. Der Kuss konnte ihm schon heute nichts mehr bedeuten.

In der Fabrik spürte ich Rays Neugierde bereits von Weitem, doch erst als wir in der Mittagspause draußen auf der kleinen Mauer saßen, fragte sie: »Und, wie war es? Hast du die Rothschilds gesehen? Mit den Astors gesprochen? Was ist mit Mr Vanderbilt? Er ist wieder zu haben, erzählt man sich.«

Die Namen flogen um meinen Kopf wie hungrige Spatzen. In der Fabrik wusste außer ihr niemand, dass ich zu der Party eingeladen war. Ich freute mich über Rays Diskretion, denn sie bewahrte mich davor, auch von allen anderen ausgequetscht zu werden.

»Ich habe tatsächlich mit Mr Vanderbilt gesprochen«, antwortete ich. »Madame meinte, dass seine Frau ihn verlassen habe, ja. Er hat mir geraten, mir einen anderen Namen zuzulegen, wenn ich im Geschäft etwas werden will.«

»Er hat dich also nicht zu einem Rendezvous eingeladen?«

»Nein, er hat mich lediglich für eine Verwandte von Madame gehalten.«

»Und du hast natürlich verneint?«

»Madame hat das erledigt. Danach schien er nicht mehr an ein Rendezvous mit mir denken zu wollen.«

»Das klingt aber enttäuschend. Gab es denn gar nichts Aufregendes? Oder ist das wieder deine deutsche Art, die alles kleiner wirken lässt, als es ist?«

Sie hatte schon einige Male angemerkt, dass meine »deutsche Art« kühl sei und jeder Sensation das Strahlen nehmen würde. Aber das Einzige, was ich als aufregend empfunden hatte, war Darrens Kuss gewesen. Doch dies wollte ich ebenso wie die Begegnung mit Miss Arden für mich behalten.

Ich bemühte mich also, es ein wenig farbiger klingen zu lassen.

»Es gab eine Menge zu sehen, mir sind beinahe die Augen übergegangen«, fuhr ich fort. »All die glitzernden Kleider und die feinen Anzüge ...« Beinahe wäre mir herausgerutscht, dass Madame mir ein Kleid und Perlen geschenkt hatte, aber obwohl ich Ray vertraute, war ich vorsichtig, denn ich wusste, wie schnell man sich Neid zuziehen konnte. Selbst von Menschen, die einen mochten. »Es gab ein herrliches Büfett, und Mr Vanderbilt hat eine Rede darüber gehalten, dass die Prohibition aufgehoben werden sollte. Und dann habe ich einige Geschäftsleute kennengelernt. Sogar einen der Geschäftsführer von Macy's.«

»Wie aufregend!« Rays Augen leuchteten. »Ich wäre gern dabei gewesen. Mit mir an deiner Seite hättest du sicher einen Millionär kennengelernt.«

»Ich möchte keinen Millionär kennenlernen«, entgegnete

ich und lächelte bei dem Gedanken an Darren. Es war mir egal, wie viel Geld er hatte. Ich mochte ihn wegen seines Esprits und seiner warmen Art. Diese war bei den Geschäftsleuten nicht zu entdecken gewesen. »Sollten wir irgendwann mal einen treffen, überlasse ich ihn dir.«

»Du lügst doch!«, gab sie lachend zurück.

Der Tag verging schleppend, was daran lag, dass ich ständig daran dachte, ob Darren mich anrufen würde. Er hatte versprochen, Mr Parkers Nummer herauszufinden. Doch hatte er es wirklich ernst gemeint? Oder würde er sich erst wieder in einigen Wochen melden?

Meine Erwartung fand ihren Höhepunkt, als ich mich meinem Haus näherte. Ich hatte Darren nicht gesagt, wann ich Feierabend hatte. Wenn er nun schon angerufen hatte?

»Hi, Kate!«, grüßte ich an Mr Parkers Wohnungstür und hielt einen Moment an der Treppe inne.

»Hi, Liebes!«, erwiderte sie, ließ sich aber nicht blicken. Offenbar hatte es noch keinen Anruf gegeben. Ich ging zum Briefkasten und schaute nach der Post. Doch wie so oft war der Kasten leer. Ich hatte also nichts, womit ich mich ablenken konnte.

In den folgenden Stunden saß ich wie auf Kohlen, aber nichts regte sich. Ich versuchte mich damit zu beruhigen, dass Darren vielleicht auch einen vollen Tag gehabt hatte, dass ein Klient ihn vielleicht noch am Abend in Beschlag nahm.

Schließlich fielen mir die Augen zu, und als ich weit nach Mitternacht auf dem Sofa wach wurde, war mir klar, dass er nicht mehr anrufen würde. Vielleicht hatte er es sich tatsächlich anders überlegt.

Wie immer ließ ich am Sonntag meinen Wecker aus, denn ich wollte wenigstens einmal in der Woche ausschlafen.

Ein Hupen vor der Tür machte meinen Plan zunichte. Laut hallte es durch die Straße, gefolgt von wütend klingendem Schimpfen von Mr Miller gegenüber. Er konnte es auch nicht leiden, wenn die Kinder der Gegend vor seinem Haus spielten.

Ich blickte auf meine Uhr. Es war gerade erst fünf Uhr in der Frühe. Was war los?

Da das Hupen nicht nachließ, kletterte ich aus dem Bett, um nachzusehen. Mr Miller fluchte mittlerweile lautstark, doch das schien den Besitzer des Wagens nicht zu interessieren.

Am Fenster angekommen, erstarrte ich. Das war Darrens Wagen! Er stand neben der Fahrertür. Was zum Teufel suchte er hier?

Ich entriegelte das Fenster und schob es hoch.

»Sind Sie von allen guten Geistern verlassen?«, brüllte Mr Miller gerade. »Ich hole die Polizei!«

Als Darren mich sah, ebbte das Hupen ab.

»Wie sieht's aus, hast du Lust auf eine kleine Landpartie?«, fragte er, während im Hintergrund Mr Miller weiterhin Verwünschungen ausrief. Mittlerweile war er beinahe genauso laut wie die Hupe zuvor. Darren schien das nicht zu kümmern. Auch die Drohung, ihm eine Abreibung zu verpassen, beeindruckte ihn nicht.

»Landpartie?«, fragte ich. »Wohin denn?«

»Wenn ich es dir sagen würde, wäre es doch keine Überraschung. Los, zieh dich an! Ich habe alles da, was wir brauchen.«

Ich hätte anmerken können, dass er mich anrufen wollte, aber in diesem Augenblick war ich einfach nur froh, ihn zu sehen. Und ich musste etwas tun, damit Mr Miller nicht noch persönlich erschien und Darren eins überzog.

»Ich komme!«, rief ich, worauf Mr Miller mir zuschrie: »Beeilen Sie sich, damit dieser Flegel endlich verschwindet!«

Ich schloss das Fenster und strebte dem Kleiderschrank zu.

Zehn Minuten später lief ich gestriegelt und gebügelt die Treppe hinunter. Kate und Mr Parker waren durch die Tirade von Mr Miller sicher geweckt worden, aber ich hörte noch nichts von ihnen. Ich strich mein Kleid glatt, das ich mir vor einigen Wochen gekauft hatte, ordnete noch einmal meine Frisur und trat dann nach draußen.

Darren stand vor dem Zaun, die Hände in den Taschen vergraben und mit einem Lächeln auf dem Gesicht.

»Wenn das nicht das hübscheste Mädchen von ganz Brooklyn ist«, sagte er.

»Ich dachte, du wolltest anrufen?«, sagte ich mit gedämpfter Stimme, obwohl das wahrscheinlich nicht mehr nötig war. Das Hupen und das Geschrei von Mr Miller mussten die halbe Nachbarschaft aufgeweckt haben.

»Ich dachte mir, dass es so besser ist. Sonst hätte ich wohl nicht erfahren, welches neue Kleid du gerade trägst.«

»Du hast Glück, dass Mr Miller keine Blumentöpfe hat«, gab ich zurück.

Er zog mich in seine Arme.

»Meinst du, wir sollten uns vor all den Leuten küssen?«, fragte ich.

»Es ist doch niemand auf der Straße.«

»Nein, weil sie alle am Fenster stehen und sehen wollen, was passiert.«

»Dann sollten wir ihnen etwas zu sehen geben.«

»Und wenn Mr Miller die Sittenpolizei ruft?«

»Wir sollten es riskieren, findest du nicht?«

Er küsste mich kurz und legte dann den Kopf schräg, als würde er lauschen. Meine Wangen begannen zu glühen. All der Ärger, den ich seinetwegen empfunden hatte, war auf einmal wie hinfortgeweht.

»Also, kommst du mit?«, fragte er. »Es ist Sonntag, und ich dachte mir, dass du möglicherweise noch nichts vorhast.«

»Glaubst du, dass ich so langweilig bin?«

»Nein, langweilig bist du ganz und gar nicht. Also?«

Ich lächelte ihn an. »In Ordnung. Muss ich noch etwas mitnehmen?«

»Nein. Ändere nur nicht deine Garderobe, so ist es perfekt.«

Ich löste mich von ihm und ging zurück zum Haus.

Kate hatte wie immer die Küchentür offen stehen, mittlerweile war auch sie wach. Sie fragte: »Du hast also einen Kavalier?«

Ich schaute um die Ecke. »Ich denke schon!«, sagte ich.

Kate lächelte. »Mr Parker ist vorhin sicher vor Schreck aus dem Bett gefallen. Ich sollte wohl mal nachsehen.«

Ich nickte.

»Viel Spaß euch beiden!«, rief sie mir nach, als ich die Treppe erklomm.

Wenig später stieg ich in Darrens Wagen. Ich hatte lediglich eine kleine Tasche mitgenommen, denn ich rechnete damit, dass er nur aus der Stadt fahren wollte. Umso überraschter war ich, als ich auf dem Rücksitz des Wagens einen recht großen Rattankoffer liegen sah.

»Wohin wollen wir?«, fragte ich. »Brauche ich mehr als nur eine Handtasche?«

»Nein, es ist schon alles in Ordnung so.«

»Ich kann die Fahrt nicht genießen, wenn ich nicht weiß, wohin es geht. Das war damals auch so, wenn mein Vater mit uns ins Blaue gefahren ist.«

»Gardiners Island«, antwortete er. »Ich möchte dir die Insel zeigen, auf der Captain Kidd einen Schatz versteckt haben soll.«

»Eine Pirateninsel?«, fragte ich. »Dazu müssen wir mit der Fähre fahren!«

»Genau das werden wir tun. Ganz nebenbei kann man sich auch das Geburtshaus einer First Lady anschauen, und es gibt dort wunderbar viel Natur. Ich denke, das ist genau das Richtige für uns.«

Ich blickte ihn an. »Seit wann interessierst du dich denn für Geschichte?«

»Schon seit meiner Schulzeit«, sagte er. »Ich hätte genauso gut Geschichtslehrer werden können. Aber ein Studium konnte ich mir nicht leisten. Also habe ich beschlossen, Geld zu machen und mich weiterhin für Geschichte zu interessieren.«

»Das heißt, deine Verabredungen zu Pirateninseln zu entführen?«

»Unter anderem.« Er lachte auf und gab Gas.

Die Insel begrüßte uns mit hellen Stränden, grünen Hügeln und einer schneeweißen Windmühle, die bis weit aufs Meer zu sehen war. Ich konnte kaum andere Gebäude entdecken.

Als ich den Fischer, der uns mitnahm, darauf ansprach, erklärte er: »Diese Insel ist eigentlich im Besitz der Familie Gardiner. Sie würden es nicht ertragen, weitere Nachbarn zu haben.«

»Die Insel gehört nur einer einzigen Familie?«

»Ja. Sie waren schnell und haben die Gelegenheit genutzt. Damals gab es noch nicht so viele Interessenten.«

Ich blickte zu Darren. Würde ich mit ihm auf so einer einsamen Insel leben können?

Er bemerkte meinen Blick und lächelte mich an. »Hast du etwas auf dem Herzen?«

»Nein«, sagte ich. »Ich schaue dich nur an.«

»Und, was siehst du?«

War es die Zukunft? Nein, so weit wollte ich nicht gehen. Aber es war schön, mit jemandem unterwegs zu sein. Wieder Lippen auf meinem Mund zu spüren. Wieder jemanden zu haben, an dessen Schulter man lehnen konnte, wenn alles zu schwer wurde. Vielleicht wurde daraus eine Beziehung mit einem Mann, der wirklich frei war und den ich nicht teilen musste.

»Dich«, antwortete ich. »Ich habe das Gefühl, es bisher nicht ausreichend getan zu haben.«

»Nun, wenn du willst, hast du ab jetzt oft die Gelegenheit dazu.«

Er sah mich liebevoll an und küsste mich auf die Stirn.

Nachdem das Schiff an einem langen Steg festgemacht hatte, gingen wir von Bord. Die Stille dieses Ortes war überwältigend. Nur der Wind strich durch die Bäume. Hier und da vernahm man die Stimme eines Vogels. Nicht einmal das Knarzen der Mühle war von hier aus zu hören.

»Und das soll nun eine wilde Pirateninsel sein?«, fragte ich.

»Und ob sie das war!«, antwortete er, während wir auf eine staubige Straße traten. In der Ferne erhob sich ein Herrenhaus. War außer uns überhaupt eine Menschenseele hier? »Captain Kidd persönlich ging hier vor Anker, um einen gewaltigen Schatz aus Gold, Silber und Edelsteinen zu verstecken. Die Spanier waren ihm auf den Fersen, nachdem er mehrere ihrer Schiffe geplündert hatte. Lady Gardiner erlaubte ihm, ihr Land zu betreten – wie man munkelt, für einen Anteil an der Beute. Allerdings konnte der Captain seinen Schatz nicht mehr selbst bergen. Er wurde bei seiner Rückkehr verhaftet und in England zum Tode am Strick verurteilt.«

»Sind das die Geschichten, die du als Kind gehört hast?«

»Nein, ich habe erst davon erfahren, als ich nach New York kam. Damals half ich eine Weile im Hafen aus, und ein alter Seebär hatte Spaß daran, Piratengeschichten zu erzählen. William Kidd soll nach New York gezogen sein, wie wir alle, und es dort zu einigem Reichtum gebracht haben. Er war ein Kaufmann, doch dann bot man ihm eine Freibeuterlizenz an, mit der er französische Schiffe kapern und Piraten jagen durfte. Er kaufte sich ein großes Schiff und machte sich ans Werk, war allerdings nicht sonderlich erfolgreich. Eines Tages dann begann er, auch befreundete Schiffe anzugreifen. Das war das Ende für ihn.«

»Eine schaurige Geschichte. Meine Kollegin würde so was lieben.«

»Erzähl es ihr ruhig. Und füge hinzu, dass die Leute der Meinung sind, dass der Schatz von Captain Kidd noch nicht vollständig gehoben wurde. Vielleicht macht sie sich mit Schaufel und Spitzhacke auf den Weg.«

Ich blickte ihn an. »Das haben doch sicher schon andere getan, nicht wahr?«

»Ja, aber man munkelt, das immer noch etwas da ist. Das meiste haben sich natürlich die Engländer geholt.«

Ein Lächeln stieg in mir auf und wurde so breit, dass ich es sogar an den Ohren spürte. »Wie es aussieht, hast du einen Teil deines Goldgräber-Großvaters in dir.«

»Ich denke nicht«, gab er zurück, grinste dabei aber. »Denn sonst hätte ich etwas anderes mitgenommen als das hier.«

»Du meinst, du hast in dem Koffer keinen Spaten und keine Spitzhacke?«

»Nein, etwas viel Besseres!«

Wir begaben uns auf einen Hügel, wo Darren eine Decke aus dem Korbkoffer holte und ausbreitete. Das Picknick, das dieser außerdem enthielt, war rustikal, aber es schmeckte vorzüglich, und die Wärme auf meiner Haut gab mir das durchdringende Gefühl von Ruhe.

»Könntest du es dir vorstellen, auf solch einer Insel zu leben?«, fragte ich Darren. »Abseits von dem Trubel in New York?«

»Ich mag den Trubel in der Stadt«, antwortete er. »Und du?«

»Ich komme aus Berlin«, sagte ich. »Es geht dort genauso zu wie in New York, nur sind die Gebäude nicht so groß. Ich kenne nichts anderes.«

»Also hättest du etwas gegen ein Häuschen im Grünen?«

»Keineswegs. Allerdings würde ich dort auf einem eigenen Labor bestehen. Denn auch wenn ich das Großstadtleben aufgeben könnte, die Chemie werde ich nie aufgeben.«

»Und was willst du da tun? Cremes und Parfüm mischen?«

»Ja. Aber vielleicht ...« Ein Gedanke formte sich plötzlich in meinem Verstand. Was, wenn ich mein Studium beendete? Ich verdiente gutes Geld, und möglicherweise würde es irgendwann reichen, um meinen Abschluss zu machen.

»Vielleicht?«, hakte er nach.

»Vielleicht kann ich eines Tages meinen eigenen Laden eröffnen.«

»Du willst Madame untreu werden?«

»Nein, eigentlich nicht. Aber was, wenn ich ... Wenn sich das Leben ändert? Wenn ich auf eigenen Füßen stehen will?«

»Dann werde ich dafür sorgen, dass du dein Labor bekommst. Egal, wo das Haus dazu steht.«

Mit diesen Worten legte er den Arm um mich und streichelte mir übers Haar. Ich schloss die Augen und erlaubte mir für einen Moment zu träumen.

»He, was ist denn mit dir los?«, fragte Ray, als ich am Montag in der Fabrik erschien. »Du strahlst ja so! Hat Mr Vanderbilt bei dir angerufen?«

»Ich habe einen Ausflug gemacht. Zu einer echten Pirateninsel.«

»Pirateninsel?«

»Gardiners Island«, erklärte ich.

Ray legte den Kopf ein wenig schräg. »Du warst allein auf Gardiners Island?«

»Nein, nicht allein«, gab ich zurück und konnte ein Lächeln nicht unterdrücken.

Ray sog überrascht die Luft ein. »Du hast einen Mann kennengelernt?«

Ich nickte.

»Wann? Wo? Du bist doch nicht etwa mit einem Wildfremden mitgefahren?« Ihre Augen glänzten vor Erwartung.

»Nein, mit Mr O'Connor.« Jetzt war es heraus, und ich fühlte mich seltsam befreit.

»Der Verpackungsmann?«, fragte sie. »Der mit dem tollen Wagen?«

Ich griff nach ihren Händen. »Sag bitte niemandem etwas davon, ja?«

»Natürlich nicht! Du meine Güte, da hast du ja einen Fang gemacht!«

»Ich weiß noch nicht, ob es ein Fang wird«, erwiderte ich. »Wir haben uns gut verstanden, und er hat mir einiges über Piraten auf der Insel erzählt. Es war ein herrlicher Tag!«

»Ich wünschte, ich hätte einen Mann, der mir etwas über Piraten erzählt!« Ray faltete die Hände vor der Brust und schaute verzückt gen Himmel, als würde sie diesen genau darum bitten wollen. »Und, wie wird es weitergehen?«, fragte sie.

»Er will anrufen«, sagte ich und spürte, wie das Glück in meinem Magen perlte wie Sprudelwasser. »Und wir werden uns wieder treffen. Ich hoffe, noch sehr oft.«

44. Kapitel

Der Herbst kam mit ungemütlichem Wetter, doch das war mir egal. Im Herzen hatte ich Darren, und es verging kaum eine freie Minute, in der ich nicht an ihn dachte.

Jeden Sonntag unternahmen wir kleine Ausflüge, die wir freitags am Telefon verabredeten. Wir fuhren meist aufs Land, und als das Wetter zu ungemütlich wurde, blieben wir in der Stadt, schauten uns Galerien an oder gingen in den Filmpalast.

Da Darren immer zur selben Stunde anrief, wartete ich freitags bereits auf der Treppe auf das Klingeln. Kate öffnete mir die Tür von Mr Parkers Wohnung mit einem schelmischen Lächeln. Wir passten seinen Verdauungsspaziergang ab, damit ich ihm nicht zur Last fiel. Manchmal hatte ich ein schlechtes Gewissen deswegen, aber Kate beruhigte mich.

»Meist steht das Telefon still. Mr Parker hofft auf die Anrufe seiner Kinder, aber die melden sich nie. So hat es wenigstens einen Sinn. Und es fällt auch nicht auf, denn wenn dein Kavalier anruft, kostet es nichts.«

An einem Freitag Ende November kehrte ich müde und hungrig nach Hause zurück. Wieder herrschte große Anspannung in der Firma. Das Weihnachtsgeschäft war in vollem

Gange, und Gerüchte über Madame machten die Runde. Einige munkelten, dass sie länger in Paris bleiben und die Geschäfte hier ihrer Nichte übergeben würde.

Ich dachte an Madames Schwester in Paris und beneidete sie ein wenig um ihre weitläufige Familie. Wenn ich eine Schwester gehabt hätte, wäre vielleicht alles anders gekommen ... Oder hätte ich ein Familienmitglied mehr verloren durch meinen Fehltritt?

Darren wollte anrufen, also beeilte ich mich, die Haustür zu öffnen. Beinahe hätte ich den Briefkasten ignoriert, doch da ich noch immer auf Post von Henny hoffte, ging ich zurück und schaute nach.

Tatsächlich lag ein Umschlag darin. Mein Herz machte einen Sprung. Post von Henny! Wie lange hatte ich schon darauf gewartet!

Als ich ihn herausnahm, bemerkte ich, dass etwas fehlte. Weder fand ich den roten Aufkleber mit dem Vermerk *Par Avion* noch den Stempel für *Poste Aérienne* auf der Briefmarke. Genau genommen gab es gar keine Briefmarke.

Der Brief musste mit einem Kurier abgegeben worden sein.

Ich drehte den Umschlag um und schnappte nach Luft, als ich den Schriftzug *Elizabeth Arden* erblickte.

Die kurze Begegnung auf der Party fiel mir wieder ein. Wie war sie an meine Adresse gekommen? Und was hatte der Brief zu bedeuten?

Ich trug ihn in meine Wohnung, und auf einmal war meine Vorfreude auf Darren wie weggeblasen. In der Küche suchte ich ein Messer und öffnete den Umschlag damit.

Das Papier war lavendelfarben, und die Worte, geschrieben in einer fein geschwungenen Handschrift, bohrten sich in meine Sinne.

Geehrte Miss Krohn,

es war mir ein Vergnügen, mich mit Ihnen bei den Vanderbilts zu unterhalten. Ihre Art war so erfrischend, und Ihr Verdienst, das Haus Rubinstein innerhalb weniger Wochen wieder konkurrenzfähig werden zu lassen, ist einfach beeindruckend – auch wenn ich das nur ungern zugebe. Aber so ist das bei uns, nicht wahr? Wagt eine einen Vorstoß, zieht die andere nach. Mrs Titus mag vielleicht frohlocken, doch ich versichere Ihnen, dass dieser Schachzug nicht unbeantwortet bleiben wird. Sprechen wir allerdings nicht davon. Lieber würde ich Ihnen ein Angebot unterbreiten. Sie können sich vielleicht denken, welches, doch ich will mich nicht der Abwerbung schuldig machen. Ich kann mir vorstellen, dass Mrs Titus Ihnen Fesseln angelegt hat. Jemanden mit Talent würde ich auch nicht so einfach ziehen lassen. Aber möglicherweise sind diese nicht so fest, wie wir alle denken.
Sollte sich Ihre Meinung bezüglich Ihrer jetzigen Stelle ändern, sind Sie herzlich eingeladen, durch die rote Tür zu treten.

Herzlichst, Ihre E. A.

Ich taumelte zum Sofa. Miss Arden bot mir an, zu ihr zu kommen. Dachte sie wirklich, dass ich Helena Rubinstein verlassen würde?

Ein Klopfen an der Tür riss mich aus meinen Gedanken. »Sophia?«, sagte Kate an der Tür. »Dein Verehrer ruft an.«

Ich sprang auf und lief hinunter.

Mr Parker war wieder auf seinem Rundgang, viel Zeit blieb uns nicht. Also begann ich sofort: »Du glaubst nicht, was mir eben passiert ist!«

»Was?«, fragte Darren. »Du bist doch wohl hoffentlich nicht überfallen worden.«

»Nein, das nicht. Oder vielleicht doch, wenn man es genau nimmt.«

»Schieß los!«

»Miss Arden hat mir geschrieben. Sie sagt, dass wir uns nett unterhalten hätten, und versucht unterschwellig, mich abzuwerben.«

»Das ist ja überhaupt nicht die feine englische Art«, gab er gekünstelt zurück.

»Madame würde aus der Haut fahren, wenn sie es erführe.«

»Du hast doch aber nicht vor, auf ihr Angebot einzugehen?«

»Nein«, antwortete ich. »Ich habe Madame so viel zu verdanken!«

»Das mag stimmen, aber möglicherweise ...«

»Was meinst du?«, fragte ich.

»Hin und wieder ist es gut, auch auf der anderen Seite eine Verbündete zu haben.«

»Andere Seite?« Ich hatte bislang nicht gewusst, dass es zwei Seiten gab. Ich wusste nur, dass Madame mit Miss Arden konkurrierte. Allerdings gab es da noch andere Kontrahenten, wie ich herausgefunden hatte. Max Factor zum Beispiel, der die Schminke für Filmstars produzierte. Ich hatte es mir zur Gewohnheit gemacht, die Zeitschriften, die Mr Parker nicht mehr wollte und die Kate mir überließ, abends sorgfältig zu studieren.

»Weißt du, wie man die Rivalität zwischen Miss Arden und Madame Rubinstein mittlerweile nennt? Den Puderkrieg. Du magst im Labor nicht viel davon mitbekommen, aber so ist es. Jedermann wartet darauf, dass die Auseinandersetzung einen Skandal produziert.«

»Wer erzählt dir denn so was?«

»Kunden«, entgegnete er. »Seit ich für Madame gearbeitet habe, habe ich viele neue Aufträge bekommen.«

»Und Miss Arden?«

»Wie ich dir schon auf der Party erzählt habe, braucht sie keinen ›Verpackungsmann‹. Aber die anderen Kosmetikfirmen schauen ganz genau auf euch und vor allem auf Madame. Ihre vermeintlichen Eheprobleme sind Thema bei ihnen, genauso wie die Frage, wie es bei Rubinstein weitergeht, wenn Madame sich wirklich entscheidet, in Paris zu bleiben. In jeder Branche gibt es Raubtiere und Geier. Wir mögen vielleicht kleine Rädchen im Getriebe sein, aber wir haben die Möglichkeit, etwas zu verändern. Für uns selbst. Ich an deiner Stelle würde den Brief aufheben. Man kann nie wissen, wie der Wind sich dreht.«

Ich wusste nicht, was ich davon halten sollte. Zu Miss Arden zu gehen erschien mir undenkbar in diesem Augenblick. Aber Darren hatte mehr Erfahrung im Arbeitsleben, und ich spürte, dass sein Rat vielleicht nicht verkehrt war.

Einen Moment lang schwiegen wir, in Gedanken versunken.

»Was hältst du davon, die Weihnachtsfeiertage mit mir zu verbringen?«, fragte er dann.

»Hast du nicht andere Verpflichtungen?«, fragte ich vorsichtig.

»Nein«, antwortete er entschlossen. »Und selbst wenn, würde ich sie für dich absagen. Ich möchte an Weihnachten bei dir sein – vorausgesetzt, du hast noch nichts vor.«

Seine Worte wärmten mein Herz, und ich wurde von meinen Gefühlen derart überschwemmt, dass ich zunächst nichts sagen konnte.

»Sophia?«

»Ja«, antwortete ich und spürte, dass mir die Tränen kamen.

»Was meinst du?« Sorge klang in seiner Stimme mit.

»Das wäre wirklich schön«, antwortete ich und wischte mir die Tränen vom Gesicht.

»Du klingst aber irgendwie unglücklich.«

»Nein, nein, es ist nur …« Ich unterdrückte ein Schluchzen und versuchte mich wieder unter Kontrolle zu bekommen. »Ich … ich weine aus Freude, nicht aus Kummer.«

Erleichtert atmete er auf. »Liebes, ich freue mich sehr, dass du mit mir feiern möchtest.«

Kate erschien in der Tür. Während Darren und ich sprachen, hielt sie Ausschau nach Mr Parker und sagte mir Bescheid, wenn sie ihn in der Nähe des Hauses auftauchen sah.

»Ich muss Schluss machen«, sagte ich.

»Wir hören nächsten Freitag voneinander, ja?«, sagte er. »Ich suche uns eine Unterkunft. Vielleicht kann ich dir dann schon mehr erzählen.«

»Ich freue mich darauf. Mach's gut.«

Ich kehrte in mein Zimmer zurück, noch immer ganz gerührt von Darrens Freundlichkeit und seinem Angebot. Ich würde dieses Weihnachtsfest nicht allein sein! Ich konnte mein Glück kaum fassen, und am liebsten wäre ich losgelaufen und hätte es Ray erzählt oder auch jedem Wildfremden auf der Straße.

Aber ich blieb in meinem Zimmer und holte noch einmal das Schreiben von Miss Arden hervor.

Was Darren gesagt hatte, beunruhigte mich ein wenig. »Puderkrieg« klang nicht gut. Es klang danach, dass es nur eine Frage der Zeit war, bis eine der anderen aktiv schadete. Madame hatte derzeit mit Mr Titus zu tun. Ich sorgte mich ein wenig, dass Miss Arden die kursierenden Gerüchte auf irgendeine ungute Art ausnutzen würde.

Andererseits hatte es auf der Party ein wenig so geklungen, als wäre Madame in ihr Gebiet eingedrungen, nicht umgekehrt.

Noch eine ganze Weile drehte ich den Brief in den Händen, Darrens Worte hallten dabei durch mein Ohr.

Ich an deiner Stelle würde den Brief aufheben. Man kann nie wissen, wie der Wind sich dreht.

45. Kapitel

Der 22. Dezember begann mit Eisblumen an meinem Fenster. Die weißen Kristalle wirkten wie Schwertlilien, und ich wünschte mir beinahe, einen dieser modernen tragbaren Fotoapparate zu besitzen, um dieses Naturschauspiel zu konservieren.

Obwohl sich der Ofen anstrengte, schaffte er es nicht, meine Wohnung ausreichend zu erwärmen. Wenn ich von der Arbeit zurückkehrte, stapelte ich mit klammen Fingern Holz und Kohlen hinein, nur um die Wärme, die sich am Abend mühsam ansammelte, morgens wieder hinter mir lassen zu müssen.

Doch heute war es mir egal. Übermorgen würde ich mit Darren unterwegs nach Martha's Vineyard sein!

Bei seinem vorletzten Anruf hatte er mir erzählt, dass es ihm gelungen war, ein kleines Häuschen anzumieten. Dieses gehörte dem begüterten Klienten eines Freundes, der um diese Jahreszeit lieber in der Stadt weilte als auf der Insel.

Ich konnte es vor lauter Vorfreude kaum noch aushalten.

Einige Tage zuvor erhielt ich einen Brief von Henny. Meine Sorgen um sie verpufften schlagartig. Sie entschuldigte sich, erklärte, viel zu tun gehabt zu haben, und berichtete, dass sie mit Jouelle über Weihnachten nach Nizza fahren würde.

Ich brannte darauf, ihr von meiner Reise mit Darren zu erzählen.

Das Einzige, was mich ein wenig beunruhigte, war die Tatsache, dass es zwischen uns zu mehr als nur einem Kuss kommen könnte. Die Narbe an meinem Bauch war mittlerweile ein wenig verblasst, doch sie würde Fragen aufwerfen. Ich war nicht sicher, ob ich dafür schon bereit war. Und ich war auch nicht sicher, wie Darren darauf reagieren würde.

Ich schob die Gedanken daran beiseite und machte mich wie jeden Morgen auf den Weg. Zu dieser Jahreszeit wirkte die Stadt verändert. Selbst kleine Läden dekorierten ihre Auslagen. Die Schaufenster der großen Kaufhäuser wetteiferten miteinander, was Farbe und Glanz anging. Wenn man an ihnen vorbeiflanierte, kam man sich wie in einer anderen Welt vor.

»Na, bist du schon aufgeregt?«, fragte Ray im Umkleideraum.

»Ja, ein wenig«, gab ich lächelnd zu. »Es ist immerhin das erste Mal, dass ich mit ihm irgendwo übernachte.«

»Du musst mir unbedingt erzählen, wie es auf Martha's Vineyard ist. Ich träume davon, eines Tages ein Haus dort zu haben.«

»Ein Haus?«, fragte ich. »Wo du doch noch nicht mal weißt, wie es dort ist?«

»Viele reiche Leute haben dort Wochenendhäuser, und es soll guten Hummer geben. Ich würde nur zu gern wissen, wie es sich anfühlt, auf der Insel zu leben. Möglicherweise gibt es da auch einen großen Gatsby.«

»Was du nur mit diesem Roman hast«, entgegnete ich kopfschüttelnd. »Aber wenn du willst, werde ich dir berichten. Und sei es nur, um dich vom Kauf eines Hauses abzubringen.«

»Als ob ich das Geld dafür hätte!«, erwiderte sie. »Dazu bräuchte ich erst einmal einen reichen Mann.«

»Dann solltest du dich darum kümmern, das Haus kommt dann von allein.«

Ich lächelte sie an, band mir ein Kopftuch um und ging in die Halle.

Auch hier hatten die Scheiben einen leichten Frosthauch. Die Tische waren blank gescheuert, Körbe mit Kräutern, die wie jeden Tag vom Hafen geholt worden waren, warteten darauf, verarbeitet zu werden.

Alles schien wie immer, die Frauen erzählten von ihren Weihnachtsplänen und den Geschenken, die sie ihren Männern oder Kindern machen wollten. Dann erschien plötzlich eine der Sekretärinnen bei uns.

»Miss Clayton möchte Sie alle im Aufenthaltsraum sehen«, sagte sie und verschwand rasch wieder, ohne eine weitere Erklärung abzugeben.

Ich blickte fragend zu den anderen. Diese schienen genauso überrascht wie ich.

»Sicher ist Madame aus Paris zurückgekehrt«, sagte Carla und fügte scherzhaft hinzu: »Vielleicht will sie uns eine Gehaltserhöhung anbieten.«

Wir verließen die Halle und gingen in die Kantine, wo bereits die Männer von der Auslieferung warteten. Aufgeregtes Gemurmel lag in der Luft. Von Miss Clayton war noch nichts zu sehen.

»Weißt du, was das soll?«, fragte ich Ray.

Sie schüttelte den Kopf. »Wahrscheinlich gibt es irgendeine Bekanntgabe. Oder Madame erscheint persönlich.«

Ich erinnerte mich an das letzte Mal, als Madame hier aufgetaucht war. Damals hatte sie uns zu noch mehr Leistung anspornen wollen.

»Vielleicht möchte sie uns für unser Engagement danken«, fuhr Ray fort.

»Ist sie denn schon wieder aus Europa zurück?« In der vergangenen Zeit hatte ich nicht mehr viel über sie gehört. In den Mittagspausen versorgte mich Ray immer noch mit Neuigkeiten, aber die drehten sich nur selten um Madame und Mr Titus.

Das Raunen ebbte schlagartig ab, als Miss Clayton erschien. Ihre Miene wirkte wie versteinert, aber wann war das nicht der Fall?

Sie stellte sich auf einen der Stühle, um die Anwesenden zu überragen.

»Der Grund, weshalb wir uns hier zusammengefunden haben«, begann sie, »ist ein Brief von Madame Rubinstein, der mir heute Morgen überbracht wurde.«

Sie reckte das Schreiben in die Höhe. Ich bemerkte, dass ihre Stimme zitterte.

Miss Clayton zog den Brief aus dem Umschlag und las: »*Geehrte Mitarbeiterinnen und Mitarbeiter, ich wende mich heute an Sie, um eine Mitteilung zu machen. Sie werden die Gerüchte gehört haben, nach denen es zwischen mir und meinem Ehemann Probleme geben soll. Ich kann nicht leugnen, dass ich meine Familie in den vergangenen Monaten vernachlässigt habe. Aus diesem Grund habe ich beschlossen, zwei Drittel meiner Anteile an der Rubinstein Inc. zu verkaufen. Das gibt mir die Gelegenheit, mich nunmehr auf meine Ehe zu konzentrieren.*«

Das Gemurmel in der Halle schwoll wieder an. Unmutsbekundungen wurden laut. Miss Claytons Stimme ging vollständig darin unter.

»Wer ... wer ist der Käufer?«, fragte jemand aus den hinteren Reihen, und ein weiterer Mitarbeiter schloss sich an: »Und was wird nun aus uns?«

»Beruhigt euch bitte!«, rief Miss Clayton ein wenig hilflos. »Nach meinen Informationen sind die Stellen hier nicht in Gefahr. Madame hat sich von den neuen Käufern zusichern lassen, dass alle Arbeitsplätze erhalten bleiben.«

»Ach ja? Und wer sind denn die neuen Herren?«, fragte Carla.

»Die Lehman Brothers«, antwortete Miss Clayton. Sie war mittlerweile ganz weiß um die Nase.

»Die Bank?«, erboste sich eine der Frauen. »Diese Typen haben doch keine Ahnung von unserem Geschäft!«

»Es ist die Entscheidung von Madame«, erwiderte Miss Clayton. »Es steht uns nicht zu, diese zu hinterfragen.«

Erneut erhoben sich die Stimmen. Das Murren wurde zu lautem Diskutieren und dann zu wütendem Schimpfen.

Ich war wie betäubt. Dass Madame Rubinstein uns alle einfach im Stich lassen würde, hätte ich nicht gedacht.

»Warum ist sie dann nicht selbst gekommen und hat es uns gesagt?«, schrie jemand neben mir. »Erst bringt sie uns dazu, uns die Knochen abzuschuften, und dann macht sie sich aus dem Staub!«

Ich konnte den Zorn der Angestellten verstehen. Doch ich erinnerte mich auch noch deutlich an das letzte Mal, als ich Madame persönlich gesprochen hatte. War das der Preis dafür, dass Mr Titus sie nicht verließ? Hatte er von ihr verlangt, dass sie das Geschäft in New York aufgab, damit sie bei ihm in Paris bleiben konnte?

Erst in der Mittagspause kam ich dazu, das Gespräch mit Ray fortzuführen. Wir trafen uns an der kleinen Steinmauer, an der sie mich zum ersten Mal angesprochen hatte. Frost hing in der Luft. Die Bäume waren von Raureif bedeckt.

Ich hatte Ray in der vergangenen Zeit kaum rauchen gesehen, doch jetzt hatte sie sich eine Zigarette angesteckt und sog den Rauch begierig in ihre Lunge.

»Was, meinst du, wird passieren?«, fragte ich. Ich wusste nicht, was der Verkauf für uns bedeutete. Noch nie zuvor war ich in einer derartigen Lage gewesen.

Mein Vater hätte sein Geschäft für kein Geld der Welt aufgegeben.

Ray blies nervös den Rauch in die Luft. »Wir werden natürlich entlassen werden, was sonst?«

»Davon war aber nicht die Rede. Miss Clayton meinte doch …«

»Nein, davon ist nie die Rede. Und dann machen sie es doch.« Ray schüttelte den Kopf. »Dem Bruder einer Freundin ist es so ergangen. Er arbeitete für eine Baufirma, die von einer Bank aufgekauft wurde. Erst hieß es, alle Arbeitsplätze seien sicher, doch dann wurde über Nacht eines der Projekte aufgegeben. Am nächsten Tag wurden die Arbeiter entlassen.«

»Aber hier ist es etwas anderes. Wir produzieren Kosmetik.«

Ray schüttelte den Kopf. »Es ist dasselbe, glaube mir. Es geht um Geld. Viel Geld. Mich würde interessieren, wie viel die Lehman Brothers ihr gezahlt haben.«

Mich interessierte eher etwas anderes. »Meinst du, dass sie das Geschäft für Mr Titus aufgegeben hat?«

Ray zuckte mit den Schultern. »Madame Rubinstein liebt ihr Geschäft. Ihr Mann war die meiste Zeit nicht bei ihr, er lebt vorwiegend in Paris.«

»Aber nie zuvor hat er vorgehabt, sie zu verlassen.«

Ray zog die Augenbrauen hoch. »Woher hast du das?«

Ich schüttelte den Kopf. »Hab ich irgendwo aufgeschnappt.« Ich konnte Ray wohl kaum erzählen, dass Madame mir das nach Verlassen der Party gestanden hatte.

»Das ist ja ein Ding!«, sagte Ray. »Man hat es vermutet, aber wenn er nun wirklich …« Sie schüttelte den Kopf. »Wer hätte gedacht, dass Madame letztlich auch nur eine Frau ist.«

»Sie scheint ihren Ehemann zu lieben«, sagte ich. »Ich habe gesehen, wie sie ihn während der Überfahrt angesehen hat.«

»Davon haben wir nie etwas bemerkt, aber sie war mit ihm ja auch nur einmal hier. Er hat nichts übrig für ihre Firma und hängt lieber mit seinen Schriftstellern herum. Seltsam, dass sie überhaupt noch zusammen sind.«

»Wir sollten uns nicht darum kümmern«, sagte ich, denn es war mir unangenehm, so über Madame zu sprechen. Ihr Privatleben ging uns nichts an, auch wenn sie unseres durch die Verträge kontrollierte. »Das Wichtigste ist doch, dass wir unseren Job nicht verlieren. Für wen wir arbeiten, kann uns eigentlich egal sein, oder nicht?«

46. Kapitel

Am Morgen des 24. Dezember erwartete mich Darren wie versprochen vor dem Haus – ohne Hupkonzert, was Mr Miller bestimmt sehr begrüßte. Mittlerweile machte er sich nicht einmal mehr die Mühe, aus dem Fenster zu schauen, wenn der Wagen vor dem Haus hielt. Wahrscheinlich gewöhnte er sich allmählich an Darren.

Auf die Gepäckablage des Fahrzeugs hatte Darren einen großen Koffer geladen. Er hatte angekündigt, ein Geschenk für mich zu haben, was mich dazu veranlasst hatte, in der vergangenen Woche noch kurz vor Ladenschluss einen Abstecher zu einem Herrenausstatter zu unternehmen, um ihm eine Krawattennadel zu kaufen.

Bei dem Gedanken, dass dies das erste Mal seit Paris war, dass ich wieder ein Weihnachtsgeschenk kaufte, zudem mit dem Geld, das ich selbst verdiente, waren mir die Tränen gekommen.

Doch dann hatte mich ein unbeschreibliches Glücksgefühl erfasst, und ich hatte mir erlaubt, von einer Zukunft mit Darren zu träumen.

Heute jedoch fühlte ich mich beklommen. Der Verkauf der Firmenanteile war am Vortag noch lange Gesprächsthema unter den Frauen gewesen. Obwohl sich auf den ersten Blick nichts geändert hatte, war doch alles anders. Anstatt sich auf die Feiertage zu freuen, waren nun viele verunsichert. Ich bildete da keine Ausnahme.

»Was ist denn los?«, fragte Darren, als er mir den Koffer abnahm. »Du siehst traurig aus.«

»Das bin ich aber nicht«, gab ich zurück. »Es ist nur ... Am besten, ich erzähle es dir unterwegs.«

»Hoffentlich ist es nichts, weshalb ich vor Schreck das Lenkrad loslassen muss.«

»Nein, ganz sicher nicht. Und eigentlich hat es auch nicht viel zu bedeuten. Lass uns fahren, dann muss ich dich nicht länger auf die Folter spannen.«

Wir stiegen ein, und Darren ließ den Motor an. Als wir das Haus hinter uns gelassen hatten, begann ich zu berichten. Von dem Brief bis zu den Diskussionen, die danach aufgekommen waren.

Darren schwieg einen Moment lang nachdenklich, dann sagte er: »Du solltest dich deswegen nicht verrückt machen. Firmen werden verkauft. Das war schon immer so. Ich wette, Madame Rubinstein hat schon des Öfteren Kaufangebote erhalten.«

»Aber sie hat bisher keines davon angenommen.« Ich seufzte schwer. Wie gern würde ich Darren erzählen, was Madame mir bei der Rückfahrt von der Party offenbart hatte. Doch dann erinnerte ich mich daran, dass ich ihr versprochen hatte zu schweigen.

»Die Lehman Brothers werden das Unternehmen nicht in den Sand setzen«, sagte Darren.

»Sie sind Bankiers, keine Kosmetikleute«, gab ich zu bedenken.

»Dafür haben sie ja euch. Ich könnte mir vorstellen, dass einige Mitarbeiter in die Führungsetage geholt werden, um die neuen Herren zu beraten. Das bedeutet auch, dass du vielleicht schon bald neue Produkte kreieren darfst.«

Irgendwie wollte ich daran nicht glauben. »Die meisten Frauen rechnen damit, dass es jetzt zu Kündigungen kommen wird. Wir haben noch zwei andere Chemiker. Diesen würden sie nicht kündigen, denn sie haben Familien zu versorgen.«

»Es ist doch gar nicht gesagt, dass sie überhaupt jemandem kündigen werden«, entgegnete Darren. »Möglicherweise verleiht der Verkauf dem Unternehmen neuen Schwung, und es werden weitere Leute angestellt.«

»Das hoffe ich«, erwiderte ich und beschloss, nicht weiter darüber nachzudenken. Im Anschluss an die Feiertage hatte ich immer noch Zeit, mich verrückt zu machen.

Nach einem Zwischenaufenthalt in New Haven, wo Darren mir die Yale University zeigte und scherzhaft anmerkte, dass ich dort doch auch meinen Doktor machen könnte, wenn ich wollte, erreichten wir am Nachmittag Boston, wo uns die Fähre nach Martha's Vineyard erwartete.

Darren hatte mir unterwegs erzählt, dass die sogenannte »Tea Party« im Bostoner Hafen Auslöser für den Unabhängigkeitskrieg gewesen war, in dem sich die Vereinigten Staaten von Amerika von der Herrschaft des englischen Königreichs befreiten.

Ich war gespannt, was er über die Insel, die auf uns wartete, zu erzählen hatte.

Die Luft war eisig, und ich war froh, dass ich unter meinem Mantel noch den alten trug, den ich aus Berlin mitgebracht hatte. In Windeseile wanderte die feuchtkalte Luft unter die Stoffschichten und brachte meine Haut dazu, sich schmerzhaft zusammenzuziehen.

Die Fähre Nantucket, ein beeindruckendes weißes Dampfschiff mit hohem Schornstein, lag bereits am Kai. Es befanden sich noch ein paar andere Reisende an Bord. Eine Dame mit einem ausladenden Pelzmantel musterte uns neugierig, wandte sich dann aber wieder ihrem Gatten zu, der in seinem schwarzen Gewand beinahe wie ein Pastor aussah.

Das Auto konnten wir nicht mitnehmen, dazu war die Fähre zu klein. Doch Darren hatte es an einem sicheren Platz geparkt.

»Sie haben Glück«, meinte der Matrose, der unsere Tickets kontrollierte, ein gedrungener, wettergegerbter Mann in einer dicken blauen Wolljacke. »Zu dieser Jahreszeit ist kaum jemand hier. Nur ein paar Leute, die es in der Stadt nicht mehr aushalten. Im Sommer sieht es ganz anders aus. Da gibt es haufenweise Ausflügler.«

»Deshalb haben wir uns für den Winter entschieden«, antwortete Darren und legte schützend den Arm um mich. Ich spürte seine Wärme und schmiegte mich an ihn. Der Fährmann lächelte hintergründig. »Nun, wie es aussieht, werden Sie beide zumindest nicht frieren.«

»Nein, das werden wir ganz sicher nicht«, erwiderte Darren und warf mir einen liebevollen Blick zu.

Wie begaben uns in die Nähe der Rettungsboote. Von dort aus hatten wir eine wunderbare Aussicht aufs Meer, auch wenn dieses sich teilweise hinter dichten Dunstschwaden verbarg.

Die Fähre setzte sich mit einem lauten lang gezogenen Signalton in Bewegung. Langsam verschwand der Hafen hinter uns im Dunst.

Unwillkürlich musste ich wieder an den Tag denken, als ich aus Calais in die Neue Welt aufgebrochen war. Beinahe zwei Jahre lagen dazwischen. Louis wäre zweieinhalb Jahre alt. Manchmal stellte ich mir vor, wie es gewesen wäre, wenn ich ihn hätte mitnehmen können. Hin und wieder träumte ich sogar davon – nur um wach zu werden und festzustellen, dass es meinen Sohn nicht mehr gab.

Ich versuchte, den Gedanken abzuschütteln, bevor er mein

Herz gänzlich schwer machen konnte. Louis war tot, nichts konnte ihn ins Leben zurückholen. Er würde immer bei mir sein, wohin ich auch ging. Vielleicht würde die Narbe, die sein Verlust hinterlassen hatte, irgendwann verblassen, vergehen würde sie nie. Aber ich wollte sie eigentlich auch nicht los sein, denn sie war das einzige Zeichen dafür, dass es das Kind gegeben hatte.

»Ist alles in Ordnung mit dir?«, fragte Darren. Seine Stimme vertrieb die Bilder, die in mir aufgestiegen waren. Ich blickte in sein Gesicht. Seine Augen strahlten wie der Sommerhimmel, und das, obwohl es ringsherum grau und eisig war. Seine Wangen waren ebenso gerötet wie seine Nase. Sein Haarschopf wurde vom Wind zerzaust.

Eine Welle des Glücks durchströmte mich bei diesem Anblick. Dieser Mann würde meine Zukunft sein. Mit ihm konnte ich neu beginnen und die Vergangenheit hinter mir lassen.

»Mehr als das«, antwortete ich. »Ich glaube kaum, dass ich mich in letzter Zeit glücklicher gefühlt habe als in diesem Augenblick.«

»Und dabei sind wir noch nicht einmal da«, gab er lächelnd zurück.

»Es reicht mir, dass du da bist«, sagte ich und schmiegte mich an ihn.

Am frühen Nachmittag erreichten wir die Insel. Ebenso wie auf Gardiners Island erblickte man zuerst die Strände und Kliffe, wenig später sah man die erhöht liegenden Häuser. Der Leuchtturm schickte sein Licht trotz der Tageszeit in die Ferne, wahrscheinlich war es auf hoher See noch dunstiger als hier.

Als die Fähre in Edgartown festgemacht hatte, gingen wir von Bord. Am Hafen warteten einige Wagen, um die Passagiere zu ihren Unterkünften zu bringen. Der junge Mann, der uns zum Haus von Darrens Bekannten fuhr, erzählte uns von dem

Brand eines Fährschiffes und dass im Großen Krieg ein deutsches U-Boot vor der Küste ein Passierschiff angegriffen und versenkt hatte. Allesamt keine schönen Geschichten und auch ein wenig peinlich für mich, die ich Deutsche war, aber Darren schien es nichts auszumachen.

Am Ortsrand hielten wir schließlich an. Das Haus duckte sich unter hohe Obstbäume und dichte Ginsterbüsche. Die Wände waren komplett weiß gestrichen, an einer Seite kletterte eine Rose an der Fassade hinauf. Das Laub hatte sie längst verloren, aber hier und da hingen noch Hagebutten und vertrocknete Knospen zwischen den Dornen. Über dem Eingang gab es einen geräumigen Balkon.

Darren bezahlte den Jungen, der ihm noch half, das Gepäck abzuladen. Anschließend betraten wir das Haus, das über ein großes Foyer und mehr Räume verfügte, als wir benötigten.

»Das hier ist also die Ferienunterkunft eines Klienten deines Freundes?«, fragte ich, während ich mich in der Eingangshalle umschaute. Eine ausladende weiße Treppe führte in die obere Etage, bewacht von dem Porträt einer melancholisch dreinblickenden Frau in einem lavendelfarbenen Kleid. Sie trug ihr Haar im Nacken zusammengesteckt und stützte ihr alabasterweißes Gesicht auf ihre Hand.

»Die Großmutter des Hausherrn«, erklärte Darren. »Es heißt, ihr Gatte sei nach ihrem Tod so verzweifelt gewesen, dass er kaum noch von ihrem Porträt wegzubekommen war. Er saß selbst dann noch davor, als man es an diesen Platz brachte. Jeder, der hier zur Tür hereinkam, hat sich zu Tode erschreckt über den Alten, der den Blick starr auf das Gemälde gerichtet hielt.«

»Sie war wunderschön«, sagte ich und legte den Kopf schief. Ein wenig erinnerte sie mich an Madame. Möglicherweise hatte diese in jungen Jahren ähnlich ausgesehen.

»Ja, das war sie. Aber nicht so schön wie du.«

Ich verzog das Gesicht. »Du übertreibst. Ich bin eine Brillenschlange, verglichen mit ihr.«

»Es ist nicht gesagt, dass sie nicht auch kurzsichtig war. Jeder Mensch will einen besonders guten Eindruck hinterlassen, wenn sein Bild für die Nachwelt festgehalten werden soll. Das gilt für Fotografien genauso wie für Gemälde. Oder würdest du dich mit Brille ablichten lassen?«

Ich dachte an das Porträt, das anlässlich meines achtzehnten Geburtstags angefertigt worden war. Ich hatte die Brille abgenommen und den ganzen Vormittag in einer verschwommenen Welt verbracht. Doch dieses Mädchen war in Berlin geblieben.

»Ja«, antwortete ich. »Jetzt schon. Die Brille ist ein Teil von mir. Ohne sie würde ich es wahrscheinlich nicht mal lebend über die Straße schaffen. Warum einen Teil weglassen, der doch wichtig für mich ist?«

Darren grinste mich an, als würde er mir nicht glauben. »Ich kenne kein Mädchen, das so etwas tun würde.«

»Dann bin ich die Erste«, sagte ich. »Außerdem muss ich die Brille nicht mehr weglassen, um einen Mann zu bekommen, stimmt's?«

Darren trat zu mir und zog mich in seine Arme. »Nein, das brauchst du nicht. Ich finde deine Brille irgendwie niedlich.«

»Niedlich?«, fragte ich. »Ich dachte, sie lässt mich klug aussehen.«

»Nein, klug bist du von allein. Ich finde sie niedlich.«

Er küsste mich, und kurz ging mir durch den Sinn, dass auch Georg sich kein bisschen an meiner Brille gestört hatte. Und obwohl es mir fernlag, Darren mit ihm zu vergleichen, beruhigte es mich doch zu wissen, dass sein Blick auf mich nicht an meinem Brillengestell aufhörte.

Dann jedoch dachte ich nur noch an seine Lippen und versank in der Wärme seines Körpers.

Nachdem wir uns eingerichtet hatten, wanderten wir ein Stück weit durch die Landschaft. Das Wetter klarte auf, und obwohl es dadurch noch kälter wurde, war die Aussicht über das Land und vor allem das Meer wunderschön. Die Wellen erschienen beinahe türkisfarben, gekrönt von kleinen Gischthauben. Am Strand türmte sich angeschwemmtes Holz zu bizarren Skulpturen. Trockenes Gras wogte entlang des Weges im Wind. In der Ferne entdeckten wir einen kleinen Leuchtturm und nahmen uns vor, ihn während der nächsten Tage zu besichtigen.

Am Abend dann gingen wir in den Ort hinunter und kehrten in einem feinen Restaurant ein. Es zeigte sich, dass doch noch etliche Leute auf der Insel waren. In warmes Licht getaucht, saßen sie an den Tischen, trugen ihre Colliers und ihre goldenen Krawattennadeln zur Schau. In der Luft lag ein herrlicher Duft nach Kräutern und Gebratenem. Meine Brillengläser beschlugen und ließen für einen Moment alles hinter einem weißen Schleier verschwinden. Doch dann wurde meine Sicht wieder klar.

Nachdem Darren mit dem Kellner gesprochen hatte, wurden wir an einen Tisch geführt, der in der Nähe eines Fensters stand. Von der Landschaft draußen konnte man nichts erkennen, denn es war stockfinster. Doch es gefiel mir, wie sich die Lichter in der Scheibe spiegelten – und wir uns mit ihnen.

Wir nahmen Platz, und ich wusste gar nicht, wo ich zuerst hinschauen sollte. Die Stimmen der Gäste klangen wie das Summen Tausender Hummeln. Zwischendurch lachte eine Frauenstimme auf. Ich sah, wie eine der Damen in der Nähe ihre Puderdose herausholte und ihr Make-up korrigierte. Ihr Begleiter beobachtete sie fasziniert. Würde Darren das auch tun, wenn ich mir öffentlich die Nase puderte?

»Hier, für dich«, sagte er plötzlich und reichte mir ein kleines Kästchen.

»Aber es ist doch noch gar nicht die Zeit für die Bescherung«, entgegnete ich. Ich hatte inzwischen erfahren, dass in Amerika die Geschenke erst am Morgen des ersten Weihnachtsfeiertages überreicht wurden.

»Hier nicht, aber bei dir schon. Ich weiß, dass ihr in Deutschland den Heiligen Abend feiert.«

Ein Bild blitzte vor meinem geistigen Auge auf. Es zeigte den Christbaum in unserer Wohnstube. Mein Vater war eigentlich ein pragmatischer Mann, aber selbst ihm wurde das Herz weich, wenn die Kerzen am Baum leuchteten und der Geruch nach gebratenen Äpfeln durch die Räume waberte.

Schnell schüttelte ich das Bild wieder ab. Ich war nicht mehr zu Hause. Ich war auf Martha's Vineyard. Mit Darren.

»Danke«, sagte ich und hatte Mühe, die Tränen zurückzuhalten. Ich fühlte mich so unsagbar glücklich. Und gleichzeitig bekam ich ein schlechtes Gewissen. »Dein Geschenk ist noch im Haus.«

»Das macht nichts. Es hat Zeit bis morgen früh.« Er beugte sich zu mir rüber und gab mir einen Kuss. »Na los, schau rein, was es ist.«

»Wirklich?«

»Warum sonst sollte ich es mitgenommen haben?«

Ich löste die zarte goldene Schleife. Schon so lange hatte ich kein Geschenk mehr bekommen. Aufregung ließ meinen Bauch kribbeln.

Ich öffnete die kleine Schachtel und sah ein silbernes Funkeln. Kühles Metall schmiegte sich an meine Finger. Als ich es hervorzog, bemerkte ich, dass es ein kleiner silberner Anhänger war, an einer feinen Gliederkette.

Der Anhänger hatte die Form einer Münze.

»Es ist eine alte spanische Münze«, erklärte er. »Als ich dir damals von den Piraten erzählte, kam mir in den Sinn, sie für dich zu kaufen.«

Ich strich mit dem Finger über das Metall, das das Bildnis

einer Frau zeigte. Eine Frau mit einer Krone. Der Zierrat ringsherum war abgerieben, die Zahl auf der Rückseite kaum noch leserlich.

Doch es war das Schönste, was ich je bekommen hatte.

»Sie ist aus reinem Silber. Angeblich von einem der Schiffe, die die Piraten aufgebracht haben. Es soll eine Königin sein, frag mich aber nicht, welche. Sie hat mir gefallen, weil sie mich irgendwie an dich erinnert.«

»Sie trägt keine Brille«, erwiderte ich.

»Ich bin mir nicht sicher, ob es damals überhaupt schon Brillen gab. Aber wenn, hätten viel mehr Königinnen sie getragen.«

Ich lachte auf. »Danke«, sagte ich und strahlte ihn an. In dem Augenblick erschien der Kellner, um unsere Bestellung aufzunehmen.

Durchgewärmt vom guten Essen, gingen wir schließlich zum Haus zurück. In nur wenigen Häusern brannte noch Licht, doch wenn, war es ebenso anheimelnd wie in dem Restaurant. Ich stellte mir vor, wie die Familien vor dem Weihnachtsbaum saßen, obwohl ich wusste, dass es hier ein wenig anders ablief als bei uns.

»Ich erinnere mich noch gut daran, wie ich als Kind in dieser Nacht wach gelegen habe«, erzählte Darren. »Mein Vater mochte ein schwieriger Mann gewesen sein, aber an Weihnachten hielt er sich zurück. Als ich noch nicht begriff, wie es wirklich um unsere Familie stand, dachte ich, dass abends ein Engel käme und mir Geschenke bringen würde. Und irgendwie schaffte es meine Mutter immer, dass der Engel ins Haus kam und mir etwas daließ. Trotz meines Vaters.«

»Ich glaubte, dass das Christkind mit einem Schlitten vor dem Haus vorfuhr. Mein Vater hat mich in dem Glauben gelassen, bis ich zehn Jahre alt war. Dann erklärte er mir, dass es kein Christkind gebe. Es war ein Schock für mich.«

»Das klingt ziemlich grausam.«

»Nein, es war nur realistisch. Mein Vater hatte für mich eine Zukunft als Wissenschaftlerin im Sinn. Aberglaube sei etwas für Frauen, die nie die Möglichkeiten hätten, die mir offenstünden.« Ich schüttelte den Kopf und versuchte den Gedanken zu vertreiben.

»Dein Vater hat es sicher gut gemeint«, sagte Darren. »Wie meiner, wenn er denn mal nüchtern war.«

»Ja«, antwortete ich. »Er hat es gut gemeint.« Und ich war undankbar gewesen. Hatte ihn enttäuscht. Und jetzt war ich hier.

»Lass uns nicht mehr von der Vergangenheit reden«, sagte ich, denn ich spürte, dass aus den Winkeln der Erinnerung Dinge aufstiegen, von denen ich mir diesen wunderbaren Tag nicht verderben lassen wollte. »Wir sollten vorausschauen. Auf die Zukunft.«

Darren legte den Arm um meine Schulter. »Einverstanden. Schauen wir auf die Zukunft.«

47. Kapitel

Am Weihnachtsmorgen erwachte ich schon sehr früh. Darren schlief noch fest, die Decke um sich geschlungen. Ich betrachtete ihn. Die ganze Zeit über hatte er nichts versucht, was ich nicht gewollt hätte. Er war durch und durch anständig. Und es war schön, ihn neben mir zu sehen. Neben ihm zu erwachen. Ich konnte mir vorstellen, das jeden Morgen zu tun.

Ich erhob mich vorsichtig aus dem Bett, zog mich an und ging nach unten. Das Feuer war verloschen, die Asche zerfallen. Ich kehrte sie beiseite und legte neue Scheite auf. Dann entzündete ich ein paar Strohhalme.

Als das Feuer brannte, deckte ich den Tisch und legte Darrens Geschenk neben seinen Teller. Ich fragte mich, was meine Eltern dazu sagen würden. Ich hatte einen neuen Mann gefunden. Einen Mann, der mich nicht ausnutzen würde. Einen Mann, der mich vielleicht heiratete. Vielleicht.

Doch würde ich ihn heiraten wollen? Ein Leben führen wie dieses, das einer Hausfrau in der Küche?

Nein, das war nicht das, was ich wollte. Ich wollte im Labor sein. Ich wollte arbeiten, vorankommen.

Das Knarzen der Treppe riss mich aus meinen Gedanken. Wenig später erschien Darren in der Tür.

»Hier bist du«, sagte er mit einem breiten Lächeln. Sein Haarschopf war ein wenig zerzaust, auf seinen Wangen lag noch die Röte des Schlafes.

Ich hätte ihn stundenlang betrachten können.

»Schau mal«, sagte ich. »Der Weihnachtsengel war da!«

»Tatsächlich!«, entgegnete er. »Na, sieh einer an.«

»Mach es auf«, sagte ich. »Ich koche inzwischen Kaffee.«

Während ich mich dem Herd zuwandte, hörte ich, wie Darren das Päckchen auswickelte und die kleine Schachtel aufklappte. »Sie ist wunderschön.«

Ich blickte mich zu ihm um. Darren strich mit dem Finger über die Krawattennadel und lächelte dabei.

»Gefällt sie dir?«, fragte ich.

Er erhob sich und kam zu mir. Sanft umschlangen seine Arme meine Schultern, und seine Lippen berührten meinen Nacken. »Sehr sogar. Ich werde sie jeden Tag mit Stolz tragen. Aber mein schönstes Geschenk bist du.«

»Und du meines.« Ich schmiegte mich an ihn. Mein Körper sehnte sich nach ihm, doch da waren auch immer noch meine Hemmungen. Wie würde er reagieren, wenn er meine Narbe sah? Plötzlich bekam ich es mit der Angst zu tun.

»Ich werde uns erst mal was zu essen machen«, sagte ich, küsste ihn und löste mich dann vorsichtig aus seiner Umarmung.

Darren sah mich an, dann nickte er und lächelte.

»Wir sollten in ein Café gehen. Wir haben kaum etwas da.«

»Ich habe Mehl gesehen und Hefe. Und Marmelade. Wie wäre es, wenn ich ein Brot backe und wir essen die Marmelade dazu?«

»Du meinst, wir sollten die Vorräte von Ricks Klienten angreifen?«

»Warum nicht?«, gab ich zurück.

»Und du kannst backen?«

»Ich bin Chemikerin«, sagte ich lächelnd. »Wenn ich eine Schönheitscreme zusammenmischen kann, dann wohl auch einen Brotteig. Außerdem hat es mir meine Mutter gezeigt, damals.«

»Gut, vielleicht fällt es unserem Gönner gar nicht auf.«

Ich schlang meine Arme um seinen Hals und küsste ihn.

Den Vormittag verbrachten wir damit, dem Brot beim Aufgehen im Ofen zuzusehen. Es war erstaunlich, dass so etwas Kleines, etwas, dessen man sich nicht bewusst war, so spannend sein konnte. Gegen Mittag konnten wir dann endlich essen. Ich fragte mich, warum ich bisher noch kein Brot für mich selbst gebacken hatte. Weil es sich nicht lohnte? Es war, als wäre ich, als ich mein Elternhaus verließ, erstarrt und hätte vergessen zu leben. Mit dem Geschmack des Brotes kehrte das Leben in mich zurück. Ich erinnerte mich wieder an meine Fähigkeiten. Daran, dass mein Leben nicht nur Pflicht war, sondern auch Genuss.

Oder lag das allein an Darren? Hatte er mir mein Leben wiedergegeben?

Nach einem langen Spaziergang entlang eines Weingartens und einem kurzen Abstecher zu dem Leuchtturm, den wir am ersten Tag gesehen hatten, machten wir es uns vor dem Kamin gemütlich. Das Feuer knackte, und ringsherum war es so dunkel, dass man glauben konnte, die Welt sei verschwunden. Als würde es nur uns geben.

»Das ist das schönste Weihnachtsfest, das ich jemals hatte«, sagte Darren.

»Wirklich?«, fragte ich.

»Ja, denn diesmal habe ich zwei Engel bekommen. Der schönste hier ist in meinen Armen.«

»Ich bin aber aus Fleisch und Blut. Keine Federn. Kein Heiligenschein.«

»So gefällt es mir gerade gut.« Er beugte sich zu mir und küsste mich. Unsere Lippen verschmolzen miteinander. Lust erwachte in meinem Bauch und breitete sich in meiner Brust und bis in meine Beine aus. Als sein Mund an meinem Hals entlangstreifte, stöhnte ich auf.

Er zog mich in die Höhe und küsste mich weiter. Ich fühlte mich wie Wachs in seinen Händen.

Küssend erklommen wir schließlich die Treppe und begannen, einander aus den Kleidern zu schälen. Ich spürte, wie mein ganzer Körper pulsierte. Mein Verstand war wie vernebelt und kannte nur noch ein Ziel. Ich wollte ihn spüren, wollte ihm ganz nahe sein.

Als er meine Bluse öffnete und seine Lippen über meinen Bauch glitten, wurde mein Verstand schlagartig wieder klar. Wie ein Peitschenhieb traf mich die Erkenntnis, dass er mehr wollte als das. Dass er es sehen würde.

»Darren, nicht!«, rief ich und wollte mich ihm entziehen, doch da war es schon zu spät. Er hatte meinen Schlüpfer weit genug heruntergezogen, um meine Narbe zu sehen, die noch immer bläulich auf meiner Haut prangte wie ein spöttisch verzogener Mund.

Sofort erstarrte er.

»Was ... was ist das?«, fragte er, doch ich war sicher, dass er wusste, was es zu bedeuten hatte.

Ein eisiger Schauer rann über meinen Körper. Rasch zog ich meine Unterhose hoch und die Knie an meinen Bauch, als würde es mir so gelingen, mein Geheimnis zu schützen. Aber es war zu spät.

Ich fühlte mich, als würde ich in ein dunkles Loch fallen, als ich seine Frage beantwortete. »Die Narbe eines Kaiserschnittes.«

»Du ... du hast ein Kind? Wo ist es? Hast du es weggegeben?«

Ich schüttelte den Kopf. »Nein. Es ist im Krankenhaus gestorben, nur wenige Tage später. Ich ... ich hätte es niemals weggegeben. Wenn es noch leben würde, wäre es bei mir.«

Darren schüttelte den Kopf. Ich sah ihm an, dass die Vermutungen nur so auf ihn einströmten. Ich wusste selbst, was man gemeinhin von Frauen wie mir hielt.

Mir blieb jetzt nur eines: Ich musste die Wahrheit sagen. Alles andere würde Darren vielleicht das Falsche glauben lassen.

»Ich habe dir doch von meiner vorherigen Beziehung erzählt.« Zumindest hatte ich es angerissen. »Ich ... ich hatte ein Verhältnis mit meinem Dozenten«, begann ich und berichtete ihm dann, wie ich die Schwangerschaft festgestellt hatte, wie Georg mir die Adresse des Engelmachers gegeben hatte. Ich erzählte ihm vom Rauswurf durch meinen Vater, wie ich zu Henny gegangen war und wie wir beide nach Paris aufgebrochen waren.

Es fiel mir sehr schwer, die Geschichte fortzuführen, als ich darauf kam, ihm von Louis zu erzählen, meinem kleinen Sohn, der seinen Namen von jemandem aus dem Krankenhaus erhalten hatte.

Am Ende meiner Geschichte angekommen, blickte ich zu Darren. Irgendwie fühlte ich mich erleichtert. Jetzt gab es nichts mehr zwischen uns, kein Geheimnis, das meine Seele belastete. Jetzt wusste er alles. Vielleicht hätte ich es schon viel eher tun sollen.

Darren reagierte nicht. Er saß da, mit versteinerter Miene, während hinter seiner Stirn die Gedanken kreisten.

»Du hättest es mir sagen müssen«, sagte er schließlich mit eisiger Stimme.

»Aber das habe ich doch ...«

Sein Blick brachte mich zum Schweigen.

»Vorher«, sagte er. »Du hättest es mir gleich erzählen müssen.«

Meine Kehle schnürte sich zu. Wann hätte ich das tun sollen? Keine Frau mit einer Geschichte wie meiner erzählte beim ersten Zusammentreffen alles über sich!

»Ich ... ich konnte nicht. Und ich wusste nicht ... wie du reagieren würdest.«

Darren schüttelte den Kopf und stieß ein schmerzvolles Lachen aus. »Du wusstest es nicht? Ich denke, du liebst mich?«

»Das tue ich!«, erwiderte ich.

»Und warum vertraust du mir nicht?«

»Ich vertraue dir doch!«

»Ach wirklich?«

Er rückte ein Stück von mir ab, und ich spürte deutlich, wie sich der Zorn in ihm zusammenballte. Seine Augen wirkten auf einmal viel dunkler als sonst, beinahe schwarzgrau. Sein Gesicht wurde so rot, dass seine Brauen fast hell wirkten.

»Du hast das alles vor mir verschwiegen!«, fuhr er mich auf einmal an. Ich schreckte zurück. »Wenn ich gewusst hätte ...« Er stockte.

»Was hättest du dann getan?«, fragte ich. Hilflosigkeit übermannte mich. »Hättest du dann gleich gewusst, dass du dich nicht mit mir einlassen solltest?«

»Nein!«, gab er scharf zurück. »Aber ich hätte gewusst, dass du mir vertraust. Wie lange hättest du es verheimlichen wollen? Bis zu unserer Hochzeit? Darüber hinaus? Hätte ich es vielleicht nie erfahren, weil du immer darauf bestanden hättest, dass wir das Licht ausmachen?«

Seine Worte trafen mich wie Pfeile. Ich schüttelte den Kopf. Von Hochzeit war zwischen uns noch nicht die Rede gewesen. Und heute Abend ... Es war nicht geplant gewesen, aber die Gefühle hatten mich dazu gebracht, meine Abwehr zu senken.

Ja, ich hätte vielleicht darauf bestehen sollen, das Licht auszumachen.

Doch es war nicht meine Absicht gewesen, ihn zu hintergehen. Ich hatte nur auf den perfekten Moment gewartet.

»Ich hätte es dir gesagt«, brachte ich kläglich hervor. »Aber ich ... Du musst verstehen, ich konnte es nicht. Du weißt, was die Leute über Frauen wie mich denken. Ich ...«

»Wenn man jemanden ehrlich liebt, kann man es ihm sagen!«, fuhr er mich an. »Besonders wenn es so etwas Gravierendes ist!«

Er sprang auf und betrachtete mich beinahe wie etwas Widerwärtiges auf dem Bett.

»Ich hatte Angst!«, gestand ich. »Ich dachte, du würdest mich verabscheuen. Ich wollte mir das alles nicht kaputt machen lassen von dieser Sache.«

»Es war dein Kind! Es ist keine Sache, es ist eine Entscheidung, die du getroffen hast. Die betrifft auch alles, was danach kommt. Sogar mich!«

»Du meinst, ich soll es einfach vor mir hertragen? Jedem alles erzählen, damit er mich für eine Hure halten kann?«

Die Stimme meines Vaters hallte durch meinen Verstand. *Eine gedankenlose Hure ...*

Darren sagte dazu nichts. Er vergrub die Hände in den Taschen und schien mit sich zu ringen.

»Welche Geheimnisse hast du noch vor mir?«, fragte er dann und fuhr sich mit einer hektischen Handbewegung durchs Haar. »Wem hast du dich noch an den Hals geworfen?«

»Niemandem!«, gab ich zurück, richtete mich auf und wollte nach ihm greifen, doch er entzog sich mir.

Ich schaute ihn an. Zu meiner Verzweiflung gesellte sich nun auch Fassungslosigkeit. Es war nur ein Fehltritt gewesen. Einer, den ich gemacht hatte, als ich noch jünger war. Auch wenn drei Jahre dazwischenlagen, war die Frau, die ich jetzt war, eine andere als die Studentin in Berlin.

Oder vielleicht doch nicht.

»Ich ... ich kann das nicht«, sagte er. »Wir fahren morgen nach Hause. Und ich werde unten schlafen. Ich ... will nicht mehr mit dir in einem Raum sein!«

Mit diesen Worten wandte er sich um und verließ das Schlafzimmer. Ich starrte noch eine Weile auf die Tür, dann kamen mir die Tränen.

Ich weinte, bis der Schmerz in meiner Brust und meinem Bauch mich dazu zwang aufzuhören. Schluchzend lag ich da, den Blick an die Zimmerdecke gerichtet.

Es hatte das schönste Weihnachtsfest seit Langem werden sollen, doch es war das furchtbarste geworden! Wieder und wieder spielte ich die Szene mit Darren durch, überlegte, ob ich runtergehen und mit ihm reden sollte.

Bevor ich mich dazu durchringen konnte, setzte sich meine Vernunft durch. Es würde ein Fehler sein, ihm etwas erklären zu wollen, jetzt, wo er enttäuscht und verletzt war.

Irgendwann schlief ich ein, verfolgt von wirren Träumen. Ich rannte durch ein Labyrinth, ohne zu wissen, wohin ich mich wenden sollte. Immer wieder kam ich zu einem toten Ende, stand vor einer Wand, die mir den Weg versperrte. Und egal, welchen Weg ich einschlug, es war immer dasselbe.

Schließlich lösten sich die Träume auf und ließen mich in der Schwärze zurück. Als ich wach wurde, glaubte ich, dass der gestrige Vorfall ebenfalls nur ein Traum gewesen war.

Doch bereits als ich die Augen aufschlug, spürte ich, dass ich allein war. Das Haus fühlte sich kalt an. Das Bett neben mir war leer. Aber das war es ja auch schon am Abend gewesen.

Ich sprang aus dem Bett. Panik überkam mich. Rasch schlüpfte ich in meine Sachen, dann rannte ich die Treppe hinunter. Von Darren keine Spur. Ich hätte nach ihm rufen sollen, aber ich brachte es nicht über mich, seinen Namen auszusprechen.

Voller Angst, dass Darren mich einfach so verlassen haben könnte, stürmte ich nach draußen. Da sah ich ihn am Zaun stehen, als hielte er nach etwas Ausschau. Zwischendurch zog er an einer Zigarette. Sein Koffer stand gepackt neben ihm.

Als er mich bemerkte, blickte er auf.

»Guten Morgen«, sagte ich.

»Morgen«, gab er zurück. »Ich habe dem Jungen Bescheid gesagt, der uns hergebracht hat. Er wird uns in einer halben Stunde zum Hafen fahren. Ist das in Ordnung für dich?«

»Ja«, antwortete ich beklommen.

»Gut.«

»Darren?«, fragte ich. »Können wir reden?«

»Worüber?«, fragte er zurück und richtete den Blick wieder auf die Straße. »Gestern haben wir doch alles gesagt, oder nicht? Gibt es etwas, das du hinzufügen willst?«

»Es tut mir leid.«

»Gut, es tut dir leid. Noch etwas?«

Mein Herz krampfte sich zusammen. So schroff hatte ich ihn noch nie erlebt. Konnte er mich denn wirklich nicht verstehen?

»Wenn ich könnte, würde ich es ändern, aber das steht nicht in meiner Macht. Ich war dumm, ein dummes Mädchen, das sich auf den Falschen eingelassen hat. Ich kann es nicht ungeschehen machen. Und mein Sohn … Ich hatte nicht mal die Gelegenheit, ihn zu sehen. Das sind alles Dinge, die man nicht leichtfertig erzählt.«

»Du hättest mir nichts davon erzählt, wenn ich deine Narbe nicht entdeckt hätte.« Er ließ es nicht wie eine Frage klingen, sondern wie eine Feststellung.

»Doch, natürlich. Irgendwann. Wenn wir länger zusammen gewesen wären.«

»Drei Monate sind also nicht genug?« Er schüttelte missbilligend den Kopf. »Wenn man jemandem vertraut, kann man diese Dinge erzählen.« Enttäuschung schwang in seiner Stimme mit. »Aber du vertraust mir nicht. Und ohne Vertrauen kann ich keine Beziehung führen.« Er schnippte seine Zigarette über den Zaun auf die Straße. Ich spürte, dass nichts, was ich sagte, ihn dazu bringen konnte zu verstehen, wie sich die Schmach, die ich mit mir herumtrug, anfühlte. Das machte mich wütend. Wie kam er dazu, über mich zu urteilen? Er war nie in einer Situation wie der meinen gewesen und würde es auch nie sein.

Am liebsten wäre ich weggelaufen. Doch ich blieb wie angewurzelt stehen, unfähig, mich zu bewegen.

Gab es vielleicht eine andere Möglichkeit, nach New York zurückzukommen? Ich wusste nicht, wie ich die nächsten Stunden aushalten sollte, ohne völlig zu zerbrechen.

»Von Boston aus kann man doch sicher auch mit dem Zug nach New York fahren, nicht?«, fragte ich. »Ich ... ich will dir nicht länger zur Last fallen.«

Darren schwieg. Sollte er nicht froh sein, dass ich ihm dieses Angebot machte? Er fühlte sich von mir hintergangen. Es gab nichts, was ich tun konnte, um diesen Eindruck zu entkräften. Die Narbe war nach wie vor an meinem Bauch, und das, was ich ihm erzählt hatte, war nach wie vor die Wahrheit.

»Ja, natürlich«, antwortete er schließlich.

»Dann werde ich den nehmen.«

»Du kannst auch mit mir fahren«, gab er zurück.

Ich schüttelte den Kopf. »Ich will dir keine Umstände machen. Es wird besser sein, wenn wir nicht mehr Zeit als nötig miteinander verbringen. Nach dem, was gestern Abend war ...« Ich unterbrach mich und wartete auf eine Reaktion, doch die kam nicht. »Wie gesagt, ich finde meinen Weg allein. Das habe ich ja immer.«

Er wirkte, als würde er etwas sagen wollen, doch schließlich nickte er stumm und wandte sich der Straße zu. Ich drehte mich um und ging ins Haus zurück. Ein Schluchzen stieg in mir auf, als ich meinen Koffer holte. Es hatten so schöne Tage werden sollen. Ich hatte die Zukunft gesehen!

Und nur ein paar Worte hatten alles zerstört. Die Wahrheit hatte mich meiner Lebensträume mit Darren beraubt. Aber wie hätte ich sie denn verbergen sollen, wo sie mich doch gezeichnet hatte?

Ich raffte meine Sachen zusammen, während Tränen unkontrollierbar über meine Wangen flossen. Ich weinte leise, spürte, wie der Schmerz in meinem Innern freigelegt wurde wie in einem Regenschauer, der Staub von einem Hausdach wusch. Alles fühlte sich roh an, wie frisch abgeschabte Haut.

Mein Blick fiel auf den Anhänger, den Darren mir geschenkt hatte. Ob er ihn wiederhaben wollte? Vielleicht war es besser, wenn ich es ihm anbot, bevor wir uns endgültig trennten.

Der Wagen erschien wenige Augenblicke später. Ich beobachtete durch das Fenster, wie der junge Mann Darren freundlich grüßte und dann seinen Koffer auf die Gepäckablage lud.

Wenig später trug ich meinen Koffer nach draußen. Darren nahm ihn mir ab, um ihn dem Burschen zu reichen, achtete aber darauf, mich nicht zu berühren. Als wäre ich plötzlich unrein geworden. Es war dasselbe wie gestern Abend, derselbe Blick, mit dem er mich bedachte, als ich auf dem Bett gesessen hatte.

»Hatten Sie eine schöne Zeit hier, Miss?«, fragte der Junge nun. Ich riss mich zusammen. Vor ihm wollte ich nicht weinen. Ich wollte mich nicht noch mehr erniedrigen, als ich es gestern ohnehin schon getan hatte.

»Ja, sehr schön«, log ich und nahm auf dem Rücksitz Platz. Darren setzte sich neben den Fahrer und begann mit ihm eine Unterhaltung, als wäre nichts gewesen.

Ich blickte aus dem Fenster, und während wir losfuhren,

kamen mir wieder die Tränen, doch ich war sicher, dass weder Darren noch der Fahrer sie sahen.

Auf der Überfahrt hielten wir uns auf entgegengesetzten Seiten des Schiffs auf. Glücklicherweise war der Fährmann diesmal ein anderer. Er hatte nicht mitbekommen, wie glücklich wir auf dem Weg hierher gewesen waren.

Schließlich erreichten wir den Hafen.

»Soll ich dich zum Bahnhof bringen?«, fragte Darren, als wir vom Schiff herunter waren.

Ich schüttelte den Kopf und deutete auf den Taxistand. Wenn er mich nicht verstehen wollte, brauchte er mich auch nicht zu fahren. »Ich werde ein Taxi nehmen.«

Ein wenig hatte ich gehofft, dass er mir sagen würde, dass es ihm leidtat. Dass er mich verstand. Dass wir uns wieder vertragen sollten.

Doch wenn dem so wäre, wären wir gewiss nicht losgefahren.

»Danke für die Reise«, sagte ich und griff dann in meine Tasche. Darren zuckte kurz zusammen, als er die Schachtel erkannte.

»Was soll das?«, fragte er.

»Vielleicht willst du sie wiederhaben«, sagte ich. »Nach allem, was geschehen ist …«

Darren starrte mich an, als hätte ich ihm eine Ohrfeige versetzt.

»Behalte es!«, fuhr er mich an, dann wandte er sich um. »Leb wohl.«

Damit stapfte er zu seinem Wagen. Ich betrachtete die Schachtel in meiner Hand und wusste nicht, was ich tun sollte. Es behalten? Es einfach hier liegen lassen für jemanden, der mehr damit anfangen konnte? Warum etwas mitnehmen, das an einen furchtbaren Abend erinnerte?

Dann steckte ich es dennoch ein.

»Leb wohl«, flüsterte ich und sah ihn im Gewirr der Leute verschwinden. Schließlich, als ich mir sicher war, dass er sich nicht mehr umsehen würde, krümmte ich mich vor Schmerz zusammen und weinte mir mit vor den Mund gepresster Hand die Seele aus dem Leib.

48. Kapitel

Liebe Henny,

kann es einem das Herz zerreißen, wenn man den Menschen, den man verliert, eigentlich erst ein paar Monate gekannt hat?
Keine Sorge, hier ist niemand gestorben. Es ist nur ... Darren, von dem ich Dir erzählt habe ... Wir hatten eigentlich ein paar wunderbare Tage über Weihnachten miteinander verbringen wollen. Doch alles ist so furchtbar schiefgegangen.
Darren hat herausgefunden, dass ich ein Kind hatte. Auf dem dümmsten Weg, den es überhaupt gibt. Das hat ihn ziemlich wütend gemacht. Er hat mir vorgeworfen, es ihm verschwiegen zu haben. Dass ich kein Vertrauen in ihn hätte. Was hättest Du in meiner Lage getan? Hättest Du ihm wirklich von Deinem Fehltritt erzählt?
Selbst wenn er es nicht ausgesprochen hat, war er wohl auch wütend darüber, dass ich ein Kind von einem anderen bekommen habe. Das hat mich am Boden zerstört. Aus den schönen Tagen, die es werden sollten, ist das schrecklichste Weihnachten geworden, das ich je erlebt habe.
Ich wünschte mir so sehr, dass ich mich jetzt in Deine Arme werfen könnte. So weine ich allein, während die Fragen durch meinen Kopf kreisen.
Wird es bei jedem Mann so sein, sobald er meine Narbe sieht? Oder soll

ich wirklich in Kauf nehmen, dass derjenige mich für leichtfertig hält, wenn ich es ihm gleich zu Beginn erzähle? Wenn ich ihm gestehe, ein Verhältnis mit einem verheirateten Mann gehabt zu haben, der mich sitzen gelassen hat?

Wäre diese Geburt nicht so furchtbar verlaufen, hätte ich es verschweigen können. Die Narbe hat mich gezeichnet und wird es für den Rest meines Lebens tun. Vielleicht sollte ich mich damit abfinden, allein zu bleiben. Vielleicht sollte ich es als meine Buße ansehen, die ich zu leisten habe für das, was ich getan habe.

Auch sonst ist das Schicksal alles andere als freundlich. Die Firma, bei der ich arbeite, ist verkauft worden.

Wie sehr vermisse ich Dich! Ich wünschte, Du könntest bei mir sein. Aber gleichzeitig möchte ich, dass Du Dein Glück genießt, dass Du frei von Kummer bist. Schreib mir bitte irgendeinen Rat, etwas, das mich aufmuntert. Schreib mir bitte, wie es für Dich war in Nizza, das wäre ein rettender Sonnenstrahl für mich, denn im Moment wirkt alles hier so dunkel und kalt.

In Liebe,
Deine Sophia

Froh darüber, dass die Arbeit wieder begann, stieg ich am Morgen des 2. Januar in die Subway. Mittlerweile hatte ich mich so weit im Griff, dass ich nicht ständig an Darren denken musste und dabei in Tränen ausbrach. Der Brief an Henny war unterwegs, aber ich rechnete nicht so bald mit einer Antwort.

Darrens Ablehnung machte mich noch immer wütend, und auch wenn ich mir sagte, dass es vielleicht das Beste war, wünschte ich mir, dass alles anders gekommen wäre. Ich spürte, dass ich dabei gewesen war, mich ernsthaft in ihn zu verlieben. Wie hätte ich wissen sollen, dass er so reagieren würde?

In der Fabrik bemerkte ich sogleich die gedrückte Stimmung. Im vergangenen Jahr hatten alle fröhlich von ihren Weihnachtserlebnissen berichtet, doch diesmal waren die Gespräche gedämpft. Angesichts des Verkaufs der Firma schien sich niemand so richtig freuen zu können.

Was sollten wir tun ohne Madame? Wie lange würde es dauern, bis die neuen Herren anfingen, Angestellte zu entlassen?

»Hier, das habe ich von einem der Fahrer«, sagte Clara in der Mittagspause und legte die Zeitung vor uns auf den Tisch. Es handelte sich um den Wirtschaftsteil der *New York Times*. Darin wurde groß und breit über den Verkauf des amerikanischen Anteils der Rubinstein Inc. berichtet.

»Sieben Millionen!«, brauste Carla auf. »Sie hat uns für sieben Millionen Dollar verschachert.«

»Bei solch einer Summe würde ich auch schwach werden«, meinte Ray.

»Was würdest du mit so viel Geld anfangen wollen?«, fragte ich.

Ray zuckte mit den Schultern. »Weiß nicht. Vielleicht eine Weltreise machen? Oder mir die teuersten Perlen kaufen, die es gibt. Und du?«

»Ich würde möglicherweise meine eigene Firma eröffnen.«

»Und eine zweite Helena werden?«

»Warum nicht?«, sagte ich. »Ich würde meine Firma jedenfalls nicht so leicht verkaufen wie sie.«

»Das sagst du jetzt, aber wenn du erst mal zu ihnen gehörst ...«

Ich schüttelte den Kopf. Ohnehin war es müßig, darüber nachzudenken. Ich würde nie an solch eine Summe kommen.

Zwei Tage später erschienen zwei Männer im Anzug in der Fabrik. Auf den ersten Blick wirkten sie wie die Gangster aus Rays *pulp novels*, doch sie entpuppten sich als Abgesandte der neuen Besitzer, zwei Anwälte mit dicken Aktenmappen unter dem Arm.

»Schau mal, Laurel und Hardy«, flüsterte Ray und knuffte mich in die Seite.

Tatsächlich hatten die Männer Ähnlichkeit mit den beiden Komikern, die ich auf einem Filmplakat gesehen hatte. Einer war dünn und klein, der andere groß und untersetzt. Doch an ihren ernsten Mienen erkannten wir, dass es kein Spaß war, der uns erwartete.

»Guten Morgen, meine Damen und Herren. Unsere Namen sind Koontz und Brooks. In unserer Eigenschaft als Anwälte der Lehman Brothers sind wir hier, um bekannt zu geben, wer uns leider verlassen muss.«

Unmut wurde laut. Ray klappte der Unterkiefer herunter, und ich fühlte mich, als hätte man mir eine Ohrfeige versetzt. Die neuen Besitzer hatten sich noch nicht einmal blicken lassen und schickten jetzt ihre Anwälte, um Kündigungen auszusprechen?!

»Aber es hieß doch, niemand soll entlassen werden!«, murrte es.

»Typisch Bankiers!«, rief eine der Frauen neben mir und spuckte auf den Fußboden.

Eine Welle aus Ärger und Angst schwappte durch unsere Reihen, doch die beiden Anwälte blieben unbeeindruckt. Nach einer kurzen Erläuterung, dass Sparmaßnahmen vonnöten seien, holten sie eine Liste hervor.

»Sparmaßnahmen«, knurrte Ray. »Als ob wir mit unserer Schufterei nicht dafür gesorgt hätten, dass sich die Kasse füllt.«

»Ja, aber wahrscheinlich war der Preis, den die alte Hexe für uns bekommen hat, zu hoch«, wandte Thelma ein, die überraschenderweise neben uns aufgetaucht war. Was würde jetzt folgen?

»Das sind die Namen der Frauen, die bedauerlicherweise gehen müssen«, sagte der Kerl, der wohl Koontz hieß, und begann vorzulesen: »Bradshaw, Miller, Hendricks, Murphy, O'Brien, Jackson, Krohn.«

Ich hörte meinen Namen zwar, aber ich konnte nicht glauben, dass er gefallen war.

»Wie bitte?«, meldete ich mich zu Wort, während ringsherum einige Frauen in Tränen ausgebrochen waren.

Der Mann, der vorgelesen hatte, blickte mich an. »Wer sind Sie?«

»Sophia Krohn«, sagte ich. »Steht mein Name tatsächlich auf der Liste?«

Der Mann blickte auf sein Klemmbrett, dann nickte er. »Ja. Ich nehme an, dass es hier keine zweite Krohn gibt, richtig?«

Jetzt erwischte mich die zweite Ohrfeige. Für einige Sekunden konnte ich mich nicht rühren. Dann sagte ich: »Aber Sie wissen, dass ich für die letzte Produktserie verantwortlich war? Meines Wissens verkauft sie sich gut!«

Die Züge des Mannes verhärteten sich. »Es steht uns nicht zu, darüber zu befinden. Es ist die Entscheidung der Inhaber.«

»Und kennen die Inhaber mich denn?«, fuhr ich fort. »Kennen sie eine von uns? Wissen sie, wie wir alle uns die Knochen abgeschuftet haben, damit diese neue Linie in den Handel kommen konnte?«

»Wir sind nur die Anwälte, wir ...«

Zorn wallte in mir auf wie ein Feuer. »Ihre feinen Auftraggeber haben noch keinen einzigen Fuß in unsere Fabrik gesetzt! Sie wissen nicht, unter welchen Bedingungen wir in den vergangenen Monaten gearbeitet haben! Und jetzt kommen Sie einfach an und schicken uns weg?«

Ich spürte Rays Hand auf meinem Arm. Ich wusste selbst, dass es nichts brachte, doch meine Wut war zu groß: Wut auf die Männer da vorn, Wut auf ihre Auftraggeber und auch auf Madame Rubinstein, die uns so angetrieben hatte.

Wütend war ich auch auf mich, dass ich mit ihr zu dieser Party gegangen war. Wahrscheinlich war das hier doch so etwas wie Helena Rubinsteins späte Rache für den Kuss ...

»Wir gewähren den Entlassenen noch ein volles Wochengehalt, das Sie sich im Personalbüro abholen können«, erklärte der Anwalt, und damit schien die Sache für ihn erledigt.

Unter den Beschimpfungen der Anwesenden verließen sie schließlich die Fabrikhalle und gingen nach oben.

Dem Ärger folgte der Schock. Ich realisierte, was die Entlassung für mich bedeutete. Ich war wieder bei null. Für eine Weile würde das, was ich gespart hatte, noch reichen, aber was sollte ich tun ohne einen Job?

Ray legte die Hand auf meinen Arm. »Geht es dir gut?«

Ich schüttelte den Kopf. Die Verzweiflung machte mir das Atmen schwer. »Ich ... ich muss an die frische Luft.«

Sie nickte und begleitete mich nach draußen. Dort stand ich wie betäubt und starrte auf das Fabrikgebäude. Ich hatte gedacht, es geschafft zu haben. Und nun?

Ich hörte, wie neben mir eine Frau schluchzte. »Was soll ich nur tun?«, fragte sie. »Meine Kinder ... Ich weiß nicht, wie ich die Wohnung bezahlen soll ...«

Ich war zu geschockt, um in Tränen auszubrechen. Mein Verstand suchte fieberhaft nach einer Lösung, konnte sie aber nicht finden.

Dann wusste ich, was ich tun musste. Mit geballten Fäusten marschierte ich zu Miss Claytons Büro.

Ich klopfte, worauf die Stimmen hinter der Tür erstarben.

»Herein«, rief Miss Clayton.

Als ich eintrat, blickte sie mich verwundert an. Die beiden Anwälte saßen vor ihrem Schreibtisch, offenbar hatten sie sich unsere Papiere aushändigen lassen.

»Was gibt es?«, fragte Miss Clayton.

»Ich will wissen, warum man mir gekündigt hat!«, sagte ich und bog meinen Rücken durch. Ich fühlte mich gespannt wie eine Uhrfeder.

Der Mann neben Miss Clayton musterte mich. Er wirkte, als hätte er meinen Namen schon wieder vergessen.

»Sophia Krohn«, half ich ihm auf die Sprünge, und mein Ärger wuchs noch mehr an. Er wusste nicht einmal, wer wir waren. Es ging ihm und seinem Kollegen offenbar nur darum, Namen von der Gehaltsliste zu streichen!

»Ah, Miss Krohn«, sagte der Anwalt, aber ich konnte ihm ansehen, dass er, obwohl er meinen Namen kurz zuvor ausgesprochen hatte, nichts damit anzufangen wusste. »Sie werden verstehen, dass es bei Verkäufen üblich ist, betriebliche Umstrukturierungen vorzunehmen.«

»Nein, das verstehe ich nicht!«, gab ich zurück, während ich mit meiner Beherrschung kämpfte. »Ich arbeite seit beinahe zwei Jahren hier, ich habe eine der Produktlinien von Madame entworfen. Glauben Sie wirklich, ich sei abkömmlich?«

Der Mann presste die Lippen zusammen, atmete tief durch und sagte dann: »Gut, wenn Sie es so wollen ... Wir haben uns angesehen, wie die Verkäufe der einzelnen Produkte aussehen. Leider schneidet Glory von allen am schlechtesten ab.«

»Es ist doch erst seit einigen Monaten am Markt.«

»Das mag sein, aber wir können es uns nicht leisten, in diesen Zeiten irgendwelche Versager zu haben. Die Konkurrenz ist groß, und wenn Rubinstein bestehen bleiben will, müssen wir das Unkraut herausreißen. Sprich das Angebot bereinigen von allen Produkten, die sich nicht gut verkaufen.«

Seine Worte waren wie Ohrfeigen für mich. Dass Glory nicht gut lief, schockierte mich dabei nicht so sehr wie das, was als Unterton in der Stimme des Anwalts mitschwang.

»Und ich gehöre auch dazu?«, fragte ich, während ich Mühe hatte, mich im Zaum zu halten. Ich zitterte am ganzen Leib.

»Sie waren die Verantwortliche für das Projekt, nicht wahr?«

»Madame hat mir Richtlinien gegeben ...«

»Nun, das mag wohl sein, aber jetzt ist Mrs Rubinstein nicht mehr da. Die neuen Geschäftsführer finden, dass Sie keine gute Arbeit geleistet haben, also können wir Sie nicht mehr gebrauchen. Mehr gibt es dazu nicht zu sagen.«

Während ich den Mann anstarrte, spürte ich, wie der Zorn einer Welle gleich gegen meine Brust schwappte. Ich hatte wieder im Ohr, was die Frauen gesagt hatten: dass diese Männer keine Ahnung von unserem Geschäft hatten. Dass sie Rubinstein schaden würden.

»Ist das alles, Miss Krohn?«, fragte der Anwalt schneidend.

Ich blickte zu Beatrice Clayton. Ich hätte erwartet, einen Anflug von Triumph in ihren Augen zu finden, doch es war tatsächlich Bedauern, was ich sah.

Am liebsten hätte ich dem Kerl meine Meinung gesagt, aber ich wusste, dass es nichts an meiner Situation ändern würde.

»Ja, das ist alles«, antwortete ich, wandte mich um und verließ grußlos den Raum.

Ich ging ein Stück den Flur entlang, lehnte mich dann an die Wand.

Der Unglaube machte mich für einen Moment taub für alle Empfindungen. Man lastete mir das Versagen des Produktes am Markt an. Mir, die ich keinen Einfluss auf die Werbung und den Verkauf hatte. Würde man die Vertriebsleute ebenfalls entlassen? Waren wir nur die Spitze des Eisberges?

Nach einer Weile hörte ich, wie sich die Tür öffnete. Ich schreckte hoch, doch es waren nicht die Männer, die ich sah. Miss Clayton kam heraus. Als ich sie sah, wandte ich mich um. Im nächsten Augenblick hörte ich sie rufen: »Miss Krohn?«

Ich blieb stehen. Hatten es sich die Anwälte noch einmal überlegt?

Miss Clayton kam mit langen Schritten auf mich zu.

»Ich wollte nur sagen ... dass ich keine Schuld habe. Ich wollte es ihnen ausreden, aber sie hören nicht. Es ... es werden noch mehr Kündigungen kommen ...«

Ich schaute sie verwirrt an. Warum sagte sie mir das?

»Danke«, brachte ich schließlich hervor, ohne zu wissen, ob es die richtige Erwiderung war.

»Ich stelle Ihnen natürlich ein positives Zeugnis aus. Das werden sie unterschreiben, egal, was sie eben gesagt haben.«

»Das ist sehr freundlich von Ihnen.«

Noch immer wühlte der Zorn in mir, doch er wich allmählich einer resignierten Betäubung. Ein Zeugnis war gut. Ich konnte mich damit woanders bewerben.

Aber eigentlich war das hier der Ort, an dem ich arbeiten wollte. Für immer. Auch wenn die Bedingungen manchmal harsch waren.

Miss Clayton sah mich weiterhin an. Was wollte sie? Absolution?

Ich konnte ihr den Beschluss der neuen Besitzer nicht zum Vorwurf machen.

»Leben Sie wohl, Miss Clayton«, sagte ich schließlich. »Ich weiß, Sie haben keine Schuld.«

Mit diesen Worten wandte ich mich um, stieg ein letztes Mal die Stufen zum Umkleideraum hinab. Ich hätte mich von den anderen verabschieden sollen, aber das konnte ich nicht. Ich wollte keine Minute länger in diesem Haus bleiben.

Niedergeschlagen kehrte ich nach Brooklyn zurück. Ich hatte meinen Freund verloren, jetzt auch noch meine Arbeit. Was würde folgen?

»Hi, *honey*, was ist denn los?«, fragte Kate mich, als ich ihr auf der Treppe begegnete. Mit einem Blick schien sie meine Situation erfasst zu haben. Sollte ich ihr gegenüber zugeben, dass mir gekündigt worden war? Dann würde es sicher nicht lange dauern, bis Mr Parker mich auf die Straße setzte.

»Schwerer Tag«, antwortete ich. »Unsere Firma ist verkauft worden.«

»Das hab ich gelesen«, sagte sie. »Aber die neuen Herren haben doch eine Bank und damit Geld.«

»Anscheinend nicht genug für uns alle«, entgegnete ich traurig. »Einige sind entlassen worden.« Ich wollte sie nicht belügen, aber ich konnte auch nicht zugeben, dass es mich ebenfalls erwischt hatte.

»Das tut mir sehr leid«, sagte Kate. »Wenn es dich ein wenig aufmuntert, komm doch nachher runter auf einen Kaffee. Dann können wir reden.«

»Danke, das ist sehr nett«, entgegnete ich.

»Dann bis nachher.«

Damit verließ sie das Haus. Ich taumelte zum Briefkasten. Eigentlich rechnete ich nicht mit einem Brief, doch im Stillen bat ich darum, dort etwas zu finden. Eine kleine Nachricht von Henny, irgendwas, das meinen Tag erhellen oder mir Halt geben würde.

Als ich den Kasten öffnete, sah ich tatsächlich einen Umschlag darin liegen. Diesmal trug er einen Luftpost-Aufkleber. Mein Herz jubelte. Henny hatte mir geschrieben!

Ich zog den Brief heraus, und dabei fiel mir auf, dass der Brief den Absender von Madame Roussel trug. Warum schrieb sie mir? War Henny etwas zugestoßen?

Der Schreck fuhr mir heiß in die Glieder. Zitternd riss ich den Umschlag auf. Zu meiner großen Überraschung enthielt er einen zusammengefalteten zweiten Umschlag und eine kleine Notiz:

Das ist vor ein paar Tagen für Dich angekommen. Ich hoffe, es geht Dir gut und Du machst Deinen Weg in Amerika. Lass vielleicht mal von Dir hören. Gruß, Martine Roussel

Angst ließ meinen Herzschlag stolpern. Ich riss den zweiten Umschlag heraus, faltete ihn auseinander und betrachtete ihn. Kein Absender. Meine Adresse war mit Maschinenschrift geschrieben. Im ersten Moment fielen mir meine Eltern ein. Hatten sie sich nach so langer Zeit gemeldet? Hatten sie mir verziehen? Oder war einem von ihnen vielleicht etwas zugestoßen?

Doch warum verschwiegen sie ihre Adresse? Das sah meinem ordnungsliebenden Vater nicht ähnlich und schon gar nicht meiner Mutter.

Dann bemerkte ich, dass weder die Briefmarke noch der Poststempel aus Deutschland stammten. Aufgegeben worden war der Brief in Paris. Was hatte das zu bedeuten? Wer sollte mir schreiben?

Während sich Unruhe in mir breitmachte, öffnete ich den Umschlag. Der Zettel, der darin steckte, war sehr klein und ebenfalls mit Schreibmaschine getippt. Auf ihm standen nur ein paar Sätze auf Französisch. Keine Anrede, kein Gruß.

Sie kennen mich nicht, und wahrscheinlich werden wir uns nie treffen. Ich will Ihnen nur eines sagen: Ihr Sohn lebt. Ich weiß nicht, wohin man ihn gebracht hat, aber er hat gelebt und geatmet, als ich ihn das letzte Mal sah. Mehr kann ich Ihnen nicht sagen.
Es tut mir leid, und ich hoffe, dass Sie und Gott mir verzeihen können.

Ich taumelte zurück und presste die Hand auf den Mund. Unglaube und Verwirrung ergriffen mich und rissen mich wie in einem Wirbelsturm mit sich. Es war wie damals, als mein Vater von meiner Schwangerschaft erfahren hatte. Die Zeit blieb stehen. Meine Gedanken kreisten, doch sie kamen an keinem Ziel an.

War es möglich? Oder erlaubte sich jemand einen grausamen Scherz mit mir? Warum sollte jemand mir so etwas schreiben? Vielleicht war es eine Verwechslung ...

Meine Brust schnürte sich zusammen.

Wie viele Frauen mochte es in Amerika geben, die ein ähnliches Schicksal wie ich erlitten hatten? Die in Paris gelebt hatten?

Ich blickte auf das Schreiben in meiner Hand.

Mein Sohn lebte! Es klang wie eine Botschaft aus einem meiner Wunschträume. Doch ich war hellwach!

Dennoch weigerte sich mein Verstand, die Ungeheuerlichkeit der Nachricht aufzunehmen. Mein Innerstes vibrierte. Mein Magen schmerzte, und meine Brust brannte. Ich schnappte nach Luft, und doch hatte ich das Gefühl, dass der Atem nicht in meine Lunge drang.

Wie lange ich in der Ecke neben den Briefkästen stand und das Papier anstarrte, wusste ich nicht. Die Zeit setzte sich erst wieder in Bewegung, als sich die Tür öffnete und Kate hereinkam.

»Liebes, du bist blass wie eine Wand! Was ist los?«, fragte sie.

Ich hob kraftlos den Arm und zeigte ihr den Brief.

»Was ist das? Ich kann diese Sprache leider nicht ...«

Ich konnte in diesem Augenblick nicht daran denken, was sie von mir halten würde, und las ihn vor. Als ich geendet hatte, blickte Kate verwirrt auf. »Was hat das zu bedeuten?«

Ich konnte ihr keine Antwort geben.

»Komm erst mal mit, du musst dich hinsetzen. Du siehst aus, als würdest du gleich aus den Schuhen kippen.«

So fühlte ich mich auch. All der vergrabene Schmerz flammte wieder in mir auf. All die Erinnerungen an dunkle Nächte, Tränen und tagelanges Grübeln verließen die dunkle Kammer in meiner Seele.

Kate führte mich in die Küche von Mr Parkers Wohnung. Dort bugsierte sie mich auf einen Küchenstuhl und schenkte mir einen Kaffee ein.

»Du hast also ein Kind gehabt«, sagte sie, als sie Platz genommen hatte.

»Ja«, antwortete ich. »Damals, in Paris. Es gab Komplikationen bei der Geburt. Ich war ein paar Tage lang bewusstlos. Als ich wach wurde, sagte man mir, dass mein Sohn gestorben sei.«

Meine Stimme klang, als würde nicht ich selbst sprechen, sondern eine mir unbekannte Frau. Noch immer wartete ich darauf, aus einem Traum zu erwachen.

Ein klein wenig rechnete ich damit, dass Kate mich für das, was mir widerfahren war, verurteilen würde.

Doch sie fragte nur: »Bist du sicher, dass dieses Schreiben echt ist?«, und in ihrer Stimme war keine Spur von Ablehnung. »Dass dir niemand einen Streich spielt?«

Der einzige Mensch, der von meinem Sohn wusste, war Darren. Neben den Frauen in Paris ... Aber Genevieve würde das niemals tun, und Henny ... Nein, auch das war unmöglich.

Bei Jouelle wäre ich mir nicht sicher. Auch wenn Henny von ihm schwärmte, erinnerte ich mich noch gut an die Konfrontation mit ihm.

Aber welchen Grund sollte er haben? Es konnte ihm doch nur recht sein, wenn ich nicht wieder in Hennys Nähe kam.

Während ich in die Kaffeetasse starrte, wurde mir klar, dass es keinen Zweifel gab. Irgendwer aus Paris musste mir den Brief geschickt haben. Jemand, der in der Klinik war, der mitbekommen hatte, was geschehen war. Jemand, der geschwiegen hatte, obwohl er es besser wusste. Warum überkam ihn jetzt die Reue? Und warum nannte er seinen Namen nicht?

»Es ist echt«, sagte ich tonlos. »Es muss echt sein. Es gibt niemanden, der mir so einen Brief schreiben könnte. Außer einer Person, die weiß, was geschehen ist.«

Kate sah mich mit großen Augen an. »Aber es steht dort kein Name. Und auch kein Absender.«

Ein Gedanke erschien in meinem Verstand wie ein Sonnenstrahl, der auf eine Waldlichtung fiel. »Das Krankenhaus. Vielleicht war es eine Schwester, die mitbekommen hat, was geschehen ist. Vielleicht wurde mein Sohn zu früh fortgeschafft und erst beim Bestatter wurde bemerkt, dass er noch lebt ...«

»Dann könnte er ebenfalls tot sein. Denkst du nicht, dass man ihn dir sonst zurückgegeben hätte?«

»Aber was, wenn nicht? Wenn ich ihn finden kann?«

Kate überlegte eine Weile. Eine Falte zwischen ihren Augenbrauen erschien.

»Was würdest du an meiner Stelle tun?«, fragte ich.

Kate blickte mich an, und in ihren braunen Augen glitzerten Tränen. »Du musst wissen, dass ich selbst einen Sohn hatte. Damals, bevor ich nach New York ging. Er kam zusammen mit seinem Vater bei einem Feuer ums Leben. Ich habe beide gesehen und weiß, dass sie tot sind. Wenn ich so einen Brief erhalten würde, wüsste ich, dass es ein furchtbarer Scherz ist. Aber du ...«

»Ich habe meinen Sohn nicht gesehen. Niemals«, antwortete ich, berührt von der furchtbaren und unerwarteten Beichte.

»Dann solltest du dich auf die Suche machen. Ich würde es tun, und sei es nur deswegen, um Gewissheit zu haben.«

49. Kapitel

In der Nacht wälzte ich mich von einer Seite zur anderen. Einerseits ersehnte ich Schlaf, der alle Gedanken auslöschte, andererseits fürchtete ich mich vor ihm, denn ich wusste, dass die Träume manchmal schlimmer sein konnten als alles, was einem in den Sinn kam.

Gegen Morgen begann ich, ruhelos in meinem Zimmer auf und ab zu gehen. Der Schmerz in meiner Brust war gewachsen, aber es war anders als damals, als ich von Louis' Verlust erfahren hatte. Unruhe gesellte sich dazu und Sorge. Wie mochte es ihm ergangen sein? Mittlerweile war er zwei Jahre alt, er würde bereits laufen und sprechen und beginnen, die Welt für sich zu entdecken. Ich hätte ihm Geschichten vorlesen und ihm die Stadt zeigen können. Kate hätte sicher auf ihn aufgepasst; sie wäre begeistert gewesen von dem Kleinen ...

Der Gedanke schnürte mir die Kehle zu, und Tränen rannen mir über die Wangen. Ich verbarg mein Gesicht in den Händen, während Trauer und Scham durch meinen Körper rasten.

Wo war er? Bestand überhaupt eine Möglichkeit, ihn ausfindig zu machen? Die Polizei fiel mir ein. Wenn mein Kind wirklich geraubt worden war, lag ein Verbrechen vor. Dann mussten sie sich kümmern.

Ich wollte mich an den Strohhalm klammern, dass er von irgendwem aufgenommen worden war. Dann würde man ihn vielleicht aufspüren können.

Einige Stunden später machte ich mich auf den Weg zu dem Pfandleiher an der Ecke. Ein Mr Burns führte das Geschäft, Kate hatte ihn hin und wieder erwähnt und gemeint, dass er so in die Welt seiner Leihgaben versunken sei, dass man ihn kaum draußen sehen würde.

In meiner Tasche trug ich die Perlen, die Madame mir geschenkt hatte.

Während meines Grübelns war mir auch in den Sinn gekommen, wie ich eine Reise nach Europa bewerkstelligen konnte. Ich hatte recht gut verdient, aber das Geld reichte nicht aus. Ich brauchte mehr, und da fielen mir die Ohrringe, die Kette und das Kleid ein.

Letzteres brachte sicher nicht allzu viel ein. Aber Perlen waren wertvoll. Vielleicht konnte ich mir durch den Verkauf die Überfahrt leisten.

Mr Burns hatte ich bisher nur im Vorbeigehen gesehen, wenn ich auf dem Weg zur Arbeit war. Stets hatte er hinter seinem Verkaufstresen gesessen, und nur selten waren Leute bei ihm gewesen. Dabei war der Laden voller Leihgaben, wie ich beim Eintreten feststellen konnte.

Eine Glocke bimmelte über mir und lockte den Mann hinter dem Vorhang, der den Verkaufsraum vom Hinterzimmer trennte, hervor. Er trug einen etwas altmodischen Anzug mit steifem Kragen und Uhrkette. Sein Haar war noch recht dicht, aber so grau wie die Wolken an einem Regenhimmel.

»Was kann ich für Sie tun, junge Frau?«, fragte er und betrachtete mich mit schief gelegtem Kopf.

»Ich ... ähm ... ich wollte diese Schmuckstücke versetzen. Können Sie mir sagen, wie viel sie einbringen?«

Vorsichtig nahm ich den in ein Taschentuch gewickelten

Schmuck hervor und legte ihn auf den Tresen. Die Perlen schimmerten matt im Morgenlicht.

Der Mann betrachtete sie einen Moment lang. »Sind die echt?«, fragte er.

»Ich denke schon.«

»Woher haben Sie sie?« Er musterte mich von Kopf bis Fuß.

»Eine Bekannte hat sie mir geschenkt.«

»Und dann wollen Sie sie versetzen?«

»Ich brauche Geld«, antwortete ich. »Es ist eine ... Familienangelegenheit.«

Der Mann nickte, nahm als erstes die Ohrringe vorsichtig in die Hand und betrachtete sie.

»Bedaure«, sagte er dann.

Ich riss erschrocken die Augen auf. »Wie bitte? Stimmt damit etwas nicht?«

»Nein, mit den Ohrringen ist alles in Ordnung. Mit der Kette ebenfalls. Aber ich habe nicht genug Geld, um sie Ihnen zu bezahlen.«

»Aber ...«

»Ich könnte natürlich auch sagen, hier haben Sie hundert Dollar und jetzt gehen Sie, und dann verkaufe ich den Schmuck für das Zehnfache. Aber so bin ich nicht.« Er machte eine Pause und blickte mir ins Gesicht. Ich hatte plötzlich das Gefühl, dass er alles sah: die Unruhe der vergangenen Nacht, die Schlaflosigkeit, die Sorgen der vergangenen Stunden. Den Schmerz, Darren verloren zu haben. Es war mehr, als ein Mensch ertragen konnte.

Doch es gab auch Hoffnung in mir. Die Hoffnung, mein Kind zu finden.

»Sie sollten zu einem Juwelier gehen, Mädchen«, fuhr Mr Burns fort. »Dort werden Sie einen gerechten Preis bekommen.«

»Aber ... es sind doch nur ein paar Perlen!«

Der Mann schaute mich argwöhnisch an. »Nur ein paar Perlen? Soweit ich es sehen kann, sind sie ein kleines Vermögen wert.«

Ein Vermögen. Ich hatte gewusst, dass Madame nicht einfach irgendwelchen Schmuck kaufte. Aber dass sie etwas, das ein kleines Vermögen wert war, verschenken würde, einfach so, als würde es ihr nichts bedeuten, raubte mir für einen Moment den Atem.

»Ist alles in Ordnung mit Ihnen, Kindchen?«, fragte der alte Mann.

Ich nickte, dann nahm ich die Schmuckstücke wieder an mich und schlug sie ins Taschentuch ein.

»Ich würde mir an Ihrer Stelle wirklich überlegen, ob ich sie weggebe. Sie könnten es bereuen.«

Ich hatte wieder Madame vor Augen. Die Nacht, in der sie mir von ihren Problemen mit Mr Titus erzählt hatte. Sie war freundlich zu mir gewesen, doch was war sie schon gegen die Aussicht, meinen Sohn wiederzufinden. Ihn endlich zu sehen!

»Ich danke Ihnen vielmals für Ihre Ehrlichkeit«, sagte ich.

»Und ich wünsche Ihnen viel Glück. Wie auch immer Ihre Familienangelegenheit aussieht.«

Der Juwelier in Manhattan machte große Augen, als ich ihm wenig später die Stücke auf den Tisch legte.

Ich hatte lange gebraucht, um ein Geschäft zu finden, das mir würdig genug erschien, die Perlen von Madame zu kaufen. Während der Fahrt in der Subway hatte ich Mühe gehabt, meine Angst zu verbergen. Wenn mich jetzt jemand überfiel? Es war schon seltsam, dass man erst Angst bekam, wenn man etwas zu verlieren hatte. Ansonsten hatte ich meine Mitreisenden kaum wahrgenommen.

»Sie wollen das Set wirklich verkaufen?«, fragte er, ähnlich wie der Pfandleiher zuvor. Doch ich spürte, dass er andere Motive hatte. »Es wäre eine sichere Geldanlage. In diesen Zeiten.«

»Ich benötige das Geld für eine Überfahrt nach Europa.«

Der Mann musterte mich. Ich sah nicht bedürftig aus, doch auch nicht nach einer Frau, der solche wertvollen Stücke gehörten.

»Sind Sie sicher, dass dieser Schmuck ... nun ja, rechtmäßig erworben ist?«, begann er vorsichtig.

»Wollen Sie mir etwa unterstellen, ich hätte ihn gestohlen?« Ich legte den Kopf schräg und sah den Mann prüfend an.

»Nein, das liegt mir fern, aber ...«

»Wenn Sie es genau wissen wollen, diese Perlen haben einmal Madame Rubinstein gehört. Sie hat sie mir geschenkt. Einfach so. Das macht sie manchmal, denn sie hat ein großes Herz.« Ich unterdrückte den Gedanken, dass ihr Weggang aus New York mich den Job gekostet hatte.

Der Mann hinter dem Tresen erbleichte. »Madame Rubinstein, sagen Sie?«

»Ja. Madame Rubinstein. Sie hat mir diesen Schmuck geschenkt. Und ich darf damit doch sicher tun, was ich möchte, nicht wahr?«

»Natürlich dürfen Sie«, entgegnete er ein wenig zögerlich. »Lassen Sie mich die Stücke noch einmal prüfen.«

Damit verschwand er im Hinterzimmer. Ich war nicht sicher, ob er die Polizei rief oder sich bei Madame Rubinstein erkundigte, ob irgendwelche Wertsachen fehlten. Unruhig trat ich von einem Fuß auf den anderen, bis der Mann schließlich wieder erschien.

»Ich zahle Ihnen fünftausend Dollar«, sagte er.

»Fünftausend?« Das war in der Tat ein kleines Vermögen. Davon würde ich ein Jahr ohne Anstellung überleben. Und für ein Schiffsticket reichte es allemal.

»Sie müssen bedenken, dass ich noch eine Gewinnspanne einrechnen muss. Angesichts der Tatsache, dass die Stücke Madame Rubinstein gehört haben, werde ich keine Probleme haben, sie weiterzuverkaufen, aber dennoch kann ich Ihnen nicht mehr geben.«

Ich wagte kaum zu atmen. Fünftausend Dollar. So wie der Mann sprach, würde er sie sicher zu einem wesentlich höheren Preis weiterverkaufen, aber das war mir im Moment egal.

»Ich bin einverstanden«, sagte ich.

Als ich das Juweliergeschäft verließ, blickte ich gen Himmel. Die Wolken waren dicht und grau, die Luft feucht und eisig. Schneeflocken begannen auf mich herabzurieseln. Der Winter war bisher recht mild gewesen, doch nun schien er Einzug in New York halten zu wollen.

Während ich den Flocken zuschaute, ging mir durch den Sinn, dass ich Henny und Genevieve telegrafieren musste. Und Madame Roussel.

Die Zimmer in ihrer Pension waren nicht groß, und sicher fuhr immer noch der Latrinenwagen vor, aber es war eine Gegend, die ich kannte. Und ich war bei Menschen, die mir wichtig waren. Und die mir vielleicht helfen konnten.

Ich dachte auch an Darren. Sollte ich ihm ebenfalls eine Nachricht hinterlassen?

Seit Weihnachten hatten wir nicht mehr miteinander gesprochen. Ich hatte manchmal daran gedacht, ihn anzurufen. Doch dann hatte ich davon abgesehen, denn ich fürchtete seine Reaktion auf meine Stimme.

Vielleicht sollte ich ihn einfach aus meinem Gedächtnis streichen. Aber konnte ich das?

Vielleicht würde ich mir darüber während der langen Überfahrt klar werden. Doch jetzt musste ich los. Ich brauchte ein Ticket für das Schiff. Vorbereitungen mussten getroffen werden. Es gab für mich keinen Zweifel mehr, ich musste erneut aufbrechen.

Was auch immer mich am Ziel meiner Reise erwartete, ich musste mich dem stellen. Und wenn mein Sohn tatsächlich noch lebte, würde ich ihn finden.

50. Kapitel

Am 21. Januar saß ich auf der Fensterbank und schaute dem Morgen zu, wie er langsam über den Dächern von New York erwachte. Zunächst war es noch dunkel, doch langsam erschien das Licht. Die ersten Schornsteine erwachten, ihr Qualm stieg senkrecht in die Luft. Mutter hatte immer gesagt, dass dies ein Hinweis auf schönes Wetter sei. Meist hatte sie recht behalten. Konnte es ein besseres Omen für mein Vorhaben geben?

Eigentlich hätte ich schlafen sollen, doch meine innere Unruhe hatte das unmöglich gemacht. Wieder und wieder hatte ich die Tasche, die ich schon vor zwei Tagen gepackt hatte, überprüft.

Viel war es nicht, was ich mitnehmen musste. Ein paar Kleidungsstücke, Kosmetik, etwas Geld. Ich hatte Banknoten in die Säume zweier Röcke eingenäht, wie Kate es mir geraten hatte.

»Auf Fahrten wie dieser musst du vorsichtig sein«, hatte Kate gesagt. »Besser, du versteckst dein Geld und verteilst es gleichmäßig, dann stehst du, falls du bestohlen wirst, nicht mit leeren Händen da.«

Ich hatte eingewandt, dass ich auch bei der Überfahrt hierher nicht bestohlen worden war, doch dann hatte ich eingesehen, dass dies meine erste große Reise ohne Begleitung war. Damals hatte Madame mich unter ihre Fittiche genommen, jetzt war ich allein auf mich gestellt.

Ich wusste nicht, was mich mehr in Aufregung versetzte: Die Möglichkeit, meinen Sohn zu finden? Herauszufinden, was mit ihm geschehen war? Oder die Reise selbst? Es war schwer zu sagen.

Seit klar gewesen war, wann mein Schiff ablegen würde, hatte sich meine Unruhe ständig gesteigert, bis ich schließlich das Gefühl hatte zu bersten.

Ich hatte versucht, mich abzulenken, was mir ohne Arbeit natürlich schwerfiel.

Den Elan, mich bei einer neuen Firma vorzustellen, hatte ich allerdings auch nicht gehabt. Ich brauchte meine Freiheit, sonst wäre mein Vorhaben undenkbar. Auch wenn mich die Entlassung sehr getroffen hatte, ermöglichte sie es mir nun, einem der schlimmsten Kapitel meines Lebens eine andere Wendung zu geben.

Ich hatte Henny und Madame Roussel vor einer Woche benachrichtigt. Ich freute mich auf ein Wiedersehen mit meiner Freundin und war gespannt, was sie zu der Nachricht sagte.

Das Klingeln meines Weckers riss mich aus meinen Gedanken. Ich erhob mich, ging zum Nachttischchen und schaltete ihn aus. Ich hatte sicherstellen wollen, dass ich nicht verschlief, aber das war nicht nötig gewesen. Ich fühlte mich nicht einmal müde, obwohl ich es eigentlich sein sollte. Da ich mein Reisekostüm schon heute Nacht angezogen hatte, richtete ich nur noch einmal mein Haar, ergriff dann meine Tasche und ging nach unten.

Die Miete für diesen und den kommenden Monat hatte ich bereits gezahlt. Ich plante eigentlich, nicht länger als zwei Wochen in Paris zu sein. Die Überfahrt würde dann jeweils zwei weitere Wochen in Anspruch nehmen. Was danach kam, musste ich sehen. Mr Parker hatte mir angeboten, bei ihm wohnen zu bleiben.

»Eine bessere und ruhigere Mieterin für das Fremdenzimmer bekomme ich nicht. Ich bin sicher, dass jemand, der so tüchtig ist wie Sie, bald schon wieder Arbeit finden wird.«

Darüber war ich froh. Es war mir sehr schwergefallen, ihnen von meinem Rauswurf zu erzählen, aber sie hatten verständnisvoller reagiert, als ich erhofft hatte. Noch hatte ich Ersparnisse, und Mr Parkers Zuversicht ermunterte mich. Egal, was passierte, egal, was ich fand, ich würde einen Ort haben, an den ich zurückkehren konnte. Und dann würde ich neu anfangen – wieder einmal.

Als ich unten ankam, trat Kate aus der Küche. Ich hatte ihr gesagt, dass ich mir selbst ein Frühstück machen würde, doch ganz offensichtlich ignorierte sie meine Worte.

»Dann ist es also so weit«, sagte sie und bedeutete mir, ihr in die Küche zu folgen.

Auf dem Tisch, an dem ich so manchen Eistee getrunken hatte, hatte sie ein Frühstück zurechtgemacht. In der Pfanne auf dem Herd brutzelten Eier.

Noch vorhin hatte ich das Gefühl gehabt, keinen einzigen Bissen herunterzubekommen, doch das änderte sich jetzt, und mein Magen begann zu knurren.

»Setz dich und iss. Die Reise ist weit, und du brauchst Kraft.«

»Das wäre doch nicht nötig gewesen«, antwortete ich, nahm aber gehorsam Platz. Sie tat mir Rührei, Speck und Tomaten auf, dazu Toast. An diese Art Frühstück hatte ich mich erst gewöhnen müssen, aber es schmeckte vorzüglich, und ich spürte, wie das Essen meinen Körper ein wenig beruhigte. Beinahe wurde ich schläfrig davon, aber das konnte ich jetzt nicht gebrauchen. Rasch trank ich den Kaffee, den Kate ebenfalls serviert hatte, schwarz und ohne Zucker.

»Ich würde dich so gern begleiten«, sagte Kate. »Ich habe immer schon davon geträumt, einmal nach Paris zu reisen. Es ist sicher wunderschön dort.«

»Das ist es«, antwortete ich und spürte ein leichtes Kribbeln in meinem Bauch, wenn ich an die Bauten, die Parks und sogar die Bibliothek dachte. »Vielleicht schaffst du es eines Tages.«

Kate winkte ab. »Ich bin dabei, eine alte Frau zu werden. Ich fürchte, ich werde nie von diesem Flecken Land wegkommen. Aber das ist gut so. Auch New York ist eine großartige Stadt.«

»Das stimmt.«

Eine Weile schwieg sie.

»Wirst du zurückkehren, wenn du dein Kind findest?«, fragte sie dann.

»Natürlich!«, gab ich erstaunt zurück. Wie kam sie nur darauf?

»Du könntest dir genauso gut ein Häuschen auf dem Land suchen und dort leben.«

»Ich fürchte, dazu habe ich nicht die Mittel«, sagte ich. »Außerdem liebe ich meinen Beruf. Ich kann mir kaum etwas Besseres vorstellen, als Schönheit in die Welt zu bringen.«

Kate nickte und lächelte dann. »Nun gut, dann freue ich mich auf deine Rückkehr.«

Nach dem Frühstück verabschiedete ich mich mit einer festen Umarmung von ihr. Auch Mr Parker erschien. Er wirkte noch etwas zerknittert, doch sein Händedruck war fest.

»Alles Gute für Sie, Miss Krohn. *Godspeed*.«

Ich wusste, dass er mir mit diesem Wort Glück für mein Unternehmen wünschte.

»Vielen Dank. Machen Sie es gut, und passen Sie auf sich auf.«

»Das rate ich eher Ihnen, denn ich werde auch weiterhin festen Boden unter den Füßen haben.«

Auf der Straße blickte ich mich noch einmal nach den beiden um, dann ging ich voran.

Ich stieg in die Subway, zusammen mit den ersten Arbeitern, die zu ihrer Morgenschicht aufbrachen. Dass ich heute auf große Reise gehen würde, erschien mir unwirklich. Es fühlte sich eher so an, als würde ich wieder zur Arbeit fahren. Aber dazu hätte ich keine große Tasche mitnehmen müssen.

Mir fehlte die Fabrik, auch wenn die Zeit dort nicht immer leicht gewesen war. Ray fehlte mir. Ich hatte sie noch einmal aufgesucht, am Fabriktor, und ihr erzählt, was ich vorhatte. Mein Kind hatte ich ihr verschwiegen. Ob ich sie bei der Rückkehr wiedersah? Ich wusste nur zu gut, dass Kontakte erkalteten, wenn man nicht mehr täglich miteinander zu tun hatte.

Sie war begeistert gewesen, hatte aber gleichzeitig von weiteren Entlassungen berichtet. Einige der Frauen aus der Produktion hatten gehen müssen sowie einige Packer. Sie vermutete, dass weitere Angestellte ihre Arbeit verlieren würden. Das tat mir leid, aber es war jetzt nicht mehr meine Sorge. Ich musste nach vorn schauen.

Stimmen flirrten um mich herum, doch ich schenkte ihnen keine Aufmerksamkeit. Auch achtete ich nicht auf die Blicke, die mich trafen, obwohl ich sie spürte.

Ein wenig wünschte ich, Darren Bescheid geben zu können. In den vergangenen Tagen hatte ich immer wieder mit dem Gedanken gespielt, ihn anzurufen, aber wenn ich dann vor dem Telefon stand, den Hörer in der Hand, traute ich mich nicht, mich mit seiner Nummer verbinden zu lassen. Das Kind war der Streitpunkt zwischen uns gewesen. Es würde ihm sicher nicht gefallen, wenn ich ihm jetzt davon erzählte, dass ich es suchen wollte. Dennoch tat es mir ein wenig leid, dass ich nicht die Möglichkeit hatte, meinen Fehler zu beheben. Es diesmal richtig zu machen.

Den restlichen Weg zum Hafen legte ich mit einem Bus zurück. Je näher ich dem Schiff kam, desto klarer wurden meine Gedanken. All die Namen der Menschen, mit denen ich in Paris zu tun gehabt hatte, standen in meinem Notizbuch, das ich bei mir hatte: Schwester Sybille und Dr. Marais, die Hebammen Aline DuBois und Marie Guerin, sie alle würde ich kontaktieren und versuchen, etwas herauszufinden. Zwischen den Seiten lag der Brief. Ich hatte viel darüber nachgedacht, ob er wohl die Wahrheit sagte, doch ich wusste, dass nur Paris mir darüber Auskunft geben konnte.

Vor dem Anlegeplatz standen zahlreiche Reisende eingereiht vor der Landungsbrücke. Für einen Moment meinte ich Helena Rubinstein unter ihnen zu sehen. Die kleine Frau mit dem großen eleganten Hut sah ihr sehr ähnlich. Ein Hitzeschauer überfiel mich. War es ein Wink des Schicksals?

Sie hatte sicher keine Ahnung, dass ich entlassen worden war. Natürlich empfand ich immer noch ein wenig Groll wegen des Verkaufs, doch in diesem Augenblick wäre ihr Auftauchen wie das Wiedersehen mit einer alten Freundin gewesen.

Die Frau wandte ihren Kopf zur Seite. Ich hielt den Atem an. Wie sollte ich reagieren, wenn sie es wirklich war? Doch im nächsten Augenblick sah ich, dass es nicht Madame war. Die Dame, obwohl ihre Figur eine gewisse Ähnlichkeit aufwies, hatte helles Haar und in keiner Weise die herrschaftlichen Züge von Madame.

Ein wenig enttäuscht atmete ich aus. Schade, aber vielleicht ergab sich irgendwann ein Wiedersehen mit der Frau, die mir Hoffnung und eine Chance gegeben hatte.

Die Schlange rückte weiter. Als ich dem Kontrolleur meine Fahrkarte vorzeigte, schlug mir das Herz bis zum Hals. Jetzt, wo ich an Bord ging, gab es kein Zurück mehr. Kurz blickte ich auf die Masse der Passagiere, die hinter mir warteten. Dann schaute ich voran. Vielleicht sollte ich Helena Rubinstein vergessen. Vielleicht auch Darren. Vor mir lag die Ungewissheit, aber auch eine Hoffnung. Das war mehr, als ich damals gehabt hatte, als ich vor fast drei Jahren das Haus meiner Eltern verlassen musste.

Die Kabine war klein und spärlich eingerichtet. Ich hätte mir von der Summe, die Madames Ohrringe eingebracht hatten, eine bessere leisten können, aber ich wollte sparsam sein.

Ich verstaute meine Habseligkeiten und ging dann wieder an Deck. Ich hatte die Stimme von Mr Titus im Ohr. Es war grandios gewesen, bei der Ankunft die Freiheitsstatue zu sehen. Jetzt wollte ich ihren Anblick mit zurück in die Alte Welt nehmen, bis ich sie wiedersah.

Wenig später legte die *Lady of the Sea* ab. Die Sonne behauptete sich gegen ein paar Wolken, und der Wind wehte scharf über mein Gesicht, aber ich dachte nicht daran, wieder unter Deck zu gehen. Dort würde ich noch lange genug sein.

Ein lang gezogenes, ohrenbetäubendes Tuten des Schiffshorns ertönte. Ich stand inmitten von winkenden Menschen und wünschte mir ein bisschen, dass es jemanden geben würde, der mich ebenfalls verabschiedete. Das war nicht der Fall, Kate hatte unmöglich mitkommen können, und Ray war sicher wieder im Labor oder schnitt Petersilie zurecht.

Aber vielleicht begegnete mir in Paris ein Mensch, der mich, ohne es zu wissen, erwartete. Ein Mensch, der mich liebte wie ich ihn. Mein Sohn war meine Hoffnung, und diese trug mich über das Meer.

Die große Familiensaga von Bestseller-Autorin Corina Bomann:
Die Frauen vom Löwenhof

Agnetas Erbe
1913: Unerwartet erbt Agneta den Löwenhof. Dabei wollte sie als moderne Frau und Malerin in Stockholm leben. Als ihre große Liebe sie verlässt, steht Agneta vor schweren Entscheidungen.

Mathildas Geheimnis
1931: Agneta nimmt die elternlose Mathilda auf dem Löwenhof auf. Sie verschweigt ihr den Grund. Als Mathilda ihn erfährt, verlässt sie das Landgut im Streit. Doch im Krieg begegnen sie sich wieder.

Solveigs Versprechen
1967: Der Löwenhof hat bessere Zeiten gesehen. Mathildas Tochter Solveig beginnt mutig, das jahrhundertealte Gut der Familie durch die stürmischen 60er-Jahre zu führen.

Alle Titel sind auch als E-Book erhältlich.

www.ullstein-buchverlage.de